홍희표 시인 연구

이은봉 엮음

푸른사상
PRUNSASANG

홍희표 시인 연구

이은봉 엮음

푸른사상
PRUNSASANG

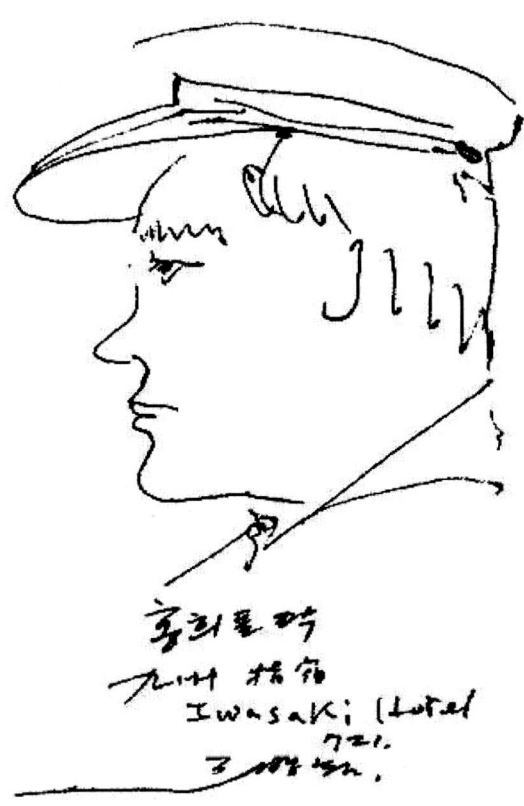

홍희를 위해

기네 指命

Iwasaki Hotel

7.21.

조병화.

소 묘 : 조병화

1980년 3월부터 목원대학교 국어교육과에서 교수로 봉직해온 홍희표 시인이 2012년 2월 정년퇴임을 맞는다. 이를 기념해 홍희표 시인과 관련된 온갖 자료들을 모아 여기 한 권의 책으로 엮는다. 이들 자료에는 즐거운 초대장, 신간소개, 답신 소감, 해설 등의 글에서부터 본격적인 서평, 작품론, 시인론 등의 글까지 들어 있다. 홍희표 시인과 관련된 모든 자료들이 이 책에 고스란히 수집되어 있는 셈이다. 따라서 홍희표 시인에 대해 공부하고 연구하려는 사람이라면 누구라도 이 책『홍희표 시인 연구』를 참고하지 않을 수 없을 것이다. 다름 아닌 그러한 목적에서 구성되고, 편집되고, 제작된 것이 이 책이라고 해도 과언이 아니다. 이 책에는 홍희표 시인을 알고 배우기 위한 모든 기초자료가 수집되어 있다는 것이다. 편자로서 나는 독자 여러분도 십분 이러한 목적을 이해하는 가운데 이 책과 마주하기를 바란다.

홍희표 시인은 원로 시인 신석초 선생에 의해 만 20세 때인 1966년 12월 《현대문학》지에 첫 추천을 받았다. 이처럼 조숙한 그가 《현대문학》지에 모두 3차례의 추천을 마친 것은 만 21세 때인 1967년 9월의 일이다. 그러한 그는 만 22세 때 1968년 9월 첫 시집『魚群의 지름길』을 상제해 두루 문단의 주목을 받는다. 그 이후 지금까지 홍희표 시인은『宿醉』,『마음은 구겨지고』,『한 방울의 물에도』,『살풀이』 등 모두 16권의 시집을 간행한다.

정년퇴임 무렵까지 그가『하이터치 그리움』등 모두 16권의 시집을 간행했다는 것은 그 자체만으로도 엄청난 일이다. 뿐만 아니라 그는 이 16번째 시집에 이르기까지 저 자신의 시와 함께 했던 온갖 자료들을 성실하게 보관하고 있다가 내게 전해 준 바 있다. 그러니 그의 시를 좋아하는 사람으로서는 가슴이 충만하게 부풀어 오르지 않을 수 없다.

이 책이 홍희표 시인과 관련된 온갖 자료를 다 담아낼 수 있었던 데는 무엇보다 홍희표 시인의 도움이 크다. 시인 홍희표와 관련해 이처럼 생생한 자료들을 정작 모으고 정리하는 데 가장 큰 기여를 한 사람은 아무래도 그 자신일 수밖에 없기 때문이다. 이 자리를 빌려 온갖 귀한 자료를 선뜻 내놓아 이 책을 더욱 알차게 꾸밀 수 있도록 해준 홍희표 시인에게 더욱더 감사의 말씀을 올린다.

홍희표 시인은 좋은 의미에서 거듭 강조할 수 있는 스타일리스트이다. 모더니스트로서 치밀한 기법을 지니고 있으면서도 리얼리스트로서 충만한 세계관을 지니고 있는 것이 그이다. 지나칠 정도로 포즈에 경도된 면이 없지는 않지만 그의 시는 철저하게 저 자신의 방법과 내용을 갖고 더욱 주목이 되고 있다. 그의 시의 방법적 특징 가운데 가장 관심을 끄는 것은 '선적(禪的) 상상력(想像力)'과 '말놀이'이다.

그의 시의 방법적 특징을 '선적 상상력'이라는 말로 요약할 수 있는 이유는 별로 복잡하지 않다. 이는 곧 그의 시가 끊임없이 비약적 이미지, 곧 비논리적 이미지를 병치하고 나열하는 가운데 전개되고 있다는 것을 뜻하기 때문이다. 말하자면 비약과 초월의 사유를 바탕으로 하는 선적 직관(直觀)이 그의 시의 인식적 특징이고 방법적 특징이라는 것이다.

그의 시가 지니고 있는 또 하나의 방법적 특징은 '말놀이'이거니와, 이는 그가 자신의 시를 통해 끊임없이 말 재미를 추구하고 있다는 뜻이기도 하다. 언어에 대한 감각적 반응, 나아가 원초적 언어미학에 기초하면서 기발한 말놀이나 수수께끼 같은 말 재미에 치중하고 있는 것이 그의 시가 지니고 있는 또 하나의 방법적 특징이라는 것이다. 그가 시를 통해 끊임없이 이미지의 교직이나 충돌을 보여주는 것도 실제로는 이러한 방법적 집착의 결과라고 할 수 있다. 기본적으로는 감동이나 발견보다는 재미나 흥미를 바탕으로 있는 것이 그의 시이다.

내용의 면에서 그의 시가 보여주는 가장 큰 특징은 당대의 현실에 대한 끊임없는 반성과 성찰이다. 물론 여기서 말하는 당대의 현실은 민족, 민중,

생태의 현실을 가리킨다. 민족의 현실은 통일의식 혹은 분단극복의식과 관련되어 있거니와, 이는 때로 사람들이 자기 안에 갖고 있는 분열과 분리를 극복하려는 의식과 연계되어 드러나기도 한다. 민중의 현실은 평등하고 대등한 삶을 이루려고 하는 의식과 관련되어 있거니와, 항용 이는 소외된 것들, 버려진 것들, 힘없는 것들에 대한 연민, 즉 낮고, 보잘것없고, 가난한 것들에 대한 측은지심과 함께 하는 가운데 구체화된다. 생태의 현실은 산업화의 결과로 형성된 오염되고 파괴된 지구 환경에 대한 심도 깊은 반문에서 비롯되거니와, 결국 이는 그의 시들 일부가 오염된 대기, 토양, 수질과 관련해 창작되고 있다는 뜻이기도 하다.

　내용의 면에서 그의 시가 보여주는 또 하나의 특징은 인간의 실존 및 구경적 세계에 대한 탐구이다. 소외와 고독의 본원적 리얼리티를 구명(究明)하는가 하면 소리, 곧 리듬에 대한 강렬한 집착을 통해 세계와의 원초적 일치를 추구하기도 하는 것이 그의 시라는 뜻이다. 이를테면 그의 시는 우주적 율려에 대한 탐구, 곧 궁극적 합일에의 의지를 보여줌으로써 근원적 일치에 대한 의지를 담아내고 있기도 하다는 것이다.

　이상에서 정리한 것처럼 그의 시는 그 나름의 고유한 방법과 세계를 통해 완성되고 있다. 오직 시만을 위해 그동안의 삶을 바쳐온 것이 시인 홍희표라는 점을 생각하면 이는 너무도 당연한 일인지도 모른다. 따라서 평생 시를 위해 헌신해온 홍희표 시인의 시세계를 바로 알 수 있는 각종 자료들을 모아 여기 한 권의 책으로 엮어내는 나로서는 마음이 벅차지 않을 수 없다. 사적으로는 고등학교 때의 은사이기도 한 시인 홍희표 선생님이 앞으로도 더욱 좋은 시를 많이 써, 이 나라의 역사 위에 삶의 혜안으로 빛나시기를 두 손 모아 빌며 삼가 췌언을 마친다.

2011년 8월
이은봉

제 I 부 시인론

제Ⅱ부 작품론

13

제Ⅲ부 홍희표를 찾아서

제Ⅰ부

시인론

제 I 부

시인론

다양한 젊은 촉수 — 조재훈

— 홍희표 시인론

1

나는 시인이란 사람들을 잘 만나지 않는다. 왠지 부담스럽고 편안하지 않아서다. 만나면 대개 누가 어떻고 누가 어떻다 그런 쓰잘데기 없는 말이 지겹다. 문학이라는 것이 발표가 따른 것이라서 시기도 많고 아첨도 많다. 거기다 떼거리까지 만들어 살벌하기까지 하다. 어쩌다 만나면 그냥 사람이 좋아서 목로에서 소주 한 병에 두부 한 접시, 오뎅 한 그릇 시켜 놓고 허허 웃다가 때로는 얼마 전에 세상을 떠난 시 쓰던 벗을 그리며 그렁그렁 두 눈에 맺히는 이슬을 한 손으로 훔치던 그런 시절이 사라진 지 벌써 오래다.

그런데 홍희표 시인은 예외다. 연배로 보아 나하고는 십 년 조금 넘게 차이가 있어 나보고 형님이라 부르지만(그는 박용래 시인이 생존했을 때 부집 존장의 그를 '용래 성님' 이라고 부르곤 했다.) 소위 문단이라는 문학시장에서는 나보다 7년은 앞서서 찜찜하기 일쑤다. 요즘 대전의 원동 책전거리에 나갔다가 참으로 우연히 홍희표 시인을 만나게 되었다. 그것도 한번이 아니고 여러 번이었다. 그 때마다 흉허물 없이 이말 저말 생각나는 대로 말을 나누곤 하였다. 순댓국에 소주잔을 기울이며.

이번에 그의 시집이 나왔다. 열여섯 번째 시집이다. 참 많이도 냈구나, 그런 생각이 저절로 든다. 그러나 그의 시집을 보면 어느 시편 하나 허술한 게 없다. 요즘 시집을 수십 권씩 내는 사람들과는 전적으로 다르다. 그는 언제나 시 속에서 사는 것 같다. 깊이는 알 수 없으나 음악도 좋아하는 것 같고,

그림이나 사진을 수집하는 데에도 부지런하다. 말은 여전히 더듬거려 속도의 시대에 뒤쳐져 있는 느낌을 받지만, 세상을 보는 눈은 빠르고 적확하다.

2

한겨울에도 무럭무럭 자라는 그의 시의 생명력, 거기에는 절제의 내공이 숨어있다. 고등학교시절 송유하 등과 '판도라'의 동인으로 활약할 때 줄기차게 경과한 모더니즘의 영향 때문이다. 그러한 특성이 신선하게 드러난 것이 그의 첫 시집 『어군(魚群)의 지름길』이다. 이번 시집도 그러한 맥에 닿아 있다.

홍희표의 시는 그의 나이를 가늠하기 어렵게 한다. 어느 것을 보아도 젊다. 자신의 이순(耳順)을 노래한 시도 늙은이의 '체'가 전혀 없다.

> 뭇 귀신들의 속삭임도 그 밤바람 소리의 흐느낌도
> 들쳐업고 줄달음쳐 간다 동지 섣달 얼음판 위에 서서
> 그 밤바람 소리에 뼈와 살을 튕기 며 말리고 있나니
>
> ― 「耳順의 노래」 전문

두 문장으로 된 산문체의 시다. 그의 시에는 가볍게 출랑이는 어투가 하나의 특징으로 되어 있는데 이 작품은 전혀 그렇지 않다. 무언가 무겁다. 살아온 연조의 중량이 느껴진다. 내용도 형식처럼 무겁고 어둡다. 뭇 귀신들의 속삭임 + 밤바람소리의 흐느낌, 둘이 하나 되어 쫓기듯 '줄달음'쳐 도망간다. 동지섣달 얼음판 + 밤바람소리, 그 소리에 뼈 + 살, 그 목숨이 제자리에 있지 못하고 튕기며, 또 피 말리듯 고통을 겪고 있다. 짧은 시에 그것도 문장마다 '밤바람'을 두 번이나 반복하고 있는 것은 우연한 일이 아니다. 거창하게 말하여 세계에 대한 비극적 인식이 전편을 감싸고 있다. 진지하게 살아오고 또 살아가려는 시인의 태도와 지향이 명징하게 드러난다.

이러한 이순에 대한 시간의 자각은 시의 도처에 나타난다. 그 중 두드러

진 것은 「억새벌판」인데, 전 3연 가운데 첫 번째 연을 보면 이렇다.

> 귀신들의 뒷소리도 두런두런 더러 들린다는 이순의 억새벌판, 잔손금 같은 추억의 칡넝쿨에 동동 매달려 살고 있다네. 질풍노도의 우리 문청 동무들, 하늘나라에서도 시쓰기 하시나요

역시 그의 여느 시 형태와는 달리 산문체로 쓰여 있다. 그러나 산문과 구별되는 것은 서정과 비유와 운율 때문이다. 홍희표는 이런 것들의 적절한 운영에 능한 시인이다. 이런 것은 초기 시기부터 이순의 현재까지도 지속되고 있는데, 시인의 천분이라는 게 바로 이런 걸 두고 한 말이다. 이 작품도 어둡다. 별, 나비도 날아들지 않는 하얀 머리칼 같은 억새, 그런 것들이 바람에 흔들리는 초겨울의 삭막한 외로움, 이순의 고개다. 걸어온 길을 멀리 내려다보니 칡넝쿨처럼 추억이 얽혀 있다. 거기에 젊은 날 질풍노도 시절의 선, 후배 모습이 보인다, 그들은 이제 이 세상 사람이 아니다, 그런 내용이다. 역시 인고를 견디며 살아온 자의 삶에의 연민이 애잔하게 드러나 있다.

3

홍희표의 시에는 삶의 총체적인 모습이 맛깔스럽게 나타난다. 그의 꿈이 배어나고, 동료(주로 문우)와의 우정이 진한 추억으로 살아나고, 그가 자란 한밭의 원형에 대한 그리움이 피어난다. 산성비 등 물질문명에 따른 환경문제를 날카롭게 묘사하여 풍자하고, 세상사의 불의에 대해서도 가만히 있지 않는다. 자연입네, 순수입네 하고 사랑만을 찬미하지 않는다. 어떠한 사물이나 현상에 몰입되는 감정이입도 좀처럼 보여주지 않는다. 감상이 철저하게 배제되어 있다. 그의 시는 서정적이되 지적이며 지적이되 날카로운 쇠소리가 나지 않는다. 루카치가 지금까지 살아있어 홍희표의 시를 읽었다면 뭐라고 했을까. 그는 시를 일러 총체성이 없다하여 소설을 편애하지 않았던가.

그는 현실을 회피해 가지 않는다. 비록 치열한 대결의 국면과는 거리가

멀지만 자연스럽게 시로 소화해 낸다. 「실용주의 단상」, 「쥐락펴락 펴락쥐락」, 「회문산 꽝꽝나무」 등이 그런 시편들이다. 섬세하게 살펴보면 문명 비판적 시대정신이 시 편편마다 그 밑바탕에 깔려 있다. 엘리엇 등의 영향 때문이지 싶다.

> 무학대사 바위 사이
> 꽝꽝나무 잎사귀에
> 대롱대롱 매달린
> 빨치산 무덤 하나
>
> 일어나라 꽃피워라!
>
> 쇠딱따구리 울음 따라
> 죽자고 살자고
> 지와자 얼씨구나 어깨춤만 추는데
> 빨치산 무덤 하나
>
> 꽃 피워라, 일어나라!
>
> —「회문산 꽝꽝나무」 전문

　용기가 있어야만 쓰여질 작품이다. 불교신앙의 상징 무학과, 그 견고하고 당당한 바위 그것과, 꽝꽝 얼어붙은 느낌을 주는 그래서 폐쇄적인 이데올로기를 떠올리게 하는 꽝꽝나무의 초록빛 잎사귀의 대비, 이런 이미지를 통해 분단 조국의 비극을 하나의 희망으로 바꾸고 있다. 더 이상 무슨 말이 필요하랴.

　그의 시는 위와 같은 드러남보다는 숨음(감춤)에 의지하는 경우가 많다. 동양시학에 수은론(秀隱論)이 있다. 유협(劉勰)이 그의 문심조룡(文心雕龍)에서 한 말이다. '수(秀)'는 겉으로 드러낸 의미를 가리키고 '은(隱)'은 그와 반대로 숨어있는 뜻을 가리킨다. 앞의 것이 지시라면 뒤의 것은 내포다. 영어의 '디너테이션(denotation)'과 '코너테이션(connotation)'이라 할 수 있다.

물론 시란 장르는 짧은 형식에 많은 내용을 담아야 하기 때문에 여백을 살리는 함축이 숙명적으로 요구된다. 그림의 경우, 서양화와 달리 동양화는 여백이 생명이다. 그것을 '백(白)'이라고 부른다. 거기에는 대백(大白)과 소백(小白)이 있다. 하늘은 대백이 되고 물의 흐름 같은 것은 소백이 된다. 백을 잘 처리해야 기운생동(氣韻生動)의 그림이 되고 또 그것을 잘 꿰뚫어 보아야 훌륭한 감상자가 된다. 오브제(山水)를 빡빡이 다 채우면, 그림이 다 되지 않듯이 할 말을 다 지껄이면 시가 되지 않는다. 그런 점에서 우수한 시는 '은'이 뛰어나다. 홍희표의 시는 동양적인 것과는 거리가 있지만 '은'을 적절히 구사할 줄 안다.

「산그림자」, 「낯설다 그리운 것들은」, 「팔랑새뚝이」, 「먼 바다」, 「이종수류」 등등의 시편에 그런 것이 잘 나타난다.

> 두 눈을 감는다고
> 북두칠성 없어지지 않나니
>
> 엊그제 청춘인데 이제 신선영감
> 그대만 혼자 남고 죄다 하늘길 가고
>
> 동백꽃이 뚝뚝 모가지째 떨구는 것
> 알뜰살뜰 외로움 때문이라고
>
> 산그림자도 부뚜막 메아리되어
> 하루 한 번씩 마을로 내려오고

「산그림자」의 전문이다. 두 눈을 감는다는 것은 죽음을 뜻한다. 죽어도 별은 살아있다. 별 중에 왜 하필 북두칠성일까. 그것은 일곱 개의 별이고 그 일곱이 한 가족이 되어 움직이기 때문이다. 민간 신앙이나 도가 신앙에서 칠성님을 위하는 이유가 거기에 있다. 다음 연에 잇대어 신선영감이 나오는 걸 보면 지성스러운 토속신앙을 함축한다. 살아서 서로 미워도 하고 사랑도 나누던 사람 모두 전래의 이승을 떠났다. 셋째연의 동백꽃은 강렬한 사랑의 열정을 환기시키며 그것은 겨울에 피기 때문에 겨울이라는 닫힌 세계 곧 죽음을 떠올리게 해준다. '뚝뚝'이라는 의성과 의태가 복합된 이 부사는 경음으로서의/ㄷ/의 반복과 연구개 파열음/ㄱ/을 반복함으로써 그 비극적 상황을 고조시킨다. '모가지째 떨구는'의 모가지도 목과 비교해 보면 시인의 의도하는 바를 쉽게 발견하게 한다. 짐승에게나 쓰는 얕잡아보는 이 말은 그 비하를 통해 역설적으로 연민이 강화된다. '째'라는 접미사도 통째로서의 묘미가 있다. 우리말의 경우, 조사나 어미의 쓰임은 다른 나라말에 비해 섬세하다. '~이/가, 는, 도' 따위의 조사의 쓰임을 보면 그런 사실이 쉽게 드러난다. '알뜰살뜰'이 '외로움' 앞에 붙는 것도 모순형용이다. 죽은 자들과의 알뜰살뜰 했던 추억이 더욱 살아남은 자 '그대'를 외롭게 한다.

이 시의 백미는 마지막 연이다. 이것에 관하여 말할 길이 막힌다. '산그림자', 그리고 조사 '~도', '메아리 되어', '하루 한번씩', '마을', '내려오다', '~고 등 그것들의 숨은 바를 드러낸다는 것은 불가능하다. 아마 몇 시간을 이야기해도 다 할 수 없을 것이다. 언부진의(言不盡意)의 경지다. 사실 좋은 시는 논리의 개입을 허락하지 않는 법이다. 이것이 바로 여백의 미학이다.

[4]

홍희표의 시가 일관성 있게 보여주고 있는 대표적인 한 가지는 발랄한 재치와 좀 능글맞다 싶은 풍자다. 거기에 말의 편(pun, 언롱, 言弄)이 따라 붙는다. 김삿갓으로부터 송욱(宋稶)에 이르는 그 흐름에 은근히 닿아 있다. 재치는 경쾌하고 풍자는 따갑다. 편은 그런 것을 강화시키기도 하고 중화시키기도 한다. 이것은 엄숙주의를 버리는 데에서 시작되며 그것은 세계(사물)에 대한 낙천적 친화감의 한 발로이다. 그의 시가 재미있으면서 밝은 이유이다.

아무리 비장한 사물(사실) 앞에서도 그는 결코 비장하지 않는다. 어깨의 힘을 쭉 빼고 그것에 손을 내민다. 그 손은 다숩다.

턱수염이 희뜩희뜩
하니, 아득해!

굴참나무 추억만
보이니, 쫑쫑쫑!

몸 따로 마음 따로
녹으니, 헛헛해!

하늘 아래 둥둥거리는
나의 시, 뗑강뗑강!

길 없는 길 위로 들어서
세상사, 까마득해!

「길 없는 길」의 전문이다. 경허스님을 주인공으로 한 어느 작가의 소설 제명이기도 하다. 길 없는 길, 얼마나 무겁고 막막한가. 그런 형이상학의 추구가 이 시에는 약으로 쓸래야 찾을 수 없다. 그러나 몇 번 반복해 읽으면 이 시인의 방황과 그 끝의 벼랑이 다가온다. 둘째 행마다 '—니' 등으로 조건을 제시해놓고 3음절 또는 4음절로 그것도 의성어, 구어체의 '—해'로 끝낸 다음 감탄사까지 꾹 찍어 놓았다. 그렇건만 하나도 비장감을 주지 않는다. 의성어와 '—해' 때문에 동요처럼 아주 가벼운 느낌을 준다. 한 행의 무거운 명제와 그것을 받는 대구로서의 다른 한 행의 경쾌함은 그 어느 하나를 강조하려는 것이 아니고 서로 엉켜 중화된다.

이 시집의 표제작인 「하이터치 그리움」도 같은 예에 속한다. 고감도(高感度) 또는 찐한 정도의 말을 요즈음 유행하는 하이터치(high—touch)로 멋을 부리고 있다. 좀 더 정확히 말하면, 하이테크(high—tech)의 기계적, 이성적, 인공적, 대량생산적인 것에 대하여 요즘 말로 아날로그적, 감성적, 자연적, 수공적, 소규모 생산 등을 뜻하는 모양인데, 그리움이 상실되어 가는 이 시대 상황을 라이트터치(light—touch, 이런 말이 있는지 모르겠다.)한 작품이라 할 수 있다.

　한 연에 네 행, 모두 4연, 매 연의 끝에는 그가 잘 쓰는 버릇대로 괄호 안의 감탄사로 폼을 잡고 있다. 단단하게 짜여져 하이테크 같은 느낌을 준다. 아쉽지만 그 첫 연만 살펴보기로 한다.

　　왕가뭄 끝에 장대비 내리고
　　목에 건 휴대폰은 삘릴리―삘릴리
　　햄버거보다는 보리피리 장맛
　　(그대, 시간은 찻잔의 출렁임!)

　'왕가뭄', 드물게 만나는 말이다. 봉건적 농본사회 냄새가 물씬 풍긴다. 왕가뭄이라니, 오랜 땡볕에 작물도 사람도 말라붙을 것 같다. 거기에 그냥 비도 얼쑤 감사한데 장대같은 비가 내리니 모든 것이 기사회생하게 되었다. 짝짝 갈라진 땅에 신나게 비는 퍼붓는데 거기에 가벼운 소통의 상징 휴대폰의 이미지가 겹친다. 그 휴대폰은 누군가 사람의 목에 걸려 있다. 작은 풍자다. 휴대폰에서 신호음이 울린다. 비는 여전히 내리고, 신호음은 정신 나갔나 유별나게 '삘릴리' 하고 운다(노래하는 것이겠지). 보리피리 소리, 더 큰 풍자의 확대다. 저 남도땅 황토흙을 땡볕 아래 여러 날 걸어가야 했던 문둥이 시인의 보리피리 그 '삘릴리'가 겹친다. 시적 화자의 대상인 '그대'는 당연이 현대인이니까 햄버거를 좋아 할 것이다. 그러나 진짜는 보리피리가 들리는 긴긴 여름날에 익는 된장맛이 최고다. 시인은 말한다. 그대, 그렇지 않은가, 라고. 시간의 흐름 곧 시류는 찻잔 속의 폭풍이 아니다. 그것은 찻잔이라는 실내 공간 속의 작은 그릇에 이는 한 때의 출렁임이 아닐까. 장대비의 물과 찻잔 속의 찬물이 서로 어울린다. 그 어울림은 통쾌한 해갈과 소소한 마심으로 대비된다. 휴대폰의 '피리소리 삘릴리', '보리피리 장맛' 등의 연상과 신조어로서의 어휘 결합은 이 시인이 갖는 재치의 산물이다. 그러나 우리는 시류에 대한 빈정거림이라 할까, 그 풍자가 주는 해학의 일침은 피하지 못한다.

놓칠 뻔한 게 있다. 햄버거와 장맛의 상상에 관해서이다. '햄버거'에는 자본주의, 식민지 식사풍경, 제국주의 그리고 인스턴트, 정크 푸드, 그런 부박한 오늘날 우리의 삶이 들어있다. 장맛은 그 반대편에 맞선다. 농본사회의 인간관계가 있고, 조선이 있고, 따뜻한 가난이 있고, 전통적인 사람 냄새가 있다. 보리피리가 복합어의 기능으로 장맛을 꾸밈으로써 '보리피리 장맛'은 보리밥과 보리고개의 피리소리를 떠올리게 한다. 햄버거와 장맛은 이런 점에서 또 한 번 서로 충돌한다.

재치는 재미를 유발한다. 시가 어렵다는 시대에 재미는 흡인력을 갖는다. 그것은 비록 키치나 패러디를 연상시킬 망정 이 시대의 최소한의 미덕이다. 하기야 문학에 있어서 원초적 힘은 재미였다. 그것이 문자사용의 고급화와 복잡화를 통해서 사라지게 되었다. 특히 급속도로 지구를 엄습한 대중 매체의 자본은 그나마 조금 남은 문학의 재미를 완전히 추방해 버렸다. 따라서 문학에서의 재미의 상실은 문학을 소외시키고 마침내 그 종언을 선고하는 막다른 데까지 이르렀다. 이런 점에서 난해의 주범인 시에서 재미를 보여준다는 것은 그 나름의 의미가 있다. 그러나 재미에서 그칠 때 재미의 의미는 사라진다. 그의 시에 나타나는 재미의 배면을 놓치지 말아야 할 이유이다. 이런 점에서 그의 이중구조가 갖는 재미는 쉽지 않다.

그의 시에 일관되게 나타나는 그의 발랄한 재치가 재치에서 끝나지 않고 그 배면의 의미를 갖는다 해도 울림이 부족하거나 없다면 그것은 한낱 장식에서 벗어나지 않는다. 재치 또는 재미와 감동 그 사이를 전류가 통하도록 잇는 것은 앞으로 고민해야 할 홍희표 시인의 중요한 몫이다. 이것은 세계와의 치열한 싸움 없이는 불가능하다. 감동은 저절로 태어나는 것이 결코 아니기 때문이다.

《시와 시》, 2010년 봄호)

홍희표론 — 양애경

홍희표 시인은 대전의 중견 시인이다. 굳이 지역을 집어 이야기를 시작하는 것은 이 시인이 서울 문단에서 소외된 지역 인사라는 뜻과는 전혀 상관이 없다. 그것은 시인 자신이 본향인 한밭에 대한 애정이 남다르며, 그 사랑을 시인으로서 할 수 있는 일, 즉 작품으로 형상화하는 노력을 누구보다도 열정적으로 실천하고 있기 때문이다. 물론 여기서 필자는 의욕과 성과를 같은 무게로 달아 평가하려는 것은 아니다. 지방시대가 열린다는 기대에 차 있는 이즈음, 지역문화에 대한 평가는 한두 해의 성과를 성급하게 판단할 일이 아니며 앞으로 오랜 기간을 두고 평가해야 할 일이라고 믿는다. 그러나 어쨌든 홍희표 시인의 뚜렷한 지방색은 지역 주체성을 보여준다는 점에서 일단 관심의 대상이 될 만하다.

홍희표 시인은 23세에 첫시집 『어군(魚群)의 지름길』(1968)을 낸 이래 1994년 4월 열두 권의 시집과 세 권의 시선집을 낸 바 있다. 이러한 작품의 양은 이제 지천명을 바라보는 시인의 것으로는 많은 편이라 할 수 있고, 따라서 작품의 전체적 조망이 필요한 시기에 와 있다는 판단을 하게끔 한다. 이 글에서는 홍희표 시인의 전 작품을 시의 내용과 형식면에서의 변화, 그리고 그가 꾸준히 추구해 온 바 있는 몇 가지의 시적 제재를 중심으로 다루고자 한다.

그런데 여기에서는 제11시집 『이 뭐꼬!』만은 대상에서 제외하기로 한다. 왜냐하면 『이 뭐꼬!』가 유명한 선사(禪師)들의 일화나 경구, 선문답을 중심으로 엮어져서 다른 시집들과는 상당히 경향을 달리 하고 있고, 따라서 한 정된 지면에 함께 묶어 논의하기에는 어렵다고 판단되었기 때문이다. 이 부분의 시를 논의하지 않은 서운함은 훗날에 달리 선시(禪詩)들만을 묶어 논의함으로써 사죄할 계획이다.

필자의 판단으로는 홍 시인은 제1시집 『어군의 지름길』과 제2시집 『숙취 (宿醉)』로 대변되는 제1기의 시와 제3시집 『마음은 구겨지고』(1978)와 제4시집 『한 방울의 물에도』(1982)가 포함되는 제2기의 시 사이에서 큰 변화를 보였다. 그리고 제5시집 『살풀이』(1984)부터는 사회 풍자시, 선시(禪詩), 한밭풍물시 등으로 각 시집마다 뚜렷한 색채를 띠고 있다. 시인 자신의 술회에 따르면 이것은 의도적인 배열이라는 것이며, 그 이면에는 습작기를 지낸 전문인인 시인으로서, 사회인으로서, 이 지역 대학에 적을 둔 교수로서의 사명감이 자리잡고 있는 듯하다.

따라서 이 글에서는 홍희표 시인의 전반적인 시세계의 흐름과 변화를 짚어가면서 그 작품의 내용과 개성을 이야기하려 하는데, 이는 다음과 같은 다섯 항목으로 나누어질 듯하다. 즉 1. 유미적(唯美的) 이미지즘의 시, 2. 갈등과 수용의 시, 3. 사회 풍자시 통일시 계열, 4. 한밭풍물시 등이다. 이중 1은 초기시로서 제1시집과 제2시집의 시세계를 다루며, 2는 중기시로서 제3시집과 제4시집의 시를, 그리고 3부터는 의도적으로 유사한 문제를 다룬 작품집들을 묶어서 이야기하고자 한다.

1. 유미적 이미지즘의 시

홍희표 시인의 초기시에서 느끼는 인상은 우선 화사하다는 것이다. 특히 첫시집 『어군의 지름길』의 조사(措辭)는 칠보 공예품처럼 정교하게 다듬어져 있다. 이러한 화사함은 우선 유미적 성향으로 규정지어야 할 것 같다. 문학에 있어서의 유미적 또는 탐미적 성향은 종종 세기말적 퇴폐주의와 맞물리지만 이 시인에게 있어서는 그렇지 않다. 그보다는 밝은 느낌을 주는 감각적 미의식과 가까운 것이라 할 수 있다. 시 「내 살결에」 같은 데서 그 좋은 예를 볼 수 있다. "밤바다로 흘러가는 물결 소리에/꽃송어리 타고/별빛이 수면(水面)에 설레이는/은밀한 굴 속의 요령(搖鈴)" 같은 구절에서는 신석초가 「바라춤」에서 보여주었던 탐미적이고 전통적인 미학과 통하는 정서를 느낄 수 있다.

『어군의 지름길』에 붙인 신석초 시인의 서문을 보면 이것이 우연한 일이 아니라는 감을 준다. 신석초는 홍희표 시인의 시가 "일상생활에서 받는 현대인의 정서가 내면적으로 중층적으로 이미지화되어 나오고 있다."고 극찬하고 있는데, 여기서 신석초 시와 홍희표 시의 동질성과 이질성에 대한 추정을 해 보는 일이 가능하다. 즉, 미에 대한 탐구라는 지향에서는 두 시인이 공통적이며, 소재나 시 의식면에서는 신석초가 그늘진 열정과 한(恨)을 시화(詩化)했음에 반해 홍희표의 관심은 생활 주변에서 찾을 수 있는 일상의 아름다움에 쏠리고 있다는 차이점이다. 미에 대한 탐구는 모든 예술가의 지향이며 따라서 예술의 본질이라 할 수 있다. 시 「수유리에 와서」를 보면 미를 추구하는 시인의 모습을 생생하게 발견할 수 있다. 시인은 번잡한 도회를 떠나 교외인 수유리에서 자연을 통한 치유와 휴식을 즐기고 있는 듯한데, 그 상태는 아련한 법열과도 같은 황홀감으로 표현된다.

> 제가끔 돌아간 하늘 끝
> 가장 높은 곳의
> 구름에 젖어오는 산새
> 문풍지 울듯 가 버린다.
> 일렁이다, 그리고 머리 드는
> 해저무는 가지마다
> 향기 짙은 눈을 감고
> 남은 열매를 나는 잡는다
>
> ─「수유리에 와서」 일부

산새와 시 속의 화자가 교감을 이루고, 석양 무렵의 핀 나뭇가지와 그 향기를 짙게 느끼는 화자와의 사이에 또한 교감이 이루어진다. 그래서 꽃나무와 화자(시인)는 순간적으로 동일화를 이루는데, 그것은 '향기 짙은 눈'이나 내가 잡는 '남은 열매'에서 눈치 챌 수 있다. 다시 말해서 시인이 순간적으로 꽃나무의 영혼과 합체된 것이다. 물아일체라고 하는 동양적 관조의 경지이며 또한 잠과 현실의 경계에 있는 아득한 황홀경의 상태이다. 또 한 가지의 더 중요한 특성은 그의 모더니즘, 그 중에서도 이미지즘에 가까운 성향이다. 이 시기 시인의 감각적 묘사는 뛰어나다.

> ① 나뭇줄기에서 뿜어오는/멀고 가까운 숨길
>
> ──「아침연주」 일부

> ② 물살이 마당귀에/처마 끝에 부서지는/밤바람의/하이얀 목덜미
>
> ──「바람소리」 일부

> ③ 달빛 기둥을 헤치고/대문을 가만히 두드리면/가슴에 와 안기는 신발/훈훈한 나뭇가지의 죽지를,/밤 열한 시, 벽시계가 바람처럼 울고/입동이 지나가는 소리
>
> ──「수요 저녁」 일부

①은 봄날 아침의 자연이 살아 숨쉬는 정경을 묘사하고 있다. 나무의 강렬한 생명력을 '뿜어 오는 숨길'로 잡아낸 것이 생생한 촉각적 자극으로 다가온다. ②는 여름바다를 제재로 하고 있는데, 아마도 화자는 해안가의 한 방 안에 있을 것이지만, 귀로 들려오거나 또는 마음으로 들리는 물결소리를 통하여 바다를 체험하고 있다. 이 바다 소리의 이미지는 밤바람 소리와 섞이며 밤바람소리의 '하이얀 목덜미'라는 표현은 여성 이미지와 섞이면서 관능적인 느낌까지 준다. ③의 배경은 시인이 거주하는 도시이며, 늦게 귀가하면서 바라본 밤 풍경이다. 인용되지 않은 부분의 거리 장면에서는 삭막한 도시인의 단절된 관계가 제시되었는데, 인용 부분의 귀가 장면은 매우

따뜻한 인상이다. 그것은 집과 가족이 도시인의 소외감을 감싸주고 세상과 화해하게 하는 역할을 맡고 있음을 보여주는 것이다. 그래서 현관에(또는 댓돌에) 놓인 가족의 신발이 '가슴에 와 안기고' 정원의 나뭇가지가 흔들리는 모습까지 '훈훈한' 것으로 다가오는 것이다. 그러므로 벽시계가 시간이 흘러가고 있음을 알려주고—시간의 허무의식이 느껴지고—, 문밖에선 겨울이 다가오는 소리가 들린다 해도 안에선 이 모든 것들에서 보호되고 있다는 안정감을 느낄 수 있는 것이다. 어쨌든 이런 부분들의 섬세하고 치밀한 묘사와 다양하고 풍부한 이미지의 사용은 이미지스트로서의 홍희표 시인의 모습을 잘 보여주는 예이다.

또한 홍희표 시인의 시는 미학적 추구에 넘치는 이 시기의 시 조차도 생활에 깊이 뿌리박고 있다. 그것을 잘 보여주는 예가 바로 신혼의 아내를 담은 여러 편의 시들이다. 시인은 아내를 여성미의 극치로 형상화하고 있는데, 그는 아마도 결혼에 관한 한 매우 행복한 선택을 한 듯하다. 하기는 세계 인구의 절반은 남자이며 나머지 절반은 여자이지만, 사람은 자신의 짝으로 선택된 단 한 사람의 애인, 또는 반려를 통해 나머지 성(性)의 모든 미와 결함까지도 보는 것일지도 모른다. 시 「내 각시는」에서 시인은 "은은히 저녁햇살을/먼 들판에서 받아/부드러워진 피부로/하늘을 퍼담은 속눈썹"이라고 노래하고 있다. 사실적인 상황을 표현하고 있지만 그 표현의 섬세함이 돋보인다. 역광을 받은 피부가 '부드러워졌다'라는 묘사가 그것인데, 과장 없이 소박한 수사이지만 오히려 그래서 그 감각이 더 적절하게 와 닿는다고 할 수 있다.

시집 『숙취(宿醉)』에는 신혼가 7편이 실려 있다. 이 작품들은 모두 아내에게 바쳐진 노래들로 아내의 입덧, 투정, 관능, 화해 등 신혼의 여러 가지 국면을 담고 있다. 이것은 어쩌면 타 집안의 딸인 한 여자와 그녀를 일생의 반려로 맞아들인 남자와의 사이에서 일어나는 서로에 대한 발견과 적응의 긴 과정이라고 할 수도 있을 듯하다.

등 뒤에서
고인 눈물을
가만가만 비치는
당신은 누굴까

나는 홍씨네의
귀신이야요
흰 구름 속을
잠자는 청기와 속을
나다니는
홍씨네의
귀신이야요.

아내의 당당하고 가녀린
목소리가 구들장 속으로
석류꽃이 피듯
침전하는 이 아침.

—「족보」 전문

   출가해 온 여자는 시집의 귀신이라는 어떻게 보면 지극히 유교적인 생각을 담고 있는 이 시는 그러나 아내의 목소리로 그 생각을 표현하고 있기 때문에 거부감을 주지는 않는다. 다른 가문의 삶에 편입되는 여자의 삶을 여자 스스로가 비장한 목소리로 주장할 때, 아마 이런 순간에 남자들은 자신의 일생과 가문의 역사 속에 단단하게 뿌리내리는 여자의 힘을 느끼는 것이지도 모른다. 따라서 이 장면에서 아내의 말이 '구들장 속으로 석류꽃이 피듯 가라앉는다.'라고 표현한 것은 매우 적절하다고 할 수 있을 것이다.

   한국 전통적 가족 상황 속에서 여자는 그 집안의 족보 속에 옮겨 심겨진 식물이며 시집살이의 연륜이 쌓일수록 뿌리내리고 꽃도 피울 것이기 때문이다. 사랑과 감동 때문에 왜소해져버린 화자의 모습이 독자 눈앞에 선히 떠오르는 것 같다. 또한 당연한 일이겠지만 이 신혼가들에서는 관능의 이미지화를 뚜렷이 볼 수 있다.

> ① 흔들리는 나의 손끝은/거울 속을 방문하며 보이지 않는 밤바다의/당신
> 의 옷섶을 들척이고,/빈뜰을 나는 햇빛./돌층계의 기억을 따라/나의 보행은
> 떨고/풀밭을 더듬는 촉수
>
> ——「collection」일부

> ② 상수리나무에 걸리는/아내의 손가락/그 하염없는 심연으로/나는 부싯
> 돌을 켜고/아내의 화냥기를 따라/혓바닥 속을 헤매고
>
> ——「부싯돌」일부

> ③ 별이 뜨고/지워지지 않는/연두빛 혀와/복숭아뼈
>
> ——「빈 방」일부

①의 시간적 배경은 아침인데, 화자는 거울 앞에서 밤의 관능을 되새기
고 있다. 물론 그 상대인 여인은 그 공간인 방에 존재하지 않는 것 같다.
상상 속에서 화자는 그녀와 만나고 있다. 기법이 모더니즘의 자유연상 성
향을 띠고 있어 얼핏 읽으면 해석되기 어렵지만 현재 이 자리에 없는 관능
에 대한 추구라는 주제에 대한 통일성이 강하기 때문에 그다지 해석하기
어려운 것은 아니다. ①에 비하면 ②는 상당히 구체적이다. 그것은 이미 그
녀가 허용된 상대, 즉 아내가 되어 있기 때문이며 몽상 속에만 존재하는 상
대가 아니기 때문이다. 물론 이러한 관능은 미학적으로 상징화 되고 이미
지화 되어 있기 때문에 직설적인 것은 아니나, 그래도 앞의 시에 비하면 상
당히 솔직해져 있음을 볼 수 있다. ③은 아내가 외출한 빈 방에서 아내의 존
재를 더 확실히 느끼는 화자를 보여준다. 즉, 잠깐 동안의 아내의 부재는
그만큼 아내의 존재를 더 강렬하게 대비시켜 보여준다는 것이다. 여기서
'연두빛 혀와 복숭아뼈'는 현재 그 장소에 존재하지 않는 아내에 대한 화자
의 욕망이 끌어낸 이미지이며, 연두빛의 상큼한 색채감이 '혀'와 연결된 것
은 아내의 육체에 대한 화자의 정신적 승화이며 미화의 한 형태라고 할 수

있을 듯하다.

위에서 살펴본 바 홍희표 시인의 제1·제2시집을 통해 본 초기시의 세계는 기법상 섬세하고 치밀한 감각화를 통한 이미지즘의 구현이며, 그 내용은 일상에서 발견하는 아름다움에 대한 탐닉이라고 정리할 수 있겠다.

2. 갈등과 수용의 시

제3시집『마음은 구겨지고』는 제2시집 이후 5년의 공백을 거친 후 1978년에 출간되었는데, 기법이나 내용면 모두에서 같은 시인의 작품이라고 믿기어려울 만큼 판이한 성향을 띄고 있음을 볼 수 있다. 탐미적이리만큼 화사했던 수사는 사라지고, 일상어를 선택하여 반복 사용하는 경향이 두드러진다. 그리고 인생과 세계를 대하는 태도는 실제적이고 냉소적이며 비판적 성향을 띈다. 모더니즘 성향은 아직 남아 있으나 감각적 이미지즘 기법이 아니라 주로 전쟁 후의 1950년대 모더니스트의 작품에서와 같은 의미의 단절과 뒤틀린 시각을 보여준다.

왜 이러한 변화가 일어났을까. 한 시인의 일생에 걸친 시작 작업에는 변화가 있기 마련인 것이지만 시인의 기질에 따라서 시적 지향에 평생 큰 변화가 없는 경우도 많기 때문에, 궁금증을 가질 만도 한 문제라 하겠다. 물론 시의 화려한 이미지 구사는 1960년대의 한국 시단에 있어 보편적 성향 중의 하나였던 듯하며, 시집『어군의 지름길』의 발문에서 신동엽은 "1960년대부터 한국에는 화사한 언어떼를 가진 일군의 젊은 시인들이 떠올라 오기 시작하였다"라고 전제하고 홍희표 시인의 시를 "일찍이 김기림에게서 개화를 봤던 주지적 리리시즘의 개화"라고 규정한 바 있다. 그렇다고 한다면 화려한 이미지즘 성향을 띤 것도 또는 그것을 버린 것도, 동시대인이라면 누구라도 무시할 수 없는 사조의 유행을 탔던 결과라고만 볼 수 있을까? 그보다는 시인의 삶에 대한 태도와 관점에 큰 변화를 불러온 생활상의 변화가 있었던 것이 아닐까?

어쨌든 독자의 입장에서는 그의 작품을 통하여 이러한 궁금증들을 해결할 수밖에 없으므로, 작품 하나를 들어 그의 시의 변화를 보기로 하자.

> 어둠과 어둠은 만나고 있습니다. 침묵은 침묵을 강요하고 있습니다. 부정과 주림 주림과 부정은 늘 악수하고 있습니다. 소리없는 물소리 소리있는 물소리 제압하고 보이지 않는 손길과 손길이 만나고 있습니다. 아우성은 아우성을 뭉개이고 기만은 기만을 으깨고 하늘의 별을 보세요. 별은 별을 가리고 은하수는 은하수를 좀먹고 있습니다. ─하략─
>
> ─ 「악수」 일부

이 작품에서 우선 눈에 띄는 것은 그 관념성이다. 감각적이고 구체적인 시어가 사라지고 침묵, 부정, 주림, 제압, 기만 따위의 관념어가 등장하고, 우회적으로 표현되고 있어 한 마디로 주제를 뽑아내기 어렵긴 하지만 전반적인 내용은 사회 상황에 대한 비관과 풍자임을 알 수 있다. 보이지 않는 곳에서 이루어지는 정치적 담합과 부패, 질서의 혼란 등이 열거되고 있다.

보다 구체적으로 지적하자면 그의 냉소적 시각은 다방면에 걸쳐 있다고 할 수 있다. "붉은 한 페이지에/쇠파리가 떨어진다/겹겹으로 쌓이는 땅바닥의 상한 말"(「마음은 구겨지고」), 또는 "시들어버린 도라지 펜촉은 시들고"(「펜촉은 시들고」) 같은 부분에서는 언론 탄압으로 인한 위축을 볼 수 있다. 그리고 "울지 않는 우리집 아이들. 울 줄 모르는 우리집 마누라. 울 줄도 울릴 줄도 모르는 내가 먹구렁이처럼 한 이불 속에 파묻혀"에서는 가족 간의 몰이해와 단절을 보여준다. 나아가서 「홀로 춤추며」에서는 육체적 교섭조차도 '홀로 추는 춤'에 지나지 않는 외곬의 열중에 불과할 뿐 정신적 일체감이나 유대감과는 관계가 없는 단절된 관계를 한탄한다. 그리하여 '불이 붙는 것은 한조각 마음이 아니라 슬픈 몸'일 뿐이라는 것이다. 때로 시인은 세태 풍자와 문명 비판적 시각을 보인다.

> 뒷바퀴로만 김포공항에 우리 비행기 착
> 륙, 황금연휴 행락인파 만원사례 라면에

흰벌레와 벌레알 발견, 문어 병어 농어 도
미에 발암 물질 검출 항생제에 약효 사라
지고 매니큐어 피부염 유발, 급식빵 먹고
죽다 살음

―「만원사례」 일부

이 작품은 신문의 표제들을 모아 붙인 듯한 나열로 되어 있다. 특별한 판단은 내려 주지 않으며 단순히 요지경인 세상의 불안한 세태를 열거할 뿐이지만 시인을 살 맛 나지 않게 하는 것이 이러한 기본적 도덕과 양심의 부재 상태임을 쉽게 짐작할 수 있게 한다.

「진눈깨비」에서는 교사로서의 자괴감을 보여준다. "백묵 속으로 나는 자꾸 숨어들고/학생들은 백묵 밖으로 뛰어나온다./(중략)/학생들은 안 됐다는 듯/진눈깨비처럼 떠들며/엉터리 올빼미선생이라고/한동안 나를 비웃고"에서 독자는 백묵으로 상징되는 획일적인 학교교육을 수행하는 교사와 그것을 믿지 않는 영악한 학생들 간의 괴리와 갈등을 본다. 그런데 이러한 단절이 그가 가르치는 과거 문학의 세계와 현실과의 괴리에서 온다는 것은 다분히 시사적이다. 즉, 같은 작품에서 "연산군은 환상으로 망하고/김소월은 게껍질 던진다."라고 말한 의미는 화자가 신봉하는 문학이나 과거의 학문이 지향하는 이상이 현대의 새 세대인 학생들에게는 시대에 뒤떨어진 자의 나약한 헛소리에 불과하게 들린다는 인식이다.

그러나 시인은 과거 시대의 위인들과 그들의 삶의 형태를 추구하는 것을 포기할 수 없다. 오히려 당대의 주변 인물들과의 인간관계가 단절되고 소외될수록 그의 그리움은 깊어질 수 밖에 없는지도 모른다. 그래서 그는 전대의 선사(禪師)에서부터 샤를르 보들레르, 박용래에 이르는 인물들에게 바치는 시를 쓰고 있는데, 이러한 경향은 이후에도 꾸준히 나타나고 있다.

제4시집 『한 방울의 물에도』에서 주목되는 것은 시인의 눈이 인생의 깊은 의미로 돌려지고 있다는 것이다. 이 시집에서는 삶의 의미에 대한 깨달음이 차분한 언어로 표현되어 있다. 그것은 이 시기에 시인이 그의 문학에 있어 중요한 동반자였던 시인 박용래와 송유하를 잃는 경험을 했다는 점과, 불교의 세계에 대한 탐구를 시화하기 시작했다는 데도 동기가 있다고 볼 수 있을 듯하다.

시 「화전(火箭)」은 이룰 수 없는 꿈만을 좇으며 살아온 지난날에 대한 반성과 현재의 마음 자세를 낮은 목소리로 노래하고 있다.

> 화전(火箭)이 되어 갈봄없이 그리움의 끝만 좇다가 보니 홀연히 화전(火箭)은 된 바람처럼 가고 없었습니다. 꽃도 지고, 새도 울고 어둠은 능선따라 능선따라 가버렸습니다. 요즘 느끼는 것은 만질 수 있는 화전(火箭)같은 그리움, 밥도 먹으며 볼 수 있는 화전(火箭)입니다. 오들오들 지붕 위의 눈송이 보고 생각한 화전(火箭)같은 그리움입니다.
>
> — 「화전(火箭)」 전문

화전(불화살)은 젊은 날의 야망이나 사랑을 의미한다고 할 수 있다. '꽃, 새, 어둠'은 젊은 날 체험했던 여러 이미지들을 구체화한 것으로 보이므로 그것이 가버렸다는 것은 세월의 경과를 의미한다고 할 것이다. 그렇다면 인생의 한 고비를 넘긴 시인에게 있어 여전히 남은 꿈은 무엇일까. 그것은 실현할 수 있는 이상이며 실체를 느껴 볼 수 있는('만질 수 있는')대상이며 피를 끓게 하기보다는 일상생활을 크게 흔들지 않는 한도 내에서 편하게 바랄 수 있는('밥도 먹으며 볼 수 있는')소망 같은 것이며, 따뜻한 유대감을 주는 관계 같은 것이다. 이것은 어떻게 해석하면 이상을 버리는 일, 현실 만족이라는 소극적 태도로 볼 수도 있겠으나, 제3시집이 나타냈던 바 세계에 대한 날카로운 대립의식에서 벗어나 세상과의 화해로 가는 과정을 보여준다고 보는 게 더 옳을 듯하다.

사자구(四字句)로 된 제목을 가진 일련의 작품 중에서 「수어지교(水魚之交)」는 부부싸움을 그리고 있어서 제목과의 사이에 아이러니를 일으킨다. 격렬한 감정이 대립에 의해 원수지간처럼 싸운 후의 결론은 "솨야솨야 쏟아지는 소나기 같은 이 세상사"라는 결구이어서 웃음을 자아내게 한다. 그에게는 일상의 갈등이나 절망과 화해하는 선천적인 낙천성이 있는 것 같고, 이것은 또 상당 부분 그의 불교 지향적인 기질과 관련이 있는 듯도 하다.

또한 시집 『한 방울의 물에도』에서 인상적인 것은 대전 지역의 전설적 인물이 되어버린 작고한 박용래 시인에게 바치는 여러 편의 시이다. 이 시들은 나중에 박용래에 대한 시와 산문과 편지로 엮어진 시선집 『눈물점 박용래』에 다시 정리되었는데, 그 속에 담긴 진실성으로 인하여 매우 인상적인 작품들이라 할 수 있다.

> 복숭아 가지끝 부풀어가고, 학하리 마을에 서 있는 산수유 허기진 듯 눈뜨고, 솔바람소리 또한 싱그러운데 그곳은 어떠하십니까? 저는 굴뚝새처럼 유행가 물결따라 이곳저곳 헤매고 있습니다. 시골 국민학교 ㄱㄴㄷ으로 넘치고, 보리밭에서는 노고지리 상기 울고 있습니다. 이곳은 용래성님 좋아하던 초가집 한 채도 없고, 그 맛 좋던 막걸리 통 신통치 않습니다. 저는 아직도 쓰리랑 쓰리랑 거품 뿜으며 까까중 찾고 있습니다. 그곳에서도 한 잔만 마시면 영 취해 버리는 술잔 들며 이승에 떠 있는 저희를 생각하십니까?
>
> ―「꿈의 말―까까중」 전문

이 시는 저승의 박용래 시인에게 보내는 편지 형식으로 진술되어 있다. 봄의 교외, 이승에 있는 사람끼리 막걸리 한 병 가지고 나간 들은 어쩐지 뭔가 빠진 듯한 감이 든다. 그것은 물론 함께 해야 할 사람이 곁에 없기 때문이다. 이승에 남은 화자는 '아직도 쓰리랑 쓰리랑 거품 뿜으며 까까중 찾고' 있다. 즉 이승에서의 술추렴이니 못다 한 꿈의 한이니 하는 것을 가지고 방황하고 있다. 남은 사람의 삶은 같은 모습이지만, 한 번 간 사람은 영원히 다른 세상으로 갈려 돌아올 수 없다는 허망감과 허전함이 이 시의 주된 정조다. 그것뿐이라면 평범하게 끝나버릴 진술을 시인은 "그곳에서도― 이승에 떠 있는 저희를 생각하십니까?"라는 한마디로 멋지게 비약시키고 있다. 즉, 저승보다는 오히려 이승 쪽의 사람들이 "떠있는" 상태로 표류하고 있다는 것이다. 하기는 존재하는 차원이 다르기 때문에 보이지 않을 뿐이지 진실한 실체는 저 세상에 있는 것인지 누가 알겠는가 라고 하는 것이 화자의 숨은 목소리라고 생각된다.

이상에서 살펴본 바와 같이 제2기의 시는 『마음은 구겨지고』의 환멸과 비판의 시기를 거쳐 『한 방울의 물에도』에서의 차분한 인생에 대한 관조와 세상에 대한 화해의 단계를 거친다. 그리고 기법 상에서는 의미상 연결되기 어려운 소재들의 폭력적 결합을 꾀하는 모더니즘적인 시 경향에서 차분한 전통적 기법의 시쪽으로 보다 가까워지고 있음을 볼 수 있었다.

3. 사회 풍자시 · 통일시 계열

시집 『살풀이』(1984), 『금빛 은빛』(1987), 『모두모두꽃』(1988), 『세상달공 세상달공』(1990)의 네 시집은 지향면에서 공통점이 뚜렷하다. 그것은 속화된 세상에 대한 우려 내지는 비판적 시각을 나타낸다는 점에서의 공통점이다. 『살풀이』의 이러한 성향은 다음과 같은 작품에서 뚜렷이 드러난다.

① 닐름대는 혓바닥의/힘의 노름으로/금간 사람들/회색 구름 위의 갑천 황새
— 「금간 사람들」 일부

② 김구, 송진우, 장덕수, 여운형 선생이 경교장에 모여
윷놀이를 하고 있었습니다. 그분들은 윷판 위에다 통일된 무궁화 강산을 오정포(午正砲)울릴 때까지 만들고 있었습니다.

양파껍질 벗기고 있습니다. 양파는 소금바다로 가고 껍질만 수북합니다. 뒷날에 뉘 있어 스스로 나라를 사랑했다고 이를 양이면 그분들과 함께 천천히 무궁화 삼천리강산 위에 윷놀이 해 보시지요.
— 「윷놀이」 전문

③ 어어얼 시구시구 시전서전 읽었나 유식허게 잘헌다. 냉수동일 묵었나 씨언씨언 잘한다. 그러나, 당신은 시대에 방황하는 지붕 위의 호랑이. 기운차게

자리뺏기에 몸 가리고, 품바품바 잘헌다. 동삼뿌릴 씹었나. 나의 백성이 나와
같이 있다고 확신하는 어어얼 시구시구 뜬물동일 묵었나 걸직걸직 잘헌다. 지
름동일 묵었나 미끈미끈 잘헌다.

—「품바 · 한 마디」 전문

    주술적 의식을 시에서 행하고 있는 것은 정치가의 위선에 대한 풍자이다.
①은 믿을 수 없는 공약을 앞세운 정치가의 위선과 힘의 대결로 인해 정작
피해를 당하는 것은 선량한 보통사람들과 자연임을 고발하고 있다. 마치 고
래 싸움에 새우등 터지는 것 같은 국면이다. ②는 진정한 애국자는 누구인
가 라는 물음을 던지고 있다. 경교장에 모여 윷놀이를 하는 네 명의 민족주
의자란 물론 허구적 상황 설정이지만 이분들이 모두 정치적 암살을 당했다
는 점에서는 사실성을 바탕으로 하고 있다. 그들이 제거된 뒤 정권을 잡은
누구도 그들의 죽음에 대한 책임을 지지 않았으므로 빤한 미해결 사건이 되
고 만 이 사건들은, 우리나라 정치 발전을 저해하는 역사적 오류의 출발이
며 결코 마지막은 아니다. 조국통일을 원했던 진정한 애국자는 모두 비명에
가고 '양파껍질' 같이 겉과 속을 짐작할 수 없는 사이비 정치가만 살아남은
이러한 상황에 대하여 시인은 냉소적인 태도를 취하지만 직접 비판에 나서
지는 않는다. ③은 장타령에 정치가에 대한 풍자를 섞어내고 있다. 말만 앞
서고('유식하게, 씨언씨언'), 역사의식이 빈곤하며('시대에 방황하는 지붕
위의 호랑이'), 권력독점을 위한 보신('자리뺏기에 몸 가리고')과 과대 망상
적 자기합리화('나의백성이 나와 함께 있다고 확신하는')에 빠져 있는 정치
가를 조소하고 있는 것이다. 여기서 장타령을 이용한 것은 대표성이 있는
민중의 소리임을 나타내기 위한 장치인 것으로 보이며 적절하게 맞아 떨어
지는 감을 준다.

    이외에도 비판의 시각은 서민 대중에게도 향해진다. 즉 이러한 부정적인
형태의 사회의 존립은 대중의 속물성과 무 비판성, 그리고 안일함에도 큰
책임이 있다는 생각이다. 시 「역학 풀이」에서의 "아, 우리의 세상은 정말로

평안해"라는 구절은 역설적으로 각성하지 않는 대중에 대한 풍자를 담고 있다. 이것은 매스컴과 스포츠를 통해, 또는 물질만능주의에 의해 대중의 판단력이 마비되고 있음을 나타낸다. 그리하여 시 「야구중계」에서는 피서 지인 바다에 와서도 야구중계에 빠져 있는 사람들의 모습을, 그리고 「구천 동에서」는 자연에 몰입할 수 없을 정도로 세속화된 인정을 그리고 있다.

시집 『금빛 은빛』은 「씻김굿」 연작 66편으로 이루어진 연작시집이다. 이 작품은 동학의 실패와 일제시대, 6·25 전쟁과 남북 분단이라는 근세의 민족적 비극을 제재로 하여, 남북의 화해와 통일을 희구한다는 목적으로 쓰여져 있다. 그러나 강력한 주제의식에 비하여 표현은 직설적이기보다는 우회적인 쪽을 택하고 있다. 그리고 또 하나의 분명한 특징은 다수의 작품에 일종의 후렴구 역할을 하는 부분이 있으며, 그것은 대부분 민요나 동요에서 빌려온 패러디라는 것이다.

> 우리 사촌 형님은
> 쇠주 한잔 걸치면
> 쿵딱 외팔로
> 낙동강을 뒤집고
> 낙동강을 던지고
> 우리 사촌 형님은
> 쇠주 한 잔 걸치면
> 쿵딱 피범벅 속의
> 낙동강 잉어떼 되어
> 쿵딱 피범벅 속의
> 낙동강 철쭉꽃 되어
> 그리운 한 팔을 찾아
> 쿵딱 목메이고
>
> ―「사촌 형님」 씻김굿·17 전문

여기서의 '쿵딱'은 판소리 고수의 박자 치는 소리를 연상케 하는데, 낙동강 전투에서 한 팔을 잃은 사촌 형님의 사연을 효과 있게 전달하기 위한 장치로 사용되어 있다. 즉 사설 사이로 치는 북소리는 여백을 남김으로써 청자가 충분히 상황을 이해하고 흥이 고조될 수 있도록 돕는 역할을 하는데, 여기서도 그런 효과를 기대하고 있는 것이다.

이러한 시도는 성공하고 있는 경우도 있고 독자의 진지한 감상을 방해하고 있다고 여겨지는 사례도 있다. 예를 들어 피난민의 애환을 그리고 있는 「앞집 개」와 「또 어디로」같은 작품의 경우, 최소한의 생존마저 위협받고 있는 긴박한 상황을 제시하고는 말미에 '앞집 개도 잘도 잔다'니 '짬박구 짬박구 앵게나삐 앵게나삐' 같은 동요와 놀이노래의 구절을 이용함으로써 긴장을 무너뜨리고 있다. 그의 시의 구성에 늘 끼어드는 이런 언어유희의 의도는 무엇이며 그것은 얼마나 성공하고 있는가? 아마도 시인은 이 연작의 제목을 '씻김굿'이라고 붙인 것, 즉 비극적 민족사에 대한 화해와 치유라고 하는 의도에 충실하기 위하여 순수하고 주술적 효과마저 있다고 여겨지는 노래의 구절들을 집어넣고 있는 것 같다. 또한 이것은 현대 연극에서 관객이 연극에 몰입하여 지성적 판단을 잃지 않게끔 방해 하고 조정하는 기교와도 무관하지 않을 것이다. 농민의 애환을 담은 「모야 모야 노랑모야」의 경우, 과거 동학의 실패와 현재 농촌의 빈곤 문제를 진술하면서 모내기 노래를 적절히 패러디함으로써 성공적인 효과를 내고 있다. 그러나 그러한 의도가 각 작품의 완결성에 언제나 성공적으로 기여하고 있다고 보기는 어려울 것 같다.

그럼에도 홍희표 시인의 시 형태에 대한 실험정신만은 바람직한 것으로 인정해야 할 듯한데, 그것은 때로 이러한 실험정신이 참신한 형태의 성공적인 작품을 낳기 때문이다. 한 예로 「경원선」을 들 수 있다. 박용래가 조선은행에 근무할 무렵 경원선을 타고 러시아에까지 달린 체험을 회고담 형식으로 써나간 작품이다. 이 시는 전체가 3연으로, 박용래 자신의 사투리와 입담과 언어습관을 세 개의 큰따옴표에 실은 대화만으로 보여주는 형태를 가지고 있어 신선한 느낌을 준다.

시집『모두모두꽃』은 꽃 이름의 제목을 가진 88편의 산문시로 되어 있다. 이 시들은 각기 스토리를 가지고 있어서, 해설에서 김재홍이 지적한 바와 같이 설화시라 부를 수 있는 형태를 하고 있다. 이 시집에 이르면 시인의 풍자가 해학에 가까운 모습을 띠게 되는 것을 볼 수 있다. 한 예로 시「달맞이꽃」에서 화자는 굶주렸던 소년 시절로 돌아간다. 콩깻묵, 밀기울로 연명하면서 '금강물이 우유' 였으면 소원하고 '강변돌이 떡같으면' 하고 소원한다. 후렴은 "개지나칭칭 나네"이다. 물론 이것은 "쾌지나칭칭나네"를 "개"로 바꾼 것이다. 굶주림의 상황이 '쾌(快)' 할 수는 없다는 시인의 숨은 생각이 대변되어 있다. 웃음을 자아내고 때로는 독자를 조롱하는 듯한 느낌마저 주는 의외성의 속출은 시인 나름으로의 화해의 몸짓이면서 한편으로는 세상에 대한 도전이나 저항의 의미로도 해석된다. 그러한 저항은 다음과 같은 작품에서 구체적으로 드러난다.

> 병이드네, 병이드네, 한반도의 녹두꽃이여! 난 댓잎자리 위에서 그것을 겪었어요. 처음 감동받은 처녀처럼 당신 심장의 고독을 느낄 때마다 처녀같은 느낌이 들어요. 더티댄싱! 기생관광은 외화수입일세. 외화수입은 기생관광일세.
>
> ―「녹두꽃」 일부

"난 댓잎자리 위에서 그것을 겪었어요."는 고려가요인 「이상곡」의 패러디인 것으로 보인다. 그러나 「이상곡」의 에로티시즘이 정든 임과의 관계로 승화될 수 있는 것인데 비해 이 작품의 '댓잎자리' 는 한국 처녀의 성(性)을 파는 열악한 조건을 풍자하고 있다. 기생관광을 외화수입으로 미화시키는 것은 추악한 물질만능주의의 발로라는 지적과 함께 이 상황을 경제적 강국에게 유린당하는 약소국이라는 구도로 묘사하고 있는 것이기도 하다. 시인은 이를 진지하게 비판하기보다는 해학과 풍자로 조소하고 있다.

'풍자시집' 이라는 표제가 붙은 시집『세상달공 세상달공』은 나라타령 연작으로서, 일련의 시집 중에서 가장 직설적인 풍자를 담고 있다고 할 수 있다. 말나라, 술나라, 꿈나라, 불나라, 돈나라, 한나라, 님나라, 굿나라, 달나라, 땅나라, 손나라, 범나라, 개나라, 핵나라, 별나라, 꽃나라, 새나라등의 부제가 붙은 이 나라타령 시들은 세태풍자 부분과 뒷부분의 민요조 등의 후렴구 결합으로 이루어져 있다. 이를 시인은 서문에서 "우리의 고유 운율과 현 세태의 모습을 풍자로 결합시키는 일을 내 나름으로 해보고 싶었다."라고 밝히고 있다.

그런데 이 풍자시들은 풍자의 대상이 확실한 것도 있고 그렇지 않은 것도 있다. 예를 들어 「총은 쏘라고 준 것」에서는 4 · 19 당시 시민에게 발포한 사건을 두고 당시 국회의장이 "총은 쏘라고 준 것"이라는 무책임한 발언을 한 일을 풍자하고 있으며, 「불운한 군인이 되고 싶다」는 박정희 소장이 5 · 16쿠데타 이후 민정에 참여하기 위하여 군복을 벗으며 한 연설을 풍자한 것으로 "이날 남녘 시민들/너도/나도/나도/불운한 군인이/되고 싶다/29,999,999명!"라고 언명하여 정치인들의 겉과 속이 다른 화려한 말잔치를 확실하게 조롱하고 있다.

그러나 몇몇 작품의 경우는 풍자의 내용이나 의미를 확실히 알기 어렵다. 「나도한량 너도한량」 같은 작품의 경우 "곱사등이/너도한량 나도한량/배불뚝이/나도한량 너도한량/회줄래기/너도송아지 나도송아지/동동굴어졌구나"라는 구절의 의미는 확연하게 머리에 들어오지 않는다. '앉은뱅이', '당달봉사', '곱사등이' 등 불구자들을 제시하고 나도 한량이요 너도 한량이라고 말하는 의미는 이들 모두의 인생을 격려하는 의미가 있는 것인지 알 수 없다. 풍자의 경우 일부러 명료한 제시를 흐리는 기법을 사용하는 것을 감안하더라도 독자의 이해를 위해 조금만 더 친절한 안내가 있었으면 싶다.

『세상달공 세상달공』이라는 표제에 걸맞게 이 시집에서의 풍자의 대상은 배우 다양하다. 돈나라 연작은 권력층의 투기와 사치를 풍자한다.

금빤스, 은빤스
자수정빤스
오, 마님!
정말 너무해오
숨바꼭질은 머리카락이
들통내고
십리안에 오리나무

—「금빤스 은빤스」 일부

　이 작품은 당시 대도(大盜)라고 불리던 도둑이 부유층 권력층의 집을 털어 물방울 다이아를 포함한 장물을 가지고 체포되었던 사건을 제시하고 있는 듯하다. 그 때 대다수의 국민들은 권력층의 상상을 초월한 재물 축적에 대한 경악과 함께 절도를 당한 피해자가 오히려 축재에 대한 조사를 받는 과정에서 속시원함을 느꼈던 것도 사실이다. 여기서 엉뚱한 곳에서 탄로 나는 부정축재를 "숨바꼭질은 머리카락이 들통내고"로 회화하고 있다.

　「어화넘자 허슬리」는 미국의 외설잡지 허슬러에서 올림픽 개최지인 한국을 소개하면서 "백인이건 흑인이건 모든 외국인들은 아주 싼값에 한국 여자를 손에 넣을 수 있다"고 써서 물의를 빚었던 사건을 쓰고 있다. 화자는 이에 대해 "육갑 환장하지 말고/개장국이나 퍼먹고 물러거라!? 어화어화 어화넘자."라고 응대한다. 즉 외국 귀신을 몰아내는 주술적 의식을 시에서 행하는 셈이다.

　달나라 연작은 험해진 세상에서 자녀교육문제에 대한 우려를 표현한 것이다. 「하날천(天) 따지(地)」에서는 등굣길에 학교를 빼먹고 전자오락실에서 우주전쟁이나 즐기는 아이들을 그리고 있고, 「이민갈 생각하니」는 벼락부자 된 부모덕에 호화사치 생활에만 맛을 들이는 젊은 오렌지족들의 사고방식을 꼬집고 있다. 「헌집줄게 새집다오」는 가난한 집안의 아이들이 부모에 대해 가지는 불만을 독백조로 표현하고, 이것은 부모에 대한 사랑이 없어서가 아니라 황금만능주의 사회에서 어린 아이들까지도 물질로 서로를 평가

하는 세태 때문임을 역설하고 있다.

이와 같이 시집 『살풀이』에서 『세상달공 세상달공』에 이르는 4권의 풍자
시집 속에서 홍희표 시인은 이 사회의 온갖 병리적 현상을 진단하고 당대
언론에 비친 사건들을 총망라하여 시화하고 단죄하였음을 볼 수 있다. 시인
은 여기에 민요나 동요의 구절들을 중간 중간과 말미에 끼워 넣음으로써 왜
곡된 현실과 조화로운 전통가요의 세계를 대조적으로 병치시켰고, 말 그대
로 '살풀이'를 통한 화해와 문제해결을 소망하였다. 물론 노동문학이니 민
중문학이니 하는 구호를 내건 문학이 지배하는 첨예한 이념의 시대였던
1980년대 문학 분위기에서 홍희표 시인을 운동성이 강한 반정부 문학인으
로 규정하는 일은 없었으리라. 그러나 그는 시대의 양심으로서의 시인의 역
할을 다하기 위하여 나름대로 치열한 노력을 기울였던 것으로 보인다.

4. 한밭풍물시의 세계

홍희표 시인의 한밭풍물시 시집은 올해로 3권이 나왔다. 『이스렁이 버드
내에서 춤추며』(1991), 『늙은 호박 속에는 뭐시 들어있을까유우』(1992), 『보
리피리 버들피리 민들레피리를』(1994)들이다. 이 책들은 전의 시집들과는
달리 이 지역 출판사인 〈호서문화사〉에서 출간되었고, 표지 디자인은 홍 시
인의 시에 가끔 등장하던 미술을 전공한 따님이 맡았다. 이러한 배경에 걸
맞게 이 한밭풍물시에 대한 홍희표 시인의 애정과 긍지는 특별하다. 그는
시집 『이스렁이 버드내에서 춤추며』의 서문에서 "지천명을 바라보는 나이
테의 둘레에 서서, 나는 한밭의 토박이로서, 우리가 살아왔던 이 고장을 올
곧게 노래하고 싶었다."라고 밝히고 있다. 그러한 의도에 충실하게 이 시집
들은 한밭과 그를 둘러싸고 살고 있는 한밭 사람들의 과거와 현재에 대한
많은 사연을 다양한 국면으로 담아내고 있다.

한밭풍물시는 시인 자신의 뿌리를 찾는 개인사적 시편들로 출발한다. 즉
「우리집 본적」에서 "우리집 본적은/한밭 대흥동 481번지"라는 언명이다. 어

린 시절 살던 그 집은 이제 마흔이 넘은 시인이 찾아와 보니 '제일장여관이 되어 연지바른 점령군처럼 ㅎㅎㅎ 웃고 있'다. 다시 말하면 속화된 장소로 바뀌어져 있다. 그러나 시인의 마음속에 간직된 그 지번(地番)의 장소에 대한 신성한 뿌리의식은 변하지 않는다. 또 어린 시절의 추억은 못 살았던 과거 시대의 삶의 모습을 보여 준다. 시 「까막고무신」은 물자가 귀했던 시절의 농촌에서 어렵게 학교에 다니던 추억을 담고 있다. "새까만 타이어고무로 만든 그 신은 불볕 더위 때 걷다 보면 발에 들러 붙었지유. 발등엔 먼지가 앉고 발가락은 물에 불어 오글쪼글했지유." 또는 6·25 직후의 초등학교 시절을 담은 시 「신흥초등학교」에서 "옆에 앉은 단발머리 기집애/머리카락에 진눈깨비처럼 서캐 앉아 있고/옆에 앉은 빡빡머리 머시매/목아지 위로 밥알처럼 머릿니 기어가고." 같은 구절들은 어려운 시절에 대한 이야기면서도 사실적인 관찰과 유머를 담고 있어 향수까지 자아내게 하는 구수한 이야기들이다.

시인은 또 지방의 전설과 사투리를 적절히 사용함으로써 향토색을 물씬 풍긴다. 시 「며느리밥풀꽃」에서는 시어머니의 학대를 받아 죽은 며느리의 사연을 담은 꽃의 전설을 시로 썼고, 「소제방죽」에서는 방죽에 얽힌 노랭이 부자 영감과 스님, 그 집 며느리에 얽힌 전설을 삽입하고 있다. 충청도, 특히 대전 근방의 사투리는 도처에서 자유자재로 사용되고 있는데, 이는 다분히 의도적인 것으로 보이며 몇몇 작품에서 상당히 성공하고 있음을 볼 수 있다.

① 이스렝이/이르내에서 춤추며 내리네.//이스렝이/할배 담뱃대에서 내리네./이스렝이/과수집 마당 위에 내리네.

— 「이스렝이」 전문

② 엿들 사씨요, 엿들 사아! 밥 비베주다가 숟가락 몽딩이 부러진 것, 부부 쌈 허다가 놋사발 내불인 것, 누룽지 긁어묵다가 양은 냄비 빵구낸 것, 청상과부 오줌발에 요강 찌그러진 것, 시어메 잔소리에 솥뚜껑 깨묵은 것, 어허어 쓰자허니 못 쓰것고 내뿔자니 어허어 아까운 것, 뭣이든지 갖고 와서 엿허고 바까묵어

— 「엿장수 박아저씨」 일부

③ 두 번 절하고 담배 한 대 불붙여 산소 잔디 사이에 꽂으며
"담바구이에요. 엄니!"
"잘 왔다. 내새깽이!"

—「내새깽이」일부

①의 '이스렝이'는 각주에 의하면 이슬비를, '이르내'는 은하수를 가리키는 방언이라는 것이다. 잊혀진 아름다운 말의 어감을 되살리고 있는 점에서 의의가 있는 시라 하겠다. ②의 시는 엿장수의 사설을 통해 충청도말(여기서는 전라도 말의 뉘앙스도 풍기는데, 그것은 이 지역이 전라북도와 지역상 가깝기 때문일 것이다)의 어감을 한껏 살리고 있다. 입 밖에 내어 읽어보면 이제는 이 지역에서도 잘 들을 수 없게 된 이들 방언의 애교 있는 어감에 절로 웃음 짓게 된다. ③은 성묘 간 아들과 무덤 속 어머니와의 대화이다. 담바구(담배). 내 새깽이(내 새끼)의 방언 사용은 혈육 사이에 오가는 사랑을 더 뭉클하게 느끼게끔 한다. 왜냐하면 이 대화는 표준말로 번역(?)해서 싣는 것과는 달리 현장감을 더해주기 때문이다.

그러나 독자가 느끼는 한밭풍물시의 매력은 무엇보다도 한밭 사람들의 보편적 정서가 깃들어 있는 장소에 얽힌 시들에서 찾아야 할 것 같다. 대전의 번화가인 은행동, 오류동 새벽의 반짝시장, 신안동 굴다리, 카톨릭 문화회관, 대흥동 성당, 테미고개, 보문산, 목척교, 대전역, 박용래 시인의 집인 오류동 청시사, 양키시장 골목 등은 대전에 거주하는 사람이나 대전을 방문한 기억이 있는 사람에게는 이름만 들어도 추억 어린 풍경일 것이다. 게다가 이곳들은 지금도 가 볼 수 있는 장소이기도 하니 대전을 모르는 사람에게는 꿈과 기대를 주는 풍경으로 기억될 수도 있는 일이다.

목척교 홍등을 끄면
술집 네온이 붉고
그 제비꽃등을 끄면
산동네 전등불이 빌딩처럼 높고

그 원추리꽃등을 끄면
멀리 공장의 불빛이 보이네
야근 줄풀등 아래
보이지 않는 손톱
보이지 않는 발톱
목척교 홍등을 끄면.

—「홍등을 끄면」 전문

　이 작품은 목척교 부근에서 바라본 대전의 야경인 것으로 보인다. 아마 홍 시인은 근방 어디의 포장마차에서 벗과 더불어 한 잔 했으리라. 주점들의 불빛이 꺼지는 심야에, 시인은 거리에 서서 산동네 불빛을 바라보고 다정한 이웃으로서의 애정을 느낀다. 그리고 그 불빛도 꺼질 무렵이면 아직 잠들지 못한 공장의 불빛을 바라보면서 시인은 더 어려운 이웃들인 공원들의 야근의 피로를 느껴 보기도 한다. 대전에 이렇게 여러 계층의 사람들이 어울려 살며 지역사회를 이루고 있다는 따뜻한 공감이 느껴지는 시이다.

　또 이 시인의 시에는 대전의 토박이 예술인들이 자주 등장하여 그들을 아는 사람에게는 더욱 흥미로운 인상을 주기도 한다. 이것은 대전의 문화적 분위기를 보여주는 좋은 작업이라고 생각된다.

백제 와당처럼 권영우환쟁이
누굴 하염없이 기다리고
그 는개비 사이로
강태근 소설쟁이
진규태 연극쟁이
막걸리 한 잔 걸치고
그 는개비 사이로
담배 피는 가시내
눈물술 먹는 가시내
마른 장미처럼 앉아있고

—「영상 찻집」 일부

이 시는 이 지역 예술가들이 자주 찾았던 '영상 찻집'의 풍경을 담고 있다. 시간적 배경은 1980년대 말에서 1990년대 초인 듯하다. 밖에서는 데모가 한창이라 최루탄이 터지고 돌이 날고 있는데, '영상 찻집' 안 여기저기에 앉아 있는 이들 예술가들은 아무래도 사회 상황과는 유리된 것 같이 보인다. 하긴 이들 모두가 당시의 격앙된 분위기에 어울리지 않는 순수 예술가들로서 소외의식을 느끼고 있는 중이다. 다른 쪽에 군데군데 앉아 있는 약간 퇴폐적 냄새를 풍기는 아가씨들도 마찬가지로 실연이라든지 하는 개인적 절망을 맛보고 있는 중인 듯하다. 영상 찻집의 클래식 음악 속에서 바깥과 단절된 채 앉아 있는 이들 군상의 모습은 바로 그 시절에서 소외된 사람들의 쓸쓸한 마음들을 대변하고 있다.

대전의 이러한 모습에도 과거와 현재의 차이는 있다. 시인은 다수의 시에서 잃어버린 그리운 것들에 대한 아쉬움과 현재의 속화된 상태에 대한 비판을 쓰고 있다. 사라져가는 풍물들을 그리워하기도 하고, 보문산에는 이제 싱그러운 자연보다는 전자오락실이나 술집 따위 속물적인 유흥업소만 늘었음을 답답해하기도 한다. 문화의 불모지라는 대전에서 어렵게 막을 올리는 연극인들을 격려하기도 한다. 그러면서 또 '멍청도'라 불리는 대전 사람들의 타처 사람들에 의한 피해를 원통해 하기도 한다. 그가 특별히 배타적인 사고 방식을 가져서 지역감정을 불러일으키려고 의도하고 있다고 보기는 어렵다. 그러나 사실 물에 물 탄 듯 술에 술 탄 듯 애매하다는 평을 받고 때로는 그래서 얕보이기도 하며, 그러다 막판에 참다못해 반발하면 겉 다르고 속 다른 음험한 사람들이라는 오해도 받는 것이 충청도 사람들이다.

> 당하는 구나
> 증말이유
> 당 했구나
> 증말로 말이유우
> 박힌 돌이
> 목척교 아래에서
> 날아온 돌에게

보문산 위에서

—「박힌 돌」 일부

'박힌 돌'은 대전 토박이고, '날아온 돌'은 대전에 이주한 타처 사람들이라는 것은 설명할 필요도 없다. '증말유 당했구먼유'라는 것은 타처 사람들의 영악함에 설 자리를 빼앗긴 토박이들의 느린 말투의 그러나 한스런 반응이다. 박힌 돌은 보문산 꼭대기에 있었는데 목척교 아래에서 날아온 돌이 그 돌을 뺀다는 것이니, 이것은 매우 어이가 없는 상황이라는 화자의 해석을 포함하고 있는 것이다. 이는 시「어름치」에서는 어름치로 대표되는 대청호의 토종 물고기가 베스, 브루길 등 외국종 물고기에게 밀려 서식지를 잃는 상황으로 대체되어 표현되고 있기도 하다.

그러나 아무래도 그의 풍물시의 주조를 이루는 것은 과거의 대전과 현재의 대전에 대한 재발견, 그리고 여기에 함께 살아왔거나 살고 있는 사람들에 대한 이해와 애정이다. 그리고 이러한 작업의 가치가 큰 만큼 한밭풍물시집이 거듭될수록 시의 형태와 내용이 유형성을 띠게 될 위험성에 대해서는 시인 자신의 새로운 모색에 의한 대응이 있어야 하지 않을까 한다.

이상에서 필자는 홍희표 시인의 25년여에 걸친 시작 활동을 나름대로 정리해 보고자 했다. 홍희표 시인은 12권의 시집을 통하여 나름의 시관(詩觀)을 고집스럽게 추구해 왔으며, 그 작품 성향도 그 시관의 흐름에 따라 당대의 사상과 문제들을 담고 변화해 왔음을 알 수 있었다. 시인은 언제나 첨예한 당대의 문제들과 맞부딪쳐야 한다는 이 분의 실천적 자세에 경의를 표한다.

이 짜임새 없는 글 안에서 문단 대선배의 시세계를 잘못 읽어내는 오류를 범한 곳은 없는지 걱정스럽다. 그리고 불교에 대한 이해가 얕고 준비기간이 짧아 미처 선시(禪詩)들을 읽어낼 엄두를 내지 못한 점에서도 죄송스럽다. 또한 한밭풍물시에 대한 시인의 원대한 계획이 성공적으로 마무리되기를 축원하는 바이다.

《오늘의 문학》, 1994년 여름호)

자유의 파편과 녹슬지 않는 펜 — 김선학

시는 우리에게 무엇인가. 시는 무엇을 할 수 있다는 말인가. 시의 효용성에 대해 생각할 때 언제나 부딪치게 되는 물음들을 홍희표 시를 읽는 사람들은 다시 반추하게 될 것이다. 홍희표의 시들은 시의 효용성에 대한 물음의 영역 안에 매우 깊게 발들여 놓고 있다는 점을 지나칠 수는 없다. 시는 결코 총이나 칼 혹은 탱크일 수는 없다. 그리고 총이나 칼 혹은 탱크가 되어서는 안 된다는 것은 상식이다. 다만 시는 시의 울타리 안에서, 정감의 바다를 자맥질하는 삶의 부분들을 언어로 잡아 올릴 따름이다. 언어의 남루 속에 담겨지는 삶의 편린들은 싱싱하게 퍼득거릴 수도 있고, 힘없이 축 늘어져 있을 수도 있다.

그러나 그같이 언어에 인각되어 건져 올린 삶의 편린들은 언제나 가슴 속 감동의 현을 흔들어야 할 것이다. 감동의 현을 뒤흔들지 못하고 시가 스스로의 공리성을 획득할 수 있다는 생각은 잘못이다. 감동을 통한 효용성을 말하지 않을 때, 시는 무엇인가의 물음에 탱크나 총과 칼의 역할을 시와 상관시킬 수도 있게 될 것이다. 그것은 처음부터 착각이라고 할 수 있다. 이른바 감동이라고 말해지는 상부구조와 총과 칼의 직접적 효용성인 하부구조는 구별되지 않아서는 안 된다.

홍희표는 이러한 구별을 확실히 인지하고 있는 시인의 한 사람이다. 그는 처음부터 시가 삶의 가장 구체적 현장인 현실에 언어로 대응한다는 사실과, 그 대응은 정감적인 것과 상응하고, 감동을 통해 현실의 모습을 읽는 이의 가슴에 떠올려 주려하고 있기 때문이다.

　　그림자꽃 흔들며
　　울어주는 사람
　　보리밭 속에 춤추며
　　울어주는 사람

　　그 울어주는 사람도
　　번갯불 속에 없다면
　　무엇 때문에 우리는
　　자물쇠 걸고 살았을까

　　아니야, 그 한 사람
　　한 사람이 울어주기 때문에
　　화살의 소리 같은
　　착란의 세상을 살았고

　　그 어지러운 이내 속에
　　우리는 윙윙대며
　　암청빛 色盲으로
　　홀로 이마를 묻고 있었지

　　　　　　　　　　　　　　　　　　　　　—「그림자꽃」 전문

　　"화살의 소리 같은/착란의 세상"은 시인이 현실을 바라보는 눈이라고 할
수 있다. 빠르게 흐르는 시간과, 그 시간의 늪 속에서 허우적거리며 살아가
는 우리들 모습을 3연의 표현은 절묘하게 압축해 주고 있다. "울어주는 사
람"으로 표현하고 있는 구절에 주목한다면 "홀로 이마를 묻고 있었지"라는
마지막 행과 아울러 그것이 삶을 비탄 속에서도 끝가지 극복하려는 대현실
적인 시인의 의지와 관계하고 있음을 알게 될 것이다. 말하자면 홍희표는
언어로 잡아 올린 현실의 양태를 가장 정감적인 감동의 한 모퉁이를 통해
확실하게 자극하려 하고 있음을 알 수 있게 된다.

이러한 홍희표의 시세계는 대현실적인 자신의 대응의지를 더욱 가다듬는 쪽으로 확산하고 있음을 알아야 될 것이다. 부조리하고, 정치적인 힘인 권력에 의하여 사람의 기본적 덕목이 제대로 대접받지 못하는 사랑들을 그는 직접적인 자신의 정감 속에 끌어들이려 한다. 자신의 정감 속에 끌고 들어온 현실적 매듭들을 그래서 그는 '살'로서 인식하게 된다. '살'이란 무엇인가. 그것의 사전적 의미는 '사람과 물건 등을 해치는 독하고 모진 기운'이다. 이 독하고 모진 기운은 그가 현실 속에서 그것과 대응하는 치열한 시정신의 평원에서는 '풀이'하는 것으로 나타내고 있게 된다.

홍희표가 「살풀이」로 그의 시세계를 확정하고 먼저 언어와 만나는 것은 각설이 타령에로의 기울어짐이다. 「품바·한 마디」에서 「품바·세 마디」까지의 시들은 이것을 분명하게 드러내 주고 있다.

(가) 우리는 민족도 하나요 국가도 하나요 문화도 하나이듯 국민 여러분은 개미처럼 뭉치면 살고 모래처럼 흩어지면 죽는 이치 깨달아야 하노라. 나의 통치 사상은 굴렁쇠의 몰이념, 구름 보고 노래하는 소나무의 초이념, 그래 우리 국민이 나를 따르는 것은 당연하고 당연하였노라.

(나) 어어얼 시구시구 3자나 한자 놓고 봉개 3천만 민족 소망일세. 남북 통일 소원이네. 그러나, 당신은 국민 먼저 있고 정치 있는 것이 아니라, 품바품바 잘헌다. 국민은 타고난 영도자 전제로 존재 가능하다고 믿은 나막신의 호랑이. 어어얼 시구시구 4자나 한자 놓고 봉개 4278년에 해방의 종소리 울렸네.

(가)는 「품바·한 마디」의 부분이고, (나)는 「품바·두 마디」의 부분이다. 국가, 민족, 남북통일, 해방 등 당대의 우리들에게 가장 관계 깊은 현실의 매듭들을 시인 자신 속으로 끌고 와 그것을 진술 형태로 시화하고 있음을 알게 된다. 그래서 (가)와 (나)의 경우에 배어 있는 얼마간의 풍자적 요소는 시인이 자신의 세계 속에 너무 확실하게 그것을 끌어들여 주관화함으로 해서 가장 객관적인 긴장상태를 필요로 하는 풍자적인 효과를 크게 얻지 못하

고 있게 된다. 그러나 풍자적인 면보다는 시인이 현실적 사안을 정감화 시켜 감동의 통로 속에 놓으려 하고 있는 점에 보다 시각을 맞춘다면 홍희표 시세계의 한 면모가 약여하게 표출됨을 알 수 있게 될 것이다.

「살풀이」의 또 한 가지 영역으로 홍희표가 내보이는 세계는 무속의 세계다. 무속의 세계에서도 구체적인 행동으로 한을 쓸어내리는 '씻김굿'으로 그것을 표상화한다. 「남쪽으로 북쪽으로」, 「독립만세」, 「한배검나라」, 「앞집개」 등 '씻김굿'의 부제를 단 연작 1, 2, 3, 4에서 볼 수 있는 것이 그것이다.

남북통일에 대한 염원으로 가득 담겨진 이 시편들은 그러나 통일이라는 민족비원을 시인 자신의 정감으로 재정리하고 있다. 그 정리한 자리에서 언어로 그것을 표상함으로 그것이 시인의 '살'을 '풀이'하는 영역에서 크게 벗어나고 있지 않는 특징을 가진다.

장대비에 느티나무도
쫓기고
느티나무 밑의 민들레도
쫓기고
민들레 밑의 오줌싸개꽃도
쫓기고
장대비에 쌀자루 진
아버지도 쫓기고
등에 잠든 여동생도
어머니도 쫓기고
장난감 탱크처럼 끌려가는
피에 미친
나도 쫓기고

뒤뜰에 우는 송아지
앞집 개도 잘도 잔다

「앞집 개」(씻김굿 · 4)의 전문이다. 인간이 저지르는 전쟁의 아픔과 비극 그 막다른 상황을 쫓기는 것으로 설정하고, 여동생, 아버지, 어머니의 혈연관계로 그것을 한정하면서 한 가정의 모습을 통해 심상화 하는 것은 공동체적 삶의 매듭인 전쟁과 통일 등을 개인적 정감으로 토로하는 좋은 본보기가 될 것이다.

시가 무엇을 할 수 있는가라고 물었을 때 홍희표의 대답을 가상한다면 아마 우리는 그의 시세계의 또다른 한 모습을 더욱 확실히 알 수 있게 될 것이다. 그의 대답을 가상할 수 있는 한 작품 「소금바다」는 그래서 무엇보다 의미심장하다.

그는 즈려밟힌 진달래 좋아했고, 죽어도 아니 눈물 흘리우리다라고 소금바다에서 다짐했습니다. 그러나, 오오 불설워, 좌절의 접동새 설움 낳고, 베갯가에 흩어지는 幽靈의 눈결 아니 잊고, 1934년 12월 23일 남 다 자는 夜三便 양귀비汁 먹고서 중얼거렸습니다. "世紀는 저를 버리고 혼자 앞서서 달아난 것 같사옵니다." ─ 하늘과땅사이가 넘우넓구나.

그는 온몸으로 시를 썼습니다. 자유의 파편과 녹슬은 펜과 거대한 비애 위해. 그러나, 날이 흐리면 더 울다가 풀처럼 빨리 눕고 풀처럼 늦게 울다가 파블로프의 개같이 소금바다에서 바람보다 먼저 일어나곤 했습니다. 1968년 6월 15일 술 먹고 오다가 좌석버스에 부딪히며 중얼거렸습니다. "침을 뱉어라 뱉어라 시여!" ─ 풍자가 아니면 해탈이다.

「소금바다」 전문을 두 부분으로 나눌 수 있을 것이다. 전반부는 소월을, 후반부는 김수영의 시정신과 그 세계를 말하고 있다고 파악할 수 있게 된다. 소월의 시세계와 김수영의 그것을 공존시키는 자리에 홍희표의 시적 인식이 자리한다고 볼 수는 없겠는가. 그렇다면 '소금'이란 언표는 우리 삶의 현장인 세계와 현실의 방부제로서 시인이 상징하려 한 것은 아니겠는가.

철저한 리리시즘에 바탕하면서 민족정감의 깊은 바다에 엉겨 있는 한과 그리움을 자기화했던 소월과, 세계와 현실에 절망하고 시에서도 절망하면서 온몸으로 시를 자기화하려 했던 치열한 응전태세를 근간으로 하는 김수영의 전혀 다른 양극의 세계를 습합하고 지양하려 한 자리에 홍희표는 있는 것이 아닌가. 그래서 시는 무엇을 할 수 있는가의 물음에 대한 그의 대답은 그 언저리에 있다고 파악할 수 있을 것이다.

그래서 홍희표의 대현실에 대한 시적 응전은 우리의 삶을 에워싸고 있는 모든 것에서 자유로워지려는 의지, 자유의 파편을 그의 정감 속으로 끌고 와 그 바닥에 엉겨 있는 한과 그리움을 녹슬지 않는 서정의 펜으로 언어에 심으려는 것으로 이해할 수도 있을 것이다. '녹슨 펜'이 아닌 녹슬지 않는 펜을 추구하는 그의 이같은 시세계 천착에 전혀 문제가 없는 것은 아니다.

그러나 그의 시들을 읽고 우리가 생각하는 것은, 한국시의 양극을 그가 습합하려는 의지가, 좀 늦은 감이 없는 것은 아니지만, 매우 새로운 관점임을 확인해야 한다는 점이다. 욕심의 사항에 해당하겠지만, 그의 '살풀이'가 보다 심원한 한국시의 전통적 가락과 말결에 더 다가서면서, 대현실의 사항에 보다 형형한 눈뜸을 가미할 수 있다면 한국시 내일의 또다른 지평 개척에 분명 긍정적일 것임은 확실하다. 홍희표 시의 가치는 그때보다 더 확실해질 것이다.

(시선집 『숨쉬기』 해설, 1987년)

홍희표의 시세계 — 조남익

Ⅰ
다갈색(茶褐色) 안개에 마주서면
또다시 탄생하는 기쁨
물오른 포플라의 활동을,
초하(初夏)의 땅을 가꾸는
부드러운 젖줄의 뒤착임.
은신(隱身)의 어둠 위를 나부대며
앳된 액기(腋氣)의 손끝으로
일제히 올라 오르고 있다.

Ⅱ
기왓골을 밟아오는
금발의 숲길을 헤치며
한 마리 새의 몸짓에
목마름 채워주고
달여울의 맑음을 향해
나래치는 투망(投網)
차거운 미로(迷路) 속을 머물다
꿈꾸는 새눈이여.

Ⅲ
풀포기를 쫓아간
춤추는 벌나비떼
동녘에 서서

경작(耕作)하는 지혜를,
밝게 흔들리는 근육.
숨가쁜 목구멍의
부푸는 준마(駿馬),
가파른 벼랑 위의 광휘(光輝)를.

Ⅳ
시린 발치의 그늘로
풀리어 오는
생선의 불붙는 눈,
하얗게 깔린 머릿냄새
들끓는 나의 고민의 눈,
점지(點指)하신 물이랑
아침 돛폭을 잡아매고.

Ⅴ
지그시 꽃술에 들앉아
보이지 않는 곳의
몸돌레를 머뭇거리는
나의 눈뜨는 탈바꿈을,
신록 속의 부비는 낱말.
우뚝 선 시위(示威)로
황황히 불줄기를 타고
경쾌한 행진을 하고 있다.

— 「아침의 노래」, 《현대문학》 1967년 9월

홍희표(洪禧杓, 1946~)는 대전에서 출생하여 보문고등학교를 거쳐 동국
대 국어국문학과 및 동 대학원을 졸업했다. 현재 목원대 국어교육과 교수로
있다. 홍희표는 대학에 재학 중인 21세 때 《현대문학》지에서 「내 살결에」
(1966.12), 「봄바람에게」(1967.5), 「아침의 노래」(1967.9) 등 3편의 시가 신
석초의 추천을 받아 데뷔한다. 그리고 바로 다음 해에 첫 시집 『어군(魚群)의

지름길』(1968)을 상재한다. 시풍도 20대의 청순함을 한껏 드러낸 화려한 데 뷔였다.

홍희표의 초기시는 그 연령이 동정남(童貞男)이기도 했으려니와 "시어가 또렷또렷하고 청순한 직접 감정이 넘쳐흐른다."(1회 추천사), "그의 시어는 충분히 새롭고 또 매력적이다."(2회 추천사) 등에 볼 수 있는 것처럼 여리고 산뜻한 지성을 머금고 있었다. 다음은 제2시집『숙취(宿醉)』(1973)의 이형기 발문인데 그의 초기시를 비교적 상세히 표현한 것이라고 할 것이다.

> "『어군의 지름길』 시절의 홍 형은 한 마디로 청신한 이미지스트였다고 나는 생각한다. 거기 수록된 시편들은 제목 그대로 이를테면, 동해 바다를 회유하는 일군의 고기떼를 연상케 하는 것이었다. 그 고기떼의 비늘의 번득임은 찬란했고, 또한 그들의 재빠른 몸짓에는 싱싱한 생명력이 넘치고 있었다. 바꾸어 말하면 그것은 구김살 없이 밝고 맑은 청춘의 표상이기도 했던 것이다."

이런 홍희표의 시세계는 매우 귀한 것이긴 하지만, 언제까지 견지하기란 쉬운 일이 아닐 터이다. 우리가 동심의 세계를 어른이 되어서도 지키기 어렵듯이 그의 순수 시정도 조금씩 변화하지 않을 수 없었다. 거기에 그의 구원이 있었다고 보아야 한다. 첫시집이 서구적인 이미지스트였다면, 제2시집은 동양적 리리시즘으로 평가되었으며, 제3시집『마음은 구겨지고』(1978)에 이르면, 그는 형이하학적 삶의 체험 속으로 자신을 굴절시킨다.

시「아침의 노래」는 세 번째 추천작품이다. 아침의 눈부신 찬생과 기쁨을 노래하고 있어 신세대다운 언어의 율동을 느낄 수 있다. 이 작품에 대한 〈시 추천후기〉를 보이면 다음과 같다. 매우 정확한 지적을 하고 있다고 하겠다.

> "홍희표 군의 아침의 노래는 아침의 청신하고도 약동하는 이미지를 내심의 추이에 따라 선명하게 부각시켜 놓았다. 홍 군의 시발상이 많이 내면 추구에 노력하고는 있으나, 대개 상황묘사에 그치는 느낌이 있어 흠이다. 더 좀 상(想)을 응고시켜 심도를 나타내도록 유의해야겠다. 하지만 지적인 언어조직은 매우 고화(高化)되어 있고, 보기드문 참신한 미를 나타내는 것은 좋은 가능성

을 보여준 훌륭한 시인이 되어주기를 바란다. (신석초)"

그러나 조숙한 홍희표의 시는 험난한 민주화의 시국과 정면으로 직면되어 있었다. 국토분단과 반공 이데올로기, 5·16군사혁명 이후 남한은 32년 간이나 군사정권의 독재와 군사문화가 위풍을 떨치었다. 언론통제 속에 김지하, 고은, 양성우 등 문인들의 수난도 잇달았다. 《뉴욕 타임스》(1987.7.31)에는 사회참여의 시가 영역되어 소개되기도 했다. 양성우의 「겨울 공화국」, 정희성의 「나는 잊을 수 없다」, 문병란의 「미국개와 한국개의 대화」, 황지우의 「범죄현장의 일일점검」 등이 그것인데, 주로 광주권의 시민들이었다.

문학의 대응논리는 민족현실, 독재현실, 경제현실 등으로 확산되어 직접적인 폭파작용을 일으켰다. 대학가에는 데모가 끊이지 않았고, 사회는 공포분위기로 물들어 있었다. 1970년대에 발원한 민중문학의 개념, 1980년대부터 나타난 해체시와 포스트모더니즘은 모두 상황론과 연결되어 있었다.

홍희표의 시세계는 ① 제1기 청신한 이미지시(1968~1978), ② 제2기 절제율의 민중시(1979~1990), ③ 제3기 토박이의 한밭풍물시(1991~1994), ④ 제4기 세속과 신성의 화해시(1993~현재)로 살펴볼 수가 있을 것이다. 특히 제2기는 사회적 현실과 맞닥뜨린 기간으로 "악몽의 80년대를 마감하고, 통일의 90년대를 온몸으로 맞이하고 싶다."(『세상달공 세상달공』 서문)는 표현에서 보듯이 땀과 눈물이 가장 많이 밴 기간이기도 했다. 홍희표의 시세계를 표로 보이면 다음과 같다.

제1기 청신한 이미지(1968~1978)

- 청순한 언어로 화려하게 데뷔한 서구적 이미지스트
- 차분히 가라앉은 동양적 리리시즘으로 심화
  ①『어군의 지름길』(1968)
  ②『숙취(宿醉)』(1973)

③『마음은 구겨지고』(1978)

제2기 절제율의 민중시(1989~1990)

• 민중시의 대응전략을 시의 기법에서 활용 구현
• 녹슬지 않은 펜과 자유의지의 파편
 ④『한방울의 물에도』(1982)
 ⑤『살풀이』(1984)
 ⑥『금빛 은빛』(1987)
 ⑦『모두모두꽃』(1988)
 ⑧『세상달공 세상달공』(1990)

제3기 토박이의 한밭풍물시(1991~1994)

• 방언과 향토성으로 접근한 옛풍물의 감성
• 영원한 주재의 고향 변주곡 복원
 ⑨『이스렝이 버드내에서춤추면』(1991)
 ⑩『늙은 호박속에는 뭐시 있을까유우』(1992)
 ⑪『보리피리 버들피리 민들레 피리를』(1994)

제4기 세속과 신성의 화해시(1993~현재)

• 아이러니와 해학시법의 본령을 찾아서
• 자유자재한 탈속의 경지로 화해시 모색
 ⑫『이 뭐꼬!』(선시집. 1993)
 ⑬『반쪽의 슬픔』(1997)
 ⑭『라인강의 쥐탑』(기행시집. 1999)

　홍희표는 험난한 시대를 살면서 오로지 작품생활에 몰두하여 문학적 의지를 다듬으며, 창작에 힘써 지금까지 14권에 이르는 시집을 냈다. 이밖에도 선시집에는『숨쉬기』(1987),『눈물점 박용래』(1991),『목척교의 홀씨』(1994),『무서워라 개망초꽃』(2000) 등이 있다. 기타 자작시 해설집『마음의 새끼손가락 걸고』(1996), 문학비망록『까까중이 베짱이 되어!』(1993), 산문집 『새 천년이다』(1999) 등도 있다.

　홍희표는 문단의 교류나 지인도 누구보다도 넓고 탄탄했다고 할 수 있을 것이다. 그의 "조선 뚝배기로 비유되는 구수한 인간미"(강태근)에 한 번 매료되면, 그의 곁을 떠나지 못한다고 했다. 그의 시집에 발문 또는 해설을 쓴 분을 보면, 거의가 당대에 꼽힌 문인들이었다. 또 그 자신도 문인들의 실명을 거론한 문학비망록을 썼고, 시로도 여러 편을 썼는데, 아마도 「박용래」는 그 대표가 될 것이다.

> ① 그림자꽃 흔들며
> 　울어주는 사람
> 　보리밭 속에 춤추며
> 　울어주는 사람
>
> 　그 울어주는 사람도
> 　번갯불 속에 없다면
> 　무엇 때문에 우리는
> 　자물쇠 걸고 살았을까
>
> 　아니야, 그 한 사람
> 　한 사람이 울어주기 때문에
> 　화살의 소리 같은
> 　착란의 세상을 살았고
>
> 　그 어지러운 이내 속에
> 　우리는 윙윙대며
> 　암청빛 색맹(色盲)으로
> 　홀로 이마를 묻고 있었지
>
> 　　　　　　　　　　　　　　—「그림자꽃」 전문
>
> ② 엄마 뱃속에서
> 　뱃속에서 학살당하는
> 　우리 애기

그 애기들을 모살(謀殺)하는
가로수 하얀 길
도리도리 짝자궁.

집 팔고 논 팔고
이민 간 아들딸
우리 애기 잘도 논다
해받이 무덤 아래
안경테만 남기고 간
양로원 할아버지.

큰손 큰입 때문에
막차 타다
백치(白痴)가 되어
이빠진 죽사발 껴안은
자식 달린 옆집 과부
가마솥에 누룽지.

중금속에 오염된
난알들
깡소주에 낄낄대는
행려병자들
안녕들 하신가
곤지곤지 곤지야.

하이타이할 물건 모아
살풀이하고
도둑질할 노래 모아
살풀이하고
도리도리 도리도리
짝자꿍 짝자꿍

—「살풀이」 전문

①과 ②는 모두 제2기에 속하는 작품들이다. ①의 「그림자꽃」은 "그림자 꽃 흔들며/울어주는 사람"을 노래한다. '그림자'란 물체가 빛을 가리어 반대쪽에 나타나는 거무스름한 형상이기 때문에, 실체는 안 보이고 실체를 초월한 '정신·혼'이다. 실체는 안 보이지만, 그것은 우리의 신(神)이기도 하고 영원이기도 한 것이다. 세상은 요지경 같고, 대현실적 인식의 시인은 '울어주는 사람' 곧 '그림자꽃'에 대한 믿음만이 그 지탱의 힘이었다. 그래서 "화살의 소리 같은/착란의 세상을 살았고" 또는 "암청빛 색맹으로/홀로 이마를 묻고 있었지"라고 노래한다.

어떤 의미에서 절망을 거부한 신앙적 염원이 있었다면 '민중'이 있을 것이다. 그의 역사인식과 현실반응에는 민중의식이 자리 잡는다. 민중이 역사의 주인이라는 믿음은 이 시대의 물결이기도 했다. 민중의식은 역사적 현실의 추상적 관념에서가 아니라, '민중'이 그 현실적 실체를 자신으로 각성하는 정도에 따라, 그리고 역사발전의 주체적 역량으로 성장하는 정도에 의하여 '민중의 시대' 또는 '민중문학'은 규정지어질 성질인 것이다. 우리의 민주화의 과정에서 민중의식이야 말로 격동의 불길처럼 한 시대를 관류한 개념이라고 할 수 있었다.

홍희표의 현실인식은 정치뿐만 아니라, 매우 다양하고 심층적으로 나타났다. 이를 테면 그의 제7시집 『모두모두꽃』(1988)은 온갖 꽃이 망라된 99편의 산문시집이다. 꽃을 통한 사회적 정치적 상상력이 만개되어 있다고 할 수 있다. 여기의 꽃은 일반적인 식물의 꽃도 있지만 「최루탄꽃」, 「조센진 꽃」, 「잡년놈꽃」 등 서정적인 생명인 꽃에 시인의 설화적 내용을 불어넣고 있다. 시집 제호인 「모두모두꽃」은 '우리들 모두의 꽃'이란 뜻으로 민중의식이 뒷받침되어 있다. 비유와 간접화법은 풍자와 야유, 해학과 아이러니의 기법을 원용하면서 이 땅의 파란만장한 역사와 분노를 반영한다.

제8시집 『세상달공 세상달공』(1990)은 날카로운 풍자로써 부정적 측면들을 시적 형상화의 대상으로 삼았고, 진실의 방패 역할을 한다. '홍희표 풍자시집'이란 제호를 달고 있기도 하다. 「그림자꽃」은 시인의 수많은 꽃 중에 하나이고, 우리들 마음속에는 이런 꽃이 있었기에 '착란의 세상'을 살아갈 수도 있었다.

②의 「살풀이」는 '살풀이굿'에서 온 것이다. 곧 흉살(凶殺)을 피하려고 하는 굿이며, 대개 무당이 노래하고 춤추며, 귀신에게 치성을 드리는 의식으로 이루어진다. '씻김굿'은 호남지방의 사자의례(死者儀禮)로, 죽은 사람의 영혼의 부정을 깨끗이 씻어주어 극락왕생하게 하고, 자손의 복을 비는 굿이라고 할 수 있다.

홍희표의 제6시집 『금빛은빛』(1987)에는 66편의 시가 수록되어 있는데, 모두 '씻김굿'이란 부제가 연번호로 붙어있다. 여기의 '씻김굿'은 남북분단과 한국전쟁 등 민족의 '한의 맺힘'을 노래한 것이다. 민족적 '흉살'에 대한 씻김굿이라고 하겠다. 시가 현실노출을 포용하면 포용할수록 시의 응고력이나 예술성은 상당한 혼란이 올 수 있을 것이다. 그것은 작품의 완벽성 또는 문학성에 장애가 될 수도 있다.

홍희표는 대체로 절제율을 기본 율격으로 하는 전통주의에 있는 시인이다. 그리고 반복어법, 언롱(言弄), 여음, 시니시즘, 풍자와 해학, 선시(禪詩), 동요, 민요 등을 활용한다. 그의 가치부정적 또는 시국적 시각의 안테나에는 이런 시의 기법이 춤추고 있는 것인데, 거기에는 살벌한 시국적 노출을 은닉하고자 한, 고도의 동문서답식 기교가 없지 않을 것이다. 그 자신도 시집 『살풀이』 자서에서 "여기에 모인 작품을 가만히 훑어보면 언어들을 너무 비틀거나 뒤집어 놓거나 배배꼬이게 하거나 난폭하게 함부로 짓눌러 살풀이를 하고 있는 느낌이 든다."고 했다.

시 「살풀이」에는 부정적인 삶의 모습을 열거하면서 중간 중간에 "도리도리 짝자꿍", "곤지곤지 곤지야" 등 시니시즘이 토해 놓은 여음의 의도적 삽입을 볼 수 있다. 다른 작품에서도 "어허야 더허야", "얼럴럴 상사디야", "에헤라 에헤라", "어어얼 시구시구" 등을 볼 수 있는데, 이는 민중의식에 토대를 둔 민중시로서의 대응전략에 다름 아닌 것이다. 또한 「살풀이」에서는 씻김굿 차원의 주술적 한풀이 언어와의 연결이라 하겠다. 그리고 그 어투는 전형적인 영아(嬰兒)의 노래말임을 유의할 필요가 있을 것이다. 「살풀이」의 내용을 보면, 모태 속에서 학살당하는 애기(1연), 자식들은 이민 가고 혼자 남은 노인의 비극(2연), 지하경제의 파탄(3연), 중금속 오염, 행려병자의 비극(4연), 천진한 영아시절로의 회귀(5연) 등이다.

홍희표의 제2기 언어는 초기시와 아주 다르다. 양식의 파괴와 파괴된 양식을 통한 새로운 효과의 창출은, 1980년대부터 나타난 황지우, 박남철, 이성복, 이문재, 송찬호, 기형도 등 일군의 실험적 전위수법이라 할 수 있었다. 해체주의 또는 포스트모더니즘은 '다르게 생각하기'의 열풍을 불어왔다. 과거의 모든 이론은 무조건 진부해지고 가사상태에 빠지는 듯했다. 독창적 표현보다는 유명한 시구 같은 것을 서슴없이 끌어오는 인유법, 표절, 풍자, 혼성 등의 모방이 유행했다. 그러나 오늘날 그것은 전문가가 없으며, 내면화 과정을 거치지 못한 것으로 보기도 한다.

홍희표의 시는 온건한 입장에 있다. 그는 '시는 가락이다' 하는 전통시에 있다. 민중의식의 개념을 가지고 그는 본토박이의 한밭풍물시로 단번에 내려왔고, 그는 대체로 단형의 기법을 고수한다. 『이스랭이 버드내에서 춤추며』, 『늙은 호박 속에는 뭐시 들어 있을까유우』 등 한밭풍물시집을 보면, 그는 향토의식뿐만 아니라 방언에까지도 깊숙이 들어와 있는 것이다.

홍희표의 시는 이제 제4기 세속과 신성의 화해시로서 '세속의 언어'(제3기)를 건너, '선문답의 경지'(제4기)로 이르는 길이라고 할 수 있을 것이다.

① 만공(滿空)과 석상(石霜), 또 구절초 같은 비구니들과 한밭 보문산의 복천암(福泉庵)을 찾아 유유히 걷는데, 만공이 "얼마나 남았느냐?" 물으니 솔바람소리로 석상이 "똥구멍에서 보지 갈만 하네" 하니, 만공이 또다시 물으니 "보지에서 똥구멍 갈만 하네" 하고 ㅎㅎㅎ거리며 석상이 웃더라. 만공도 웃더라. 비구니들도 소리 없이 웃더라

낭패로다 나의 생이
죽을지 살지!
낭패로다 나의 생이
살 지 죽을 지!

—「ㅎㅎㅎ」 전문

② 지천명의 가랑잎 고개를
　휘돌아 넘어서니
　몇 올의 머리털만
　새벽 들녘의 억새꽃으로
　그대 입술 사이로 흐느낀다
　오랜만에 미국에 와서
　자벌레로 기어다니는
　나머지 몇 올의
　머리털을 번뇌 내던지듯
　싹둑 베어버리니
　나의 몸은 빈집이다

　늙은 산이 가까이 날아든다
　통곡 없는 시를 쓴다

—「빈집」 전문

　위의 ①, ②는 선시집과 기행시집에서 아무렇게나 뽑아본 것이다. ①이 "틀에 사로잡히지 않고, 운(韻)에 시달리지 않고, 격(格)에 몸부림치지 않는 무애인으로서, 구도인으로서 이상적인 한 시인의 모습"(서문)이라면 ②는 무소불위의 상상력으로써 기행시의 새로운 지평을 열고 있다고 하겠다. 선(禪)은 선종(禪宗) 또는 좌선(坐禪)의 준말이다. 정신을 가다듬어 번뇌를 버리고, 진리를 깊이 생각하며 무아의 경지로 드는 일이다. 곧 시선일발(詩禪一撥)이니, 시와 선이 깨달음을 함께 하여 촉발되는 경지이다.

　① 은 제목부터가 「ㅎㅎㅎ」이다. 의성어 '하하하 호호호' 등 웃음소리에서 모음은 아예 없애버린 것이다. 해학과 달관을 노니는 스님들이 문답,

'낭패로다' 하고 자탄하는 시인의 외침 등이 모두 선문답적 표현이다. ②는 해외 기행시면서 기행시를 뛰어넘는다. 해외여행을 간 홀가분한 심경을 "나의 몸은 빈집이다."고 하였고, 잠시 조국을 잊을 수 있어 "통곡 없는 시를 쓴다."고 했다. 일반적으로 여행시가 지니고 있는 자잘한 기록물들을 과감히 떼어버린 그 또한 선의 경지라고 할 만하다.

필자는 오랫동안 홍희표 시인을 조용히 지켜본 이의 한 사람일 것이다. 그는 꾸준히 굴곡진 세월을 건너 원숙한 시력을 찾으며, 누구보다도 뛰어난 개성적 미학을 정립하고 있음을 확인할 수 있었다. 홍희표는 지금까지 그의 시대를 체험하고 읽으며 시를 썼다면, 이제부터는 그의 내면과 정신을 투시하며 시로 승화시키고 구원을 얻게 될 것이다.

(《대전문학》, 2005년 겨울호)

외로움, 리듬, 직관, 병치, 현실 — 이은봉

1. 여는 글─좋은 시인, 좋은 스승

내가 석사논문을 제출한 것은 1980년 12월의 일이다. 1980년대는 학교에서 배우고 익힌 가치와는 전혀 다른 형태로 출발된다. 이른바 '광주민주화운동'을 통해 개막된 것이 1980년대이다. 1980년 봄에 벌어진 이들 역사, 특히 광주민주화운동은 1980년대는 물론 1990년대까지도 크고 작은 들불로 타오른다.

1981년 모 산업체 부설학교 국어교사직에서 해직된 나는 1980년대 초 몇 년을 모교에서 교양국어 시간강사를 하는 한편 종합문예 무크지『삶의 문학』등을 만들면서 보낸다. 이렇게 하여 1983년과 1984년에 간행된『삶의 문학』5집과 6집에 대한 문단의 반향은 뜻밖에도 매우 컸다.『삶의 문학』의 반향이 커지면서 등단의 절차를 밟는 등 나도 점차 시인의 길을 걷게 된다.

1984년 초의 어느 날인 듯싶다. 우연한 기회에 목원대학교 국어교육과에 교수로 계시는 홍희표 선생님을 뵙게 되었다. 홍희표 선생님은 고등학교 때 작문과목을 배운 은사이시기도 하다. 이 무렵 선생님의 시집『살풀이』(문학과지성사, 1984)가 나왔는데, 나는 목원대학교 국어교육과 학생들이 만드는 작은 문예지에 서평을 쓰기도 한다. 이제 막 평론이라는 형태의 글을 쓰기 시작했을 때의 일이다. 이러한 일 등으로 하여 나는 홍희표 선생님과 매우 가까워지게 된다. 그리하여 1984년 봄부터는 목원대학교에서 교양국어 강의도 하게 된다.

해가 바뀌어 1985년 8월, 이른바 『민중교육』지 사건이 터져 나를 비롯한 『삶의 문학』의 친구들은 큰 곤욕을 치르게 된다. 어쩌다 보니 이 사건에서도 나는 배후조정자의 역할을 하게 된다. 지금은 다 잊혀졌지만 당시에는 이 사건에 연루된 자들 모두 빨갱이로 대서특필되고는 했다. 나로 하여 홍희표 선생님이 그때 겪은 고초를 생각하면 지금도 많이 죄송스럽다. 안기부와 보안사에서 가해오는 온갖 압력 때문에 고통스러워하던 선생님의 얼굴이 눈에 선하다.

압력의 핵심은 말할 것도 없이 내게 강의를 주지 말라는 것이었다. 안기부의 압력은 어떻게 막아냈으나 보안사의 압력은 막아내기 힘들었다. 그 힘들어 하던 선생님의 모습이라니! 그러나 선생님이 여러 가지로 힘을 쓰시어 무사히 강의를 계속할 수 있게 되었다.

이러한 일들이 진행되는 중에도 시인 홍희표의 창작열은 오히려 더욱 타오른 듯싶다. 시인으로서 그가 최고의 전성기를 누리던 것도 실제로는 이 무렵이 아닌가 한다. 1987년에는 여섯 번째 시집 『금빛 은빛』(창비사)을 상재하는데, 청에 따라 내가 해설을 맡아 시집의 말미를 더럽힌 바도 있다. 이후에도 홍희표 선생님과 나는 여기서는 다 밝힐 수 없을 만큼 깊은 관계를 지속해온 바 있다.

하지만 이번에 다시 시인 홍희표의 시세계에 대해 이런저런 군말을 덧붙이려고 하니 멋쩍고 쑥스럽기만 하다. 멋쩍고 쑥스러운 마음에서 벗어나기 위해 우선 당시에 간행된 시집 『금빛 은빛』에 수록되어 있는 시 한 편을 읽어 본다.

오월이 가고 유월이 오면
임진강변의 민들레
하이얀 낙하산 달고
남으로 남으로 떠나가네.

한양으로 부산으로
달리고 싶어도
달리지 못하는 鐵馬.

오월이 가고 유월이 오면
임진강변의 민들레
하이얀 낙하산 달고
북으로 북으로 떠나가네.

평양으로 신의주로
달리고 싶어도
달리지 못하는 鐵馬.

금빛 은빛 혼령만 오가고…….

— 「금빛 은빛—씻김굿 16」 전문

　이 시에서 시인 홍희표는 각 연이 이루는 구조, 즉 abab의 구조를 변용해
시를 전개시키고 있다. 따라서 형식의 면에서는 매우 전통적인 특징을 보여
주고 있는 것이 이 시라고 할 수 있다. 하지만 내용의 면에서는 상당히 전위
적이고 진보적인 특징을 갖고 있다고 해도 과언이 아니다. 1980년대 초에
는 통일문제를 제기하는 것 자체가 불온하게 여겨졌다는 점을 염두에 둘 필
요가 있다. 통일문제는 민족문제이거니와, 당시 민족문제는 반독재 민주화
운동의 핵심고리였다는 점을 기억해야 한다.
　1980년대 한때에는 이처럼 불온하고 전위적인 시를 써온 것이 시인 홍희표
이다. 하지만 20년이 훌쩍 지난 최근의 그의 시가 드러내는 분위기는 다소
외롭고 쓸쓸해 보인다. 갑년을 맞아 지난 2006년에 간행한 15번째 시집 『물
땅땅이도 때때로』(문학아카데미)에 드러나 있는 정서가 특히 그렇다. 나이가
들면서 고독이 심화되는 것은 시인 홍희표의 경우에도 마찬가지인 듯하다.

2. 외로움 혹은 소외

시인은 문학에 종사하는 사람, 곧 문학 활동을 하는 사람이다. 문학 활동이라는 말에는 두 가지 뜻이 들어 있다. 하나는 창작활동이고, 다른 하나는 문인활동이다. 창작활동은 말 그대로 좋은 작품을 쓰는 일을 통해 문학 활동에 참여하는 것을 뜻하고, 문인활동은 각종 문단의 업무나 문예지를 발간하는 일을 통해 문학 활동에 참여하는 것을 뜻한다.

정작의 문학 활동은 말할 것 없이 창작활동이다. 방구석에 틀어박혀서라도 좋은 작품을 써내는 일이 중요하다. 좋은 작품을 써내는 일이 일차적인 문학 활동이라는 것이다. 하지만 문학 활동이 문인활동을 제거한 채 창작활동만으로 이루어지는 것이 아니다. 문인활동은 대부분 문단활동을 통해 이루어지거니와, 문단활동은 결국 문학작품을 널리 보급하는 일과 관계되어 있기 때문이다.

새삼스러운 얘기이기는 하지만 시인 홍희표는 문단활동을 포함한 문인활동으로부터는 줄곧 소외되어온 바 있다. 물론 이때의 소외는 시인 홍희표가 주체적으로 선택한 것이라고 해야 옳다. 문인활동의 밖에서 저 스스로 고독을 선택해온 것이 시인 홍희표라는 것이다. 문인활동으로부터 그가 저 스스로를 소외시켜온 것은 무엇보다 이들 활동이 지니고 있는 세속성과 천박성 때문으로 보인다. 순결하고 지순한 영혼을 지니고 있는 그로서는 아무래도 이들 활동이 지니고 있는 세속성이나 천박성을 감당하기가 쉽지 않았을 것이다. 그로서는 세속성이나 천박성을 선택하기보다는 외로움이나 고독을 선택했으리라는 얘기이다. 세속성이나 천박성을 멀리하게 되면 저 자신의 의지와는 달리 외로움이나 고독을 가까이 할 수밖에 없다.

> 꽃샘추위처럼 잉잉 놀라워
> 마침내 으깨어진 채
> 끝없이 무장해제되어
> 아스피린으로 젖어드는 외로움

금강 물줄기 밑에서
아, 눈물 술 마시기
흰수염 끝에서
정리해고 같은 시쓰기

—「견지낚싯대」 부분

이 시는 "아스피린으로 젖어드는 외로움" 속에서 "정리해고 같은 시쓰기"
에 빠져 있는 시인 홍희표의 심리적 현존을 담고 있다. 물론 이 시에서 시쓰
기를 정리해고에 비유하고 있는 것이 얼마간 낯설어 보이기는 한다. 그러나
시인 홍희표에게 시쓰기는 정리해고 같은 외로움 속에서 이루어진다는 것
만은 충분히 실감할 수 있다. 이때의 외로움이 오직 아프고 괴롭기만 한 것
은 아니지만 말이다. 다른 시에 "달콤새콤 시를 쓰는/아니 써야 하는 외로
움"(「老犬心」)이라는 표현이 엿보이기 때문이다.

시인 홍희표는 문인활동에서만이 아니라 일상의 삶에서도 저 스스로를
소외시켜온 사람이다. 오늘의 현실에서 일상의 삶은 언제나 자본을 위주로
진행되고 있거니와, 그가 파악하는 일상의 삶이 "세상을 증권시세로 읽는"
(「그 세상」) 일이라는 점을 기억할 필요가 있다. "세상을 증권시세로 읽은
사람들로부터" 그가 저 자신을 소외시키는 일은 어쩌면 당연한 일인지도
모른다.

그 세상을 증권시세로 읽는 사람들로부터의
깨금발 짚고 끙끙대는 사람들로부터의
눈뜬 소외는 검푸르다 죽비소리!

그 세상에 얼씨구 하는 사람들로부터의
붉으락거리며 사는 사람들로부터의
잠든 소외는 더듬거린다 별꽃나물!

그 세상을 아는 체하는 사람들로부터의
마지막 쥐불을 놓는 사람들로부터의

소외로부터도 소외되는 소외, 그러나……

—「그 세상」 전문

이 시에서 시인 홍희표의 세상은 '이 세상'이 아니라 '그 세상'이다. 여기서 그가 '이 세상'이 아니라 '그 세상'이라고 표현하는 것은 세상과의 거리를 강조하고 싶어서이리라. 이에는 마땅히 '그 세상'이 나의 세상이 아니라 남의 세상이라는 뜻이 들어 있다. 남의 세상인 '그 세상'으로부터 그가 소외되는 것은 충분히 있을 수 있는 일이다. 저 자신이 생각할 때도 그는 "소외로부터도 소외되는" 존재인 것이다.

이처럼 시인 홍희표는 외로움이 극에 이르러도 저 자신을 쉽게 허물지 않는다. 오히려 저 자신의 삶에 고독과 외로움을 불러들이는 것이 시인 홍희표이다. 물론 이렇게 고독과 외로움을 불러들이는 데는 저 자신의 진실을 밖으로 드러내기보다는 안으로 감추려는 의지도 깊이 도사려 있다. 남 욕하기를 좋아하고, 남 시기하기를 좋아하는 것이 시인의 보편적인 특징이다. 어린 아이처럼 철이 없을 뿐만 아니라 순간의 감정에 충실한 것이 시인이기 때문이리라. 하지만 시인 역시 욕을 먹으면 고통스럽고, 시기를 당하면 괴롭기 마련이다.

사람들 사이의 대립과 갈등으로 하여 고통스러워하고 괴로워하기는 시인 홍희표의 경우에도 마찬가지인 듯싶다. 세속의 문단에서 온갖 시비에 시달리기보다는 외롭고 높고 쓸쓸한 삶을 사는 낫다고 생각해온 것이 그이다. 이러한 태도를 갖는 것은 무엇보다 그가 세계와 대립하거나 갈등하는 마음을 갖고 싶어 하지 않기 때문으로 보인다.

3. 개성 있는 심미의식

홍희표의 시는 독특한 심미의식을 바탕으로 하고 있어 좀 더 관심을 끈다. 물론 여기서 말하는 심미의식은 리듬의식으로부터 기인한다. 이를테면 그의 시의 아름다움은 기본적으로 리듬의식에서 비롯된다는 것이다. 그렇다. 강렬한 리듬을 바탕으로 하고 있는 것이 그의 시이다.

리듬은 시를 시답게 하는 기본적인 자질이다. 이때의 리듬은 일상어의 호흡, 곧 일상어의 배열을 특별한 질서 속에 강제로 집어넣는 작업을 통해 현현된다. 물론 여기서 말하는 특별한 질서는 겉으로 드러난 외재적인 틀이 아니라 속으로 감추어진 내재적인 틀을 가리킨다. 시에 함유되어 있는 내재적인 틀, 곧 내재적인 리듬은 일단 시인 자신이 지니고 있는 심장의 박동을 반영하기 마련이다. 심장의 박동으로서 리듬은 시인 자신의 생명의 호흡과도 무관하지 않다. 물론 시의 리듬이 이처럼 심장의 박동에서만 영향을 받는 것은 아니다. 자연이나 사회가 지니고 있는 리듬도 시의 리듬을 형성하는 데 깊이 관여하기 때문이다. 이처럼 주체 밖에 존재하는 자연이나 사회의 리듬도 시의 리듬을 형성하는 데 적잖은 영향을 끼친다.

이러한 점에서 보더라도 그의 시의 리듬은 남다른 개성을 갖고 있는 것이 사실이다. 다른 사람의 시에서는 경험하기 쉽지 않은 강렬하고 촉급한 리듬을 바탕으로 하고 있는 것이 그의 시이기 때문이다. 여기서 말하는 강렬하고 촉급한 리듬은 물론 단숨에 후다닥 내달리며 빠르게 스타카토로 떨어져 내리는 소리의 효과를 뜻한다.

> 가격감동/세일……/세일
> 봄햇살/아래/쇼윈도우
> 지렁이/글씨로/물들고
> 검붉은/우리/마음은
> 재취업/이력서의/먹빛 잉크
> 쓰러질 듯/저려올/때
> 부도정리/세일……/세일
> 흙먼지 찌/든 보도블록/틈새
> 문득/발길에/차이며
> 떠도는/새싹/하나
>
> ─「틈새」 전문

위의 시는 한 행을 3음보격의 리듬으로 분할해 본 예이다. 3음보격의 리듬은 본래 활기차고 경쾌하며 동적이고 격정적인 정서를 산출하는 특징을 보여준다. 그의 시가 강렬하고 촉급한 리듬을 바탕으로 빠르고 속도감 있는 소리의 울림을 주는 것도 실제로는 이와 무관하지 않다. 빠른 운동성을 바탕으로 활기차고 생기 있는 정서를 산출하는 데 기여하고 있는 것이 단숨에 촉급하게 읽히는 그의 시의 리듬이다.

　활기와 생기를 생산하는데 목표가 있는 만큼 그의 시는 잠시도 3음보격의 리듬에 안주하지 않는다. 3음보격의 리듬을 끊임없이 변형, 생성시키는 가운데 새로운 리듬을 생산해 내고 있는 것이 그의 시이다. 다음은 새로운 리듬을 위해 한 행을 2음보격 리듬으로 운산(運算)하고 있는 예이다.

　　　　진눈깨비/휘날리면
　　　　얼레지꽃/피듯
　　　　눈밥을/먹고
　　　　에헤—/오신다
　　　　오신다,/우별신!

　　　　는개/하늘거리면
　　　　홀아비바람꽃/피듯
　　　　비밥을/먹고
　　　　에헤—/오신다
　　　　오신다,/좌별신!

　　　　황사바람/튀어오르면
　　　　솔붓꽃/피듯
　　　　모래밥을/먹고
　　　　에헤—/오신다
　　　　오신다,/서낭님!

　　　　　　　　　　　　　　　　　— 「실직천사」 전문

　이 시는 빗금을 통해 각 행의 리듬을 2음보격으로 분할해 본 예이다. 물론 그 까닭은 시인 홍희표가 각 행의 리듬을 그렇게 고려하고 있다고 생각하기 때문이다. 그가 이 시의 각 행을 지극히 의도적으로 1음보 대격인 2음보격의 리듬으로 묶어 놓고 있다는 것을 잊어서는 안 된다.

이 시에서 그는 1음보 대격인 2음보격의 리듬으로 모든 시적 자질들을 응축시키고 있다. 구태여 그가 이 시에서 2음보격의 리듬을 추구하고 있는 까닭은 무엇인가. 그로서는 어쩌면 2진법을 바탕으로 하고 있는 2바이트의 컴퓨터 언어를 의식하고 있는지도 모른다.

리듬은 일종의 모형화된 소리이다. 그의 시는 모형화된 소리, 곧 리듬에 지나칠 정도로 집착하고 있어 좀 더 관심을 끈다. 이렇게 리듬에 집착하다 보니 때로 그의 시는 리듬 그 자체로 존재하기도 한다. 더러는 그의 시가 소리의 울림 그 자체로 존재할 때도 있다는 뜻이다. 소리의 울림 그 자체로 존재하는 시는 결국 의미가 제거되게 된다. 의미가 제거된 시는 음악이 아니라 소리의 체계적인 질서 자체에 머물 수도 있다.

물론 인간은 우주의 소리나 자연의 소리를 택해 아름다움을 고조시키기도 한다. 하지만 시는 본래 인간의 언어를 매개로 하여 태어나는 심미적인 정서구조이다. 뿐만 아니라 시는 리듬을 기준으로 하여 다른 언어예술과 변별되는 특징을 갖고 있기도 하다. 과도한 리듬에 의해 의미가 제거된 시도 때로는 사물 그 자체나 존재 그 자체에 가 닿을 수 있지만 말이다.

초승달 떠나고
막사발 밑 가시덤불
목쉰 기침으로 사라지고

토막잠 속 무당새
갈림길 사이에서
개망초꽃으로 피고

지평선 위 무한천공
피어 흩날리고

보이지 않는 눈물잔.

—「무당새」 전문

이 시에서 시인 홍희표는 무당새라는 존재의 순환하고 유전하는 과정을 추적하고 있다. 1연에서는 "목쉰 기침으로 사라"진 무당새가 2연에서는 "개망초꽃으로 피"어 나고, 3연에서는 "보이지 않는 눈물잔"으로 변이되고 있기 때문이다. 하지만 이 시에서 순환하고 유전하는 무당새라는 존재를 구체적으로 실감하기란 별로 쉽지 않다. 빠른 리듬에 파묻혀 앞에서 말한 의미가 그만 증발해버리기 때문이다.

따라서 시의 리듬이 소리의 체계적인 질서에 그쳐버리는 것은 문제라고 하지 않을 수 없다. 과도하게 동일한 패턴의 리듬이 반복되면 지루하게 느껴질 수도 있다. 그렇게 되면 누구라도 얼마간은 상투적으로 받아들여지기 마련이다. 상투적으로 받아들여지는 것을 극복하기 위해 시인 홍희표가 선택하고 지향하는 세계는 노래이다. 그가 노래를 선택하고 지향하는 것은 시의 근원으로 돌아가려는 의지와 무관하지 않다. 시가 본래 노래에서 불거져 나온 언어예술양식이라는 것을 잊어서는 안 된다.

이리 와요, 이리 와요
붉은 바다 몰려오고
절망의 목소리 들리네
—이젠 꿈꾸지 않아요

두 마리 달팽이
햇빛에 눈멀고
짓밟히고 끓어오르고 잊혀지네
—헤어져요 이제 그만

괴발개발 그대를 위하여

—「나쁜 사랑」 전문

이 시는 2절의 가사와 후렴구로 된 노래형식을 취하고 있다. 2절의 가사와 후렴구로 된 노래형식은 그의 시가 지니고 있는 대표적인 특징 중의 하나이다. 그의 시집『물땅땅이도 때때로』에서만 하더라도 아주 쉽게 찾아볼 수 있는 것이 이러한 노래형식이다.「이 세상의 모든 아침」,「시쓰기」,「시간의 주름」,「팬터마임」,「적막강산」,「의뭉떨기」 등의 시가 그 대표적인 예이다. 물론「실직천사」,「오늘도 장마중」,「정동진역·2」 등에서도 알 수 있듯이 그의 시 가운데에는 3절의 가사와 후렴구로 된 노래형식도 없지는 않지만 말이다.

이처럼 시인 홍희표는 시를 노래 자체로 받아들이고 있는 면이 없지 않다. 그의 시의 도처에서 변형된 정형성이 엿보이는 것도 실제로는 이에서 연유하는 것으로 보인다. 따라서 노래형식은 홍희표의 시가 지니고 있는 중요한 특징이라고 해도 지나치지 않다. 하지만 시가 노래 자체는 아니다. 노래로부터 불거져 나오기는 했지만 이미 저 고유의 자율적인 영역을 지니는 것이 시이다. 물론 시의 고유성과 자율성은 행 단위로 구현되는 리듬으로부터 산출되는 정서적 아우라와 무관하지 않다.

그렇다면 시인 홍희표는 자신의 시에서 의미보다는 리듬으로부터 비롯되는 정서적 아우라를 중요하게 여기고 있는 셈이 된다. 시의 내용보다는 시의 형식에 대한 집착이 강한 것이 그인 것이다.

4. 직관적 정서 혹은 병치의 이미지

노래를 지향하는 시는 이야기를 지향하는 시보다 좀 더 개성 있는 정서에 집착한다. 시에서의 정서는 주로 노래의 핵심자질이기도 한 리듬과 어조에서 태어난다. 따라서 정서에 주력하는 시는 심미적 아우라를 불러일으키는데 초점을 두기 마련이다. 일반적으로 심미적 아우라는 낭만적 열정에 기초해 창출된다. 심미적 아우라를 창출하는데 주의를 기울이는 시는 상대적으로 직관에 기대어 사물을 인식하는 경향이 있다. 개성 있는 서정, 자성 있는 정서를 소중히 여기는 시는 일단 순간적인 인식에 기대어 문득, 별안간, 갑자기 사물을 포착하려는 특징을 보여주기 때문이다.

이들 시는 본래 이야기가 만드는 상상력의 즐거움보다는 사물의 본질에 직핍하여 획득하는 기쁨을 추구한다. 이 말은 사물의 본질에 '선적(禪的)'으로 파고들며 획득하는 기쁨을 추구한다는 말과 다르지 않다. 물론 '선적'이라는 말은 선문답적이라는 말로 이해되어도 좋다. 그의 시의 경우 선적 인식을 선문답적 형식을 통해 드러내고 있는 예가 적잖기 때문이다. 물론 이때의 선문답 형식은 돌연한 질문과 돌연한 대답으로 이루어지는 것이 보통이다. 예의 그의 시집 『물땅땅이도 때때로』에서만 하더라도 「장님 거미」, 「현 위에서」, 「산」, 「울릉도 3」, 「기부스」 등이 선문답의 형식을 취하고 있는 시라고 할 수 있다.

> 그대 하느님은 누구니?
> 중생대 한반도의 익룡이야!
> 보아라 은행나무 열매를……
>
> 그대 하느님은 누구니?
> 원효가 만난 해골바가지야!
> 보아라 늦가을 아기단풍을……
>
> 사랑이 떠나간다, 내 푸른 숨길
>
> ― 「장님 거미」 전문

이 시 역시 후렴구가 있는 2절로 된 노래형식을 취하고 있다. 하지만 1연과 2연의 내용을 들여다보면 선문답형식의 엉뚱한 물음과 엉뚱한 대답이 이어지고 있음을 알 수 있다. 그렇다. "그대 하느님은 누구니?"라는 질문과, "중생대 한반도의 익룡이야!"라는 대답 사이에서 논리적인 친연성(親緣性)을 발견하기는 극히 힘들다. 뿐만 아니라 이어지는 구절의 "보아라 은행나무 열매를……"과 같은 표현도 앞의 질문 및 대답과 곧바로 연결시켜 이해하기가 거의 어렵다. 이 시(노래)의 후렴구라고 할 수 있는 "사랑이 떠나간다, 내 푸른 숨길"과 같은 언술도 난해하기는 마찬가지이다.

그의 시는 이처럼 비논리적인 이미지의 중첩과 충돌을 통해 드러나는 경우가 적잖다. 따라서 일상의 언어습관으로 대하면 예의 선문답과 그에 따른 언술을 바르게 이해하기는 거의 불가능할 수밖에 없다. 그것들이 만드는 이미지가 일단은 일상의 상상을 초월하는 지점에 자리해 있기 때문이다.

그럼에도 불구하고 그의 시가 보여주는 제반 이미지가 매우 독특한 매력으로 다가오는 것은 사실이다. 우선은 각각의 이미지가 독특한 비약을 통해 신선한 놀라움을 부여하고 있다는 점을 기억할 필요가 있다. 뿐만 아니라 이들 시를 통해 드러나는 선문답적 이미지는 그가 자신의 삶에서 마주하는 존재들을 禪的으로 인식하고 있다는 뜻이 되기도 한다. 문득, 별안간, 갑자기, 퍼뜩 대상을 깨쳐 알고자 하는 것이 홍희표 시의 인식론적 특징이라는 것이다.

이처럼 시인 홍희표는 자신의 시적 대상을 문득, 별안간, 갑자기, 퍼뜩 깨닫는 형식을 통해, 다시 말해 선적 인식을 통해 획득하려고 한다. 선적 인식의 보편적인 특징은 화두를 참구하는 방식으로 대상에 접근한다는 점에 있다. 이와 관련하여 정작 주목해야 할 것은 선불교의 화두가 대부분 이미지로 되어 있다는 점이다. 홍희표 시의 인식론적 특징을 선적이라고 부를 수 있는 것도 이와 무관하지 않다. 그의 시 역시 기본적으로는 이미지를 매개로 하여 대상에 대한 직관적 인식을 담아내고 있기 때문이다.

그의 시는 이들 이미지를 반복, 병치시키는 방식을 통해 드러내고 있어 더욱 주목이 된다. 그의 시에서 반복, 병치되고 있는 이미지는 절, 행, 연 등 다양한 층위에서 발견된다. 그렇다면 반복과 병치는 그의 시의 또 다른 형식적 특징이라고 해야 마땅하다.

① 지구가 햇님 둘레를
　　좋아라 맴돌 듯

　　　　달님이 지구 둘레를
　　　　좋아라 맴돌 듯

　　　　　　　　　　　　　　　　　　　—「금간 더듬이」 부분

　　② 몸섞고 섞는 금강물이었다가
　　　　피 뿜는 낙엽이었다가
　　　　(…중략…)
　　　　살점 뜯는 진저리이었다가
　　　　찔레나무 사마귀이었다가

　　　　　　　　　　　　　　　　　　　—「아뿔사, 칼끝」 부분

　　③ 그러지 말아요
　　　　계룡산에 봄눈 난분분하니
　　　　노루귀 붉은 절망감에
　　　　다시 잠들지 않게—

　　　　그러지 말아요.
　　　　동해 쪽빛바다 광풍이 부니
　　　　버들개지 꽃샘바람에
　　　　두려움으로 갈 길 잃지 않게—

　　　　　　　　　　　　　　　　—「복수초 가슴」 1. 2연

　　①의 시는 절의 차원에서 통사구조가 반복, 병치되고 있는 예이다. 절의
형태를 이루고 있는 1, 2행의 통사구조가 3, 4행에서 반복, 병치되는 가운
데 다양한 심미적 효과를 산출하고 있는 것이 이 시라고 할 수 있다. 물론
여기서 말하는 심미적 효과는 원활한 이미지 전개, 활기찬 리듬 등을 가리
킨다. 이들 장치를 바탕으로 정서적 효과를 극대화시키고 있는 것이 이 시
의 언술적 특징이다.
　　②의 시는 행의 차원에서 통사구조가 반복, 병치되고 있는 예이다. 이 시
는 행의 차원에서 이루어지는 반복과 병치를 통해 독특한 심미적 아우라를
생산하고 있어 더욱 관심을 끈다. 이때의 반복과 병치는 강화된 리듬을 생
산해 시의 이미지 전개는 물론 의미의 전개에도 커다란 도움을 준다.

③의 시는 연의 차원에서 통사구조가 반복, 병치되고 있는 예이다. 이 시 1연과 2연은 동일한 통사구조가 반복, 병치되는 가운데 단어만 바뀌고 있음을 알 수 있다. 연의 차원에서 통사구조가 반복, 병치되면서 태어나는 리듬을 바탕으로 독특한 심미적 효과를 강화시키고 있는 것이 이 시이다.

이처럼 홍희표의 시는 대상에 대한 선적 인식을 반복과 병치의 형식을 통해 드러내는 특징을 보여준다. 대상으로부터 문득, 별안간, 갑자기, 퍼뜩 획득하는 직관적 인식을 통해 저 자신이 깨닫는 시적 진실을 순간적으로 담아내고 있는 것이 그의 시의 한 경향이다. 물론 이때의 시적 진실은 오늘의 삶의 현실이 지니고 있는 온갖 문제에 대한 시인 홍희표 나름의 작은 깨달음이기 쉽다.

5. 닫는 글—현실의 두 모습

홍희표의 시에 드러나 있는 현실은 대부분 비판적 대상으로 존재한다. 여기서 비판적 대상으로 존재한다는 것은 문제의식의 대상으로 존재한다는 것을 뜻한다. 그러나 그의 시에 존재하는 문제의식은 충만한 고발의식의 차원을 크게 벗어나지 않는다. 그것이 실천적이고 조직적인 운동의 성격을 보여주지는 않기 때문이다. 그의 시에 등장하는 문제의식이 깨어 있는 자아의 양심의 차원을 넘어서지는 않는다는 것이다.

양심의 차원으로 존재하는 그의 시에 드러나 있는 현실은 대강 두 가지 모습을 보여준다. 하나는 관찰적 현실이고, 다른 하나는 경험적 현실이다. 관찰적 현실은 대상에 대한 객관적인 태도를 통해 획득되고, 경험적 현실은 대상에 대한 주관적인 태도를 통해 획득된다. 객관적으로 관찰되는 현실은 대부분 보편적이면서도 일반적인 가치, 즉 공적인 가치를 담고, 주관적으로 경험되는 현실은 대부분 특수하고 구체적인 가치, 즉 사적인 가치를 담는다.

공적인 가치를 담는 시는 시야의 확장을 통해 좀 더 넓은 세계를 지향한다. 공적인 가치는 본래 보편적이고 일반적인 현실에 기초해 있기 때문이다. 물론 여기서 말하는 보편적이고 일반적인 현실은 민족적이고 민중적인 현실을 가리킨다. 그렇다. 그의 시의 중요한 특징 중 하나는 지속적으로 민족적이고 민중적인 현실을 탐구해 왔다는 점이다. 다음은 이른바 IMF의 구제금융에 따른 민중의 고통을 담아내고 있는 시이다.

> 새나라 어린이들은
> 기린 같은 눈치코치 보며
> 프리지아 피자를 먹고
> 사루비아 치킨을 시키고
> 오, 숨죽여 웃는 아이엠에프
> 거품 찢겨져 나가고 보니
> 뽀드득 뽀드득—
> 흰 옥돌처럼 멍울지는
> 맨몸 생살이었구나.
>
> 헌나라의 내외는
> 보리깜부기 같은 눈치코치 보며
> 순대국을 먹고 접시꽃
> 막걸리 마시고 호박꽃
> 아이엠에프 신음소리, 오!
> 잡아올린 빙어새끼 맹키로
> 푸드덕 푸드덕—
> 거미줄엔 이슬방울
> 뚝뚝 지는 눈물 노을이었구나.
>
> ―「눈치코치」 전문

이 시에서 '새나라'나 '헌나라'는 '한나라'를 염두에 두고 쓰여진 어휘이다. 이들 '새나라'나 '헌나라'는 IMF의 구제금융을 불러온 한나라당을 연상시키기 위한 시적 장치인 것이다. 하지만 이 시에서 정작 중요한 것은 IMF의 구제금융으로 하여 민중의 "맨몸 생살이" "흰 옥돌처럼 멍울지"고 있다는 점이다. "잡아올린 빙어새끼 맹키로/푸드덕 푸드덕"대고 있는 민중의

"뚝뚝 지는 눈물"을 진심으로 아파하고 있는 것이 시인 홍희표라는 것이다.

물론 그의 시에 드러나 있는 민중에 대한 연민은 여기서 그치지 않는다. 다른 시 「물땅땅이도 때때로」에서는 IMF의 구제금융으로 정리해고 된 사나이, 즉 "추풍낙엽을 입은 사나이"가 그려지고 있고, 또 다른 시 「복수초 가슴」에는 "지난겨울 정리해고"된 "눈물도 닦지 못하는 사람들"이 형상화되어 있기 때문이다. 그 밖의 시 「실직천사」에서는 직장을 잃고 눈밥, 비밥, 모래밥을 먹는 사람이 우별신, 좌별신, 서낭님으로 불리고 있기도 하다. 노동자들의 과도한 업무를 "1초에 60회 나래질하는 벌새"에 비유하고 있는 「오늘도 장마중」 같은 작품도 마찬가지 맥락에서 읽을 수 있는 작품이다. "엘리뇨와 라니냐" 등 이상기후를 비판적으로 노래하면서도 "해오라기 두어 마리"와 "실직자 서너 사람"을 대조·비교하고 있는 시 「지긋지긋한 그대, 비」도 유사한 차원에서 살펴볼 수 있는 예이다.

그의 시에 비판적 시각으로 포착되고 있는 현실은 우선 이처럼 '객관적인 관찰'을 통해 이루어지고 있다. 여기서 '객관적인 관찰'이라는 것은 그의 시에 드러나 있는 현실이 보편적이고 일반적인 접근을 통해 구현되고 있다는 것을 가리킨다. 물론 그의 시에 드러나 있는 현실 중에는 직접적인 경험의 결과를 바탕으로 하고 있는 경우도 없지 않다. 그의 시 중에는 사적이고 개적인 체험을 바탕으로 한 삶의 현실을 담아내고 있는 예도 적잖다는 뜻이다.

그의 시에서 살펴볼 수 있는 사적이고 개적인 현실은 대부분 여행이나 유람, 산책 등의 체험을 반영한다. 그래서일까. 이들 시는 객관적 관찰자 시점이 아니라 주관적 참여자 시점을 취하고 있는 경우가 대부분이다. 시인이 직접 화자로 등장하여 자신의 행위를 묘사하거나 진술하는 시점을 취하는 경우가 많다는 뜻이다.

> 초당에 가면
> 작설차 마시고
> 떠올리네, 일지암 솔바람 소리

뜸부기 되어
호박죽 먹고
생각하네, 보릿고개 눈 먼 날

초당에 가면
홍시 하나 삼켜 버리고
불러보네, 별빛 최보살님.

—「초당에서」 전문

이 시에 등장하는 초당은 아마도 전남 강진의 '다산초당'인 듯싶다. 해남 대흥사의 일지암도 등장하니 만큼 이러한 유추는 충분히 가능하다. 따라서 이 시는 시인 홍희표가 전남 일대를 여행하거나 유람하며 겪은 체험을 바탕으로 하고 있다고 할 수 있다. 전남 일대를 여행하며 겪은 체험을 대상으로 하는 그의 시는 예의 시집『물땅땅이도 때때로』에서만 해도「땅끝 마을」, 「소록도」 등을 더 찾아 볼 수 있다.

물론 이들 시에 함유되어 있는 체험 중에는 몸으로 겪은 것만이 아니라 마음으로 겪은 것도 포함되어 있다. 위의 시에서만 하더라도 시인은 초당만이 아니라 "작설차 마시고/떠올리"는 "일지암 솔바람 소리"를 노래하고 있기 때문이다. 2연에서는 "뜸부기 되어/호박죽 먹고" "보릿고개 눈 먼 날"을 "생각하"는 것이 시인 홍희표이다. 초당에서 "홍시 하나 삼켜 버리고" "별빛 최보살님"을 "불러보"는데 창작창의 초점이 있는 것이 이 시이지만 말이다.

이처럼 여행이나 유람, 산책의 체험을 담고 있는 그의 시는 부지기수이다. 「혼의 뼈」나「사량도」도 그 중의 하나인데, 특히「혼의 뼈」는 "으악새를 다시 보려고" 찾은 "신불산 등성이에"서의 심리적인 체험을 담고 있어 좀 더 주목이 된다. "으악새를 10여 년 전/혼의 뼈"라고 명명했던 기억을 되살리며 그와 관련된 다양한 상상력을 펼쳐내고 있는 것이 이 시이다. 산책 삼아 나선 계룡산에서 봄이 오는 것을 실감하고 있는「봄소식」, "산악회에 끌려/

삼천포 앞 바다에 있는/사량도"를 찾고 있는「용암포구에서」등도 여행을 하며 겪은 체험을 바탕으로 하고 있는 그의 시이다.

이들 여행 체험을 담고 있는 그의 시는 대부분 화자가 시에 직접 개입하는 일인칭 참여자의 시점을 취하고 있다. 당연히 이러한 형식의 시는 상대적으로 시인의 감정이 절제되어 있지 않기 마련이다. 객관적 리얼리티보다는 정서적 아우라를 좀 더 소중하게 여기고 있는 것이 이들 시이다. 하지만 이러한 시가 시인 홍희표 자신의 현존이 갖는 의미를 제대로 깨닫는 가운데 진전된 아름다움을 노래하고 있는 지는 미지수이다. 돌이켜 보면 바로 이것이야말로 홍희표의 시가 앞으로 가꾸어 가야할 진정한 과제 아닌가 싶기도 하다.

(《시와 인식》, 2009년 겨울호)

풀잎을 이는 가인(歌人), 홍희표 — 노동은

먼저, 고백을 해야겠다. 누구나 아는 것처럼 나는 시인이 아니다. 내 철모르고 푸르른 날들마다 시를 넉넉하게 좋아한 것은 사실이지만, 그것으로 이 자리에 선다는 것은 일종의 자살이다. 누가 하얀 속살을 드러내면 벌거벗겠는가. 하긴 그랬다. 한때 사랑한다는 것을 처음으로 후루루 날리어버렸을 때, 나는 시인이 되고픈 적이 있었다. 1960년대 내내 나는 시 없이는 살 수 없었으니까. "두번 다시 사랑하지 않으리!"라고 입술을 으깨며 다짐하며 나는 시로 산 적이 있다. 주로 영국시를 새겼다. 딜런 토마스 「겨울 이야기」랄지, 예이츠의 「묘비명」이랄지, 윌프리드 오웬의 「더욱 큰 사랑」이며, 로렌스의 「뱀」 등이었지만, 뽈 엘뤼아르의 「자유」 등은 프랑스 시인들의 작품들도 새겼다. 유별나게 예이츠의 「묘비명」을 사랑했다. 물론, 내 묘비명으로도 삼으려 했다.

> 삶과 죽음에 대하여
> 차가운 눈길을 던져라
> 말탄자여!
> 지나가거라.

이런 시들은 단순히 공책에만 적은 것이 아니다. 내 방 벽면이나 천장에도 그 시들을 빼꼼히 적어 붙혀놓고 누워서도 볼 수 있도록 하였다. 지독하게 좋아한 것은 사실이다.

나는 소설보다 먼저 시를 알았다. 나에게 있어서 1960년대는 시의 시대였다면, 1970년대는 소설의 시대이었으니까, 그 이후 시 새김을 떠났다. 어차피 나는 음악을 목숨처럼 살지 않을 수 없었다. 이것은 모든 것을 팽개쳐야만 했다. 그래서 시를 떠났다. 그러다가, 1980년대 벽두 나는 홍희표를 만났다. 그를 만날 때까지 나는 시심(詩心)이 잠자고 있었다. 어느 사이 나는 사춘기의 시심을 회복하고 있지 못함을 알았다. 그만큼이나 홍희표는 나에게 무섭게 다가왔다.

광주가 1980년대를 열어 갔을 때, 나는 홍희표를 만난 것이다. 암울하기 짝이 없는 시절이었다. 한편으로 광주를 바라보고 한편으로 홍희표를 따라 나섰다. 그를 만나고부터 시심이 부활하고 있었지만, 그동안 내가 익힌 시심도 버렸다. 이 땅의 정서가 아니었음이 극명하게 드러났기 때문이다. 시심도 회개가 필요했다. 나는 홍희표와 함께 보문산 가는 골목길에, 때로는 권영우 화실에, 때로는 어부동을, 때로는 계룡산을, 때로는 경포대를 휩쓸어갔다.

나는 그에게서 이 땅의 숱한 꽃이름을 배웠다. 또, 땅이름도 배웠다. 그 배움들은 모두가 처음이었다. 나는 기껏해야 나팔꽃이나 채송화나 분꽃 정도 아는 정도이었으니까 그때처럼 부끄럽게 여긴 적도 없었다. 이 땅 구석진 곳곳마다 나는 얼마나 모르고 지냈는지 낯붉히며 부끄러워했다. 내가 그에게 김영동의 가락 '어디로 갈꺼나'를 배워주는 것보다 꽃이름 모르는 것이 훨씬 더 했다. 나는 안다. 그의 시들이 모두 발로 걸어간 땅, 바로 그 자리에서 만들어졌음을.

홍희표의 사랑 시집 『그대 곁에 없으니……』뿐만 아니라, 서로 뗄수 없는 다른 시집에 나오는 모든 고유명사들을 모두 찾아간 그 대지 위에 있다. 그의 고유명사는 동사이다. 바로 그 사실, 그의 시에 등장한 지명이나 꽃이름을 추적하면 그가 살아간 자취를 더듬을 수 있을 정도이다.

"옥계동 · 보문산 · 식장산 · 계족산 · 수침교 · 잠수교 · 목척교 · 중교 · 충청도섬 고대도 · 대전역 · 서대산 · 삼불봉" 등은 그 어느 하나 그의 비틀거리는 아늑함과 진한 살내음이 베이지 않는 곳이 없었다. 그는 이제 비틀거려도 아늑해 보였다. 아늑해 보여도 허허로운 살내음이 풍겼다.

그는 어느 사이에 40대를 보내고 있었다. 그는 어느 사이에 살아온 길을 비워가는 연습을 하고 있었다. 나는 적어도 그의 얼굴이 되어버린 시「그대 곁에 없으니」에서 그 자화상을 보았다.

> 그대 곁에 없으니
> 산수유꽃 보이지 않고
>
> 그대 곁에 없으니
> 까치소리 들리지 않고
>
> 그대 곁에 없으니
> 물소리도 멈추어 버리고
>
> 옥계동(玉溪洞)에는 온통 천둥번개뿐!
> 옥계동(玉溪洞)에는 온통 황사바람뿐!

나는 '그대 곁에 없으니'에서 그 '없으니'는 '있으니'라고 고쳐 써도 상관없다고 여겼다. 예전에 그대가 있음으로해서 잘 보이고, 잘 들리고, 잘 멈추지 않았던 것들이 이제는 없음으로해서 보이지 않아도, 들리지 않아도, 멈추어버려도 그가 괜찮아 보였기 때문이다. 비록 저만큼 호올로 떨어져 있을지라도 정말이지 괜찮아 보였다. 그대가 있고, 없고간에 까치소리는 그 자신이 들을 수도 있고, 듣지 않을 수도 있을 만큼 40대를 고통스럽게 확인하고 있는 것 같다. 그 확인은 죽음이라는 시간의 암이 시시각각으로 밀려오는 세대의 확인이 아닐까? 그 확인을 하였을 때, 남는 자리는 '옥계동(玉溪洞)에 온통 천둥번개와 황사바람뿐!'이었다. 극적 확인의 인정이자 또다른 자리로 떠나는 순간이다. 그러기에,「불청객」에서도 '목척교 중교 수침교

잠수교/랄랄랄랄라~/꿈틀대는 그대의/빠알간 심장/껴안고 싶어요' 라며 대지의 뜨거운 가슴으로 희희낙낙스럽게 끌어안을 정도이어도 그는 결코 '그대'를 집착하지 않는다. 껴안고 싶은 것은 이제 삶과 죽음 앞에 생명의 불꽃, 그 불꽃의 시간이다.

그는 도처에서 그 확인을 한다. 젊은이 돌아올 수 없는 시간으로 가버렸음을 확인할 때 그는 치기(稚氣)를 부리기조차 한다. 「풋사랑」에서 그는 '영희 얼굴에다 돌눈덩어리'를 던진다랄지, '영희 발끝에서 고무줄'을 끊거나 개구리새끼를 안겨주는 것도 그 영희가 다름 아닌 가버린 시간대의 고통스러운 확인이다. 그는 이러한 확인을 「풋사랑」의 마지막 연에서 절묘하게 시인하고 어느 사이에 치기부리는 자신을 보고 있다.

　　나는 니를 싫어해
　　증말 증말이야……

그렇다. 그는 사사처처마다 이 확인을 하면서 몸부림친다. 천둥번개 치는 옥계동에서도, 두 눈썹 짓뜯어내는 보문산에서도, 서대산 구름다리 위에서도, 대전역 포장마차 불빛 속에서도, 계룡산에서 ㅎㅎㅎ로 소리낼지라도, 로댕의 연인이었던 까미유 끌로델을 영화관에서 찾을지라도 그는 확인하고 있다. 한 시대 전으로 영원히 돌아갈 수 없는 사실 속에서 동시에 모든 것을 끊어버리는 그의 모습을 우리는 확인할 수 있었다.

그러나 그가 삼백예순날 도처에서 확인을 할지라도, 그것만큼이나 대상에게 집착하지 않으면서 허허로운 고요함에 자신을 맡기며 흘러가게 하는 모습 또한 우리는 어느 시에서도 찾아볼 수 있다. 그러면서, 언제나 그 흐름을 맥동치게 한다. 이것은 그가 시의 운율성을 장단화시키기 때문이다. 홍희표 시의 특징인 시의 장단화는 말할 나위 없이 기(氣)의 장단화이다. 장단은 서양의 리듬과 다르다. 시를 소리낸 읽기 시작하여 마치는 구간 동안에 진행되는 한 연을 바로 한 호흡에 맞춰질 때 비로서 장단화가 이루어진다. 이때, 기화(氣化)를 이루는 시의 형태나 시어의 배열상태 그리고 의미의 양태가 수화(數化)되는 것, 곧 기화(氣化) 양태의 길고 짧음이 장단(長短)이다.

이러한 특징들은 그의 1부 후반을 이루는 '술나라', '불나라', '남나라', '손나라', '꽃나라' 등의 연작시에서 쉽게 찾아볼 수 있다. 이 땅에서 수천, 수백 년간 의미화시킨 음악의 장단법은 한반도 음악을 이해하는 핵심이기도 하다. 바로 그 핵심을 홍희표는 끊임없이 모색하고 자기화시킨다는 점에서 음악적이다. 말하자면, 그는 과거와 현재를 끊임없이 대화하면서 자기 언어를 창출하고 있다. 때때로, 그 장단을 벗어날 때가 있어도, 마지막에서 그 장단법을 적용시키며 완료한다. 즉, 홍희표의 연작시는 처음부터 우리들 눈에 읽히면서 벌써 장단화가 시작하는 특징을 가지고 있다.

「임의 방에 불밝혀라」를 보자.

> 모래밭 위에
> 바늘산
> 베개모에 달이떴네
> 초롱초롱 연사초롱
> 모밀밭 위에
> 독사떼
> 달뜨고 별난밤에
> 임의방에 불밝혀라
> 넘겨나 줄마음 간절하나
> 발아파서 못신든 미투리신
> 고무신 바람에 도망을 한다.
> ……(이하생략)

시행의 배열은 그가 발표한 그대로 옮겨놓았다. '모래밭 위에~'라며 읽는 순간에 이 시행은 벌써 8분의 12박·중모리 정도의 장단으로 리듬을 타기 시작한다. 다음 표에서 중모리 장단에다 위의 시를 적용하여 보자.

	"한장단"			
중모리				
1	모래밭 위에 초롱초롱 달뜨고	바늘산 연사초롱 별난밤에	베갯모에 모밀밭 위에 임의 방에	달이 떴네 독사떼 불 밝혀라
2	넘겨서 발아파서 고무신	줄 마음 못신든 바람에	간절하나 미투리신 도망을	한다
3	초롱불은 꿈을 꿔야	누가 꺼노 님을 보지	잠을 자야 어찌 그리	꿈을 꾸지 못보단 말고

1에 해당하는 율격들은 8분의 12박·중모리 장단에 잘 읽히지만, 2가 장단의 리듬을 못타는 것은 지금까지 진행시켜온 바의 자구가 달라졌기 때문이다. 그리고 1과 2의 갈등은 3에서 풀어져 해결시키고 있다. 그리고보면, 기(氣)의 장단론에 시들을 적용시킬 경우, 지금까지 장단론을 배제하고 말해온 바의 3·4조니 4·4조니 자수만 따져 시가의 전통으로 삼으려 한 것은 부질없어 보인다. 이것은 홍희표가 다른 시인들 작품보다 더 전통적인 장단론을 적용하고 있음을 시사케 한다. 그에게 나타나는 율격은 3·4조니 4·4조가 아니고, 전통적인 장단을 다르고 있기 때문이다. 이것은 그의 시작(詩作)이 전통을 숙고하고 있다는 반증이다.

그러기에 그의 시의 특징은 보다 음악적, 곧 장단적이라 할 수 있다. 그의 시는 장단기가 있다. 이러한 특징들은 30대 작품인 제2부나 20대 작품인 제3부와 현저하게 다름을 시사하여 준다. 그만큼 이 시집에서 그의 변모를 확연하게 구분하여 이해할 수 있다. 사랑의 아픔을, 아늑한 영혼을, 가는 세월을, 봇짐도 벗고 떠나야 하는 확인을, 지는 풀잎에 다시 이는 사랑을, 이 땅을 끝내 보듬는 가슴을 그의 시적 변모를 통하여 우리는 분명히 다시 살아갈 것이다.

우리의 함성 속에서도 그의 산사(山寺)와 같은 풍경소리를 오랜 뒤에도 들을 것이다. 아주 고요히. 그러고 보면, 그는 이제 향토시인이면서 향토시인이 아니다. 어느 사이 이 땅 사사처처마다 있으면서 구석진 데마다 그는 없다. 바로 그러한 40대 중반을 마감하고 스스로 이후를 떠나고 있다. 바램이 있다면, 분단으로 고통을 받고 있는 사람들의 사랑가도, 그 삶의 조건도 통일의 새김돌에 혼불처럼 새겨주기를.

독후감 레포트나 다름없는 내 글을 그에게 보내려고 찾았던 오늘도 그는 없었다. 때마침, 계룡산 천황봉에 올라 운무가 뿌리는 저 너머로 먼 데 가는 산하(山下)의 소리를 듣고 있는 모양이다.

시선집 『그대 곁에 없으니 물소리도 멈추어 버리고』 해설 (1992년)

자물쇠 걸기와 풀기, 그 미장센의 역동성 — 주근옥

1

홍희표 시인의 고백을 액면 그대로 받아들인다면, 그는 이상(李箱)을 숭배하는 초현실주의자로서 시를 쓰기 시작했다. 고교시절 벌써 "판도라"라고 하는 동인을 만들어 "이상의 밤"이라고 하는 프랑 카드를 내걸고 문학의 밤을 개최하는 등 그는 의기충천하여 대전 시내를 활보했던 것이다. 이것은 무엇을 의미하느냐 하면, 랑그 차원의 언어에 대한 반동이며 새로운 의미를 찾아 흙을 파고 살을 가르는 아픔을 견뎌야만 했다는 것을 의미한다.

> 부딪는 發芽의 아픔을
> 더 깊게, 더 곱게,
> 땅속에서 땅속으로 간
> 따스한 버러지의
> 눈알에 곤두서는 비린내
> 내 살결에 움트는 새순
>
> ―「내 살결에」에서

여기서 우리는 그의 반동을 엿볼 수 있다. 먼저 그는 "부딪는 發芽의 아픔"이라는 표현을 사용하고 있다. 발아는 새순이 돋아나는 것을 의미한다. 그런데 그는 부드럽게 돋는 것이 아니라 "부딪는다"고 한다. 이것은 어떤 둔탁한 물체에 머리를 부딪는 정도가 아니라 날카로운 송곳 같은 것이 살을 뚫고 나오는 것을 의미하는 것이다. 의미를 변이시킨 것이다. 변이된 그 송곳은 또 무엇을 지시하는 것일까? 내면 깊숙이 박혀있는 강박관념으로서의 열정 또는 울분 같은 것일는지도 모른다. 20대 젊은이가 겪게 되는, 청순한 사랑으로 위장된, 오이디푸스 콤플렉스일는지도 모른다. "눈알에 곤두서는 비린내"라고 하는 표현도 마찬가지이다. 그 위장된 청순함이 비린내가 되고, 그 후각을 다시 시각으로 변형시키는 연금술을 그는 교묘하게 자행하고 있는 것이다. 그것도 단순하게 은유를 사용하는 것이 아니라 넌지시 상징으로써 의미소를 바꿔치기하고 있는 것이다. 이러한 표현은 당시로서는 고도의 마술적 기법으로써 과연 신석초의 칭찬을 들을만하다.

> 여름바다의 海溢은
> 내 방까지 밀려와
> 잠 안 오는 눈썹 위에서
> 노크를 하며 서 있고.
>
> ──「바람소리」에서

> 나뭇줄기에서 뿜어오는
> 멀고 가까운 숨길.
> 지붕위의 아지랭이
> 밤사이 吊程을 물고
> 다사로운 체온을 깰 때
> 내 입김에 안기는 샘물.
> 대문을 열면 물오른
> 봄빛의 파릇한 눈매.
> 다소곳이 비늘을 털고
> 골목에서 빠져나오면
> 첫김 서린 새순은 부풀어,
> 교회당의 종소리가 밀려간
> 나팔꽃의 꽃술 위에
> 국어책 읽는 꼬마의 목청.
>
> ──「아침 연주」에서

「내 살결에」는 의미의 범주를 벗어나긴 했지만 커뮤니케이션이 허락한 한계 내에서의 변이라고 볼 수 있다. 그러므로 우리는 무리 없이 의미를 포착한다. 이러한 의미작용은 우리가 마치 농담이나 형용어구(별명)를 사용하는 것과 같다. 가령 친구와 같은 동일집단 내에서 쓸데없이 거짓말을 하거나 의리 없이 속임수를 쓰는 아무개를 "똥개"라고 한다고 하자. 이 형용어구는 본래의 이름과는 엄청나게 거리가 먼 것이기는 하지만 듣는 아무개 그 자신이나 그 집단은 웃으며 재미있게 수용하며 이해한다. 이렇게 허용된 한계 내에서의 변이는 의미를 풍요롭게 하는 상승효과가 있다. 그러나 그 한계를 초월하게 되면 커뮤니케이션이 불가능하게 된다. 「바람소리」와 「아침 연주」의 경우가 이에 해당된다고 볼 수 있다.

그레마스는 이렇게 언급한다. 만약 언어의 전통적인 이해를 단념하고 성취된 코드가 화자와 그의 청자(일반 청자가 아니라 독단적 청자)에 공통된 것으로 고찰된다고 한다면, 우리는 매일 구두 커뮤니케이션을 검토해야할 것이며, 매우 좋은 조건 아래에 있을지라도 그것은 어렵고 불충분하다는 것을 주목하게 될 것이라고 한다. 그 몽상가가 자신의 꿈꾸는 것 같은 담화를 풀어내는데 성공하지 못할 것이라는 것은 의심의 여지가 없다고 단언한다. 이렇게 꿈을 꾸는 것 같은 텍스트는 동시에 독해가 가능하거나 부조리하지는 않다 하더라도 기괴한 몽상가에게 나타난다고 한다.

홍희표의 경우, 독해가 가능하면서 부조리한 것은 「내 살결에」에 해당될 것이고, 그것마저 불가능한 것은 「바람소리」와 「아침 연주」가 될 것이다. 이러한 예는 여러 곳에서 쉽게 발견된다.

微動의 꽃구름 몰고
나래치는 빗소리
밤사이 누워 있던
언어들이 떴다.

─「雨日微吟」에서

첫눈이 내리는 거리에서
熱帶魚는 海草 사이로
뜨겁게 水泡를 뿜고,
화톳불에 잠기던 별을 본다.

　　　　　　　　　　　　　　　　　—「冬眠期」에서

　이 시점에서 우리는 이것에 대해 언어학적으로 좀 더 면밀하게 검토해볼
필요가 있다. 기호로서의 언어는 시니피앙과 상수(常數, invariant)로서의 시
니피에를 가지고 있다. 시니피앙은 다시 형태소와 음소로 분류되는 것이지
만, 시니피에는 좀 더 복잡한 공정을 거치게 된다. 다시 말해서 한 의미소가
어떤 형태소 하나에만 끝까지 종사하는 것이 아니라는 것이다. 그레마스는
매춘에 비유하기도 하지만, 하여간 이것이 의미작용의 세계이다. 그래서 이
렇게 변덕스러운 작용이 발생하는 언어에게는 형태소나 음소라는 명칭이
주어지지 않고 격상이라고 하는 특별한 명칭이 부여된다. 그렇다고 해서 본
래의 형태소나 음소가 변하는 것이 아니다. 파생은 파생이되 표면상으로는
변한 것이 아무 것도 없는 변형인 것이다. 그렇다고는 하지만 또 다른 의미
소가 발생한 시니피앙(형태소나 음소)에는 그것과 구별하여 격상소(pheme)
라는 명칭이 부여되고, 시니피에에는 어의소(sememe)라는 명칭이 부여된다.
새로 유입된 의미소를 분류의미소(classeme)라고도 하며, 이것이 일단 정위되
면 마치 굴러온 돌이 박힌 돌을 캐내듯이 상수가 된다. 이 말은 무엇을 의미
하느냐 하면, 곧 스테레오타입, 또는 전통의 해체를 의미한다. 이러한 작용
은 소리 없는 혁명과 같은 것으로서, 바로 이것을 세계관의 전환이라고도 하
며, 모더니티라고도 하는 것이다. 이 세계는 무제약의 세계로서 자유의지의
세계라고도 한다.

　이에 반하여 우리가 그렇게 열광적으로 수용하고 있는 초현실적이며 무
의미적인 세계는 제약의 세계이며 보편성을 상실한 독단의 세계인 것이다.
이러한 작용은 언어작용이 아니라 정신분석의 영역에 속하는 것으로서, 모

두(冒頭)에서 언급한 바와 같이 진부하고 왜곡된 것으로 보아야 하기 때문이다. 언뜻 보기에는 언어에 대한 반동이며 해체인 것 같이 보이기도 하지만, 이것은 또 다른 독단적 제약으로서 자신을 그 자신 안에 가두고 단단히 자물쇠를 채우는 것과 다르지 않다.

　앞에서 인용된 홍희표의 일련의 초기 시들이 그렇다. 그는 '이상'이라고 하는 거물을 등에 업고 자신을 합리화하고 있었던 것은 아닐까?

2

　시집 『늙은 호박 속에는 뭐시 들어있을까유우』(1992)의 화보를 보면, "70년대 화곡동에서"라고 하는 표제 위에 다음과 같은 사진이 있다. 철 대문이 화면을 꽉 채우며 닫혀있는데, 화면 왼쪽으로 작은 쪽문이 있어 이것을 조금 열어놓고 있다. 비로소 공간이 둘로 나뉘고 있음을 알 수 있다. 앞쪽은 밖의 공간이 되겠으며, 뒤쪽은 안의 공간이 되겠다. 안의 공간 깊은 곳에는 다시 시멘트로 만들어진 담이 있고 그 앞에 그의 아내가 어린 딸과 아들을 양손으로 꼭 쥐고 가운데 서서 외부 공간을 향하여 약간 그로테스크하게 웃고 있는 모습을 포착할 수 있다. 그는 외부 공간의 철 대문 앞에 서서 마치 사천왕처럼 팔짱을 끼고 입을 꾹 다문 채 카메라 쪽을 향해 감시의 눈을 번뜩이고 있다.

　이 한 장의 사진이 시사하는 바는 많다. 먼저 단단히 걸어 잠근 그의 언어 세계의 자물쇠를 풀어 내면의 공간을, 활짝은 아니지만 쪽문만큼 조금씩 열어서 보여주기 시작했음을 우리에게 암시하고 있는 것인지도 모른다. 그렇다고 해서 우리가 위의 사진이 보여주는 것과 같이 그 공간을 손으로 만지거나 눈으로 관찰할 수 있는 것은 아니다. 만약 그렇다고 한다면 이것 또한 설명이며 부연으로써 시적 감수성을 떨어뜨리는 행위에 지나지 않을 것이다. 그가 제시하고 있는 공간은 내수용으로서의 심층에 내재하고 있는 것이다.

그림자꽃 흔들며
울어주는 사람
보리밭 속에 춤추며
울어주는 사람

그 울어주는 사람도
번갯불 속에 없다면
무엇 때문에 우리는
자물쇠 걸고 살았을까

— 「그림자꽃」에서

　　그림자꽃은 사전에서 찾아볼 수 없는 단어인데, 문맥으로 보아 그림자 광
륜(光輪), 즉 후광(後光)으로서, 이 프레임을 좌우하는 단자는 아니지만, 흔든
다고 하는 단어와 운율적으로 조화를 이루게 한 조어라고 보면 될 것 같다.
어쨌든 여기서 우리가 감지해 낼 수 있는 것은 그가 자물쇠를 걸고 살아왔
던 과거에 대해 반추하고 있다는 것이다. 사실 자물쇠가 걸린 안쪽은 지각
의 공간이다. 사랑하는 아내와 아이들, 그리고 소중한 소장품들을 분류해서
간직하고 있는 것과 같은 그 격자(格子)의 공간 너머에 또 다른 공간이 있음
을 자성하고 있는 것이다. 이 자성은 곧 나를 위해 누군가가 눈물을 흘린다
고 하는, 다시 말해서 같이 끌어안고 펑펑 눈물을 흘린다고 하는, 그리하여
심층에서 이루어지는 공간의 앙상블을 감지하게 되었다는 것을 의미한다.
이러한 징조는 곳곳에서 발견된다.

거꾸로 서서
長劍 아래로 뛰어내리는 일
거꾸로 서서
자기 자신을 바꾸는 일

— 「거꾸로 서서」에서

　　자물쇠를 풀고 자기 자신을 바꾸는 일이 이렇게 어렵다는 것을 실토하고

있다. 말이 그렇지 두 발로 걷기도 어려워 넘어지기 일쑤인데 두 팔로 서다니, 그리고 장검 아래로 뛰어내리다니, 정말 목숨을 걸지 않으면 안 되는 결단이며, 혁명인 것이다. 그 결과는 다음과 같이 표출된다.

> 마늘 한 개 깨물고
> 쇠주 한 잔 마시고
> 하늘 한 번 바라보고
>
> (중략)
>
> 黃酸 젓갈
> 아이스크림 漂白劑
> 發癌 과자
>
> ——「葬送花」에서

첫 3행의 결합구조는 비문법적인 것이 아니며, 문법적으로 완벽하다. 시가 은유와 같이 비문법적 구조로 되어 있어야만 한다는 고정관념을 갖고 있는 사람에게는 도무지 시 같지 않게 보일는지도 모르지만, 좀 더 깊이 관찰하면 그렇지가 않다.

우선 종성에 사용되고 있는 자음들이 공명도가 높은 유성음이어서 듣기에 편하고, 물소리와 새소리 또는 심장의 고동소리를 듣는 것 같은 리듬을 갖고 있어서 그 단어들이 긴장을 풀고 스르르 잠이 드는 그리하여 꿈을 꾸는 것 같은 느낌을 자아내게 한다. 다시 말해서 보편성의 의미를 넘어서는 의미를 방사하고 있다는 것이다. 첫 행에서는 카메라의 앵글이 작은 마늘 한 개의 공간에 맞춰져 있다. 두 번째 행에서는 그보다 좀 더 큰 소주잔의 공간에 맞춰져 있다. 세 번째 행에선 여기에 나타나지는 않지만 소주잔보다 더 큰 얼굴의 공간에 맞추고 동시에 하늘을 포착하고 있다. 여기서의 앵글은 아래에서 위를 향한다. 한 개의 쇼트와 한 개의 프레임 안에서 이뤄진 미장센은 원래 프랑스 연극 용어로서, "무대 위에 배치한다"는 뜻이었다. 이 말은 무대라는 주어진 공간 안에서 연극 제작에 필요한 모든 시각적 요소를 배치하는 것을 말한다. 이렇게 연기가 행해지는 영역은 무대를 둘러싸는 프로시니엄 아치(proscenium arch)에 의해 결정되는데 이는 회화의 프레임과 같으며, 연기의 범위는 때로는 좀 더 유동적인 것으로서 객석까지 확장되는 경우도 있다.

이 장면은 결코 마늘을 씹고 소주를 마시며 하늘을 바라보는 그 사실 하나만을 구현하고 있는 것이 아닐 것이다. 이 표층 공간 뒤에 또 하나의 심층 공간이 있음을 감지해 낼 수 있는 것이다.

이제 마늘은 그 자신 안에 소중히 간직하고 있는 핵의미소를 스스로 포기하여야만 하는 지경에 이르고 있는 것이다. 아니 누군가에 의해 점유당하고 제압당하는 곤경에 처하게 된 것이다. 이렇게 처참하게 당하고만 있다고 해서 핵의미소가 아주 삭제되거나 우주 밖으로 버려지는 것은 아니다. 만약 그렇다고 한다면, 이 의미작용은 무의미나 왜곡과 다를 바 없을 것이며, 오히려 그것만도 못한 지위로 추락하고 말 것이다. 이 핵의미소가 그래도 어딘가에 남아 있어서, 새로이 잠입하여 임신하게 된 분류의미소와의 관계가 어떤 방식으로든지 성립될 때 에너지가 분출되는 것이다. 즉 대폭발이 일어나는 것이다.

마늘이라고 하는 것은 사실 맛이 좋아서 먹는 것은 아니다 그저 몸에 좋다고 하니까 또는 기름진 고기 안주를 사먹을 수 없으니까 깨무는 것일 뿐이다. 이러한 마늘을 씹는다고 하는 것은 암울한 그 자신과 그 시대의 반영일 것이다. 이것과 대당(對當)이 되는 것은 입에서 슬슬 녹으며 달콤한 아이스크림과 같은 것이 될 것이다.

이제 마늘이라고 하는 격상소는 의미소가 아니라 어의소를 갖게 되었는데, 이 어의소는 다시 격상적 번역(figurative translation)을 하고 있다. 즉 마늘의 의미소 대신에 아이스크림의 의미소가 그 위치를 차지하고 있는 것이다. 역겹고 지겨운 세상이 아니라 무엇이든지 잘 풀리고 슬슬 녹으며 달콤한 세상을 꿈꾸고 있는 것이다. 이러한 변화과정을 환원이라고 하며, 그 결과 정위된 의미를 단자라고 한다. 그러나 형태소 그 자체는 변한 것이 아무 것도 없으며, 마치 거금을 속여서 사취하고도 시치미 뚝 떼고 앉아있는 사기꾼(또는 정치꾼)과도 유사하다. 그런데 이 단자 아이스크림은 또 다시 표백제에게 제압당한다. 마지막으로 가장 힘이 센 사기꾼은 표백제인 것이다. 사기꾼이 또 사기를 당하는 현실의 반영으로 보아도 틀리지 않을 것이다. 이렇게 마늘과 소주잔을 거쳐 그의 최후의 시선은 하늘을 향하고 있다. 아래에서 위를 향한 벌레의 시점이라고도 할 수 있는데, 이 시점이 수평으로서의 평등인 것과, 위에서 아래를 향하는 새의 시점으로서의 깔봄과는 다른, 비굴의 셔레이드(charade)라고 할 수 있다.

> 당신도장발이군우리대학시절에는스포츠형이유행했는데요즘은모두장발이야퇴폐풍조처벌감이군이친구야우리예수님도베토벤선생도장발이고세계챔피온홍수환선수도장발이아닌가모두모두장발이야왜이런기름진머리카락을깍으라고할까깍정하지마깍으면또자란다고눈물을흘리면서열심히깍아그리고쇠주나한잔먹고기다리라고쓸쓸히기다리라고.
>
> ―「長髮」 전문

띄어쓰기를 무시하며 운율의 고려 없이 사각의 프레임 안에 음절을 우겨넣고 있는 이 형식은 이상의 시 형식을 모방한 것 같다. 그러나 이상과 다른 점은 통사구조가 문법의 규칙을 완벽하게 지키고 있어서 커뮤니케이션에 문제가 발생하지 않는다는 것이다. 이러한 보편성으로 시가 될 수 있을까 의문을 갖게 될는지 모르지만, 그렇게 만만치 않은 것이 이 시의 구조이다. 지극히 문법적이어서 커뮤니케이션이 가능한 것 같으면서도 독자로 하여금 오히려 독해를 어렵게, 또는 불가능하게 만들고 있는 메타텍스트인 것이다. 그러나 이렇게 일차적으로 정의적인 어휘항을 필연적으로 전도시키게 될 상상력이 풍부한 독자, 신비주의자, 연금술사, 또는 어느 비법 전수자가 논리에만 집착하는 그 독자를 대신하자마자 의미작용의 성격은 즉시 나타난다. 즉 독해가 불가능하면서도 분명해진다. 이 메타텍스트는 보다 상위의 담화를 전개하고 있는 것이다. 즉 이 동류체는 머리카락이라고 하는 단순동류체로만 발현되고 있는 것이 아니라 두 개의 동류체를 동시에 정의하도록 강제하고 있는 것이다. 조정적(措定的) 정의와 부정적 단자가 동시에 작용하는 복합동류체를 만들고 있는 것이다. 그러나 그들이 자기들의 주장을 끝까지 관철하는 것이 아니므로 독단적인 것을 즉각 중지하게 될 것이다.

이 복합동류체를 구체적으로 분석해보기로 하자. 사실 '머리카락'은 정의 '자유'의 단자라고 할 수 있는데, 앞에서 인용한 격상적 단자('마늘'과 '아이스크림' 사이에는 '먹는다'고 하는 주연으로서의 동치를 가지고 있다)와는 달리 이 둘 사이에는 동치(同値)가 없다.

그러므로 이 프레임에서의 자유는 방종이나 독단이 아니다. 보편성이면서도 독단인 이 특별한 함수는 아무리 가위로 잘라내도 곧 자라나는 불가사의인 것이다. 홍희표는 이 불가사의의 자유를 구가하고 있다. 60년~70년대 군사독재정권의 그 무서운 권력이 자유를 억압해도 그 싹을 몽땅 잘라낼 수 없다는 것을 천명하고 있는 것이다. 그의 카메라 앵글은 먼저 경찰서에 붙잡혀 들어가는 장발족들을 프레임 안에 넓게 잡아넣는다. 그리고 서서히 이동하면서 가위를 들고 사설을 지껄이는 경찰의 모습을 잡는다. 다시 예수님과 베토벤과 홍수환의 장발머리가 교체되며 프레임에 투사된다. 이러한 몽타주 기법은 무성영화 "전함 포템킨(1925)"으로 유명한 영화감독 세르게이 아이젠슈타인이 하이쿠에서 힌트를 얻어 착안한 특수 기법이다. 하여간 앵글은 가위로 인해 머리카락이 잘려 떨어짐과 동시에 눈물이 뚝뚝 떨어지는 눈방울에 초점이 맞춰진다. 참으로 역동적인 미장센이 아닐 수 없다.

여기는 동부전선 영덕지구. 갓 나온 신병으로서는 깨어진 거울 속으로 뛰어가듯 간밤의 전투를 도저히 잊을 수가 없습니다. 총성과 포성이 산과 들에 적벽가를 이루고 푸른 군복과 빨간 군복이 열두 발 상모처럼 휘몰려가고, 하늘이 무너질 듯한 명령 속에 쏘고, 맞고, 찌르고, 찔리고, 죽이고, 죽고, 오직 살아야만 한다는 외침 속에서 모든 것은 한 개비의 담배연기 같기만 합니다. 능선 저쪽에서 야릇한 총알 하나 불빛을 끌며 하는 저쪽으로 솟구쳐 오릅니다. 팔다리 없는 전우가 외치고, 심장 없는 전우도 외치고, 그런데 총알 하나 능선 저쪽에서 으흐흐흐 불꽃을 끌며 솟구칩니다.

— 「총알 하나(씻김굿 26)」 전문

이 시도 마찬가지이다. 한편으로는 구축하고 한편으로는 분할하면서 편차와 동연(同延)을 동시에 확립하고 있는 총체로서의 투시도법이 연출되고 있다. 어둠을 배경으로 포성과 총성이 울리는 가운데 육박전이 벌어지고 있는 전투장면으로 앵글이 좁혀 들어간다. 그리고 팔다리가 잘려나간 육체와 심장이 떨어져나간 육체를 포착한다. 다시 그 장면을 배경으로 앵글이 위로 상승하면서 솟구치는 총알 하나를 포착한다. 하나의 쇼트 안에서 이루어진 이 광경은 박진감과 의미로 꽉 차 있음을 감지할 수 있다.

표출 어휘소 '총알'은 사실 의미작용을 드러내기 위하여 외부세계의 지각요소가 덧붙여지고 장면의 배경을 구성하고 있는 내용의 실체라고 언급할 수 있다. 이 실체라고 하는 것은 핵의미소와 분류의미소, 정의와 단자가 상호전제하면서 변증법적 운동을 할 때의 주체(헤겔의 비유를 빌린다면, 주인)를 일컫는 것이 될 것인데, 이것은 타자라고 하는 외형의 구체성으로 가장하려는 속성을 가지고 있다. 바로 그 구체성이 가면으로서의 총알인 것이다. 이 총알은 다시 죽음과 삶이라고 하는 의미소를 생산하고 있음을 확인할 수 있다. 죽음은 다시 포성과 육박전과 팔다리 없는 육체, 그리고 심장 없는 육체와 동치를 이룬다. 삶은 그와 대당의 육체가 될 것이다.

이렇게 분석해 놓고 보면 이 쇼트를 가득 채우고 있는 것들은 모두 죽음과 동치인 어휘소 또는 행위주, 즉 연기자들의 셔레이드뿐이다. 그러나 동족상잔의 비극을 연출하고 있는 이 드라마의 주인공은 사실 화면에 투사된 죽음이 아니라 삶이다. 이 주인공은 앞에서 언급한 자유와 다르지 않은 것으로써, 육이오라고 하는 극한의 절박한 한계를 극복하며 애타게 살아남으려고 몸부림치고 있는 것이다. 다음의 시도 그 연장선에 있다.

우리는 일주일을 역구내에서 새우잠 자며 기다리고 기다렸습니다. 그러나
기차는 높은 분 싣고 회오리처럼 스쳐가고 때로 산더미처럼 사람을 담아 움직
이지도 못했습니다. 그러다 겨우 화물차 지붕 위에 올라 타 남으로 남으로 내
려가기 시작했습니다. 우리는 석탄 껌정 뒤집어쓴 검둥이였지만 자유의 구름과
평화의 별빛만 보길 원했습니다. 그러나 한밤중이면 화물차 지붕 위에서 철도
연변으로 옆 사람이 졸다 뚝뚝 떨어지지만 기차는 거북이처럼 남으로 남으로 달
려갑니다. 살아라 죽어라 죽어라 살아라 빽빽거리며 달려갑니다.

— 「화물차(씻김굿 9)」 전문

높은 고관들을 태우고 회오리처럼 빠르게 스쳐지나가는 기차와 느리게
빽빽거리며 기어가고 있는 화물차 지붕 위에 매달린 피난민의 석탄껌정을
뒤집어 쓴 얼굴을 포착하고 있는 이 쇼트 또한 삶을 향한 자유의 셔레이드라
고 할 수 있다. 권력이 있는 자와 없는 자와 대비되고 있는 이 장면은 홍희표
그 자신의 표상으로 보아도 될 것이다. 그러나 전쟁과 그 후의 50년대라고
하는 격동기를 거치면서 그도 화물차 꼭대기에 매달린 사람들과 마찬가지
로 가슴 깊이 아픈 상처를 남기고 있음을7 살필 수 있다.

아버지 사친회비 얼른 주세요. 어머니 사친회비 얼른 주세요. 없단다, 내일
모레 가져가거라. 오늘은 담임선생님 오시지 않아 소풍날처럼 자습 서너 시간 하
다 오정 사이렌 불 때 끝났습니다. 엄니는 품팔러가 집안은 텅 비었지만 보리
밥 한 덩어리 집어먹고 철길 아래로 달려갑니다. 쑥을 뜯던 영희는 토끼풀꽃
보자 약혼반지와 시계 만들어 모올래 모올래 건네줍니다. 그걸 도둑고양이처
럼 훔쳐본 곰보 철이가 "얼레, 꼴레, 디꼴레, 누구는 누구한테 시집간다네!" 용
용거리며 놀려대자 영희는 뜸부기처럼 울기 시작했습니다. 나도 울화통이 나 주
먹돌을 던지자 토끼풀꽃 약혼반지 철길로 떨어지는데… 요즘도 그 부서진 약
혼반지 종종 생각납니다.

— 「토끼풀꽃」 전문

저녁연기 엉덩살에 휘날릴 때, 빚 홍수로 점심도 못 먹던 나의 6학년 수업이 끝나면 교문 앞을 막아서던 진눈깨비, 진눈깨비 속에 산타할아버지처럼 서있던 국화빵 아저씨, 양어깨로 너털웃음을 뿌리던 국화빵 아저씨, 들기름 내음에 취하다가 덤으로 주는 국화빵 집어 들면, 귀때기 때리던 진눈깨비. 아, 국화빵 아저씨랑 살고 싶어. 국화빵 두꺼비처럼 먹게!

—「국화빵꽃」에서

대동다리 앞, 지금은 성당이 우뚝 선 그 자리는 빈 공터이었지요. 민들레 나풀거리는 운동장, 우리의 싸움터. 그러나 한 달에 두서너 번 이 공터에서 천막을 둘러치고 밤이면 '페르샤왕자' 노래와 함께 변사가 등장하는 무성영화 상연했지요. 우리는 구경 값이 없어 스피커에서 떨어지는 변사의 신바람난 목소리만 들었지요.—"그리하야 인디안의 습격을 물리치고 서부의 평화를 위하야 나타난 일단의 기병대가 있엇으니 바로 앞에서 돌격해오고 있난 것은 여러분이 기다리고 기다리던 우리의 주인공 존웨인이었던 것이었다." 기병대의 나팔소리와 함께 관객들이 소나기처럼 박수를 치면 우리도 천막 밖에서 같이 박수를 쳤지요.

—「무성영화」 전문

이러한 상처는 곳곳에서 발견된다. 토끼풀꽃, 국화빵, 무성영화 상연 천막 등이 그것이다. 삶 그 자체라고 할 수 있는 불가사의의 자유가 무수히 상처를 받고 있지만, 허상적 세계로, 표출 가능한 결합으로 그리고 담화로 전이하면서 뒤죽박죽이 되거나 착란을 일으키고 있지만, 그리고 단자로 또는 정의로 왕복운동을 하면서 메타의미소로 고찰되고 있지만, 결국은 명백하게 환원하여 분류의미소가 되는 의미론적 양상을 보여주고 있음을 확인할 수 있다. 보편성을 떠맡게 된 이것은 다시 말해서 의미소의 범주를 차용하여 사용하는 것이라고도 할 수 있다. 반면에 독자의 관점에서 보면 매번 다른 지위가 부여되고 있는 이중비교변화라고 할 수 있다. 바꿔 말하면 외수용(exteroceptivity)과 내수용(interoceptivity)의 작용이라고 할 수 있다. 전자를 우주론적 차원, 후자를 정신론적 차원이라고 하는데, 이것이 다시 통합되어 표출된 것을 인식론적 차원의 결합동류체라고 한다. 자유의 변이체라고도 할 수 있는 이것은 위에서 언급된 어휘소들뿐만 아니라, 박용래, 강성렬, 이대길, 김석천, 그리고 송유하라고 하는 인물들로 나타나기도 한다. 알고 보면, 그의 상처도 참으로 깊고 또 깊다는 것을 확인할 수 있다.

3

지금까지 미니멀리즘과 그레마스의 구조의미론을 방법론으로 해서 홍희표의 시를 살펴보았다. 한국문학의 문제점을 고스란히 안고 출발한 그의 시가 해를 거듭하면서 어떤 국면을 맞이하고 있었음을 알 수 있었다. 그러한 시점전환으로 인하여 얻게 된 것은 곧 한 개의 프레임과 쇼트 안에서 포착된 셔레이드, 그리고 그 미장센의 역동성 속에서 발견되는 모더니티라는 것을, 우리가 이 자리에서 다시 새삼스럽게 증명할 필요는 없을 것이다.

시를 쓴다는 것은 뼈를 깎는 아픔을 겪지 않고는 불가능한 것이라고 한다. 지금 이 순간 이러한 아픔은 커녕 시를 무기로 삼아 진짜 사기꾼 속에서는 그 실력을 발휘 못하고 순진한 문인들 속에서 배신과 사기를 일삼아 지위를 누리고 권력을 향유하며 안으로 키득거리는 자들이 있음을 생각할 때, 그리고 이러한 시점에서 홍희표의 시들을 바라볼 때, 은근히 남다른 감회를 느끼지 않을 수 없다. 그는 문학단체의 지위를 탐내지 않는다. 권유를 해도 고사하며 오히려 화를 낸다. 이러한 그의 셔레이드가 위에서 살펴본 바와 같이 가슴 깊이 숨어있는 상처에 기인하고 있음을 확인할 수 있었다는 것은 나 혼자만이 갖게 된 기쁨이 아닐 것이다.

'유한 시간'으로 '무한 시간'에 대한 '노스탤지어'를 노래하다 — 김백겸

시간의 해석

원시인들은 인간의 외부에서 일어나는 사건과 내부에서 발생하는 일을 뚜렷하게 구분하지 않았다고 한다. 물질계에서 일어나는 일과 정신계에서 일어나는 일을 현대인처럼 명확하게 구분하지 않은 것이다. 원시인들이 바라본 세계의 외적, 내적 흐름은 한 무더기의 동시발생적인 사건들이 연속하는 것이며 그 사건들의 변화를 인식하는 일이었다.

우리 현대인들은 '과거', '현재', '미래'를 명확하게 나누어 구분한다. 물리적 시간은 사실 하나이며 나눌 수 없는 것임에도 현대인의 인식이 다른 범주로 구분한다. 현대의 인간은 태어나자마자 저절로 이 사회의 일원이 되는 것은 아니다. 현대의 시간관념이나 언어적 세계관에 익숙해지기 이전부터 지금 세계의 박자, 속도 그리고 사건의 발생과 변화빈도에 적응하도록 길들여진다. 인간의 시간관념은 학습되는 것이다. 하루살이와 같은 벌레나 올빼미 같은 야행성 동물의 시간느낌은 인간과 매우 다를 것이라 추측된다. 생물은 자신만의 고유한 시간관념(느낌)을 가지고 다른 시간의 세계를 산다.

고대 그리스 사람들은 시간을 '생명 그 자체', '생명에 깃들여 있는 성스러운 신비'라고 생각한 것 같다. 그들은 시간을 신성한 강 오케아노스(Oceanos)로 생각했다. 천공(天空 : 우라노스)과 대지(가이아) 사이에서 태어난 티탄신족의 하나인 오케아노스는 세상의 모든 하천이며 바다이다. 오케아노스는 물의 신인데 대륙을 둘러싼 지중해와 대양을 의미했다. 오케아노

스는 황도 12궁을 등에 지고 자기 꼬리를 물고 있는 뱀의 형상으로도 상징
되며 순환의 의미도 있었다.

　그리스 인들은 후대에 시간을 제우스의 아버지 크로노스(Chronos)로 여기
거나 아이온(Aion)등의 신과 동일시하기도 했다. 아이온은 생명체의 내부에
흐르는 활력의 표상이며 개체의 수명과 운명을 주관했다. 이 활력의 흐름은
개체가 죽은 후에도 뱀의 모습을 한 채 그대로 하늘에 남아 있다고 생각했
다. 인간과 개체가 경험하는 생명은 일회적이나 시간—성스러운 에너지는
불사한다고 본 것 같다(고대인의 신은 인격적인 의미와 함께 인간의 능력을
초월한 사물의 법칙이나 기능의 의미를 가진 복합적인 개념으로 이해해야
한다. 고대의 신은 과학이 발달하기 이전에 주관과 객관에 걸쳐있는 숭고이
며 경외로운 존재였다).

　시간을 신으로 생각하고 끊이지 않는 삶과 죽음의 흐름으로 본 원형상징
은 인도의 신화에도 있다. 브라마(Brama)는 만물의 창조자이고 비쉬누
(Vishnu)는 유지자이며 시바(Shiva)는 파괴자이다. 모두 영원한 시간 에너지
를 표상한다. 바가바드 기타에는 비쉬누의 언명이 있다. "나는 시간이로다.
세상이 무르익으면 그것을 다시 쇠퇴시키고 파괴하리라." 브라마, 비쉬누,
시바는 우주의 일자(一者)인 브라만(Brhaman)이 현상에 나타난 다른 측면을
말한다.

　　시간의 영겁과 저항에 관한 글쓰기

　홍희표 시인은 언젠가 사석에서 자신의 시쓰기가 '시간의 쇠락과 초월,
시간의 영겁과 저항에 관한 글쓰기'라고 말한 적이 있다. 다소 추상적인 이
야기지만 이 주제는 어떤 시인에게도 해당한다. 시는 기억의 회상에서 떠오
른 이미지와 감정의 직관적인 결합에서 만들어지기 때문이다. 시간이란 우
리 안의 선험적 직관이며 관념이라고 칸트가 말한 바 있다. 우리는 사물의
운동과 변화를 인과적 순서에 의해 인식한다. 이 시간과 공간의 범주인식이

사물에 질서를 부여한다. 사실상의 물리세계는 사건들이 동시다발적으로 일어나는 카오스인지도 모른다. 그러나 사건들은 시간과 공간에 의해 범주 내의 집합으로 표상되고 질서 내의 인과관계로 인간의 오성이 판단한다.

다시 홍희표 시인의 말을 빌리면 "숨쉬며 살아있는 모든 것은 낡고, 서서히 죽어가면서 스스로 저 혼자 어떤 존재증명을 위해 몸부림친다. 그들은 모두 소멸될 것이고 망각의 강을 건널 것이다. 그 레떼의 강줄기에서 변증법으로 피어나는 시인의 외마디가 시쓰기다."라고 시를 정의한다.

그의 시를 한편 살펴보자.

> 몸 섞고 섞는 금강물이었다가
> 피 뿜는 낙엽이었다가
> 어느 날 사랑했던 자리마다
> 기러기 한 줄이었다가
> 날아가네 서편하늘
>
> 살점 뜯는 진저리이었다가
> 찔레나무 사마귀이었다가
> 어느 날 사랑했던 자리마다
> 우리는 서로 칼끝이었다가
> 날아가네 검은 골짜기
>
> ─「아뿔사, 칼끝」 전문

이 시는 사물의 무상과 변화를 말한다. 불교적인 윤회가 배경에 깔려있는데, 사물은 각자가 서로를 관계하면서 변화한다는 주제의식이 반영되어 있다. 1연에서는 생략된 주어가 2연에서는 "우리는 서로 칼끝이었다가"로 나타난다. 우리는 "살점 뜯는 진저리"의 추상적인 상황의 존재이기도 하고, "찔레나무 사마귀" 같은 구체적인 사물이기도 하고, 인간의 희로애락에서 애증을 나누는 "칼끝"이기도 하지만 모두 자연의 한 부분으로 수렴된다는 의식이 들어가 있다.

자연이라는 '타자'의 일부분이 드러난 "검은 골짜기"마저 "날아 가네"라고 홍 시인은 말한다. 자연이 날아 갈리는 없으니 홍 시인의 의식에서 날아간 자연이다. 화자가 스러지기에 자연도 날아간다. 내가 있기에 자연도 있으며 자연이 있기에 내가 있다는 연기(緣起)의 생각이 배경에 있다. 1연은 동일한 구조의 반복이지만 사물이 "몸 섞고 섞는 금강물"처럼 만나는 상황이 2연에서 사물이 헤어지는 상황과 대비되는 점이 다르다.

이 시가 홍 시인이 말하는 "시간의 쇠락과 초월, 시간의 영겁과 저항에 관한 글쓰기'일까? 주제로 보면 "시간의 쇠락과 초월, 시간의 영겁"에 관한 배경의식이 들어간 점이 맞다. 그러나 세밀한 의미로는 시간에 대한 저항이라고 하기는 어렵다. 화자는 변화하는 시간에 동화되어서 자연의 일부가 되었다가, 그 자연마저도 의식에서 꺼지는 무한 어둠에의 몰입을 말하기 때문이다. 이 시가 "저항에 관한 글쓰기"라면 글자로 표현해서 개체의 죽음 후에도 기억을 남기고자 하는 인간의 욕망에 관한 큰 테제의 이야기여야 한다. 서구 학자들은 '오딧세이아'와 '일리아드'가 그리스 인간의 영웅적 행위에 대한 기억이며 찬미이면서 동시에 시간에 소멸하는 인간운명에 대한 저항이라고 말한다. 인간이 인간의 행위에 대한 영원성을 부여하면서 시간에 대한 저항이 일어난다. 화자는 영웅에 대한 이야기가 아닌 소멸하는 개인에 대한 이야기를 한다. 개인은 소멸하지만 개인이 죽음으로써 흡수되는 자연(자연물 자체)은 영원하다는 의식이 있으므로 자연과 세계에 대한 순응이다.

홍 시인이 말하는 "시간의 영겁과 저항에 관한 글쓰기"라는 입장에서는 다음 시가 이 주제에 포함될 수 있다.

> 앞뒷들 푸른 벌판, 보기만 하여도 배불러, 어-하 어-하-야! 바다… 물바다… 황산갱갱이 들판이 안보이네. 폭우가 지나간 정묘년(丁卯年) 7월 23일 오후 하늘에서 본 금강 수해지역은 온통 누런 황톳물 뿐. 최고 강우량 670mm 나 되는 금강 중하류 유역은 논밭 간곳없고 바다… 물바다… 이장 김(金)씨는 22일 밤 강물이 범람한데다 이웃 논산군 성동면 두 곳의 제방이 무너지면서 동네가 집단으로 정박한 고기잡이배처럼 고립되기 시작했지만 "설마설마" 하다가… 박(朴)씨 노인은 "내 칠십 평생 이런 물난리는 난생 처음"이라며 "이번

장마가 '천재'냐 '인재'냐고 한숨 지우는데… 논산읍으로 출근하던 중 밀어 닥친 물에 떠밀려 왔다는 버스 운전사 이(李)씨는 "그 많은 댐들과 기상대는 고물상에나 팔아먹든지 원……" 금강 수위가 낮아지고 있다는 소식에도 정 (丁)씨는 "올해 농사 다 망쳤네 망쳤네" 몸부림치고, 그러나 정(丁)씨의 큰아들 "농사를 다 망쳤지만 담밑에 아직 남아있는 패랭이꽃처럼 우리는 주저앉지 않 아요" 하면서 어―하 어―하―야 하면서 씩 웃는데……앞뒷들 푸른 벌판, 보 기만 하여도 배불러, 어―하 어―하―야!

―「패랭이꽃」 전문

이 시는 서사구조이다. 인간이 자연에 대항하여 경작을 하는 행위가 문화 이며 저항이다. 인간이 생존을 위해 전장에 나간 트로이의 전사들이 역사에 드러난 영웅이라면 마찬가지로 생존을 위해 자연과 대항한 농부도 영웅이 다. 큰 주제인가 작은 주제인가의 차이가 있을 뿐 모두 자신의 자연적 운명 을 거스르는 행위이기 때문이다. 이 시에서 서사는 홍수에 유린된 벌판에 넋 을 놓은 아버지 세대의 불운과 한탄에 대해 아들 세대(정씨의 큰아들)가 말 하는 다음 행위이다. 아들은 "농사를 다 망쳤지만 담 밑에 아직 남아있는 패 랭이꽃처럼 우리는 주저앉지 않아요." 하는 인간의 의지를 보여준다. 내용 상 자연의 운명에 대한 저항이라고 할 수 있다.

홍 시인이 말하는 "시간의 영겁과 저항에 관한 글쓰기"는 아마도 이런 개 별 작품에 드러난 주제의식에서 말하는 것은 아닌 것 같다. 홍 시인의 시 세 계를 전반적으로 고찰해 볼 때, 홍 시인은 인간이 시를 쓰는 행위자체가 "저항에 관한 글쓰기"라고 말하는 것 같다.

시란 시가무(詩歌舞)가 하나였던 고대 제의에서부터 인간이 큰 타자인 자 연에게 말하는 도구였다. 자연(신)에 호소해서 인간의 의지대로 자연을 바 꾸어보려는 의도가 담긴 말들이 주문이었다. 주문은 외연으로는 인간이 신 에게 호소하며 탄원하는 형식이지만 내포로는 인간의 욕망과 의지대로 자 연(신)이 움직여주기를 바라는 계약의 의도가 있다. 희생물은 계약의 증표 이자 거래물이다. 이 역시 영웅행위다. 운명에 순응하고자 하는 태도가 아니기 때문이다. 시는 이러한 주문에서 출발했고 인간이 시를 말한다는 것은 기억의 소멸과 인간의 한계상황을 탈출하고자 하는 꿈과 원망을 말하는 행위이다. 그러므로 서사이다.

시가무가 분리되면서 주문에 실려 있던 인간의 시적 에너지는 약화되었다. 시적 에너지는 외부의 상황을 변화시키는 행위에서 시인의 내면으로 향해 개인의 꿈과 무의식을 말하게 된다. 서정시는 외부사물에 대한 인간의 희로애락을 드러냄으로써 인간이 이루지 못한 가능성의 세계를 말한다. 오늘날의 서정시들이 "시간과 영겁에 대한 글쓰기"를 주장할 수 있으려면 인간의 꿈과 욕망이 인간의 수명에 갇히지 않는 확장된 인식으로서의 글쓰기여야 한다.

결국 인간이 죽은 후에도 다른 세대와 문화에서도 화자의 생생한 감정과 사유가 전달되어야 하는 글쓰기를 의미한다. 시인의 생생한 감정과 사유가 시적으로 형성되었가는 별개로 홍 시인이 시적 대상을 큰 스케일로 바라보고자 한 시가 눈에 띈다.

"백년 고독"의 한계상황에 갇혀있는 시간

황산벌 거친 들판
김관식 시인이
돌고래처럼 웃고 있습니다

오, 화살나무의 백년 고독이라니!

저녁눈 내리는 거리에서
박용래 시인이
막걸리잔을 기울이고

오, 감꽃 마을의 백년 고독!

무덤옆 개망초꽃
홍희표 시인이

원고지 칸에 갇혀 신음하고

아, 거미줄의 백년 고독을!

—「먼 바다」 전문

삶과 존재의 행위는 "백년 고독"의 한계상황에 갇혀 있다는 메시지이다. 이 시는 상상에 의해 백년 고독이라는 긴 시간을 한 순간의 이미지로 처리했지만 동시에 드러나지 않은 나머지 세계(백년 밖의 세계—그림의 여백)를 독자에게 암시함으로 인해 시가 백년 시간을 뛰어넘는 상황도 암시한다. 시는 이러한 암유의 기능 때문에 인간의 상상력을 무한으로 확장한다.

사물은 모두 시간 내 존재이며 시간의 분절이다. 그러므로 개별사물이 된다. 바이블의 전도서에 "모든 일에는 계절이 있고 하늘아래 모든 것은 제각기 때가 있다"(제3장 제1절)는 언술도 사물이 시간 내 존재임을 말하고 있다. 이 시에서 동원한 사물들 "김관식", "돌고래", "화살나무", "저녁눈", "박용래", "막걸리잔", "감꽃 마을", "무덤", "개망초 꽃", "홍희표", "원고지", "거미줄"은 모두가 저의 때를 맞아 지상에서 빛을 내다가 어둠으로 스러지는 존재들이다. 이 시에서 가장 목숨이 긴 "들판"도 언제인가는 바다로 변하는 시간이 있다. 사물이 왜 이러한 모습으로 몸을 변하는 가는 수수께끼다. 그러면서도 물리적인 에너지 총량은 변하지 않는다고 하니 개별사물들은 물리적 에너지가 몸의 바꾸는 것(운동)의 결과에 불과하다.

신플라톤주의 철학자들은 우주의 이러한 성질에 착안해서 일자(一者)의 형이상학적인 원인으로 모든 개별사물이 성립한다고 보았다. 인과론 자체가 인간이 사물을 해석하는 범주의 틀이므로 인간은 원인이 없는 사물이나 운동은 이해하지 못하는 경향이 있다. 그러면 '일자의 원인은 무엇인가' 하는 논리적 의문이 있으나 성서는 'I am that I am'이라는 회귀논리로 빠져나갔고 동양에서는 절대 '무(無)'나 절대 '공(空)'을 말한다. 시간과 공간이 사라진 곳에 절대 인식이나 초월이 존재한다.

홍 시인이 말하고자 하는 '시간과 영겁에 대한 글쓰기'란 그러므로 형이상학의 일자(一者)를 직접 드러내거나 아니면 형이상학인 일자가 존재의 형태로 드러낸 개별사물의 유한성을 묘사함으로서 형이상학의 일자를 간접으로 드러내야 한다.

홍희표 시인이 다시 자신의 시적세계를 드러낸 말이 있다. "시간은 비가역적이어서 되돌릴 수 없다. 그 고향을 향한 그리움, 곧 노스탤지어가 미래로 향해 역전될 때 유토피아가 떠오른다. 시쓰기는 이 유토피아를 향한 안간힘의 궤적이다."라고 말한다. 시간이 미래로의 방향성을 갖는 이유는 물리학적 수수께끼다. 공간의 다른 표현이 시간이고 시간의 다른 표현이 공간임을 볼 때, 공간은 사방팔방으로 자유롭게 움직이지만 시간만은 오로지 한 방향으로 진행한다. 인간의 은유사고는 이 사실을 '시간이 화살같이 날아간다.'라고 인식한다.

시간이 화살같이 날아가는가? 서양의 직선적 시간관으로는 그렇다. '나는 알파요 오메가이다.'라는 야훼의 언술은 신이 이 세상의 처음을 만들었고 끝을 장식한다는 서양의 의식이 반영되어 있다. 서구 세계에서 시간은 창조된 후 종말로 가는 직선운동을 한다. 홍희표 시인의 언술대로 한다면 그에게는 시간에 대한 콤플렉스가 있으니 '노스탤지어'와 '유토피아'다. 말의 문맥으로 볼 때 '노스탤지어'란 존재가 태어난 시원에 대한 향수를 말하고 '유토피아'란 다시 존재가 돌아가야 하는 근본시간에 대한 비전을 말하는 것 같다. 홍 시인에게 시쓰기는 결국 인간이 경험하는 일상시간 속에 '초월시간'을 드러낸다는 의미이다.

현실시간과 '초월시간'

구룡사(九龍寺) 오리숲 지나니 북두칠성이 외마디로 소리치고 있습니다. 원통문(圓通門)을 거쳐 우리는 삿갓주(酒) 찾아 찾아 나섰는데 이미 주승은 가짜 잠이 들었고, 올빼미만 눈알 굴리며 아홉 명의 헛그림자 따라오고 있습니다.

산수유꽃도 피어나고 우리의 가짜 사랑 이야기로 물소리는 하염없이 설레이고, 하늘나라의 용(龍)이 못된 아홉 마리의 이무기가 지랄탄 터지는 어둠 속에서 피 내음에 취해 취해 꿈틀댑니다. "어째서 여기까지 왔지? 그래서 당신은 삼류시인이야!" 가짜 주승이 잠깨어 올빼미처럼 폭포소리 사이로 떨어지고 있습니다.

—「산수유꽃」 전문

이 시에서는 현실의 시간과 '초월시간'이 혼용된 모습을 보여준다. "구룡사(九龍寺) 오리숲"은 지상의 시간이 흐르는 장소이고 "북두칠성"은 하늘의 시간이 흐르는 장소이다. "원통문(圓通門)을 거쳐" "삿갓주(酒) 찾아"가는 우리는 지상의 시간을 걸어가는데 "아홉명의 헛 그림자 따라오"는 시간은 도깨비와 귀신의 시간이다. "산수유꽃"이 피어나는 물가의 시간은 다시 속세의 시간이고, "하늘나라의 용(龍)이 못된 아홉 마리의 이무기가 지랄탄 터지는 어둠"에서 노는 시간은 성서의 '에덴시간'을 말한다. 이 시에서의 시간관으로만 본다면 이 세계는 지상과 초월, 성과 속의 시간이 공존하는 세계이다. 홍 시인의 무의식은 이런 방식으로 초월시간을 드러낸다.

서구의 시간에서는 사물은 모두 무질서(엔트로피)의 증가로 이어져 우주는 열평형상태로 가게 된다(열역학 제2법칙). 이 개념에서 시간은 돌이킬 수 없고 '화살 같이' 종말을 향해간다. 여기서의 초월시간은 시간 그 자체(서구에서는 시간을 신 자체의 속성으로 보기도 했다), 인간의 감각과 경험 밖에 있는 시간을 말하기도 한다. 홍 시인이 이런 큰 시간을 일상의 시간으로 끌어들여 설명하고자 하는 노력의 시가 한편 더 있다.

죽은 사람의 옷, 나무껍질의 옷 입고 두발과 수염 뽑는 직립의, 부좌(不坐)의, 장작더미에서 자는 고행하며 야채, 생식, 참깨가루, 풀과 쇠똥, 나무뿌리 등, 떨어진 것만 먹으면 한 방울의 물 속에서 보이던 꽃잎 하나······

흰개미 죽지 않도록 뒤로 물러설 때도 조심하며 산 속의 사슴, 들소들 놀라지 않도록 피하여 다니면 한 방울의 물 속에서 문득 보이던 생로병사······

숲 속에서 살며 묘지의 죽은 자 뼈 깔고 누워 쉬기도 하며.

상두산(象頭山)과 정각산(正覺山) 사이에 출렁이는 한 방울의 물.
　　　　　　　　　　　　　　　　　—「한 방울의 물에도」 전문

　이 시에서 화자는 일상의 시간이 아닌 '초월시간'을 경험하기 위해 흔히
말하는 수도자의 고행을 하고 있다. 고행은 인간의 감각을 물질적인 세계에
서 벗어나 정신적인 힘을 얻기 위한 과정이다. 일상적인 감각의 확장이 보여
주는 세계는 아마도 보다 '큰 시간'(세계 자체를 지탱하고 있는 근본의 시
간)이라고 불가나 도가에서 생각되어져 왔다. 실제로는 무시간 즉 시간이 사
라진 근본 자리를 말하기도 한다. 화자는 "죽은 사람의 옷"을 입고 "장작더
미"에서 자며 생식을 한다. 이런 고행으로 예민해진 정신이 보는 것은 "물
속에서 보이던 꽃잎 하나"이다. 이 "꽃잎 하나"가 현실의 꽃잎이자 석가가
가섭에게 보여주었던 '염화시중'의 꽃잎이라는 것을 시인은 암시한다.
　불가제자로서의 화자의 수행은 "흰개미 죽지 않도록 뒤로 물러설 때도 조
심하며 산 속의 사슴, 들소들 놀라지 않도록 피하여 다니면"서 다니는 길인
데, 화자는 "물 속에서 문득 보이던 생로병사"를 경험하기도 한다. 이 "한
방울의 물"이 어떤 알레고리의 은유인지는 다소 모호하다. 인간의 자아나
개체정신이 '큰 시간'이나 '세계정신'의 바다에서 떠온 '한 방울의 물'이라
는 신비주의자의 표현에서 말하는 한 방울의 물이 있다. 고전에서는 '한 알
의 모래알 속에서 우주를 본다.'는 블레이크식의 부분과 전체를 드러내는
문학적 표현도 있다.
　크게 보아 당대문학은 모두 선대 문학자들의 사유와 감정에 빚지고 있다.
인간의 언어와 의식은 당대와 전대의 문화적 퇴적으로 이루어져 있다. 인간
의 상상력과 예술은 외연에 자신의 개성으로 페인트칠 했으나 우리는 텍스
트에 내포되어 있는 무의식의 지층을 보아야 한다. 홍 시인은 불교적 사유에
기대어 사물을 보고 이 한 편의 시를 만들어 냈다. 여기에서는 물론 불교적
연기와 열반으로서의 시간이 배경으로 들어가 있다.
　연기(緣起)는 본래 힌두사상에서 빌려온 개념이다. 인도에서는 순환적 시

간관을 가지고 있다. 시간의 기본 단위는 유가(yuga, 1,080,000년)인데 그 유가가 4번 돌면 시간이 한 바퀴 완성되는 마하유가가 된다. 바늘이 4,320,000년 만에 한번 도는 큰 시계를 연상하면 된다. 첫 번째 유가가 '황금시대'이고 은과 동의 시대를 지나 지금은 '철의 시대'라고 한다. 그래서 고통스런 현실을 사는 인간은 '황금시대'를 그리며 산다고 한다. 어느 문화에서나 '황금시대'에 대한 전설과 신화가 있다. '황금시대'는 인간의 집단무의식에 '콤플렉스'로 작용하는 심리구조이다. 신화나 전설의 시간은 지금 이 지상에서는 없는 시간이다. 인간의 무의식에 깊이 가라앉아 있는 시간이다. 마음의 지하를 열고 '황금시대'로 돌아가는 일은 정신분석학에서는 '퇴행'으로 보기도 한다. 태어나기 이전 시간에 뿌리를 두고 있으므로 지금 여기를 벗어난 태아 시절로 가는 일이기도 하고 보다 적극적인 해석으로는 전생의 시간으로 가는 일이기도 하다. 홍 시인의 유토피아(혹은 신화)시간에 대한 콤플렉스를 드러낸 시를 다시 살펴본다.

　　여름방학 때 우리는 소제(蘇堤)방죽에 살았지요. 소나무 사이로 갈대숲이 흔들리면 말잠자리 잡기 위해 콩 튀듯 날뛰었지요. 나마리동동 파리동동, 높이높이 날지마라, 거미줄에 얽힐라, 전깃줄에 얽힐라······

　　옛날 아주 옛날에 99간 짜리 기와집에 살았던 부자영감은 노랭이로 소문이 나 있었지요. 머슴 다루기를 소처럼 다루었고, 간장 하나로 밥을 먹었다는 사람이지요. 하루는 그가 머슴을 시켜서 외양간 두엄을 치는데, 마침 스님 한 분이 집 문전에 와서 목탁을 치고 있었지요. 집안에 들어오는 것은 좋아하나, 나가는 것을 싫어하는 영감은, 머슴 삽자루 빼앗아 스님의 바랑에 두엄을 퍼 넣었지요. 그렇지만 스님은 "나무아미타불 관세음보살"하고 그 자리 물러났지요. 그 집 며느리가 그 광경보고 뒷문으로 몰래 나와 앞치마로 쌀을 한 바가지 가지고 가, 얼른 스님바랑에 쌀을 붓고 돌아섰지요. 스님은 걸어가는 그 집 며느리를 불러 세워 "내일 아침에 베틀을 가지고 앞산으로 올라오시오. 허나 한 가지 유의할 것은 뒤를 돌아봐서는 안 됩니다." 그 다음날, 이 집 며느리는 스님이 말 한대로 베틀 안고 앞산을 오르기 시작했지요. 산을 오를수록 하늘은 컴컴해지더니, 뇌성벼락이 하늘을 진동시키는 것이었지요. 며느리는 갑자기 스님의 부탁을 잊은 듯 집이 궁금해서 뒤를 돌아봤지요. 그런데 이게 사실일까? 자기가 막 떠나온 집으로 불기둥이 내려 비치더니, 집은 산산조각이 나고, 그 위로 큰 바다의 파도 같은 물결이 공중에서 내려오더니 집 주위를 못으로 만드는 것이었지요. 며느리는 어이없어 돌아선 발자국을 집으로 향해 디뎠을 때, 뇌성벼락이 치면서 며느리를 바위로 만들었지요.

　　노랭이영감 같은 양귀비꽃술 같은 소제(蘇堤)방죽 — 소나무 사이로 베틀을 안은 채 뛰어가려는 며느리 바위가 있지요. 우리는 그 위에서 뛰어내리면서 나마리동동 파리동동, 방죽너머로 가지마라, 나구나구 놀—자, 이리와서 앉아라, 나구나구 놀—자.

—「소제(蘇堤)방죽」

"소제방죽"이라는 현실공간에서 홍 시인은 이 방죽에 얽힌 전설(곧 신화의 시간)을 드러낸다. 불교적 연기관에 의한 업(業)의 시간이 어떻게 일어나고 무너지는가 하는 내용이 이 시에 드러난다. 업의 시간은 현실의 시간이면서 사실은 초월의 시간이다. 카르마(Karma)는 시간의 바퀴가 돌아가면서 일어나는 시간의 운동이기 때문이다. 불가의 육도(六道)는 지옥도(地獄道), 아귀도(餓鬼道), 축생도(畜生道)의 삼악도(三惡道)와 아수라도(阿修羅道), 인간도(人間道), 천상도(天上道)의 삼선도(三善道)로 중생이 윤회하는 코스이다. 시간은 현상의 연기와 업에 의해 다른 세계를 구성하지만 시간의 본질은 하나이다. 불가에서 말하는 공(空)의 시간(초월시간)이며 현상계의 시간이기 때문이다. 인간의 경험(현생과 지금)을 벗어난 시간은 그러므로 모두 초월시간으로 파악된다. 화자는 어린 날 여름방학 때 경험했던 소제방죽에서의 놀이시간과 이 방죽에서 일어났던 신화와 전설의 시간을 같은 시에서 대비하고 있다. 현실시간과 초월시간이 같은 장소에서 일어남을 암시해서 현재란 과거와 연결되어 있으며 미래도 동시에 결정한다는 생각을 암유한다.

하늘시간을 지상으로 끌어오다

　　귀신들의 뒷소리도 두런두런 더러 들린다는 이순의 억새벌판. 잔손금 같은
추억의 칡넝쿨에 동동 매달려 살고 있다네. 질풍노도의 우리 문청 동무들, 하
늘나라에서도 시쓰기 하시나요

　　회인 나루터 주막의 할머니, 계룡산 심우정사의 목초 스님, 그 한량없는 곡
차의 물줄기 보고 싶네요. 무서리 내리고 시나브로 까치밥도 떨어지네요. 마
른번개로 다가섰지만 한 눈 팔아 사라진 가시내, 송추 밤나무 밑에서 구름 보
다가 가버린 그 가시내

　　구절초 그대! 우리 사랑할 시간이 정말 많지 않다네. 추억의 칡넝쿨 둘러쓰
고 억새벌판에서 홀로 춤추고 있다네

—「억새벌판」 전문

　　화자는 지금 "이순의 억새벌판"에 서 있다. 이순의 흰 머리와 '억새 벌판'
의 이미지가 병치로 처리되면서 이 공간은 환유의 공간임을 암시한다. 이 공
간은 하늘나라로 먼저 간 "문청동무들"과 화자의 개인적인 인연을 맺었던
"회인 나루터 주막의 할머니", "계룡산 심우정사의 목초 스님"같은 사람들도
이 세상 사람이 아님이 암시된다. "무서리 내리고 시나브로 까치밥도 떨어지"
는 겨울의 초입시간이 배경이고 화자가 "추억의 칡넝쿨"에 잠겨있기 때문이
다. 화자는 "억새 벌판"에서 하늘시간(저승)이 지상에 현현함을 본다. 자신이
가야할 시간을 시인의 비전으로 미리 보는 관점에서 이 시가 만들어졌다.
　　이 시에서의 하늘시간(저승시간)은 지상의 시간은 아니지만 육도의 시간
내이다. 불가에 의하면 이 시간에 사는 귀신들은 인간도(人間道)로 다시 태어
나거나 축생도(畜生道)도 하향초월하거나 천상도(天上道)로 상향초월하는 시간
으로 다시 윤회한다. 시간을 벗어나지 못한다. 인간이 윤회시간을 벗어나지
못한다는 탄식과 슬픔은 존재가 겪어야 하는 운명의 깊이를 드러낸다. 동시
에 독자는 윤회의 시간을 벗어나야 한다는 깨달음을 무의식적으로 얻는다.

육도를 벗어난 시간은 동양에서는 열반의 시간으로 알려져 있지만 상당히 추상적이다. 그래서 그리스인들의 시간관을 빌려 영원한 시간(Aion)을 설명한다. 그리스 인들의 시간관이 더 시적이기 때문이다. 아이온(Aion)은 시간 밖에 있는 이데아의 세계와 시간에 얽매여 생성 소멸을 반복하는 이 세상 사이에 존재하는 '영원한 시간'을 의미한다. 아이온은 그리스의 시간관으로는 별들이 있는 하늘 위의 영역이어서 괴로움과 변화를 겪지 않는다(동양의 열반과 같은 개념이다). 태양과 달 아래부터 비로소 크로노스의 세계(지상계)가 시작되며, 이곳은 늘 변화하고 소멸하는 영역이다.

홍희표의 시들은 대부분 지상에서의 삶이 유한하다는 인식 아래 슬픔과 추억의 정서가 많다. 기쁨을 노래하는 시들도 그 배후를 보면 슬픔의 정서가 깔려있는 기쁨이다. "구절초 그대"의 아름다움을 보고 있는 순간에도 홍 시인은 "우리 사랑할 시간이 정말 많지 않다네. 추억의 칡넝쿨 둘러쓰고 억새벌판에서 홀로 춤추고 있다네"라는 인식을 드러내고 있다.

홍 시인은 '무한 시간'에 둘러싸인 '유한 시간'에서 홀로 무한시간을 자각하고 유한한 사물의 덧없는 시간을 드러냄으로써 '무한 시간'에 대한 '노스탤지어'를 노래하는 시인이다. 시인이 사물의 무상과 변환을 깊이 드러낼수록 독자는 배후인 '무한 시간'에 인식도 깊어지는 것을 경험한다. 양자는 태극의 도형처럼 상보적이고 대극적인 형태로 이 세상에 현현하고 있기 때문이다.

『홍희표 시 다시 읽기 · 4』, 해설 (2010년)

길 위에서의 상처 — 송기섭

1. 언제나 길 잃은 자

시인은 추방당한 존재이다. 이는 모리스 블랑쇼의 말이다. 추방은 시인을 방랑하는 자, 확고한 존재와 진정한 거처를 박탈당한 자, 그리하여 언제나 길 잃은 자로 만든다. 그는 분명코 사회적 제도로부터, 인간의 관계로부터, 급기야 일상적인 소통의 언어로부터 외면당한 존재이다. 혹독한 분리감, 교응할 수 없는 외부 세계로부터의 이물감을 경험하면서, 그는 비로소 시인의 길에 대한 운명적 자기 정체성에 이른다. 대면하는 모든 대상과 극복 불가의 불화를 떠안고 살 수밖에 없다는 것, 이 천형의 생애로 하여 시인은 존재 가치를 부여받는다. 지독한 일이다. 이처럼 불행한 마음을 이기고서야 얻는 이름이라면, 시인이 아닌들 어떠하리. 더욱이 사람들은 시적 영혼의 소리에 더는 귀 기울이려 하지 않고 심드렁해 있는 판에. 그러나 시인은 언제나 그래왔듯 고통을 밀어내는 일을 멈추지 않는다. 홍희표 시인의 시선집『무서워라 개망초꽃』은 이러한 시인에게 부여된 운명의 소산으로 다가온다.

자본과 근대성이 우리의 삶을 지배한 이래, 우리가 처절하게 부딪치는 인생에 대한 감정들이 이 시집에는 응축되어 있다. 그것을 홍 시인은 '거꾸로 서서' 고통스럽게 응시한다. 이를 응어리는 우리는 인간적 연민을 가져오는 우리들 존재의 깊은 슬픔을 드러내는 이 말의 상징에 그저 진저리칠 뿐이다. 우리가 세상에 오며 가지고 온 마음과 몸은 '반쪽'이라는 불구의 의식이 시인을 길 위로 내몬다. 안정과 휴식의 거처를 박차고 나가도록 질정하는 이러한 강박된 의식으로 하여 시인의 길은 목적한 바 지향점을 잃는다. 애초에 채워질 반쪽은 없었는지 모른다. 그것을 찾는 여로는 갈증과 지침, 그리고 끝내는 상처를 남길 뿐이다. 스스로를 절반의 상실로 몰아간 자의식이 그렇게 스스로에게 상처를 준다. 그러한 시인의 상처는 누구의 위안으로도 치유될 수 없다. 상처를 준 대상은 애초에 외부에 있었던 것이 아니기에, 시인은 다만 시적 언어로서 그것을 태워 올릴 따름이다.

그러나 시인의 상처는 그것을 응시하는 타자의 상처를 위안한다. 실제 이는 시가, 문학이, 예술이 인간에게 주는 크나큰 힘이기도 하다. 자신을 절망함으로써 타자를 구원하는 영혼의 마술적 힘을 우리는 여기서 발견한다. 하지만, 『무서워라 개망초꽃』이 이러한 거대한 예술의 혼을 가지고 있다고 섣불리 말하려는 것은 아니다. 그것은 이 시집이 가지고 있는 인간적 절실함을 지레 겁먹어 놓쳐버릴 우려가 있기 때문이다. 우리는 이 시집에서 섬세한 감각과 예민한 사고력을 지닌 시인의 인생에 대한 깊은 통찰을 엿본다. 그것은 인간이 얼마나 허약한 존재인가, 인간이 얼마나 외로운 존재인가, 그리고 인간이 얼마나 교감을 나누길 원하는 존재인가를 따뜻하게 전해준다. 외로운 마음, 사랑을 상실한 무량한 허망함을 뼈저리게 느껴본 사람만이 전하는 진곡한 마음의 물결이 시집의 구석구석에는 스며들어 있다.

홍희표 시인은 1967년 약관의 나이로 문단에 나온 이래 정력적인 시작(詩作)활동을 이어왔다. 그러한 그의 시작 과정은 한국 현대시의 전반적인 흐름과 궤를 함께 한다. 이를테면 그는 초기시에서 1960년대 시언어가 지니고 있던 모더니즘이 지닌 미의식을 보여주기도 했으며, 1970년대부터는 전통적인 시기법에 기울어지면서 사회 정치적 상황에 관심을 기울인다. 이러한 사회의식은 1980년대 접어들면서 부당한 현실과 폭력적 정치에 대한 비판을 가속화한다. 때로는 비유로, 때로는 풍자로 현실을 질책하고 냉소하면서 이성적인 인간 현실을 꿈꾼다. 인간에 대한 기만과 억압이 자행되는 현실에 대한 불만은 통일에 대한 갈망으로 이어지기도 한다. 현실의 제반 모순은 분단된 역사적 국면에 그 씨앗이 배태되어 있다는 인식에 이른 것이다. 이렇듯 홍희표 시인의 시세계는 당시대 한국 현대시가 주요하게 관심을 이끌어 온 자장 속에서 그것을 보다 풍부히 하면서 더불어 진행되어 왔다.

시인의 이름을 얻어 삼십년의 세월, 열 세권 째의 시집에서 홍희표 시인은 진정한 자신의 모습을 들여다보고 있다. 초기시가 지닌 언어에 대한 다다이스트적 전복과 생경한 감각의 추구, 제2기라 부를 반독재와 통일을 향한 지성의 뚝심 있는 목소리, 제3기라 할 향토적 서정과 전통성 복원 등을 거쳐 이제 제4기라 부를 그의 시작과정에서는 자신의 인생을 응시하고 있다. 열둘이란 숫자의 표징이 예사롭지 않다. 오로지 시를 위해 살아온 자의 원숙한 성찰과 잠언이 시선집 『무서워라 개망초꽃』에는 잦아있다. 시만을 위한 삶이었기에 언제나 길 잃은 자로 남겨진 시인의 목소리가 우리를 잡아세우고 실존의 진정성에 대해 묵상토록 한다.

2. 산다는 것은

대개 현실이 고역스러울 때 우리는 산다는 것에 대해 묻는다. 불행은 인생을 진지하게 성찰토록 강요한다. 어떤 사람은 불행의 성찰을 통해 영혼의 힘을 얻기도 하고, 어떤 사람은 불행의 위세에 압도되어 파멸한다. 불행에 대한 인식은 특이한 인생 경험에서 저주받은 양 주어지는 것이 아니다. 그것은 아주 일상적인 생활에서 다가온다. 모든 사람처럼 사랑하고, 버림받고, 질투하고, 불만족하는 아주 상투적인 삶에서 불행은 온다. 그것은 우리가 이 현실에서 만나는 사소한 상처들에 대한 곰삭임에서 오는 정신의 질환이다. 곧 인생의 상처는 불행 의식으로 전이된다. 이러한 골똘이는 의식이 '산다는 것'에 대해 문책한다. 세계는 무어라 일별할 수 있는가. 그의 시가 나갈 곳은 어디인가. 문학은 결국 인간의 영원하고 보편적인 주제를 추구하는 인간의 정신적 산물이다. 그러한 인간의 응결된 정신을 간결하고도 심미적인 그릇에 담기는 시는 더욱 빛난다.

꽃상여 달밤의 메밀꽃밭 같이
하얀 개망초꽃밭 밟고
섧게 밟고 지날 때
하늘 밖 저승길도
우리가 모르는 사이에
지천으로 밟고 다니는
개망초꽃밭 같은 것일까
무서워라 무서워라
천하디 천하게 자라다가
임자의 손길 잠시만 뜨면
슬며시 들어가 하늘 밖을
제 마당으로 삼아버리는가
무서워라 개망초꽃.

— 「무서워라 개망초꽃」 전문

죽음에 대한 인식이 돋보이는 시이다. 죽음은 인간이 가질 수 있는 온갖
비극 중에서 가장 지독한 비극에 속할 것이다. 그러기에 인간은 죽음에 대
해서 갖은 상념에 젖어보았다. 그리고 그것을 초극할 무수한 방책을 궁구해
보았다. 그러나 그 어떤 묘안으로도 죽음을 막을 수는 없다. 인간이 할 수
있는 일이란 그 죽음에 대한 두려움을 무화시키는 것이며, 그 죽음에 대한
슬픔을 잊고서 살아가는 것뿐이다. 그러기에 죽음은 주술적이며, 서정적이
다. 「무서워라 개망초꽃」은 죽음에 대해 사유하는 시인의 원숙함이 묵진하
게 흐른다. 시인의 직관과 상상력에 의해서 하찮게 피어있는 '개망초꽃'에
서 죽음의 의미를 발견한다. 그리고 시인은 마치도 사제의 주술처럼 인간의
죽음을 음영하고자 한다.

한 세상을 무지렁이로 살다가 천덕꾸러기로 죽어가는 인생은 개망초꽃과
다를 바 없는 생애일 것이다. 그러나 그 인생도 생명이기에 죽음은 무섭다.
비련스런 생애였기에 더 서럽고 안타깝다. 그런데 시를 읽는 우리는 오히려
죽음을 뛰어넘는다. 우리는 담담하게 죽음을 음미하면서 죽음을 넘어선 영

혼의 숨결을 감득한다. 달관한 듯한 시인의 사유가 우리를 편안하게 이끈다.

　그러한 통찰을 거쳐 달관의 여유로움에 이르는 경로에 죽음이 있다. 죽음이 고통을 무화한다. 죽음이 인생의 욕망을 달래고 어른다. 그것은 욕망의 파탄이 아니라 완성이다. 죽음 앞에선 사유가 두려움이 아니라 평정이라니, 이러한 가혹한 억지 끝에 도달한 평정이라니, 얼마나 실제를 애써 외면하려는 자기 인위적 사고인가. 그러나 거기에 종교적 내밀함이 깃든다. 종교성의 궁극에는 죽음이 머문다. 죽음의 공포는 종교적 구원이 아니고는 대체될 어떤 위안도 우리는 생각할 수 없다. 종교적 구원의 힘을 얻어 죽음이 편안하게 다가온다. 죽음에 만족하고, 죽음에 즐거워 할 수 있게 된다. 더욱이 불교의 윤회성은 인간의 영생에 대한, 현존 이후에 대한 불안을 감싸며 허약한 나의 마음을 지지한다. 누구나 언젠가는 죽는다. 그러한 죽음이 세속적 살아감에서 오는 고통이나 상처를 위안하는 힘이 된다.

3. 장소에 대한 몽상

　홍희표 시인은 행복한 몽상에 잠겨 과거를 추억한다. 한밭풍물시의 많은 부분은 그렇듯 유년기의 기억에 바쳐진다. 인간의 현재는 늘 불안하고 고통스러운 것인지 모른다. 인간은 분명 현재적 존재이다. 그러나 그에게 주어진 상황이란 언제고 위태롭게 느껴진다. 안락과 기쁨은 그렇게 길지 않으며 곧이어 타인과 외부 세계가 조여 오는 삶의 미망과 긴장, 혹은 억압이 지배한다. 실존의 인간은 이미 불만족스럽고, 그 국면에서 달아나고 싶도록 운명적으로 규정되어 있는지도 모른다. 인간은 그 현재적 국면에서 탈주하려 한다. 미래로, 혹은 과거로, 더 극심하게는 죽음으로까지 도피하려 한다. 홍 시인은 과거로 돌아가고자 한다. 그런데 그것은 도피라기보다는 시를 읽을 타인에게 안락한 꿈을 주기 위한 의지적인 귀환이다. 우리는 홍 시인의 추억의 순례를 수행하면서 졸렬한 일상을 잊고 따뜻한 감정에 사로잡힌다.

　지난날의 기억은 어느 날인가 소멸하게 되어 있다. 그것을 오래이 간직하기 위하여 인간은 문자를 창안해 냈다. 홍희표 시인이 한밭풍물시를 통하여 구현하고자 한 것도 사라져가는 대전의 기억들을 문자로 남겨놓자는 데 그 일차적 의미가 있을 것이다. 단순하고 건조한 지시적 언어가 아닌 아름답고 인상적인 시적 언어로 자신이 경험한 대전의 풍속사를 남겨놓자는 데 있을 것이다. 그러한 기억의 재연 속에는 시인의 몽상과 상상력이 매개되기에 한밭의 본체를 드러내는 보다 효과적이고 심미적인 방법이 됨을 지켜보게 된다.

문화란 정신적 가치를 함축한 말이다. 한밭의 문화를 창출하고 지켜가자는 것은 이 대전에 살아가는 사람들의 하나됨을 일깨우는 목소리가 담긴다. 한 지역을 생의 근거지로 삼아 살아가는 사람들끼리 공동체로서의 유대감을 나누자는 취지가 담긴다. 문화라는 것은 선진화된 국가나 국민에게만 향유되는 것이 아니다. 오히려 문화는 매우 불안정한 유형의 인간에게까지도 그 가치를 부여하여 사회적으로 유용한 존재가 되게 하기도 한다. 한밭의 뿌리를 찾고 문화를 일구어 가자 하는 데는 이러한 하나됨의 의식을 나누며 인정으로 사는 세계를 지니고 싶은 염원이 깃들어 있다고 하겠다. 도시화가 가져온 소원함에서 공동체로서의 하나됨으로, 우리의 잃어버린 삶의 모습을 되찾자는 것이다. 홍희표 시인은 그러한 소망을 아주 낮고 소박한 어조로 노래한다.

> 세상이 너무 쓸쓸해지면
> 아니 세상이 살기 싫어지면
> 3일, 8일에 서는
> 신탄진장엘 아내랑 같이 갈거나
>   (중략)
> 신탄진장엘 가서 날궂은 봄비로
> 장국밥에 휘휘 맴을 풀고
> 물간 고등어 한 두어마리
> 산내끼에 메달고 갈 꺼나
>
> ―「신탄진 장날」에서

마음의 상처를 받았을 때, 혹은 생의 무의미에 잠겨 있을 때 우리가 돌아갈 곳은 어디인가. 우리는 대부분 자신의 빈방으로 돌아갈 것이다. 인간의 축사처럼 지어진 희색 아파트의 한 켠으로 우리의 몸과 마음을 감출 것이다. 그 작은 방 한 칸, 스위치를 켜면 기다렸던 허무가 질식할 듯이 쏟아지는 그 영어(囹圄)의 공간으로 돌아갈 것이다. 그러나 홍희표 시인은 우리에게 일깨운다. 우리의 옛 정서가 살아있는 신탄진장으로 나올 것을, 거기서 우리의 옹이찬 마음을 풀어버릴 것을 은근히 권유한다. 아직도 우리 곁에 사라지지 않은 멋진 삶이 남겨져 있음을 부추긴다. 「신탄진 장날」은 과거를 추억하면서 사라진 것들에 대한 안타까움에 연연하던 그리움에서 벗어나 실존의 인생을 위무할 대상을 떠올린다.

> 그대 곁에 없으니
> 산수유꽃 보이지 않고
> 그대 곁에 없으니
> 까치소리 들리지 않고
> 그대 곁에 없으니
> 물소리도 멈추어 버리고
>
> ─「그대 곁에 없으니」에서

그들이 떠나고 없음으로 하여 시인의 감각은 마비되어 버렸다. 그리고 자연의 순환마저 정지해 버렸다. 그들과 더불어 살아온 시인의 내적 체험과 창조적 상상력마저 멈춰버렸다. 시인의 내면에는 진득한 그리움만 남아있을 뿐이다. 그 간절함을 표현하는 시인의 수사가 절묘하다. 곁에 있어야 할 '그대'가 없음으로 진 꽃이 피지 않으며, 까치소리도 들리지 않는다. 사라져 버린 그대는 시인이 그토록 절절히 가슴속에 담아둔 사람들일 수 있을 것이며, 더 나아가서는 한밭의 사라진 풍물일 수 있을 것이다. 이제 시인은 물소리마저 멈춘 황량한 땅에서 따뜻한 삶의 의미를 찾아야 한다. 그것이 바로 시간을 돌이켜 과거의 순간들을 음미하는 것이다. 내면의 체험을 시적 상상력과 몽상으로 재연해 내는 것이다.

4. 지독한 외로움

죽음에 대한 몽상으로 가는 도정에 지독한 외로움이 있다. '반쪽의 슬픔'
은 그러한 극단적 외로움의 거처이다. 외로움은 자신의 마음을 헤집어 들여
다보는 자의 몫이다. 무엇이 그렇게 외롭다고 생각토록 만들었는지. 그러나
그러한 이유를 안다면 이미 외로운 자가 아니다. 그것은 삶의 혜택를 누린
자가 감내해야 할 운명이기에, 오히려 그보다 인생과 세계에 대하여 무모하
게 사색한 시인에게 필연코 원죄와도 같이 들씌워진 마음의 형벌이기에, 우
리는 한 시인의 외로움의 근거를 묻기보다는 외로움으로 하여 빚는 정신의
자괴적 힘에 주목한다. 미망스러운 세속의 살아감이 주었던 상처들, 뼈아픈
후회로 다짐했으나 또 다시 반복할 수밖에 없었던 일들에 의해 덧대어진 상
처들, 그러한 상처를 홀로 밝히며 시인은 머문다. 그러한 존재하기에 유일
하게 떠오르는 생각은 〈나는 외롭다〉이다. 이러한 외로움이 시인의 내면을
투명하게 드러낸다. 홍희표 시인은 무덤하게 살아왔던 이 세상으로부터 돌
연 격리감을 느끼며 인생을 성찰하는 고백의 시를 쓰고자 한다. 외로움의
고백, 거기에는 선시를 보는 듯한 언어의 간결미가 담긴다. 응축된 언어에
는 오로지 내뱉지 않을 수 없는 간절한 목소리가 잠긴다. 여기에는 말의 치
장이나 감춤, 혹은 과장된 감정 등 시의 말에 흔히 따르기 쉬운 번잡한 수식
이나 궁색한 허식이 없다. 순간순간의 단상들을 고즈넉하게 그대로 드러낼
뿐이다.

우리는 외로움이 더욱 짙어 홀로 응집시키는 마음의 상태를 지시하는 고
독이란 말의 긴장성을 훼손하면서 살고 있다. 그것은 너무 통속화되어 버렸
다. 그리하여 소수의 창조적인 사람만이 간직할 수 있는 고독이 주는 진지
하고 비감스런 마음의 음색(音色)을 몰각한다. 진정으로 고독은 사색하는 사
람들이 반드시 이끌리기 마련인 순정한 영혼이 사욕의 불민함으로부터, 세

계의 소란스러움으로부터 분리되어 명상하는 순간에 부여된 말이다. 거기에 창조적 자아가 생겨난다. 한 시인이 주체로서 절감하는 고독은 자신의 체험을 가열시켜 시적 상상력을 가동시킨다. 그러한 순간은 지극히 몽상적이다. 새로운 우주를 잉태하기 위한 긴장스런 침묵이 몽상적 마음을 감싼다. 고독은 이렇게도 창조적 영감을 부단히 갈구하는 사람들에게 절대적으로 요구되는 생성의 힘을 지닌다. 감정은 이성보다 순수하고 정열적이다. 그러기에 그것은 인간적이다. 그것은 결국 인간을 수식하고 형상한다. 일견하기에는 껍데기 같은 외적 형상이 한 개인의 이미지를 구획 짓는다. 홍희표 시인은 한 사람의 감정이 기대는 꿈이 얼마나 간절하고도 아름다운 것인가를 드러낸다. 그것은 산다는 것에 대한 명상과 그에 따른 곡절한 외로움의 인식 뒤에 오는 감정이어서 더욱 절실하다. 길 위에서의 상처란 다름 아닌 근절할 수 없이 자라나는 감정의 욕구에서 기인한 바다. 길이란 인생살이의 상투화된 은유이다. 그러면서도 길만큼 완벽하게 그것을 비유할 다른 매재를 시인들은 쉽게 발견하지 못한다. 길은 너무도 적절하게 인생을 대신하여 표징하기 때문이다. 바로 그러한 길에서 상처를 받음의 원인이 바로 감정에서 비롯되었다는 말이다. 이성의 통어를 벗어난 감정이 존재를 규정하고 억압하는 재갈이 된다.

홍희표 시인의 감정이 지향하는 궁극의 지점에 사랑이 있다. 우리는 사랑이란 추상적 말이 얼마나 포괄적 감정인가를 잘 알고 있다. 다양한 감정의 상태와 뒤섞인 사랑에서 우리는 생명의 본원적 충동을 본다. 사랑은 살아 있다는 것에 대한 증거이다. 사랑은 인간과 세계를 둘러싼 진실들을 생생하게 일깨우는 촉매이다. 이러한 사랑의 감정은 중년의 위기를 타개해 가는 홍희표 시인의 시적 창조성을 설명하는 열쇠가 된다. 그에게 그것은 몽상적 절망을 가져다주는 끔찍하고도 황홀한 체험이다.

> 어둠이 위대하다면 나는 하루살이의 뜀뜰
> (날아라, 여름의 밤은 짧으니…)

눈뜨고 어둠을 사르는 것은 오기 때문
(천둥소리는 나의 눈을 찌른다)

반쪽의 슬픔을 주머니에 찔러넣은 채
(피 흘리는 낮을 되돌아본다)

나머지 반쪽의 슬픔을 물끄러미 내려다 보면
(아, 이걸 어쩌지…)

고요하고 숨죽여 울 자신이 없기에
(슬그머니 다시 주머니에 찔러 넣는다)

— 「반쪽의 슬픔」 전문

대상이 무엇이 되었든, 사랑의 감정은 지향하는 바를 갖는다. 그것은 지향 대상과 교감하길 원한다. 그러한 나눔을 통해서 외로움을 해소하고, 더 나가서는 쾌감을 얻고자 한다. 감정은 본래 자극을 원하는 근본적 속성을 밑바탕에 감춘다. 그러나 「반쪽의 슬픔」에 드러난 사랑은 지향의 대상으로부터 어긋나 있다. 그리하여 서정적 주체는 세상으로부터 소외되어 비탄을 절규한다. 그것은 기대 좌절에서 오는 역겨움과 분노를 함유하기도 한다. 그것은 절망하는 마음의 상처를 속으로 삭이면서 각인하는 일이기도 하다. 나와 세계, 나와 타자와의 관계란 무한하게, 그리고 복잡하게 얽힌 사랑의 문제였다. 사랑의 체현을 통해서 나는 위안을 받기도 하고 고통을 떠안기도 한다. 그러면서 세상을 살아가는 인간의 존재 의미를 숙고한다. 그러면서 세계에 존재하는 온갖 대상들의 진실한 의미가 무엇인지를 깨닫는다. 여기 고통이 그것의 진실된 깊이를 더욱 분명하게 일깨워 준다. 고통당하는 과정에서 죽어버린 세계가 되살아나 사랑의 진정성을 무한히 확장시킨다. 어긋나 버린 사랑이 남긴 상처가 자아를 성숙시킨다.

한 걸음 물러선 시선으로 본 사랑의 대상은 부재였다. 항상 현존하는 나는 끊임없이 부재하는 너 앞에서만 살아있음을 확인한다. 애초에 존재하지 않았으니 어긋날 밖에 없었다. 부재란 주체인 나의 자리와 그 대상(연인)의 자리가 교환될 수 없다는 것을 상정하는 게다. 사랑하는 만큼 사랑받지 못한다는 것은 이 세상을 살아가는 사람들이 겪는 가장 치명적인 상처이다. 그것은 치유되지 않은 채 기억에 붙어 수시로 출몰한다. 이러한 뒤틀림으로 하여 우리는 감당하기 어려운 현실이 구체함을 인정한다.

5. 감정의 심연

감정의 심연에는 본능이 있으며, 그것은 세상을 살아갈 끈끈한 힘을 준다. 그러기에 인간은 삶의 무력감에 빠져 허우적이더라도 완전히 파멸하지 않고 다시 살아가게 된다. 외로움의 극난에서 단멸적 허망함에 잠길지라도, 죽음에 대한 징후에 매료될지라도 결국 살아가게 된다. 그러한 과정의 사색이 고독임을 홍희표 시인은 말한다. 그리고 그는 고독의 다른 한 면에 사랑의 질긴 감정이 근절할 수 없는 욕망으로 합체되어 있음을 서정의 언어를 빌어 고백한다. 이 두 감정은 변증법적 융화작용을 하면서 인생의 의미를 정서적으로 환기시킨다. 궁극으로 시인은 우리에게 감정의 영역이 인간의 진실을 담지함을 보여준다. 우리는 그의 시를 통해 감각적 감정의 심연을 경험한다. 거기에는 인간적 욕망의 목록을 모두 지니고 있는 것이어서 우리는 비로소 우리들 감정의 실체를 확인한다. 『무서워라 개망초꽃』은 우리들 살아가기를 비추는 거울이다. 시인의 고독과 사랑에 대한 뼈아픈 감정적 체험은 우리에게 침묵하여 인생을 성찰할 계기를 부여한다. 그러한 자기 점검과 인간의 삶에 대한 반성을 통하여 우리가 갖게 되는 마음은 원천적으로 해소 불가능한 고독이나 미망스럽고 거부되어 있는 사랑이 존재의 본질을 구성하는 살아가기의 근원적 힘이라는 것이다.

홍희표 시인은 산다는 것이 사랑임을 일깨운다. 그의 오랜 시작 과정이 그것을 일깨워 주었다. 여기에는 섣부른 감정이 매개되지 않는다. 그의 삼십여년 시적 노정이 도달한 원숙한 육감의 말들이 우리를 숙연케 불러 세운다. 그는 이제 역사와 지역을 초극하는 보편의 언어에 몰두한다. 우리는 이러한 시인의 사유의 확장이 끊임없이 실험적으로 추구해온 그의 시세계에 또 하나의 전환점을 알리는 징후임을 직감한다. 사랑을 화두로 한 문학적 주체란 지당히 미감적 형상물의 제일의 대상이었음에도 불구하고, 그것이 너무 거대하고 추상적이어서 예술가가 하나의 독자적인 자기 세계를 구축하는 길이란 쉽지 않다. 그러나 이미 그는 그러한 심미적 작업을 시작하였고, 그 출발점은 상서롭다. 삶의 아픔을 원거리에서 조망하는 그의 감정들이 시적 상상력과 결합하여 미적 효과를 거둘 때, 그의 또 한 매듭의 시세계는 정당히 구축되어 평가될 것이다.

그의 시를 읽으면서 나는 문학을 한다는 일은 결국 자신의 내면을 외부 세계에 송두리 채 드러낼 때 완성될 수 있음을 은연 중 확인한다. 우리에게 전경으로 서정시가 있어 왔음을 시인이 내면의 연소를 통해 우리가 공감할 감정과 인식의 세계를 미적 장치를 구축하여 전달해 주기 때문 아니겠는가. 그렇듯 시는 존재의 내밀성을 드러내는 일이다.

이것은 홍희표에게 또 다른 세계로의 출발을 알리는 도정이기도 하다. 그는 1966년《현대문학》지에 시를 발표하기 시작한 이래 끊임없이 시적 변모를 꿈꾸었다. 그가 낸 열 두 권의 개인 시집은 그러한 그의 도전적이고 자기 파괴적인 문학 역정을 보여주거니와, 그의 시에 대한 집착을 지켜보자면 그의 인생과 그가 대면한 자연은 마치도 시를 위하여 오로지 존재하는 듯하다. 그는 시로서 현현될 때 비로소 이 세상에 존재한다. 삶은 늘 시의 뒷전이다. 이는 문학이 인간에 있어온 이유에 대한 역설이다. 그러나 위대한 문학은 이러한 이율배반적인 창조적 광기에서 비롯되었음을 우리는 인류가 축적해 온 문학 유산에서 어렵지 않게 찾아낼 수 있다.

새로운 문학은 타성화된 관습의 부정과 전복에서 태어난다. 이는 한 세대나 개인이나 공히 마찬가지다. 두드러진 문학 현상에 대한 도전에서 새로운 시대의 문학적 전형이 다시 구축되듯이 한 개인의 문학 역시 굳어진 자기 세계에 대한 파괴에서 여전히 작품을 쓰고 있다는 창조자의 지위는 확보된다. 문학자가 가장 경계해야 할 일이란 다름 아닌 동어반복이다. 홍희표 시인은 자신의 새로운 문학세계를 보여주고자 고단한 정신적 작업을 늦춘 적이 없다. 그가 시를 쓴 출발점은 감각적이고 탐미적인 미의식에 바탕을 둔 이미지즘이었다. 그의 첫 시집 『魚群의 지름길』에서 신동엽은 그의 시세계를 "주지적 리리시즘의 개화"라 지칭했다. 그의 젊은 날 시가 지닌 기법의 섬세함과 예리함은 모든 시인의 시쓰기에 있어 원론적으로 요구되는 문제로써, 이후 그의 시적 변모와 자기 발전을 가능케 한 원천이다. 그의 초기시가 지닌 모더니즘 성향은 민족 현실에 대한 비관적 성찰로 시적 태도와 지향점이 바뀌게 된다. 동학농민혁명 이후 정치적 질곡에서 벗어나지 못하는 분단의 당시대까지 노정된 민족사적 비극들은 그의 관심에 주요 대상으로 자리한다. 유신과 신군부의 우스꽝스런 억압 통치가 이루어지던 시절, 그는 시인이 지녀야 할 지성과 양심을 걸고 자신이 대면한 시대와 치열하게 부딪치고자 한다. 일견하기에 전혀 다른 두 시세계를 거쳐 그는 '한밭풍물시'에 이른다. 그는 자신이 태어나고 자라고 살고 있는 지역 전통과 정서, 이곳에서의 인간과의 만남을 시로써 남기고자 한다. 그것은 지역의 문화에 대한 애착이자 서울 중심주의적 문화, 나가서 그 집중화된 권위적 담론에 대한 부정이기도 하다. 여기서 그의 시쓰기는 자신의 구체화는 체험의 공간에 대한 정신적 의미부여로 다가온다.

　홍희표의 최근작은 그의 또 다른 출발점에 선다. 대상에 대한 유미적이고 감각적인 이미지 추구에서 역사적이거나 정치적 상황에 대한 풍자와 패러디를 통한 비판으로, 이어 자신의 육체와 정신을 배양한 지역에 대한 응시를 통한 정신주의적 풍물시로 끊임없이 자신의 문학적 지표를 바꾸어 온 그는 이제 우리에게 이러한 부단한 구축과 파괴를 거쳐 도달할 곳이 어딘가를 보여준다. 한 시인이 자신의 문학 정신과 형식에 대한 연속적인 전복을 거쳐 도달한 곳, 그것은 그의 인생에 대한 진지한 사랑이다. 그 사랑은 강렬하고 몰입적인 상태에서 소진하는 영혼의 그것이어서 순수하고 진솔하다. 나는 여기서 우연히 한 시인의 중년의 위기를 본다. 거기에는 순백한 사랑을 노래하나 고독하고 비탄스런 감정이 담긴다. 거기에는 인생의 황금기를 안타깝게 갈무리하는 중년의 인간이 세계에 던지는 열정과 소외가 혼재된 야릇한 감상이 배인다. 그러나 그것은 결코 경박하거나 헤퍼 보이지 않는다. 그것은 세상의 온갖 일들을 두루 경험해 본 사람만이 드러낼 수 있는 체득된 절실함과 시인이란 이름으로 갈구해 온 지성의 절제를 아울러 지닌다.

또다시 길 위에 서서 홀로 천천히 자유롭게 떠나가는 홍 시인의 시적 변화의 모습을 지켜보기로 하자.

시선집『무서워라 개망초꽃』, 해설 (2009년)

다시 출발인 세기말의 시 — 송기섭

시인 홍희표, 그의 신작시 10편을 천천히 반복하여 응어리면서 나는 시가 풍기는 허구 혹은 상상의 세계가 아니라 인간 존재로서의 그를 먼저 떠올린다. 이는 순전히 그의 시가 내게 강요하는 강렬한 언어의 주술에 의한 유인으로 내가 오래토록 시인을 알고 있다는 것과는 무관하다. 그의 최근 시편들은 자신의 내면을 말하고 있다. 이 작품들은 일차적으로 자신을 보다 철저히 응시하고, 세계와 타자 속의 자신을 탐구하고, 이윽고 진솔하게 자신을 고발한다. 시인이 자신을 발가벗긴다는 것은 부끄러움이다. 때로는 수모스럽고 때로는 자신의 세상살이를 제약하기조차 한다. 그러나 시인은 시를 쓰는 순간 자홀증에 빠져 자신의 모든 것을 털어놓는다. 그것이 대개 비유적이어서 늘 애매함에 감추어지기는 하나 자신의 인생을 세상에 고백함, 그것은 시인의 운명이다.

그의 시를 읽으면서 나는 문학을 한다는 일은 결국 자신의 내면을 외부 세계에 송두리째 드러낼 때 완성될 수 있음을 은연중 확인하다. 우리에게 진정으로 서정시가 있어 왔음은 시인이 내면의 연소를 통해 우리가 공감할 감정과 인식의 세계를 미적 장치로 구축하여 전달해주기 때문 아니겠는가. 그렇듯 시는 존재의 내밀성을 드러내는 일이다. 요컨대 홍희표의 최근 시편들은 우리에게 그러한 서정시의 깊이를 음미할 언어의 감미로움을 구사한다.

이것은 홍희표에게 또 다른 세계로의 출발을 알리는 도정이기도 하다. 그는 1966년 《현대문학》지에 시를 발표하기 시작한 이래 끊임없이 시적 변모를 꿈꾸었다. 그가 낸 열두 권의 시집은 그러한 그의 도전적이고 자기 파괴적인 문학 역정을 보여주거니와 그의 시에 대한 집착을 지켜보자면 그의 인생과 그가 대면한 자연은 마치 시를 위하여 오로지 존재하는 듯하다. 그는 시로써 현현될 때 비로소 이 세상에 존재한다. 삶은 늘 시의 뒷전이다. 이는 문학이 인간에 있어온 이유에 대한 역설이다. 그러나 위대한 문학은 이러한 이율배반적인 창조적 광기에서 비롯되었음을 우리는 인류가 축적해온 문학 유산에서 어렵지 않게 찾아낼 수 있다.

새로운 문학은 타성화된 관습의 부정과 전복에서 태어난다. 이는 한 시대나 개인이나 공히 마찬가지다. 두드러진 문학 현상에 대한 도전에서 새로운 시대의 문학적 전형이 다시 구축되듯이 한 개인의 문학 역시 굳어진 자기 세계에 대한 파괴에서 여전히 작품을 쓰고 있다면 창조자의 지위는 확보된다. 문학자가 가장 경계해야 할 일이란 다름 아닌 동어반복이다. 홍희표 시인은 자신의 새로운 문학세계를 보여주고자 고단한 정신적 작업을 늦춘 적이 없다. 그가 시를 쓴 출발점은 감각적이고 탐미적인 미의식에 바탕을 둔 이미지즘이었다.

그의 첫 시집 『어군의 지름길』(1968년)에서 신동엽은 그의 시세계를 '주지적 리리시즘의 개화'라 지칭했다. 그의 젊은 날 시가 지닌 기법의 섬세함과 예리함은 모든 시인의 시쓰기에 있어 원론적으로 요구되는 문제로써, 이후 그의 시적 변모와 자기 발전을 가능케 한 원천이다. 그의 초기시가 지닌 모더니즘 성향은 민족현실에 대한 비판적 성찰로 시적 태도와 지향점이 바뀌게 된다. 동학농민혁명 이후 정치적 질곡에서 벗어나지 못하는 분단의 당시대까지 노정된 민족사적 비극들은 그의 관심의 주요 대상으로 자리한다. 유신과 신군부의 우스꽝스런 억압 통치가 이루어지던 시절, 그는 시인이 지녀야 할 지성과 양심을 걸고 자신이 대면한 시대와 치열하게 부딪치고자 한다.

일견하기에 전혀 다른 두 시세계를 거쳐 그는 '한밭풍물시'에 이른다. 그는 자신이 태어나고 자라고 살고 있는 지역 전통과 정서, 이곳에서의 인간과의 만남을 시로써 남기고자 한다. 그것은 지역의 문화에 대한 애착이자 서울중심주의적 문화, 나가서 그 집중화된 권위적 담론에 대한 부정이기도 하다. 여기서 그의 시쓰기는 자신의 구체화하는 체험의 공간에 대한 정신적 의미 부여로 다가온다.

홍희표의 최근 신작시는 그의 또 다른 출발점에 선다. 대상에 대한 유미적이고 감각적인 이미지 추구에서 역사적이거나 정치적 상황에 대한 풍자와 패러디를 통한 정신주의적 풍물시로 끊임없이 자신의 문학적 지표를 바꾸어 온 그는 이제 우리에게 이러한 부단한 구축과 파괴를 거쳐 도달할 곳이 어딘가를 보여준다. 한 시인이 자신의 문학 정신과 형식에 대한 연속적인 전복을 거쳐 도달한 곳, 그것은 그의 인생에 대한 진지한 사랑이다. 그 사랑은 강렬하고 몰입적인 상태에서 소진하는 영혼의 그것이어서 순수하고 진솔하다.

나는 여기서 우련히 한 시인의 중년의 위기를 본다. 거기에는 순백한 사랑을 노래하나 고독하고 비탄스런 감정이 담긴다. 거기에는 인생의 황금기를 안타깝게 갈무리하는 중년의 인간이 세계에 던지는 열정과 소외가 혼재된 야릇한 감상이 배인다. 그러나 그것은 결코 경박하거나 헤퍼보이지 않는다. 그것은 세상의 온갖 일들을 두루 경험해 본 사람만이 드러낼 수 있는 체득된 절실함과 시인이란 이름으로 갈구해 온 지성의 절제를 아울러 지닌다.

　　사방천지 봄날은 저 혼자만 깊어가는데/누에고치에서 밤낮으로 실 뽑듯/살
　　의 말은 사랑의 말이야

　　　　　　　　　　　　　　　　　　　　　　　　　　　　—「낡은 연인」에서

시인은 외부 세계로부터 분리되어 있다. 생명·관능·사랑의 원초적 상징인 봄날은 서정적 자아에게 너무도 뚜렷한 객체로 보여질 뿐이다. 한 대상에 자신이 몰입하지 못할 때, 우리는 그저 바라보아야 한다. 바라본다는

것은 시샘이고 분리이고 절망이다. '바라보다'는 말은 내가 외물로부터 소외되어 있음을 함축한다. '봄날'은 '사방천지'에 지천으로 널려 있건만 '나'는 그 봄을 살고 있지 못한다. 그러한 분리감 속에서 '사랑의 말은 살의 말'이라고 독백한다. 사랑은 마음에 있음이 아니고 관능에, 그 관능을 승화시킨 서로 다른 성의 쾌락적 교감에 있음을 넋두리처럼 주절거린다. 그러한 시인의 사랑에 대한 인식은 비극적 지식에 근거한다. 파탄을 알면서도 시작한 모험의 인생이라면 그것은 비극이다.

　홍희표 시인에게 중년의 위기는 로맨스다. 사랑을 통하여, 더욱이 파탄의 사랑을 통하여 인간은 자아를 정시한다. 그것을 통해서 시인은 근원의 샘을 향하듯 자신의 가장 내면을 향해 마음의 문을 연다. 그리고 존재의 상처를 새김질하면서 불행을 의식하고 시를 통해 자신의 생명을 소진코자 한다. 이때 현실의 고통은 아름답게 파장을 일으키며 시적 몽상과 상상력을 불러온다.

　　개망초꽃만 천지간에 숨막히네
　　그대 선소리 속에서
　　홀로 아득한 섬이 되어가나니

　　　　　　　　　　　　　　　　　　　　　—「선소리」에서

　사랑할 때 인간은 그가 사랑하는 자를 초월한다고 했던가. 사랑은 너무도 힘겹고 무거운 조건들을 요구하는 것이어서 우리들로 하여금 차라리 그것을 버리고 살아가도록 종용한다. 결국 우리는 사랑의 실패를 선택해 버린다. 그리하여 사랑은 더욱 애절하고 고통스런 시련의 여정을 남긴다. '홀로 아득한 섬'이 되어 뼈아픈 기억으로 그것을 되새기며 마음의 상처를 깊게 각인시킨다. 인생은 비탄이 된다. 지독한 슬픔이 된다. 이 지상에 존재하는 '나'는 '외로운 돌'(「현(絃) 위에서」에서)일 뿐이다.

　지레 겁을 먹고 달아나서 스스로의 외로움에 혼절하는 시, 그것이 홍희표의 최근 사랑시다. 사랑은 유약한 시인의 감성을 섣불리 받아주지 않는다.

사랑은 열망과 환희로 다가오나 상대를 쓰러뜨릴 비수를 감추고 있다. 사랑은 누군가를 대상으로 하여 거리를 좁히고자 하고, 궁극으로 자기 앞의 대상을 소유하고자 욕망하기 때문이다. 시인은 욕망하는 대상을 소유하고자 집착하지 않는다. 오히려 그는 의도적으로 그 대상에서 버림받는다. 스스로 선택한 버림이더라도 마음의 상처는 깊어 고통의 시달림은 사그러들지 않는다. 시인이 이러한 사유를 박제하는 혹독한 열병을 거쳐 도달한 세계는 삶의 비의스러움 이다. 삶의 비밀이란 우리들 인생에 널브러져 일상에 존재하나 무딘한 사람들의 눈으로는 볼 수 없는 세계이다. 홍희표 시인이 마음의 시련 과정을 거쳐 발견한 삶의 비밀은 자아와 세계에 대한 새로운 통찰과 인식으로 그의 미적 창조력과 수용력 안에서 「낡은 여인」, 「선소리」, 「현(絃) 위에서」 등과 같은 시로 형상되어 드러난다. 문학은 이처럼 고통 없이는 존재할 수 없는 것임을 그의 시는 표상한다.

시인 홍희표는 소통이 단절된 인간관계를 들여다본다. 한 시인에게 고통의 체험을 통한 자아 성찰은 인간 개체의 고독을 투시토록 강압하는 것이었으며, 이윽고 그러한 고독이 단독자로 살다가는 자신을 철저하게 인식토록 질정한다. 실연의 상처는 「그 들판」에서와 같이 대명천지 망망한 벌판에 홀로 서있는 외로움을 주었으며, 「그 어디」에서와 같이 세계와 타자 속의 근원적 고립감과 단절에서 오는 불행의식을 준다. 이윽고는 「휴대전화」에서와 같이 횡설수설하는 시적 자아에 드러나 있듯 절박한 소통의 두절을 가져오기도 한다. 이 세상을 살아가는 사람들은 저마다 자신의 생각에 팔려서 다른 사람들의 목소리를 들으려 하지 않는다. 우리가 대면한 사람들, 그들은 우리가 하는 말에 귀 기울이지 않는다. 단절된 인간관계 속에 진실은 감추어지고 그것을 전하려는 자아는 심한 모멸감에 시달려야 한다. 이렇듯 홍희표 시인에게 늦막이 사랑이란 세계와 인간관계를 이해하는 약호로 확대된다.

이윽고 그는 떠나고자 한다. 사랑을 잃고 그는 떠난다. 세상 사람들과 단절된 이 지상을 떠나고자 한다. '어딜 가려구요?/어디로든 가려고 해/거기가 어딘데요/그냥 가보는 거지'(「앉은뱅이」에서) 무목적의 떠남이 목적인 이 출발이야말로 세기말을 살아가는 우리의 부조리함이다. 마치도 카프카의 콩트 「출발」을 떠올리는 이 시적 단상에 우리는 전율하며 불행한 우리의 인생을 멈추어 세우고 고개를 주억거린다. '여기를 떠날 뿐이야. 여기서 나가는거야… 여기서 나가는 것—그것이 바로 내 목표야'(카프카의 「출발」에서) 이들 문학하는 자들의 인간 존재와 세계에 대한 통찰력이 우리에게 가져다주는 것은 한 개인은 한없는 허무와 출구 없는 절망에 놓여져 있다는 것. 그에게 그것은 존재의 필연조건이라는 것. 이 세상을 살아간다는 동물적 생존을 위해서 치루어야 할 담보물과도 같다는 것이다.

'출발'이 희망이나 목표를 향한 떠남이 아님은 「갑천에서」에서 풍기는 나른함에서도 잘 드러난다. 그는 '세기말 하품'을 한다. 그는 자아와 부조리하게 마주친 불화의 세계에서 '잠'들고자 한다. 세기말이란 자조적 감상과 우울, 새로운 세기로의 열림이 아니라 막다른 골목에 왔다는 여행을 끝낸 자가 갖기 쉬운 허망함이나 피로감, 여기에 더하여 살아온 날의 부질없음을 영탄하는 허무와 과거를 부정하는 퇴폐, 「갑천에서」는 홍희표 시인의 이러한 세기말 징후에 대한 인식이 짙게 침윤되어 있다.

그는 세기말 사랑을 통해 세기말 인간의 존재 조건을 통찰하는 인식의 지평을 열어나간다. 그것은 어쩌면 미적 창조력과 상상력을 지닌 시인만이 도달할 수 있는 인식의 변증법이며, 사유의 과장일 수 있을 것이다. 이러한 풍부한 상상력을 통한 현실과 인생에 대한 통찰과 그 예지에서 나오는 시적 비전의 제시는 홍희표 시인에게 제4기라고 부를 수 있을 새로운 시세계를 열어 보인다. 그것은 세기말의 해체된 인류정신을 극복하기 위한 홍희표 시인의 30년 시작과정을 거쳐 도달한 원숙한 시적 단상에서 비롯된다.

그가 거의 이십 년 가까운 용전동의 삶을 마감하고 이주한 둔산 갑천변에서의 시적 지평은 이렇게 시작된다. 장소나 물적 대상의 이동, 시간의 흐름은 그의 세계 인식에 변화를 준다. 우리는 그의 시가 늘 자신이 살아가고 있는 시간과 공간의 의미와 밀착되어 생성되었음을 보거니와 그의 거처가 사유의 방향과 그것의 시적 형상에 관계됨을 여기 신작시에서도 엿본다. 물론 그에게 외부 현상이나 대상보다 더 중요한 시쓰기의 요체는 그가 시를 쓰고자 하는 의도와 욕망이다. 장소는 이러한 그의 시쓰기를 자극하는 매체로 그의 영혼과 교응한다. 그는 오로지 시쓰기를 위하여 마음을 이끌어갈 뿐이며, 그리하여 포착된 세계를 결코 놓치는 일이 없이 시로써 드러내고자 한다.

홍희표의 인생은 다만 시로써 매듭 지어진다. 그리고 시를 쓰면서 그는 이 세상에 다시 태어난다.

《문학과 창작》, 1997년 2월호)

풍자의, 풍자에 의한, 풍자를 위한 시 — 이종진

난 괜히 가을만 되면 쓸쓸해지는 연습을 하지

엊그제까지만 해도 단풍이 다 지지 않았다. 그런데 그 엊그제가 지난 오늘 거리에는 단풍이 다 떨어져버렸다. 단풍이 떠나간 거리의 구석이 한없이 쓸쓸하다. 밤 고양이의 가슴처럼 쓸쓸한 구석, 떨어진 낙엽처럼 나도 어쩌면 지금 한없이 이 가을의 마지막을 걸어가고 있는지 모르겠다. 지지난해에도 지난해에도 떨어진 저 낙엽은 '또 다시 어디로' 가고 있단 말인가. 정녕 저 낙엽 '만년동 순대집'을 돌아 술 한 잔 얼큰하게 걸치고 어깨를 늘어뜨린 채 지금 저 어둠의 집으로 돌아가고 있는 것인지. 돌아가 다시는 다시는 돌아오지 않을 것인지. 아니면 '선영도 버리고', '서울도 버리고' 마지막으로 '부산'에 닿아 더는 내려갈 곳이 없다는 듯, 더는 버릴 것이 없다는 듯 고히 접어 호주머니 안쪽 깊이 숨겨두었던 '부적'마저도 버리고 이내 더는 돌아오지 않으려는지. 그래서 마지막에는 자신의 운명이라도 예감했던지 더 붉게붉게 자지러졌는지.

시를 인용할까 아니면 그냥 이 얘기 저 얘기할까 난 지금 고민을 하지

원고를 받아들고 시를 읽어가는 그 기분 어떤지 글쟁이들은 잘 알 것이다. 나도 그 기분 잘 안다. 시를 읽어가며, 한참을 읽어가다가 아차, 하고 난 처음부터 시를 다시 읽는다. 지금까지의 나의 글 읽기는 순전히 시를 감상하기 위해서만 읽은 것이다. 읽다보니 점점 더 재미가 있어 어느새 반은 읽은 듯하다. 아차, 난 지금 큰 실수를 하고 있는 것이다. 지금까지 읽은 것이 어쩌면 도로아미타불이 될 수도 있다. 내가 이 원고를 받아들은 그 근본 취지가 무색해진 것이다. 본래의 의도와 취지는 고연히 '야, 이종진. 내 시나 한번 읽어봐'가 아니라, '야, 이종진, 내 시를 한번 니 나름대로 파 봐'이다. 이것이 내가 원고를 무겁게 받아들은 본 취지이며, 내가 지금 쇠머리를 짊어진 듯 한없는 무게에 눌려 어깨가 땅 끝까지 내려앉는 본 뜻이다.

　남의 시를 놓고 술판에서 안주 삼아 술술 술을 퍼마셔서는 봤어도 문자로 그윽하고 고상하게 있는 애기 없는 애기를 해 본 적은 없기에 난감하기가 그지없다. 더구나 글판에서 가방끈 짧기로는 둘째가라면 서운하기 그지없는 나에게 이 무슨 마른 하늘에 청천벽력이란 말인가. 이렇게 말하면 홍 선생님은 나에게 엄살을 그만 풀으라고 하시겠지만, 이것은 엄살이 아니라 나에게는 아픔이다. 아픔을 넘어선 무슨 고통이다. 무슨 고통을 넘어선 죽음이다. 그래도 살아야겠다는 일념으로 붉은 볼펜을 하나 집어 들고 다시 읽기 시작한다. 줄을 박박 긋기도 하고 경우에 따라서는 동그라미도 친다. 일종의 나만의 기호이다. 나만의 암시이다. 나만의 예시이다. 나만의 수단이다. 나만의 방법이다. 갑자기 내가 비장해 진다!

그럼 시를 인용해 볼까

　단재(丹齋)선생 왈, 가래울이라는 마을 들렀더니 온 동네 떡방아 찧는 소리 요란한대, 쿵덕쿵덕 찧는방아, 헤헤야둥글 범벅이야, 누구잡수실 범벅이야. 쿵덩쿵덩! 동네사람 하나가 떡장수 해서 돈 번 것을 보고, 술장수는 주막을 버리고 쿵덩쿵덩, 목수는 먹줄통 버리고 헤헤야둥글, 농부는 호미 버리고 쿵덩쿵덩, 뱃사공은 노 버리고 헤헤야둥글, 떡을사오 떡을사오, 무슨떡을 사렵니까, 네기반쪽 인절미라, 두귀반짝 송편이라, 헤헤야둥글. 다람쥐는 살쾡이한테 이리쏠리고, 살쾡이는 호랑이한테 저리쏠리고, 쿵덩쿵덩! 오늘도 정치판, 이당(黨) 끼웃 저당(黨) 끼웃, 오늘도 경제판, 이땅 끼웃, 저땅 끼웃, 헤헤야둥글. 이치저치 시리떡, 늘어졌다 가래떡, 오색가지 기자떡, 수절과부 정절편, 올기쫄기 송기떡.

—「가래울꽃」 전문

　시가 어디 깊이만 있어야 맛인가. 시가 어디 춘향이 낯빤데기처럼 미끈하기만 해야 맛인가. 하기야 속도 깊고 얼굴 반지르한 것이 동시에 있다면 더할 나위 없이 좋겠다만, 조금은 개떡처럼 펑퍼짐하고 볼품은 없어도 삼삼오오 둘러앉아 끈적끈적한 개떡을 뜯어먹으며, 요 놈도 후리고 조 놈도 후리며 먹는 맛은 참 독특한 맛이 있을 것 같다.

　그런데 그 맛을 느끼는 데에도 어느 정도는 본바탕이 필요할 것 같다. 원래 그러잖튼가. 바탕 없는 놈이라던가, 아니, 밑천 없는 놈이라던가. 그런 것들 없는 놈들이설랑 저 술장수 놈인지 술장수 년인지는 모르 것지만 저 목수 놈하고 동격이다. 또 저 목수 놈허고 뱃사공 놈허고도 동격이다. 저 뱃사공 놈허고 저 당원 놈허고도 동격이다. 저 당원 놈 살쾡이허고도 동격이다. 다시 말해 유유상종이다. 아니다. 끼리끼리 어울린다고 허던가, 그래서 똥은 똥끼리 모인다든가. 그렇게 어울려서 치고 박고 뜯어 먹고 그렇게들 산다고 하던. 그 가운데에서도 눈치 빠꿈하고 약삭빠른 놈, 이리 '끼웃' 저리 '끼웃' 거려 떡 하나 더 얻어먹는다고 하던가. 감투 하나 얻어 쓰고 이리 빠지고 저리 빠지고 나다닌다고 하던가, 미친 개가 따로 없다고 하던가.

　내가 사는 지금에만 오르지 부정이 있고, 기회를 호시탐탐 노리는 실쾡이 같은 인간들이 득실거리는 줄로만 난 알았다. 아니, 그런데 단재 선생님이 살았던 우리 할아버지 때에도 지금과 같은 세상이 있었다니, 참 묘하다. 세상 알다가도 모르겠다. '떡을사오 떡을사오' '수절과부 정절편, 올기쫄기 송기떡!'

풍하고 풍자는 무엇이 다를까

　난 가끔 시를 읽다가 "그것 참, 풍도 유분수지, 이제 그만 어지간히 떨지"라고 말을 할 때가 있다. 특히 무협지를 읽을 때에는 "그 새끼, 왠 놈의 풍이 그렇게도 쎄" 하다가도 그 풍에 정작 빠져들어 책을 덮을 수가 없는 경우가 허다하다. 풍 맞은 중놈처럼 그 자리에서 제대로 움직이지 못하고 다 읽은 적이 있다. 생각나는 그 무협지의 명작으로 난 『독보강호』를 늘 추천한다.

밖에 나가 담배를 한 대 피우며 '가만 '풍'이 무엇이지' 하고 생각을 해보았다. 잠깐 사이이지만 풍이란 놈은 즐거운 것이라는 생각을 했다. 그 풍에는 악의가 없다는 생각도 했다. 그 뿐만이 아니라 남다른 센스가 있어야 풍도 떨 수 있다는 생각도 했다.

그런데 풍자는 무엇일까. 교훈이 있는 것일까. 아니면 그럴싸하게 풍을 잘 꾸미면 풍자가 되는 것일까. 잘 모르겠는데 어쨌든 난 앞서 인용한 시를 읽으며 이 두 가지에 대하여 다 같이 흥미스러워지기 시작했다.

일단 읽으면서 말의 재미를 느끼는 그 가운데에서도 덩달아 입도 즐거워지기 시작했다. 그러면서 갑자기 제목이 무엇인지는 모르겠지만, '꽃을 사요 꽃을 사, 사랑 사랑 사랑의 꽃을 사요' 하는 노래가 생각났다. 그렇게 흥얼거리니 마치 가락이 동격인 것 같다. 말은 그냥 단순히 말이 아니라 그 가운데 뼈도 있군. 말의 뼈가 새삼 생각나는 군. 음, 이것을 풍자라고 하는 군. 그래 풍자, 좋다. 어디 한번 놀아 보자. 오늘도 정치판, 이당(黨) 끼웃 저당(黨) 끼웃, 오늘도 경제판, 이땅 끼웃, 저땅 끼웃, 헤헤야둥글!

그런데 왜 사람 사는 데 왠 놈의 즘승이 껴들지

오래전이다. 방학 중 한 암자에서 있을 때였다. 한참 문학청년이랍시고 온갖 고독을 씹으며 시를 쓰겠다고 산중구곡에까지 들어간 적이 있다. 그곳에 가면 무슨 뾰족한 수라도 생기는지 알 수는 없었지만, 그래도 그곳에 가면 내가 좀 더 고상해지고 깊어질 것만 같은 시기였다. 그 가늠할 수 없는 깊이를 쌓고 나면 학생문사로 등극을 해 온갖 부러움을 받을 것만 같았던 그 시절, 그곳에서 난 까마귀와 꾀꼬리의 이야기를 들었다. 숲 속의 노래자랑에서 목청 좋기로 소문이 난 꾀꼬리가 번번히 까마귀에게 고배를 마신다는 쫄가리였다. 그리고 그에 빗대어 밤을 새워가며 글을 읽는 선비가 한양에 올라가 시험만 보면 그 출중한 실력이 무력화되어 번번히 낙방을 한다는 쫄가리였다. 그 후에 대충 안 것이지만 『금수회의록』의 한 이야기 인 것 같았다.

그런데 여기에서 빗대고 있는 즘승은 정작 무엇이지. 다람쥐는 무엇이고 살쾡이는 무엇이지. 또 호랑이는 무엇이지. 아하, 그때 이야기를 해주시던 그 처사님의 말씀으로는 늘 사자라는 놈이 노래자랑의 심사위원장이었단다. 까마귀라는 놈이 틈만 나면 개구리에서부터 도룡농, 가재에다 개구리같이 생겨먹은 놈들을 다 잡아다 포식을 시켰단다. 먹은 놈이 물을 킨다고 배터지게 먹었으니까 먹은 값은 해야 될 것이 아닌가베. 그러니 당연히 까마귀가 그랑프리를 차지할 수밖에. 개구리 한 마리, 아니 가재 새끼 한 마리 구멍에 들이밀지 못한 시골 선비가 번번히 낙방하는 것이 뭐이 그리 새삼스러운가. 다람쥐는 살쾡이를 위해야 연명을 하고, 살쾡이는 호랑이를 지극정성 받들어야 목숨 부지하고, 정치하는 놈은 때를 꼬노고 있다가 야차하면 힘 있는 놈에게 쏜살같이 달겨들어 찹쌀떡처럼 늘어붙어야 하는 것이 아닌 게벼. 에이라, 이 놈의 세상, 가래떡처럼 불알이 닷발이나 축 늘어진 놈들의 꼬락서니라니!

과거를 돌아보니 참 머리끝이 찡하네

하이얀 신작로 해치고
MP 탄 껌차 오면
우리는 날파리처럼 모여
고사리손 쫑긋거리며
헬로우 헬로우
검푸른 MP와 노오란 양공주
옥수수 같은 이빨 사이로

바둑껌을 한줌 뿌리면
우리는 날파리처럼 달려들며
헬로우 헬로우
마루벽 위로 기어가는 바둑껌

하나리 두나리
삼산 록나리
을단지 코단지
바람에 떨어진 쥐새끼

—「씻김굿5—바둑껌」 전문

우리 '살아간다는 것'이 그렇게 험한 것인가. '거꾸로 서서 장검 아래로 뛰어내리는 일'인가. '헬로우 헬로우' 날아가는 잠자리 비행기 바라보며 주먹떡을 먹이던 우리들의 구호이다. '헬로우 헬로우' 양공주 태운 지프차가 우리들 곁을 지나가면 코쟁이 놈들을 향해 소리소리를 지르던 우리 어린 시절의 구호이다.

한때, 소문이 무성했다. 미군부대 철조망을 사이에 두고 깜둥이 조니와 살림 아닌 살림을 차렸던 양공주가 어느 날 죽었다. 누나가 던져준 쪼꼬렛 맛이 입에서 다 가시기도 전에 그 누나가 죽었다. 자살인지 타살인지는 알 수 없었지만, 미군 부대가 보이는 앞산에 묻히기도 전에 조니는 '잠자리 비행기'를 타고 먼 나라로 떠났단다. 그렇게들 그 누나의 죽음에 대하여 쉬쉬하는 사이에 우리 조무래기들은 그 이야기를 까맣게 다 잊어버렸다. 다만 '쪼꼬렛트와 빠다' 말만 더 늘어갔다.

또 다시 양공주를 태운 지프차가 수영장 백사장을 내달리면 우리들은 지프차 바퀴자욱을 따라 미친 듯 뒤쫓아가며 '기브 미 쪼꼬레, 기브 미 쪼꼬렛'을 외쳐대고, 또 다른 누나는 우리들의 정수리에다 '바둑껌'을 내던지고, 하나라도 더 받아먹으려고 모래사장에 엎드렸다가 일어설 때 살짝살짝 비친 그 누나의 뽀연 허벅지살은, 아니 거웃은 껌물보다도 더 달콤했고.

나보다도 꼬부랑말이 한 수 위인 '짝짝 눈'의 내 친구는 '기브 미 워치, 기브 미 워치'를 연신 소리소리 지르면, 깜둥이 놈은 팔뚝을 앞으로 내밀며 무엇인가 까는 흉내를 내는 데, 우리들의 향해 '좆 까내, 좆만한 놈들, 좆만한 놈들'이라고 알아들을 수 없는 욕을 하는 것만 같았고.

지금 생각해 보면 으이 참, 부끄러워라. 코 끝이 시끈시끈 거리네. 칼등 위에라도 정말로 뛰어내리고 싶네. 그렇게 우리의, 우리들의 현실은 죽은 양공주 누나처럼 기가 막혔고.

지천명이 되어서도 원초적 사랑을 꿈꾸던 그 아름답던 우리들의 누님은 지금 다 어디로 갔을까. '달아달아 밝은달아, 임의동창에 비친 달아, 임홀로 누웠더냐, 어느 불량자 품었더냐!'

우리의 현실은 늘 우리를 빗겨 있더라

이 이야기 한번 들어보소, 양김(兩金) 씨! 아주 먼먼 옛날 강원도 영월 산꼭대기에 두 마리의 용이 살고 있었대요. 그들은 승천 위해 천년 동안 수련을 쌓아오고 있었대요. 드디어 승천을 눈앞에 둔 그들에게 승천하는 데 꼭 필요한 여의주가 하늘에서 내려왔는데요. 그러나 여의주는 하나뿐. 두 마리 용이 승천하자면 두 개의 여의주가 필요한데… 두 마리의 용은 하나밖에 없는 여의주 놓고 서로 양보했대요. 한 번 승천의 기회를 놓치면 다시 천년 동안 기다려야 함에도 이 두 마리의 용은 승천을 서로 양보했대요. 여의주를 내려주었으나 용은 승천하지 않자 하늘의 옥황상제는 그 사연 알고는 크게 감동 받았대요. 그리고는 이를 가상히 여겨 또 하나의 여의주를 내려 보냈대요. 여의주를 얻은 두 마리의 용은 함께 하늘에 올라 사이좋게 살았대요. 양김(兩金) 씨! 지금도 강원도 영월 쌍용리라는 마을에는 두 마리의 용이 살다 승천했다는 동굴이 있대요. 달이돋네 달이돋네! 어허여허 상사뒤여 어허여허 상사뒤여!

— 「쌍용꽃」 전문

그렇게도 믿고 믿었던, 그리하여 남녀노소가 다 일어나 맑은 세상 한번 일으켜보라고, 모두들 거리로 뛰쳐나와 최루탄을 맞으며 서로 어깨동무를 하고 앞으로 앞으로 나아갔었건만, 그들은 끝내 그 믿음을 저버리고 자신의, 자신에 의한, 자신을 위한 길로 가고 말았다. 우리는 그들에게 결국 '지랄탄'을 맞고 말았다. 한때 그들이 이 억압에서 우리들을 구원할 구세주인 양 그들을 믿었으나, 그들은 결국 우리들의 정수리에다 '지랄탄'을 쏟아 붓고 말았다.

천년을 기다려온 용의 승천을 앞에 두고 그 용들은 결국 이 땅에서 추락을 하고 말았다. 다시 우리들은 그 험난한 천년을 기다리며 새로운 용의 출현을 기다릴 수밖에 없었다. 그들이 어리석은 것인가. 이 시대가 어쩔 수 없이 어둠에서 헤어날 수 없었던 것인가. 아니면 분노한 우리들이 아직은 그 새로운 시대를 성숙하게 맞이할 준비가 되어 있지 않았던 것인가.

'이 이야기 한번 들어보소, 양김(兩金) 씨!' 당신들이 있어 그나마 한때 희망을 잃지 않고 살았었건만, 당신들 때문에 그 고난의 길도 가시덩쿨 같은 어둠을 헤치며 견디어 왔었건만, 다 된밥에 꼬 빠트리는 당신들, 지친 삶을 이끌고 집으로 돌아오는 골목의 담벼락에 기대어 겨우 몸을 일으킬 때 머리에다 '지랄탄'을 쏘아대던 당신들, '지랄탄'을 뒤집어 쓴 머리 위에다 부글부글 끓는 기름을 부어대던 당신들, '잊었나 안잊었나! 권위주의는 지랄탄을 낳고 지랄탄은 권위주의를 낳고, 뎅그렁뎅그렁 좋을시고, 닭을 치면 황계가 되고, 잊었나 안 잊었나! 이 지경이 웬 지경이냐.', '아, 세종로 1번지 앞에서 데이트도하고 데모구경도 할 줄 아는 우리나라 대통령 보고 싶어요. 어랑어랑 어허야 어러럼마 띄여라!'

정말 그랬다. 정말 보고 싶었다. 하지만 한때의 남가지몽이었던가. '아카시아 꽃' 그늘에 앉아 배를 주리며 정말 '우리나라 대통령 보고 싶었다'. 하지만 그들 모두를 머릿속에서 다 지워 없애버리고 싶은, 거의 다 지워버린 난 지금 하루하루 먹고 사는 일이 더 소중하고 힘든 중년의 가장이 되어있다. 군대에 가는 아들놈 보약 한제라도 먹여 보내고 싶은 그런 작은 소망을 잊지 않으려 애쓰는 가장이 되어 있다. 어허여허 상사뒤여 어허여허 상사뒤여!

홍 선생님은 지금 무엇을 하고 계실까

> 똥파리도 심심해 날아들지 않는 암자에 동승(童僧)이 매일 그림만 정신 놓고 그렸네. 노승(老僧)이 하 울화통이 나 동승(童僧)을 기둥에 매달아 놓았네. 우박 같은 눈물 흘리며 동승(童僧)은 엄지발가락으로 눈물 찍어 그림 그렸네. 발가락으로 그린 눈물쥐 금시 살아나 동승(童僧)의 묶인 몸 풀어 주었네. 그런 눈물쥐 더러 새끼를 쳐 시 못쓰고 부정이나 눈감아 주는 한밤에 나타나 내 오장육부(五臟六腑)을 긁으며 왔다갔다 하고 있네.
>
> ― 「눈물쥐」 전문

홍 선생님은 지금 안식년이시란다. 얼마 전에 통화를 했다. 요즘 뵌 지가, 아니 술을 같이 마신지가 꽤 오래됐다. 그리고 이 원고를 주신 지도 오래됐다. 원고를 주시고는 그 이후로 원고의 글을 재촉하지 않았다. 나를 잘 알고 계시고 있기 때문에 재촉을 하지 않으신 것 같다. 고맙다. 그런 날 잘 아시고 배려를 하고 계신 것이다. 그런데 얼마 전 전화를 받았다. 아직 술이 덜 깨신 목소리였다. 원고 이야기를 하시지는 않고, 다른 이야기를 하셨다. 발이 저린 내가 도리어 원고 이야기를 먼저 꺼낸 것 같다.

죽 시를 읽어 보았다. 시의 말미에 있는 이분 저분들의 단상도 읽어 보았다. 그러다가 그 단상들은 읽지 않았다. 뭐 커다란 뜻이 있는 것은 아니었다. 다만 내 식으로 홍 선생님의 시를 읽고 싶었던 것 뿐이다. 그렇게 읽고 나서 난 밖에 나가 피운 담배가 얼마나 되는지 모르겠다. 어떻게, 어디서부터, 무얼 써야할지 망막했다. 역시 쓴다는 것은 무슨 글이던지 부담이 간다. 더구나 남의 글에 이러쿵 저러쿵 한다는 것은 더욱더 그렇다. 그리고 결심을 했다. 다시는 이런 무모한 짓을 하지 않겠다고.

홍 선생님은 지금 무엇을 하고 계실까. 한밭 원동 헌 책방에서 한 다발의 책을 사서 껌정 비닐봉다리에 넣어 들고서는 포장마차에서 막걸리를 드실까, 아니면 어둠을 열고 밖으로 나와 '시 못쓰고 부정이나 눈감아' 준 '오장육부를 긁으며 왔다갔다 하고' 계실까.

눈물이 난다. 처음부터 다 시를 읽고 다시 난 「눈물쥐」와 「아우래비꽃」을 읽었다. 「눈물쥐」는 홍 선생님이 매달렸던 풍자에 대한 마지막 반성문인 것 같다. 한 개인의 반성문이기도 하지만, 또한 우리 모두의 반성문인 것 같다. 그래서 더욱 눈물이 나도록 아름답고도 깊은 성찰과 뉘우침이 녹아 흐르는 시인 것 같다. 뉘우치고 반성하는 삶은 그 어느 높은 지위나 권력보다도 더 숭고하고 지순한 삶이리라.

그러한 삶을 누구 아닌 나 자신이 되돌아보며 다음의 시를 마지막으로 읽고 홍 선생님의 시에 끼친 누를 조금이라도 용서를 빌고 싶어진다. 무엇을 파헤치는 데에는 영 잼뱅이인 내가 좋은 시를 감상하고 한 수 배웠다는 그 느낌만으로 홍 선생님에게 감사를 드리고 싶다. 막걸리 한 잔 대접해 드리지요. 홍 선생님!

> 통통배보다 나룻배가 좋고, 기와집보다 초가집이 좋아. 어미개보다 강아지가 좋고, 장미꽃보다 아우래비 꽃이 좋아. "오빠, 키가 작으면 이쁜 것들이 보인다." "그러니까, 오빠, 우리 크지 말고 살아." "아니야, 오빠는 키가 크는 것이 나도 좋아. 그러나 나는 오빠가 작은 것들을 잊지 말라고 한 말이야." "작은 것들은 착한 걸, 그래서, 항상 하느님 편인걸……" 이거리 저거리 갖거리, 천두 맹강 냉강 두만강, 시바리 꿈고 담바크, 지리 김치 장두칼.
>
> ― 「아우래비꽃」 전문
>
> 『홍희표 시 다시 읽기 · 3』, 해설 (2009년)

한 슬픔을 들여다보기 — 권정우

"꽃잎 하나에도 봄이 가는데, 바람에 만 점 꽃잎이 진다." 두보는 그의 시 「곡강」에서 봄이 가는 것을 이렇게 애절하게 노래했다. 시인들로 하여금 시를 쓰지 않고는 배기지 못하게 하는 계절로 봄만 한 것이 또 있을까? 겨울에서 봄으로 바뀌는 급격한 변화도 놀라운데, 봄은 그 자체만으로도 얼마나 아름다운가. 게다라 봄은 즐기려 마음먹은 순간 속절없이 가버리지 않는가.

홍희표 시인의 눈에 들어온 봄도 두보가 노래한 봄과 같이 가는 봄이다. 오는 봄이나 봄의 한 가운데를 노래하지 않고 가는 봄을 노래한 것을 보고 시인이 슬픔에 경도되었다거나 허무주의적 시선으로 세계를 바라 본다고 단정하는 것은 성급한 판단이다. 김소월이 이별의 순간을 노래함으로써 사랑했던 시절의 아름다움과 행복을 담아낼 수 있었던 것처럼, 가는 봄을 노래하면 봄날의 아름다움과 찬란함은 자연스럽게 시 속에 배어든다.

> 꽃이 지네
> 기어이 꽃이 지네
> 골목길에 하늘길에
> 벚꽃잎 흰눈 되어
> 나비 되어 하롱하롱
>
> 꽃보라로 지네
> 우리의 남은 풋사랑도
> 웃을 듯 울 듯
> 시리도록 속절없이
> 어느 불 꺼진 저녁인양

— 「꽃눈, 속절없이」 전문

봄이 일 년 중에서 가장 아름답고 행복한 계절이듯이 젊은 시절은 인생에서 가장 아름답고 행복한 시절이다. 꽃이 지는 것을 보고 시인들이 슬퍼하는 것은 아름다운 꽃을 더 이상 볼 수 없기 때문이 아니라 봄이 가기 때문이며, 이제 더 이상 봄을 즐길 수 없게 되었기 때문이 아니라, 한 번 지나가 버린 인생의 봄이 다시는 돌아오지 않는다는 것을 알기 때문이다.

지나가버린 젊음이 다시 돌아오지 않듯이 사랑도 한 번 지나가면 다시 오지 않는다. 사랑은 감각으로 점철되고, 감각으로 기억되는 것이어서 시간이 흘러가면 사랑했던 순간의 감정과 느낌은 지나가버린다. 봄과 젊음이 그렇듯이 사랑이 소중한 것은 영원할 수 없어서일 것이다. 홍희표 시인은 가는 봄과, 젊은 시절, 풋사랑을 어느 불 꺼진 저녁에 비유한다.

저녁은 하루를 마무리 하는 시간이다. 하루를 어떻게 보내느냐 하는 것도 중요하지만 하루를 어떻게 마무리하느냐에 따라서 하루의 의미가 달라지기도 한다. 불 꺼진 저녁은 하루를 마무리해야 하는 저녁이 저녁으로서의 역할을 하지 못하는 것을 뜻한다. 벚꽃이 지는 봄날이 시인에게 불 꺼진 저녁처럼 여겨지는 이유는 봄이 가는 것이 너무도 슬프기 때문이다. 실연하고 나서 삶의 어떤 것도 가치 없게 여겨져서 자포자기의 심정이 되는 것처럼 시인은 봄과의 사랑에서 실연을 하고 모든 것을 체념한다. 가는 봄을 이토록 슬퍼하는 것은 봄이 그만큼 아름답고 소중해서다.

> 수양벚꽃 깨금발 딛고
> 흰나비처럼 상큼상큼
> 남은 생의 변두리에
> 비몽사몽 피어나네
>
> 짧디 짧은 입맞춤
> 분분히 만장(輓章)되어 하늘하늘
> 우리의 늦사랑 마냥
> 숨죽인 봄날 한낮

누구 없소, 천지간에—

「꽃눈, 속절없이」에서 꽃이 지는 슬픔을 노래했던 시인은 이 시에서 꽃이 지는 것을 죽음의 이미지와 결부시킨다. 조지 기싱이 그의 아름다운 산문집 『기싱의 고백』에서 계절과 자연의 아름다움을 죽음을 앞둔 사람의 시선으로 포착함으로써 섬세하고도 절절하게 그려냈던 것처럼 시인도 여생이 얼마 남지 않은 사람의 시선으로 봄을 노래한다.

봄철의 한 가운데에서 화사하게 핀 수양벚꽃은 보통 사람들의 시선에는 그저 아름답고 화사하게 보이지만 생이 얼마 남지 않은 사람의 시선에는 슬픔이 깃들어 있는 아름다움이다. 시인은 떨어지는 꽃잎을 만장이라고 표현했는데, 누구의 죽음을 슬퍼하는 시를 적어놓은 깃발일까? 시인이 쓴 시처럼 봄이 가는 것을 슬퍼하는 시가 아니겠는가.

꽃잎이 지는 것이 슬픈 것은 봄이 가기 때문이고 봄이 너무 짧기 때문이고 시인이 늦은 사랑을 하고 있기 때문이다. 사랑을 하면 세상 모든 것이 아름다워 보이지만 시인이 하는 사랑은 늦은 사랑이다. 남은 생이 얼마 허락되지 않은 시인에게 꽃이 지는 것이 더 절절하게 느껴질 수밖에 없는 것이다.

인간이 자연에 동화되어 자연과 조화를 이루며 살아가는 것이 당연한 것으로 여겨지던 전통사회에는 아름다운 봄을 즐기기만 하면 됐다. 그러나 지금처럼 자연이 지니는 신성한 가치가 인정되지 않는 시대에는 전통적인 방식으로 봄을 즐기는 것이 가능하지 않다. 봄은 매년 반복되지만 인생의 봄은 한 번 뿐이어서 자연이 지닌 영원성에 비추어 볼 때 인간의 유한성이 더 비극적으로 느껴진다.

시인은 인간이 지니는 비극적 운명을 부인하려 하지 않는다. 고대 그리스인들은 인간에게 부여된 비극적인 운명을 견디는 것을 '용기'라고 여겼는데, 시인도 이 비극적 운명을 슬퍼하거나 거부하는 것이 아니라 담담히 받아들인다. 자기가 처한 모순된 현실을 거부하는 것보다 담담하게 받아들이는 것이 더 어려울 때가 있다. 시인은 현실을 담담하게 받아들이며 삶에 내재해 있는 비극성에 주목한다. 용기라는 이름에 걸맞은 행동이다.

꽃상여 위에 낭창대는
용꼭두 휘이히 봉황꼭두
이승과 저승을 오가는
길동무 호위무사 꼭두 휘이히
하늘길 가시는 지킴이
광대꼭두 휘이히 시녀꼭두
죽은 자를 만나려
똑딱똑딱 가시는 길
지루하지 않도록 휘이히
춤추고 북치는 나무각시꼭두
비녀 꽂고 왼손 번쩍 든
굴뚝새처럼 만나던 가시내
휘이히 나무각시꼭두

—「꼭두 타령」 전문

아내가 죽자 장자가 질그릇을 두드리며 노래를 불렀다고 한다. 이를 의아해 하는 제자들에게 장자는 이렇게 말한다. "모든 것은 자연에서 나서 자연으로 돌아가기 마련인데 아내도 이제 자연으로 돌아갔으니 슬퍼할 일이 아니지 않는가?" 장자 식으로 생각하면 삶은 자연이 준 선물과 같은 것이다. 선물을 받아서 잘 썼다면 고마워해야 하는 것이 옳고, 다 써버린 것이 아쉬울 수는 있어도 슬퍼할 일은 아니다.

죽음에 대한 시인의 생각도 장자의 생각과 크게 다르지 않은 것 같다. 시인은 저승길을 죽은 자를 만나러 가는 길이라고 말한다. 시인 식으로 생각하면 이승과 저승은 단절된 것이 다니다. 이승의 질서와 유사한 질서가 저승에도 있으므로 이승을 떠난다 해도 삶이 끝나는 것이 아니며, 모든 것을 잃는 것도 아니다. 죽음은 나비가 되기 위해서 번데기가 허물을 벗는 것과 같은 것인지도 모른다.

이 시에 나타나는 내세관은 전통사회에서의 내세관과 유사하다. 이승에 있던 사람이 저승길을 거쳐서 저승에 이르면 죽은 자들을 다 만날 수 있다. 이승에서 맺은 인연이 이승에서 끝나는 것이 아니라 이승을 떠나 저승에 이르러서도 계속 이어지는 것이다. 저승에서의 삶은 이승에서의 삶에 의해서 규정되기 때문에 이승에서 어떻게 삶을 살아야 하느냐는 문제가 더 중요해진다.

이승과 저승이 연결되어 있다고 하더라도 저승으로 가는 길은 누구에게도 낯선 길이므로 저승길을 가는 것은 외롭고 두려운 일일 것이다. 저승길을 가는 사람의 외로움과 두려움을 달래주기 위해서 필요한 것이 길동무다. 꼭두들을 길동무 삼아서 가는 저승길은 악기를 연주하고 춤을 추는 축제의 장이다.

꼭두들이 벌이는 축제는 봄날을 화사하게 장식하다가 떨어지는 꽃잎과 닮았다. 겉으로 보면 유쾌하고 흥겨운 잔치 분위기지만 속을 들여다보면 슬픔이 짙게 배어있다. 고대 이집트인들은 미련 없이 삶을 산 사람만이 천국에 갈 수 있다고 믿었다. '나는 생에서 기쁨을 느꼈는가?' 그리고 '나의 생이 다른 이에게 기쁨을 주었는가?'라는 두 개의 물음에 '그렇다'고 대답할 수 있으면 후회 없는 삶은 산 것이어서 천국에 갈 수 있다는 것이다. 그런데 '후회 없이 삶을 살았느냐'는 질문과 '생을 마감하는 것이 서글프지 않은가'라는 질문은 비슷해보여도 많이 다르다. 후회 없는 생을 살았어도 생을 마감하는 것이 서글플 수 있다. 봄날의 아름다움과 행복에 비례해서 봄이 가는 것에서 느끼는 슬픔도 커지듯이, 생을 마감하는 것을 깊이 서글퍼할수록 아름답고 행복한 생을 살았다는 뜻이기 때문이다.

> 어디에 정신을 팔고 있나요
> 집으로 돌아오셔요 제발
>
> 어디에서 떨고 있나요
> 집으로 돌아오셔요 부디
>
> 복(復), 복(復), 복(復)

홀씨 천지간에 백발 되어—

—「고복(皐復)」 전문

고복은 초혼이라고도 하는데, 사람이 죽으면 고인의 속적삼이나 웃옷을 가지고 지붕에 올라가거나 마당에 나가서 북쪽을 향해 옷을 휘두르며 고인의 이름을 부른 다음에 큰 소리로 복을 세 번 외치는 전통적인 장례의식이다. 고복을 해도 망자의 혼이 돌아오지 않으면 비로소 죽은 것으로 인정한다.

고복의식에는 죽은 사람에게서 떠나간 혼을 다시 불러들여서 죽은 사람을 살아나게 하고 싶어 하는 욕망과, 인간의 능력으로는 죽은 사람을 살릴 수 없으므로 죽음을 인정해야 한다는 의식이 혼재되어 있다. 사랑하는 사람을 떠나보내기 싫어서 가능한 노력을 다 해 보지만 원하는 결과가 나오지 않아도 겸허히 받아들이는 것이다.

김소월이 「초혼」에서 이승을 떠난 임에 대한 영원한 사랑을 노래했다면, 홍희표 시인은 「고복」에서 집을 나간 사랑하는 사람이 돌아오기를 바라는 마음을 노래한다. 육체를 떠난 혼이 돌아오기를 바라는 고복의식과 비교할 때 집을 나간 사람이 돌아오기를 바라는 욕망은 소박해 보일 수는 있으나 애절함의 깊이에서는 고복의식에 못지 않다. 고복의식은 이루어질 수 없는 욕망이라는 것을 알고서 하는데 반해서, 집 나간 사람이 돌아오기를 바라는 마음은 이루어질 수도 있는 욕망이어서 실현되지 않았을 때 겪는 상실감이 훨씬 클 수밖에 없다.

김소월은 「초혼」에서 죽음도 초월하는 영원한 사랑의 의지를 보여주며, 이렇게 순수하고 깊게 사랑하는데도 사랑을 이룰 수 없는 비극적 운명을 통해서 극도의 슬픔을 노래했다. 홍희표 시인은 김소월 식의 극도의 슬픔 대신 사랑하는 이가 돌아오기를 바라는 깊은 슬픔을 노래하는데, 이는 아마도 우리가 수용할 수 있는 슬픔의 최대치일 것이다.

「고복」의 화자는 고복의식을 행하는 사람과 달리 제자리에서 떠나간 사람을 부르는 것이 아니라 바람에 날리는 홀씨처럼 정처 없이 떠돌며 떠나간 사람을 찾아 헤맨다. 그리고 백발이 되어서도 떠난 사람을 찾아 헤매는 것을 멈추지 않는다. 적극적으로 찾아 나서고, 만나리라는 일말의 희망을 지닌 채로 찾아다니는데도 만나지 못하는 슬픔을 바람에 날리는 홀씨에 비유해서 적절하게 표현하고 있다.

> 돌팔매질 하자
> 개똥녀에게!
>
> 모든 것을 감시받은 원형감옥에
>
> 주홍글씨를 찍자
> 루저녀에게!
>
> 우리는 살고 있다 원형감옥에
>
> 마녀사냥을 하자
> 패륜녀에게!
>
> 클릭수 56만건, 3900여개의 댓글
>
> 진짜 개똥녀냐 누가
> 누가 진짜 루저녀냐
>
> ―「원형감옥에서」 전문

이 시는 앞에서 살펴본 네 편의 시와 성격이 사뭇 다르다. 앞의 시편들이 죽음의 이미지를 강하게 드러내며 죽음에 대한 깊이 있는 통찰을 보여주었다면, 이 시는 현실 비판의 성격을 강하게 드러낸다. 죽음이라는 주제가 시인 내면의 문제이면서 공동의 관심사라면, 이 시가 다루고 있는 개인에 대한 사회적 폭력의 문제는 공동의 관심사이긴 하지만 내면의 문제라고 보기는 어렵다.

사회 현실을 비판하는 시는 깊은 주제의식을 보여주기 어렵고 시인이 상상력을 발휘하기 어렵다는 한계를 지니지만, 사회 문제로부터 화두를 이끌어낼 수만 있다면 시로서의 가치를 충분히 인정받을 수 있다. 이 시에서 시인이 문제 삼는 것은 사회가 개인을 단죄하는 방법의 폭력성이다. 시인은 개똥녀나 루저녀, 패륜녀를 단죄하는 우리의 방식이 얼마나 개인의 자유를 침해하는 것인지 역설한다.

개인의 사소한 실수가 모든 사람들에게 낱낱이 공개되어 많은 사람들로부터 무차별적으로 공격당하는 것을 당연시한다면 누구의 사생활도 보장받지 못하며 작은 실수도 용서받지 못하는 감옥과 같은 사회가 된다. 시인이 원형감옥이라고 표현한 것처럼 우리 사회에서는 모든 사람이 누군가에 의해서 감시당하고, 사소한 잘못을 범해도 엄청난 처벌을 당할 수 있는 여지가 항상 존재한다.

우리 사회를 원형 감옥으로 만드는데 일조한 것은 실수를 인정하지 않는 사회적 분위기이다. 아마도 도덕성을 극도로 중요하게 여겼던 민주화 운동의 부작용인 듯한데, 1990년 이후부터 우리사회에서 관용의 정신이 사라졌다. 정치인이나 기업가에게는 물론, 일반인들에게도 도덕적으로 완벽해야 한다는 주문을 하기 시작했고 이런 주문을 하는 것이 당연시 되어왔다. 우리 사회가 요구하는 도덕성의 질이 완벽하게 가까운 것이므로 이런 요구를 충족시키기 위해서는 도덕적이지 못한 것을 숨기는 방법을 취할 수밖에 없다.

실수를 인정하지 않는 사회에서는 실수를 감추거나 실수를 하지 않으려고 비용을 지불해야 한다. 실수를 인정하지 않는 사회에서는 사람들이 도전적이고 주체적인 행동을 하기보다는 수동적이고 방어적인 태도를 보일 수밖에 없다. 이렇게 눈에 보이지 않는 손실까지 고려하면 실수를 인정하지 않는 사회가 치러야 하는 비용이 얼마나 큰 지 알 수 있을 것이다.

홍희표 시인의 시는 군더더기 없는 간결한 시로서 다채로운 주제를 담고 있다. 생이 얼마 남지 않는 사람의 시선으로 바라본 봄, 생동하는 봄에 깃들어 있는 죽음의 이미지, 죽음에 대한 현명한 태도, 우리 사회의 근본적 문제와 같은 주제가 그것이다. 다양한 시선과 이질적인 목소리가 어우러질 때 우리의 시문학 세계가 더 넓어지고 깊어질 것은 자명한 사실이다. 홍희표 시인의 개성적인 목소리가 반가운 이유는 이 때문이다.

《불교문예》, 2010년 가을호)

생의 고통을 숨긴 순수와 천진성의 나라 — 최 준

1. 시는 왜 아픈가

행복과 사랑만으로 충만한 생이 있다면 시는 존재하지 않았을 것이다. 사람에 대한, 사물에 대한 사랑과 좌절과 그에 따른 아픔이 없었다면 시인은 없었을 것이다. 아픔의 힘으로 아픔에 의지하여 생을 건너가려 하는 자, 세계와의 불화를 아프게 견디려고 하는 자가 바로 시인이기 때문이다. 따라서 시인은, 세계는 물론 자신으로부터도 소외된 자이고 유리된 자이며 자학함으로써 비로소 다시 생성하는 자이다.

시는 근본적으로 시인의 아픔에서 태어난 고통과 고뇌의 자식이다. 시를 쓰는 자도 아프고, 시를 읽은 이도 아프다. 시는, 그렇다. 시가 제아무리 생을 미화하고 행복을 지향하고 진리를 설파하고 세계와 자신에 대한 화해의 제스처를 취한다 해도 결국은 아픈 것이다. 시인이 아픈데, 그의 마음과 정신으로부터 발화한 시가 어찌 아프지 않겠는가. 어떻게 아프지 않을 수 있겠는가.

홍희표 시인의 시를 정독하면서 이 아픔을 다시 확인했다. 나는 생에 대한, 세계에 대한 부정의 부정성으로 홍희표 시인의 시를 읽었다. 인간을 노래하든 세상을 노래하든 자연을 노래하든 그 모든 대상을 망라해서 시인은 가능하면 가벼운 포즈로 생의 고통을 뛰어넘으려(아니, 거리를 두려) 하지만, 거기에도 아픔의 흔적이 아프게 남아 있다. 그걸 발견하는 과정도 아프지만, 그 아픔을 재확인해야 한다는 모종의 의무감 앞에서, 난감해지고, 아득해졌다.

　시인을 이해한다는 말이 가능한 발설이라면, 나는 홍희표 시인의 시를 그의 인생론에 비추어 바라볼 수밖에 없다. 타인에 대한 이해의 근본적인 한계이기도 하고, 눈 어둠 때문이기도 하겠지만, 무엇보다도 살아낸 삶의 분량이 시인에 미치지 못하고, 공부가 부족하고, 생각 또한 나날이 자라지 못하며, 세상을 그 중심에서 몸과 마음으로 안간힘으로 치열하게 부대끼며 살지 못했다는 삶의 경험적 미숙이, 시인의 시를 어벙벙 바라보게 하고, 시인의 시 스크린을 눈 부릅뜨고 정면 응시하지 못하게 한다.

　그러자 이 지점에서 문득 든 수학식 생각. 우리 생에는 내각과 외각이 존재한다는. 내각은 내면이며 외각은 외면이라는. 내각은 마음이며 외각은 세상이라는. 그러면 우리들 모두는 어떠한 도형이다. 그런데 이 도형은 모서리의 개수가 모두 다른 무한각형이다. 우리는 결국 모두가 다르다.

　어떤 시인의 눈은 내각을 지녀서 그는 자신의 내면을, 타인의 마음을 들여다보고 거기에서 시를 발견해 낸다. 또 어떤 시인의 눈은 외각을 지녀서 자신의 사회를, 세상을, 세계를 바라보고 시로 쓴다. 1980년대의 서정시와 민중시가 그러했던 단적인 예가 아닌가. 아, 하지만 사실은 세상 누구도 내각과 외각 중 어느 하나에만 관심을 온통 쏟고 살아갈 수는 없으리라는 또 하나의 생각. 사람은 변하고, 세상도 변한다. 내각을 응시하다가 외각에 관심을 두기도 하고, 때로는 그 반대가 되기도 한다. 이건 하루에도 시시때때로 변하는 저 바다 물빛과도 같은 것이어서 무수한 갈등과 번민과 변심과 변덕을 낳는다.

　홍희표 시인의 시를 읽다가, 시인의 눈은 어디를 향하고 있을까 궁금했다. 내각일까, 외각일까. 시를 다 읽고 나서 나름의 결론을 얻었다. 어느 시인의 시구를 빌어 말하자면 홍희표 시인의 시는 '팔 할이 내각'이다. 시인은 인간인 자신(우리)의 내부를 응시할 때는 물론이고 세상을 바라볼 때조차 현상이나 가시적인 현실보다는 세상의 내면을 바라보고자 한다. 인간적 본질과 생의 본질을 탐구하고자 한다. 이 지점에서 '세상달공 세상달공'이라는 풍자가 태어나고, '씻김굿' 연작이 굿판을 벌이고, '꽃' 연작이 발화하기도 하지만, 결국에는 자신의 내각으로 되돌아온다. 이는 어쩌면 시인의 천성일 수도 있겠으나 그렇다고 섣불리 속아서도 안 된다. 시인은 기획자이며 '진실'과 '진실성'을 좀처럼 혼동하지 않는 존재이기 때문이다. 아니, '진실'은 존재하지 않고 '진실성'만 존재할 뿐이라고 생각하는 자이기 때문이다. '진실성'은 '진실'이 아니다. 더 정직하게 말하자면 '거짓말'이다. 시인은 '거짓말'을 '정말'처럼 한다. 아주 잘한다. '진실성'을 '진실'로 믿게 만든다.

2. 반쪽의 슬픔, 그 나머지 반쪽은?

그러나, 그럼에도 불구하고 시인의 시를 읽고 나서 시인이 세상을 살아내는 일의 지난함과 시인이 겪은 정신적인 고통을 다소나마 인간적으로 이해할 수 있었다고 말한다면 '거짓말'일까.

> 어둠이 위대하다면 나는 하루살이의 뜀틀
> (날아라, 여름의 밤은 짧으니……)
>
> 눈뜨고 어둠을 사루는 것은 오기 때문
> (천둥소리는 나의 눈을 찌른다)
>
> 반쪽의 슬픔을 주머니에 찔러넣은 채
> (피 흘리는 낮을 되돌아본다)
>
> 나머지 반쪽의 슬픔을 물끄러미 내려다보면
> (아, 이걸 어쩌지……)
>
> 고요하다 숨죽여 울 자신이 없기에
> (슬그머니 다시 주머니에 찔러 넣는다)
>
> — 「반쪽의 슬픔」 전문

한 시인의 시는 결국 그 시를 읽는 이의 마음에 따라 감상과 해석의 향방을 달리 할 수밖에 없는 것이겠다. 한 사람의 독자가 되어 바라본 시 「반쪽의 슬픔」은 너무나 철학적이며 추상적이어서 선뜻 이렇다, 하고 말하기가 어렵다. 그저 따라 읽다보면 의미가 저절로 이해되어 마음 안으로 퍼뜩 들어오는, 비유하자면 경(經) 한 줄 읽은 바 없이 세상을 떠돌다가 절집 찾아 들어선, 다만 배고플 따름인 나그네에게 할머니 공양주가 그러하듯 시인이 가끔 베풀어 주기도 하는 모종의 친절과는 아주 먼 거리에 있는 이 시는, 의미로 읽기 전에 먼저 시어로 접근해 보아야 할 듯하다.

"어둠", "하루살이", "오기", "천둥소리", "주머니", "낮", "고요" 등이 이 시의 뼈대를 이루고 있는 시어들이다. 이 시어들은 우선 시어들이 각기 지니고 있는 일반적이고 고유한 의미보다는 모종의 은유로 읽어내야 하는 게 옳지 않을까. 즉, "어둠"과 "낮", "고요"는 화자의 내면으로, "하루살이"와 "오기"는 인생으로, "천둥소리"는 우리가 살아가고 있는 세계의 실재로, "주머니"는 말하지 못함, 혹은 말할 수 없음이라는 의미로 나름 읽어본다. 자료를 찾아보니 이 시에 대해 언급했던 이들은 예외 없이 이 시를 '사랑'과 연관지었다. 그럴 수도 있겠다.

> "「반쪽의 슬픔」에 드러난 사랑은 지향의 대상으로부터 어긋나 있다. 그리하여 서정적 주체는 세상으로부터 소외되어 비탄을 절규한다. 그것은 기대 좌절에서 오는 역겨움과 분노를 함유하기도 한다. 그것은 절망하는 마음의 상처를 속으로 삭이면서 각인하는 일이기도 하다. 나와 세계, 나와 타자의 관계란 무한하게, 그리고 복잡하게 얽힌 사랑의 문제였다.……"
>
> ― 이은봉,『홍희표 시 다시 읽기·2』평설 중

> "한 걸음 물러선 시선으로 본 사랑의 대상은 부재였다. 항상 현존하는 나는 끊임없이 부재하는 너 앞에서만 살아있음을 확인한다. 애초에 존재하지 않았으니 어긋날 밖에 없었다. 부재란 주체인 나의 자리와 그 대상(연인)의 자리가 교환될 수 없다는 것을 상정하는 게다. 사랑하는 만큼 사랑받지 못한다는 것은 이 세상을 살아가는 사람들이 겪는 가장 치명적인 상처다.……"

사랑은 무엇인가. 사랑을 한 편의 시로 온전히 노래하는 게 가능한가. 사랑을 쓰는 현대의 시인들도 적지 않다. 우리는 모두 사랑하며 산다. 누구보다도 자신을, 연인을, 세상을, 세상의 사물들을 사랑하며 산다. 하지만 사랑은 파도치고 밀물과 썰물 이는 개별성의 마음 안에서 늘 존재한다. 언어로 표현하기가 불가능하다. 안타깝고 슬픈 노릇이지만 개인의 감정과 감성의 영역 안에 있는 사랑을 '사랑'이라는 포괄적인 언어로 이루 다 표현할 수는 없다. 사랑은 일방적이며 궁극적으로는 오해이다. 사랑은 설렘과 기쁨, 행복뿐만이 아니라 증오와 미움, 불행도 포함한다. 이런 이유로 사랑의 끝은 모두 슬프다.

따라서 시의 개연성을 염두하고 시 「반쪽의 슬픔」을 읽으면 사랑의 배신 혹은 사랑에의 절망으로도 분명 읽힌다. 하지만 나는 홍희표 시인의 시 전반의 정서를 드러내는 중요한 작품으로 여겨지는 이 시가 단순한 '사랑'의 시로 여겨지지 않는다. 그러기에는 이 시는 너무도 추상적이고 관념적이며 무엇보다도 너무 어렵다. 사랑은 그런 게 아니다. 세상의 사랑시들은 그렇지가 않다. 직설적이며 직선적이다. 이게 바로 사랑의 본질이므로.

시 「반쪽의 슬픔」은 하룻밤과 낮의 시간대 위에 놓여 있는 화자(하루살이)의 이야기다. 하루살이에게는 하루가 곧 생이다. 이 시는 하루살이의 일생을 노래하고 있다. 인간뿐만이 아니라 목숨 있는 모든 존재들은 그 생의 시간에 관계없이 태어남과 죽음 사이에 있어야 할 것을 모두 겪는다. 하루살이도 그러함을 시인은 쓰고 있다. 하루살이에게 "여름의 밤은 짧"다. "눈 뜨고 어둠을 사루는 것은 오기 때문"이라고 시인은 말하는데, 이것은 곧 생에의 의지와 다름없다. 생이 짧으니 밤에도 잠들지 못하고 끊임없이 비상을 시도하는 존재. 하지만 "눈을 찌"르는 "천둥소리"는 무엇인가. 추측하건대 이는 실재하는 세상에 대한 자각이 아닌가 한다. 자신이 살아가고 있는 세계에 대한 실재감.

　이러한 생에의 의지로 잠들지 못한 뜬 눈의 밤이 지나면 하루살이의 일생은 이미 절반이 끝난다. 이제 남은 것은 나머지 절반인 낮의 시간일 뿐이다. 이미 지난 "반쪽의 슬픔을 주머니에 찔러넣은 채" 낮을 맞는다. 이 낮은 지난 밤의 열정과 의지로 다시 불타오르지 못하기에 "피 흘리는 낮"이다. 일회성인 생에서 이미 죽음을 향해 가고 있는 하루살이. 하므로 돌아본 반쪽의 생도 슬프지만 죽음을 향해 가고 있는 나머지 반쪽의 생도 또한 슬프다. "아, 이걸 어쩌지……"라고 중얼거리며 아직 남아 있는 "나머지 반쪽의 슬픔을 물끄러미 내려다"보지만, 소멸은 "고요하다". 그리고 생은 어쩔 수 없이 자신의 것이므로 반쪽 슬픔마저도 "슬그머니 다시 주머니에 찔러 넣"고 마는 것이다.

　자, 정리해 보자. 시인은 우리의 인생도 기실은 하루살이의 삶과 같은 것이 아니냐고 묻고 있다. 열정과 오기로 불타올랐던 지난 삶도 슬프고, 소멸을 향해 가는 남은 삶도 슬픈 거라고 말하고 있다. 생각해 보면 우리의 생이 그러하지 않은가. 앞을 보아도 슬프고 뒤돌아보아도 슬픈 게 생이다. 하지만 시인은 이를 비관하거나 절망하지는 않는다. 이 시에는…… 뭐랄까. 감각으로만 전해져 오는 묘한 느낌이 있다. 그건 절망이나 슬픔 같기도 하고 역설적으로 의지적이며 희망적인 것 같기도 하다. 그렇다. 우리의 생이 기실 그렇다. 이 복잡다단하고 미묘한 감정 말이다. 많은 이들이 이 시를 사랑시로 읽는 이유가 되기도 하는 그런 느낌. "반쪽"이라는 시어와 "슬픔"이라는 시어를 주목해 보면 사랑으로 느끼지 않을 도리가 없다. 더군다나 "하루살이"의 생으로 비유되는 짧은 여름밤의 시간은 사랑을 나누는 "오기"의 시간으로 간주할 수 있는 것 또한 당연하다. 하지만 이 시는 사랑이 아니라 생이다. 지난 사랑을 두고 슬퍼하는 감정의 관점이 아닌 인생론적 관점에서 읽혀져야 한다. '사랑'으로 읽으면 이 시는 그야말로 "반쪽"이 된다. '사랑' 대신에 '인생'을 기입해서 읽을 때 이 시의 진가가 보인다. 이 시는 홍희표 시인이 우리의 생을 은유한 큰 시다. 사랑도 물론 그 한 부분임에는 틀림없겠지만, 홍희표 시인은 우리 생과 삶을 포괄적으로 노래해 왔다. 다음의 시를 위의 시 「반쪽의 슬픔」에 덧대어 읽어보면 그 의미가 한결 확연해진다.

> 몸과 몸을 섞는다
> 살과 살이 경련한다
> 피는 피로 통한다
> 홀로 춤추며
> 불이 붙는다 붙는다
> 몸과 마음
> 마음과 마음
> 물거품 뿜으며
> 불이 붙는다 붙는다
> 한조각 마음이다
> 아니 슬픈 몸이다

—「홀로 춤추며」 전문

이 시가 사랑의 행위로 읽히는가. "몸과 몸을 섞는다"고, "살과 살이 경련한다"고, "불이 붙는다"고 사랑인가. 아니다. 인생이다. "한조각 마음"과 "슬픈 몸"으로 홀로 춤추며 가는 것, 우리 생의 내각이다.

3. 살풀이와 씻김굿

홍희표 시인의 시의 행간들에는 무당들이 산다. 애기무당도 있고 처녀무당도 있고 할매무당도 있다. 애기무당은 철부지 옹알이로, 처녀무당은 그 발랄함으로, 할매무당은 노련한 능청으로 저마다 한 판 굿판을 벌인다. 굿판은 늘 구경꾼을 몰려들게 하는 징소리와 요령소리로 요란하다. 굿판은 굿의 당사자에게는 한(恨)의 자리겠으나 구경꾼들에게는 흥의 자리이며 신명의 자리다. 시인의 시는 신명에 기대어 있다. 때로는 현실의 작두 위에 두 발을 올려놓고 눈 부릅뜨기도 하지만, 마음은 늘 신명으로 가득 차 있다.

시인은 자신의 시에 다른 시인들과는 대별되는 신가조(神歌調)의 어투를 많이 사용하는데, 이는 민요조나 타령조의 우리 전통 가락과도 통한다. 따라서 시인의 시를 읽다보면 자신도 의식하지 못하는 사이에 시에 내재되어 있는 리듬에 젖어들게 된다. 현대의 속도와 박자와는 전혀 어울리지 않는 이러한 전통 리듬도 우리의 DNA에 들어 있는 것인지는 모르겠으나, 시를 읽는 어느 순간, 시에 등장하는 별의 떨림과 나무와 풀의 호흡마저도 느낄 수 있는 접신의 경지에 빠져드는 것이다.

엄마 뱃속에서
뱃속에서 학살당하는
우리 애기
그 애기들을 모살(謀殺)하는
가로수 하얀 길
도리도리 짝자꿍.

집 팔고 논 팔고
이민 간 아들 딸
우리 애기 잘도 논다
해받이 무덤 아래
안경테만 남기고 간
양로원 할아버지.

큰손 큰입 때문에
막차 타다
백치(白痴)가 되어
이빠진 죽사발 껴안은
자식달린 옆집 과부
가마솥의 누룽지.

중금속에 오염된
낟알들
깡소주에 낄낄대는

행려병자들
안녕들 하신가
곤지곤지 곤지야.

하이타이 할 물건 모아
살풀이하고
도둑질할 노래 모아
살풀이하고
도리도리 도리도리
짝자꿍 짝자꿍.

　　　　　　　　　　　　　　　　　　　—「살풀이」 전문

　사전적 의미의 살풀이는 해살(解煞)이라고도 하는데, 타고난 살(煞)을 풀기
위하여 하는 굿이다. 이 살풀이를 하면서 추는 춤이 살풀이 춤인데, 이 춤은
굿판 현장에서 무당이 나쁜 기운을 푸는 춤을 즉흥적으로 춘다고 한다. 그
러니 살풀이는 일정한 동작과 형식이 없는 춤인 셈이다. 그래서 더 자연스
러울 수도 있는 춤이다. 그 어떠한 제약도 없으므로 하고 싶은 대로 신명나
는 대로 추면 되는 것이다. 홍희표 시인의 시의 춤이 그러하다.
　위의 시는 현실적이며 세태적인 살풀이를 한 판 벌인다. 첫 연에서는 낙
태로 엄마의 뱃속에서 태어나지도 못하고 죽은 애기에 대해, 둘째 연에서는
이민 가버린 자식들과 양로원에 보내진 외로운 부모에 대해, 셋째 연에서는
투기와 축재에 대해, 넷째 연에서는 환경오염과 행려병자들에 대해, 다섯째
연에서는 돈 세탁과 정치 경제인들에 대해 말하고 있다. 이렇게 현실에서
사라져야 할 갖가지 악행과 악덕들을 언급하지만 그 어조는 결코 비장하거
나 무겁지 않다. 도리어 풍자적이고 동요적이다. 이는 우리의 전통적 한풀
이 방식이기도 하다.

꽁보리밥 한 술에
풋고추 한 개
동구밖 보릿고개

할매요, 할매요
첫눈 오던 가르마
저승의 할매요!

꽁보리밥 한 술에
막걸리 한 잔
미루나무 신작로
그대여, 그대여
쑥갓꽃 피던 밤하늘
이승의 그대여!

—「꽁보리밥」전문

그 지난하던 가난의 시절에 대해 언급하고 있지만, 이 시 또한 고통의 정서에만 기대어 있지 않다. 그런 시절을 겪었을 게 분명한 시인의 언술 방식이 그러하므로, 이는 시인에게 내재되어 있는 시적 정서에 다름 아니다.

이 글을 쓰기 위해 나는 2000년에 발간된 시인의 시선집『무서워라 개망초꽃』과 2009년에 발간된 가장 최근의 시집인『하이터치 그리움』을 통독했다. 1967년《현대문학》지를 통해 문단에 나온 시인의 시력은 줄잡아 40년을 훌쩍 넘는다. 스무 살에 시인이 되어 시를 위해 바친 생의 시간이 반세기에 가깝다면, 시인의 시들 속에는 시인의 청년시절과 중장년 시절이 고스란히 담겨 있는 셈이다. 이는 곧 시인의 인생을 포괄하는 것이기도 하지만 우리 삶이 지날 수 있는 모든 경로가 포함되어 있다고 보아야 하리라. 줄기차게 이 생의 길을 걸어온 시인이 어떤 경우를 당하지 않았겠으며 어떤 일을 겪지 않았겠는가. 하지만 시작 초기부터 최근에 이르기까지 시인의 시적 어조는 그리 크게 변하지 않은 것처럼 보인다. 비록 시인이 응시하는 시적 소재가 시기에 따라, 혹은 시집에 따라 변화와 변별성을 띠고 있는 것은 사실이지만, 시의 어조는 그리 달라지지 않았다. 민요조의 가락에 얹은 신명. 이는 홍희표 시인 시의 패케이지 브랜드다.

제
Ⅰ
부

시
인
론

4. 위대하지 않은 존재들의 운명

이미 많은 이들이 언급해 왔지만 홍희표 시인의 시에는 그 특유의 순수함과 순결함이 혈맥으로 흐른다. 민요조 가락에 얹은 신명이 홍희표 시인의 패키지 브랜드라면, 순수와 순결은 그 내용물이다. 이는 동화적인 정서와도 그 궤를 같이 한다. 시인의 시에는 아주 자연스럽고 천연스러운, 순진무구한 아이의 마음이 들어 있다. 신기한 건, 이 그악하고 팍팍한 세상에서 그러한 마음을 어찌 일생 잃어버리지 않고 간직해 올 수가 있을까 하는 의문이다. 그럴듯한 해답이 하나 있기는 있다. 내면의 고뇌와 고통과 분노를 그대로 드러내 보이지 않는 것. 이런 것들을 모서리 깎아내고 절구통에 넣고 잘게 부수어서 비눗방울로 날리고, 모래알로 발밑에 깔고, 웃음으로, 천진함으로 온전히 순치시킨 후에야 비로소 내보이는 것. 하지만 이는 참으로 고집스럽지가 않고서는 어렵기 그지없는 노릇인데, 홍희표 시인은 그렇게도 자신에게 고집스러운가. 모르겠다.

아무튼 이 순진무구한 동화적인 아이는 좀처럼 분노하거나 화내지 않는다. 작은 행복에도 기뻐 환하게 웃고, 큰 불행에도 울음 울기보다 노래를 부르고, 겨울 세상에서도 발가벗고 혼자서도 잘만 뛰어논다. 40여 년을, 지치지도 않고. 투정 하나 부리지 않고.

> 등 뒤에서
> 고인 눈물을
> 가만가만 비치는
> 당신은 누굴까
>
> 나는 홍씨네의
> 귀신이야요
> 흰구름 속을
> 잠자는 청기와 속을
> 나다니는

홍씨네의
귀신이야요

아내의 당당하고 가녀린
목소리가 구들장 속으로
석류꽃이 피듯
침전(沈澱)하는 이 아침

　　　　　　　　　　　　　　　　—「족보」 전문

　　동요스러움의 가장 큰 특징은 무엇보다도 서술과 묘사가 아닌 대화체의
어조에 있다.「족보」는 맑은 날의 아침 식탁에서 차 한 잔 마시며 읽으면 딱
좋을 그런 시다. 이 시가 그려내고 있는 정경을 상상해보면 자신도 모르게
미소 짓지 않을 수 없다. 전혀 어렵지 않게 그려낼 수 있는 그 정경은 이러
하다. 화자와 시인의 아내는 아직 잠자리에서 일어나지 않고 함께 누워 있
다. 잠에서는 깨어난 채 말이다. 아내로부터 등을 돌리고 누워 있는 화자는
자신의 "등 뒤에서/고인 눈물을/가만가만 비치는/당신은 누굴까"라고 묻는
다. 대화가 아닌 이심전심으로. 그러자 등 뒤의 목소리가 "나는 홍 씨네의/
귀신이야요"라고 대답한다. 이 지점에서 화자는 시인 자신으로 바뀐다. 바
로 홍희표 시인의 홍 씨다.
　　첫 연의 "눈물"은 행복의 눈물일 수도 있고, 세상살이의 버거움에 대한
슬픔의 눈물일 수도 있겠다. 아무려나 "나는/홍 씨네 귀신이야요"라고 "당
당하고 가녀린/목소리"로 자신의 소속과 운명적 연대감을 밝히는 아내의
대답에서 확인할 수 있는 건 다름 아닌 '사랑'이다. 틀림없이 다른 성씨를
가졌겠지만 "홍씨네" "귀신"이라고 당당하게 말하는 아내. 물론 이러한 대
화는 화자의 상상이겠으나 더없이 따스하고 깊은 부부간의 "석류꽃" 같은
'사랑'이 담겨져 있어 읽는 가슴에 눈물 한 방울 담아내지 않을 수 없다. 그
렇다. 동요스러움의 또 하나의 특징은 순진무구한 상상의 세계다. 그것이
비록 아이가 아닌 성인의 세계이며 현실의 지난함과 부조리를 말한다 해도

시인의 마음이 그러한 것은 숨길 수가 없다.

①
으악새를 다시 보려고
신불산 등성이에 서 있네
나는 으악새를 10여 년 전
혼의 뼈라고 했었지

한이 있는 곳에 집이 있고
한이 있는 곳에 별이 뜨고
그대 이승의 나의 눈물
으악새 눈물소리로 들리나

―「혼의 뼈」부분

②
콩깻묵 먹었지요. 먹어도 먹어도 배고파 하늘 보고 물 먹었지요. 밀기울 먹었지요. 먹어도 먹어도 배고파 별보고 물 먹었지요 금강물이 우유 같으면, 개지나칭칭 나네! 강변돌이 떡 같으면 개지나칭칭 나네! 북두칠성이 눈깔사탕 같으면, 개지나칭칭 나네! 그때 울할머니 하신 외마디, "글쎄 자다가 봉창 뜨는 소리 집어치고 주둥아리 닥치란 말여! 머시매는 불알 두 쪽에서 종소리 날 만큼 세상과 부딪쳐, 개불알이 펴야 성공한디여!" 바둑아 오너라, 나하고 같이 가, 이리로 갈까, 우리 바둑이 예뻐요. 달맞이꽃 따라 갈까.

―「달맞이꽃」전문

③
저 하늘을
두 눈 힘주어 짜보면
무슨 빛깔이 나올까요!?

저 바람을
두 손으로 움켜쥐면
무슨 소리가 나올까요!?

그대 마음을

두 눈으로 껴안아보면

무슨 시어가 새어 나올까요!?

—「눈먼 사랑을 위하여」전문

　시 ①의 제재는 '으악새'다. 이 시 또한 대화체의 형식을 띠고 있다. 이 으악새를 시인은 "혼의 뼈"로 지칭하며 이승에서의 한(恨)의 주체로 여기지만, 수심가의 정조를 띠고 있는 어조는 한을 노래할 때조차 여전하다. 시 ②의 제재는 '달맞이꽃'인데, 가난한 삶의 비극성을 노래하지만 짧은 동화 한 편을 읽는 것과 같은 느낌을 갖게 한다. 동화적인 비유의 힘이다. 동심의 발원이 내재되어 있기 때문이다. 예를 들면 가난한 주인공의 소망이라는 게 고작 "강변돌이 떡"이었으면, "북두칠성이 눈깔사탕"이었으면 하고 바라는 어린아이의 마음에서 절대로! 벗어나지 않는다. 심지어는 생의 신산을 다 겪은 할머니의 "머시매는 불알 두 쪽에서 종소리 날만큼 세상과 부딪쳐, 개불알이 펴야 성공한디여!"라는 심각한 가르침조차도 시 속에서 희화되고 낭만화 된다. 화자는 물론 아이가 분명하지만, 어른이 아이의 세계를 잃지 않기가 얼마나 어려운가. 시 ③의 화자는 사랑에 눈이 먼 사람인데, 어린아이 마음의 순수가 그대로 드러난다. "하늘"과 "바람"과 사랑하는 "그대 마음"에서 "빛깔"과 "소리"와 "시어"를 발견하려는 화자의 마음은 순수 그 차체이다.

　홍희표 시인의 시는 우리 주변의 아주 하찮고 작은 존재들을 즐겨 다루며 그 존재들에 대한 순수한 사랑과 그리움을 노래한다. 그들의 운명을 따스하게 감싸 안는다. 눌러 질식하게 하는 게 아니라 손잡아 일으켜 세운다. 즐겁게, 기꺼이 그들의 작고 여린 노래를 대신 불러준다. 다시 말하지만 이건 목적에 의한 계획이나 의도가 아니라 천성에 기인한다. 시인의 시에 일관되게 흐르고 있는 동심의 순수는 어쩌면 현대를 살아가는 우리가 정작 간직하고 살아가야 할 가장 소중한 마음의 덕목일지도 모른다. 시인은 시로써 이를 강요하거나 계도하지는 않지만, 시인의 일생에 걸친 이 같은 마음 그려내기, 또는 슬몃 보여주기는 참으로 소중한 전언이 아닐 수 없다.

이 지점에서 이런 질문을 한번 해보지 않을 수 없다. 그러면 이 시대의 시가, 과연 무엇을 할 수 있을 것인가?

5. 시인의 각서

한 편의 시로 일찍이 시인은 자신의 '말'에 대해 다음과 같은 고백을 한 적이 있다.

> 당신의 내안(內岸)에 떨어진
> 꿈꾸는 눈썹의 햇씨
> 개펄에 되살아 오르는
> 나의 말
> 아무런 고뇌도 없다
>
> 풀밭에 흐르는 이슬을
> 가볍게 흔드는 아침
> 은쟁반 위의 물고기
> 나의 사랑에
> 아무도 잠들지 않는다
>
> 빈방 안락의자에
> 쏟아지는 어둠
> 잎새 모양의 별들이
> 나의 영혼을
> 아무도 쳐다보지 않는다
>
> 따뜻하였던 여울소리
> 층계에서 부딪는
> 햇빛에 입을 맞추는
> 나의 말
> 아무런 예지도 없다
>
> ―「나의 말」전문

군말이나 덧말이 조금도 필요하지 않은 위의 시는 시인 등단기의 작품인데, 이 시에서 이미 시인은 자신이 이후에 다룰 시세계와 시쓰기의 마음과 자신이 즐겨 다룰 제재들의 정체성을 드러내 놓고 있다. "꿈", "사랑", "영혼"이 보이고, "되살아 오르는", "가볍게 흔드는", "따뜻하였던"이 있으며, "풀밭", "이슬", "안락의자", "잎새", "별", "여울소리", "햇빛"이 등장한다. 이와 같은 언어와 마음과 사물들이 한 데 어우러져 이루어내는 화음이 곧 홍희표 시인의 시다.

이후 40여 년 동안을 시인은 크고 힘센 존재들보다는 작고 여린 존재들에 더 많은 관심과 애정을 주어왔고, 언제나 약자의 편에 서서 그들을 어둠보다는 밝음 쪽으로, 불행보다는 행복 쪽으로 손잡아 견인하려 노력해 왔다. 이러한 노력의 배후에는 동심의 순수한 힘이 한결같이 작동하고 있고, 전통 가락에 근거한 자연스런 리듬 위에다 자신의 노래들을 수놓고 있다. 시인의 목소리는 낮고, 우리의 실제 삶보다 한결 심각하지 않으며, 초지일관 몸을 부풀리지 않고 자꾸자꾸 몸을 움츠린다. 이 움츠림과 동심의 미학으로 시인의 시는 우리의 메마른 마음 밭에 한 포기 풀을 돋게 하고, 마른 눈물샘에 눈물 한 방울 고이게 한다.

아, 마지막으로 나는 시인에게 묻고 싶다. 당신은 아직도 당신의 말 속에 아무런 고뇌도 예지도 없고, 당신의 사랑에 아무도 잠들지 않으며, 당신의 영혼을 아무도 쳐다보지 않느냐?고.

물론 시인은 빙그레 미소 지을 뿐 대답하지 않을 것이다. 하지만 아니다. 구태여 시인에게서 대답을 들을 필요도 없다. 나는 듣지 않아도 이미 들었다. 안다. 이들 질문에 대한 대답은 시인이 해야 할 게 아니라 내가 자문자답해야 한다는 것을. 독자인 나의 몫이라는 것을.

《시와 시학》, 2010년 겨울호)

'한밭풍물시'의 시세계 — 배성진

1. 서언

현대의 시는 언어에 대한 자각에서부터 출발했다고 해도 지나친 말이 아니다. 그만큼 현대시에서 시어의 역할은 대단히 크다고 할 수 있다. 아무리 훌륭한 주제나 좋은 소재를 가지고 시를 쓴다고 할지라도, 그것은 담아내는 그릇인 시어를 작자의 의도대로 형상화하지 못한다면 결코 성공적인 시라고 할 수 없기 때문이다.

그런 의미에서 홍희표 시인은 시어에 대한 뚜렷한 자각을 가진 시인이라 할 수 있다. 특히 '한밭 뿌리찾기'라는 목적 하에 최근에 쓰기 시작한 '한밭풍물시편'에서는 시어에 대한 뚜렷한 자각을 통한 성공적인 형상화가 돋보인다. 비록 한밭이라는 공간적 제약성에도 불구하고 소박한 시어와 순수한 향토어를 통해서 인간이 공통적으로 느끼는 보편적 정감을 표현함으로써 그의 시는 폭넓은 전달성을 획득하고 있는 것이다.

그러므로 본고에서는 향토풍물시편에 나타나는 보편적 정서와 그것을 형상화하는 시어들과의 관련성을 찾아 홍희표의 시세계를 살펴보고자 한다.

2. 한밭풍물시에 나타난 시세계

지금까지 나온 홍희표의 한밭풍물시는 『이스렝이 버드내에서 춤추며』와 『늙은 호박 속에는 뭐시 들어있을가유우』 등 두 권이 있다. 전자가 한밭풍물시 I이고, 후자가 한밭풍물시 II인데 번호를 붙인 것으로 보아 시인이 계속해서 한밭풍물시를 쓰겠다는 암시를 던져주고 있다. 그렇다면 시인이 한밭풍물시를 쓰게 된 구체적인 이유는 무엇일까? 시인은 다음과 같이 말하고 있다.

"지천명을 바라보는 나이테의 둘레에 서서, 나는 한밭의 토박이로서, 우리가 살아왔던 이 고장을 올곧게 노래하고 싶었다.
그래서 대전천에서 들었던 빨래 방망이 소리도, 그리고 이제는 피라미 한마리도 없는 그 곳을 그리고 싶었다.
그것은 어쩌면 한밭의 역사이며 또한 우리들의 피땀의 흔적이며 증언인 것이다."

"나는 많은 시간을 이 한밭풍물시 쓰기에 몰두해 있다. 그 몰두 가운데에 서서 그것이 바로 나의 고향을 가꾸고, 꿈꾸는 일이라고 가름했다. 조금 거창하게 말하자면 '한밭 뿌리찾기'와 '한밭 아름다움 가꾸기'라고 생각했다.
… (중략) …
나는 이 한밭풍물시에서 어제의 한밭과 오늘의 한밭, 그리고 내일의 한밭을 그리고 싶었다."

위의 말들을 살펴볼 때, 시인이 한밭풍물시를 쓰기 시작한 이유는 변하는 역사의 증언자로서의 사명을 수행하기 위한 것이고, 그 사명이 바로 '한밭 뿌리찾기'와 '한밭 아름다움 가꾸기'라는 것을 알 수 있다.

이러한 목적을 가지고 쓰기 시작한 한밭풍물시에는 다음과 같은 시세계가 나타난다.

1) 그리움의 시세계

지나간 것과 잊혀져가는 것에 대한 애착과 그리움은 모든 인간이 느끼는 보편적인 정서이다. 특히 그 대상이 '고향'이라고 생각할 때에는, 애착과 그리움의 정도는 훨씬 클 것이다. 한밭풍물시에 나타나는 그리움의 대상은 구체적으로 장소, 인물, 행위, 사물 등으로 나타나고 있다.

서대전 삼성아파트단지
그 주변 골목 골목마다
동틀 무렵 반짝시장 선다네
목구멍이 포도청 하면서
우리 한밭 주변에서 몰려든
고향사람들이 집에서 생산한
모과, 고추잎, 돌미나리
토종밤, 메밀잎, 도토리묵
늙은 호방, 순두부, 왕순대
옹기종기 앞에 놓고
목구멍이 포도청 하면서
조선장이 선다네

—「반짝시장」에서

호박꽃, 모래알, 얼룩이
사이 사이로 사뿐거리며
용래성님 나타나네.

"아주 이쁜 것은
이름 없는 것이야!"

개밥별, 베짱이, 막걸리
사이 사이로 널뛰듯
용래성님 나타나네

"아주 이쁜 것은
이름 없는 것들이야!"

—「아주 이쁜 것은」에서

　　푸른 눈이 내리고, 빨간 눈이 내리면 구구법 외우기도 팽개치고, 선상님과 식장산으로 토끼몰이 나가지유. 우리 까까머리들이 작은 몽둥이 하나씩 들면 단발머리 기집애들은 우우하면서 냄비뚜껑 치지유. "토끼야, 토끼야. 니깡 내 깡 노올자!"하면서 산토끼 향해 몽둥이를 날리지유. 그러면 우리 선상님들은 그 토끼 술안주 삼아 먼산 보고 막걸리 잡수시지유……

　　껍질을 벗기고 속을 파낸 늙은 호박 곱게 썰어 배추 썬 것과 멸치젓에 갖은
양념으로 버무려 항아리에 담아 꾹 눌러 놓은 다음, 고드름 달린 동지전에 꺼
내어 푹 지친 것을 상에 올려놓으면, 우리 형제들은 "울엄니 호박김치 최고
야"하며, 노랗고 물렁물렁한 호박을 물리지도 않고, "곧잘 먹었어유, 엄니."

—「호박김치」에서

　　위의 시들은 모두 대상에 대한 그리움을 나타내고 있다. 「반짝시장」에서
는 장소에 대한 그리움을 나타내고 있는데, 새벽에 섰다가 아침에 끝나는
'반짝시장'의 모습을 구체적으로 묘사하고 있다. 특히 '목구멍이 포도청'
이라는 속담을 두 번 씩이나 인용함으로써 시장 사람들의 가난한 모습을 환
기시키고 있다. 특히 시장에서 파는 '모과, 고추잎, 돌미나리……' 등을 구
체적으로 나열하여 그리운 시장과 고향의 모습을 연결시키고 있다. 이렇게
구체적으로 나열된 것들은 그리움을 환기시키는 객관적 상관물이라고 할
수 있다. 이렇게 장소를 통해서 그리움의 정서를 나타낸 시에는 「청시사」,
「대흥동성당」, 「무성영화」, 「테미고개」, 「목척교」, 「엉터리식당」 등이 있다.
　　「아주 이쁜 것은」은 인물에 대한 그리움을 나타낸 시인데, 구체적으로 박
용래 시인에 대한 그리움이 내재되어 있다. 과거에 박 시인이 했던 말을 반
복적인 어구인 '용래성님 나타났네'와 함께 각 연에 나타냄으로써 그리움
의 정조를 고조시키고 있다. 특히 '용래성님'이라는 친근한 시어를 사용하
고, 시인이 생각하는 '이쁜 것들' 사이로 박시인의 출현을 제시하며 시적
효과를 살리고 있다. 이렇게 인물에 대한 그리움을 나타낸 시에는 「막걸리
대장」, 「삼시랑 울할머니」, 「장모님」, 「조선솔」, 「눈물점」, 「오 주발에다」,
「개선문」 등이 있다.
　　「토끼몰이」는 어린 시절의 구체적 행위인 '토끼몰이'에 대한 그리움을 나
타내고 있는 시이다. 특히 시간적인 지행을 작품 속에 드러내어 한 편의 영
화처럼 시각적인 모습으로 이미지를 자아내고 있다. 또한 '푸른 눈', '빨간

눈' 등의 시어와 "토끼야, 토끼야, 니깡 내깡 노올자!" 하는 어린 아이들의 노래소리는 순진무구한 동심의 세계를 환기시키고 있다. 이와 같이 어떤 행위에 대한 그리움을 나타낸 시에는 「쥐불놀이」, 「수박서리」, 「병정놀이」, 「서로 따귀 갈기기」, 「풋사랑」 등이 있다.

「호박김치」는 구체적인 사물인 '호박김치'에 대한 그리움을 나타내고 있는데, '호박김치'에 대한 세밀한 묘사를 통해 그 이미지를 잘 표현하고 있다. 여기에서 '호박김치'는 바로 고향의 이미지이며 향수의 대상이 되는 객관적 상관물로 나타나고 있다. 이렇게 사물을 통하여 그리움의 이미지를 나타내고 있는 시에는 「0시50분」, 「몽당연필」, 「뿌리깊은 나무」, 「새해맞이 놋그릇」 등이 있다.

이상의 시들에서 보는 바와 같이 시인은 구체적인 대상을 통해서 그리움의 정조를 나타내고 있는데, 한결같이 다각적인 이미지를 통하여 시적인 효과를 잘 자아내고 있다. 그런데 이러한 그리움(혹은 향수)는 실향의식에서 나오는 막연한 그리움이 아니다. 왜냐하면 시인이 불과 몇 년을 제외하고는 줄곧 고향과 함께 생활해 왔기 때문이다. 그러므로 시인의 그리움은 고향에 대한 애정을 전제로 해서 출발하는 보다 구체적이고 보편적인 그리움인 것이다. 즉, 이러한 그리움은 시인 자신에게만 국한되어 나타나는 정조가 아니라, 지나간 것과 잊혀져 가는 것들에 대해 느끼는 인간의 보편적 정서이므로 폭넓은 전달성과 보편성을 갖는 것이다.

2. 한밭풍물의 시세계

'한밭 뿌리찾기'와 '한밭 아름다움 가꾸기'라는 시인의 목적과 가장 잘 부합되는 시세계는 바로 한밭풍물의 시세계라 할 수 있다. 물론 이 시세계는 앞서 살펴보았듯이 그리움의 시세계와도 상통한다. 그러나 한밭풍물의 시세계에는 '그리움' 이상의 의미가 내포되어 있다.

노랭이영감 같은 양귀비꽃술 같은 소제(蘇堤)방죽 — 소나무 사이로 베틀을
안은 채 뛰어가려는 며느리 바위가 있지요 우리는 그 위에서 뛰어내리면서 나
마리 동동 파리동동, 방중너머로 가지마, 나구나구 놀―자, 이리와서 앉어라,
나구나구 놀―자.

—「소제(蘇堤)방죽」에서

은행동에는
길 잃은 맥주거품 대신
백제벌 같은 민주의
노오란 잎 날렸다.

은행동에는
마른 담배연기 대신
곰나루 같은 평화의
노오란 잎 날렸다.

—「은행동」에서

「소제(蘇堤)방죽」에서는 '며느리 바위'에 얽힌 전설을 시중에 삽입시킴으
로써 어린 시절의 놀이장소였던 '소제방죽'의 이미지를 부각시키고 있다.
즉, 이 시에서는 어린 시절의 '놀이'라는 행위와 놀이 장소인 '소제방죽'에
대한 그리움이 복합적으로 나타나고 있다. 그러나 이 시에서는 한밭의 한
표상의 하나인 '며느리 바위'의 아름다움을 가꾸자는 시인의 의도가 엿보
인다. 이렇게 구체적 표상으로써 한밭의 아름다움을 노래한 시에는 「보문
산」(1)과 (2), 「한밭에 살고지고」, 「목척교」(1)과 (2), 「뿌리깊은 나무」, 「한밭
토박이」, 「쑥부쟁이」 등이 있다.

「은행동」에서는 현실에 보이는 '은행동'의 부정적인 모습을 나타내고 있
다. 즉 '길잃은 맥주거품', '마른 담배연기'는 오늘날의 부정적인 모습들의
표상이다. 시인은 그러한 표상들을 과거의 '백제벌', '곰나루'의 '민주'와
'평화'의 모습을 대비시키고 있다. 그렇게 하여 시인은 현재의 세태를 비판
하는 동시에 역사의 뿌리를 찾고자하는 의도를 나타내고 있는 것이다. 이러

한 '한밭 뿌리찾기' 라는 시인의 의도가 엿보이는 시에는 「세갈래길」, 「계족산성」 등이 있다.

결국 한밭풍물의 시세계가 나타나는 시들은 '한밭 뿌리찾기', '한밭 아름다움 가꾸기' 라는 시인의 의도가 나타나는 시들인 것이다.

3. 향토어의 시세계

한밭풍물시에서 가장 돋보이는 점은 바로 향토어의 폭넓은 사용에 있다. 굳이 '방언' 이나 '사투리' 라는 용어 대신에 '향토어' 라는 용어를 쓰는 이유는 방언이나 사투리가 '표준어' 와 대립적인 언어로 여겨지거나 고립적인 언어의 개념으로 생각되기 쉽기 때문이다.

한밭풍물시에 나타나는 시어들이 비록 지역적인 것이기는 하지만, 그 것이 획득하고 있는 이미지와 정서는 보편적인 것이기 때문에 '향토어' 라는 용어가 적절한 것이라 생각된다. 비록 과거의 몇몇 시인들이 그들의 시 속에 향토어를 담아내고 있으나, 홍희표 시인의 한밭풍물시에서처럼 전적으로 향토어를 시에 사용한 예는 없었다. 결국 한밭풍물시에 나타나는 향토어의 전적 애용(全的 愛用)은 시인의 새롭고 참신한 시적 방법론 모색의 결과라 할 수 있다.

> 이스렝이
> 이르내에서 춤추며 내리네.
>
> 이스렝이
> 할배 담붓대에서 내리네.
>
> 이스렝이
> 과수집 마당 위에 내리네
>
> ─「이스렝이」에서
>
> 늙은 호박 속에는

뭐시 들어 있을까유우?

키질하고 길쌈매는 울엄니!

늙은 호박 속에는
뭐시 들어 있을까유우?

아랫도리 벗은 애물단지!

— 「늙은 호박」에서

위의 시들은 향토어를 수용한 대표적인 시들이다. 「이스렝이」는 향토어의 전적 애용으로 자칫하면 시에 대한 이해의 어려움을 초래할 위험을 갖고 있다. 그러나 향토어의 보편적인 아름다움과 멋을 찾고자 하는 시인의 노력 속에 묻어 버려야 할 것이다. 만약 위의 시들이 일상적인 언어로 쓰여졌다면 시인이 전달하고자 하는 이미지와 정서를 완전하게 재현할 수 없었을 뿐만 아니라 무미건조한 시가 되고 말았을 것이다.

「이스렝이」는 총 3연으로 구성되어 있는데, 이스렝이(이슬)가 내리는 새벽의 정경을 정숙한 분위기와 함께 그려내고 있다. 1연에서는 이슬이 이르내(은하수)에서 내린다는 동화적인 발상을 통하여 동심의 세계를 엿볼 수 있다. 2연에서 할배(할아버지) 담붓대(담뱃대)에 내리는 이슬은, 사실 담뱃대에서부터 이슬이 내리는 것이 아니라 이슬이 모여 물방울이 떨어지는 것이다. 그런데 시인은 그것을 담뱃대에서부터 내리는 이슬로 묘사하여, 역시 동심의 세계를 나타낸 것이라 할 수 있다. 3연에서는 이슬이 내리는 구체적 장소가 과수집 마당 위로 바뀌고 있다. 시적 분위기도 1, 2연과는 다른 쓸쓸한 분위기를 나타내고 있다. 그러나 전체적으로 볼 때, 이슬은 아침을 여는 이미지, 즉 생명적 이미지라 할 수 있다. 그리하여 1연에서 제시된 생명의 이미지는 2, 3연에서도 '이스렝이~내리네'를 부여함으로써, 2연에 나타나는 한적함과 3연에 나타나는 쓸쓸함이 어울려 한적함과 쓸쓸함을 극복하는 삶의 생동적인 정서를 표현하고 있는 것이다.

「늙은 호박」은 전체적인 구조로 볼 때, 문답식 구조로 되어있다. 시인 자신이 물어보고 대답하면서 과거를 회상하고 있는데, 이때 '늙은 호박'은 거울과도 같이 과거를 비춰주고 환기시켜주는 이미지로 제시된다. 또한 그 이미지 속에서 그리움의 정조를 나타내고 있다. 그리고 각 연에서 '뭐시 들어 있을까유우?' 라는 향토어를 거듭 사용함으로써 시 전체의 구조의 균형을 잃지 않고 있으며 그리움의 감정을 돋우고 있다. 그리고 '있을까유우'는 충청도 고유의 향토어로서 긴 여운을 남겨줌으로써 다음 연으로 자연스럽게 연결시켜주는 역할도 하며, 멋스러움과 향토적 정감을 잘 나타내는 역할도 더불어 하고 있는 것이다.

그런데 이러한 향토어가 전혀 낯설지도 않고, 그 향토어를 사용한 시가 어색하지 않은 이유는 무엇일까? 그것은 시인이 나타내는 정서가 보편적인 것이기 때문이다. 즉 「이스렝이」에서 나타나는 동심의 세계나 「늙은 호박」에서 나타나는 그리움의 정조는 시공을 초월해서 인간이 공통적으로 느끼는 감정인 것이다.

이상에서 살펴본 바와 같이 향토 풍물시에서 사용된 향토어들은 시의 구조에 관여를 하고, 향토적·정서적 세계를 표현하는데 유용하게 사용되고 있음을 알 수 있다. 또한 향토적인 정서는 '향토어'가 지닌 지역적 제한성에도 불구하고 폭넓은 보편성을 가지고 있는 것이다. 이렇듯 향토어를 통해서 보편적 이미지를 형상화한 시에는 「중동 OO번지」, 「소주탁주 걸렸어라」, 「그때에는」, 「울엄니께」 등이 있다.

그런데, 이러한 향토어의 수용은 과거의 정서를 보편적으로 형상화하는데 그치지 않고 현재의 모습을 형상화하기도 하여, 시간적인 보편성까지도 획득하고 있다.

사글세 전세값이
63빌딩처럼 치솟아
대간 해유—

슬슬사람만 녹인다놓코쿵

토지공개념 금융실명제
공염불 공염불 뿐이니
대간 해유—
슬슬사람만 녹인다놓코쿵!

부동산 사모아 떼떼돈 버는
우리 30대 독점재벌
정신차리지마유—
어여러차러 놓코쿵!

　　　　　　　　　　　　　—「대간 해유」에서

　위의 시는 향토어를 현실고발의 무기로 사용하고 있다. 즉, 현실의 부정
적인 일면들을 향토어를 사용하여 고발하고 있는 것이다. 시의 제목이기도
한 '대간해유'라는 말은 "견디기에 힘들다'라는 의미의 향토어인데, 그것
은 바로 경제제도, 사회제도, 정치제도들 속에서 소외되고 나약한 민중의
한탄과 절망이 깃들어져 있는 말이다. 특히 6연에서 '정신 차리지마유'라
는 역설적인 말을 통해, 현실의 부정적 모습을 고발하는 동시에 조소하고
있어서 일종의 풍자를 느끼게 해주고 있다.
　이와 같이 향토어를 이용해 현실 문제에 대한 고발적인 모습을 담고 있는
시에는 「밤9시뉴스」 등이 있다. 결국 향토어의 수용은 과거에 대한 그리움
의 보편성을 가지게 해주는 구실을 해주는 동시에, 현실의 부정적인 모습들
을 고발하는 역할도 담당하고 있음을 알 수 있다. 향토어를 단일한 목적을
가지고 사용하지 않고, 다양한 방법을 통해 사용한 것은 시인의 세심한 배
려라 하겠다.

4. 현실비판 시세계

향토풍물시를 쓰게 된 시인의 목적과 걸맞지 않게 몇몇의 시들에는 현실
비판의 시세계가 나타나고 있다.

> 돈돈 바닷물처럼 가지고
> 세상 떵떵거리는자!
> 돈돈 마른논처럼 없어 없어
> 달동네에서 쫓기는자!
> 하나님, 누구에게
> 천국의 열쇠를 주시렵니까?
>
> 호랑이권력이 있다고
> 총칼을 마구 휘두르는자!
> 여우권력이 없어 없어
> 공권력에 쫓기는자!
> 하나님, 누구에게
> 천국의 열쇠를 주시렵니까?
>
> 　　　　　　　　　　　　　　　　—「참노동의 꿈」에서

　"농사 잘되면 뭐 허여, 우리 식구 일허는 값은 빼더라도 종자대, 비료대,
농약대나 건지면 다행이지. 뭐 남은 게 있는 줄 아남, 도대체 일할 맛이 나
야 허지!"

> 풍요로운 푸른밭
> 풍요로운 누런논
> 풍년들어 망하고
> 흉년들어 망하고.
>
> 　　　　　　　　　　　　　　　　—「이씨의 흉년」에서

　「참노동자의 꿈」은 노동자의 문제를 다루고 있는 시이다. 가난하고 힘없
는 노동자의 세계를 그것과 대립되는 경제구조, 정치구조와 대조적으로 나

타내어 모순된 현실 문제를 비판하고 있다. 특히 '하나님, 누구에게 천국의 열쇠를 주시렵니까?' 라는 물음은 대답을 요구하는 물음이 아니라 일종의 절규에 가까운 노동자의 외침이며 호소이다.

「이씨의 흉년」은 농민의 어려운 현실을 그려낸 시로서, 특히 처음 부분에 나타나는 농민의 푸념은 모순된 농촌구조를 잘 드러내고 있다. 즉 농민과 농촌의 실상을 통해 현실문제에 대한 강도 높은 비판을 하고 있는 시인의 의도가 엿보인다. 그리고 그 다음에 나오는 4개의 행들은 서로 역설적인 진술을 통해 현실비판의 강도를 높이고 있다. 이같이 현실비판적인 내용을 담아내고 있는 시에는 「올가미 사설」, 「다국(多國)제사상」, 「뭐길래 사랑이」 등이 있다.

위의 시들은 '한밭 풍물' 과는 상당히 이질적인 성격의 모습을 취하고 있다. 그렇다면 한밭풍물시에서 위와 같은 현실 비판의 시세계가 나오게 된 이유는 무엇일까? 그 이유를 다음의 글에서 짐작할 수 있다.

> "나는 최근 들어 시의 세 줄기 — 예술성, 전통성, 현실성을 나누기도 하고 합치기도 하면서, 그렇다면 내가 태어나고 묻힌 이 고향을 위해서 할 일이 무엇인가를 늘 생각하고 있었다. 그 결론의 한 징표로서 한밭풍물시에 나를 쏟아붓기로 했다."

위의 글은 한밭풍물시를 쓰게 된 홍희표 시인의 말인데, 그 말에서처럼 시인의 시에서 결코 간과할 수 없는 예술성, 전통성, 현실성 문제에 대해 늘 갈등을 겪고 있었던 같다. 그러한 갈등의 되풀이 속에서, 새로운 모색의 한 방법으로 한밭풍물시를 쓰게 된 것으로 여겨진다. 그러나 이러한 모색에서 시의 예술성, 전통성, 현실성은 간과되지 않았고 한밭풍물시라는 새로운 시도를 통해서 세 가지 모두를 어느 한 군데 치우침 없이 균형 있게 수용하게 되었던 것이다.

5. 결언

"시는 시인 이전에 존재하였다."라는 허버트 리이드의 말은 의미심장 하다. 그렇다면 향토풍물시편은 인간이 느끼고 있는 보편적인 원천적 정서의 재구라 할 수 있다. 비록 '한밭 뿌리찾기'나 '한밭 아름다움 가꾸기'라는 목적 하에 쓰기 시작한 것이 한밭풍물시이지만, 그러한 목적만을 드러내지 않고 있는 것이 바로 한밭풍물시의 돋보이는 점이라 할 수 있다.

즉, 그리움의 시세계와 향토어의 시세계는 '한밭'이라는 지역적 제약성에도 불구하고 보편적인 인간 정서를 함축하고 있기 때문에 폭넓은 전달성을 획득하고 있는 것이다. 특히 향토어의 시세계는 한밭풍물시의 빛나는 부분으로서 향토어의 대담한 사용과 더불어 향토어의 지역적 고립성에도 불구하고 그것을 다각도로 형상화한 시인의 노력이 돋보인다. 그리고 시의 예술성, 전통성, 현실성의 간과하지 않은 시인의 방법론적 모색은 현실비판의 시세계로 이어진다.

결국 한밭풍물시에 나타나는 시세계는 시의 예술성, 전통성, 현실성이 어느 한 군데 치우치지 않고 조화를 이루며 나타나고 있는 것이다.

《목원문학》, 1999년 1집)

제Ⅱ부

작품론

제1시집

어군(魚群)의 지름길

목차

서(序) — 신석초

랭보는 16세 때 시를 썼다. 『지옥의 계절』이 간행된 것은 1873년 10월, 그가 19세 때다. '19세의 천재'라고 자끄리베르는 일컬었다.

홍희표 군은 그에 비하면 오히려 나이가 성숙한 셈이다. 홍 군의 시를 읽고 제일 먼저 느끼는 것은 바로 그 성숙이란 관념이다. 그가 시집 초고를 가지고 왔을 때 나는 시집을 내기에는 어리다고 생각했다. 그러나 나는 그의 시를 통독하는 동안에 생각을 달리하였다. 나이에 비하여 그의 시어는 더 성숙되어 있었기 때문이다.

홍 군은 금년 만 22세다. 그리고 대학에 재학 중이다. 근래 우리나라에서 재학 중에 처녀시집을 내는 사람이 드물고 또 젊어서 처녀시집을 내어도 그들이 희망하듯 그렇게 문제시되는 일은 적은 것이 보통이다. 그러나 홍 군의 이 시집은 주목할 만한 것이다.

우선 그의 작품이 습작시대의 때를 말끔히 씻어 있을 뿐 아니라 그의 발상, 기법 등이 다른 동년배 시인들이 생각한 것보다 아주 독창적인 것이다. 그의 작품에서는 소박한 감상(感傷)을 발견할 수가 없다. 주제도 무슨 공간적인 것이 아니다. 일상생활에서 받는 현대인의 정서가 내면적으로 중층적으로 이미지화되어 나오고 있다.

> 기왓골을 밟아오는
> 금발의 숲길을 헤치며
> 한 마리 새의 몸짓에

목마름 채워주고
달여울의 맑음을 향해
나래치는 투망(投網)

— 「아침의 노래」 중에서

이 시구는 아침의 현실에서 터치된 현대의식이 서정화됨으로써 단순한 시가풍에서는 탈각되어 있다고 할 만하다. 그러나 그에게 있어서는 이 현대성에서 온 지적인 시어가 국어로서의 특수한 운율이라든지 빛깔들을 어느 성형(成型)으로까지 이끌어 보려는 새로운 노력이 엿보인다.

말하자면 우리의 생활감각을 언어의 의미성을 무시하지 않고 노래나 실내악으로 보다도 좀 더 현대성 있는 오케스트라로 연주해 보자는 데 어느 정도 성공을 거두었다. 이것은 난삽해지고 딱딱해진 현대 한국시에서 하나의 뜻있는 실험이다.

여기에 그의 새로움이 있고, 모더니티가 있고, 독창성이 있다고 하겠다.

1968년 8월
하엽연제(荷葉硯齊)에서

발(跋)

풍요한 꽃밭 — 신동엽

1960년대부터 한국에는 화사한 언어 떼를 가진 일군(一群)의 젊은 시인들이 떠올라오기 시작했다. 그들은 분명히 한국시단에 하나의 새로운 세력으로서 인정되어지지 않을 수 없게 되었다.

그들의 공통된 특징은 대개 두 가지로 나타나고 있는데, 그 하나는, 갈고 다듬은 화사한 언어 떼가 최대한으로 푸짐하게 동원되어 이제까지 한국시가 가졌던 그 어느 때보다도 풍요한 언어의 꽃밭을 구경할 수 있게 해주고 있다는 사실이요, 다른 하나는 주정(主情)에의 반기(反旗)이다.

홍희표 형의 시집 『어군(魚群)의 지름길』 원고를 받아가지고 그 속에 있는 한 편의 시를 읽어나가는 동안에 나는 이런 생각을 하게 됐다.

> 가녀린 생성으로 부신
> 약속의 소리들이
> 나의 정원을 달리는
> 빛나는 햇빛을,
> 깊은 기지개를 켜면
> 동터오는 햇무리에
> 아침빵 굽는 식구들.
> 하얀 잇새에서 풍기는
> 산뜻한 숨소리와
> 샛노란 코오러스.
>
> — 「아침의 주제」에서

일찍이 김기림에게서 개화(開花)를 봤던 주지적 리리시즘이 여기 홍 형의 나무에 와서 다시 보다 기름지고 탐스럽게 개화되어지려는 것이 아닐까. 언어와 언어는 섬광적인 충돌에 의하여 다져지고 빛나고 번득이고, 거기서 다시 조직된 희열이 우리를 입맛 다시게 해준다.

여름바다의
해일(海溢)이 울다 간
마을 동구 밖
느릅나무.
물살이 마당귀에
처마 끝에 부서지는
밤바람의
하이얀 목덜미.

— 「바람소리」에서

이러한 시편 속엔 분명히 무서운 통곡이 숨어 있다. 앞에서 나는 주정(主情)에의 반기(反旗)라고 지적했지만, 사실 홍 형의 것은 반기가 아니라 '억제' 라고 보는 것이 옳겠다.

홍 형과 처음 만난 것은 작년 가을 남산 기슭 동국대학교 입구길에서였다. 그의 외모에선 금강 연변 백제사람 특유의 듬직함이, 그의 말씨에선 충청도 토박이의 구수한 투박성이, 그리고 그의 시에선 백제미술의 유연하고 너그러운 출렁임이 물결치고 있다. 신석초 선생님이 격찬하셨듯 그의 가지에는 화사한 백제의 색감이 만발하고 있다.

그러나 물론 우리들은 화사하고 기름진 이파리들만이 시의 전부라고 생각하지는 않는다. 그 푸짐한 이파리들 속에 가리워진 굵고 우람한 기둥줄기가 실재하고 있음으로써만 그 이파리들의 풍요가 뜻있다는 걸 우리는 알고 있다. 홍 형이 간직하고 있는 기둥줄기가 어떤 것인지는 나도 아직 모른다. 그건 다음 번, 아니면 그 다음 번 얼굴을 내놓게 될 시집 속에서 찾아야 할 것인지도 모른다. 같은 길을 걷는 한 사람으로서 홍 형의 첫 시집에 진정으로 축의를 표한다.

자각과 의식 — 김주연

나는 홍희표 씨를 잘 모른다. 몇 자 적어 발문에 누를 입히는 것은 오직한 시인의 출범을 같이 축복하는 마음에서일 뿐이다.

홍 씨의 시는 감성의 가장 연한 부분에까지 섬세하게 손을 뻗고 있는 듯이 보인다. 그의 시에 일관해서 나타나는 '눈썹', '신발', '풀밭' 등의 이미지는 감성의 진한 습지대를 탐색하는 시인의 시선을 잘 반영해주고 있다. 그러나 시인의 이러한 감정적 태도가 자연이나 외계의 일상에 대한 서투른 탐닉에 그치지 않고 일정한 자기조절을 행하고 있는 듯하다. 그것은 역설적으로 생활에의 충실성을 말해 준다. 말하자면 소시민의식의 자각인데 이러한 자각은 1960년대 시인들의 전반적인 특색이기도 하다.

홍 씨도 그러한 면에서 헛된 자기 과장이나 불필요한 감정의 미로에 빠지지 않고 있다. 시인이 이러한 미로를 벗어날 때 그의 앞에는 사물과 자기 내부의 거리를 간단없이 왕래하는 의식의 조용한 부침(浮沈)이 나타난다. 홍 씨 역시 의식의 흐름에 민감한 반응을 보여준다. "풋풋한 나의 수염은/소슬히 콧등에 와 닿아/툭툭 쟁반 위에 부딪쳐/깨어나는 물결소리"와 같은 시행은 편안하게 잠겨 있는 일상을 노크하는 의식의 조용한 발기(勃起)를 알린다. 홍 씨에게 있어 의식의 에네르기는 항상 속으로만 들어가 있어 그것을 밖에서 알아내기는 매우 힘들다. 기껏 그것은 잠시 잠시 흔들리고만 있다. '내면의 구름', '침울한 샹송', 결국 시인의 고백대로 '과실의 풋풋한 몸놀림' 정도인데 이것을 속에서만 움직이는 의식의 심전도(心電圖)라고나 부를 수 있을까.

홍 씨의 시어는 이따금 퍽 화려하게 빛난다. '뿌리털의 숨소리'에서 우수(雨水)를 느끼며 시인의 말을 스스로 '꿈꾸는 눈썹의 햇씨'로 재어보고 '텅 비인 갈망의 눈'으로 떠나간 짐수레의 뒷전을 지키는 기쁨과 허무의 교환은 젊은 시인의 감수성에 대한 확인이 된다. 이러한 감수성에 대한 확인은 그것이 비록 감수성 그 하나만에 대한 바램이라 하더라도 매우 높게 평가되어야 할 것이다. 아직 들여다보지 못한 사물의 내안(內岸)에 빛을 드리우고, 아직 닿지 않은 미지의 벽에 길을 안내하는 힘으로 그것은 우리의 시적 인식을 확대해 주기 때문이다. 홍 씨가 거창한 문제의식에서만 집착하여 주변의 사물에 대한 애정을 잊어버리지 않고 그의 시업(詩業)을 시작하고 있다는 것은 퍽 다행한 일로 여겨진다.

그러나 우리들 젊은 사람들이 다소간에 모두 그러하지만, 홍 씨의 작품이 그렇게 만족할 만한 것은 아니다. 솔직히 말해서 차라리 너무 많은 결함이 있지 않은가 생각되기도 한다. 우선 그의 시는 의식의 그늘에 대한 묘사라는 문제로 너무 집중해 있기 때문인지 고의적인 문맥의 혼란이 일어난다. 시에서 무의미를 추구하는 작업은 어떤 다른 경향의 시작보다 일관된 시정신과 세심한 문법에의 용심(用心)을 필요로 한다. 말하자면 무의미를 추구한다 하더라도 그 속에서의 의미 전달을 가능하게 하는 기본인식이 선행되어야 한다는 것이다. 이 시인이 보다 충실한 작품을 쓰게 되기를 바라며 몇 마디의 소견을 부친다.

후기 — 홍희표

설익은 빛깔의 과실을 한 아름 바구니에 담아 놓은 느낌을 감출 수 없다. 그것이 풋풋한 열매들이라 할지라도 거기에는 지나간 나의 최선의 고통과 기쁨이 담겨있는 것이다. 그러나 그런 시린 즙도 때로 입 속에서는 어떤 쾌감을 맛보게 해준다. 이제야 겨우 시의 참맛을 알 것 같다고도 해보지만, 갈수록 두려워지는 것도 사실이다.

대학생활 4년 동안의 강의실에서, 찻집의 음악 속에서, 싱그러운 그미의 손목을 잡던 어느 촌역에서, 항시 나의 뒤를 따라다니던 비 묻은 흐느낌— 그것은 남몰래 나의 내안(內岸)을 헤엄치다가 하나의 새순을 움트게 해주는 바람 소리였다. 구름조각에도, 잠 안 오는 눈썹 위에도, 그런 나의 설렘은 머리를 들고 서 있었다.

서정을 떠나서는 시는 존재할 수 없다고 나는 믿는다. 그렇지만 감상적 서정은 다져진 지성으로 억제해야 한다. 말라르메가 시도한 순수서정의 시도 이 땅에서 발화(發火)되어야 하지 않을까.

아침에 일어나 햇빛을 보듯 경탄과 기쁨을 노래하고, 밤바다에 번뜩이는 뱃고동을 듣듯 그런 두려움과 흐느낌을 주어야 한다고 나는 생각한다. 항상 건강한 생의 감각에 시는 눈 떠야 할 것이다. 월러스 스티븐슨은 '생의 청신감을 주는 것이 시의 정당한 목적이다'라고 말했다. 그의 시론에 나는 많은 동감을 가진다. 오늘에 있어서 시가 치중하는 것은 동해의 물결과 같이 맑고 직재(直裁)한 감성이라고 일찍이 김기림은 말했다. 한 편의 시를 읽고 나면 다른 모습으로 변모되어야 시의 정당한 목적을 달성하는 것이 아닐까.

살아온 거리를 지나치다가 돌아다보면 숱한 기억들이 묻어서 온다. 나의 시는 기억의 층계에서 외로운 빛을 던진다. 시도 하나의 새로운 질서를 찾아 방황하는 것이다. 결국 시를 쓴다는 행위는 가장 인간적인 행위이다.

떠나가 버린 후에야 사랑의 깊이를 재듯 나는 나의 시의 깊이를 가늠하였는지도 모른다. 잃어버린 꿈을 따라 나의 아픔은 달빛처럼 빛나기도 한다. 공허한 나의 고뇌는 밤마다 흔들리기도 한다.

모두 서른 일곱 편을 상재한다. 여기에 모인 시편들은 추천을 받던 전후에 쓰여진 것과 근작들이다. 그간의 나의 시의 정리와 반성의 기회로 삼고 싶었다. 더러 발표한 작품 중에 개작을 한 것도 있고, 제목을 바꾼 것도 있다. 막상 모아놓고 보니 초라하기 짝이 없다. 물밀듯 혐오감이 앞서기만 한다.

삼복더위에 이 조그만 시집을 위해 서문과 제자를 주신 신석초 · 서정주 선생님, 발문을 주신 신동엽 · 김주연 선생님, 처음부터 끝까지 도와주신 성춘복 선생님과 선원빈, 정지하 형께 감사를 드린다.

1968년 8월
홍희표

시집 어군(魚群)의 지름길

1968년 9월 5일 인쇄
1968년 9월 10일 발행
저자 · 홍희표
발행 · 문예사
인쇄 · 평화당

값 300원

홍희표 시인 연구

204

시

산문(山門)에서 — 박용래

— 홍희표에게

어깨 나란히 산길 가다가 문득 바위 틈에 물든 산호(珊瑚)단풍 보고
너는 우정이라 했어라. 어느덧 우정의 잎 지고 모조리 지고,
희끗희끗 산문(山門)에 솔가린 양 날리는 눈발, 넌 또 뭐라 할 것인가?
저 흩날리는 눈발을, 나 또한.

내 살결에 — 홍희표

어디서 오는 웃음일까
꽃비가 흔들리는
아침 식탁에
왕벌이 환호하며
방황하는 물기어린
씨방 가장자리.
어린 뿌리 사이로
부딪는 발아(發芽)의 아픔을
더 깊게, 더 곱게,
땅속에서 땅속으로 간
따스한 버러지의
눈알에 곤두서는 비린내
내 살결에 움트는 새순.
밤바다로 흘러가던 물결소리에
꽃숭어리 타고
별빛이 수면(水面)에 설레이는
은밀한 굴속의 요령(搖鈴).
아슴프레 봄볕 속을 달리는
암꽃술머리
구름은 숲속에서 빛나고.

조잘대는 윗입술에
소롯이 다가오는 빛깔을
더 깊게, 더 곱게,
가만히 화음(和音)을 하면
눈부신 소리로 피어난다.

— 시추천 후기

  새로 홍군을 추천한다. 일견 환상적이기는 하나 시어가 또렷또렷하고 청
순한 직접감성이 넘쳐흐른다. 이런 면에서 우리 시에 새로운 물결을 불러
일으킬만 하다. 구성이 좀 약하다. 자기완성에 힘쓰기 바란다. 좋은 시를
쓸 가능성을 가지고 있다.

《현대문학》, 신석초, 1966년 12월)

봄바람에게

삼월밤의 시편(詩篇)들은
어두운 방에서
한 그루 나무로 자라
나의 잠을 깨우고,
벼랑 위에 부딪는 빛깔
푸른 잎의 가지마다
한 악장씩 피워내는
나의 손은
한 오라기의 언어에
횃불을 밝히고 살다가
어느 핸가,
낯선 유형(流刑)의 벌판에서
썰매를 끄는
순록(馴鹿)에게 이끼를 주고,
어두운 방을 넘나드는
겨울의 나무들은
불시에 열기를 뿌리며
빈 하늘 속으로
줄달음치는 벌레,
창검을 쥐고 원정하던

앞개울에 달려가는

혹한의 온 몸으로

불어라, 번갯불에 나의 시들은 눈뜨고

가벼이 넘치는 선창(船窓)

문풍지에 어룽이는

작은 짐승들은 춤추며

봄바람이여 불어라.

― 시추천 후기

　2회째 추천이다. 홍희표의 시어는 충분히 새롭고 또 매력적이다. 그리고
이미지가 또렷또렷해진 것도 큰 진도를 보여주고 있다. 요즘의 한국시가
조사의 기교로 눈속임 하려는 작품이 많은데 그의 언어가 투박하게 땅을
디디고 서려 하는 것만도 믿음직스럽다.

《현대문학》, 신석초, 1967년 5월)

3회 추천시

아침의 노래

I
다갈색(茶褐色) 안개에 마주서면
또다시 탄생하는 기쁨
물오른 포플라의 활동을,
초하(初夏)의 땅을 가꾸는
부드러운 젖줄의 뒤착임,
은신(隱身)의 손끝으로
일제히 올라 오르고 있다.

II
기왓골을 밟아 오는
금발의 숲길을 헤치며
한 마리 새의 몸짓에
목마름 채워주고
달여울의 맑음을 향해
나래치는 투망
차거운 미로 속을 머물다
꿈꾸는 새눈이여.

Ⅲ

풀포기를 쫓아간

춤추는 벌나비떼

동녘에 서서

경작(耕作)하는 지혜를,

밝게 흔들리는 근육

숨가쁜 목구멍의

부푸는 준마(駿馬)

가파른 벼랑 위의 광휘를.

Ⅳ

시린 발치의 그늘로

풀리어 오는

생선의 불붙는 눈,

하얗게 깔린 머릿냄새

들끓는 나의 고민의 눈,

점지(點指)하신 물이랑

물이랑으로 정박하는

아침 돛폭을 잡아매고.

Ⅴ

지그시 꽃술에 들앉아

보이지 않는 곳의

몸둘레를 머뭇거리는

나의 눈뜨는 탈바꿈을,

신록 속을 부비는 낱말.

우뚝 선 시위로
황황히 불줄기를 타고
경쾌한 행진을 하고 있다.

— 시추천 후기

　홍희표 군의 「아침의 노래」는 아침의 청신하고도 약동하는 이미지를 내
심의 추이에 따라 선명하게 부각시켜 놓았다. 홍군의 시발상이 많이 내면
추구에 노력하고는 있으나, 대개 상황묘사에 그치는 느낌이 있어 흠이다.
더 좀 상을 응고시켜 심도를 나타내도록 유의해야겠다. 하지만 지적인 언
어조직은 매우 고화되어 있고 보기 드문 참신한 미를 나타내는 것은 좋은
가능성을 보여준다. 훌륭한 시인이 되어주기를 바란다.

(《현대문학》, 신석초, 1967년 9월)

여름 항행 — 홍희표

한 편의 시를 쓰고 나면 한 꺼풀 탈바꿈을 한 것 같다. 어떤 때는 그런 상쾌한 쾌감에 깊숙이 침잠하게 된다. 술과 음악은 오후가 아니면 탐스럽지 않다. 그러나 시는 고독할 때 가장 효과적이고, 말하자면 이른 아침의 고독한 시간에 가장 효과적이 아닐까. 그래서 나는 아침을 즐겨 소재로 삼았다.

우리가 곧잘 쓰는 표현 중에 불감증이란 어휘가 있다. 그런데 나는 간혹 모든 물상이 새삼스럽게 보일 때가 있다. 그럴 때에 온 몸에 풋풋이 움트는 생기를 느끼고 목마름을 감지하게 된다. 나는 월러스 · 스티브즈의 이야기에 동감한다. "생의 청신감 혹은 약동감을 주는 것이 시의 정당한 목적이다. 그리고 시는 한 감각이다"라고.

어쩌면 나의 시는 조그마한 불만 속에서 생성된 것인지 모른다. 어디에서나 시는 존재한다. 세계가 시와 함께 헤엄치고 있다. 어둔 발치를 후려치는 밤바다의 함성을. 나는 젊은 선장이다. "시는 충분한 여과를 거쳐야 해"—신석초 선생님. "역시 시인은 애송시를 가져야만해"—서정주 선생님. 그분들의 웃음 속에서 나는 자랐다.

어디인가에 자리 잡아 하나의 무게로 남아 있을 신원빈, 이제인, 송유하 또 나의 시를 읽으며 환호성을 올리고 긴 속눈썹을 빛내던 5월의 베라. 그 표정에서 나의 시의 깊이를 가늠해보는 것이었다. 기억의 가지에서 가지로 되살아 오르는 〈판도라〉 동인들.

아직 못 다한 회한이 있지만 나의 항행은 꾸준히 계속될 것이다. 많은 낯선 곳을 찾아 호기심의 눈길을 보내야 한다. 순금의 햇빛을 헤치며 나의 여름 항행은 시작했다. 어머니! 돛폭을 울립니다.

(《현대문학》, 1967년 9월)

풍요한 언어의 리리시즘 — 조남익

해방 이후, 우리의 현대시는 '그 최양부(最良部)에 있어서조차 아직도 극복해야 할 난문제'를 안고 지루하게 답보하면서 천재의 출현을 어느 때 보다도 대망하였다고 할 만하다. 천재가 '당대의 난문제를 영롱하게 독자적인 방법'으로 해결하고 그것을 작품의 실례로 보여주는 수가 있기 때문인 것이다. 그만큼 우리의 현대시는 힘찬 시의 태맥(胎脈)에서 유리되어 날개를 잃은 새와도 같이 그 기능은 완고하게 굳어 있었던 것이다.

그런데 '언어와 언어는 섬광적인 충돌에 의하여 다져지고 빛나고 번득이'는 홍희표 시인의 시체(詩体)에 오면 '신시'란 규정하기조차 어려웠던 막연한 개념이 귀중하게도 우리를 노크한다. 그의 이 시체에 대한 우리의 인상은 아주 중요하다. 그리하여 그의 성숙한 관념들은 '중층적으로 이미지화'되어 나오면서 정제의 청신한 색감이 어지럽게 현대감각을 찍어 나가는 화려한 언어의 '어군(魚群)'을 우리는 만나게 된다.

> 기왓골을 밝아오는/금발의 숲길을 헤치며/한 마리의 몸짓에/목마름 채워 주고/달 여울의 맑음을 향해/나래치는 투망

그의 마지막 추천작품이었던 「아침의 노래」의 제2연이다. 아침의 청신하고도 약동하는 시상이 내심의 추이에 따라 선명한 부각을 찍고 있음을 우리는 본다. 이의 주력은 상(想)이 아니라 언어인 것이다. 그의 시상이란 일상의 생활감정에 머물러 있고 또 그것은 그렇게 새로운 것도 아니다. 그러나 그의 언어의 조작능력은 아주 새롭고 매력적인 것이다. 화사한 그의 언어 떼야말로 일종의

'신시의 위의(威儀)' 로서 홍희표 시인의 평가에 중요한 구실이 될 것이다.

다음으로 이 새로운 스타일을 밑받침하고 있는 것은 그의 시가 '건강한 색의 감각' 에 집중되어 있다는 사실이다. 「아침연주」, 「아내의 봄」, 「봄바람에게」, 「아침의 주제」, 「4월」, 「언어들은」, 「아침의 노래」, 「아침의 부두」 등 작품의 제목만 보아도 그가 얼마나 20대의 선명하고도 밝은 생의 감각에 열중하고 있는가를 알 수 있다. 그것들은 일상생활의 영역을 간단없이 내왕하며 사물과 자기 내부의 지적인 빛깔을 끊임없이 포착하고 있는 것이다. 이 건강한 시가 우리에게 주는 것은 그렇게 관철(貫徹)의 관념은 아니다. 지극히 미세한 표피의 지적 율동을 넘지 못하는 데 그의 한계가 있다. 어느 의미에서는 동화(童話)의 윤색처럼 그것은 귀하고 아름다우나 성인의 설득력에는 어딘가 미흡함을 지적하지 않을 수가 없게 된다. 오히려 그의 시에서는 극히 희소한 주정(主情)의 통곡을 보이는 시편이 굵은 설득력을 보여주고 있는 것이다.

> 무서운 추위 속을 날아가라/파랗게 떨던 나뭇가지의/낯선 지붕의 평화 위를/거센 숨결을 뿜으며/골짜기에서 쫓기는/적막한 욕정 속을 날아가라
> ―「겨울까마귀 일절」

이러한 사실은 어디서 오는 것일까. 그것은 그가 너무 의식의 묘사에 머물러 있고 그것의 처리를 언어율동에 보다 많이 비중을 둔 때문이지도 모른다. 뿐만 아니라 '눈썹', '신발', '살결' 등 그가 즐겨쓰는 낱말의 토운은 경쾌한 반면에 무게감이 깃든 것은 아닌 것이다.

시는 자기완성의 과정이다. 따라서 작품의 가치를 판정짓는 최후의 보루는 시 정신의 자기완성에 있다고 생각된다. 천재의 출현을 대망하는 우리의 시단에서 그가 '신어(新語)의 위의(威儀)' 를 이끌고 과연 어떠한 자기탐구를 보여줄 것인가 하는 것은 그의 주요한 관건인 동시에 우리 현대시의 가장 큰 관심사이기도 할 것이다.

〈대전일보〉, 1968년 12월 1일〉

제Ⅱ부 작품론

215

청신한 언어 감각 — 이정희

대학 재학 중(동국대 국문과 4년)인 시인 홍희표 씨가 낸 첫 시집. 그만한 연배로서는 근래 없었던 일이다. 그는《현대문학》지를 통해 시단에 데뷔하면서 '생의 청신감 혹은 약동감을 주는 것이 시의 정당한 목적이다.' 란 월러스 스티븐슨의 말을 차용하고 있다.

그의 시는 한마디로 말해서 상기 청신감을 주는 대상을, 다소 화려한 감각적인 언어를 동원시킴으로써 성공하고 있다.

작가의 관심은 직접 듣지 않더라도 주지적 리리시즘에 많은 매력을 갖고 있는 것 같다. 그래서 비교적 '데쌍' 식의 묘사를 해나가는 듯이 보인다. 거기에다 소재를 일상적인 데서 얻어놓고 있어 비교적 쉽게 읽히고 있다.

> 기왓골을 밟아오는
> 금발의 숲길을 헤치며
> 한 마리 새의 몸짓에
> 목마름 채워주고
> 달여울 맑음을 향해
> 나래치는 투망
>
> —「아침의 노래」중에서

여기에 인용한 것은 그 대표적인 예로서 연상 작용에 의한 의식의 추이를 그려나가고 있다. 따라서 난해하다거나 심한 부담을 안겨주진 않고 있다.

그의 특색은 상기한 화려한 언어감각 동원이다. 차원 높은 의식의 이미지화에 적절하면서도 제자리에 박히는 감각 동원이란 힘든 작업을 잘 해낸 것이다.

(《대전일보》, 1968년 12월 5일)

의식의 투망 — 선원빈

　의식의 내부를 종횡무진 드나들면서 가장 고양된 서정을 채집한다는 일은 특히 시인에게 있어서 더욱 요구되고 있는 것이 오늘날의 실정이다. 『어군의 지름길』이라는 시집 속에 서른일곱 편을 상재한 홍희표 씨의 시어를 보면, 이제 젊은이로서 참여할 수 있는 리리시즘에도 불원 어떤 변화가 나타나지 않을까 하는 선입견을 던져주기에 이른다.

　발문을 쓴 김주연 씨의 지적처럼 의식의 그늘에 대한 묘사라는 문제로 너무 집중하게 되는 결점 아닌 결함은 비단 『어군의 지름길』이라는 시집 속에만 국한되는 것은 아니라 의식의 내부 속을 한계 이상으로 점검할 때 생기는 언밸런스가 시를 마침내 개인 취미라는 함정 속에 빠뜨리지 않는 한 우리에게 이러한 작업은 정서적인 여유를 베풀기도 한다.

> 어둠은 헤어짐의 무게로/봄비를 내리고/우리의 눈뜨는 설렘은/어느 촌역을 돌아/잎새 위에 은은히 흔들렸다./부끄럼 많던 젊은 날/당신은 너무 따뜻하였고/눈시울에 바람 부는/머리칼의 그늘 밑으로/모든 나의 괴로움은 떨어지고/가벼운 하늘에 눕는/우리의 진심은 비틀됐다.
> —「어둠은 헤어짐의 무게로」일부

　20대의 감성의 물살을 타고 내리면서 그러나 침착히 의식의 투망을 던지고 있는 언어의 젊은 어부. 그가 과연 의식의 뿌리로부터 길러내는 숨소리를 어떻게 확대시켜 나갈 것인지 자못 궁금한 일이 아닐 수 없다.

〈불교신문〉, 1968년 12월 1일)

제Ⅱ부　작품론

217

충청도 작가군 — 이용호

향토 문단에서 나이가 제일 어린 25세의 홍희표 씨는 22세 때『어군의 지름길』이란 시집을 냈다. 지금 대전 보문고등학교에서 교편을 잡고 있는 홍희표 씨는 신석초 시인의 추천으로 1966년《현대문학》지에 '데뷔' 했다.

친구인 송영섭(필명 송유하) 씨와 고등학교 때부터 대학까지 동창인 홍희표 씨는 늘 같이 만나 시 쓰는 이야기며 시어에 대한 연구를 했다. 신석초 시인이 시집 서문에서 말한 바와 같이 홍희표 씨의 시에서는 발상이라든가 기법이 독창적인 스타일이 보인다.

> 기왓골을 밟아오는
> 금발의 숲길을 헤치며
> 한 마리색의 몸짓에
> 목마름 채워주고
> 달여울의 맑음을 향해
> 나래치는 투망
>
> — 「아침의 노래」 중에서

신석초 시인은 이 「아침의 노래」 인용구에서 "현대의식이 서정화됨으로써 단순한 시가풍에서는 탈각되어 있다"고 평했다. 또한 홍희표 씨는 프르스트의 말을 인용 "시는 즐거움에 시작되어 지혜로 끝나야한다."는 것을 잊지 않는다고 말하고 있다.

앞으로 본격적인 한국 현대시인론을 쓸 예정이라고 한다. 요즈음 주로 한성기, 박용래, 임강빈 시인과 만나 선배로부터의 사회생활에 대한 이야기를 듣는 것이 재미있는 시간이란다. 아직 총각인 홍희표 씨는 멋 같은 건 아예 부리지 못하는 털털한 선생님. 대전에 있는 동안 문인협회 선배들과 더불어 꾸준한 작품 활동을 하겠으며 가을에는 동창들 문예지 《보문문학》을 출간하겠다고 한다.

(〈대전일보〉, 1970년 3월 3일)

홍희표 시인 데뷔

젊은 시인 탄생 — 안영진

이 고장에 또 하나의 젊은 시인이 탄생했다. 동국대학교에 재학 중인 홍희표 시인은 '보문고등학교'를 거쳐 오늘에 이르렀는데 고교 때, 이미 기성을 무색케 할만치 우아한 시를 들고 나와 주목을 끌어왔다. 시인 신석초 선생의 지도를 받아오며 꾸준히 습작한 보람이 있어서《현대문학》지 9월호에 「아침의 노래」로 3회 추천을 완료했다. 「내 살결에」, 「봄바람에게」두 편은 이미 추천을 거쳤는데 홍 시인은 완료소감에서 내면의 리얼리티를 살려 공허한 젊음의 우수를 그리고 싶다고 말했다.

(〈중도일보〉, 1967년 9월 12일)

초대의 말씀

그동안 꾸준히 시업에 정진하던 본교 국문과(3년)에 재학 중인 홍희표 군의 시단 데뷔《현대문학》지를 축하하는 모임을 다음과 같이 가지려 하오니 바쁘신 중에도 꼭 참석하여 주시기 바랍니다.

일시 : 1967년 9월 11일 오후 4시
장소 : 본교 교직원 식당
회비 : 100원

발기인 :

강희근, 정해문, 김남일, 정의홍, 선원빈, 김정희, 김현팔, 신용선, 최종훈, 강동화, 하덕조, 마종하, 정봉익, 이계홍, 김혜경, 송영섭, 황의천, 정영길, 정지하, 김철진, 신월자, 박태원, 양택규, 문정희, 손정욱, 유자효, 김병길.

후원 : 국어국문학회, 동대신문사, 동국문학회

출판기념회 초청장

홍희표 시집 『어군의 지름길』 출판기념회를 다음과 같이 개최하오니 바쁘시더라도 오시어 자리를 빛내주십시오.

때 : 1968. 10. 26. (토) 오후 6시
곳 : 명동 호수그릴
회비 : 2백원
발기인 : 선원빈, 홍신선, 정지하, 송유하, 정영길, 하덕조.

참석자

신석초, 김은하, 서정주, 박기원, 이형기, 김성배, 신동엽, 이창대, 김기동, 이병주, 서창남, 홍신선, 이태수, 선원빈, 하덕조, 방병무, 송영섭, 정영길, 이계홍, 정봉익, 한용환, 조기민, 마종하, 박경훈, 한창원, 김경선, 조광남, 오대환, 호진스님, 이운영, 김명수, 배태인, 신윤도, 유종식, 서중관, 김후란, 유안진, 이헌구, 신월자, 박태원, 양택규, 김병길.

홍희표 시집 출판기념회 성황

홍희표(국4 · 시인) 군의 처녀시집 『어군의 지름길』 출판기념회가 지난 26일 하오 6시에 호수그릴에서 열렸다. 이날 출판기념회는 서정주 교수를 비롯하여 김기동 국문과 주임교수와 신석초, 이형기, 신동엽 시인 외 1백여 문우들이 참석하여 성황을 이루었다.

〈동국대신문〉, 1968년 10월 28일

출판기념회 안내

이 해가 저물었습니다. 본교 출신 홍희표 군이 《현대문학》지에 시 추천을 마침과 함께 그 첫 시집 『어군의 지름길』을 간행했습니다. 이 일은 본교는 물론 이 고장의 자랑스러운 일로 여러분을 모시고 대전시인회의 후원을 얻어 출판기념회를 갖고자 합니다. 부디 오셔서 격려와 축복을 주시기 바랍니다.

> 일 시 : 1968년 12월 23일 하오 7시
> 장 소 : 심지다방(서울은행 대전지부 뒤)
> 회 비 : 100원
> 보문고등학교장 이 재 복

참석자
이재복, 서주관, 최원규, 지헌영, 임상묵, 이용호, 박용래, 임강빈, 전사진, 박동규, 은현대, 임천준, 김규환, 이정웅, 조남익, 신정식, 김대찬, 이무, 권순옥, 강성렬, 남영자, 박병택, 차상학, 권선중, 손종호, 송근배, 유남상, 이덕영, 송백헌, 이원복, 김용혁, 이교탁, 유병성, 민창식.

홍희표 시집 23일 출판기념회

이 고장이 낳은 신진시인 홍희표 씨의 첫 시집 『어군의 지름길』 출판기념회가 23일 오후 7시부터 시내 '심지다방'에서 보문고등학교 동문 주최로 갖게 된다. 보문고등학교를 졸업한 홍 씨는 이미 《현대문학》지에서 추천을 받은 바 있는데, 이 고장 문단계는 그의 활동에 많은 기대를 걸고 있다.

〈대전일보〉, 1968년 12월 23일

답신 소감

• 시집 『어군의 지름길』을 받아 감명 깊게 읽었습니다. 「내 살결에」같은 그 싱그러운 시들을 읽으며 나는 햇발을 받은 아침 시내를 연상했습니다. 그리고 그 시내가 흘러서 이룰 큰 강을 그립니다.

— 구상(1968년)

• 홍 형! 무사히 대구에 도착하여 조용히 첫 시집 『어군의 지름길』을 읽고 새로운 홍 형의 에스프리를 발견했습니다. 초회 추천시 「내 살결에」가 특히 인상적이었습니다. 솔직히 말해서 젊은 시인에게 또 다른 시어를 홍 형에게서 발견했지요.
— 우리 소주라도 한 병 사서 남산 중턱에서 한 잔씩 하는 게 좋잖어. 운치도 있겠고, 오랜만에 만났는데 그냥 헤어질 순 없지 않느냐!
홍 형과 김선학, 이계홍 형과 마셨던 동국대학교 뒷산의 막걸리 맛과 그 시간이 나에게는 참으로 귀중할 것 같군요. 언제 대구 한번 내려오시면 유명한 대구 막걸리 대접하지요.
11일 경부터 시화전을 할 예정인데 마치고 즉시 상경하지요. 그때 우리 좋은 밤을 보내기로 합시다.

— 이재행(1968년)

• 첫눈은 강원도에서 밤에 만났는데 한밤에 차창에서 스쳐간 한낮의 빛, 환히 밝은 빛들로 내 발등은 미워지고, 역에서 내렸을 때 반가운, 오오, 풀밭의 나비 떼들, 내 몸 전신에서 후끈히 달아오르는 핏줄을 타고, 살짝 내려와 부딪는 폭음. 얼마큼 놀랬는가.
다시는 암말 않기로. 언젠가 비좁은 거리에서 서툴게 들어버린 〈칼멘〉. 오랫동안 극장 앞에서 나를 세워두게 한, 왜 안 나왔지, 그날은. 다시는 암말도 말아야지. (또 히죽히죽 웃고 있겠지)《현대문학》에서 추천시 「내 살결에」봤어. 읽어보고 밉다. 아주 미워.

— 송초하(1966년)

• 제주도 들렸다 오는 길에 목포의 어느 서점에서, 《현대문학》지에서 그대의 3회 추천 작품 「아침의 노래」를 보았느니라. 기어이 그대가 먼저 날개를 달고 떠나는구나. 우선 박수를 보내자. 나의 일처럼 반가우면서 좌절되어가는 내 심경은 이해나 하겠니!

— 이계홍(1967년)

• 산 속 개울물에 잠긴 흰 조약돌처럼, 흐르는 물에 곱게 씻기어 잘 다듬어진 당신의 그 언어! 벽제 개울물에 손을 담그면 왜 이렇게 손이 시려울까. 당신의 시는 늘 나에게 시려운 감동을 줍니다. 하염없이 당신 옆에 있고 싶습니다. 가을을, 우리의 가을 안개 속처럼 들어가고 싶습니다.

생각나세요? 해마다 가을이면 생각합니다. 60년대 중반, 가을 벌판을 쏘다니던 우리의 젊은 날, 그 발걸음을, 낙엽 쌓인 일영에서! 벽제에서! 한 뼘, 한 치, 아니 더 가까이 아무 간격도 두지 않고 당신을 마주하고 있습니다. 그러나 더 할 수 없이 먼 곳인 것도 알고 있습니다. 어둠을 뚫을 수 없듯이.

나의 사상 언저리, 또는 깊숙이 당신이 있음을 생각합니다. 바람이 어둠을 더욱 어둠이게 합니다. 뜨락에 잎 떨어지는 소리가 들릴 듯한 깊은 밤, 왜 그렇게 멀리 있어야 합니까?

머리 좀 빗겨 주시겠어요! 곱게 곱게, 낙엽 속처럼 포근하게 빗겨 주세요. 가을 잎 속 어딘가에 당신의 웃음이 보이는 것 같습니다.

— 송초하(1973년)

제2시집

숙취(宿醉)

목차

서(序) — 서정주

대전의 시인 홍희표에게서는 무엇보담도 많이 우리들의 고향의 냄새가 풍기고, 그의 이번 제2시집의 제목처럼 숙취의 냄새가 나는 게 좋다. 그의 처녀시집 『어군(魚群)의 지름길』에서도 그건 그랬었지만, 이번 『숙취(宿醉)』에 와서 그것들은 그 심도를 훨씬 더해 보이고 있어, 이 나라에 그보단 먼저 태어나 시를 써 온 사람의 하나로 저으기 자랑스럽다.

> 비자(榧子)나무 숲에서
> 새어나오는
> 산비둘기 울음
> 금빛 거울을 뚫고
> 잠 깬 뒤에도
> 혀뿌리에 매달리고
> 주발을 비우듯
> 도사린 양떼들이
> 큰스님 곁으로
> 비구름처럼 밀려오듯이
> 비자(榧子)나무 숲 사이로
> 산비둘기 울음
> 한지(韓紙)에 배여 온다.

—「한지(韓紙)」 전문

그의 시정신의 흉격막(胸膈膜)의 상징처럼 보이는 이 한 장의 「한지(韓紙)」에 어리는 자연과의 융화는 그 내명(內明)하고도 경건하고 건전한 생명감과 영원성이 두루 다 우리들의 마음의 고향의 한결같은 은은한 든든함을 보이고 있다.

홍희표가 대다수의 시인들이 서울에 몰려 살고 혹은 뜨내기의 타관살이들을 하고 있는 전철을 밟지 않고 한결같이 그의 산지인 대전을 지켜 거기 건재하려는 생활자인 이유도 알 것이다.

또 한 가지 이 시집에서 우리 주목을 끄는 것은 그의 결혼 뒤 몇 해 동안의 신혼살이의 체험이다. 결혼생활은 우리 인생의 가장 중요한 부분의 하나고, 시인이란 인생의 가장 중요한 것을 다루는 존재가 아닐 수 없으니, 시인들은 적어도 이 신혼생활 체험만은 많이 주제로 다루어 왔어야 할 텐데, 무엇 때문에 많이 접어들 두었는지 그게 그렇게도 잘 하지 않고 오던 것을 이번에 홍희표가 전례를 깨뜨리고 그걸 대폭적으로 시의 표현의 각광 속에 채택한 데 대한 주목인 것이다. 접어둘 수 없는 것을 접어 두지 않는 그의 이런 시인으로서의 끈질김에도 우리는 믿음직한 느낌을 안 가질 수 없다. 잘해 낼 것을 믿는다.

1973년 정월 관악산 문치헌(聞雉軒)에서

미당 서정주

전통 미학의 현대적 조명 — 이형기

『숙취(宿醉)』는 홍희표 형의 두 번째 시집이다. 그의 첫 시집『어군(魚群)의
지름길』은 지난 1968년 가을에 나왔었다. 그로부터 오늘에 이르기까지 햇
수로 5년 동안의 작품이 이『숙취』에 수록되어 있다. 5년 동안의 작품이라
했지만 이『숙취』에 수록된 시편들이 그 5년 동안 홍 형이 쓴 것의 전부인지
또는 그 중에서 일부만을 간추린 것인지 나는 잘 알지 못한다. 그러나 어느
쪽 경우가 되었건 홍 형이 그 동안 답보하지 않고 꾸준히 새로운 세계를 개
척해 나갔다는 사실만은 이『숙취』가 웅변하고 있다. 그 구체적 양상은 어
떠한가. 그것을 밝히자면 여기서 먼저 홍 형의 첫 시집『어군의 지름길』을
다시 돌이켜 볼 필요가 있다. 어제와의 대비는 오늘을 인식하는 그 지름길
이 되기 때문이다.

『어군의 지름길』시절의 홍 형은 한마디로 청신한 이미지스트였다고 나는
생각한다. 거기 수록된 시편들은 시집의 제목 그대로, 이를테면 동해 바다
를 회유하는 일군(一群)의 고기 떼를 연상케 하는 것이었다. 그 고기 떼의 비
늘의 번득임은 찬란했고, 또한 그들의 재빠른 몸짓에는 싱싱한 생명력이 넘
치고 있었다. 바꾸어 말하면 그것은 구김살 없이 밝고 맑은 청춘의 표상이
기도 했던 것이다.

그렇다고 청춘은 무조건 찬탄의 대상이 된다는 뜻이 아니다. 청춘의 몇
가지 속성 중에는 불결감 내지 혐오감을 자아내는 것도 있다. 특히 축축한
감정의 과잉이나 세련되지 못한 객기는 그러하다. 그러나 홍 형은 감정이나
객기의 그 어느 쪽에도 발목을 잡히지 않고 산뜻하게 자신을 간수하는 지성

을 갖추고 있었다. 그러한 뜻에서 나는 『어군의 지름길』을 지적으로 세련된 청춘의 언어와 그것들이 빚어낸 싱그러운 이미지의 한 묶음으로도 보고자 한다.

그 『어군의 지름길』이후 5년만에 내놓은 이번의 『숙취』에서도 홍 형은 여전히 그 지성을 견지하고 있다. 그리고 이미지스트라는 기본 자세에도 특별한 변함은 없는 것으로 생각된다. 시에다 지성을 도입하려는 노력의 일단이 이미지즘을 등장케 했다는 사실에 비추어 그것은 당연하다. 그러나 『숙취』에 수록된 시편들의 이미지는 5년 전에 비해 그 질과 그 빛깔을 달리하고 있다. 우선 시집의 제목부터가 그 차이를 짐작케 한다. 『어군(魚群)의 지름길』은 발랄하고 따라서 혹종의 모던한 분위기를 발산하지만 『숙취』는 차분히 가라앉은 우아성을 느끼게 하는 것이다.

작품을 살펴보면 그것은 더욱 분명해진다.

　　나무줄기에서 뿜어오는
　　멀고 가까운 숨길
　　지붕 위의 아지랑이
　　밤사이 음정(音程)을 물고
　　다사로운 체온을 깰 때
　　내 입김에 안기는 샘물.

　　　　　　　　　　　　　　　　　—「아침 연주」에서

　　호박잎에 떨리는 청기와.

　　호박잎에 뒹구는 초례청.

　　호박잎에 나는 흰 모시.

　　담 넘어 담 너머 우뢰소리.

　　　　　　　　　　　　　　　　　—「초례(醮禮)」전문

앞에 것은 『어군의 지름길』, 뒤에 것은 『숙취』에서 각각 인용한 것이다. 아무런 설명 없이 인용문만 내놓더라도 쉽게 그 출처를 알아 낼 수 있을 만큼 이 두 편의 시는 판이하다. 계절로 치면 전자는 봄, 후자는 가을이라 할까. 전자의 이미지는 찬란하고 탐스럽다. 왕성한 표현의욕 같은 것을 느끼게 한다. 그것에 비해 후자의 이미지는 조촐하고 투명하다. 더 많은 것을 표현하기보다는 더 많은 것을 생략함으로써 시의 함축성을 높이고 있다. 그리고 정신의 바탕을 따지면 전자는 다분히 서구적인 데 반해 후자는 동양적, 아니 한국적이라 하겠다. 그러니까 범박하게 말하면 홍 형은 이번의 『숙취』에서 우리의 전통 미학에 대해 새로운 접근을 시도하고 있는 것이다.

이러한 노력은 그 원칙적인 타당성에도 불구하고 자칫하면 혹종의 아나크로니즘의 함정에 빠지기 쉽다. 그러나 홍 형은 이 함정을 아주 거뜬히 뛰어넘고 있다. 그것은 5년 전에 이미 실증된 그의 지성과 이미지즘 때문이다. 그것으로 그는 우리의 전통 미학에 현대적인 조명을 비추고 있다. 이러한 작업에 손을 대고 보니 그는 어느덧 그 전통을 낳은 모체 즉 조국과 그 조국이 놓여 있는 현실 상황에 대해서도 관심을 기울이지 않을 수 없게 된 것 같다. 『숙취』의 제2부를 이루는 연작시 「오랑캐꽃」에는 그의 그러한 현실 의식이 농후하게 투영되고 있다. 거기 등장하는 '알몸의 강산'이나 '철조망'이나 '캠프촌', 그리고 '이국 병정의 손아귀에 목 졸려 죽은 양공주'의 이미지 등은 그 구체적 예증일 것이다. 그러나 지성으로 세련된 그는 이 경우에도 감정의 포로가 되어 절규를 일삼지는 않는다. 또 이미지스트인 그는 결코 개념적인 서술로 대치하지 않는다. 다만 그 이미지의 빛깔이 5년 전의 밝음과는 달리 침침하고 어두울 뿐이다.

현실의식의 소산은 아니지만 제5부 「흰 바다」의 시편들도 그 이미지의 빛깔은 역시 침침하고 어둡다. 그것은 어떤 좌절감 내지 몸부림 같은 것을 느끼게 한다. 생각건대 그것은 그가 『어군의 지름길』의 그 밝고 맑은 청춘의 세계에서 다시 한 걸음 전진하기 위한 모색의 소산이 아닌가 싶다. 그러한 뜻에서 나는 제5부의 「흰 바다」를 비록 『숙취』에 수록되긴 했지만 실상 『어군의 지름길』과 『숙취』 사이의 가교적 시편들이라고 생각하는 것이다.

이 다리를 거쳐 그는 『숙취』라는 새로운 세계에 도달했다. 앞에서도 말했지만 그는 여기서는 현대적인 조명으로 우리의 전통적인 미학을 재발견해내고 있는 것이다. 물론 나는 그 성과를 높이 평가한다. 그러나 이 점 나와는 비록 견해를 달리하는 사람이 있다고 할지라도 『숙취』가 홍 형의 시적 성장의 결과라는 사실만은 부인하지 못할 줄 안다. 홍 형은 분명히 정신적으로 성장했지만 표현 기교면에 있어서도 이제는 참 알맞게 기름이 오르고 있다.

홍형이 두 번째 시집을 낸다기에 반갑다는 말 한마디로썬 맘속에 반가움이 삭지를 앉아 이상 몇 마디 해설을 시도했다.

시집　숙취

1968년 9월 5일 인쇄
1968년 9월 10일 발행
저자 · 홍희표
발행 · 조광출판사
인쇄 · 경일인쇄소

값 700원

시
홍 시인에게 — 선원빈

잘 살어라 잘 살아
늙은 코러스, 어린 꽃잎들
콤비네이션으로 울어대든 걸
나는 인제 기억하노니

이제는 얼마나 잘 어울려
내 방까지 밀려와
잠 안 오는 눈썹 위에서
노크를 허며 서 있을 겐고!

흥(興)이 있는 이미지 — 정지하

   홍희표 형이 제2시집 『숙취』를 폈다. 처녀시집 『어군의 지름길』이후 5년 만에 그의 새로운 모습을 보았다. 그리고 나는 찬탄하지 않을 수 없었다. 미당의 서문을 읽은 뒤 목차를 훑어보고, 제1부 〈신혼가〉의 첫 작품 「입덧」에 놀라움을 금치 못했다. 그 뒤 「입덧」만이 그런 것이 아니라 『숙취』 전체에 나의 놀라움을 불러일으키는 시편들이 산재해 있음을 보고 나는 또 한 번 경탄해야만 했다.

> 살구꽃 떨어지는
> 몸놀림으로
> 아내는 새벽이면
> 옷고름을 풀고
> 입덧을 하고 있다.

   전 3연으로 된 「입덧」의 제1연이다. 우리는 여기서 저 『시경』 속의 흥을 볼 수 있다. 그러면 『시경』의 경우를 살펴보자.

> 밋밋한 나뭇가지
> 복사꽃 활짝 폈네.
> 이 색시 시집가면
> 그 집의 복덩이

   흥은 동양인, 특히 중국인의 고대 수사법이다. 이것이 오늘의 이미지즘과 어떻게 관계되느냐 보다는, 홍 형의 시가 어떻게 흥에 도달하게 되었고 아니면 그 수법과 일치하게 되었느냐가 문제라고 생각한다. 그는 데뷔 시절부터 이미지스트였다. 모든 시들이 이미지로 묶여진 그의 작품들은 하나같이 생생한 색감의 언어 떼를 보여주고 있었다. 첫 시집을 펼쳐보면,

> 가녀린 생성으로 부신
> 약속의 소리들이
> 나의 정원을 달리는
> 빛나는 햇빛을,
> 깊은 기지개를 켜면
> 동터오는 햇무리에
> 아침빵 굽는 식구들
> 하얀 잇새에 풍기는
> 산뜻한 숨소리와
> 샛노란 코오러스.

―「아침의 주제」 전반부

이같이 화려한 이미지들에서 시작된 그의 작업과 집착은 외계와 일상의 현상을 벗어나, 지금은 대전이라는 차단된 생활권 속에 안정되어 있다. 생활의 안정이 그에게 준 것은 하나의 능동적인 획득을 가능케 한 것 같다.

그것들이 제1부의 〈신혼가〉 속에 나오는 흥이 있는 이미지의 표출이라고 보여진다. 그리고 초기에 비해 감각적이라기보다는 더 감성적일 만큼 그의 이미지들은 저릿저릿한 아픔을 보여 주고 있다.

> 경대 앞의/눈썹/꽃밭에 깔리는 레이스
> 별이 뜨고/지워지지 않는/연두빛 혀와/복숭아 뼈

―「빈방」에서

이런 진통은 「작약」같은 데서는 아주 만개해 있다. 「족보」에서는 실로 무서울 지경이다. 아무튼 그의 생생한 색감이 있는 이미지들은 『숙취』에 와

서 일단 그의 안정된 생활과 그 정신을 통과해 가고 있다.

바꿔 말하면 데뷔 시절에 확산되었던 이미지들이 안정의 일점을 통과하면서 집중되어 있다는 말이다. 이것은 첫 시집의 서문에서도 볼 수 있듯이, 앞으로 그의 시세계의 굳건한 확립을 위해서 중충적인 효과를 가져올 것으로 짐작된다.

특히, 이미지스트였던 윌리엄 칼로스 윌리엄즈의 초기 시집들을 연상시키는 그의 이미지와 내면의식의 간결성은, 앞으로 복합적인 의식구조에 의한 재편성을 거쳐 만개할 것만 같은 예감이 들게 한다. 그래서 『숙취』의 시편들은 더욱 강하고 짙은 선들을 그리고 있다.

또한 제3부의 〈오랑캐꽃〉에서는 현실감각을 통한 상상력의 확대를 노리고 있다. 제4부의 〈작은늪〉에서는 「한지」나 「굴헝」, 「불빛」과 같은 함축성과 굴절을 보이면서 있다. 마지막 제5부의 〈흰바다〉에 나오는 10편의 작품은 이형기 씨도 지적했듯이 하나의 교량적인 역할을 했던 작품들도 보인다. 그가 새로운 시집 속에서 보여준 "흥(興)이 있는 이미지"는 마치 고대 건축의 각처럼 그 깊이와 빛깔을 더욱 더해가고 있다. 이것은 내가 아는 홍 형의 끈질긴 충청도 사람 특유의 인내와 집착 그리고 쉴새없는 정진의 결과라고 추측되어진다. 아울러 나의 놀라움이 하나도 과장된 것이 아님은 그의 부단한 실험의식과 시를 향한 애정의 눈길이 타오르고 있다는 사실이 입증해 주는 것이다.

나는 그의 제2시집을 읽고 그것을 절실히 느꼈음을 또한 부연해 둔다. 더욱이 그와 같이 시를 쓰는 동도(同道)의 한 사람으로서 이같은 사실을 기쁘게 생각하고, 간직하고 있다. 끝으로 1960년대 후반에 등장한 젊은 시인들 중에서도 특히, 홍 형의 시가 이미지스트로서의 두드러진 형태와 변모를 보여주고 있음을 재확인할 수 있다. 나아가서 이것은 앞으로 홍희표 시에 대한 시단과 독자의 관심이 될 것을 믿는다. 그의 「유성」이란 작품을 보자.

밀리는
페이브먼트
안개 고인
꽃 상여
내 누이의
곡선같이
흔들리고,
빈 그릇같은
산과 들
무꾸리하는
해오리 한 마리

　흥이 있는 이미지의 시세계가 어떻게 변모할 것인가에 재삼 관심을 표하
면서, 우리는 계속 그의 새로운 작업을 주시해야 하겠다.

《현대시학》, 1973년 4월)

외계와 내적 표상의 세계 — 조재훈

홍희표 시인의 이번 제2시집 『숙취(宿醉)』는 그의 처녀시집 『어군(魚群)의 지름길』에 이어 현대시의 방법론을 극명하게 보여주고 있다.

잠긴 빗장을 열면
뻘밭의 배암처럼
허물을 벗은 망령
무너진 살점같은 문
쏟아지는 하늘
죽은 입술 사이로
사라지는 크랙션
네거리의 불티
울음 울던 초승달이
미루나무 가지 위에
떨며 일어서는
간 밤의 나의 숙취.

이 작품은 이 시집의 주제이기도 한 「숙취」의 전문으로서 이 시인이 탐색하는 바를 쉽게 이해시켜 준다. 가시적인 외계의 세계가 아닌 내적 표상으로 이루어졌음을 알 수 있는데 프로이트식으로 말하면 비논리적인 심층심리의 세계라 할 것이다. 첫 행만 생명감으로 가득 차있는 어둠의 근저를 조명하고자 계기를 마련하고 있을 뿐 모두 무의식의 상태로 채워져 있다. "망령", "문", "하늘", "크랙션", '불티' 등 정신적인 것과 물질적인 것이 어두운 이미지들을 거느린 '에피셋'을 동반하면서 서로 교향하다가 「숙취」속에 용해된다.

이 시인은 의식하의 숨겨진 뿌리를 드러내는데 노력을 기울이고 있다. 좀 더 정대히 말하면 유능한 시인이 거의 그렇듯이 언어 이전에 오는 시의 기미를 언어로 나타내고자 하는 데에 언어의 한계를 느끼고 있으며 그것을 또한 극복하고자 애쓴다. 언어가 갖는 일상적 의미를 피하거나 논리적인 구문을 피하는 것도 그 때문이다.

> 흔들리는 초승달
> 마른 입술
> 개짖는 소리
>
> ──「눈썹」의 2연

> 경대 앞의
> 눈썹
> 꽃밭에 깔리는
> 레이스
> 별이 뜨고
> 지워지지 않는
> 연두빛 혀와
> 복숭아 뼈
>
> ──「빈방」의 3, 4연

아무데서나 뽑아본 이러한 시구들에서 이 시인의 노력을 알 수 있다. 첫 번의 것은 세 개의 이미지가 조사 없이 결합되어 있는데 좀 어둡고 날카로운 자연물의 이미지와 발열에 따른 입술이 '오버랩' 되고 거기에 청각적인 이미지, "개짖는 소리"를 끌어와 긴장감을 고조시킴으로써 병자의 상황을 드러내 준다. 두 번째의 것은 신혼기의 체험으로서 아내가 외출하여 빈방이 더욱 텅 비게 느껴지면서도 그 공간이 고운 동화와 신선한 관능의 정서로 팽배해 있음을 예민한 언어감각으로 나타내 주고 있다. 끝의 것은 출산을 '작약'으로 상징한 것인 바, 동사의 현재형을 중복하여 생동감을 주면서 금속성의 의성어 '쨍쨍'에 연결시키고 있다. 거의 모든 시들이 언어의 이미지를 극한점까지 확대하여 그것들의 교묘한 교향으로써 풍부한 내적 공간을 획득한다. '클레'나 '칸딘스키'가 대상을 거부하고 그림의 마띠에르인 색채와 선으로 연주하는 희화를 보여준 것처럼 이 시인도 일상적인 언어의 의미를 제거하여 이미지로서 연주하는 이른바 순수시의 경지를 보여준다. 쉬르의 수법처럼 보이는 이것은 물론 이 시인의 독창적인 기법이 아니다. 전후 한국시, 정확히 말해서 60년대 이후 현재까지 걸쳐 이어져오는 한국시의 한 주류라 할 수 있다. 그러나 이 시인처럼 예민한 언어감각을 가진 사람은 드물며 이 시인의 시처럼 성공을 거두고 있는 작품들도 역시 희귀하다.

홍희표 시인은 참신한 이미지를 구사하는 데 있어서 뛰어난 시인이다. 일부 작가에 의해 쓰여 지고 있는 것이기는 하지만 여성의 3인칭 대명사를 '그미'로 사용하고 있는 것이라든지 직유를 쓰되 약간 투박하게 느껴지는 '같이'나 '처럼'을 억제하고 '듯'을 많이 쓰고 있는 것이라든지 많은 시구가 명사로 끝을 맺고 있는 점 등등을 고려해본다면 이 시인이 얼마나 언어 하나하나에 세심한 애정을 기울이고 있는가 하는 것을 쉽게 알 수 있을 것이다.

그러나 이 시인은 내적 표상에만 집착하지 않는다. 천주교회 곁을 지나면서 술도 집도 붓도 없이 불우하게 살다간 어느 화백(어떤 죽음)을 생각하는 가 하면 헐벗은 조국의 현실에 대하여 끝없는 연민을 보낸다.

한 장으로 마련한 「오랑캐꽃」의 시편이 그것을 웅변한다. 겨울의 짓밟힘을 견뎌 이른 봄 산야에 소리 없이 피어나는 그런 '오랑캐꽃'은 이 시인에 있어 수난을 거듭한 조국의 상징물이다.

> 마른 번개 치던 빈 산
> 골방의 내 누님 같은
> 서른 살 나이의

오랑캐꽃, 푸른 눈의
로버트와 방사를 하고
있었다. 판자촌 위로
독버섯처럼 돋아난
산등성이의 높은 불
구들장에 날름대는
잠들지 않는 혓바닥

—「마른 번개」의 전반

　내 누님같은 서른 살의 양공주는 오랑캐꽃이자 수난의 조국이다. 「죽은
눈썹」이란 시에서도 만취된 이국 병정의 손아귀에 목 졸려 죽은 어느 양공
주를 노래하고 있는데, 깊은 분노가 파라독시컬한 이미지로 변용되었음을
알 수 있다.

　쉬르적인 수법으로 시를 쓰는 사람들에게 터부시되어 오고 있음이 상례
임에도 불구하고 과감하게 처참한 현실의 일면을 시로 수용하는 데에서 이
시인의 성실성을 발견하게 된다.

　또, 몇 편에 지나지 않으나 전통적 정서에 관심을 보이고 있다. 모던한 이
시인의 시풍으로 보아서는 언뜻 상반되는 것처럼 느껴진다. 그러나 여타의
것에 비하여 원숙한 느낌을 주는 사실에 주목하고 싶다. 앞으로의 이 시인
의 방향을 암시해주고 있지 않은가 생각되기 때문이다.

주발을 비우듯
도사린 양떼들이
큰 스님 곁으로
비 구름처럼 몰려 오는 듯이
비자(子)나무 숲 사이로
산비둘기 울음
한지(韓紙)에 배어 온다

—「한지(韓紙)」의 종반

「한지」와 「굴형」 등의 작품은 이 시인의 정신적 방향을 예언하는 풍향계라 할만하다. 그리고 하나 특기(特記)해야 할 것은 이 시집의 맨 앞을 장식하고 있는 「신혼가」의 시편에 관해서다. 우리나라의 시는 대부분 한이나 애수, 절망 등 어두운 면으로 이루어졌음이 사실이다. 그런데 내밀의 즐거움을 부끄러움으로도 흐르기가 일쑤인 것을 이 시인은 정면으로 받아들이고 있어 놀라움을 금하지 못하게 한다. 공자의 '사무사(思無邪)'를 떠올리게 하는 이런 사실은 건강한 그의 시 정신에 말미암은 것이다. 끝으로 필자에게 흥미를 보이는 것은 「흰 바다」의 시편들이다. 거의 매 편에 나오는 '흰 바다'는 무슨 관념의 상징물일까? 상징주의자들은 시에 즐겨 바다를 등장시켰으나 그것은 항시 동적인 것이었다. 그러나 이 시인의 '흰 바다'는 '흰'이라는 수식어가 가리키는대로 '푸른' 등의 동적인 이미지와는 정반대의 정적인 것이다. '하얀' 등이 주는 순수나 결백이 아니라 창백을 떠올리게 한다. '바다'의 사전적 의미의 밖에 서 있다. '흰 바다'가 나타나는 시의 거의에 '그미'가 등장하는 것을 보면 서로 깊은 함수관계를 맺고 있음을 짐작하게 한다. 이 시인의 시 정신을 검출하는 데 있어 열쇠가 될지도 모를 '흰 바다'의 근원 색출은 지면의 제한도 있고 또 본고의 성질도 있어 다른 기회로 미룰 수밖에 없다.

(〈대전일보〉, 1973년 4월 10일)

서정의 미학 — 조남익

대학 재학 중에《현대문학》지를 거쳐 데뷔 한 이래 첫 시집『어군의 지름길』을 내었던 홍희표 씨가 이번에 다시 제2시집『숙취』(조광출판사)를 상신하여 문단의 화제가 되고 있다. 그만큼 이번의『숙취』는 누구보다도 꾸준히 시작생활에 그의 온 젊음을 겸손하게 연소시켜온 그의 서정의 미학이 밝게 빛난다.

그는 누구보다도 젊고 유능하다. 이 말은 그의 연령보다도 작품을 염두에 두고 하는 말인데 이러한 그의 문단적 존재는 지극히 매력적인 존재가 되어 사람들의 촉망을 일신에 받아왔다. 그것은 그가 새 세대의 신선한 시인으로서 그의 문단적 위치로 보거나 제반 여건을 감안할 적에 조금도 과장된 표현이 아니다.

이러한 의미에서 무엇보다도 그는 참신하고도 독창적인 새 스타일의 언어를 가지고 등장한 점을 들어야 하겠다. 시란 언어가 도달할 수 있는 최고의 경지, 최고의 예술성을 그 이상으로 하여 온 이른바 '언어의 예술'임은 지금에 와서도 예외가 아니다.

"시에서는 미어(迷語)가 없으면 안 된다."는 것은 말라르메의 말이지만 오늘날 난해시의 원류라고도 할 이 상징주의의 거장도 시의 언어에는 조금도 후회하지 않는다. 오히려 신비주의로 이끌기 위한 한 방편으로써 상징성을 추구한 말라르메의 의도에서 우리는 의외로 언어의 마술적인 늪을 지켜보지 않을 수 없다.

요는 시와 언어, 시인과 언어는 절대적이다. 홍희표 씨가 화사하고도 풍요한 언어 떼를 거느리고 등장한 것은 확실히 새 세대의 매력이었다.

기왓골을 밟아오는
금발의 숲길을 헤치며
한 마리 새의 몸짓에
목마름 채워주고
달여울의 맑음을 향해
나래치는 투망

— 「아침의 노래」에서

'기왓골', '금발', '달여울', '투망' 등 이 시에 등장한 시어는 지금까지 우리가 보아온 흔한 언어들이 아니다. 그러나 이보다 더 중요한 것은 환희에 가득 찬 아침의 이미지를 이처럼 신선하고도 독창적으로 형상화할 수 있는 새 세대의 참신한 감각과 그 젊음이다. 60년대에 와서 부각되기 시작한 이 새로운 세대의 언어로서 우리는 홍희표, 박제천, 강은교 씨 등을 대표로 들 수 있을 것이다.

이러한 홍희표 씨가 이번 『숙취』에서는 인생이란 '굴렁'을 향하여 취하고 고민하는 이른바 인생관적 자아 세계에 부싯돌을 긋는다. 지금까지 그의 시는 화사한 젊음 쪽이었고 인생의 고민은 어쩌면 사치스런 고민이었을지도 모른다. 그러나 이번 『숙취』에 오면 젊음은 익어 생의 아픈 살에 조금씩 찔려 경련을 일으킨다.

때문에 그의 시에서 인생관 도입은 이번 시집의 중요한 변신일 것이다. 그러나 그는 지나친 고민도, 고통도, 통곡도 자제하면서 청신한 '이미지스트'의 기본 바탕에서만 인생을 소화하고 음미하는 것인데 이러한 경향은 여전히 신선한 감각의 촉수로 빛나고 거기에 시의 윤기가 산뜻하게 살아나는 시적 효과를 거둔다.

시는 경험에 Form을 부여하는 것이라면 홍희표 씨야말로 그가 살아오는 인생의 과정에 조금도 허욕을 두지 않고 시추의 건재를 걸어가는 것이 아닌가.

어금니로 껌을 씹듯
대낮에 시작하여
자정에 끝난
불붙는 당신의 성화
......
타오르는 등불을 끄고
안방에서 시작한
당신의 딸꾹질같은 투정은
꽃밭까지 번져가고
어금니로 껌을 씹듯
그런 모양으로
작약을 피어난다.

　　　　　　　　　　　　　　　　── 「작약」에서

　결혼생활의 이면을 내용으로 한 그 어려운 소재를 이만한 이미지의 처리
와 시적 승화한 것은 가히 일품이다. 작약은 함박꽃이 아닌가. 그 새빨간 꽃
잎(정열)은 지금 누구나 젖어나던 신혼생활의 축축한 땅에서 피지 않았다.
　그의 지성의 원숙한 품위는 그의 작품 곳곳에서 생명처럼 빛난다. 이른바
언어의 미학, 서정의 미학을 대하는 즐거움이 있다.

흔들리는 창밖의 벌판 사이
흙먼지 바람을 피우며
버스가 우뢰를 몰고 달려온다
기지개 켜는 보리밭 너머로
능구렁이가 울고 간 뒤
수양버들의 혼란 속으로
버스는 정류소를 떠나가고
진잠의 하이얀 신작로는
흙먼지 바람을 피우며
적막 속에 으스스 몸을 떤다.

「대낮」의 전문이다. 감정이 묻어 칙칙한 맛의 미학이 아니다. 버스를 타고 '진잠'을 지나면서 보는 하이얀 '대낮'의 풍경이 원초에 여지없이 그 '얼'을 떨어뜨린다. 그러면서도 이 '리얼리티'는 산뜻하고도 인상적이다. 특히 무성한 수양버들의 늘어진 모습을 그린 '수양버들의 혼란 속' 같은 시구는 그의 시적 천분을 잘 보여주는 것이다.

거듭 말하거니와 그는 새롭고 독창적이다. 그러면서도 그의 모든 발상과 정서는 서구적인 것이 아니라 전통적 미학의 기본 위에서 구축되고 있다. 그것은 그의 대성의 앞날을 예견하는데 풍요한 터전일 것이다.

시에 대한 일반의 인식은 시에서 무언가 많은 것을 얻으려는 경향이 아직도 지배적이 아닌가 한다. 그런 견해에서 본다면『숙취』는 사상적인 '어필'이 조금은 미약하다.

그러나 시의 목적이 감동과 쾌락에 있다는 아리스토텔레스의『시학』이나 삶의 '엔조이'에 두었던 W. H. 오든의 말을 상기할 적에 우리는 미학으로서의 시에 대한 정통성을 이해할 필요가 있다. 따라서 독자는 시를 읽는 것이 아니라 시를 통해 시인의 내면세계를 거쳐나간 진실한 경험을 읽는다고 현대시의 한 '패턴'을 이 시집에서 발견하게 될 것이다.

(『시의 오솔길』, 1973년)

한국적 미학의 재발견 — 진을주

『어군의 지름길』제1시집이 나온 지 5년 만에『숙취』제2시집이 나왔다.
홍희표 시인의 제2시집에서는 한국적 미학을 재발견하는 느낌이다. 설명할
필요없이「한지(韓紙)」라는 시 구절을 소개하면 족하리라 본다.

> 비자(榧子)나무 숲에서
> 새어나오는
> 산비둘기 울음
> 금빛 거울을 뚫고
> 잠 깬 뒤에서
> 혀뿌리에 매달리고
> 주발을 비우듯
> 도사린 양떼들이
> 큰스님 곁으로
> 비구름처럼 밀려오듯이
> 비자(榧子)나무 숲 사이로
> 산비둘기 울음
> 한지(韓紙)에 배어 온다.

더러는 "가장 민족적인 것이 가장 세계적인 것이다."라고 말하고 있듯이,
「숙취」아니「한지」의 시에서 이것이 바로 실증되고 있다. 서구시는 한국인
으론 그들에게 당하지 못한다. 꼭 서구인에게 맡겨야 한다. 우리 시는 오직
한국인이 다뤄야 한다.

홍 시인의 시 세계는 가장 가까운 주변에서, 가정에서부터 미학을 발견·

창조하고 있다. 단순한 소재인 듯하나 놀라울 정도로 미의 새로움을 깨닫게
하며 심취에 빠지게 하고 있다. 손끝으로 다뤄지는 기교나 미사구가 없이
주지적 이미지로써 과일 향처럼 풍기는 민족적 사상이 바닥에 깔려 있다.

좋은 시들로 묶어진 시집이라고 서슴없이 말하여 좋으리라 본다.

(《새교육》, 1970년 11월)

만남, 그 도취와 허무의 세계 — 최원규

『숙취』는 홍희표 시인의 제2시집의 명칭이다. 얼마 전 그가 시집을 내려고 원고를 정리하던 중 나를 찾아와 시집에 무엇이라고 이름을 붙일지 걱정이라는 말을 하였었다. 그 후 그를 만났을 때 이름이 결정되었노라고 하였다. 박두진 선생이 뽑아 주었고 제자도 맡아 주었다고 하였다.

무릇 『숙취』란 인간생활에서 되풀이되는 버릇인 동시에 내부적인 의미로는 두 가지 측면에서 바라볼 수 있는 것이라 하겠다. 첫째는 쓰라림의 체험이요, 둘째는 후련함의 카타르시스를 준다고 하겠다. 쓰라림은 얼마든지 우리 인간사회의 주변에 맴돌고 있는 바람처럼 늘 감돌고 스치고 있는 것이 아닌가.

그 바람은 때로는 세차게 살을 깎듯이 모질게 불수도 있고 눈을 뜰 수 없을 만큼 비바람과 흙바람을 동반하기도 할 것이다. 물론 시원한 맑은 바람이 되어 서늘함을 느끼게 할 수도 있지만. 그러나 우리 인간에겐 이 바람을 피할 길은 없는 것이다. 때로 벽에 기대어 잠시 바람을 모면할 수는 있겠지만 그 바람은 벽을 감돌아 스며늘게 마련이다.

모진 바람을 한껏 맞은 뒤에는 한결 후련함의 카타르시스를 맛보게 되리라. 아무리 찬 비바람을 맞고 쓰라림을 느꼈다 해도 다음 단계는 아늑한 방에 안주하여 스스로 따스함을 누리는 안도와 어려움을 겪고 난 다음의 평안함, 그것이 『숙취』의 세계가 아닌가.

홍 시인은 시집을 내고 기뻐했다. 그런데 얼마 뒤 시집 『숙취』란 이름 때문에 꽤 난처한 일을 당하였다고 들었다. 내용인즉 『숙취』란 말이 갖는 의미가 학생들에게 해독적인 것이 아니냐는 것이고 아름답지 못한 어휘가 아니냐는 의문을 모인이 제기하더라는 것이다. 그러나 그것은 시의 내용이나 시 정신을 알고 난 다음에는 문제가 되지 않는 이야기인 것이다.

1930년대 《백조》 동인들이 즐겨 쓰던 '밀실' 이란 말이 갖는 의미는 '몰래 숨어 지내는 방' 이 아니라 당시 일제 암흑하에 인텔리겐치아들이 자유롭게 호흡할 수 있었던 안식처를 뜻함과 같이 시적인 용어로 승화되어 새로운 의미를 갖게 된 것이다.

그러한 의미에서 『숙취』는 홍 시인의 세계에서 그려낸 아름다움과 동양적 향수의 세계를 형상화한 것이 아닌가. 『숙취』에는 신혼의 아름다운 체험을 형이상학적으로 승화시켰을 뿐만 아니라 자연적 현상의 숙취적 상태를 동양적 서정의 담담한 빛깔로 그려낸 세계가 있다. 즉 신혼의 체험이라면 이승에서 만난 이성과의 인연설을 토대로 하여 '만남' 의 미학을 그린 것이다. '만남' 과 '괴로움' 과 '헤어짐' 의 인과적 행렬 가운데서 자아와 타아가 하나의 벽으로 하여 영원히 만날 수도 없으며 우연히 '만남' 으로 하여 영원성 같은 하나의 목숨을 기릴 수도 있다는 것이다.

저 망망한 바다 가운데서 눈먼 고기 한 마리가 우연히 떠다니는 나뭇조각을 만나듯 인간과 인간 사이에는 '만남' 의 우연함과 그 영원성이 일순간의 불가사의한 것으로 다가오는 것을 하나의 어쩔 수 없는 반복적인 것으로 받아들여진 것이 『숙취』의 세계가 아닐까……

그러한 한편 사이가 바뀌고 꼭 이절이 되풀이되면 아련한 봄이 찾아오듯 하루 가운데도 어쩔 수 없는 노을이 깔린 저녁의 정염이 찾아오듯, 자연적 회귀 이것이 『숙취』의 세계요, 반복의 원리가 아닐까.

『숙취』 그것은 '봄' 이며 '노을' 이며 '만남' 의 영원한 고향인 것이다.

(『한국현대시의 형상과 비평』, 1973년)

제3시집

마음은 구겨지고

목차

제Ⅱ부　작품론

읽으시는 분들께

　여기에 수록된 작품은 1973년 이후의 것들이다. 나에게는 세 번째의 시집이 되며 내 생의 한 계절을 마감하는 근황이기도 하다. 요즘 와, 나는 삶의 진경을 그리는 것이 시의 사명이며 임무라는 것을 확신케 되었다. 진지한 삶의 현장 속에서 진지한 시를 조우하게 되지 않을까.

　마음은 자꾸 작아지고 구겨지고 눈먼 별들이 이빨을 갈고 있는 한밤이다. 그런 암울한 시대에 무력한 나의 시편들을 일깨운다. 갈수록 시 쓰는 행위가 허무한 생각이 든다. 발표하는 행위도 더구나 더 허무한 생각이다. 이런 허무의 아스라한 수렁 속에서 이 시집을 묶어 낸다.

　할! 우리들의 신선도는 어디 있느뇨?

1978년 9월

홍 희 표

생의 형이하학적 체험과 형이상학적 미학 — 박진환

시집『마음은 구겨지고』는 홍희표의 제3시집이다.『어군(魚群)의 지름길』,
『숙취(宿醉)』에 이어 던지는 이미지와 서정의 조화가 이루는 삶에 대한 체험
과 미학적 변주는 그의 시가 다분히 이미지와 서정 일변도로 흐르기 쉬웠
던 약점을 적절히 보완하면서 일상적인 삶에서 체험한 보편적인 삶을 시대
적 삶으로 확대시켜 가는 진경(眞景)을 보여주고 있다.

삶의 현장으로부터 얻어내는 시대적 상황의식 속에는 존재에 대한 깊은 성
찰과 자신의 삶을 통한 또 다른 삶에의 절망과 갈구가 자리를 같이 하고 있다.

홍희표의 제3시집『마음은 구겨지고』에는 일상적인 하학적(下學的) 삶을
통한 내면적인 삶에의 갈구, 즉 상학적(上學的) 미학에로의 확대, 승화라는
노력으로부터 출발하고 있음을 보게 한다.

'삶에의 절망 없이는 삶에의 사랑도 있을 수 없다'는 체험적 생의 파악이
라고나 할까. 어떻든『어군의 지름길』처럼 신선한 이미지의 당돌한 충격의
제1시집과 이미지 일변도에서 따스한 체온의 자기회복을 꾀하고자 했던
'서정에의 복귀'『숙취』의 정서가 적절히 조화를 이루는 삶에 대한 사랑과
고뇌의 변주는 그의 시에 나타난 양면성을 본질적 일원화로 합일시키고자
했다는 점에서 중요한 의의를 갖는다고 해야 할 것 같다.

4부로 나누어 수록한 60여 편의 시편이 이루는『마음은 구겨지고』는 1부
에서 삶의 진경(眞景), 즉 삶을 꽃피우는 것이 시의 임무이자 사명이라는 철
저한 시인의 입장에서 심중에 부딪쳐 오는 현대의 상황의식을 다양한 내면
증언으로 굴절, 이미지화하고 있고 2부에서는 비정적 일상의 삶을 소시민
적 입장에서 직관하는, 즉 부조리한 모순 현장을 우리말의 강렬한 운율로

의식적으로 직감하도록 변주하고 있다. 3부에서는 타자를 동원해 자신의 삶을 이입해보고 삶의 내면 정황을 암시, 확대하며 이를 선문답식으로 해체해보고 있는가 하면 4부에서는 묘약처럼 다가오는 자연 속에 파괴되는 무량한 심층과 잃어져 가는 자연의 정서를 접목시키고자 하는 노력을 보여주고 있다.

다분히 의식적 구조가 노출되는 4부의 내재적 본질을 이루고 있는 것은 생에 대한 철저한 체험, 철저한 절망, 철저한 사랑이라는 의식적이라기보다는 잠재적이고 체험적인 그의 시적 임무, 사명의식이 선행되어 있음을 알게 한다. 이러한 시적 자각으로부터 출발하지 않고서 생에 대한 절망과 사랑을 체득하고자 하는 것은 항용 겪는 아픔이나 고뇌 이상일 수 없는 하학적인 체험에 불과하게 된다.

홍희표의 『마음은 구겨지고』가 담고 있는 것은 삶에 대한 측면적 파악을 통한 본질적 접근 내지는 실현이라는 사명의식을 수반하고 있다. 삶에 대한 아픔이나 고뇌, 절망이나 사랑은 인간이 겪는 보편적인 생의 체험에서 비롯될 수 있다. 그러한 보편적인 생의 아픔이나 고뇌, 절망이나 사랑을 또 하나의 차원으로 확대시키고 이끌어 올리려는 노력을 홍희표는 시인적 임무와 사명의식으로 받아들이고 있다.

"모든 과학이나 진리가 부딪치는 벽에 시인의 발이 내닫는다."는 함축성 있는 터득이 홍희표의 경우에서 적절히 어울리는 것 같다.

제1시집에서 보여준 서구적 이미지스트의 체취가 제2시집에서 로컬 아닌 동양적 리리시즘에로의 접근에서 얻어진 제3시집 『마음은 구겨지고』는 그의 생동하고 날렵한 이미지의 인두로도, 더운 체온의 서정적 다리미로도 펴지 못하는 것이었는지 궁금하지 않을 수 없을 것 같다.

> 반들반들한 리듬
> 자갈과 환상
> 마음은 구겨지고
> 자꾸 구겨지고.
>
> 경보(警報)가 솟아진다

박쥐의 굴욕
물렁물렁한 내세
속은 얕아지고.

얼굴은 곱지만
먼지 덮인 좌우명
죽음의 두개골
구리로 돈 연인.

숨바꼭질하듯
하늘 끝에 늘어진
꿈의 열쇠
마음은 구겨지고

불온(不穩)한 페이지에
쇠파리가 떨어진다
겹겹으로 쌓이는
땅바닥의 상한 말.

「마음은 구겨지고」의 일부분이다. 시집 표제이기도 하지만 이 한 편의 시가 결코 이 시집을 대표할 수는 없다. 다만 이 시를 통해서 '구겨진 마음'의 아픔이 무엇인가. 구김 없던 사물의 투시력과 깊고 맑은 서정성 획득에도 불구하고 왜 마음은 구겨지는 것인가. 이러한 측면에서 본다면 이 한 편의 시는 이 시인의 시적 변화라기보다는 시인의 내면적인 변화 즉, 삶에 대한 파악에서 터득하는 존재에의 반응과 갈증을 표현한 것으로 보아줄 수 있을 때 삶에 대한 파악의 변화라고 볼 수 있을 것 같다.

이러한 생의 변화 속에는 다분히 내면성을 내포하고 있다. 하나는 생에 대한 신비와 고뇌 즉 본질적 생에의 파악과 또 다른 하나는 인류적 생의 파악이다. 시대적인 삶에 대한 파악이 그것이다. 시대적인 상황의식과 존재 상황의 심층적 의식의 양면성이 그것이다. 이는 다분히 "삶에는 다분히 두

가지 체험의 그늘을 거느리고 있다. 하나는 이 세상에는 헤아릴 수 없는 신비와 고뇌가 넘쳐흐르고 있다는 생각에 자리하고 다른 하나는 인류의 정신적 퇴폐기에 내가 살게 되었다는 사실"이라고 개인적인 체험을 토대로 술회한 슈바이처적인 사고에 본질적 바탕을 두고 있음을 보게 된다.

그 예로 우리는 여러 편의 시를 예시 할 수 있을 것 같다.

> 어둠과 어둠은 만나고 있습니다. 침묵은 침묵을 강요하고 있습니다. 부정과 주림, 주림과 부정은 늘 악수하고 있습니다.

「악수」의 첫 부분이 보여주는 모순이 악순환되는 약육강식의 처절한 시대상의 반휴머니즘적인 독소를 내면증언으로 굴절, 이미지화함으로 얻어내는 슈바이처적인 인류양심의 퇴폐기에 살게 되는 시인의 아픔과 고뇌를 읽을 수 있게 하고

> 휴지 조각이 날아오르듯
> 금이 가는 허수아비
> 담배 연기 쓰다듬으며
> 죽어 가는 허수아비

「허수아비」의 한 부분에서는 허울을 쓴 인간 즉 존재상황의 반응과 갈증을 보여주고 있다. 바하마르의 병동에서 탈을 벗어 던지고 죽어간 니체적 체험이다. 탈을 쓴 인간, 아니 외형만 걸친 허수아비. 허수아비는 비생명체다. 곧 박제된 생의 허물이다. 박제된 생을 통해 생의 아픔을 체험하는 고뇌에 찬 신비, 시인의 생에 대한 파악은 다분히 "참된 생에 발들여 놓는다는 것이 보편적인 생에 살면서 스스로의 개인적인 생을 죽음으로부터 건져내는 것"이라는 니체적 체험에서 비롯되고 있는 듯 싶다.

아무튼 홍희표의 생에 대한 양면성은 그의 시편들이 제시해 주고 있거니와 이러한 삶에 생명을 주어 꽃을 피우는 것이 시인의 사명이자 임무라 믿는 그의 시 정신의 높은 차원에서 그의 시는 다루어져야 할 것 같다.

지금까지의 것들은『마음은 구겨지고』1부에 해당되는 것들로 간주될 수 있을 것 같다. 2부에서는 비정적 일상, 그 일상 속의 삶과 부딪치면서 부조리나 모순 그 현장을 직시하면서 이를 우리말의 강력한 리듬으로 변주하고 있음을 보게 한다.

> 감겨있어요나의두눈은쇠파리떼에쫓기여눈뜨고죽은얼룩소폭음은구름을뭉개고볼수가없어요도래질하는호박잎시뻘건우물태엽은헛바퀴돌고있어요(…중략…)나의입은화물열차에실려가고있어요지문(指紋)같은터널속에나는떨어지고있어요구릉(丘陵)도후조(候鳥)도천사도빗소리내며적처럼떨어지고있어요총소리에누워잠든나의입은화물열차의뒷칸처럼닫혀있어요.

「헛바퀴」의 전반과 후반이다. 비정적인 삶, 그 부조리한 모순투성이의 현장은 정제(整齊)되고 균제(均齊)된 리듬으로 직설하고 있다. 다분히 의식적 구도가 노출될 듯 하면서도 강력한 리듬의 힘에 의해 급류를 이루어 가는 비정한 현장이 미학의 차원으로 추상적 경지를 이루고 있다. 행과 연이 달리 없는 의식적인 변형이 오히려 충격적 이미지의 복합성으로 확대되면서 흔히 걸리기 쉬운 감상적 서정을 배제함으로써 더 큰 성과를 거두고 있음도 보게 되는데 2부의 전시편의 동 수법에 의한 동질의 효과를 획득하고 있음을 보게 한다.

이러한 일상적 삶 속에는 비정한 삶, 부조리, 모순만이 팽배한 현장이 아니고 자신에 대한 비정한 일상도 포함되어있다.

> (…전략…) 깨물어부럼까며딱정벌레뒤흔드는한개비성냥불그대의낭떠러지징소리듣듯카바이트술마시며마시며구멍없는피리불고있습니다.

「징소리」의 끝부분이 보여주는 자신의 삶에 대한 파악, 그것은 또 다른 삶에 대한 갈구일수도 있을 것 같다. 절망적 생의 체득이 새로운 생의 애정으로 환치된다는 카뮈적 절망이 일차적으로 깔려 있음을 보게 되는 때문이다. 시인의 일상 카바이트 술로 마취된 채 구멍 없는 피리를 부는 시인의 절망감과 허무, 인간의 악기인 시와 구멍 없는 피리를 애써 불면서 노래하고자 하는 시인의 이율배반적인 모순 속에서 시인의 일상적 삶에 대한 현장을 떠올릴 수 있다. 곧 징소리처럼 퍼질 음폭과 진폭으로 메아리질 노래를 잃고 있는 시인, 이를 회복하기 위해 구멍 없는 피리를 불어대는 시인의 고뇌와 아픔이 무엇인가를 홍희표는 그의 일상적 삶을 통해 충분히 제시해 주고 있다고 볼 수 있을 것 같다.

생의 모순, 부조리, 비정한 현실, 이의 변주를 통한 극기의 몸부림은 그의 시를 또 다른 삶의 내면정황으로 암시함으로써 새로운 삶의 방식을 획득하고 있다.

3부의 시편들은 이러한 그의 새로운 시도적 시편들임을 보게 되는데 종교적 측면을 차용하고 있음을 보게 한다. 타자를 동원해 자신의 삶을 이입, 삶의 내면 정황을 암시, 확대하여 선문답식으로 삶의 진경을 해체해 보고 있다. 김구, 전강선사, 서정주, 신석초, 천단강성, 샤를르 보들레르 등 다분히 심취했던 사람들의 삶을 통한 자신의 삶의 확대라는 새로운 시도가 시인과 시와 삶의 동질로 혼용되면서 삶의 한 방식을 제시하고 있다.

> 단청 사이로
> 떨어지는
> 매미 울음
> 중풍처럼
> 하늘은 노랗고
> 연잎에 피어오르는
> 청풍명월
> 딱나무 밑에
> 뒹군다
> 의치 사이로
> 숨어들던
> 매미 울음
> 하늘은 노랗고
> 목어 숨쉰다

잎사귀에 갇혀
꽃까참새처럼
치솟는다.

신석초를 동원, 자신의 삶을 이입해 본 「얼룩」의 전문이다. 몰허무, 탈허무의 갈림길에서 끝내 자신의 생을 최대한으로 살다간 신석초의 생을 통해 자신의 삶에 대한 확대가 내면적 조화를 이루면서 하나의 합일점을 암시한다. 시인의 생에 대한 양면성의 파악, 일상을 통한 비정한 현장의 파악 그리고 자신의 본질적 이입을 통한 실상의 구도적 파악이 이 시인의 시와 인생에 대한 올바른 인식을 깊은 심층으로부터 터득하게 하고 있음을 보게 한다.

또 이는 초기 서구적 이미지의 강렬한 추구, 『숙취』에서의 서정에의 회귀 등의 지류가 합류하는 복합미학에의 가능성을 시도하고 또 이를 적절히 성공적으로 거두고 있음을 동시에 보여주는 예라고 할 수 있을 것 같다. 이러한 예로서 「무공적(無孔笛)」을 제시해도 무방할 것 같다.

매미 떼들이 음계 틀린
파도로 몰려와
지천으로 울고 있다
호박색으로 울고 있다.

주색으로 얼룩지며
관절염을 앓으며
신경통으로 허덕이며

대웅전의 부처님은
뜰 앞의 잣나무
대웅전의 부처님은
뜰 밖의 잣나무.

미당 서정주를 모델로 한 이 시는 미당의 인생 편역과 인간됨을 그의 생을 통해 적절히 파악, 표출해냄으로써 미당의 내외적 정황을 충분히 굴절,

확산시키고 있음을 보게 되는데, 이는 홍희표의 프리즘이 늘 빛과 가까이 하고 있음을 암시해 주는 듯 싶기도 하다. 그보다 그는 자신의 생을 늘 확산시키기보다는 내면으로 굴절시켜 이를 몇 개의 이미지로 충돌, 확산시키는 비장(秘藏)의 프리즘을 갖고 있음을 보여 주는 계기가 되기도 한다.

아무튼 1, 2, 3부에서 보여준 생의 원초적이고 근원적인 파악에서부터 삶의 터득, 삶의 방식, 삶에 대한 절망과 사랑의 본질적 파악으로부터 출발한 그의 시는 새로운 관심과 새로운 시도와 그의 시적 결합이라는 여러 측면에서 관심할 바가 많음을 제시해주고 있음을 알게 한다.

그가 삶의 현장을 직관 내지 직시하면서도 아픔이나 고뇌, 좌절이나 허무 일변도에 떨어지지 않고 이를 통한 새로운 삶에의 터득, 새로운 파악을 통해 삶의 본질적 사랑과 지혜로운 조화로 이끌어 올리는 노력은 생의 하학적 체험을 통한 상학적 실현이라는 미학에 접근시킴으로써 그의 새로운 시 방법과 함께 새로운 시 정신의 개화라 보아도 무방할 것 같다.

끝으로 4부의 자연시편을 통한 자연관, 그의 관조적인 자세와 교감 내지는 자연과 사물에 대한 균형 잡힌 내면적 투시력에 관심함도 유익하다고 볼 수 있다.

> (…전략…) 숙취 끝에 떨리는 안개, 손톱에 끼이는 때, 한낮을 올리는 백묵, 긴 하품, 의자에 삐걱이는 바지통, 마른 수양버들, 담뱃재, 하염없이 잠든 뮤즈, 그런 틈바구니에서 나는 종종 네 목청을 생각하면 그때마다 꽃술 위에 피어나는 햇빛으로 나의 일상은 별이 돌고 뜨거운 것으로 내안(內岸)에 가득찬다.

「지구 끝에서」의 후반부다. 지식인의 피곤한 일상과 메마른 생활에서 피를 돌게 하고 메마른 마음의 가지에 물기가 돌게 하며 밤하늘 가득히 별이 돋게 하는 딸의 목소리, 그 딸의 목소리를 나리꽃의 자연과 동명 의인화하여 자연의 정서로 이끌어내는 이 시인의 호소력 속에는 자연과 인간의 정서를 접목시키려는 조용한 관조적 자세가 잘 나타나 있음을 보게 한다.

구겨진 삶, 그리고 인간 내면을 적시는, 피가 돌게 하는 묘약으로서의 자연 파악은 홍희표의 깊은 애정에서 솟는 사랑의 발현 같은 것으로 파악되어진다. 생에 대한 고뇌와 좌절, 아픔이나 허무를 극기하는 초연성을 터득할 수 없다면 우리는 자연과도 만날 수 없다. 또 자연은 우리의 고뇌나 아픔을 무상으로 위로해주는 위안이 되기도 한다.

홍희표의 자연에 대한 관심은 이러한 자연에 대한 찬탄이나 몰입이나 음풍영월이 아니라 자연과 인간의 조화로운 접목을 통한 위로를 획득하고자 하는 곳에 그의 시적 차원이 설정된다.

> 오늘도 창 밖을 바라보며
> 오랑캐꽃은 수줍게
> 수줍게 던지고 있다.
> 서투른 몸짓으로
> 자주자주 길을 잃듯
> 복도로 떨어지는 오랑캐꽃
> 몸과 몸 혼과 혼이
> 섞이고 섞여서
> 경사(傾斜)로 깔리는 시간
> 껌을 씹으며
> 나도 오늘쯤 여행을
> 떠나고 싶다.

아무렇게나 골라본 「경사」의 전문이다. 오랑캐꽃 그 흔한 화훼의 수줍음은 꽃에 몸과 몸, 혼과 혼을 담는 일순의 영원성 속에 자연과 인간의 벽은 놓이기 마련이다. 영원과 일순도 그렇게 터득되고 인간과 자연도 또 그렇게 터득하기 마련이다.

떠나고 싶은 여행. 그 행로가 어디여도 좋다. 어딘가를 향한 영원성, 일순의 터득이 갈구하는 영원성은 대자연에서 자신을 발견했을 때 자연과 자신이 일치되는 순간에 터득되는 것이기도 하다.

아무튼 홍희표의 자연은 자연을 분리시켜 자연 그것만을 바라보는 것이 아니라 자연과 인간이 합일하는 자연관에서 출발하고 있다. 그것은 관조적 자세와 자연과 사물에 대한 내면성, 인식력과 투시력 그리고 자연과 인간의 동질의 애정으로만이 가능하다고 보아 줄 때 그의 자연에의 관심은 자신 속에 자연을, 자연 속에 자신을 있게 할 것으로 확신된다.

이상은 그의 제3시집 『마음은 구겨지고』에 실린 시를 통해 그의 시적 관심도에 따라 편의상 더듬어 본 것에 불과하다. 어떻든 그의 변화가 분명함을 알게 한다. 첫 시집의 서구적 영향, 둘째 시집의 동양적 파악, 그리고 셋째 시집에서의 인간의 파악 등은 그가 생을 살아가는 영역을 확대함으로써 필연적으로 조우하게 되는 삶의 터득, 삶의 방식에 대한 관심이라 보아도 무방할 것 같다.

그리고 그의 삶의 터득이나 방식이 근원적이고 본질적이면서 생에 대한 고뇌나 좌절을 극복, 삶에 대한 초극이 터득되는 삶에 대한 새로운 갈구가 삶에 대한 사랑을 바탕으로 한다는 점에서 그는 보다 크고 가능한 신화를 획득하고 있음을 보게 된다. 그런가 하면 인간과 자연의 균제된 조화를 통해 인간성 상실이라는 현대적 생활방식을 초월하려는 노력과 관심도 주목을 끌고 있다 하겠다.

보다 자신의 시심을 심화, 확대하여 현대를 살아가는, 또 시대를 살아가는 삶의 위안이 되어 주기를 독자와 항상 지켜보고 싶다.

홍희표 시집   마음은 구겨지고

1978년 9월 20일 초판인쇄
1978년 9월 25일 초판발행
저자 · 홍희표
발행인 · 이찬식
발행처 · 예유사
인쇄처 · 대한공론사

값 1,200원

길 손 — 조남익

— 홍희표

혼자 사는 내 외딴집에
이따금 귀한 길손이 들었다
나만큼이나 외로움 타는 그가
항시 몰고 오는 것은
소나기
우리는 달콤한 소나기 욕조에 함께 들어가
먼 길의 담판을 즐긴다

잠언이 술렁거리며 소리를 냈다
그의 배낭에서 울리는 하, 낙엽의 빈손들
그가 찍어놓은 낙관의 진동이다

별과 늪 그리고 구원 — 조재훈

홍희표는 이번에 그동안 발표했던 작품들을 모아 『마음은 구겨지고』를 내놓았다. 1968년의 『어군의 지름길』과 1973년의 『숙취』에 이어 제3시집이 되는데, 5년을 주기로 하여 정리하고 있는 셈이다. 첫 시집에서는 신선하고 발랄한 이미지들의 춤을 그리고 제2시집에서는 주로 자연의 아름다움과 삶의 밝은 모습을 경쾌한 터치로 각각 노래하였으며, 이번의 시집에서는 현대를 사는 어둡고 울적한 마음을 무거운 토운으로 노래하고 있다. 이러한 변모는 삶과 세계를 인식하는 자아의 성숙을 의미하며 또한 끊임없이 참을 추구하는 이 시인의 성실성을 변증법적으로 드러내 준다.

64편을 4부로 나눈 이 시집의 바탕을 형성하고 있는 정신은 단적으로 말하여 '비극과 구원'이다. 이것은 특히 1·2부에 두드러지게 나타나고 있어서 이 시집의 액센트는 여기에 놓인다. 3부는 이 시인의 시적 이력서로서 시적 성장을 가늠하는 흥미로운 자료가 되며, 4부는 이 시인의 본바탕과 앞날을 예견할 수 있다는 점에서 주목된다.

홍희표는 어두운 늪에서 밤하늘의 별을 쳐다보고 있다. 온갖 바이러스가 난무하는 현실이라는 지상의 늪에서 절대의 천상을 향하여 애타게 송신을 하고 있는 것이다. 그러나 헛수고일 뿐, 참담한 자기와의 조우를 피할 수 없게 된다. 그는 시집의 서문에서 그런 사정을 이렇게 말하고 있다.

"마음은 자꾸 작아지고 구겨지고 눈먼 별들이 이빨을 갈고 있는 한밤이다. 그런 암울한 시대에 무력한 나의 시편들을 일깨운다."

빛을 주고 길을 제시해야 할 바램의 표적— 별은 제 기능을 발휘하지 못할뿐더러 저주와 악의까지 차 있다. 좌절과 절망은 여기에서 온다. 좀 더 구체적으로 접근해 보면, 허위와 부정으로 가득찬 현실과 시인의 진실 또는 꿈과의 간극은 메꿀 수 없게 되었고 또한 현실을 떠나서는 달리 그 간극의 심연을 해소시킬 수 없다는 자각 때문에 괴로워하고 있는 것이다. 루시앙 골드만의 말을 빌어 '비극적 세계관'이라 할 수 있다. 사람이 어떤 바람직하지 않은 상황에 처했을 때 취할 수 있는 태도는 크게 두 가지로 나타난다. 카멜레온 같이 재빨리 영합하는 것이 그 하나이며, 항거와 거부를 보여주는 것이 그 다른 하나다. 앞의 경우는 아유구용, 물론 체념에서 오는 동화 또는 무자각도 포함되는데, 이것은 양심을 외면하고 있을 뿐 아니라 역사발전의 바른 방향에 아무런 것도 기여하지 못하므로 논의의 대상이 되지 않는다. 다만, 뒤의 경우만 문제되는데 이것을 다시 편의상 넷으로 구분할 수 있다. 첫째는 자연이나 종교로의 도피. 조선조의 낙향문학, 일제치하의 전원문학 등이 여기에 속한다. 둘째는 비분강개의 곧은 태도다. 처절하고 엄숙하지만 싸움의 과정을 생략함으로써 때로는 무위로 끝나는 자결문학이다. 셋째는 역사의식과 윤리의식을 바탕에 깔고 상황을 강력히 거부하되 무엇인가 그 속에서 모색하고자 끈질긴 노력을 보여주는 유형이다. 넷째는 행동으로 저항하는 과격한 타입이다.

이 가운데서 가장 지적이고 온당한 것은 셋째 유형이다. 현실과 꿈이 충돌하여 절망을 낳고 그 절망은 위대한 구원을 탄생시킬 수 있기 때문이다. 앞에서 말한 골드만의 '비극적 세계관'의 거점이 바로 여기에 있고 홍희표의 시 세계도 여기에 놓인다.

시집의 이름 『마음은 구겨지고』는 맨 첫머리에 나오는 시의 제명으로서 그의 다른 작품보다 뛰어난 것이라고 할 수는 없지만, 몇 가지 면에서 홍희표의 시적 특성을 극명하게 드러내 준다. 먼저 지적할 수 있는 것은 비가시적인 세계의 가시화. 웰렉처럼 메타포와 이미지를 동의어로 파악할 때의 기능이 작용한다. 「마음」이라는 추상의 차원을 종이나 옷감처럼 '구겨진'

다고 생각하는 시인의 눈은 귀중한 것이며 그러한 물질화, 감각화가 홍희표의 시 표현에 있어서 골격을 이룬다. 그리고 서술의 미완성에 주목하지 않으면 안 된다. 이것은 '구겨지는 마음', '마음은 구겨진다', '마음의 구겨짐' 따위가 아니고 뒤에 얼마든지 붙을 수 있는 서술어의 여백을 남겨두고 있다는 사실을 가리키는 말인데, 과거의 시들은 한결같이 명사로 되어 있어서 뚜렷한 대조를 보여준다. 비단, 제명에 국한된 것이 아니고 이 시집의 도처에 나타난 현상으로서, 완미한 형식을 갖출 수 없다는 붕괴의 의미가 내재했다고 생각되며 이것은 근황의 그의 시 정신과 긴밀한 연관을 맺고 있다. 끝으로, '구겨'졌다는 좌절과 절망의 내면 풍경이고 그것은 어떠한 모습을 하고 있으며 어디서 오는가, 그리고 그의 비극은 비극에서 머물 것인가 하는 등등의 문제들이다.

> 마차는 달리고 있었다
> 채찍 휘두루고
> 상복만지며
> 피묻은 풀잎 밟으며
> 사원은 무너지고
> 낡은 스크린 속으로
> 우는 울음 우는 울음
>
> ― 「가스등 꺼지고」의 후반부

아무렇게나 뽑아 본 이런 시구에도 현대의 진단과 그의 비극적 내면의 세계를 쉽게 감지할 수 있다. 그의 이번 시집에 유난스럽게도 '시들다, 부서지다, 죽다, 이갈다, 떨어지다, 도망치다, 망가뜨리다, 허덕이다, 흔들리다, 비틀대다……' 등등 강렬하면서 부정적인 이미지를 갖는 말이 무수하게 구사되고 있음도 그의 내면과 무관하지 않다. "문어들이 으하하 머리 흔들고, (문어의 함축적 의미를, Florence를 예로 들어 설명한 사르트르의 방식으로 연상해주기 바란다.)누이는 이민을 가는데," (「펜촉을 시들고」), "국산양주

(國產洋酒)나 퍼마시며 폭력과 무지를 껴안고/나도 잠들어 버릴까/오호! 어금니 조금쯤 갈며—"(「소리」)라고 심한 자조를 보이는가 하면, "지구의 끝에도/없는 성을/달팽이 기어가듯/찾아가지만/잘 닦은 안경을 쓰고/나는 살고 싶다/죽은 알코올의 심장 속에서"(「물구나무」) 이렇게 혐오와 잔혹으로 가득찬 절망을 역설적으로 노래한다.

급격한 산업사회로 변모되는 데에서 초래되는 사회구조의 온갖 모순과, 청순하기 때문에 어두울 수밖에 없는 시인의 상처를 볼 수 있는데, 그런 데에서 오는 자기소멸과 자기파괴를 어떻게 구원의 길로 이끌 수 있을까가 문제되지 않을 수 없다. 4부에 있는 시편들 속에서 복락원에의 단서를 찾을 수 있음은 우리에게 적지 않은 위안이 된다.

> 잠 잃은
> 교회당의 십자가
> 하이힐처럼
> 여위어 가면
>
> 잿무덤 사이로
> 들깨 냄새
> 배추 이랑에
> 오리빛 양산
>
> —「대추알」 앞부분
>
> 여윈 낮달
> 상여 소리같은
> 토담밑
> 개비름 뒹굴고,
>
> 신작로에 흩어지는
> 얼룩암소
> 싸리꽃 지듯

막 떠난 버스.

— 「탁배기」 뒷부분

　이런 것에서 발견되는 자연과의 교감, 하잘 것 없는 것들에의 섬세한 애정, 관념이 보이지 않으나 벅차게 압도하는 정서의 울림 등을 잃어버린 낙원을 찾는 하나의 소중한 열쇠로 보고 싶다. 이것은 삶의 현장에서 한 발짝 뒤로 물러서거나 외면하라는 말이 아니다. 보다 치열하게 정면에서 삶을 투시하되 정말 구원의 길이 무엇인가를 시로서 찾아야 한다는 의미이다. 서문에서 "나는 삶의 진경을 그리는 것이 시의 사명이며 임무라는 것을 확신케 되었다."라고 명쾌하게 보여준 선언을 다시 음미하면서 홍희표의 시적 행방에 대하여 주시해야 할 까닭이 여기에 있다.

(《현대시학》, 1979년 2월호)

자아, 세계의 축소 — 홍신선

홍희표 씨의 시집『마음은 구겨지고』를 읽는다. 이 시집은 홍희표 씨에게 있어 1968년의 첫 시집『어군의 지름길』, 1973년의『숙취』에 이은 세 번째 의 시집이 된다. Ⅰ, Ⅱ, Ⅲ, Ⅳ부로 나뉘어 총 64편의 시를 수록하고 있다. 특히 Ⅲ부는 가까운 친구로부터 최근『뿌리』의 작가로 우리에게도 익숙하게 알려진 '알렉스 헤일리'에 이르기까지 여러 인물들의 요사로 채워져 있다. Ⅱ부의 경우, 기존 문장법의 하나인 띄어쓰기를 완전히 무시한 시들로 채워 져 있는 것도 이 시집을 통독하고 난 뒤의 한 기억거리로 우리에게는 남는 다. 다른 사람들의 시집과는 조금 다른 면모인 듯한 이런 문제에서부터 우리 는 화제를 펴나가 보기로 하자. 지금까지 우리 시에 있어온 관념대로 하자면 띄어쓰기의 거부는 초현실주의적인 수법의 하나로 이야기되고 있다.

1930년대 이상(李箱)이 보였고 그것이 엄밀한 검토 없이 이상 시의 한 특 징으로서 초현실주의라고 치부되어 온 것이다. 초현실주의가 우리나라의 경우는 어쩌다 단순한 기법상의 흔적으로만 수용되고 인식되고 있는 것을 우리는 알고 있다. 그러나 정말 유럽에서의 초현실주의는 정신의 문제이고 생의 문제였음을 이해해야 될 것이다. 곧 유럽의 합리주의가 구축한 체제 와 틀로부터의 자유였고 해방이며 새로운 생의 탐구였던 것이다. 이상이 보인 띄어쓰기의 거부가 어떤 정신의 문맥에 놓이는가는 홍희표 씨의 시 독후감을 말하는 이 글에서는 크게 관심할 바도, 또 할 수도 없는 일이다. 중요한 것은, 그리고 우리가 관심할 바는 홍희표 씨가 왜 구태여 이런 형태 를 시 속에 보여야 되는가 하는 문제이다.

짐작이 허락된다면 이렇게 나는 적고 싶다. '곧 모든 이루어져 있는 것들에 대한 불신과 이루어져 있음으로써 그들이 우리 생에 가하는 압력을 부수려는 것이다' 라고. 실제로 기존의 혹은 선험적으로 이루어진 형식은 어떤 창조적인 에네르기를 억압하고 파괴하는 힘을 그 자체로 행사하고 있다. 시인이 하는 싸움 중의 한 싸움도 기존 세계와의 싸움이다. 이 같은 심리적인 바탕 혹은 정신적인 바탕을 마련하고 나면 띄어쓰기의 거부라는 사태의 의미 같은 것이 분명히 드러난다. 띄어쓰기의 거부는 형식이란 개념 쪽으로 단순화시켜서 이해해서는 안 되며 그 자체가 시인의 인생관의 일부를 이룬다는 점을 알아야 한다.

홍희표 씨의 띄어쓰기의 거부 또는 기존 세계의 깨뜨림은 이제 『마음은 구겨지고』란 시집 전부의 정신적 바탕으로 확대해서 읽어도 좋을 것이다. 있는 그대로의 세계를 그대로 수용하지 못하는 다소 비관적인 세계 이해는 홍희표 씨 자신의 말로 바꾸어 표현하자면 "자기 존재의 모순"이라는 표현이 될 것이다. 자기 존재를 모순 그 자체로 이해하게 될 때 거기에는 당연히 그 모순을 쉽게 수용하지 않으려는 의지가 개입된다. 앞에서 적은 세계를 있는 그대로 수용하지 못한다는 태도 역시 이런 의지에서 온다고 보면 될 것이다.

그런데 홍희표 씨의 시는 이 같은 세계의 기존 거부를, 그리고 자기 존재의 모순을, 1960년대 일부 시인들처럼 사람과 사람 사이의 관계의 뒤틀림이나 그와 유사한 측면으로 확대해서 몰고 가거나 하지 않는다. 곧 씨는 담담하게 모순을 자아 쪽으로 국한시켜 묘사하려든다. 사회나 자기둘레의 상황의 탓으로 강경하게 대들지 않는 것이다. 이점이 세계를 다 같이 모순으로 이해하면서도 다른 시인이 보이는 자세나 태도와 구별되는 큰 지점이 될 것이다.

Ⅲ부에 수록된 시들은 이미 적은 바이지만 모두 특정 인물들을 그리고 있는 시인데, 이 특정 인물들의 공통점은 주로 예술가에 국한된다는 점이다. 이들 예술가란 어쨌든 기존의 세계와 화해롭지 못한 존재들이다. 오히려

그 기존 세계의 깨뜨림으로 존재 의의를 갖는 인물들인 것이다. 따라서 특정 인물들의 묘사란 틀을 빌고 있지만 이들 시편도 결국은 홍 씨의 정신 풍경을 보이는 것으로 읽게 되는 것이다. 끝으로 이 시집은 세계의 모순 이해를 자아 쪽으로 가져오는 데서 오는 한 징후를 조심스럽게 비치고 있음을 이야기해야 할 것 같다. 곧 모든 세계상을 마음에 귀일시키는 불교적인 세계에 대한 관심이다. 그러나 이것은 한 징후일 뿐 그 이상의 언급이 허락되지 않는 일이다.

사족을 달자면, 한 시집에 대한 내 나름으로의 독후감이 다른 이들에게 더 큰 이해를 위한 조그마한 단서나 바탕이 될 수도 있다면 즐거울 것이다.

《심상》, 1979년 2월호)

환상과 이미지의 정화 — 윤석산

한국에는 참다운 의미의 초현실주의 작품이 매우 드문 것 같다. 그것은 수입된 서구의 시론에만 충실할 뿐, 한국적인 시적 토향(환경)을 무시한 데 그 원인이 있는 것 같다.

그런데 이번에 홍희표 시인이 상재한 제3시집 『마음은 구겨지고』는 종래의 초현실주의를 표방하고 있는 작품들이 지닌 결점을 거의 완전에 가깝도록 극복하고 있다. 잠재된 무의식의 세계를 대상으로 하였으되, 우리의 일상에서 침잠했던 실존적 욕망이 떠오르고 있으며 비록 자동기술의 수법을 빌어오기는 하였지만 대상과 언어 사이에는 일정한 질서가 유지되어 상당한 전달력과 공감력을 지니고 있다.

그렇다면 이 시인이 이와 같은 성공을 거둔 까닭은 무엇인가? 도대체 무엇이 이런 성공을 가져다주었을까? 이에 대해서는 한마디로 대답하기 어렵다. 4부로 나누어진 이 시집의 64편 작품을 하나하나 분석해야 할 뿐만 아니라, 그가 이미 펴냈던 『어군의 지름길』, 『숙취』라는 두 개의 시집까지도 검토해야 할 것이다.

그러나 제한된 지면 관계로 이러한 분석과 예증을 면하도록 허용한다면, 나는 이 시인이 서구의 초현실주의 이론 일부를 한국적인 선과 언어조직으로 수정했다고 말할 수 있다.

물론, 이와 같은 수정은 이론적이라든가 의식적이라는 것은 아니다. 만일 그것이 의식적인 작업의 소산이라고 한다면 그것은 초현실주의의 기본 원리에 벗어나기 때문이다.

그러므로 그가 이와 같은 작품을 창출할 수 있었던 것은 자기가 지니고 있던 생래적인 의식의 구조를 해치지 않은 데서 비롯된다고 보아야 할 것이다.

사실 우리들은 너무 외래사조에 대하여 맹신하는 경향이 있다. 그래서 서구의 이론이라고 하면 우리의 생래적인 것을 압도하는 그 무엇으로 착각하고 아무런 수정도 없이 받아들인다. 하지만 언어 예술이란 언중의 의식적, 무의식적 세계의 기저를 이루고 있는 시적 환경과 매체의 특성을 고려해야 한다.

이런 점을 고려한다면, 슈르리얼리즘에 관심 있는 시인들은 새로운 심상의 창조를 위하여 시적 대상을 의식적으로 변형시키기보다는 한국적인 선을 통하여 의미의 이상성을 벗기는 데 노력해야 할 것이다.

『마음은 구겨지고』, 이 시집은 작은 출발이지만 한국적인 초현실주의의 새로운 방향을 내포하고 있다.

(《시문학》, 1979년 3월호)

대립설정과 개성 — 강성천

한동안 발표해 온 시편들을 편집이란 짜임새를 갖추어 출간된 현역시인의 시집은 그 시인이나 평자에게 어떤 의의를 갖는 것일까? "갈수록 시 쓰는 행위가 허무한 생각이 든다. 발표하는 행위도 더구나 더 허무한 생각이다. 이런 허무의 아스라한 수렁 속에서 이 시집을 묶어 낸다."면서 홍희표 씨는 『마음은 구겨지고』를 우리 앞에 내놓았다.

이 시집에 수록된 편수는 모두 64편인데, 그중 최근 것으로는 《현대시학》 10월호에 발표한 「외짝손」을 위시한 4편이 포함되었으며, 「만원사례」를 위시한 8편이 처음으로 얼굴을 보인다. "삶의 진경을 그리는 것이 시의 사명이며 임무라는 것"을 깨달은 그의 시집은 자신의 생각처럼 허무한 것은 결코 아니리라. 이 시집은 그에게 새로운 시 세계를 확대해 나갈 디딤돌이요, 반성이며 설계일 수도 있으니 말이다. 그리고 평자에게는 근 5년간 발표해 온 그의 시 세계를 포괄적으로 이해할 수 있게 해준다.

시가 삶의 가치와 진실, 아름다움을 추구하는 것이라면, 그것들은 시인의 투쟁적 의식의 발현이다. 자기 자신과의 투쟁, 현실의 시추에이션과 개체적 존재와의 투쟁, 위(僞)와 진(眞), 어둠과 빛의 싸움에서 존재 가치와 진실의 추구가 올바르게 이뤄진다. 이러한 시적 추구는 대립 설정과 그 대립의 마찰을 표상화함으로써 가능해진다. 홍희표 씨는 대립을 설정하고 그 두 대립의 마찰 속에서 괴로운 삶의 지난한 몸부림을 심상화할 줄 아는 시인이다. 이러한 면을 대표하는 작품은 「마음은 구겨지고」이다. 이 시에서 그는 '하늘'과 '땅'의 대립을 설정하였다. 이 대립은 '경보'와 '불온한 페이지' 의 마찰이며, '꿈의 열쇠' 와 '땅바닥의 상한 말' 의 마찰이기도 하다. 이러한 대립과 마찰 속에서 '박쥐의 굴욕' 과 '먼지 덮힌 좌우명' 과 '죽음의 두개골', 감정으로 된 연인이 아니라 '구리로 된 연인' 이 있는 것이며 '마음' 은 구겨질 수밖에 없다. 이 시인은 현대 인간의 공간을 '어둠' 으로 표상시키며, '죽음' 의 이미지로 압축시키고 있다. '죽음' 과 '어둠' 에 시인의 강렬한 시각이 부딪치는 것은 곧 강한 생명의 의식으로 통한다.

> 금화조가 죽어 있네
> 복희씨가 죽어 있네
> 죽어 가는 잡초
> 죽어 가는 것은 시기
> 매일 매일 시퍼렇게
> 죽어 가는 것은 공기
> 연탄가스 연탄가스
> 죽어 가는 것은 진리
> 우뢰소리 우뢰소리
> 밤마다 밤마다
> 굴뚝을 찾아 나서는
> 무덤을 찾아 나서는
> 산타할아버지
> 아니 심청이 아버지

—「죽어 가는 것은」 전문

이 시는 시집 『마음은 구겨지고』에 처음 소개된 것이다. 이 시는 현대 상황과 대비시켜 볼 때 차원 높은 상징적 시이다. 이 시에서도 대립된 계열이 나타난다. '죽음' · '연탄가스' 와 '금화조' · '복희씨' · '잡초' · '진리' 의 대립이 그것이다. 이 대립에서 후자의 계열이 패하고 만다. 그리하여 그 마찰과 패배를 질타하는 하늘의 '우뢰소리' ─쏟아지는 '경보' 가 들린다. 이것은 시인의 목소리, 상징어인 것이다. '산타할아버지' 는 성탄절로, 또 하느님의 의미로 그 의미만을 확대시킬 수 있을 것이다. 따라서 '산타할아버지'는 하느님의 선물을 주려고 '굴뚝을 찾아나서'는 것이 아니라 죽음— '무덤을 찾아나서'는 것이다. 아니, 딸을 찾아 나섰다가 물에 빠져버린 심봉사란다. 이것이 현대 우리들의 자화상이라고 시인은 인식하는 모양이다. 이러한 우리에게 내세는 부정된다. 그러한 니힐은, 돌아오지 않는 구원자 '고도'를 기다리는 사무엘 베케트의 비극적 군상들을 연상케 한다. 홍희표 씨는 현대의 상황을 '어둠'과 '죽음'이라 지시하지만, 그 속에서도 강렬한 생명의 의욕을 잃지 않는다.

> 지구의 끝에도
> 없는 성(城)을
> 달팽이가 기어가듯
> 찾았지만
> 잘 닦은 안경을 쓰고
> 나는 살고 싶다
> 죽은 알콜의 심장 속에서.
>
> ─「물구나무」 끝연

　이렇게 오늘을 깊숙이 파악하고, 허무와 절망 속에서 이것들을 응시하면서 살아가겠다는 홍희표 씨의 시 정신은 실존주의의 일면을 닮는다. 그의 정신이 현대의 시대상에 적합한 휴머니즘을 동반하려면 '박쥐의 굴욕'을 박쥐의 지혜로 지각하는 것이 필요하지 않을까? 어둠에 눈이 퇴화된 박쥐는 대신 소리를 보내어 되돌아오는 파장을 발달된 청각으로 포착하여 방향각을 잡아 날며 먹이도 구한다. 이것은 박쥐의 굴욕이 아니라 어둠에 적응해 나가는 박쥐의 본능이요 지혜이다.

《현대시학》, 1979년 4월호)

제4시집

한 방울의 물에도

차례

제 Ⅱ 부 작품론

집짓기

오늘도 집을 지었다 부수곤 한다. 그것은 때로 제비집이 되기도 하고, 보랏빛 이층 슬라브집이 되기도 하고, 호박꽃을 인 초가집이 되기도 한다.

하루에도 서너 번씩 나의 베짱이 같은 집은 부서지고 있다. 갈수록 생기는 것은 허욕과 허명뿐. 그래서 어느 한 구석이 뻥하고 뚫린 상태로 살아가는 것인가. 이제는 내 분수에 맞는 집을 지어야겠다. 우뢰와 장마에도 떠내려가지 않는 나의 마음의 집을——

그 동안 내 주위가 참 많이도 바뀌었다. 떠돌이의 서울 생활을 끝내고 다시 고향으로 돌아온 것이다. 그러면서 직장도 바뀌게 되었다. 그보다도 더 중요한 것은 어느 한 분의 죽음이었다. 그분은 이슬방울 먹듯 술을 마셨다. 술이 곧 갈등이고 행복이며 자유였다. "희끗희끗 산문(山門)에 솔가린 양 날리는 눈발, 넌 또 뭐라 할 것인가?" 하는 화두를 내게 주고 시인 박용래 성님은 훌훌 갔다.

그리고 얼마 후 유고 시집『꽃의 민주주의』한 권만 달랑 남기고 죽마고우 송유하 형이 비명횡사하였다. 아! 산다는 것은 보이는 것인가. 보이지 않는 것인가.

지금까지 나는 그저 앞만 바라보고 걸어왔다. 몸과 마음의 나사가 빠져 자꾸 헐거워지고, 눈은 조금씩 어두워 가고 있다. 진눈깨비 같은 탐심(貪心)은 큰곰별에게 던져주고, 때로 쭈그렁 대추나 씹으며 구구새처럼 설레이고 싶다. 사라져 버린 말의 건강을 위해 다시 밝은 몸과 마음으로 살고 싶다.

『마음은 구겨지고』이후 5년 만에 펴내는 네 번째 시집이다. 추사(秋史)는 붓이 떨어지는 순간에 글씨가 되는지 안 되는지를 알 수 있었다고 한다. 물론 이런 이야기만 부러워할 것이 아니라 이제는 시의 틀, 관념의 틀, 삶의 틀을 부끄럼 없이 깨뜨려야 하겠다는 생각을 가끔 하고 있다.

조약돌이 소슬바람을 데불고 있다.

1982년 초가을에
목산언덕에서 홍희표

구도의 삶과 그 시적 변용 — 조재훈

1

　시인은 어느 의미에서 리트머스 시험지와도 같다. 복잡다난한 사회와 역사의 기류 속에서 섬세한 감응을 드러내 준다. 감성이 예민하고 풍부할수록 다양한 변화를 폭넓게 보여 준다. 마음이 청순하면 청순할수록, 내적 양심의 요청이 준엄하면 준엄할수록 더욱 더 그 정도는 깊고도 넓다.

　소용돌이의 한복판에서 아름답고 참되게 살려는 노력은 참으로 소중하다. 어떠한 상황을 주어진 것으로 받아들여 피동적으로 따라 간다거나 답습할 때에 창조는 죽는다. 하나의 상황에 능동적으로 대처할 때에 비로소 시는 눈을 뜬다. 시인이 리트머스 시험지이면서 한편 그렇지 않은 소이이다.

　주어진 체념, 주어진 절망을 무력하게 받아들이는 시인이 우리 둘레에 적지 않다는 것은 불행한 일이다. 그것은 삶의 불성실에서 오며, 또한 사물을 꿰뚫어 보는 투시력의 결핍에 말미암는다. 열렬한 바램, 청순한 꿈, 그런 것을 전제로 하지 않은 절망은 가치가 없다. 실없는 꾸밈이요, 교활한 속임수이기 때문이다. 모든 것들이 속절없이 산문화되어 가는 시대에 올바른 사상과 정서를 밀도 있게 노래하는 시인을 우리는 기다린다. 속화의 두꺼운 껍질을 벗겨내고 사물의 핵심을 드러낼 뿐 아니라 앞을 내다볼 수 있는 그런 예지의 시를 우리는 대망한다.

　이러한 우리의 욕구를 만족하게 충족시켜 준다고 할 수는 없겠지만, 홍희표는 늘 시적 성실성을 보여 왔다. 이번의 네 번째 시집에서도 한 시인의 절실한 삶이 어떻게 시적으로 변용되어 나타나고 있는가를 그 특유의 시적 감동을 통하여 확인할 수 있다는 것은 뜻깊은 일이다.

세상에서 제일 큰 것은 바다
이 세상을 떠나서
제일 큰 것은 하늘 위의 바다
더 큰 것은 마음 한 조각

하늘 위의 바다보다 크지만
바늘 하나 꽂을 틈이 없는,
바다 위의 하늘보다 크지만
곧은 소리 한 마디 하지 못하는

히잉히잉 울고 있는 마음
어두운 행복에 떨고 있는 마음
흩어지는 금잔화 어이하랴
무인도에서 허덕이는 마음 한 조각

― 「무인도에서」 전문

　결코 홍희표 시의 특성을 집약해 보여주는 시는 아니지만 그의 아픔과 절
망을 극명하게 드러내 주고 있다는 점에서 그가 가진 시 정신의 이해를 위
해 단서를 열어 준다.

　1연에서 시인은 어린이들의 패러디를 빌어 '마음 한 조각'이 가장 크다
고 강조한다. 그 큼은 '하늘 위의 바다'보다 더하며 '바다 위의 하늘'보다
더한데, '바다 위의 하늘'은 바늘 하나 꽂을 틈이 없이 만원이다. 그러한 바
다나 하늘보다 더 큰 것이 이 시인에게는 하잘것없는 본심, 곧 한 조각에
불과한 마음이다.

　그런데 그 마음은 어두운 행복에 떨고 있으며 어린애처럼 '히잉히잉 울
고' 있다('히잉히잉 울고'는 마음의 청순성을 효과적으로 드러낸다). 따라
서 시인의 꿈일 수 있는 금잔화(김수영의 「폭포」에서 보듯 얼마나 따뜻한
이름의 꽃인가)는 흩어지게 된다. 그리하여 이 세상은 갑자기 사람이 살지
않는 섬으로 변해버린다.

　그런데 그런 무인도의 절망은 어디에서 오는 것일까? 그것의 답은 간단

하다. '곧은 소리 한 마디 하지 못하' 기 때문이다. 시인의 이러한 내적 성찰은 이 시집의 Ⅲ, Ⅳ부에 특히 두드러지게 나타나고 있다. 그 중 '먼 산을 바라보며' 는 그 대표적 예가 된다. 이 시 속에 산은 한 군데도 보이지 않는다. 그러나 그것이 '근질거리는 밥통, 입술, 손가락, 귀무덤, 자궁' 등의 극에 위치한다는 것을 이해하기 어렵지 않다. 멀리에 있는 '산' 을 바라보며 시인은 '드라이 샴페인' 의 퇴폐성과 '왕벗꽃나무 요기' 의 관능을 상징적으로 드러내고 끝에다가 '겁먹은 양심 하나' 를 괄호 속에 묶어 놓고 있다.

시인은 '마음 한 조각' , '양심 하나' 를 지키려는 노력을 보여 주지만, 그는 도처에서 좌절한다. '운다, 떠나간다, 눈 흘긴다' 등의 어휘가 빈번히 나타나는 것은 그 때문이다.

무덤 밖에서 울고 있습니다.
무덤 안에서 울고 있습니다.
— 「무덤 밖에서」에서

껌을 쩍쩍 씹으며
매미 울고 있다.
— 「머시매」에서

꽂힌 칼 떠나 가네 떠나 가네
— 「신선도」에서

월하향(月下香) 더미에서 만나 눈 흘기던 아궁이 속 같은 상형문자(象形文字)의 날들이 지나가고, 다시 만나 월하향(月下香) 더미에서 눈 흘기고.
— 「백야(白夜)」에서

바퀴 밑의 안개
비틀대는 슬픔
— 「시인회의」에서

꽃도 지고 새도 울고 어둠은 능선 따라 능선 따라 가버렸습니다.
— 「화전(火箭)」에서

그러나 이러한 좌절에도 불구하고 부단히 극복의 자세를 보여 준다.

> 산마루 나는 기어오르고
> 동네 개들도 기어오르고
> 구름들도 기어오르고
> 가면 뒤집으며 기어오르고

―「1978년 5월 7일」에서

'기어오름'의 행위에는 고통의 동참을 통하여 좌절을 극복하려는 의지가 내포되어 있다. 기어오르는 행위는 동네 개들과도 함께 하며 심지어는 구름과도 함께 한다. 그런데 그 상승에의 노력은 결국 가면을 뒤집음으로써 진실을 찾는 길이 된다는 사실에 주목하지 않으면 안 된다.

시인 홍희표에게 '기어오르'는 궁극의 도달점은 어떠한 것일까? 이것을 밝히기 앞서 왜 그러한 '기어오름'을 하게 됐는가, 곧 좌절과 절망이 왜 생성되었는가를 알아보는 게 옳을 것이다.

2

앞에서 '곧은 소리 한 마디 하지 못하는' 그 이유 때문에 '울고, 떠나가고, 눈 흘긴다'는 사실을 잠깐 지적한 바 있다. 그런데 그 '곧은 소리 한 마디'는 어디를 향한 것일까? 다음의 시행은 그런 의문에 대하여 시사하는 바가 많다.

> 불붙는 화투짝 나의 언어는
> 정치적 오도(誤導) 그 손등의 파리
> 머리털 한 올 한 올 빠지고
> 수은 먹고 있는 호박꽃
> 폐수 먹고 있는 미꾸라지
> 떨어지는 편견의 기저귀
> 구름 바라보며 70년대 소설가
> 관능 하염없이 생각함.

―「양치질하며」 후반부

홍희표가 종래 가지고 있던 결 고운 언어를 대하다가 이러한 시를 접하게 되면 먼저 당황하게 된다. '정치적 오도(誤導), 편견, 수은, 폐수, 관능' 등 생경한 한자어가 대담하게 구사되었기 때문인데, 그러나 놀라운 일은 결코 아니다. 현실을 바라보는 그의 눈이 예리하고 그만큼 강렬하여짐으로써 일어난 자연스러운 발로이기 때문이다.

시인은 스스로의 언어가 가진 '무력(無力)'을 토로하고 있다. 무력을 절감한다는 것은 양심을 전제로 한다. 그는 그러한 무력의 언어를 '불붙는 화투짝'과 '정치적 오도(誤導) 그 손등의 파리'라고 자조한다. 이러한 자조적 보조관념이 함축하고 있는 의미의 중층성을 간과해서는 이 시를 제대로 받아들일 수 없을 것이다. '불붙는 화투짝'은 오늘날 황금만능주의의 팽배와 그 도박성을 가리키며, '정치적 오도(誤導)' 운운은 심장이 아니라 손끝으로 움직이는 권모술수와 거기에 기생하는 나약하고 불결한 것을 의미한다. 시인의 언어는 그래서는 안 되는 데에도 그렇게 되어 버리니까 '머리털 한 올 한 올 빠지'는 고뇌가 수반된다. 수은을 먹으며 견디는 호박꽃(장미나 모란꽃이 아니다)과 폐수를 마시고 살아가야 하는 미꾸라지(고래나 상어가 아니다)는 시인 자신이자 백성이기도 하다.

이러한 정치 만능이나 물신숭배 또는 과학의 공해는 윤리의 부재를 초래하며, 이것을 시인은 줄기차게 야유한다.

> 미끈미끈한데
> 당신이 미끈미끈해요
> 우리 둘이 미끈미끈하지
>
> —「밑바닥」에서

> 눈먼 침대 눈먼 환상
> 오줌 묻은 피라밋 속에서
> 눈먼 일상(日常) 눈먼 소리
> 에어컨 공기의 매질 속에서
>
> —「달리기」에서

'미끈미끈'과 '눈먼 침대'는 관능에의 침몰을 뜻하며 그것은 나에서 우리로 확산, 만연된다.

이러한 퇴폐적 관능의 세계를 쉬르리얼리스틱하게 나타내주고 있는 작품이 「촛대 아래」다.

> 테이블 위에 두개골
> 두개골 옆에 촛대
> 촛대 아래 조개껍데기
>
> (두 발이 묶인 것 같아요)
>
> 양치질하는 수도관
> 쌕쌕 헐떡이는 운석(隕石).
> 발바닥 밑의 하늘
>
> (동혈(洞穴) 속은 너무 넓어요)
>
> ─「촛대 아래」전문

마치 살바돌 달리의 그림을 보는 듯한 작품이다. 첫 연은 테이블이라는 공간 안에 '두개골', '촛대', '조개껍데기'의 소도구들이 '위, 옆, 아래'로 각각 배열되어 있다. 그것들은 죽음과 도그마, 그리고 관능의 껍데기 등을 나타내 주는 객관상관물이다. 둘째 연은 동적인 에피셋과 소도구를 이용하여 관능의 세계를 핍진감 있게 드러내 준다. 단순한 관능의 묘사가 아니라 밑바닥에는 날카로운 비판의식이 깔려 있다.

때로 시인은 오늘 우리를 지배하고 있는 금력, 권력, 관능의 양태를,

> 엉덩이를 소중히
> 명예를 소중히
> 다이아몬드를 소중히
> (길수록 상쾌합니다.)
>
> ─「풀잎 하나」에서

이렇게 아이러니컬하게 꼬집는다. 그의 시 「샌드위치」에서 보여 주는 '아우슈비츠의 독가스'와 '산일번지에 퍼진 흑사병'은 그러한 상황의 절망적 예언이다.

위에서 살펴본 바와 같이, 홍희표는 섬세한 감응을 다양하게 시적으로 변용시켜 드러내 준다는 점에 그 특성이 있다. 그는 특정한 오브제 또는 일정한 테마에 따라 작위적으로 현실을 수용하려 하지 않는다. 폐쇄된 도그마에 갇혀 삶의 폭넓은 지평을 가림으로써 퍼스펙티브를 잃어버리고 만다는 사실을 누구보다 잘 알기 때문이다. 그러나 그것은 선천적인 그의 감수성에 직결된다. 「1978년 1월 18일」은 그러한 사실을 잘 드러내준다. 시적 수사를 피하고, 즉물적 감동을 확산의 형식으로 나타낸 이 작품은, 총살이나 전기의자의 사형제도보다 독물주사가 더 인간적이라 하여 미국에서 독물주사를 택했다는 보도와, 우리나라의 어느 시골에서 살얼음의 저수지에 빠진 여덟 살배기 자식을 건지려다 일가족이 연쇄적으로 죽었다는 보도를 오버랩시키면서 다음처럼 끝을 맺고 있다.

한밤에 깨어나는 아들놈의 손목을 꽉 쥐며 울음소리 듣고 있음

3

섬세한 감응체가 보여주는 이 시인의 좌절과 절망은 거기에서 그냥 머물고 있는 것은 아니다. 순수함, 천진무구함, 그러한 것들의 추구를 집요하게 보여 주고 있기 때문이다. 이 시집의 상당량을 차지하는 시인 고 박용래에의 추억과 흠모의 정이 그것을 말해 준다. 홍희표는 원래 그의 생활의 둘레를 자연스럽게 시화하는 데에 능숙하다. 이를테면 그의 제2시집 『숙취』에 적지않이 보이는 신혼가가 바로 그런 것들이다. 시도 생활을 리얼리스틱하게 반영해야 한다는 사실을 당연하게 받아들여야 하는데, 사실상 가정이나 우정 따위를 드러내고 있는 시인이나 시는 드물다. 홍희표는 이러한 점에서도 희소한 예의 대표적 시인이라 할 만하다.

박용래를 노래한 시는 「꿈의 말」을 포함하여 모두 10편에 달한다. 1년여의 짧은 기간에 이렇게 집중적으로 노래되었다는 것은 놀라운 일이다. 이백이나 두보에게서, 용아나 영랑에게서, 또는 상허나 지용에게서도 그러한 사실은 찾을 수 없다.

사람을 깊이 이해한다는 것은 소중한 일이며 그만큼 어려운 일이다. 더구나 이성이 아니고 동성임에는 더 말할 나위가 없다. 동성이라 해도 동료가 아닌 선배의 경우 더욱 그러하다. 이런 점으로 보아 박용래에 향한 흠모의 시편들은 의미하는 바가 많다.

> 노랑대가리 범벅상투
> 마음의 끝 버들붕어같이
> 함초롬히 모으고
> 상치꽃 상치꽃 필 때
> 싸락눈 싸락눈 질 때
> 무릎 세우고 만나
> 늘 한 잔 술
> 웃으며 마셨네라.
> 희끗희끗 산문(山門)에서
> 서로 목을 안고 울어
> 바위 눈물 될 때까지
> 구구새 모양 서서 울어
> 베짱이 베짱이끼리
> 까까중 까까중끼리
> 무릎 세우고 만나
> 늘 한 잔 술
> 웃으며 마셨네라.

—「박용래·V」 전문

'마셨네라'의 옛스러우면서 영탄적인 토운이 아쉽고 구슬픈 추억을 환기시키며, '상치꽃, 싸락눈'이 정겨운 우정을 효과적으로 드러내준다. 녹다 만 눈이 아직 남아 있는 듯, 이른 봄 산문(山門)에서 서로 목을 안고 구구새처럼 운다는 데에 슬픔으로 결속된 우정은 극에 이른다. 베짱이라는 곤충과 까까중이라는 어린 중을 각각 끼리끼리로 묶어 그 우정은 한결 서럽고 맑게 느껴진다.

시인 박용래가 '홀린 듯 목놓은 소리/강아지풀 던지고/홀린 듯 서리는 상아빛/막걸리 한 잔 뿌리고'(「박용래·Ⅰ」), 이제 '대덕군 산내면 버들고개'에 묻혀 있어, 더욱 고인의 시재를 안타까워 이렇게 노래한다.

> 오오냐, 변두리 싸락눈 보지 못하는
> 오오냐, 하행열차(下行列車)의 달 날리지 못하는
>
> ─「박용래·Ⅱ」에서

이것은 변두리에 내리는 싸락눈과 하행열차의 차창에 걸린 달의 서정에 대한 그리움의 표백이기도 하다.

> 용래 성님, 오늘 오후 상제도 없는 상여 하나 민들레 꽃씨처럼 지나가고, 속절없이 잔월 속으로 하얀 벽돌집 사라집니다. 이만 줄이옵고, 내내─
>
> ─「꿈의 말·Ⅴ」에서

이러한 시를 대하면서 떠올려지는 것은 고인에게 향한 흠모의 정과 함께 홍희표의 시적 모태가 혹시 용래의 상징 속에 내포되어 있는 게 아닐까 하는 점이다. 온갖 폭력의 난무 속에서 짓밟힌 순수를 되찾고자 하는 홍희표의 내적 요구가 무의식적으로 그렇게 나타났다고 보여지기 때문이다. 따라서 박용래·용래 성님은 홍희표에게 있어 동심으로 가득찬 낙토의 상징일 수도 있으며, 고향의 다른 이름일 수도 있다. 그가 동요조의 제명으로 4편의 시를 보여주고 있는 것도 우연이 아니다. 그러므로 박용래에 행한 일련의 추도시는 고인과의 우정을 통한 홍희표의 유토피아 의식의 투영에 다름 아니다.

4

천진무구한 세계의 집착에 맥이 닿아 있으면서도 홍희표가 궁극적으로 천착하는 것은 종교적인 깨달음에의 그리움이다.

> 요즘 느끼는 것은 만질 수 있는 화전(火箭) 같은 그리움, 밥도 먹으며 볼 수
> 있는 화전(火箭)입니다. 오들오들 지붕 위의 남은 눈송이 보고 생각한 화전(火
> 箭) 같은 그리움입니다.
>
> ―「화전(火箭)」에서

이 시는 그가 갖는 '그리움'의 성질을 분명하게 드러내준다. 먼저 '화전
(火箭)'의 상징적 의미가 그러하다. '불화살'로서의 '화전'은 불의 강렬성과
뜨거움, 그리고 화살의 전율과 직진 등의 상승적 의미작용을 일으킨다. 말
하자면 투쟁도 마다하지 않는 열정을 함축한다. 다음에 흥미 있는 것은 '화
전'의 2차적 의미라 할까, 시인 나름의 의미 부여이다. '그리움'의 보조관
념으로서 '화전'은 '만질 수 있'어야 하며, '밥도 먹으며 볼 수 있'어야 한
다. 그것은 '지붕 위의' '오들오들' 떠는 '남은 눈송이'를 보고 야기된 욕
구이다. 만질 수 있어야 한다거나 밥도 먹으며 볼 수 있어야 한다는 것은,
관념의 허수아비가 아니라 실체성에의 갈구를 뜻하며, 현실을 외면하는 것
이 아니라 일상적 보편성에의 지향을 의미한다. '남은 눈송이'는 이러한 문
맥에 놓고 볼 때, 소외, 소멸, 죽음 등의 의미망을 갖는다.
　홍희표의 위에서 밝힌바 '화전'과 같은 '그리움'은 도대체 무엇을 대상으
로 한 것일까, 이러한 의문의 대답을 이 시집의 Ⅰ부는 명쾌하게 보여 준다.

> 바위 밑의 허공같이 좋아하던 첫번째 사람 죽어 내 갈비뼈 내려앉고, 두번째
> 사람 죽어 콧구멍 막히고, 세번째 사람 죽어 내 후생이 깜깜했습니다. 빈 잔 속에
> 때로 살아서 만수향 내음도 풍기고 흰 살 벗고 달빛 속에 숨어 있기도 합니다.
>
> ―「잔설(殘雪)」에서

> 적당한 공간을 위하여, 그 소멸을 위하여, 시여, 시여?
>
> ―「활구(活句)」에서

> 장의차에 흔들리며 산수유 핀 골짜기 찾아 당신이 잠들 산등성이에 부인(浮

囚)처럼 서 있네.

—「곡(哭) 송유하」에서

이러한 시편 속에서 우리가 만나는 것은 소멸과 죽음— '남은 눈송이' 조차 사라진 공간—어둡고 차가운 세계이다. 그런데 '죽음'이 흔히 '삶'을 강조하는 배경으로 쓰이듯 홍희표도 죽음을 칭송하거나 죽음의 가치를 추구하지는 않는다. 궁극적으로 그가 도달하고자 하는 것은 허무의 늪이 아니고 열려 있는 깨달음의 경지이다. 이러한 사실이 홍희표로 하여금 구도적인 시인이게 한다. 구도 운운의 엄숙한 언사는, 그가 갖고 있는 섬세한 서정과 유연한 표현방법의 실험성에 비추어 볼 때, 꼭 들어맞는 말이 아니라고 이의를 제기할 사람이 있을는지 모른다. 그러나 그는 분명 헤어짐, 소멸, 죽음 등을 통하여 어떤 경지에 도달하려는 정신적 격투의 흔적을 확연하게 드러내놓고 있다.

> 큰 스님! 아직 저는 날개 달린 황소 타기도 하고, 초여름 비 속에 상큼상큼 들어가 마른 잎 태우기도 하고, 흘기는 눈 때문에 울기도 합니다.

—「운니(雲泥)」에서

이렇게 그는 8년간이나 장좌불와한 대덕을 향해 아직도 탐·진·치 삼독의 쇠사슬에서 풀려나지 못하고 있음을 하소하기도 하고,

> —되풀이해 주세요
> 절절 끓는 천수경 위로.

—「해지는 곳으로」에서

해가 떨어지는 곳, 곧 죽음과 소멸의 공간에서 그는 간절하게 정토(淨土)의 세계를 갈망하기도 한다. 특히 연작시 「현장의 꿈」에 이러한 그의 바램이 집약되어 나타난다. 「현장의 꿈」은 바로 작자의 꿈으로서, 그의 염원이 투영되어 있다. 이 시들의 의미구조(또는 표현구조)가 각각 크게 둘로 나뉘

는 것은 그 때문이다. 이 시들의 이중구조는 현장과 나(시인), 곧 있어야 할 당위(sollen)로서의 자아와 지금에 있는 존재(sein)로서의 자아, 그 둘의 관계이기도 하며 또한 현세와 내세의 대응일 수도 있다. 이 작품들의 맨 앞에 매번 나타나는 '바다 한가운데 수메르산 솟아 있고, 우박 같은 보석으로 달빛에 덮여 있네.' 이러한 구절은 단순히 유리정토의 묘사가 아니다. 바다와 산은 고해와 피안을 내포하고 있기 때문이다.

> 쓴다는 것은
> 아주 부질없는 행방
> 버려진 것을
> 기둥 삼아 살아간다는 것은.
>
> 그런 어리석음으로
> 애써 버린
> 반평생의 의족(義足)
> 슬픔의 저울눈 읽으며
>
> ──「거꾸로 서서」에서

시인은 가장 보람을 건 쓴다는 일조차, '버려진 것'을 의지해 살아가는 것처럼 부질없다고 노래한다. '반평생의 의족(義足)'과 '슬픔의 저울눈'은 그러한 사실을 강력하게 드러내주는 비유이다. 자기의 삶을 자기가 누리지 못하였다는 데에서 '의족'의 비유는 이해되며, 진실과는 멀리 떨어진 세상의 사치척노에 급급하게도 매달린 점에 '슬픔의 저울눈'은 파악된다. 그렇기 때문에 시인은 '거꾸로 서 있음'을 느낀다. 이러한 '거꾸로 서 있음'을 바로잡으려는 노력이 구도의 세계로 나타난다. 「한 방울의 물에도」는 시로서 완벽한 작품이라고 하기는 어렵겠지만 홍희표의 구도적 지향을 극명하게 드러내주고 있다는 점에서 주목하고 싶다.

> 죽은 사람의 옷, 나무껍질의 옷 입고 두발과 수염 뽑는 직립의, 부좌(不坐)의, 장작더미에서 자는 고행하며 야채, 생식, 참깨가루, 풀과 쇠똥, 나무뿌리

등, 떨어진 것만 먹으면 한 방울의 물 속에서 보이던 꽃잎 하나……

흰개미 죽지 않도록 뒤로 물러설 때도 조심하며 산 속의 사슴, 들소들 놀라지 않도록 피하여 다니면 한 방울의 물 속에서 문득 보이던 생로병사(生老病死)……

숲 속에서 살며 묘지의 죽은 자 뼈 깔고 누워 쉬기도 하며.

상두산(象頭山)과 정각산(正覺山) 사이에 출렁이는 한 방울의 물.
— 「한 방울의 물에도」 전문

　이 시에는 "한 방울의 물"을 통하여 고행의 쓰라린 과정과 그 과정을 거쳐 마침내 이르게 되는 깨달음의 열린 세계가 명징하게 나타나 있다. 그 고행은 사자(死者)의 옷이나 초의(草衣)를 입고 풀, 나무뿌리, 쇠똥 따위로 배를 채우는 그런 것이며, 또한 머리칼과 수염을 뽑아내듯 온갖 욕망의 뿌리를 단호하게 뽑아냄으로써 비로소 당당하고 반듯하게 '설' 수 있는 그런 것이다. 그런 피나는 수행 끝에 얻어지는 것은 '꽃잎', 곧 '각'의 경지이다. 모든 유정무정 등을 한없이 사랑할 때 삶의 전모를 뚫고 여여(如如)의 세계는 그 모습을 드러낸다.

　'깨닫다'라는 말의 뿌리는 '닫혀 있음'을 '깨뜨리다'에서 온 것처럼 생각되는데, 이 '열려 있음'은 동양 종교의 궁극의 도달점이다.

　어쩌면, 시인 홍희표는 '상두산(象頭山)'과 '정각산(正覺山)'이 마주한 공간에서 방황하는 '한 방울의 물'로서 영원히 존재할는지도 모른다. '한 방울의 물' 속에서 '꽃잎'을 찾아내려는 그의 몸부림은 싱싱한 시의 샘이 될 것임에 틀림없다. 우리는 홍희표가 '각'의 세계를 소요하는 달자(達者)가 되는 것보다 항상 방황과 모색을 거듭하는 청청한 시인으로 있어주기 바란다.

5

　앞에서 홍희표가 그의 참을 찾고자 하는 구도적 삶이 어떻게 시적으로 변용되어 왔는가를 살펴 보았다. 그 동안 그가 낸 시집 제명을 연결해 보면 그러한 사실이 잘 드러난다. 곧『어군(魚群)의 지름길』→『숙취』→『마음은 구겨지고』→『한 방울의 물에도』, 이러한 진행은 그의 삶의 궤적과 그대로 일치한다.『어군(魚群)의 지름길』에서 싱싱한 이미지의 현란함을 과시함으로써 번득이는 20대 초반의 재기를 보여 주었고,『숙취』에 와서 성 등 삶의 여러 국면을 편력, 20대 후반의 숙취에 빠졌으며, 30대 초반에 그 숙취로부터 깨어나면서 한동안 '마음이 구겨지' 는 고통을 겪게 된다. 드디어 그는 그러한 고통 속에서 천진무구한 동심 또는 깨달음의 세계를 찾아 싯다르타처럼 길을 떠나『한 방울의 물에도』에서 '꽃잎' 을 보려고 한다.

그러나, 이 시인의 삶이 순수하고 성실하였기 때문에 그러한 궤적을 밟았을 뿐, 홍희표는 엄숙한 구도의 시인과는 구분된다. 대체로 구도적인 시인들은 메시지의 전달에 급급한 나머지 모국어의 아름다움이나 참신한 이미지의 발굴에 등한하며, 또한 육화되지 않은 생경한 관념을 높은 토운으로 노출시킴으로써 리얼리티를 획득하지 못하는 경우가 많다. 그러한 시인들과는 근본적으로 다른 곳에 그는 서 있다. 그의 언어에 대한 섬세한 감각과 견고한 구조, 그리고 크게 드러나고 있지는 않지만 어느 작품이나 밑바닥에 깔려있는 잔잔한 음악성, 참신한 비유를 통한 이미지의 폭력적 결합이 보여 주는 실험성 등이 그러한 사실을 입증한다.

언어에 대한 섬세한 감각은 그 특유의 만든 말에 잘 드러난다. 이를테면, '그림자꽃, 똥딴지꽃, 산성비, 바늘산, 마음달, 망상구름' 등이 그러한 예인데, 어휘의 선택에 주로 관심을 보여준다. 말의 갈고 닦음이라든가 그 어울림에서 오는 유포니 따위에 대해서는 그다지 흥미가 없어 보인다. 그것은 홍희표가 탁월한 이미지스트라는 데에 기인한다. 그의 시는 이미지스트의 시가 그런 것처럼 어느 것을 막론하고 예외 없이 단형(短形)이며, 그리고 견고하고 완벽한 구조를 가지고 있다. 행의 가름이 그렇고, 연의 짜임이 또한 그렇다. 의미나 이미지의 배열이 고전적으로 탄탄하며 그 속에 잔잔한 리듬을 담고 있다. 특히 리듬은 그가 자주 쓰는 반복의 수법, 적당한 감탄사의 교묘한 배치에 힘입는 것이지만 그보다 주요 원천은 그의 균제된 시심에 있다. 이러한 자기 절제가 홍희표의 강점이자 또한 한계로 느껴진다. 대상을 꿰뚫는 시력의 강렬성 또는 역사를 바라보는 안목이 투철하다고 보기는 어렵기 때문이다. 한 시인에게 많은 것을 요구하는 것은 무리일 것이다. 그러나 자기와 둘레에 늘 솔직해 온 시인 홍희표에의 애정과 기대는 우리로 하여금 고전주의적 한계를 부수고 좀 더 대담해 주기를 바라게 한다.

홍희표는 서정시인이다. 하지만 그는 자연과의 교감과 전통적 정한에만 뿌리를 두고 있지 않다는 데에 그 특성이 돋보인다. 말하자면, 서정의 편식을 지양하고 폭넓게 현실을 수용하되 극히 지적이라는 것이다. 그의 시에 빈번히 나타나는 독특한 비유는 홍희표의 타고난 시적 천분을 웅변하는 것이기도 하지만, 그가 얼마나 참신한 이미지의 창출을 위해 방법적 노력을 보여주는가 하는 점을 이해하는 데에 기여하기도 한다.

쏟아지는 화적(火賊)떼의 햇살

— 「박용래 · I」에서

그 울음소리 한 밤이면 다듬이질 소리로 은장도(銀粧刀)같이 되살아오고
— 「동요조 · 겨울」에서

우리의 그리움 꽹과리로 울고 있습니다.
— 「동요조 · 겨울」에서

미움의 참새 데불고
— 「광야에 서서」에서

나의 말초신경은
만월의 흰 바다
— 「정자(正字)로 누워 있기」에서

부황난 메아리 나의 언어는
가짜 패스포드 그 갈매기

— 「양치질 하며」에서

구름 위의 금팔찌
독초 같은 어제

— 「1978년 5월 7일」에서

아무렇게나 뽑아 본, 위와 같은 예에서 그 특유의 유니크한 비유를 쉽게 엿볼 수 있다. 비유의 독창성은 좋은 시가 누리는 특권이다. 어떠한 대상이나 특수한 체험을 관습적인 언어로 바꿀 때 절실히 요청되는 것은 비유이다. 나타내고자 하는 바가 절실하면 절실할수록 독특한 비유적 표현이 수반되기 마련이다. 비유가 단순히 장식일 수 없는 까닭이 여기에 있다. 홍희표는 다양한 에피셋과 함께 독특한 비유를 창조하는, 풍부한 상상력의 시인이다.

홍희표의 신선한 이미지는 실험적인 수법을 통해 나타나는 경우가 허다하다.

① 새 구두 신고
　　순결 위를 걷는다
　　작은 화살 하나

② 새 양복 입고
　　비파나무 아래 잠든다
　　나는 흰 말

③ 새 애인과 손잡고
　　석 달 동안 헤맨다
　　구겨진 신문 조각

④ 흐트러진 의자
　　멈춘 시간
　　개밥풀 사이로 강물

— 「날궂이」에서

위 작품은 「날궂이」의 끝 한 연을 뺀 전문인데, 이미지 창조의 교묘한 의도가 흥미롭게 나타나 있다. 이 시의 각 연이 가지고 있는 이미지는 제명 「날궂이」에 수렴된다. ①의 '새 구두'와 '순결'은 위화감을 주지 않지만, '순결'을 짓밟을 때 그것은 객관상관물로서의 '작은 화살 하나'로 드러내 준다. 화살은 성적 정복의 이미지가 된다. ②는 '양복'과 '비파나무 아래'의 잠이 이미지의 충돌을 일으킨다. 그러나, '비파'가 주는 악기의 연상대가 '잠'과 어울려 감미로운 꿈에로의 탐닉을 유도한다. '새 양복'은 그런 점에서 신선한 외출을 떠올리게 한다. '날으는 흰 양말'은 득의(得意)의 거침 없음이며, 또 그러한 환상이다. ③의 경우는 ①과 ②에 비하여 긴장미가 없다. 새 애인과 오랫동안(석 달 열흘 곧 백 일간은 관습적으로 긴 시간으로 치니까) 방황하므로, 하찮게 여기는 신문조각 그것도 구겨진 것으로 나타난다. ④는 앞의 예들이 보여 준 틀과는 달리 세 개의 서로 다른 이미지의 조립 같기도 하고 그렇지 않은 것 같기도 하다. 의자와 시간과 강물, 그것들은 모두 부정적인 수식어로 한정되어 있어서 각자 소도구로서 응결되고 있다. 정돈되어야 할 '의자'는 흐트러져 있어 안정성이 없으며, 흘러가야 할 시간은 멈추어 있어 무거운 정체감을 준다. 그러나 장미가 아닌 아주 초라하기 짝이 없는 개밥풀 ('개밥'의 연상과 '풀'의 이미지) 틈으로 '멈춘 시간'이 아닌 '강물'이 흘러가는 게 보인다. 위와 같은 유추보다는 '의자'와 '시간'의 관능적 상징을 '강물'로 나타냈다는 분석이 시적 문맥상 타당하게 여겨진다. 그렇다면, ①, ②, ③, ④는 '화살+흰말+신문조각+강물', 이러한 객관상관물의 조립으로 되어 있는 바, 이것들은 각각 ①과 ②는 상승 이미지요, ③과 ④는 하강 이미지로서 서로 조응된다. 이러한 것들은 날궂은 날에 하나의 위안으로써 벌어지는 행위로, 시인의 비판적인 의도가 은밀히 뒤에 숨어 있다. 이러한 이미지의 실험이 아이러니, 패러독스, 풍자와 어울려 발랄하게 나타난 작품으로는 「노래할 수 있어도 않는」, 「조심하세요」, 「특별 뉴스」, 「낚시바늘」, 「숨바꼭질」 등 Ⅲ부 대부분의 것들을 들 수 있다. 특히 '참죽나무 숲 속에서/늙은 말 날뛰고'로 시작되는 「붓을 들면」

은 '북두칠성 옆의 참죽나무'로서 시인의 소명의식을 다이내믹한 이미지로 구축하고 있어 주목된다.

이번 시집을 보면 산문시 쪽이 상당수를 차지하고 있는데 그것은 전에 볼 수 없었던 현상이다. 그리고 산문시 쪽을 택한 시편들은 한결같이 구도적인 것이 아니면 진솔한 삶의 토로를 내용으로 하고 있다. 이미지의 응축된 결합만으로는 홍희표의 정신세계를 나타낼 수 없다는 증거이다. 이러한 점에서 금후 새로운 변모에의 조짐이 예견된다.

하기야 홍희표는 항시 틀을 부수려고 부단히 노력해 온 시인이다. 다양한 대상에의 폭넓은 관심과 그것의 효과적인 드러냄에 대하여 힘써 왔던 것이 사실이다.

그러나 이번 시집 『한 방울의 물에도』는 성숙한 시력(視力)으로 '수메르'에 도전하고 있다는 점에서 그 의의가 크며, 금후의 시적 성취를 주목하지 않을 수 없게 한다.

홍희표 시집   한 방울의 물에도

초판 인쇄 1982년 10월 15일
초판 발행 1982년 10월 20일
지은이 · 홍희표
펴낸이 · 이우석
펴낸곳 · 문학예술사
인쇄처 · 삼신문화사

값 1,500원

제Ⅱ부 작품론

홍 시인에게 — 이대영

백송(白松) 분재 두 그루 나누어준 뒤
여러 해 흘렀지만
안부 한 번 묻지 못했지
살았을까 죽었을까
30년이 지나야
둥치가 하얘지고
푸른 솔잎이 으젓해진다는 백송
훗날 볕이 잘드는 창가에 놓고
그는 무얼 생각할까
백발이 된 머리칼을 쓸어넘기며
그 버릇 버릴 수 없어
시 몇 줄 씹고 또 씹을지도 모르지
어쩌면 역전 어느 목노에서
젊음과 범벅이 되던 아픔이나
아련한 골목의 불빛들
손마디 딱 딱 꺾듯
휘젓고 있을지도 모르지
아니지 아니지
조치원 그 선생 아가씨와
그렇고 그런 장난기 어린 이야기가
새살로 다가올지도 모르지

『한 방울의 물에도』의 의미 — 박진환

시집『한 방울의 물에도』는 시인 홍희표 씨의 네 번째 시집이 된다. 첫 시집『어군의 지름길』은 번뜩이는 기지와 참신한 이미지의 구사로 그의 시적 출발이 서구적(西歐的) 발상 근저에서 비롯되었음을 보여주었고, 두 번째 시집『숙취』는 생의 한 단면, 새로운 체험에 몰입한 인간본성에의 경도를, 제3시집『마음은 구겨지고』에서는 현실적 삶과 정신적 삶의 갈등에서 빚어진 내성(內省)과 성찰을 통한 자신의 발견이었다고 보아줄 수 있을 것 같다.

이러한 지적은 홍희표 씨의 시가 생에 대한 체험을 시로써 실험한 변모 속의 질서라는 한 맥락의 위상에서 파악되어야 한다는 것을 의미하게 되고, 그의 시험성은 새로운 지평을 향한 부단히 지속되는 구도적 자세로써 시적 실현을 모색했음을 의미하게도 된다.

제4시집인『한 방울의 물에도』가 보여주는 세계는 한마디로 이러한 체험과 실험이 일단 결집, 새로운 지평을 열고자 하는 구도적 자세를 제시함으로써 그의 시적 변모와 시적 안정대가 무엇인가를 보여주는 것이 된다. 이러한 의미에서 시집 타이틀이자 수록시이기도한「한 방울의 물에도」는 그의 제4시집을 대표하는 시로 제시해도 무방할 듯 싶다.

> 죽은 사람의 옷, 나무껍질의 옷 입고 두발과 수염 뽑는 직립의, 부좌(不坐)의, 장작더미에서 자는 고행하며 야채, 생식, 참깨가루, 풀과 쇠똥, 나무뿌리 등, 떨어진 것만 먹으면 한 방울의 물 속에서 보이던 꽃잎 하나……
> 흰개미 죽지 않도록 뒤로 물러설 때도 조심하며 산 속의 사슴, 들소들 놀라지 않도록 피하여 다니면 한 방울의 물 속에서 문득 보이던 생로병사……

숲 속에서 살며 묘지의 죽은 자 뼈 깔고 누워 쉬기도 하며.

상두산(象頭山)과 정각산(正覺山) 사이에 출렁이는 한 방울의 물.

「한 방울의 물에도」라는 시의 전문이다. 이 시는 그가 자신의 시적 세계를 제시하는 것으로 볼 수는 없다. 다만 이 시가 제기하는 것은 시적 세계가 아니라 시적 자세, 달리 말하면 시적 경도가 무엇인가를 극명히 드러내 준 것이라는 데서 우리의 관심을 끈다. 이 시는 수도승의 구도적 자세, 이타정신(利他精神), 이를 실현함으로써 공관(空觀)에의 구도적 경도는 흑백이라는 현실을 체험하지 않고서는 불가능하다. 시 「양치질을 하며」는 이를 적절히 드러낸 작품으로 지적할 수 있을 것 같다. 제4시집 『한 방울의 물에도』는 현실에 대한 초월의지이며 동시에 삶에의 초월의지이기도 하다. 여기에서 획득할 그의 정각(正覺)이야말로 시적 깨달음과 동질의 것으로 보아야 할 것 같다.

《시문학》, 1991년 4월호)

설계된 서정 — 구재기

　홍희표 씨의 시집 『한 방울의 물에도』가 나왔다. 1967년 9월 《현대문학》 지에 「아침의 노래」로 완료 추천의 문을 열고 시단에 나온 이후 1968년 제1 시집 『어군의 지름길』, 1973년 제2시집 『숙취』 그리고 1978년 제3시집 『마음은 구겨지고』에 이어 개인시집으로는 네 번째의 시집이요, 1971년 한성기, 조남익, 임강빈, 박용래, 최원규 등 대전의 시인들과의 6인 시집인 『청와집』까지 포함한다면 다섯 번째의 시집이 될 수 있는 시 모음이 『한 방울의 물에도』이다.

　일반적으로 홍희표 씨의 시는 생에 맞부딪치는 강렬함에 의한 새로운 힘을 풍겨주는 순수 서정시의 경향에 따라 현대적인 감각을 자신의 내면세계에 밀착시키면서 우리 고유의 전통적 특성을 재발견하여 창조하는 데에서 맛 볼 수 있다. 그것은 그의 일반적인 시의 경향이 참신성을 맛보게 하는 데에 있으며 꿈틀거리는 듯한 이미지를 확고하게 나타냄으로써 그의 지적인 언어의 율동성에 이르기까지 커다란 영향을 끼쳐왔을 뿐만 아니라 이러한 지적 언어의 율동으로 하여금 더욱 새로운 언어의 개발에 힘을 기울이게 한 결과로, 시를 형성하고 있는 데에서 기인하고 있다 하겠다.

　이러한 의미에서 홍희표 씨의 시의 특징은 언어를 언어로 다루고 있는 데에서 찾아볼 것이 아니라 언어를 하나의 생명체의 일부, 혹은 언어를 인간의 피부 밑에서 유유히 흐르는 하나의 실핏줄처럼 여기고 다루는 솜씨에서 찾아볼 수 있는 것이다.

　즉 그는 언어를, 이를테면 실핏줄에서 거슬러 올라 동맥으로, 다시 동맥에서 심장에 이르기까지 속속히 파헤칠 수 있는 거대한 힘을 언어로부터 발견해내는 데에 있다는 사실이다. 따라서 그의 시는 비록 그의 시어가 치밀한 실핏줄 같은 미세함을 가지고 있다하더라도 그 시어를 달구고 두드려어 마침내 거대한 힘을 발휘하도록 언어를 갈고 다듬고 있는 데에서 탄생한다고 볼 수 있다. 그가 하나의 시어에도 결코 헤프게 하지 아니하고 철저한 계획 위에서, 마치 건축의 설계도에 따라 터를 닦고 주춧돌을 놓고 기둥을 세우는 견고한 시어의 구성을 보이는 것도 바로 이러한 까닭이다. 이러한 관점에서 이 시집의 서문에 해당되는 「시인은 말한다」의 서두에서 밝힌 '오늘도 집을 지었다 부수곤 한다. 그것은 때로 제비집이 되기도 하고 보랏빛 이층 슬라브집이 되기도 하고, 호박꽃을 인 초가집이 되기도 한다.'는 말이 매우 의미있는 말처럼 들린다.

그의 시집 『한 방울의 물에도』에 엮어진 66편의 시편들이 물질세계와 정신세계에서 비롯된 것이며, 매카니즘적이면서도 자연적이며, 그리고 관념적이면서도 구체적인 현상으로 나타나는 등 폭넓은 세계를 가진 것도 위에서 개관한 그의 시의 특징으로 받아들여진다.

우선 임의적으로 한 편의 시를 골라서 살펴보기로 하자.

아무것도 쓰고 싶지 않다
애써 버린
한 송이 뚱딴지꽃
무엇인가 살아간다는 것은.

거꾸로 서서
장검 아래로 뛰어내리는 일
거꾸로 서서
자기 자신을 바꾸는 일.

쓴다는 것은
아주 부질없는 해방
버려진 것을

기둥 삼아 살아간다는 것은.

그런 어리석음으로
애써 버린
반평생의 의족
슬픔의 저울눈 읽으며.

—「거꾸로 서서」전문

이 시 작품에서 먼저 느껴지는 것은 시에 있어서의 패러독스가 무엇인가를 보여주고 있다는 것이다. 패러독스의 기능이 긍정적 서술의 단순한 명제로서가 아니라 오히려 부정되고 모순된 서술에서의 시적 표현으로 쾌감을 느끼는 데에 있으며, 이러한 모순된 진리가 시적 표현에서 필수적이라 할 때 이 시 작품은 더욱 돋보인다. 따라서 이 시 작품에서 살펴볼 수 있는 바와 같이 두드러진 관념적인 언어와 구체적인 언어가 융합되어 나타나는 효과는 곧 패러독스의 표본이라고 할 수 있다. 구체적인 사물로서 제시된 '뚱딴지꽃'으로부터 '거꾸로 서서'라는 관념적인 사실이 패러독스의 기능을 잘 제시하여 주고 있다.

그러나 '거꾸로 서서'란 그의 실제적인 행동에서 출발한 것이 아니라 일상의 생활에서 감지한 정신적인 충동에서 벗어나려는 몸부림이라고 볼 때, 그것을 더욱 구체화하고 실제적인 사실로써 시화하기 위하여 오직 하나의 자연물인 '뚱딴지'를 등장시킨 치밀한 설계로부터 이 시 작품은 시작되었다고 하겠다. 그는 이미 패러독스의 기능 위에서 그것을 위한 설계에 따라 '뚱딴지'를 올려놓고 「거꾸로 서서」라는 한 편의 시를 낚아올린 것이다. 그의 '뚱딴지'는 엉거시과에 속하는 다년생의 식물이 아니라 완고하고 우둔하며 무뚝한 사람을 일컫는 데에서 그 의미를 찾게 해주기 때문에 더욱 그렇다.

시인 박용래와의 정을 토대로 읊은 「꿈의 말·Ⅳ」즉 '물소리'라는 부제가 붙은 시 작품에서는 「거꾸로 서서」라는 작품과는 대조적으로 구체적인 자연 현상을 많이 등장시켜 시인에 대한 관념적인 현상을 제시하여 주고 있다.

계룡산 물소리 듣고 있습니다. 버들강아지 위로 다람쥐 날고, 귀먹은 시인 귀 뚫어주는 암용추 물소리. 용래성님! 그 물소리 듣고 싶다구요. 홀짝홀짝 술 한 잔 먹고 물소리에 주먹질 하고 있습니다. 어제는 젊은 시인 송유하를 땅 속에 묻으며 눈물 한 방울 흘리지 못하고 하산하며 듣던 물소리, 어느 날 우리가 모여 두런두런 까맣게 탄식된 목소리 같았습니다. 이 곳은 아직까지 물소리 여전한데 자꾸 수첩의 시인들 하늘나라로 가고 있습니다.

— 「꿈의 말 · Ⅳ · 물소리」 전문

이 시 작품에 나타난 모든 자연물은 '물소리' 안에 응집되어 있으며, 급기야는 요절한 젊은 시인 송유하까지 '물소리' 안에 잠재하게 하고 있다. 그리고 이러한 물소리가 내면세계에 가라앉은 '수첩의 시인들' 모두가 자꾸만 사라져가고 있는 무상을 일컫고 있으니, 결국 모든 것은 고 박용래 시인으로부터의 소산으로 볼 수 있을 뿐만 아니라 그것을 변하지 않는 '물소리'에 의한 영원성으로 돋보이게 한 것이다. 그러므로 이 시 작품은 처음부터 대비된 두 가지 현상, 즉 '물소리'와 '박용래'를 설정한 곳에서 시작되었다고 볼 수 있다.

이상에서 살펴본 바와 같이 홍희표 씨의 작품은 치밀한 계획에 의하여 탄생되고 있다. 그러면서도 그는 광범한 서정을 바탕으로 치밀한 기법과 직관과 영감의 조화에 공감을 불러일으킨다. 그의 설계된 서정 앞에서는 지극히 당연한 일일 것이다.

요즘 부쩍 왕성한 의욕과 시도로 여러 좋은 시들을 계속 발표해 온 홍희표의 「언문풍월」(《월간문학》 5)과 「신작이제」(《현대문학》 5)를 말하고 싶다. 막상 시에서 상투적인 행을 저버리고 장고나, 북 장단에 어우러질 은근한 내재율과 대수롭지 않은 듯 성큼 써버리는 어휘들, 말을 다 해버린 듯 남긴 듯한 분위기가 제대로 한 틀을 이루고 있어 한 번 또 두 번 연거푸 읽고 싶어진다. 이해난으로 거듭하는 것이 아닌 재미로움에서 음미하고 싶은 시를 만난 반가움이 크다.

구룡사를 지나 펄럭이는 비로봉 향해 세렴폭포는 입춘도 지났는데 꽁꽁 얼었습니다. 치악산의 장끼, 수리매, 오목눈이, 한 마리 없고 암자의 풍경도 울지 않았습니다.

여기까지 가다보면 조금은 시인의 숨긴 의도가 엿보일 법하다. '꽁꽁 언 폭포', '장끼, 수리매 …… 없음.', '울지 않는 풍경'에서 이 구체적인 상황이 어떤 상징의 세계로 변전되어가게 된다.

그러나 사사디병팡에서 소나무 잡고 미끄러지는 순간, 저는 홀연히 알았습니다. 폭포도 수리매도 풍경도 샛바람처럼 울고 있는데, 저만 잠든 목어처럼 꽁꽁 울지 않았던 것을—

'미끄러지는 순간'이 바로 '깨달음'의 순간이 되는 설정이 재미있다. '미끄러짐'은 '올라감'의 좌절이다. '올라감'이 저지된다는 것은 오를 수 없음을 말함인지 오르지 말아야 함인지 알 수가 없다. 여기에서 두 경우가 함께하고 있다. 오를 수 없으므로 오르지 말아야 하며, 오르지 말아야 하므로 오를 수 없는 것이다. 이쯤이면 인생의 득도의 입구에 온 셈이긴 하나 '저만 울지 않았음'을 각성하는 점에 이 시의 생명력은 건강하게 되돌아온다. 이 '울지 않았음'의 각성은 다시 '올라감'을 시도하는 계기가 되기 충분하다고 생각된다. 거듭 올라감과 미끄러짐의 반복이 있는 한 시인의 의식은 더욱 고양될테니까. 백야에서의 '오늘도 월하향 더미에서 소리내어 기다리는 기수각'이라든지 「화전」에서의 '오들오들 지붕 위의 남은 눈송이 보고 생각한 화전같은 그리움입니다'에서 약속하는 시인의 기다림과 '그리움'에서 우리는 한층 신뢰를 가지게 된다. 충분히 가열된 정신의 만개가 성취될 것임을. 그러나 기다림과 그리움은 결코 끝날 수 없음과 그리하여 부단한 반성의 시업이 있게 됨을 생각하면서,

《현대시학》, 1991년 4월호)

성실한 삶의 시 — 최순열

  현대에 사는 우리는 여러 형태의 질곡 속에서 가위 눌린 일상을 살아가고
있다. 이렇게 삶이 난잡해질수록 좋은 시는 그 값어치가 돋보이는 법이다.
막상 숱한 시편을 만나도 가슴으로 건네 오는 노래는 좀체 만나기 어려웠
던 갈증을 이번 홍희표 교수의 시집『한 방울의 물에도』를 읽으면서 오랜만
에 찡하게 풀 수 있었다.

  그의 시가 노래하는 정감의 진폭은 실로 다양하여「풀잎 하나」에서「산성
비」로 이러지고 있다. 유달리 섬세한 그의 정서의 내비치는 언어감각이며,
쉽사리 흉내 낼 수 없는 특유의 장한 서린 가락이 어우러져 하나의 완벽한
주옥을 엮고 있다. 과연 시적 천분은 영롱한 오색구술을 굴리기도 하고, 짐
짓 질그릇도 구워내고, 때론 은밀한 비색의 청자를 빚어낸다.

>   계룡산 연천봉 위에 산까치 날고 있습니다. 산까치 위로 갈대 흔들리고, 갈
> 대 위로 솜사탕 같은 뭉게구름 소근소근 합니다. 이승의 끝에서 땀내 나는 우
> 리의 그리움 꽹과리로 울리고 있습니다.
>
> — 「동요조 · 겨울」에서

  그는 한을 이야기 하더라도 청승맞지 아니하고 그리움을 이야기해도 수
다스럽지 않다. '연천봉 위→산 까치→갈대→뭉게구름→이승의 끝' 으로 배
경을 전개함을 볼 때 그의 재치는 혀를 내두를 수밖에 없다. '이승' 에서
'연천봉' 을 바라보면서 시의 시선을 거꾸로 가져오고 있음을 알 수 있다.
꽹과리처럼 격한 가슴의 요동을 소곤거리는 뭉게구름과 갈대와 산까치쯤
으로 능청을 떨고 있는 품이 더욱 우리를 처연하게 한다. 그에게 있어서 시

는 이미 생활의 전부가 되어 버렸다.

늦여름에 소나기 오듯
노래할 수
있어도 않는

초롱꽃 속에서 불타는
사랑할 수
있어도 않는

오목항아리에 담긴
계율 깨뜨릴 수
있어도 않는

작은 돌 하나
얼굴에 던질 수
있어도 않는

허허허허
골짜구니 보고 웃을 수
있어도 않는

콧수염의 자유
천둥 빗발의 자유
쌀보리의 자유

— 「노래할 수 있어도 않는」에서

젊은 날의 방황과 좌절에서 이제는 절제를 터득한 것일까? '할 수 있어도
않는' 자유를 누리고 있다. 웃음조차도 삼킬 수 있는 스스로의 다스림은 자
신의 자존심과 오만과 생애 자체의 고귀한 자유에서부터 비롯된 것임을 알
수 있다.

그러나 그는 부질없는 넉살로 호들갑을 떨지 않아도 심금으로 파고 들어

오는 아픔과 호소력을 시집 페이지 마다 만나게 된다.

> 서울의 참새들은 눈 크고
> 노을빛 벌판보다는
> 골목길에 낯이 더 익다.
>
> 찡그렁 쨍그렁 으르릉 꽥
> 조심하세요
> 소외를 철조망에 걸고
>
> ― 「조심하세요」에서

　그는 기교적인 삶을 살지 않고자 한다. "애써 버린/한 송이 뚱딴지꽃/무엇인가 쏟아간다는 것은"하는 자기반성으로 다만 노래할 뿐이지 결코 노래를 억지로 들려주려고 안간힘을 쓰지 않는다. 바로 이점이 그의 시의 생명이다.
　이것은 언제나 성실한 삶과 정직한 시작의 태도에서 비롯되는 것이다. 거꾸로 서서 또는 정자로 누워있기를 한다든지 양치질하며 자기를 추슬러보고 달리기도 해보고 종내 먼 산을 보며 또한 부단히 자기의 전부를 앙탈 없이 보여준다. 멋진 일이다. 새삼 시는 무엇인가? 하는 질문에 명징한 답을 구한 듯 싶다. '수평선 같은 빛 속에서 백치 같은 웃음뿌리기도 합니다' 의 '웃음'에서 우리는 처절한 시인의 눈물을 진하게 맛보게 된다.
　홍 교수의 시를 통한 구도는 멈춤이 없을 것이고 따라서 시의 생명도 높아 갈 것이다. 이제 한국시의 한 좌표에 문득 그가 자리하고 있음을 알겠다. 그의 성실한 삶과 섬세한 감성이 다치지 않고 이 어렵고 다난한 현실을 살아가며 계속 주옥의 시를 빚어내 주기를 기대한다. 그러나 염려할 일이 못 된다. "우리아가 잠 재우듯/아 부서진 나의꿈 달래고/떠가네 떠가네 꽂힌 칼"을 우리는 믿어도 좋겠다. 한 방울의 물에도 그의 우주가 깃들여 있음에랴 그의 정진을 굳게 신뢰한다.

〈목원대신문〉, 1982년 11월 20일〉

『한 방울의 물에도』낸 홍희표 시인 ─ 김선미

시인 홍희표 씨가 네 번째 시집『한 방울의 물에도』를 냈다. 1978년『마음은 구겨지고』이후 5년 만에 펴낸 작품집이다. "시의 틀, 관념의 틀, 삶의 틀을 부끄럼 없이 깨뜨려야하겠다는 생각에서 이번 작품집을 엮었습니다."

시어의 선택도 종래 결 고운 언어에서 생경한 한자어가 대담하게 구사되는 등 많은 면모를 보이고 있다. 관념화되고 있는 틀을 깨려는 시인의 의지가 곳곳에서 드러나고 있다. 그만큼 현실을 바라보는 눈이 예리해지고 강렬해졌다는 이야기일 게다.

"시는 삶에 충격을 주어야한다고 생각합니다. 물질적 충격이 아닌 정신적 충격 말입니다. 그것은 모든 사람 · 사물을 낯설게 바라보는 데에서부터 가능한 것 같습니다." 인습적 기계적인 삶을 어떻게 낯설게 보느냐 하는 문제, 그것은 삶에 대해 새로운 각도. 즉 재인식의 예리한 시선을 말한다.

"우리말이 자꾸 병들어가고 있습니다. 말을 위한 말, 공허한 말들이 우리 주변을 유령같이 맴돌고 있습니다. 삶의 현장에 굳건히 뿌리를 내린 언어의 조형화, 이게 필요하지 않을까 싶습니다." 사라져버린 말의 건강을 위해 다시 밝은 몸과 마음으로 살고 싶다고 한다.

그러면서 충청도 시인들이 가지고 있는─물론 다 그렇다는 것은 아니지만─은둔주의 보수적인 언어 처리에 관해 이제는 과감히 탈피해야하는 자세를 가져야하지 않겠느냐고 조심스럽게 덧붙였다. "시인은 항상 순수한 감정과 사고력을 가져야하겠지요. 아마 이것이 다른 모든 것들을 뛰어넘는 기본적인 요인이 되지 않을까 싶습니다."

홍 시인은 1967년 《현대문학》지에 「아침의 노래」로 추천 완료돼 등단했다. 현재 목원대학교 국어교육과 교수로 재직 중이다.

(〈대전일보〉, 1982년 11월 20일)

종교적 성찰의 시점 — 송백헌

홍희표의 시집 『한 방울의 물에도』 서문에는 다음과 같은 구절이 있다.

"지금까지 나는 그저 앞만 바라보고 걸어왔다. 몸과 마음의 나사가 빠져 자꾸 헐거워지고, 눈은 조금씩 어두워가고 있다. 진눈깨비 같은 빈심(貧心)은 큰곰별에게 던져주고 때로 쭈그렁 대추나 씹으며 구구새처럼 설레이고 싶다. 사라져버린 말의 건강을 위해 다시 밝은 몸과 마음으로 살고 싶다."

이 말은 그대로 그의 시의 특성을 밝혀 준다. 정직함, 순수한 양심, 삶의 성실성 등이 그의 시의 주류를 이루고 있기 때문이다. 여기에 삶에 대한 구도와 역사비판, 청징한 서정성의 의미를 더 첨가한다면 그야말로 홍희표의 다양하지만 깊이 있는 시세계를 짐작해 볼 수 있다. 시집 『한 방울의 물에도』에는 그의 다른 시집에서는 보기 힘든 주제가 하나 있다. 바로 '종교적 성찰의 시점'이 그것이다. 그의 대표작인 「한 방울의 물에도」는 그것을 보여주는 좋은 예가 된다.

> 죽은 사람의 옷, 나무껍질의 옷 입고 두 발과 수염 뽑는 직립의, 부좌의, 장작더미에서 자는 고행하며 야채, 생식, 참깨가루, 풀과 쇠똥, 나무뿌리 등, 떨어진 것만 먹으면 한 방울의 물속에서 보이던 꽃잎 하나……
> 흰 개미 죽지 않도록 뒤로 물러설 때도 조심하며 산 속의 사슴, 들소들 놀라지 않도록 피하여 다니면 한 방울의 물속에서 문득 보이던 생노병사……
> 숲 속에서 살며 묘지의 죽은 자 뼈 깔고 누워 쉬기도 하며.
>
> 象頭山과 正覺山 사이에 출렁이는 한 방울의 물.
>
> —「한 방울의 물에도」 전문

한용운처럼 현란하거나 애절하지도 않고, 박두진처럼 정결하지도 않지만, 담담한 가운데 시인 자신의 내면을 원 없이 풀어낸 수작이다. 형식상 산문체를 빌린 것은 지나치게 간결한 형식에서 오는 공허감을 극복하면서 단단한 음정을 끝까지 유지하는데 도움을 준다. 홍희표의 정돈된 내면세계를 한 눈에 보는 것 같다.

이 시의 주조는 존재에 대한 사랑이다. 이 세상에 널린 모든 사물들을 따스하게 바라보고 다정하게 포용하며, 결코 외람되게 종교적 자만을 부리는 것도 아닌 차원에서 자기 실천을 갈구하는 것이다.

앞부분은 자기수양의 단계를 그리고 있다. 고행과, 하찮은 것에 대한 사랑을 생활화함, 그리고, 그 결과로써 깨달아진 진리의 세계가 나타나 있다.

뒷부분은 생명의 존엄성에 대한 외경감이 그려져 있다. 흰개미 하나라도 살리고 싶고 미물에게조차 폐를 끼치고 싶지 않은, 맑고 겸손한 마음이 드러나 있는 것이다. 그리고 그것은 곧 자기각성의 단계로 이어진다.

마지막 구절은 종교적 구도의 삶을 스스로 확인하고 있다. 허탈한 삶에서 벗어나 좀 더 내밀하고 진실한 깨달음의 세계를 살고 싶어 하는 시인의 염원이 의지적으로 드러난 것이다.

일반적인 특성과 연결시킬 때, 이 시는 홍희표의 정직하고 진지한 삶의 자세가 종교성이라는 제재와 융합되어 효과적으로 표현된 작품으로 손꼽힌다. 그러면서 그러한 특성은 홍희표가 추구해 온 성실하고 진솔하고 양심적인 시적자세와 직결되는 것이기도 하다.

《한밭문예논단》, 1985년)

제5시집

살풀이

차례

□ 자서

제Ⅱ부　작품론

자서

여기에 모인 작품을 가만히 훑어보면 언어들을 너무 비틀거나 뒤집어놓거나 배배꼬이게 하거나 난폭하게 함부로 짓눌러 살풀이를 하고 있는 느낌이 든다.

본래의 정상적이고도 건강한 언어들을 비정상적인 괴로움의 언어들로 만들어 버리지는 않았나 싶다. 나는 내가 만든 언어 공해의 노래조에서 헤매고 있다.

그것이 은유와 상징, 순수와 참여란 이름으로, 또한 꾸밈과 조작을 일삼는 불꽃의 도둑질로 치달려온 것은 아닌지. 우리 언어가 가진 태초의 순진성을 시인이란 군주가 감히 엉망진창으로 유린하고 있는 것은 아닌지. 일상의 삶, 그 비뚤어진 나의 한 조각 마음을 그대로 과장한 것은 또 아닌지.

그래서 의도적인 자기분장이라든지, 자극적인 자기호소라든지, 작위적인 현실고발로 인하여 불구가 되어 버린 나의 언어들을 다시 얼음산의 싱싱한 언어로 희생시키고 싶다.

우리 인간이 잃어버린 순진성을 회복하기 위해서는 언어가 가진 순진성을 올곧게 되살려야 한다. 이것이 바로 사물의 본질을 직시하는 일이며, 시가 가지고 있는 타성의 길을 벗어나는 일이며, 삶이 가지고 있는 허위의 길을 깨뜨리는 일인 것이다.

앞으로 그렇게 생각하며 살고 싶다.

1984년 여름

홍 희 표

간결미와 절제의 논리 — 조남현

홍희표의 시는 대체로 간결미와 절제의 논리 위에 서 있는 듯하다. 하나의 연으로 묶인 시도 있고 또 재래의 행연배치법(行聯配置法)에 의존한 시도 있긴 하지만 그의 시는 보편적으로 간결미를 지향하고 있는 것으로 동시에 절제의 논리의 지배를 받고 있는 것으로 드러난다. 그는 단어 하나 문장 한 줄을 쓰는데 조심스러워하는 편이며 진술 의도를 표출하는 과정에서도 자기 제어에 능한 결과를 드러낸다. 형태론과 표현 방법론에 관한 한 그는 한마디로 전통주의자에 가까운 편이라 할 수 있다.

요즈음 우리 시단에서는 양에서 질을 건져 올리고자 하는 시를 많이 찾아볼 수 있고 또 이러한 시를 고평하는 경향이 뚜렷함도 잘 확인해 볼 수 있다. 압축미와 생략법을 최상의 것으로 보았던 전통주의자들의 통념은 근자에 와서 더욱 호된 시련을 겪고 있다. 여러 가지 측면에서의 변풍(變風)과 변격(變格)이 큰 흐름을 형성하던 1970년대가 지나면서 시 양식의 본적이 어딘가 하는 근본적인 질문들이 자주 나오기 시작했다. 최소 단어로써 최다 의미를 나타내지는 전통론자의 입장과 상상설 욕구로써 시적 상상력을 넓히고 깊게 하자는 탈전통주의자의 입장이 아직도 팽팽한 맞섬의 관계에 놓여 있는 실정이다.

홍희표의 작품들이 보여주는 간결의 미학과 절제의 자세는 반복 어법·언롱(言弄)·여음 등을 효과 있게 활용하려는 데서 그 기조를 갖추고 있다고 하겠다. 그가 이렇듯 구체적인 의장(意匠)에 눈을 떴다고 하는 사실은 그 자신이 시에 대한 전통적인 형태론적 요구들을 구속 요건으로 받아들이지 않고 있다는 암시가 된다. 그는 어쩌면 형태에 대한 배려를 시적 상상력의 방위를 잡아 줄 수 있는 모멘트로 계산하였는지 모른다.

가령, 시 「혈의 누」에서는 '거짓보다 가까운 ××를 위하여' 란 행이 두 번 거푸 나오면서 진술 의도의 윤곽을 보다 선명하게 잡아 주는 결과를 빚고 있다. 또 시 「섬에 누워」에서는 '날 가두고' 라는 구절이 몇 차례 반복되어 나오면서 시적 퍼스나의 정황을 명료하게 일러 준다. 이 두 편의 시에서 반복 어법이 가져다 주는 효과는 실제 그리 큰 것으로 나타나고 있지는 않다.

이에 비해 「INS 위로」에서는 바로 반복구가 작품 전체의 요결이랄 수 있는 추리를 갖게 한다.

> 반딧불은 날더라
> 날더라, 먹구름의 이빨 사이로
>
> 반딧불은 날더라
> 날더라, 오호츠크해 근처로
>
> 증오의 동굴에서 소리 없이
> 예토(穢土)의 술잔에서 은밀히
>
> 반딧불은 날더라
> 날더라, 천상천하의 맨몸으로
>
> 반딧불은 날더라
> 날더라, 비명의 INS 위로
>
> 왜 그들의 머리 보이지 않을까
> 왜 그들의 가슴 보이지 않을까

기본적으로 반복구는 시인 자신이 의도했든 안 했든 간에 읽는 이의 눈길을 자기 쪽으로 끌어들이는 힘이 있다. 위의 시에서 여러 차례 거듭해서 나온 '날더라'에 쏠린 관심은 마지막 연의 두 행 '왜 그들의 머리 보이지 않을까/왜 그들의 가슴 보이지 않을까'에 짙게 깔린 의아심을 거치는 사이에 어느덧 시의 말하고자 하는 바를 감지할 수 있는 능력으로 자리잡게 된다. 홍희표는 반딧불의 생태에 주목하고 얼마간 심취함으로써 인간과 인생의 유한성을 새삼 실감할 수 있는 기회를 갖게 된다.

그런데 홍희표의 시에서 자주 보이는 반복 어법은 기본적으로 언롱(言弄)의 방법과 겹쳐 있는 듯한 인상을 준다.

> i) 만원버스 속에서
> 홰치며 떠돌아도
> 밤새워 안개물고
> 방뇨를 해 보아도
>
> 자율은 타율되지 않고
> 타율은 자율되지 않고
>
> ──「얼음산」
>
> ii) 야호 야호 외쳐대고
> 호야 호야 외쳐대고
>
> ──「다이얼 돌려도」
>
> iii) 낚시꾼의 미끼
> 끼
> 미끼의 낚시꾼
> 리
>
> 시인의 수염
> 끼리
> 수염의 시인
> 끼리
>
> 토끼풀의 창검

끼리끼
창검의 토끼풀
리끼리

음모(陰謀)의 음모(陰毛)
끼끼끼끼
음모(陰毛)의 음모(陰謀)
리리리리

호루라기 거꾸로 들고

———「변명」

iv) 어미닭 품 떠난
병아리 되어
마음은 섬이 되고
섬은 마음이 되고

———「조각달」

v) 망둥어는 거짓말 따라
보채쌓고
거짓말은 망둥어 따라
보채쌓고

———「수수께끼」

vi) 산다는 것은 보이는 것인가
보이는 것은 산다는 것인가

———「정수원(淨愁園)」

언롱(言弄)의 기법은 원칙적으로 긍정적 측면과 부정적 측면을 포용하는
것으로 되어 있다. 이와 마찬가지로 위의 예문들도 부정적인 요소가 없지
않다. 전문(全文)이 인용된 iii)의 시는 언어 희롱의 묘를 과감하다 할 정도로
헤쳐 보이고 있다. 특히 '끼리'란 단어는 분해되기도 하였다가 '끼리끼' 또
는 '리끼리', '끼끼끼', '리리리리'로 변형되어 사용되기도 하는 등 가위

상상력의 난반사의 지경에 닿고 있다. 그런가 하면 ⅰ), ⅱ), ⅲ), ⅳ), ⅵ)의 시에서 보이는 바와 같이 A는 B, A의 B, A+B 등의 표현이 곧이어 B는 A, B의 A, B+A 등의 질서로 전복되기도 한다. 중의법의 묘리를 내포한 것처럼 보일 수도 있는 이러한 언롱의 방법이 가져다주는 긍정적 효과는 특히 ⅰ), ⅱ), ⅳ)의 예문에서 알 수 있는 바와 같이 적지 않다. 작위적인 느낌이 드는 부분이 없는 것은 아니지만 몇 편의 시에서 볼 수 있는 이러한 언롱의 기법은 홍희표가 자신의 의식세계와 정서를 보다 감동적으로 처리하려 한 실험 정신의 소산으로 평가할 수 있다. 홍희표의 실험 정신은 시어로서의 한국어의 권능을 좀 더 확대하고 동시에 이 세계에 대해 품고 있는 인식을 보다 깊게 하는 결과를 가져오기에 충분한 것이다. 가령, 시 「비켜서서」는 '우리 성님 접시 들고/물물, 술술, 불불, 피피/술잔도 없이 분투하시다.' 와 같이 가볍게나마 반복 어법과 언롱(言弄)이 포개져 있는 상태를 드러내고 있는데, 이때의 '물물', '술술', '불불', '피피' 와 같은 표현은 '우리 성님' 이란 주체가 분투하는 모습을 아주 잘 극화시킨 경우라고 하겠다.

홍희표가 효과적인 표현법의 구사에 크게 마음 쓴 또 하나의 흔적은 '여음의 의도적인 삽입' 에서 찾아 볼 수 있다. 그는 시 「품바·한 마디」, 「품바·두 마디」, 「품바·세 마디」에서는 '어어얼 시구시구' '품바품바 잘헌다' 와 같은 여음 내지 거지 타령의 톤을 빌어 와 주제 의식을 보다 선명하고 인상 깊게 처리한 맛을 남기고 있다. 그는 거지타령에 관한 일반인들의 통념을 잘 활용하여 재치 있게 풍자 정신을 드러내 놓고 있다. '어어얼 시구시구' 로 시작되는 타령조(打令調)를 후반에 배치하고 앞에는 정치적 상상력을 바탕으로 한 무겁고도 어두운 내용을 펼쳐 놓음으로써 풍자시의 골격을 갖출 수 있게 된 것이다. 그리고 시 「살풀이」에서는 오늘날의 부정적인 삶의 모습을 열거하면서 중간 중간에 '도리도리 짝자꿍', '곤지곤지 곤지야' 와 같은 여음(餘音)을 집어 넣음으로써 부정적인 삶의 모습이 얼마나 심각하고도 한심한가를 일깨워 줄 수 있게 된다. 이때의 '도리도리 짝자꿍' 과 '곤지

곤지 곤지야 는 날카로우나 시니시즘이 토해 놓은 소리라고 할 수 있다.

> 중금속에 오염된
> 낟알들
> 깡소주에 낄낄대는
> 행려병자들
> 안녕들 하신가
> 곤지곤지 곤지야

　이처럼 비극적인 것과 평화스러운 것, 어두운 것과 밝은 것을 한 자리에 있게 함으로써 넓은 의미의 시니시즘을 보다 심화시키고 있는 홍희표의 발상은 그의 시세계를 통해 자주 확인할 수 있다. 그는 앞서 예거한 「품바 · 한 마디」, 「품바 · 두 마디」, 「품바 · 세 마디」를 통해 정치 · 정치가 · 정치적 상황 등의 개념에 무관심한 것만은 아님을 보여 주고 있는데, 이러한 태도는 「윷놀이」란 시에서 다시 한번 실감있게 확인해 봄직하다.

> 　김구(金九), 송진우(宋鎭禹), 장덕수(張德秀), 여운형(呂運亨) 선생이 경교장 (京橋莊)에 모여 윷놀이를 하고 있었습니다. 그분들은 윷판 위에다 통일된 무 궁화 강산을 천장포(千正砲) 울릴 때까지 만들고 있었습니다. 그때 흉탄(兇彈) 4발에 윷놀이는 끊어진 필름이 되고 말았습니다.

　여기서 우리 고유의 민속의 하나인 윷놀이를 했다는 표현은 여러 가지 의미와 분위기를 담은 것으로 이해할 수 있다. 홍희표는 윷놀이는 분명 게임이기는 하나 호양의 정신과 정당한 방법을 보장하는 게임이라는 내용의 이미지를 시인하는데서 출발하고 있다.
　다소 해학미를 담고 있는 「우리들의 사랑은」 같은 시에서도 시니시즘의 잔가지를 취할 수 있지 않을까 한다. 그런가 하면 「더하기」와 같은 시는 우리의 삶과 사회에 관한 시인의 부정적이며 냉소적인 인식을 아주 깔끔하게 형상화한 것으로 평가할 만하다.

> 하나 더하기 하나
> 하면
> 2
> 이것은 우리 아들 대답
>
> 하나 더하기 하나
> 하면
> ?
> 이것은 우리 마누라 대답
>
> 하나 더하기 하나
> 하면
> ……
> 이것은 나의 대답
>
> 물 위에 떠 있는 허깨비들아!

이 시의 묘미와 깊이는 '2', '?', '……' 등의 숫자와 부호를 정확하게 사용한 데서 거두어진다고 할 수 있다. 다시 말해서 이 시는 수많은 형태의 대답을 '?'와 '……'의 부호 속에 온통 다 가두어 버림으로써 압축미의 모델이 되기도 한다. 또, '?'와 '……'의 두 부호는 맨 마지막 행에 있는 단어 '허깨비들'로 이어지면서 더욱 큰 의미를 지니게 된다. 적소(適所)에 들어앉은 이러한 부호는 여러 요설과 다변과 감정의 격앙을 무색하게 만들어 버릴 수도 있다.

요즈음, 시인으로서의 보람을 확인하지 못한 채 자조적 감정을 서슴없이 드러내는 작품이 많이 눈에 뜨이는데 이에 반해 홍희표는 시인이란 존재에 대해 또 그들이 하는 일에 대해 긍정의 끈을 늦추지 않고 있는 것처럼 보인다.

그의 시 「죄짓는 일」에서 시인 신석초, 박용래를 그리워하고 있으며「정수원(淨愁園)」에서는 시인 지망생 우희신의 죽음에 애도의 정을 표시하고 있다. 한걸음 더 나아가 홍희표는 시 「소금바다」를 통해 자신의 시 정신의 탯줄을 김소월과 김수영에게서 찾으려 한 듯한 느낌을 안겨 준다. 이 시에서 그는 소월의 시 의식을 '하늘과 쌍사이가 넘우 넓구나' 라는 한 구절로 압축하였고 김수영의 시 정신은 '풍자가 아니면 해탈이다', 라고 요약해 보이고 있다. 확대 해석이 될까 모르겠으나, 시 「소금바다」는 홍희표의 시인으로서의 입지점은 김소월과, 김수영이 아니냐고 추리하게끔 해 준다.

끝으로, 홍희표는 여러 편의 시를 통해 자연에게서 가르침을 받고자 했고 자연과 동화되려고 노력하였음을 잘 보여 주고 있다. 그는 여기저기 명산대천을 찾아다니며 자신의 마음을 닦으려 했고 자연과의 날카로운 합일점을 모색하기도 하였다. 그리고 그런 가운데서 그는 새삼 시심을 돋우어 보려 했는지도 모른다.

자연을 찾거나 보면서 모티프가 된 그의 시들은 대체로 인간과 삶이 왜소하고 더럽고 어둡다는 느낌까지 나아가고 있다. 시 「구천동」은 인간이 서로 사랑할 줄 모르고 다투기 좋아하고 탐욕으로 가득차 있음을 지적하고 있으며 시 「사슬을 풀며」에서는 시적 자아가 자연에 동화되지 못하고 또 불심에도 닿지 못하는 자신을 한탄하는 형식을 취해 보이고 있다.

5편으로 짜여진 연작시 「구름잡기」는 시인이 이름난 산수를 두루 찾아 다니는 중간 중간에 얻어낸 감흥을 노래한 것으로, 홍희표는 여기서 머물지 않고 그 감흥에서 자신의 삶에 대한 본질적 성찰을 꾀할 계기를 마련하는 데까지 나아간다.

바벨탑의 욕망이여
심해어(深海魚) 찾아
더 깊은 마음의
그리움 위에 떠서

패랭이꽃 꺾지만
(……)
솜사탕의 허명이여
버티다 버티다가
살점 뜯기고
왕개미만한 금빛 위해
오늘도 달리지만

— 「구름잡기(5)」

　이처럼 홍희표는 대자연은 시심의 터전임을 실증해 보이고 있으며 다시
이 시심은 나와 이웃의 삶을 통찰할 수 있는 능력을 낳는 것임을 암시하고
있다.

홍희표 시집　살풀이

1984년 10월 15일 초판 인쇄
1984년 10월 30일 초판 발행
저자 · 홍희표
발행인 · 김병익
발행처 · 문학과지성사
인쇄처 · 민중인쇄공사

값 1,800원

제Ⅱ부　작품론

시

산하(山下) 홍희표 — 강웅순

청와(靑蛙)의 시는
한 방울의 물에도
살구꽃이 입덧하며
이스랭이 버드내로
모더니티 리리시즘

옹산(翁山)의 시는
흰 고무신 싸락눈
놀뫼의 저녁눈이
초례의 잔으로
눈물점 콧물점

글돗의 시에는
모두모두 꽃피고
피몽둥이 바람불어
진혼굿 살풀이로
아제아제 바라아제

산하(山下)의 시에는
마음 구겨진

모더니즘 까치가
금빛 은빛 쥐탑에 올라
세상달공 세상달공

범초(凡初)의 시에는
숙취한 쑥부쟁이
목척교의 홀씨처럼
반쪽의 슬픔으로
짝짝눈 짝짝눈

* 청와, 산하, 옹산, 글돗, 범초 = 홍희표 시인의 호

선적(禪的) 인식 혹은 새로움의 시학 — 이은봉

시를 읽는 것은 시를 쓰는 것만큼이나 어려운 일이다. 더욱이 시가 시이기를 특별히 고집할 때, 시가 시이기를 특별히 포기할 때 그것은 한층 더 고통스러운 일로 다가오게 마련이다. 그러나 우리가 이러한 고통으로부터 도피하기만 한다면 시를 창작하는 행위는 물론 시를 읽는 행위도 더 이상 진전이 있을 수 없다.

시에 있어서의 진전이란 무엇인가, 새삼 부연할 필요도 없이 그것은 기존의 상투적 세계. 낡고 진부한 동어반복을 벗어나 좀 더 새롭고 좀 더 싱싱한 감동의 세계를 향해 나아감을 뜻한다. 그렇다면 시의 진전, 즉 시를 통해 좀 더 새로운 기쁨을 드러내려는 노력은 그것 자체만으로도 매우 소중한 일이라고 아니 할 수 없다. 누가 뭐래도 그것은 창조에로의 질주이며 좀 더 진실된 삶을 밝히기 위한 능동적 실천의 한 형태인 것이다. 그런데 그것은 종종 실험이란 미명하에 혼란과 과장된 거짓꾸밈으로 독자들을 기만하는 수가 없지 않고, 그리하여 작위적 기교의 하방다리를 헤어 나오지 못해 시는 물론이거니와 삶까지 훼손하는 경우가 없지 않다. 이에는 준엄한 비판이 따라야 하고, 응당 그에 따른 질책이 요구되어야 하겠지만, 그럼에도 불구하고 우리는 일단 모든 새로움에의 노력에 긍정적 관심을 갖지 않을 수 없다. 그러한 열정만이 사람살이의 바른 지표를 제시할 수 있는 참된 에너지를 잉태할 수 있기 때문이다. 영원히 식지 않는 정열, 관계하는 일체의 사물과 관념에 대한 뜨거운 애정없이 좋은 시는 탄생되지 않는다. 물론 그것이 맹목적인 충정이 아니라 화이부동(和而不同)하는 가운데 획득되는 다수운 지혜를 말함은 이론의 여지가 없다.

이러한 논의에 정확히 부응하지는 않지만 홍희표는 드물게 순수성을 잃지 시에 대한 그의 최선을 다해 온 사람이다. 그의 시적 집념과 성실성은 아직 젊은 나이에 벌써 다섯 번째의 시집을 생재하는 것만 보아도 쉽게 알 수 있는데, 시집 『살풀이』에서도 우리는 그의 시의 이러한 특징을 고스란히 감지할 수 있다.

> 하나 더하기 하나
> 하면
> 2
> 이것은 우리 아들의 대답
>
> 하나 더하기 하나
> 하면
> ?
> 이것은 우리 마누라 대답
>
> 하나 더하기 하나
> 하면
> ……
> 이것은 나의 대답
>
> 물 위에 떠 있는 허깨비들아!
>
> ─「더하기」 전문

이 시는 그의 시세계 전체를 대변한다고 할 수는 없지만 그의 세계인식 일반을 조감할 수는 있다는 점에서 얼마간 주목을 요한다.

이 시에는 그 전체 내용이 문답 형식으로 전개되어 있다. 시인은 각각의 연에서 아주 쉽고 간단한 "하나 더하기 하나"라는 질문을 한다. 질문은 같은 데도 그 반응양상은 각기 다른데, 1연에서 '아들'은 분명하고 확실하게 그 정답을 말하며, 2연에서 '마누라'는 너무 뜻밖이라는 듯, 무슨 속임수가 있기라도 한 듯 의아해 하고, 3연에서 '나'는 아예 침묵으로 대답을 눙친다. 같은 상황에 대한 각각 다른, 어떤 면에서는 점층적이기도한 반응양상을 통해 시인 홍희표가 여기서 말하고 있는 것은 무엇인가.

이 시에서 '아들'과 '마누라'는 '나'의 현존적 정신 질서를 드러내기 위한 일종의 소도구로 쓰이고 있다고 해도 과언이 아니다. 말하자면 여기서 시인은 천진하고 맑은 '아들', '아들'에 버금가는 '마누라', '마누라'보다 훨씬 타락한 자기 자신을 점층적으로 비교하고 견줌으로써 은근히 그의 불건강한 내면 현실을 성찰하고 있다는 것이다. 그러나 그는 결코 시의 표면에 이러한 성찰과 그에 따른 심리적 방황을 쉽게 노출시키지 않는다. 오히려 마지막 연에 이르러 그는 엉뚱하게도 "물 위에 떠 있는 허깨비들아"하고 외치고 있는데, 바로 이러한 점이 그의 시의 매력일 것이며 그의 시를 그의 시답게 하는 요소일 것이다.

이러한 대갈일성은 우선 시인 자신의 소심성과 불결함에 대한 반성의 한 형태라고 해야 하겠지만 한편으로는 그의 세계인식 전반을 포착할 수 있는 중요한 실마리를 포효하고 있기도 하다. 그의 대부분 시에서 보여지는 일상적 전개의 돌연한 파괴, 즉 문득 뚱딴지 같이 표출되는 비정상적 이미지의 전개 또한 함께 생각해야 할 것인데, 이는 아마도 그의 구도자적 자세에서 유로되는 선적 인식의 한 결과하고 해야 할 것이다. 삶을 파악하고 구명함에 있어서 언어나 기호를 부정하는 직접 인식의 한 형태로 선은 두루 통용되어 왔는데, 홍희표의 시가 바로 여러 면에서 그러한 발상을 보여 주고 있다는 것이다.

무엇하러 왔느냐?
개미귀신 찾으려고,

무엇하러 왔느냐?
찾았지만 붙잡을 수가

무엇하러 왔느냐?
호두(虎頭)를 탄 꼴이라,

무엇하러 왔느냐?
내게 종자(種子)를 가져 오너라

무엇하러 왔느냐?
지진다 지진다 마음눈

— 「마음눈」 전문

이 시 역시 문답의 형태로 그 내용이 전개되어 있다. 그러한 점에서는 이 시도 앞의 시와 같은 구조를 보여 주지만 여기서의 그것은 훨씬 엉뚱하여 가히 독자들의 상식적 접근을 불허하는 선문답적 형식을 취하고 있다고 할 만하다. 언어에 대한 기존의 인식으로는 이 시의 의미임을 포착하기가 매우 어려운데, 어쩌면 그는 다름아닌 바로 이 점을 노리고 있었는지도 모른다. 구태여 명명하자면 "낯설게 하기" 혹은 "소격효과"라고 할 수 있을 것인데, 일반적으로 그의 시의 감각적 참신성은 대부분 여기서 태어난다. 그의 시의 도처에서 산견되는 치기 또한 여기서 비롯되지만 이는 그것이 그의 세계인식의 방법적 실체이기도 하다는 점에서 진지한 조명이 요구되지 않을 수 없다. 그런데 여기서 간과해서 안될 것은 그의 이러한 시적 방법이 이제 어떤 면에서는 이미 하나의 고착된 틀을 형성하고 있지 않느냐 하는 것이다. 말하자면 그의 시가 깊이 참구하는 가운데 깨닫는 진실, 그것을 노래하는 계송의 형태로 되어 있음은 매우 훌륭한 방법적 자각임에 분명하지만 그것이 계송자체로서가 아니라 상투화된 시적 기교에 의해서 양산되는 복제품, 혹은 나아가 자칫 말놀음으로 떨어지게 된다면 비판의 여지를 갖지 않을 수 없다는 것이다.

이 밖에도 우리는 문답 형식의 시로 「꾀꼬리 울음」, 「나의 적」, 「정수원」, 「석사자」 등을 더 볼 수 있는데, 그렇다면 그의 이러한 선적 인식의 탐구가 갖는 의미는 과연 무엇인가. 앞에서도 언뜻 언급했듯이 그의 이러한 시적 방법은 삶에의 깨달음 혹은 진리의 밝힘보다는 시적 새로움, 즉 신선한 감각의 창조에 주된 목적이 있는 것으로 보인다. 따라서 그것은 상당한 지적 조작을 통해 표출되고 정립되게 된다.

사실 시에서의 새로움은 인식의 새로움, 곧 새로운 세계에 대한 눈뜸을 통해 비롯되는 것은 아니다. 새로움이란 대상에 대하는 주체의 부단한 성찰, 그리고 그 대상의 변화에 대한 주체의 면밀한 동참, 즉 자아와 세계의 끝없는 긴장을 통해서 포획된다는 것이다. 그러한 의미에서 보면 홍희표의 경우 그의 시적 자아와 세계가 얼마간은 정지되어 있다는 느낌을 떨칠 수가 없다. 말하자면 그의 시적 지향이 많은 부분에서 활발하게 움직이는 사람살이의 구체적 현장보다는 어떤 형이상학적 관념 혹은 그것조차 부정하는 비대상 쪽에 놓여져 있다는 것이다. 죽음·만남·허무·자연 등이 그의 시적 일차적 주제를 이루고 있다는 것인데, 다음의 시 「다시 티끌로」가 그 한 예이다.

> 우리는 죽으면 못만나요
> 당기고 밀리는 십장생(十長生)
> 아니야, 만날 거야
> 넘나드는 시구문(屍軀門)
> 우리는 죽으면 못 만나요
> 꽃 없는 천당에서
> 술 없는 지옥에서
> 잠깨인 두더지로 만날 거야
> 아니야, 아니야
> 장타령뿐인 이 땅 끈
> 이 땅에서 다시 티끌로
> 초침의 티끌로 만날 거야

—「다시 티끌로」전문

이 시에서 시인은 "천당" 혹은 "지옥" 등의 추상적 내세보다는 현세 속의 "장타령뿐인 이 땅 끝", 거기에서의 만남이 훨씬 중요하다고 역설적으로 노래하고 있다. 그러나 여기서 그것은 매우 관념적으로 표명된다. 그의 시가 일면에서 소위 정신주의적 성향을 보여 준다는 것인데, 이는 아마도 그가 모던한 지적 풍취를 고집하는 한 어쩔 수 없는 한계로 작용하게 될 것이다.

새삼 강조할 필요도 없이 그의 시는 시사적 맥락에서 볼 때 모더니즘적 전통 위에 선다. 이러한 연유에서만이 아니라 그의 시는 기본적으로 문명과 제반 사회현실에 대한 그 나름의 섬세한 반응양상을 내포한다. 그러나 그의 시에 드러나 있는 이러한 관심이 내적 필연성에 의한 뜨거운 저항의 형태를 지향하거나 새로운 역사 창조에의 열렬한 통찰을 보여주고 있는 것은 아니다. 그의 삶과 시가 아직은 민족사 전체의 핵심 에너지로 작용되기보다는 주로 여러 문명 현상이 인간에게 주는 폐해에 더 주목하고 있는 것이 그 예이다. 오히려 그는 이러한 문제들에 대해 매우 냉정한 거리를 유지하려 하는데, 그것이 곧 그의 시적 성취를 뜻하는 것은 아니지만, 그의 시가 여러모로 훌륭한 감정적 균일을 갖는 것은 바로 이 때문이다.

> 선유도에 와서도
> 괭이 갈매기 바다제비 숨새
> 거들떠 보지도 않고
> 야구중계에 팔려 있습니다
>
> —「야구중계」 부분

> 그러나 물소리는
> 우리의 손발만 적실 뿐
> 마음 밑바닥
> 허공까지 적시지 못하네.
> 페르시아만에 부질없이
> 떠도는 원유처럼
> 지구 밖에서 고장난
> 인공위성처럼
>
> —「운일암에서」 부분

철쭉 사이 운장산에는 뜸부기처럼 빗소리를 아득합니다. 빗소리보다 물소리 대불바위 밑에 붉은 무신도로 용솟음합니다. 밤새도록 옷 벗어던지며 사슬 풀

고 사슬 풀고. 그러나, 귓바퀴 아래 물소리 맴맴 돌 뿐 마음의 솜구름으로 솟아
나지 않습니다. 120층 높이의 콘크리트로 나의 마음이 이미 범벅이 되어버린 모
양입니다.

— 「사슬 풀며」 전문

9천명의 스님
염불소리 같은 물소리
간 시리고

오토바이 한 대
그 시린 것 갈라놓고

천년만년 몸 속까지
빨갛게 상기된 사랑나무
귀 시리고

술 먹은 카세트
그 시린 것 갈라놓고,

— 「물소리」 부분

이 시들의 주된 모티브는 "물"이다. 노자는 "최상의 선은 물과 같다. 물은
모든 생물에게 이로움을 주면서도 다투지 않는다.(上善若水, 水善利萬 物而不
爭)"라고 말한 바 있다. 이들 시에서도 물은 선, 말하자면 인간을 비롯한 우
주만물의 근본원리로 상정되어 있다. 그러나 인간은 본성으로서의 선, 즉
물로부터 어긋난 지 이미 오래인데, 이들 시에 의하면 그 주된 원인은 문명
이라고 할 수 있다. 인간의 좀더 나은 삶을 위해 창조된 문명이 역설적으로
인간의 본성인 선을 마비시킨다는 것이다. 따라서 이들 시는 문명과 함께
시작된 선으로부터의 거리, 즉 자연으로부터의 거리를 밝히려는 데에 그
초점이 있다고 할 수 있다.
물론 그의 수많은 시편들이 모두 문명과의 거리를 구명하는 데에만 주안

점을 두고 있는 것은 아니다. 다분히 순환론적인 생각이기는 하지만 그는 오히려 몇몇 시에서 자연 혹은 우주의 근본원리에로 부단히 회귀할 때 문명에 의해 찌든 속기를 씻고 그것과 일치할 수 있다고 노래한다.

> 물소리 밤새도록 듣네
> 그래 무좀에 좀 먹은
> 발가락도 닦고
> (중 략)
> 주색에 잡힌
> 오장육부도 두루 닦네
> 닦고 씻어내도
> 비린내 나는 몸뚱이
> 사상누각 속에 숨은
> 공중곡예의 이 마음
> 구천동 물소리에
> 떠도는 탐욕의 솜진디
> 구천동 물소리에
> 떠도는 한송이 바윗돌꽃
> 북치는 산울림 속으로
>
> ―「산울림」 부분

이 시 역시 앞의 시와 마찬가지로 "물"을 그 기본 발상으로 하고 있다. 자연과의 하나됨, 즉 "어울려 끝없이 어울"리고자 하는 열망을 노래하고 있는데, 주의를 기울일 것은 자연과의 일치를 위한 매개물이 바로 '물'이라는 사실이다. 그러한 의미에서 보면 이 시에서의 "물"은 전통적인 그것의 실제, 즉 거듭남·부활의 의미와 크게 다를 바 없다.

그러나 자연법칙 혹은 우주원리와의 일치가 다름아닌 행복의 본질이며 그것이 곧 인간의 가장 오랜 이상이라는 그의 생각은 현실의 삶으로부터 수많은 도전을 받지 않을 수 없게 된다. 그리하여 그는 이러한 그의 정신 지향을 거부하는 삶의 실제로부터 마침내 좌절을 경험하고 만다. 「구천동에서」의 "부싯돌 같은 이 바둥거림"이라는 표현도 실은 이러한 관점에서 이해해야 할 것이다. 그러나 홍희표는 체질적으로 절망을 하지 않는 시인이며, 더구나 그가 그것을 시의 문면에 노출시키는 경우는 거의 없다. 설령 그가 그러한 감정을 드러낸다고 하더라도 그것은 대개 매우 야멸찬 풍자적인 모습을 띠거나 그의 시 특유의 동문서답식 당돌한 형태를 갖는다.

① 통영관 개나리판
　도리판 멋졌고.

　복부인 열명과 영동의 복덕방 네댓명
　스위스 쯤 모셔다 두면
　한 3, 4년이면 다 우리 땅이 될게요.

　조왕 지신 울리자
　어히여루 지신아

—「地神밟기」부분

② 중금속 오염된
　낟알들
　깡소주에 낄낄대는
　행려병자들
　안녕하신가
　곤지곤지 곤지야

—「살풀이」부분

③ 아, 우리의 세상은
　정말로 평안해
　밀주 한 잔 할 정도로
　비디오 볼 정도로
　아, 우리의 세상은
　품바 소리에 눈 뜨고

자율에 눈 감고
정말로 우리는 평안해

                                        —「易學풀이」부분

①은 1970년대 이후 너절한 재산증식의 한 방법으로 만연되어온 부동산 투기의 현실을 야유하고 있는 작품이다. 이 시는 전래의 민속놀이 중의 하나인 지신밟기 노래 형식을 포유하고 있는데, 전체적으로 매우 냉소적인 분위기를 보여주고 있음을 알 수 있다. ②는 공해문제를 풍자한 것으로 중간에 동요를 삽입하여 과거 유년시절의 행복했던 삶과 현재를 대조 조명하고 있는 작품이다. ③에서는 세상 전체의 비정상적인 현실을 역설적으로 강조하고 있는데, 오늘날 우리의 삶이 과연 두루 평안한가 하고 되묻고 있다.

이들 시에서 시인 홍희표가 중점적으로 표백하고 있는 것은 산업화에 따른 물질문명이 반드시 인간의 행복을 보장하는 것은 아니라는 점이다. 그러나 그는 이들 시를 통해 그 자신이 제기하고 있는 문제들이 결국 어디서 어떻게 야기되고 있는가에 대해서는 별다른 성찰을 보여주고 있지 않다. 물론 그의 시적 과정을 보면 이에 대해서도 역시 그가 그 나름의 진단을 갖고 있음을 알 수 있다. 그러나 그것은 그의 시 태반이 그렇듯이 매우 암묵적으로 감추어져 드러난다. 아마도 그 까닭은 시에 대한 그의 자아개념이 근본적으로 그 이상은 허용하지를 않기 때문일 것이다.

나의 통치 사상은 굴렁쇠의 몰이념, 구름 보고 노래하는 소나무의 초이념, 그래 우리 국민이 나를 따르는 것은 당연하고 당연하였노라.

                                        —「품바 한 마디」부분

국내 국외에 당신과 같은 카리스마에 견줄만한 인물 없었고, 품부품바 잘 헌다. 곰방대 씹는 호랑이에 혹하여 구세주 온 같이 받든 것도, 이어얼 시구시구 뛰는 고리 개고리 나는 고리 꾀꼬리 입는 고리 저고리.

                                        —「품바 두 마디」부분

당신은 국민 먼저 있고 정치 있는 것이 아니라, 품바품바 잘헌다. 국민은 타고난 영도자 전제로 존재 가능하다고 믿는 나막신의 호랑이 어이얼 시구시구.
— 「품바 세 마디」 부분

　이미 인용한 바 있는 「지신밟기」와 「살풀이」, 「역학풀이」에서처럼 기존의 민중노래로 포장하여 언뜻 눈가림을 하고 있는 이들 시의 의도는 매우 확실하다. 이들 시에 나타나 있는 내용으로 미루어 보아 그가 깨닫고 있는 삶의 제반 사악함의 근원은 정치다. 그리고 이들 시에서 풍자와 비판의 대상이 되고 있는 "나" 혹은 "당신"은 그 서술이 과거형으로 되어 있는 것으로 볼 때 해방 이후의 몇몇 지탄받는 정치지도자들임에 분명하다. 그들의 '몰이념', '초이념'에 의해 대다수 국민의 행복이 파괴되었다는 인식은 그의 시 전 과정으로 볼 때 아직 생소하기는 하지만 급작스러운 것이거나 표현상 크게 냉정을 잃고 있는 것은 아니다. 사실 그의 이러한 생각은 시 「윷놀이」에서 보여지듯 민족사의 비극적 희생자인 김구·송진우·장덕수·여운형 등에 대한 소박한 애정의 현현 정도이거나 「다이알을 돌려도」, 「얼음산」 등에서처럼 가벼운 여유의 차원을 별로 벗어나지 않는다.
　물론 그의 삶에의 인식이 이러한 과정에까지 이르는 것은 아무리 좋게 평가해도 지나치지 않는다. 그러나 필자로서는 그의 정신세계가 앞으로 좀더 구체적인 역사적 현실 속에, 민중적 삶 속에 뿌리내리기를 희망한다. 그럴 때 그의 시가 민족사의 바른 진전을 위해 다소나마 기여할 수 있을 것이며 그의 시세계 또한 풍부해질 것이기 때문이다. 무엇보다 집고 넘어가고 싶은 것은 여러모로 새로운 감각적 충격을 주기는 하지만 선시적 이미지 전개, 즉 소격효과에의 지나친 경도가 여러 면에서 그의 시를 난해하게 하고 독자의 접근을 어렵게 하고 있다는 점이다. 그 극복의 방법으로 감히 시적 이야기성의 획득과 서정의 능동적 활용을 제시하며 삼가 이 글을 맺는다.

《예촌문학》, 1984년 8집)

맺힘과 풀림의 시학 — 차한수

홍희표는 그의 시집『살풀이』자서에서 "인간이 잃어버린 순진성을 회복하기 위해서는 언어가 가진 순진성을 올곧게 되살려야 한다. 이것이 바로 사물의 본질을 직시하는 일이며, 시가 가지고 있는 타성의 길을 벗어나는 일이며, 삶이 가지고 있는 허위의 길을 깨뜨리는 일인 것이다."라고 자신의 시작 태도를 천명하고 있다.

이처럼 홍희표는 언어의 순진성으로 인간이 상실한 휴머니티를 회복하고자 노력하고 있음을 시사한 것이다. 시집『살풀이』는 간결하고 압축된 시어의 조탁과 절제로써 그의 시세계를 확충하면서, 맺힘과 풀림의 흐름이 전체적인 통일을 이루었다.

표제인『살풀이』의 살(煞)은 모든 것을 해치는 독하고 모진 기운 곧 악귀의 짓 또는 친족 간에 좋지 않은 용어로 쓰이는 말이다. 이와 같이 시집『살풀이』역시 멍들고 병든 문명인의 흉살을 풀어보려는 시인의 몸짓임을 직시할 수 있다. 시인이 처한 '현실적인 긴장'을 해소함으로써 보다 새로운 시의 지평을 열려는 정신을 접할 수 있다는 말이다.

특히『살풀이』는 물질문명의 팽배와 시들어가는 휴머니티의 상실에서 오는 질식할 것 같은 권태와 질곡으로부터 벗어나 보다 밝고 건강한 삶을 희구하는 염원을 내포하고 있다는 점에서 관심을 끌고 있다.

> 엄마 뱃속에서
> 뱃속에서 학살당하는
> 우리 애기

그 애기들은 모살(謀殺)하는
가로수 하얀 길
도리도리 짝자꿍

— 「살풀이」에서

물방울 같은 마음
어디로 떠 흐르느냐

— 「진눈깨비」에서

빗소리보다 물소리 대불바위 밑에 붉은 무신도로 용솟음합니다. 밤새도록
옷 빗어던지며 사슬 풀고.

— 「사슬 풀며」에서

—어어얼 시구시구 뜬물동일 묵었다 걸직걸직 잘헌다. 지름동일 묵었다.
미끈미끈 잘헌다.

— 「품바 한 마디」에서

　이들 시편들의 한결같은 흐름은 「품바, 한 마디」에서와 같이 장타령의 형
식을 빌어 자연과 같은 흐름을 이루었다. '아, 우리의 세상은/품바 소리에
눈 뜨고' 있는 운명적인 리듬은 시세의 아픔과 거끄러움과 애환을 그대로
함축하면서, 그것을 벗어버리려는 동작이다. 이것은 안으로 응어리진 아픈
삶을 자연의 동적인 흐름을 통해 천착할 수 있기 때문이다.
　활활 풀어버리고 싶은 동작이 계속되면 될수록 안으로 응축되는 비애는
우리 인간에게 부여된 근원적인 정신이 아닐까. 이러한 입장에서 볼 때 그
것으로부터 탈하는 자세보다 그러한 비애로부터 진정한 가치관을 획득하
려는 작업이 앞서야 할 것 같다.
　홍희표의 『살풀이』는 이러한 입장에서 볼 때 맺힘과 풀림의 정신을 바탕
으로 하고 있음을 알 것 같다.

《현대시학》, 1985년 7월호)

풍자적 언어와 현실인식 — 신 협

홍희표 시인은 1968년에 제1시집 『어군의 지름길』을 발간한 이후 『숙취』, 『마음은 구겨지고』, 『한 방울의 물에도』 등의 시집을 펴내고 지난 연말에 제5시집인 『살풀이』를 상재했다. 『살풀이』에는 전부 69편의 시가 Ⅰ, Ⅱ, Ⅲ, Ⅳ부로 나뉘어 실려 있다.

시인은 현실에 대하여 민감한 반응을 보이는 경우도 있고 관심을 보이지 않는 시인도 있다. 홍희표는 『살풀이』를 통해서 볼 때 전자에 속하는 시인이라 하겠다. 우리는 그가 현실에 대하여 어떠한 관심을 보이는가를 주시하기보다는 현실에 대한 관심이 어떻게 시로써 형상화되는가를 주시하여야 할 것이다. 왜냐하면 현실에 대한 관심이 시로써 승화하지 못할 때에는 한갓 현실에 오염된 말에 불과하기 때문이다.

시인의 현실에 대한 관심이 성급했을 경우에는 체험의 여과를 기다릴 겨를도 없이, 더구나 시의 근본이 서정성에 있다는 사실도 망각한 채 하나의 불평으로 토로되기가 쉽다. 따라서 현실 비판이 직설적 언어로 표출되었을 때에는 시 이전으로 돌이기고 마는 것이다. 시가 상상력을 바탕으로 하고 함축적 언어를 빌어 서정성에 바탕을 두었을 때 감동을 획득하고 나아가 전달 이상의 기능을 확보하는 것이다.

> "여기에 모인 작품을 가만히 훑어보면 언어들을 너무 비틀거나 뒤집어 놓거나 배배꼬이게 하거나 난폭하게 함부로 짓눌러 살풀이를 하고 있는 느낌이 든다. 본래의 정상적이고도 건강한 언어들을 비정상적인 괴로움의 언어들로 만들어 버리지는 않았나 싶다. 나는 내가 만든 언어공해의 노래조에서 헤매고 있다.

그것은 은유와 상징, 순수와 참여란 이름으로, 또한 꾸밈과 조작을 일삼는 불꽃의 도둑질로 치달려온 것은 아닌지. 우리 언어가 가진 태초의 순수성을 시인이란 군주가 감히 엉망진창으로 유린하고 있는 것은 아닌지. 일상의 삶, 그 비뚤어진 나의 한 조각 마음을 그대로 과장한 것은 또 아닌지."

'자서'에서 홍희표 시인은 이처럼 자기의 시에 대하여 준열히 비판하면서 새로운 길을 모색하고 있다. 그가 걸어야 한다는 새로운 길이란 그가 '자서' 끝에서 언급한 대로 '우리 인간이 잃어버린 순진성을 회복하기 위해서는 언어가 가진 순진성을 올곧게 되살려야' 하는 것이며, '이것이 바로 사물의 본질을 직시하는 일이며, 시가 가지고 있는 타성의 길을 벗어나는 일이며 삶이 가지고 있는 허위의 길을 깨뜨리는 일'인 것이다.

예컨대 윤동주의 시가 우리에게 감명 깊은 이유는 그가 준열한 현실비판의 언어를 가졌기 때문이 아니라 그에 앞서 자아성찰의 자세를 잃지 않았고 그의 높은 시정신이 서정성과 결합되어 있기 때문이다.

홍 시인의 풍자적 언어는 『살풀이』 곳곳에서 발견되는 특징인 바 그 풍자가 자못 언농(言弄)에 그칠 위험성을 안고 있다.

낚시꾼의 미끼
끼
미끼의 낚시꾼
리

시인(詩人)의 수염
끼리
수염의 시인(詩人)
끼리

토끼풀의 창검
끼리끼

창검의 토끼풀
리끼리

음모(陰謀)의 음모(陰毛)
끼끼끼끼
음모(陰毛)의 음모(陰謀)
리리리리

호루라기 거꾸로 들고

—「변명」 전문

위의 시 「변명」에서 볼 수 있는 것은 절제된 간결미 즉 단형의 형태미를 갖추고 있다는 점이다. 홍 시인의 작품들이 이처럼 극도의 절제를 통하여 그 형식에 있어서는 박목월이나 박용래 또는 신석초에서 볼 수 있는 전통형식을 가졌다는 점이다. 물론 그의 시에도 산문시가 있기는 하나 산문시의 경우도 단형을 보여주고 있다.

한편 이 작품은 그의 말대로 '언어들을 너무 비틀거나 뒤집어 놓거나 배배꼬이게 하거나 난폭하게 함부로 짓눌러 놓은 느낌'이 든다. '낚시꾼의 미끼'는 '미끼의 낚시꾼'으로, '시인의 수염'은 '수염의 시인'으로, '토끼풀의 창검'은 '창검의 토끼풀'로, '음모(陰謀)의 음모(陰毛)'는 '음모(陰毛)의 음모(陰謀)'로 다시 뒤집어 표현하고 있다. 또 '끼리'를 '끼'와 '리'로 분리하기도 하고, '끼리끼', '리끼리', '끼끼끼끼', '리리리리' 등 현란한 언농으로 표현하고 있다. 조남현 교수는 이것을 가리켜 '상상력의 난반사'라고 지적하고 있다. 이러한 표현을 부정적으로 말하면 언어의 휴의라고 하겠으나 긍정적으로 볼 때는 풍자적 언어라고 볼 수도 있다.

홍희표 시인은 역사적 현실에 관심을 보이면서 타령조를 도입하거나 동요의 형식을 취하기도 한다.

① 어어얼 시구시구 3자나 한자 놓고 봉개 3천만 민족 소망일세, 남북통일 소원이네, 그러나, 당신은 국민 먼저 있고 정치 있는 것이 아니라, 품바품바 잘헌다. 국민은 타고난 영도자 전체로 존재가능하다고 믿은 나막신의 호랑이, 어어얼 시구시구 4자나 한자 놓고 봉개 4278년에 해방의 종소리 울렸네

— 「품바 세 마디」에서

② 엄마 뱃속에서
　　뱃속에서 학살당하는
　　우리 애기
　　그 애기들을 모살(謀殺)하는
　　가로수 하얀 길
　　도리도리 짝자꿍

— 「살풀이」에서

③ 아무리 울려도
　　받지 않는
　　아무리 돌려도
　　울지 않는

　　1984년 ×월 ×일
　　다이얼을 돌려도
　　풍부부(豐富部)는 빈곤을
　　진리부(眞理部)는 선전을

　　야호 야호 외쳐대고
　　호야 호야 외쳐대고.

— 「다이얼 돌려도」에서

위 세 편의 시를 놓고 볼 때 현실 비판이라는 공통점을 찾을 수 있다. ① 은 1945년 해방 이후의 현실을 꼬집은 시이며, ②는 산아제한으로 인한 낙태의 부도덕성을 비판한 작품으로 보이고, ③은 1984년이라는 오늘의 현실

을 비판한 시이다. ①에서 장타령에 맞추어 풍자하고 있으며, ②는 어린이의 눈을 통하여 동요조로 풍자하고 있으며, ③은 언어를 비틀고 뒤집어 야유하고 있다. 원래 풍자는 언어의 정상적인 표현 방법으로는 강도가 약하기 때문에 반어적 표현으로 또는 폭력적 언어로 표현할 수밖에 없다. 그러므로 감동적이라기보다는 아프고 쓰리고 괴로운 언어가 아닐 수 없다. 반어법을 많이 쓰고 있는 것이 또한 수사의 특징이기도 하다.

이밖에 홍희표의 시가 역사와 현실에 관심을 보인 작품으로는 「얼음산」, 「금간 사람들」, 「윷놀이」, 「품바·한 마디」, 「품바·두 마디」, 「썰물과 밀물」, 「혈의 누」, 「역학풀이」, 「이여라아 차아」, 「지신밟기」, 「귓속말」 등의 작품이 있다.

홍 시인은 「소금바다」에서 자신의 시가 김소월과 김수영과 맥이 닿아있음을 시사하고 있다. 그리고 「죄짓는 일」에서는 신석초와 박용래를 그리워하고 있다. 1966년 《현대문학》 12월호에 「내 살결에」를, 그리고 1967년에는 동지 5월호에 「봄바람에게」를, 9월호에는 「아침의 노래」를 추천한 분이 바로 신석초 시인이었다는 점에서, 그리고 대전에서 박용래 시인 등과 함께 1971년 6인 합동시집인 『청와집』을 냈던 사실에서, 우리는 그리움의 의미를 충분히 짐작할 수 있다.

홍희표는 「구름잡기」라는 5편의 연작시를 『살풀이』 Ⅳ부에 싣고 있다.

> 바벨탑의 욕망이여/심해어 찾아/더 깊은 마음의 그리움 위에 떠서/패랭이 꽃 꺾지만//눈 감아라/돌아갈 수 없는/먹구름의 부리 위에서/인공위성으로/파랗게 헤엄치지만//솜사탕의 허명이여/버티다 버티다가/살점 뜯기고/왕개미만한 금빛 위해/오늘도 달리지만//검은 눈물로 달리지만/기교는 절망을 낳고/손가락 사이를 달리지만/절망은 기교를 낳고/아, 날나리 타고 날지만.
>
> ─「구름잡기⑸」 전문

「구름잡기」는 제목 그대로 자신의 허망한 욕망이나 '솜사탕의 허명'을 절규한 노래다. 자연을 배경으로 자아성찰의 시정신을 서정성이 짙게 노래함으로써 공감을 불러일으키는 작품이다. 5행씩으로 짜여진, 정제된 4연의 형식미와 함께 내용의 조화로 성공을 거두고 있다.

'자서'에서 자신이 밝힌 대로 홍희표의 새로운 길을 우리는 「구름잡기 (5)」에서 찾아볼 수 있다. 촉망된 기대와 함께 앞으로 그의 시가 어떻게 전개될까를 주시하는 이유도 여기에 있다.

《심상》, 1985년 6월)

공(空)과 색(色)의 변증법적 구도 — 장기주

시논의(詩論議)에 있어서, 형식과 내용의 관계, 자연현상, 논리의 명제도 이 이원성 속에 거주한다. —정신과 육체, 이(理)와 기(氣), 시계추가 머무는 극점, 생과 사 등. 존재 양식으로의 이들 양자 개념의 올바른 인식을 위해 이론화된 체계가 변증법이라면, 시가 구현하는 세계는 내용, 주제의 차원을 넘어 그에 상응하는 표현 형식의 배려에 의해 시적 체험을 확대시키리라. 이러한 형식과 내용의 관계를 유기적 개념이라 일컬을 때, 변증법과 같은 위상에 선다.

1968년 『어군의 지름길』 이후 다섯 번째 시집에 놓이는 『살풀이』는 홍희표 시인의 시작행위의 새로운 좌표를 설정하는 계기가 된다. 현실—이념, 자아—탈자아, 맺힘—풀림의 상대개념을 '공—색'의 불교적 허무감의 대단원으로 수렴하는 방식을 채택하는데 의의가 있다.

이와 같이 변주되는 시 내용은 인간성 보존의 지속적인 시정신을 바탕으로 다기화된 시각을 확보하는 변용과정으로 이해해야 한다. 즉, 상정된 양자의 개념을 지양하고 궁극적 결론을 제시힘으로써 실현되는 시인의 문학전언과 혹은 역설적으로 그 자체로 존재하는 표현의장을 결합한다. 이것이 『살풀이』의 문학적 지평의 내적 확대라 할 수 있다. 문학전언과 표현의장의 극점을 오가는 진자운동을 정—반이라고 환언하면, 비로소 홍희표 시인의 시는 유기체로서의 문학 속에서 살아 숨 쉴 것이다.

> 사람이 사는 것이 무어니?
> 남도(南道)의 창(唱) 같은 별 하나

사람이 죽는 것이 무어니?
가재미만한 별 하나
별 뜨니 지고
별 뜨는 죽고
그러면 너는 무어니?
너는 정말로 무어니?

— 「나의 적」 전문

존재와 죽음, 자연현상의 생멸에 대한 물음이 단문처럼 제시된다. 일관된 질문은 해답이나 응답을 요구하지 않은 채, 시 구조의 중심요소가 된다. 존재가 죽음과 동일시되어 현실을 초월한 관조적 혜안을 부여한다. 얼핏 무의미한 문장의 나열에 머문다 할지라도 이 시의 근본기둥는 공과 색의 개념이 깔린 관념화에 있다. 곧 자가당착 자체가 구조이며 시작행위의 출발이기도 하다.

이 불변소는 개별적인 문학성의 가치를 제공하는 중심근거가 된다. 즉, 자아—탈자아로 변이되는 축으로의 현실—이념 사이의 갈등을 지양, 심화시키는 역할을 한다. 발전적 개념이 아닌 반복과 병치의 문장 형식을 통해 인간성을 구원한 명제인 자아의 관념화에서 현실의 객관화를 표출하는 방법으로 전환한다.

김구, 송진우, 장덕수, 여운형 선생이 경교장에 모여 윷놀이를 하고 있었습니다. 그분들은 윷판 위에다 통일된 무궁화 강산을 우정포 울릴 때까지 만들고 있었습니다. 그 때 흉탄 4발에 윷놀이는 끊어진 필름이 되고 말았습니다.

— 「윷놀이」 전반부

존재 확인이 주관으로부터 객관적이고 현실적인 시각으로 변이될 때, 역사적 사건이 윷놀이로 희화된다. 실제 인물의 제시, 사실의 담담한 서술은 홍 시인의 지속된 표현방식, 곧 간결미와 설명적 진술의 거부로부터 일탈한다는데 주목해야 한다. 주관적 자아의식에 대한 관념으로부터의 탈출과 현실관을 갖는 계기이며 동시에 시적 체험의 점진적 개진이기 때문이다. 민주화의 진통과정에서 간과하기 쉬운 의식의 자성이 부재함을 목도한다. 얻은 것은 잃은 것이요, 잃은 것은 오히려 얻은 것으로 향한 스스로의 신념임을 환기시킴으로써 현실을 수용한다. 여기서 희화는 '자율은 타율되지 않고/타율은 자율되지 않고'(「얼음산」), '야호 호야 외쳐대고/호야 호야 외쳐대고.'(「다이얼 돌려도」)와 같은 반복구조를 차용하여 시대상황의 절박함 속에서 극복되지 못하는 허무와 관조의 변증법인 것이다. 산문적 진술, 여음의 삽입, 구절의 반복이 자의식의 표출로 나타난다.

간결미에서 오는 지적 세련, 설명을 제거한 자아의 제시는 대현실의 극기적 자세인 공이며, 4·19나 1970년대 말 격변기에 함께 못하는 시인이 갖는 역사적 한 맺힘의 분산적 해결방식인 '풀음'을 현실이 곧 색인 것이다. 그래서 역사적 자아에로의 전환을 모색하는 태도가 실행되지 못한 한 맺힘이 한 극점이라면, 주관적 자아의 극복된 개념으로서의 허무나 관조는 다른 한 점에 놓인다. 현대사에 공감하는 탈자아의 태도로 역사적 현실을 극복하는 풀어버림의 단계를 병치시킨다.

시의 존재는 정지된 중용에 있지 않다. 오히려 이를 극복해 나가는 과정에서 획득되는 발전적 개념이다. 자아와 탈자아 사이에서의 갈등, 현실과 이념의 궁극적 합치점의 모색으로 드러나는 공과 색의 구조변형에서 확인되고 획득되는 정신의 맺힘과 풀어짐을 동시에 수용하는 매체이다. 결국 『살풀이』는 모든 자연, 정신현상의 불변소를 변증하는 데 의의가 있다.

(《시문학》, 1985년 1월)

새로운 발견을 위한 실험 — 송하섭

홍희표 교수의 다섯 번째 시집 『살풀이』를 읽어가면서 그가 얼마나 시적 창조를 위하여 언어의 실험실에서 땀 흘리고 있는가 하는 것을 실감하게 된다. 우선 홍 시인은 시의 생명이라고 말할 수 있는 언어의 가락을 남달리 실험하고 있다.

'밝히고 밝혀도/흩어지며 일어서는/토끼풀의 땅뺏기/이여라아 아차'

「이여라 아차」에서 이러한 류의 언어를 많이 발견하게 되는데 이는 1970년 대 이후 민중과 호흡을 같이하고자 하는 시창작 행위와 더불어 우리들의 의 식 속에 깊이 뿌리박고 있는 민중적 가락을 실험하고 있는 것으로 보인다.

또한 이 시집에서는 조남현에 의하여 언농(言弄)이라고 지적된 다분히 농적 인 언어를 많이 실험하고 있다. 가령 「꿩아 꿩아」라든지 「변명」 그리고 「세사 람의 몽생」같은 시에서 찾아지는 언어적인 농과 더불어 세태 자체를 희롱하 는 듯한 자세를 견지하고 있음을 볼 수 있는데 이것은 그가 지금까지 견지해 온 시의 세계와는 사뭇 다른 것으로 인생적 성장과 함께 세상을 정면에서가 아니라 측면에서 바라보는 또 하나의 실험으로 간주할 수 있다 하겠다.

그는 또한 우리들 머릿속에서 경직화되어 버렸거나 사어처럼 되어버린 일과 언어를 되살려내는 실험을 계속하고 있는지도 모른다. 「신어부사」나 「혈의 누」, 「세한도」, 「여여하신가」 등 제목에 나타난 것도 그것을 말해주 고 있으며 「윷놀이」 같은 곳에서 더욱 분명히 드러난다.

"김구, 송진우, 장덕수, 여운형 선생이 경교장에 모여 윷놀이를 하고 있 었습니다. 그분들은 윷판 위에다 통일된 무궁화 강산을 우정포 울릴 때까지 만들고 있었습니다. 그 때 흉탄 4발에 윷놀이는 끊어진 필름이 되고 말았습니다."같은 구절에서 아직까지도 시원하게 파헤치지 못한 역사적 사실을 '얼음산의 싱싱한 언어'로 표현해 보고자하는 그 의도를 읽을 수 있는 것이다.

여하튼 홍 시인은 이번 5시집을 통하여 새로운 대발견을 위한 몸부림치는 실험을 하고 있음을 드러냈다고 볼 수 있다. 실험의 결과는 두고 볼 일이지만 그가 현실을 희화화하고 있음만으로도 한 계단을 크게 뛰어넘거나 그렇지 않으면 깊은 수렁을 내려다보게도 될지 모른다는 예감을 가지게 한다.

(〈대전일보〉, 1984년 12월)

잃어버린 인간성 회복 — 위성란

"우리 인간이 잃어버린 순진성을 회복하기 위해서는 언어가 가진 순진성을 올곧게 되살려야 합니다. 이것이 사물의 본질을 직시하는 길이고 삶이 가지고 있는 허위의 길을 깨뜨리는 일이지요."

시인 홍희표 씨는 충청도인의 순진성을 드러내며 다섯 번째 시집『살풀이』(문학과 지성 시인선 34)를 내놨다. 동국대학교 국문과 및 동국대학교 대학원을 졸업 현재 목원대학교에서 후학을 기르고 있는 저자는 특히 이번 시집에서 불심을 소재로 한 창작을 쏟았다.

제4장 「면벽 5분」과 「구천동」에서 드러냈다. "인간은 서루 사랑할 줄 모르고 다투기 좋아하고 탐욕으로 가득 차 있습니다. 성자인 부처님이 버리라고 가르치신 삼독이지요. 저 역시 닿지 못하는 불심에 고뇌를 겪고 또 이를 극복하려고 시작을 하고 있지요."

그의 말 속에는 수행승의 청정함과 같은 분위기가 창작인의 순박함으로 가득 채워져 있다.

문단에서 홍 씨는 '반복어법, 여음 등을 효과 있게 활용하려는데 기초를 둔 간결의 미학과 제제의 논리를 구사하고 있다.' 는 평을 듣고 있다.

한편 이번에 발표된 시들을 음미하면 자연과 동화되려고 노력하였음이 드러난다. 그는 여기저기 명산대찰을 찾아다니며 자신의 마음을 닦으려고 했고, 자연과의 합일점을 찾고자 모색했다.

"정신적 방황 못지않게 불쑥 여행을 빙자한 방랑을 했지요. 내심 마음공부라 다짐하고 돌아다녔던 그 발길들이 대부분 산사였어요. 그곳에서 신심을 닦으려는 보살들과 마주칠 때 제 모습과 대비하지요. 신심은 순수함과 한 맥락이 아닐까요."

현실 속에서 불타의 가르침에 의존하는 신도이듯 홍 시인은 순진성을 상실한 타락한 현실과 언어로 맞싸우고 있다. 그래서 이번시집 『살풀이』는 왠지 더 모든 이와 가깝게 느껴진다.

《불교회보》, 1985년 1월 15일)

제6시집

금빛 은빛

차례

제 Ⅱ 부 작품론

민족문제에 대한 새로운 시적 변용 — 이은봉

1

주지하다시피 시인 홍희표는 1967년 신석초(申石艸)선생의 추천으로《현대문학》지를 통해 문단에 데뷔한 바 있다. 그런데, 그즈음 문학수업을 한 대부분의 사람들이 그렇듯이 시인 홍희표 역시 모더니스트로 그 첫발을 내딛는다. 제1시집 『어군(魚群)의 지금길』 발문에서 일찍이 신동엽도 지적한 바 있듯이 그는 "김기림에게서 개화를 봤던 주지적 리리시즘"을 바탕으로 하여 맨 처음 시작활동을 한다는 얘기이다.

이렇게 출발한 모더니스트로서의 그의 시는, 그러나 서구적 실험주의에 빠지는 등 국적을 상실할 정도로까지는 나아가지 않는다. 때로 지나치리만큼 어희(語戱) 혹은 이미지의 충격적 결합 따위에 경도된 적도 있지만, 그의 시에 있어서 모더니티는 기본적으로 동양적이다. 동양적이라는 말은 그의 시의 현대성이 대상에 대한 직관적 인식, 즉 선적(禪的)인식에 기초해 있었다는 것인데, 특히 그것은 제5시집 『살풀이』에서 돋보인다. 이런 입장에서 보면 그의 시의 새로움에의 추구는 서구의 그것에서보다는 동양의 그것, 즉 선시(禪詩) 혹은 게송(偈頌)에서 더 영향을 받았다고 할 터이다.

> 무엇하러 왔느냐?
> 호두(虎頭)를 탄 꼴이라.
>
> 무엇하러 왔느냐?
> 내게 종자(種子)를 가져 오너라.

무엇하러 왔느냐?
지진다 지진다 마음눈

— 「마음눈」 일부

여기에서 볼 수 있듯이 기존의 그의 시에 있어서 모더니티는 확실히 선문답적인 데가 있다. 그러나 이처럼 의미가 투명치 못한 선적 인식에의 경도는 결국 그로 하여금 이내 자괴감에 빠지지 않을 수 없게 한다. 물론 이러한 자괴감은 민족의 구체적 삶으로부터 자기자신이 다소간 비켜서 있지 않는가 하는 순정한 반성에서 비롯된다. 그런데 그것은 일단 이전의 시집, 특히 『살풀이』에서는 문명비판적 혹은 역사비판적 야유의 형태를 띠고 나타난다. 여전히 동문서답식 어법을 바탕으로 하고 있긴 하지만, 그래도 이들 시에 이르러 그는 허망한 이미지의 탐구로부터 스스로를 곧추세우기 시작한다는 것이다. 다시 말해서 그는 『살풀이』를 기점으로 하여 적어도 세계관에 있어서 만큼은 얼마간 모더니즘적 자양분으로부터 거리를 확보해 낸다는 얘기이다. 그리고 이때 그의 시의 방법적 특징은 점차 현실 대응의 한 무기로 성장한다.

돌이켜보면, 그가 이 시집 『금빛 은빛』에서와 같이 민족적 삶의 구체적 역사와 만나기까지엔 이 이외에도 적지 않은 결단의 과정이 있었던 것으로 생각된다. 특히 우리는 다음의 시를 통하여 그의 정직한 인간적 갈등을 읽는다.

너는 서구의 스파이야! 뭐 포스트모더니즘이 어떻다구. 우리에게 필요한 것은 휴전선에 맞물린 우리의 동족상잔이 아니라 동족화합이야. 6·25 때 비록 외팔이 강성열(姜聲烈)이 되었지만, 우리 가슴속에 품고 다니는 부적 같은 그림을 그리고 싶다구. 동무 동무 어깨동무, 동무 동무 까치동무, 동무 동무 고깔동무, 술 한잔이 반찬일세. 너, 하회마을에 가서 홍백탈, 검정탈, 먹중탈, 처용탈 뒤집어쓰고, 우리도 취바리처럼 웃어야 할까. 조리중처럼 울어야 할까. 너, 너는 어떻게 할래……

— 「하회탈」 부분

이 시는 시인 홍희표의 친구이기도 한 외팔이 화가(어렸을 때, 전쟁 중에 포탄을 가지고 놀다 한쪽 팔을 잃음) 강성렬과 주고받은 술주정 혹은 넋두리의 형식을 띠고 있다. 실제의 경험을 담은 듯한 이 시의 내용은 그가 스스로의 문학에 대하여 얼마나 고통스러워해 왔는가를 잘 알 수 있게 해준다.

조국의 분단과 그로 인한 6·25전쟁, 아직도 여전히 계속되고 있는 민족사의 이 엄청난 비극을, 그라고 해서 외면할 수 있었겠는가. 아무튼 예의 시집 『살풀이』 이후 그는 과감하게 난마처럼 얽혀 있는 민족문제로 시각을 전환한다. 이 시집 『금빛 은빛』이 바로 그 결실인 셈인데, 여기서 그는 조국 분단과 그에 따른 제반모순 및 통일에의 의지를 하나하나 시적 형상을 통해 제시한다.

2

민족의 역사와 삶의 구체적 의미를 담아내기 시작한 그의 시는 이 시집 『금빛 은빛』에서 대개 세 개의 의미 범주를 포유한다. 첫째는 처참하기 짝이 없었던 6·25 전쟁의 기억을 재생하거나 그에서 소재를 취한 작품군이고, 둘째는 예의 전쟁 비극이 엄존하고 있는, 억압과 핍박이 펄펄 살아있는 일상의 고통 및 현실의 삶을 형상화하고 있는 작품군이며, 셋째는 이 시집의 핵심부분으로서 민족의 동질성 탐구를 통하여 그의 통일에의 염원을 노래하고 있는 작품군이다. 그런데, 여기서 우리가 주목해야 할 것은 이 시집의 모든 작품들에 한결같이 이 '씻김굿' 이라는 부제가 달려 있다는 사실이다. '씻김굿' 은 시인 자신이 '후기' 에서 밝히고 있듯이 일종의 한풀이 굿으로서 원통한 넋을 위로하여 저승으로 편히 가게 하는 데 목적이 있다. 요컨대 이 시집에서 시인 홍희표는 조국분단과 그에 따른 온갖 한을 말끔히 씻어내고, 그리하여 참다운 민족통일로 나아가기 위한 한바탕 굿판을 벌이고 있는 것이다.

그렇다면 그의 이러한 굿판은 실제로 어떠한 내용을 담고 있는가. 물론 그가 여기서 전통적인 굿 형식을 그대로 차용하고 있거나 원용하고 있는 것은 아니다. 먼저 그는 아직도 여전히 출혈을 계속하고 있는 민족 전체의 커다란 상처, 즉 6·25전쟁에 대한 체험과 관찰을 형상화함으로써 이 시집, 즉 씻김굿의 서두를 시작한다. 그런데, 그는 비교적 구체적인 상황과 이야기를 담고 있는 이들 시에서 가능한 한 이데올로기를 배제한 채 전쟁의 비극 그 자체에 초점을 맞춘다. 그러니까 그는 여기서 전쟁이 우리의 삶을 얼마나 황폐화하는가에 대해 주로 강조하고 있는 셈이다.

> 우리는 일주일을 역구내에서 새우잠 자며 기다리고 기다렸습니다. 그러나
> 기차는 높은 분 싣고 회오리처럼 스쳐가고 때로 산더미처럼 사람을 담아 움직
> 이지도 못했습니다. 그러다가 겨우 화물차 지붕 위에 올라타 남으로 남으로
> 내려가기 시작했습니다. 우리는 석탄 껌정 뒤집어쓴 검둥이였지만 자유의 구
> 름과 평화의 별빛만 보길 원했습니다. 그러나 한밤중이면 화물차 지붕 위에서
> 철도 연변으로 옆 사람이 졸다 뚝뚝 떨어지지만 기차는 거북이처럼 남으로 남
> 으로 달려갑니다. 살아라 죽어라 죽어라 살아라 빽빽거리며 달려갑니다.
> ─ 「화물차」 전문

이 시는 화물차에 실려 피난을 가고 있는 모습을 그리고 있는데, 그것을 통해 우리는 무엇보다 먼저 생명에의 절망을 느끼게 된다. 지붕 위에서 사람이 졸다 떨어지는데도 "살아라 죽어라 죽어라 살아라 빽빽거리며 달려"만 가고 있는 기차의 형상과 그러한 엄청난 일이 벌어지는데도 도대체 어떻게 해 볼 수가 없는 절박한 상황의 제시가 특히 그러한 감정을 고양시킨다. 하지만 홍희표는 이 시에서 예의 전쟁의 비극과 고통을 결코 감상적 슬픔으로 노래하지 않는다. 잘 단련된 지적 제어를 통하여 끝까지 감정의 질서를 유지하는데, 이런 면에서 볼 때, 그는 여전히 지식인 시인임에 분명하다. 이와 같은 감정의 절제는 전쟁에 끌려가 생사를 알지 못하는 가장을 그리워하는 가족들의 삶을 그린 작품(「울지 마 울지 마」, 「울아빠」)이나 전쟁 직후 구호물자로 겨우 연명해가던 그야말로 처참하게 가난했던 시절의 삶

을 묘사한 작품(「바둑껌」, 「보릿고개」) 등 아주 극한적인 상황을 대상으로 한 작품의 경우에 있어서도 마찬가지이다. 따라서 이제 우리는 그가 결코 슬픔을 슬픔 그 자체로 드러내지 않는 절제의 시인임을 알게 되는데, 그의 시가 전체적으로 다소 건조하게 느껴지는 것도 실은 이 때문이다.

전쟁이 주는 비극과 고통에 대한 그의 시적 탐구는 이외에도 많은 작품을 통해 드러난다. 「슬피 슬피」, 「돌아오소」와 같은 작품에서는 통계숫자를 인용하여 엄청난 인명 피해를 증언하기도 하고, 「총알 하나」, 「사정거리(射程距離)」와 같은 작품에서는 직접 전쟁에 참여했던 사람들의 입을 빌어 그 끔찍함을 표현하기도 한다. 이런 점에서 보면 시인 홍희표는 누가 뭐라고 해도 명백히 휴머니스트라고 할 수 있는데, 그것은 시에 드러나 있는 사회현실을 통해서도 잘 알 수가 있다. 말하자면, 그의 시에 표출되어 있는 민족모순은 과학적 인식을 통해 재창출된 것이 아니라 체험과 관찰, 그리고 자료에 기반을 둔 인간적 정서의 시적 형상화라는 것이다. 물론 이러한 지적을 통해 필자가 여기서 그의 인간적 정서, 즉 직관적 인식이 과학적 인식에 버금한다는 얘기를 하고 있는 것은 아니다. 「산타클로스」, 「한울님」 등의 작품에 이르면 그는 오히려 조국분단과 6·25전쟁에 대해, 그리고 그 원인과 극복에 대해 과학적 인식에 못지 않은 뛰어난 성찰을 보여주기도 한다.

> 1970년대, 조금 맑다가 흐림
> 아니, 미국이 중공하고 악수를 하다니? 그럼 미국은 도대체 누구 편이야?
>
> 1980년대, 날씨 예측 불허
> 산타클로스가 무역전쟁에서 우리에게 어금니를 문다니 그는 누구 편이야?
> ─「산타클로스」 부분

명징하고 확실하지는 않지만, 그는 이 시에서 오늘날 민족의 현실에 있어 미국이 과연 어떤 나라인가 하는 반문을 갖지 않을 수 없게 해준다. 그러나 여기서 우리가 미국을 올곧게 극복하지 못하고는 참다운 민족자주가 불가능하다는 것을 새삼스럽게 강조할 필요는 없을 것이다.

　전쟁의 상처와 분단의 비극은 아직도 그것이 여전히 나날의 구체적 삶의 일상에서 엄청난 통증으로 존재해 있기 때문에 탐구의 대상이 되는 것이고, 이 시집에서와 같이 한바탕 굿판을 필요로 하는 것이다. 그렇다면 분단 혹은 전쟁과 관련하여 시인 홍희표가 생각하고 있는 당대의 현실은 어떠한가. 통일에의 논의가 전혀 자유롭지 못한, 그리하여 그것에의 참다운 노력이 거의 존재하지 않는 일상의 삶에 관하여 물론 그리고 해서 툭 터진 전망을 가질 리는 없다. 다만 그는 차단된 오늘의 사회현실에 대하여 안타까운 비명을 형상화하고 있을 뿐이다.

> 크게 너를 부르지 못하고
> 크게 너를 부르지 못하고
>
> 남산 밑에 대동강아!
> 북산 밑에 임진강아!
>
> 크게 너를 부르지 못하고
> 크게 너를 부르지 못하고
>
> 대답해요 너 사는 데
> 아리랑 갑갑해 아리랑 갑갑해
>
> ──「아리랑 갑갑해」 부분

　이 시에서 그가 크게 부르고자 하는 것은 뻔히 민족의 통일이다. 따라서, 그것에 대한 논의가 활성화되고 있지 못한 자기 시대의 사회현실로부터 그가 억압을 느끼는 것은 당연하다. 그는 이외에도 「통행금지」, 「도깨비불」 등의 작품을 통하여 이처럼 폐쇄된 삶에 대해 더 노래하는데, 그렇다고 해서 그가 절망에 빠지거나 허무에 젖는 것은 아니다. 오히려 그는 통일에의 강한 낙관적 전망을 표명하며, 그것을 저해하는 모든 것들에 대하여 분노를 토한다.

「진달래 산천」에서 "오동나무골에 그렇게/꽃샘추위가 발톱으로/장독을 깨뜨려도/새봄이 오듯이/당신 마음 속 그렇게/통일의 문은 열리고 있네." 라고 노래하는 것이며, 「우뚝 서서」에서 "미제국주의 물러 물러가라/핏발 선 구호와 낙엽이/물과 기름같이 섞여 있는/삼천리 금수강산 이곳//우리가 서고자 하는 곳이 아니다"라고 단언하고 있는 등이 그 대표적인 예이다.

그런데 이러한 그의 통일에의 낙관적 의지는 「질라래비 훨훨」, 「서울 눈물」 등 남북 적십자회담과 관련된 수편의 작품을 통해서도 잘 드러난다. 이들 시에서 그는 남북 적십자회담에 따른 동포들의 만남을 아주 사실적으로 묘사함으로써 그 애틋함을 드러내고, 그리하여 통일에의 당위성을 역설한다.

물론, 시인 홍희표의 조국통일에의 염원이 항상 이러한 신문보도식 사실 스케치의 차원에 멈춰 있는 것은 아니다. 그는 보다 순정하게 분단의 극복을 노래하는데, 그것은 대개 우리가 공히 단일민족임을, 즉 민족의 동질성 회복을 강조하는 형태로 나타난다. 그러기 위해 그는 먼저 시 속에 자연물을 등장시켜 부서진 민족의 심성을 증언하고, 그것을 재접합하려고 애쓴다.

> 갈라진 산천에서는
> 숨쉴 수도 없고
> 말할 수도 없고
> 갈라진 오관(五官)으로는
> 춤출 수도 없고
> 노래할 수도 없고……
> (중략)
> 우리는 한핏줄이기에
> 조선나비 돼야 합니다
> 어기야디야
> 우리는 한숨길이기에
> 조선나무 돼야 합니다
>
> ─「서시」 부분

이 시에서 시인 홍희표는 '갈라진 산천' '갈라진 오관'으로서의 현실을 딛고 남북한 공히 '한핏줄' '한숨길'로서 '조선나비' '조선나무'가 되어야 한다고, 즉 통일이 되어야 한다고 노래하고 있다. 그러나, 사실 따져보면 그의 이러한 주장은 별로 새로울 것이 없어 보인다. 그럼에도 불구하고 그것이 여기서 시적 성취로 되살아나는 까닭은 무엇 때문인가.

이 시집 전체에서 그는 그의 통일에의 의지를 거의 비유적으로 드러낸다. 위 시에서의 '조선나비'와 '조선나무', 「남쪽으로 북쪽으로」에서의 '백두산의 꽃'과 '한라산의 꽃', 그리고 「한배검나라」에서의 '수리부엉이'와 '높은산호랑나비' 따위가 그 예이다. 요컨대, 그는 그의 통일에의 의지를 구체화시켜 하나의 사물 혹은 형상으로 제시하고, 그렇게 함으로써 시적 성취를 획득하며, 나아가 이 시집 전체를 특유의 에꼴로 만들어가고 있는 것이다.

물론 이 시집에서 그의 통일에의 지향이 그 자체의 정신으로 드러나는 것은 아니다. 때로 그것은 「몽고반점」, 「발해바람」 등에 이르면 민족정기를 강화시키는 형태로 표출되기도 하고, 「황새타령」 등의 시에 이르면 통일이 이루어진 이후의 세계를 노래하는 형태로 형상화되기도 한다. 또한 「금빛은빛」 등의 시에서는 어떠한 현실에도 속박되지 않는 혼령을 등장시켜 금압적 분단현실을 환기하기도 하는데, 주목해야 할 것은 이 모든 의장이 기본적으로는 그의 통일에의 의지의 한 변용이라는 점이다.

3

기왕에 그의 시의 의장적 특징에 관한 얘기가 나왔으니까 말이지만, 이 시집에는 또 하나 반드시 짚고 넘어가야 할 것이 있다. 눈여겨보지 않아도 쉽게 알 수 있듯이 이 시집의 대부분 작품들에는 숱한 전래적인 아요(兒謠), 동요(童謠), 민요(民謠) 등이 응용되어 있다. 뿐만 아니라 또한 이들 시에는 역사적 기록이나 증언 따위도 거침없이 변용되어 드러나고 있다. 그런데, 이에 대하여 그는 '후기'에서 "신문 혹은 서적에 뽑은 것이거나 나의 기억에 남아 있는 것인데 나름대로 각색하여 어떤 이야기와 분위기를 만들려고 해본 일단의 노력"이라고 언급한다.

그렇다면 그가 말하는 "어떤 이야기와 분위기"란 무엇을 뜻하는가. 필자가 보기에 그의 시에 있어서 요(謠)의 응용과 삽입은 일단 먼저 전체의 의미를 은폐시키거나 확대시키는 데 기여하는 것처럼 생각된다. 다시 말해서 시인 홍희표는 스스로의 창작에 전래의 노래를 끼워 넣음으로써 그 내용이 필요 이상으로 확연해지면 불투명하게 하고, 불투명해지면 확연하게 한다는 것이다. 주지하다시피 그는 대학 교수이기도 한 지식인 시인이고, 그러니 만큼 어떤 면에서 말하고자 하는 의미를 다소간 지우거나 덧붙일 필요가 있었는지도 모른다. 이 시집의 시들이 대부분 이른바 6월 항쟁 이전에 씌여졌다는 사실을 상기해 보라. 전래의 노래 형식에 내용을 바꿔 넣기도 하고, 때로 그것을 하나의 후렴처럼 반복하기도 하는 이러한 노력은, 그러나 어쨌든 새로워 보인다.

요(謠)의 응용은 물론 그의 전 시작(詩作) 기간 중 이 시집 『금빛 은빛』에서 비롯된 것은 아니다. 앞서의 시집 『살풀이』에서부터 이미 그 징후는 보이는데, 중요한 것은 이런 형식의 작품들이 모두 강한 현실풍자를 기저로 하고 있거나 다양한 민족문제를 담고 있다는 점이다. 물론 그것은 이 시집의 작품들 또한 마찬가지여서 우리로 하여금 무언가 다른 생각을 갖게 해준다.

그는 일단 전래의 노래를 그의 시 속에 삽입시킴으로써 기존의 시 형식에 변화를 주고자 했을 것이다. 그렇다면 그것은 얼핏 단순한 형식 실험으로 보일 수도 있는데, 그러나 그렇게 보아서는 안된다. 왜냐하면 그로서는 이것이, 즉 자기에게 익숙한 모더니즘적 기법에 기존의 전통적 기법을 결합시키는 것이 나름대로 새로운 민족형식을 찾기 위한 일단의 노력일 수도 있기 때문이다.

그런데, 그의 요(謠)의 응용엔 지금까지 논의된 것 이외에 또 하나 중요한 의도가 내포되어 있는 것처럼 생각된다. 앞에서 줄곧 점검해 왔듯이 이 시집은 시인 홍희표의 강한 분단극복에의 의지를 주조로 하고 있다. 그렇다면 어떻게 하여 남북한이 철벽같은 이데올로기를 초극하고 조국통일에의 지평으로 나아갈 수 있겠는가. 요컨대, 그는 비록 소박하기는 하지만 동심의 천진성 혹은 순진성으로 돌아갈 때만이 민족 본래의 동질성을 회복하고, 통일에의 대도(大道)로 나아갈 수 있다고 생각하며, 그 한 방법으로 여기서 요를 수용하고 있다는 것이다. 그러니까 그가 시에 요를 접목시키는 것은 민족전체의 동심을 되살리자는 얘기가 되는데, 물론 그의 이러한 노력이 실제로 얼마나 예술적 성취를 이루고 있는지는 미지수다. 아직은 그것이 필자의 해석의 차원을 뛰어넘어 지극한 감동에까지는 이르고 있지 못하기 때문이다. 그럼에도 불구하고, 시인 홍희표는 이 시집을 통해 전래의 노래를 현대적 기법으로 재활용하고, 그리하여 나아가 그 특유의 새로움을 창출함으로써 민족시의 또 다른 지평을 열고 있는 것만큼은 확실하다. 보다 과학적인 역사인식과 민중적 삶에의 치열한 몸던짐이 아쉽기는 하지만, 이 시집은 그의 미래를 예단해 볼 때, 명백히 하나의 획을 긋게 될 것으로 생각된다.

삼가 그의 시가 이젠 좀더 실천적 삶에 의하여 뒷받침되기를 빌어본다.

후기

　'씻김굿'은 원래 전라도 지방에서 많이 하는 굿으로, 원통한 넋을 위로하여 저승으로 편히 가게 하는 데 목적이 있는 굿이다. 그러나 나는 그런 무술적인 뜻보다는 우리의 지나간 삶과 오늘의 삶을 철저한 벗김과 씻김의 통과제의를 통해서 살펴보고, 그리하여 조국분단의 원인을 바르게 찾아보는 노래굿을 하고 싶었다.

　우리 민족의 동질성은 과연 어디에 있는 것일까. 우리는 남과 북으로 나뉘어 남들이 만든 이념을 왜 망나니칼처럼 휘두르고 있는가. 사상이나 이념이 같은 핏줄을 죽이고, 우리를 가두고 또한 우리를 숨 막히게 하고 있지 않은가. "한국이 있고야 한국 사람이 있고, 한국 사람이 있고야 민주주의도 공산주의도 있을 수 있을 뿐. 마음속의 38선이 무너지고야 땅위의 38선도 철폐될 수 있나니……" 이런 목메인 절규를 외치던 김구 선생이 떠오른다.

　먼저 우리가 해야 할 것은 아무런 탈도 안 쓴 한국 사람으로 만나는 일일 것이다. 그러기 위해서 우리는 서로간의 완전한 벗김과 씻김이 필요하다. 버릴 것은 버리고, 태울 것은 태우고, 지울 것은 지우고, 씻을 것은 씻는 자기정화의 작업말이다. 그래서 그동안 쌓인 앙금을 깨끗이 씻어내야 한다. 6 · 25를 되풀이하지 않기 위한 우리 민족의 한풀이, 그 씻김굿을 통해 모든 것을 뛰어넘어 남과 북은 하나가 되어야 한다. 하나가 되기 위해서는 어떤 노래가 필요할까. 그것은 원한과 싸움의 노래가 아니라 서로 용서해주고 격려해주는 화해와 만남의 노래이어야 하지 않을까. 나의 이 '씻김굿' 연작시는 이런 지평선 위에서 출발하고 싶었다.

　처음에는 이 연작시를 유년시절에 겪었던 6 · 25전쟁만을 중심으로 구성했었다. 그렇지만 이런 원초적인 분단의 곱씹음은 이 연작시를 지루하게 만들었고, 그래서 나는 그 작업에다 나의 현실인식과 우리의 역사의식을 혼용하려 하였다. '나의 시'에서 '우리의 시'로 나아가고 싶었기 때문이다. 이 욕심이 내가 연작시 '씻김굿'의 주변에서 오랫동안 맴돌게 된 이유일 것이다. 이 연작시에 나타나는 역사적 기록이나 증언, 민요 등은 신문 혹은 서적에서 뽑은 것이거나 나의 기억에 남아 있는 것인데, 나름대로 각색하여 어떤 이야기와 분위기를 만들려고 노력했다.

12년간 중단되었던 남북 적십자회담이 열렸다가 또 끝나버렸다. 우리측 대표는 "분계선상에는 잡초와 잡목만 무성해지고 길짐승, 날짐승, 무시한 바람결만이 넘나들었을 뿐"이라며 이산가족의 쓰라림과 슬픔을 강조하였고, 북측 대표도 공감하였다. 그들은 함께 민속촌에서 동동주도 마시며 시조도 읊었다. 나의 이 연작시가 한풀이의 타령으로 시작해 그런 신바람 나는 흥타령으로 끝맺음하였으면 하는 바램이다.

이 시집을 위해 도와주신 주위의 여러분과 죽었다 다시 살아난 〈창비사〉에 감사의 말씀을 드린다.

1987년 늦여름 목산언덕에서
홍 희 표

창비시선 · 64
금빛 은빛

1989년 9월 25일 인쇄
1989년 10월 10일 발행
저자 · 홍희표
발행자 · 김윤수
발행처 · 창작사
인쇄 창제인쇄공사

값 2,000원

시

계룡산 너머 — 나태주

— 홍희표 시인

계룡산 너머 마티재 너머
홍 교수 외로운가 보다
가끔은 나형. 더듬는 음성으로
전화를 한다

계룡산 너머 마티재 너머
나도 덩달아 쓸쓸한가 보다
가끔은 홍 형. 굼뜬 목소리로
전화를 건다

이렇게 우리 외로워지고
쓸쓸해지기 위해
나이든 사람이 되었나 보다
나이듦이 새삼
후회스럽지 않아서 좋다.

민족성 회복의 굿풀이 — 장기주

홍희표의 제6시집『금빛 은빛』(창작사)은 문단생활 20년 동안 줄곧 추구해온 서정성과 민족 비극의 한을 극복하려는 노력과의 합치에서 나온 결실이다. 연작시「씻김굿」을 통해서 분단의 원인과 그 과정 이를 회복하고자 하는 논리가 민족의 원초적 심상으로서의 굿, 민요, 수수께끼 문답형식과 만나면서 문학의 보편적 질서를 획득하고 있다.

반봉건 반외세를 목적으로 하는 동학농민혁명의 항쟁의식, 해방 전후 역사적 인물의 부침과정, 시인 자신의 경험과 증언을 토대로 6·25전쟁의 참상 고국산천의 건재와 대조된 휴전선 주변의 황폐함, 이산가족을 통해 본 통일 논의 등으로 변모하는 민족성 상실과 그 회복 의지가 시인의 사고를 지배하는 원리이다. 이러한 원리가 시화되는 또 다른 근거가 무엇일까. 그것은 굿이 갖는 이원성일 것이다. 주술력보다는 맺힌 한을 정화시켜 씻어버리는 구조에서 굿의 문학적 원리를 발견할 수 있다. 민족 통일성의 회복을 현실 문제뿐만 아니라 역사적 사실을 개관하여 근본 원인을 규명하는 동시에 맺힌 한을 씻어버리는 풀이 원리를 전작하려는 형식 논리가 시집 전편에 펼쳐져 있다.

> 불 불 불! 우리의 말이 말이 달리네, 압록강을 지나 고비사막의 모래언덕을 뛰어넘고, 황사바람이 휘몰아치는 퉁구스의 벌판을, 불 불! 불어라 이리 불고 저리 불고, 우리의 검은 말에 다리우시 1세가 탄 붉은 말이 부르르 떨 듯(생략)…
> ——「몽고반점」 전반부

이 시에서 시인의 추구하는 바가 무엇인가 극명하게 나타난다. 즉 민족의 바탕과 서사무가의 형식이 결합되어 있다. 제천 의식의 전통이 국가적 차원에서 사라진 뒤 무속 신앙을 기반으로 하여 전승된 서사시인 서사무가의 웅대한 장면 전개가 제시된다. 분단 민족이 기억할 수 있는 도달점이자 민족 근원의 모태로서 상상력의 출발점이기도 한 민족 시조를 노래한다. 이 같은 인식은 「발해바람」에서처럼 옛 국토의 회복의지를 배태시키며 일제침략과 6·25전쟁으로 찢겨진 민족 동일성을 날줄로 하여 서사의 장면 전개를 씨줄로 짜나간다.

이런 방식은 「公州비」에서 "그랬더니 그것은 북소리 둥둥하는 백제비, 관솔불꽃 활활타는 동학비, 기관총 따땅따땅하는 분단비라고 합니다"하며 백제의 고도 공주에서 비라는 매개물로 초시간전 존재인 민족이 일시적으로 분열된 상황에 놓여있음을 암시한다. 무속신화인 서사무가는 통과제의에서 고난 시련을 씻어주는 정화수로서의 비의 기능을 내포하고 있는데, 극복과 희망으로의 전환을 상징하는 비는 결국 시인의 굿에 대한 인식에서 비롯된 것이리라. 또한 이 시에서 민족 비극의 요인을 고대의 삼국분열, 현대의 일제강점과 전쟁으로 집약한다.

> 1975년 2월 8일/미국·영국·소련의 정상들은/다시 한번 얄타회담을 통해 /한반도 신탁통치를 거론하였던 것이다./당신들을 모올라/어드렇게 그냥 보내면서 헤어집네까…/

민족 의지가 배제된 채 일본의 항복을 처리하는 강대국에 의해 분단은 비롯됐다. 그러나 그 비극은 우리 민족의 몫이 되었다. 기록의 진술과 통계 숫자의 도입은 비극과 고통을 객관적으로 인식케 하며 정서의 공간을 개인에서 민족 전체로 확대시켜 나간다. 이는 곧 개별적 자아는 역사의 객관적 인식을 통해서 역사적 자아로 성장할 수 있다는 근거에서 출발한다.

동요, 민요가 지닌 후렴구의 삽입, 북도 사투리를 사용하여 시인의 개인적 체험을 객관적이고 보편적인 질서로 전환시키는 어법에서도 이런 점이 잘 드러나 있다. 서정의 범위 안에서 변용시킬 수 있는 최대한 기존 장르를 일탈시켜 선험적인 민족의식으로부터 자발적인 육성으로 내재화한다. 이는 시 형태의 퇴보가 아니라 선행하는 시의 방법과 대립되는 현실의식의 반영이며 미의식의 창조라고 할 수 있다.

시집『금빛 은빛』에서 보여주는 굿의 기능과 역사인식은 여기에 상사점이 있으며, 이를 문학적으로 변용시킨 홍희표 시인의 능력이 돋보이는 것이다.

(〈목원대신문〉, 1987년 11월 30일)

한풀이의 회로와 민족통합원리 — 유한근

해한(解恨)이라는 말은 정서적인 표출 언어로 성립이 가능한가? 한이라는 것이 앙갚음 혹은 복수의 개념으로 사용될 때에는 의미 성립이 가능하겠지만, 생명의 극복의지라는 개념으로 한이 설정될 때 한풀이는 정서적 반응의 언어로 성립되지 않을 것이다. 한이라는 개념은 애와 증이라는 상반된 개념이 똑같은 크기로 맞부딪쳐 엉켜져 있기 때문이다. 그보다는 오히려 애증이라는 복합 정서가 용해되어 변별이 가능하지 않는 독특한 정서 형태이기 때문인지도 모른다.

그래서 저승에 가지 못하고 이승에 떠도는 원귀를 위로하기 위하여 씻김굿이라는 통과 제의를 통해 저승 가는 길을 벗겨 주는 일을 우리 무술에서는 시행해 왔던 것이다. 이런 점에서 볼 때 '해한'은 정서적 해결이기보다는 막힌 것 풀기, 혹은 기원을 통한 마음 편안해 하기의 성질을 지녔다고 볼 수 있을 것이다.

이런 점을 전제로 하고 홍희표 시집 『금빛 은빛』을 접해야 한다. 시인도 후기에서 토로한 바 있지만 홍희표의 연작시 「씻김굿」은 분단된 민족의 한풀이를 씻김굿으로 극복하여 민족의 동질성을 회복하자는 데 그 목적이 있다. '그러기 위해서 우리는 서로간의 완전한 벗김과 씻김이 필요'하며 "버릴 것은 버리고, 태울 것은 태우고, 지울 것은 지우고, 씻을 것은 씻는 자기정화", 즉 씻김굿으로 하여금 '서로 용서해 주고 격려해 주는 화해와 만남의 노래'여야 한다는 것이다.

이런 맥락에서 볼 때 홍희표의 시는 씻김굿의 주술과도 같은 노래인 셈이다. 그래서 그는 민요의 가락의 한 부분을 시행으로 차용한다. 민족의 동질적인 '숨'이 우리의 민요 속에 내재해 있다는 확신 때문이다. '아랫녘새야 웃녘새야/전주고부 녹두새야/두루박딱딱 우여어'(「녹두새」 첫부분)가 그것이고 '날 떠난다고 설워마라/어—노 어—노/어한이넘차 너—노'가 그것이며, '질라래비 훨훨 질라래비 훨훨!'이 그것이기도 하다. 민족의 동질성 회복을 '숨' 맞추기로 시도하고 있는 셈이다. 민요의 숨은 우리 한민족의 살아 있음을 의미하는 표징이며 전승의 표상이기도 하기 때문이다.

그러나 이런 민족의 숨을 차용한 일련의 시들에서 주술적 신비의 체험을 느끼지 못하는 부분은 지적되어야 할 것이다. 이것이 언어의 한계성 혹은 시인의 무당화의 한계성에 기인한 것일지 모르나 대리 체험을 통한 자기화의 치열함으로 합리주의의 경계를 뛰어넘었으면 하는 아쉬움은 남게 된다. 시인의 상상력 확산을 가로막는 그 무엇도 시에서는 허용되지 않기 때문이다. 뿐만 아니라 이 시인이 처음부터 이 시집에서 극복하고 시작한 좌우 이데올로기라는 세속 이념보다 이 시편들의 의지는 보다 자유로워야 하기 때문이다.

홍희표의 시집 『금빛 은빛』은 '민족 분단에 대한 분노와 그에 대한 극복의지를 다각적으로 조명'하고 있는 서정시이다. 시인의 유년기 체험으로부터 이 시대의 현 시점에 이르기까지 시인이 체험할 수 있는 구체적인 분단현실의 아픔을 표징할 수 있는 사물 또는 사상들을 구체화로 보여 줌으로써, 우리 민족의 이 시대적인 동질적 소원이 무엇이며, 그것을 저해하는 요소 또한 무엇이고 극복할 수 있는 통합 원리가 무엇인가를 제시하고 있다. 전쟁의 비극성을 시인의 구체적 체험의 극사실적 묘사로 우리의 삶이 얼마나 처절했는가를 보여 주었고, 분단 현실을 갖게 된 세계사적 역학 관계까지를 시행 간 속에서 논리적 해명을 하고 있으면서도, 시가 가져야 하는 비논리적 질서를 획득하는 한편 분출하는 감정의 제어에 그의 시는 결코 실패하지 않고 있다. 그러면서도 이 시인은 부끄러워한다.

살아감의 아픔을 함께할 자신없는 자/부끄럽게 죽을 것.//없는 자 억눌린
자에게 힘쓰는 자/부끄럽게 죽을 것.//아파하면서 살아갈 눈물 없는 자./부끄
럽게 죽을 것.//빼앗김의 방관만 하는 용기 없는 자/부끄럽게 죽을 것.//빼앗
김의 방관만 덧보태어 함께 빼앗는 자/부끄럽게 죽을 것.//죄지음을 빚짐을
더 이상 감당할 수 없다. 아름답게 살아가는 모든 이들에게 부끄럽고, 사랑하
지 못했던 빚갚음일 뿐, 앞으로도 사랑할 수 없기에 욕해 주기를— 모든 관계
의 방기의 죄를 제발 나를 욕해 주기를, 욕하고 잊기를.//남으로 베던 가지는
남으로 놓고/북으로 베던 가지는 북으로 놓고.

— 「부끄럽게」 전문

위의 시에서 보듯 이 시인은 자신의 희색인적 삶은 시 행간에서 부끄러워
한다. 자기 몫을 살면서도 남의 삶의 몫을 같이하지 못하는 것에 대하여 부
끄러워한다. 여기에까지 이르면서도 이 시인의 민요 차용에 있어 신비 체
험의 시적 토로가 가능하지 못한 것은 극기 때문일까? 아니면 지상의 시인
으로 남기 원하기 때문인가. 시인은 부끄러움이 많아 시인으로 남는다. 부
끄러움을 하나하나 벗어 던지고 자유롭기 위해서 시를 쓴다. 남북 분단의
아픔이 이 시대의 아픔이어야 한다는 부끄러움, 그것을 어찌해 볼 수 없다
는 부끄러움 때문에 이 시인은 씻김굿이라는 통과제의를 거치게 된다.

필자는 여기에서 문학으로 제시할 수 있는 민족통합원리 하나를 발견하
게 된다. 홍희표 시집 『금빛 은빛』에서 보여 주고 있는 한풀이 회로를 통한
민족통합원리 제시가 그것이다.

단군 할아버지 단기력을 쓰던 호랑이 담배 먹던 까까머리 시절. '평안남도
평안시 기림리……' 로 시작하던 본적이 어느 때서부터인지 '서울 특별시 종
로구 신문로……' 로 바뀌고, 바뀌는 평양의 햇빛과 서울의 햇빛 속에 우리의
까까머리들은 그래도 친척들이 다녀간 뒤에는 "내레 어카갔시요?" "거럼 기
리티 않구……" 해가며 동짓밤에 동치미 국물에 냉면 먹듯 울다 낄낄대고.

— 「본적」 전문

조선나비 돼야 합니다
우리는 한핏줄이기에
어기야디야
조선나무 돼야 합니다
우리는 한숨길이기에
상사디야

갈라진 산천에서는
숨쉴 수도 없고
말할 수도 없고
갈라진 오관(五官)으로는
춤출 수도 없고
노래할 수도 없고……

남녘은 북녘을 믿고
하나 돼야 합니다
에헤에헤 어허야
북녘은 남녘을 믿고
하나 돼야 합니다
에헤에헤 어허야

북녘은 남녘을 믿고
하나 돼야 합니다
어기야디야
우리는 한숨길이기에
조선나무 돼야 합니다
상사디야

—「서시」 전문

위에 인용한 시 「본적」과 「서시」는 동족임에 대한 확인, 즉 같은 혈통의
사람임을 확인하는 시이며 서로의 신뢰회복을 통해 민족을 통일하자는 강
한 메시지가 담긴 시이다. '한숨길'에 달려갈 수 있는 작은 땅을 가진 나라,

소나무와 나비의 모양이 같으며 색이 같고 냄새가 같은 민족, 단군의 한 가지 자손임을 회복하여 통일 의지를 키우자는 구체적 동질성 제시가 그것이다. 이데올로기의 유입으로 역사의 단절, 그 고통의 극복을 위해서는 단절 이전의 우리 민족의 역사를 환기하며 우리만의 몫을 되찾는 데 있다는 확신의 언어로 구조된 시편들이다. 뿐만 아니라 그것의 통과제의를 '굿'으로 한풀이라는 회로를 통해서 가능하다는 신념의 언어로 구조된 시들이기도 하다.

현대시의 탄탄한 지축에서부터 시작한 존재에의 철저한 확인의 서정적 바탕 위에서 시작한 이 시인이 동양인 혹은 한국인의 영혼을 탐색하다가 민족의 통합원리 제시라는 적극적인 현실 대응에까지 이르른 것은 부단한 자기 해체의 결과에서 얻어진 시의 큰 성과라 볼 수 있을 것이다. 그러나 이 시인의 시가 민족 정서를 표출하는 신표현적 서정시로 또 다른 자기 해체를 서슴지 않을 때, 그리고 영혼의 청결성을 유지할 때, 보다 큰 성과를 기대해도 좋을 것이다.

(《문학정신》, 1988년 3월호)

홍희표 시의 민족의식 — 정의홍

1

홍희표는 문단데뷔 이후 두 번의 시적 변모를 할 만큼 실험의식이 강한 시인이다. 초창기에 있어서 그의 시적 특질은 최초의 시집인 『어군의 지름길』(1968)과 두 번째 시집인에서 이미 보여 주었듯이 이미지즘 내지는 초현실주의풍의 서구적 가락이라 할 수 있다.

그러나 그가 시적 변모를 처음 시도한 것은 우리의 것에 눈을 돌리면서 자기 나름대로의 새로운 시안과 새로운 시세계를 구축하고자 한 시집 『살풀이』(1984)이후가 아닐까 한다. 홍희표의 실험정신은 이 시집에 와서 구체적인 정신양상과 그 정착을 보여주게 된다. 그것은 한국적 서정주의라는 측면에서 매우 바람직스런 눈뜸이라고 볼 수 있다. 그는 이 시집에 이르러서야 비로소 전래적인 노랫가락을 통한 한국어의 권능을 좀 더 확대하게 되었고, 동시에 우리의 문화와 정신적인 맥락에 보다 깊은 인식을 가져왔기 때문이다. 그럼에도 불구하고 첫 번째 변모를 시도한 시집 『살풀이』는 어떤 한계성에 머물고 있음을 부인할 수 없는 실정이다. 그 이유는 이 시집의 몸짓을 한국적 분위기와 몸짓으로 돌려 놓았다는 사실에만 국한되기 때문이다.

그런데 홍희표는 이번 시집 『금빛 은빛』을 선보이면서 이러한 한계성을 지닌 시영토를 완전히 뛰어넘고 있을 뿐 아니라, 나아가서 또 한번의 새로운 변형을 하고 있다는 점에서 주목의 대상이 되지 않을 수 없다. 따지고 보면, 지금까지의 그의 시는 대체로 '나'를 주체로 한 자아의 개인적 존재 파악에 의존해왔다. 그러나 그의 『금빛 은빛』에서는 '나'라는 개인적인 자아의 각성보다는 '우리'라는 공동체적 민족단위로서의 존재 파악에 눈을 돌리고 있다는 사실이다. 그것은 어느 정도의 시대적 상황과도 관련이 있겠지만, 진적으로 작자 자신의 개인적 자아의 깨달음은 물론, 작자 자신의 시대적 양심을 발로라고 믿어마지 않는다.

시란 경우에 따라서는 지적으로 만들어지기도 하고, 저절로 쓰여질 수도 있어야 한다. 가령 평화로운 시대에 있어서 시는 언어의 장식적 효과를 무시할 수 없기 때문에 만들어질 수도 있다. 그렇지만 우리나라와 같이 정치적·사회적인 시대상황이 비정상적인 불구의식을 동반할 경우, 시에서 시대적 양심을 저버린다는 것은 바람직스럽지 못한 행위가 아닐 수 없다.

이런 점에서 볼 때 홍희표의 이번 시집은 그의 작품 성향이었던 개인적 존재파악의 편협적 사고의 늪을 극복하고 민족통일을 염원한 공동체적 이데올로기를 염두에 두었다는 관점에서 또 하나의 의의를 지녔다고 하겠다. 그렇다면 그의 시집『금빛 은빛』의 내용과 정신사적 지향점은 어디에 근거를 두고 있는 것일까.

여기에 대한 대답은 대체로 세 가지 입장으로 대변할 수 있다. 첫째는 6·25 당시의 비극적 체험을 통한 현대인의 각성을 촉구하는 것이고, 둘째는 민족분단으로 인한 역사적 사실과 그 아픔을 통하여 오늘을 사는 우리들에게 정치적·사회적 억압문화가 던져주는 여러 모순점과 부조리한 상황을 고발하고 비판하도록 유도하는 것들이다. 그리고 셋째는 과거의 역사적 사건을 통하여 우리민족의 휴머니티를 재생시키고, 나아가서는 민족자존을 위한 Identity를 발견하여 우리의 숙원인 통일에의 의지를 다짐한 것들이라 할 수 있다.

그런데 여기에서 주목해야 할 것은「서시」를 제외한 이 시집의 모든 작품들이 '씻김굿'이라는 일종의 한풀이굿을 연작형태로 끌어오고 있다는 사실이다. 그것은 분명히 민족의 원초적인 심상을 회복하고자 하는 작자의 의도에 의한 것이다. 우리는 일제 36년간의 수탈정책으로 인한 한을 체험했고, 외세에 의한 민족 분단의 한도 체험했다. 거기에다가 분단을 빌미로 삼은 억압정책 때문에 남다른 한과 아픔까지 체험한 민족이다. 홍희표에게서 씻김 굿은 이러한 민족적 한과 원통함을 씻어주고 민족통일에의 길을 열고자한 시인 개인의 정신적 지향에의 의미를 지닌다. 굿은 우리 민족의 보편적 정신문화이자 원초적인 심상이다. 그가 간혹 표출하고 의도한 민요, 수수께끼, 선문답식의 표현도 이러한 굿의 맥락에서 가늠해 볼 수 있다. 그는 나름대로 이들 굿, 민요, 수수께끼식 문답 등 민족고유의 정신문화를 빌어 그가 염원하고 추구하고자 의도한 문학적 질서를 획득하고 있기 때문이다. 그의 시는 이런 점에서 초기적 영토와 일정한 거리를 유지하고 있다고 말할 수 있다. 그러면 그의 시적 변모가 어떻게 흘러가고 있는지 구체적으로 증명해 보자.

2

  홍희표의 시적 편력에 대해서는 두 가지 측면에서 관찰된다. 그 하나는 '시는 곧 언어이다' 라는 형식주의적 관점에서 내용과 사상을 배제시킨 시인이란 점, 다른 하나는 우리의 전통문화를 원용하여 오늘날 우리가 처해있는 사회현실과 민족정신의 지향점을 풍자적으로 표현하고자 한 시인이란 점이 바로 그것이다. 전자는 그의 초기시의 색깔인 데 비하여 후자는 근래 그가 추구하고 있는 영토적 색깔이다. 나름의 가치관과 특질을 거느리고 있겠지만 그의 최근의 시적 경향은 표현기교면과 형상화면에서 볼 때, 초기의 작업보다 다소 하향곡선을 긋고 있는 듯이 보인다. 그 이유는 그의 시 속에 끌어들인 굿이나 민요 등이 갖는 이원성의 원리, 곧 주술력과 문학원리에 의한 정신적 가치에 내재한 조화적 난점 때문일 것으로 파악된다. 거기에다가 형식주의적 기법의 지향보다 사상과 내용을 담고자 한 그의 의도적 계산이 첨가된 것이 아닐까 한다. 그의 시는 시적 기교의 밀도력이 다소 손상을 입었다고 하더라도 초창기적 특질인 이미지즘 내지는 슈르풍의 도그마적 고집을 쉽게 털어버렸다는 데에서 보다 의의를 찾아야 할 것 같다.
  시란 형식적 관점에 가치를 부여하는 것도 중요하지만, 그것 못지않게 정신적 가치관의 핵인 내용과 사상의 표출도 중요하기 때문이다. 한 편의 시가 비록 내용과 사상을 내포하고 있다하더라도 그것이 민족사적 요청에 부응하느냐 못하느냐에 따라서는 문학적 평가가 확연히 구분되기 마련이다. 이런 점을 고려해 볼 때, 홍희표가 사회나 민족의 현실과는 담을 쌓던 창작 방법에서 뛰어나와 민족의 한과 아픔을 담으며. 우리의 민족사적 과제를 절실하게 표현한 것은 주목의 대상이 될 수밖에 없다. 그렇다면 그의 시 속에 담긴 내용은 무엇이며, 어떤 문학사적 의미를 거느리고 있는가.

누가 6 · 25를 역사라고 부르는가

6 · 25는 몽달귀신 되어
아직도 휴전선을 넘나들고
6 · 25는 독재귀신 되어
아직도 휴전선을 넘나들고

누가 6 · 25를 역사라고 부르는가

6 · 25는 달걀귀신 되어
아직도 휴전선을 넘나들고
6 · 25는 세습귀신 되어
아직도 휴전선을 넘나들고

위의 시는 「휴전선」이라는 시인데, 역시 '씻김굿' 이라는 부제가 붙어있다. 그의 굿이미지는 굿 자체에 머무는 게 아니다. 앞에서도 주장한바 있지만, 그의 굿 이미지는 원통함을 달래고, 하눌이 그것 자체에 초점을 맞추고 있으면서도 민족의 동질성 회복이라는 정신사적 가치관을 작품의 배경에 깔고 있다. 그러므로 그의 굿 이미지는 씻음과 정화의 원리를 넘어선 민족적 현실에 대한 초극의 차원으로 집약된다. 여기서 시인은 6 · 25라는 엄연한 역사적인 사건을 역사라고 지칭하고 싶지 않은 심리적 갈등을 드러내

보인다. 이러한 심리적 현상의 배경에는 외세에 의한 민족의 자존심 문제가 직결되어 이다. 작자는 6·25의 근본적 동기를 국내문제가 아니라 외세에 의한 분단 이데올로기로 파악하고 있다. 이로 말미암아 이 시가 암시하고 있는 것은 독재와 권력의 세습도 휴전선이란 남북분단 장치가 하나의 모티베이션으로 작용하고 있다고 암시한다. 그 증거로 작가는 '6·25는 독재귀신 되어 아직도 휴전선을 넘나들고' 라고 노래하기에까지 이른다. 이런 역사적 문맥은 북쪽의 정권에도 접맥된다. '6·25는 세습귀신이 되어 아직도 휴전선을 넘나들고' 라고 노래함으로써 김일성의 권력세습 의도를 고발하기도 한다. 여기서 보는 바와 같이 그가 외세적 굴욕의 한과 민족분단의 한을 씻김굿에 의하여 정화시키고자 의도하고 있는데, 이러한 몸짓은 시적 변모의 양상을 그래도 반영하고 있는 셈이다.

　말하자면 초창기 그의 시적 토양은 이미지즘의 전형인 dry—hardness정신에 입각한 건조성과 딱딱한 성질 그대로였기 때문에 감정과 휴머니즘적 요소가 제거된 것이 특질이었다고 할 수 있다. 이에 비하면 위의 시는 너무나 이질적인 요소가 제거된 것이 특질이었다고 할 수 있다. 종래 시의 객관적 표출의 기법이 주관화로 바뀌었고, 사상과 감정의 제거는 이제 사상과 감정의 노출을 보이고 있다. 특히 오늘날 남북이 처해 있는 정치적·사회적 억압문화를 구체적으로 꼬집음으로써 민족적 갈등심리를 제거하고자 한 그의 노력을 엿볼 수 있다. 보편적으로 문단 일각에서는 양심과 그것의 실천이 없는 시인은 지성이 아닌 것으로 파악하는 경향이 있다. 홍희표가 이처럼 시적 변모를 보여주기까지는 양심문제로 많은 갈등과 반성심리를 체험했을 것으로 파악되는데, 이는 이러한 보편적 타당성과 직결되었다고 본다.

　　너는 서구의 스파이야! 뭐 후기 모더니즘이 어떻다고, 우리에게 필요한 것은 휴전선에 맞물린 우리의 동족상잔의 아니라 동족화합이야, 6·25때 비록 외팔이 강성렬이 되었지만, 우리 가슴 속에 품고 다니는 부적같은 그림을 그리구 싶다구. 동무 동무 어깨동무, 동무 동무 까치동무, 동무 동무 고깔동무,

술 한잔이 반찬일세. 너 河回마을에 가서 홍백탈, 검정탈, 먹중탈, 처용탈 뒤
집어 쓰고, 우리도 취발이처럼 웃어야 할까, 조리중처럼 울어야 할까, 너, 너
는 어떻게 할래……

　이 시는 「河回탈」이란 작품인데, 여기에 표현된 호소와 갈등은 외팔이 강
성렬의 주장이라기보다는 홍희표 자신의 사상과 내면을 나타낸 것이다. 겉
으로 보기에는 퍼소나의 사상과 성격이 강하게 드러난 것처럼 엿보이지만
내면공간과 그 배경에는 화자의 갈등심리와 주장이 내포되어 있는 게 특징
이다. '너는 서구의 스파이야!/뭐 후기 모더니즘이 어떻다구,' 라는 넋두리
의 형식을 차용한 호소는 작자 자신의 창작상의 방법론적 변용을 시도하기
전의 갈등심리로 파악된다. 이 작품에 나타난 넋두리적 호소야말로 그가
스스로의 문학적 방향에 대해 얼마나 고민했는가를 증거해 주는 대목에 속
한다. 모더니즘적 사고를 서구 스파이로 표현할 수 있었다는 것은 그의 작
품방향에 대한 갈등과 고민을 여실히 표출한 싯구라고 생각한다. 민족분단
과 조국의 비극, 그로 인한 아픔과 민족적인 한을 그는 이러한 창작방법적
고민을 겪은 다음부터 그대로 외면할 수 없었던 것이다.
　아무튼 홍희표는 시집『살풀이』이후 또 한번 과감하게 민족문제로 시각을
전환하게 되는데, 그 결실이 바로 이번 시집『금빛 은빛』이 아닌가 한다. 여
기에서 그는 통일에의 큰 몸짓아래 분단 이데올로기의 모순, 반외세에 대한
시인으로서의 양심의 문제, 반봉건적 동학농민의 저항의식, 6 · 25전쟁 당시
의 참상, 이산가족의 피맺힌 울부짖음을 통하여 우리 민족의 당면과제를 표
현하고자 했다. 특히 약소민족으로서의 자기 확인적 성격도 강하게 드러나
고 있는데 이것은 전쟁의 아픈 실상이 점차 소멸되어 가는 우리들에게 전쟁
이 안겨다 준 비극적 상황을 다시 한 번 환기시켜 준다는 점에서 그 시적 효
과를 찾을 수 있다. 이러한 부류들의 시들은 「또 어디로」, 「바둑껌」 등 14편
이나 되며, 한결같이 고통과 눈물이 고여 있는 공통적 특질을 지닌다.
　한편 홍희표의 시는 개별적 자아보다 역사의 객관적 인식을 통한 역사적

자아의 공간을 마련해 준다. 「헤어집네까」, 「파랑새야」, 「경원선」, 「서울눈물」 등의 시에서 발견되는 비극적 공간이 개인에서 민족적 공간으로 확대되는 어떤 과정을 설명해 준다고 할 것이다. 위의 사례 외에도 그의 시에서는 동요나 민요적 기법의 특질인 후렴구 반복적 삽입, 향토색 짙은 북도 사투리와 충청도 사투리가 등장하고 있는데, 이러한 그의 노력도 그가 개별적 자아보다는 역사적 자아로 전이현상을 보인 한 예라고 할 수 있다. 이러한 일련의 노력들은 그의 우리 것에 대한 애착심의 발로이며, 이질화되어가고 있는 민족성향을 전체성 아래 묶어두고자 하는 그의 사상적 결실이 아닐 수 없다. 그러면서도 그의 뜻과 실천적 행위는 민족의식을 그 자체로 머물게 하는 것이 아니라, 독자들에게 자아각성의 촉진제 구실을 담당한다. 세계 속의 우리가 인식해야 할 좌표설정을 제시했거나, 외세가 우리에게 어떤 영향을 끼쳐주고 있는가 하는 물음에 대해 정확한 해답을 던져주고 있기 때문이다. 그러면 구체적으로 작자의 실상을 알아보기로 한다.

> 1950년, 피바람 침
> 미국은 우리의 우리의 은인이요, 산타클로스 할아버지올시다!
>
> 1960년, 계속 흐림
> 민족적 민주주의란 우리 주위의 양키즘을 퇴치하자는 것이올시다!
>
> 1970년, 조금 맑다가 흐림
> 아니, 미국이 숭공하고 악수를 하다니? 그럼 미국은 도대체 누구편이냐?
>
> 1980년, 날씨 예측불허
> 산타클로스가 무역전쟁에서 우리에게 어금니를 문다니 그는 누구편이냐?

이 시는 「산타클로스」란 작품의 일부다. 시적 대상의 하나인 미국에 대한 자아의 인식적 대상의 변화과정을 보여주는 시인데, 여기에서는 우리가 지닌 역사적 자아의 눈을 보다 넓고 큰 세계사적 공간으로 유도하고 있다. 분단된 민족적 현실의 입장에 비추어 볼 때 미국의 처신은 과연 믿을 수 있는 존재인가 하는 의문점을 던져주게 된다. 따라서 이 작품이 주는 교훈은 외세란 결국 자기네의 존재를 위해 스스로 존재한다는 지극히 본질적인 해답을 제공해 주고 있는 것이다. 때문에 시인은 이 시를 통하여 외세에 의해 차단된 민족자존의 문제 때문에 안타까운 비명만 지를 뿐이다. 이 안타까움은 그의 시 "크게 너를 부르지 못하고/크게 너를 부르지 못하고"(「아리랑 갑갑해」)란 싯구에도 연계되어 나타나고 있다. 이 작품에서도 작자가 크게 부르고자 하는 대상은 말할 것도 없이 민족자존과 민족의 자주적 통일인 것이다. 그럼에도 불구하고 통일에 대한 자유로운 논의가 이루어질 수 없는 현실적 상황을 그는 외세의 간섭과 내적인 억압원리 때문으로 인식한다. 그래서 그는 이러한 심정을 '조선나비, 조선나무, 백두산꽃' 등의 시어에서와 같이 직관적으로 노출하지 못하고 비유적·암시적으로 하소연할 뿐이다.

그러나 그의 시는 이러한 폐쇄적이고 좌절적인 이미지에만 집착하고 있지는 않다. 그는 오히려 통일에 대한 강렬한 낙관적 의지를 표명할 때가 많다. 그의 이러한 일면은 「보리밭」, 「진달래 산천」, 「우뚝서서」, 「질라래비 훨훨」, 「서울 눈물」에서 잘 드러나고 있다. 어쨌든 홍희표 시의 암시적·비유적 의장은 시적 분위기가 낙관적이든 폐쇄적이든 관계없이 다같이 민족의 동일성 회복을 강조하는 형태와 통일에의 강한 염원을 표출한 것임은 틀림없는 사실이다.

3

앞에서 밝힌 바와 같이 홍희표 시의 의장은 굿거리 형식 외에 민요, 동요 등의 율격을 원용하여 구축되어 있다. 그것은 우리 것에 대한 가치의식을 심어준다는 점과 한국의식의 발굴이란 점에서도 눈길을 끄는 대상이 된다. 뿐만 아니라 그는 경우에 따라서는 향토색 짙은 사투리와 역사적 기록, 증언 따위의 소재를 시적으로 변용하여 형상화하기도 하다. 그럴 경우에 전통적 율격이나 후렴구는 물론, 이야기를 끌어들여 독자로 하여금 시적 재미의 영토에 젖어들게 한다. 그만큼 그는 작자와 독자와의 사이에 공감의 다리를 놓고, 시적 효과를 높이는데 공헌하는 시인군에 속한다. 그는 시적인 기교면에서도 남다른 특질을 거느리기 위한 노력을 아끼지 않는다. 그 한 예로 반복법을 들 수 있는데, 여기서도 동일어 반복과 유사어 반복을 적절하게 사용하여 시적인 효과를 거두고 있다. 그의 반복성의 율격은 독자로 하여금 지루함을 달래주는 구실을 담당한다. 또한 그의 시는 짧은 시행의 형식을 취하고 있는 것이 많다. 이 기법은 피상적인 측면에서는 평범한 기법의 의장일지 모르겠으나 시의 지루함을 달래주는 극적인 효과를 가졌다는 의미에서 위의 사례들과 동일한 궤를 이룬다고 할 것이다.

그는 풍자와 아이러니적 기법을 효과있게 구사하는 시인군에 속하기도 한다. 「우리 엄마」, 「본적지」, 「공주비」, 「내뺏지유」, 「해당화꽃」 등의 작품에서도 느끼는 바와 같이 그의 풍자와 아이러니 구조는 그를 휴머니스트라 할 정도로 인간의 근본적인 문제를 농도짙게 표출한다. 일반적으로 풍자나 아이러니는 시를 난해한 것으로 떨어뜨리기 쉽다. 그럼에도 불구하고 홍희표는 풍자나 아이러니의 기법을 다양하게 구사하고 있으면서도 이러한 난해의 함정에서 빠져나오고 있다. 그만큼 그는 시적 표현의 능력을 소유한 시인이기 때문이다.

어쨌든 홍희표는 그의 시 속에 전래의 노래형식을 담고 있는 몇 안 되는 시인들 중의 하나다. 이것은 그가 기존의 시 형식에 어떤 변화를 주고자한 그의 실험의식에서 노정된 것으로 파악할 수밖에 없다. 그의 실험의식은 앞에서도 말한 바와 같이 단순히 모더니즘적 기법에서 탈출하고자 하는 그의 의지로나 형식상의 원리로만 해석해서는 아니 될 것 같다. 그의 시는 처음부터 마지막까지 끈질긴 집념의 정신적 공간이 펼쳐져 있다. 6 · 25 참상의 비극적인 체험의 표현, 민족분단의 아픔과 그것으로 인한 온갖 파생적 모순이 표출되었는가 하면, 억압적 제도의 원리에 대한 비판과 고발은 물론, 민족자존을 위한 동일성의 발견 등도 집약되어 있다.

위에서 살펴본 바와 같이 홍희표의 시집 『금빛 은빛』은 두 번째의 실험적 변형구조를 거쳐 오면서 분단극복에의 의지를 표현했다. 아울러 그는 우리 것에 대한 애착심의 발현으로 굿과 동요, 민요 등의 장르를 통한 민족적 동일성을 추구하고, 그의 「서시」에 반영된 시정신과 같이 우리 모두가 조선나비, 조선나무가 되어 한 핏줄로 한숨길을 가지기를 기원하고 있다. 그의 이러한 일련의 노력이 얼마나 예술적 성취를 이루면서 문학사의 한 페이지를 장식할 수 있는지 그 가치판단의 척도는 아직 미지수에 속한다.

　그러나 그는 이번 시집을 통해 전래의 노랫가락을 현대적 기법으로 접합시켜 재생적 효과를 노리기도 했고, 나아가서는 나름대로의 특유한 시형(詩型)을 창출하여 민족시의 새롭고 바람직한 지평을 열고자 했던 것도 사실인 만큼, 그의 시적 실험의 노력은 전위적 가치로 평가해야 마땅하리라 본다.

(《심상》, 1988년 4월호)

민족분단의 극복의지 — 이은봉

1968년 첫 시집 『어군의 지름길』이후 『살풀이』 등의 시집을 출간한 홍희표 시인은 연작시집 『금빛 은빛』을 통해서 6·25의 비극을 드러내는 한편, 민족분단에 대한 분노와 극복 의지를 다각적으로 조명하고 있다. 특히 민족의 통일이야말로 평화사상과 민본주의 정신에 입각해야 한다는 점을 빼어난 서정으로 형상화하고 있는데, 그것은 지난날 우리 민족의 한이기도 하고, 오늘을 사는 우리들의 한이기도 하다.

홍희표 시인은 이 시대적 한의 원천인 남북분단의 아픔을 「제비꽃」과 「진달래」, 「장끼와 까투리」로 상징하고 「총알과 노을」을 대칭시키면서 전쟁의 잔혹성을 제시하고 있다.

《민족문학회보》, 1987년 12월)

우리 민족의 화해와 용서 — 박 철

지난 1967년《현대문학》지를 통해 등단한 이래 20년 동안 정력적인 작품 활동을 벌여온 시인 홍희표 씨가 우리민족의 근대사를 씻김굿 형식으로 노래한 여섯 번째 시집『금빛 은빛』을 펴냈다. 한편의 서시와 66편의 씻김굿 연작시로 구성된 이 시집은 해방의 감격과 동족상잔의 비극, 그리고 아직까지 계속되고 있는 분단의 고통을 전래민요, 동요의 형식을 빌어 노래하고 있다.

"씻김굿은 전라도 지방에서 많이 하는 굿으로 원통한 넋을 위로하여 저승으로 편히 가게 하는데 목적이 있는 굿입니다. 이 굿의 형식을 빌어 분단의 고통과 통일에의 의지를 노래해보고자 했습니다."

홍 씨의 시집『금빛 은빛』은 민족의 역사와 삶의 구체적 의미를 요의 응용과 삽입을 통해 그려내고 있다는 점에서 특히 주목된다.

> 어랑어랑 어히야/일제의 밥사발/해방의 밥사발…(씻김굿66)
> 지화자 경의선 복구하자/경원선 복구하자 지화자…(씻김굿33)

유년시절에 겪었던 6 · 25의 기억에 자신의 현실인식과 역사의식을 혼용시켜 '씻김굿' 시집을 완성시켰다는 홍희표 시인은 그의 작업이 "벗김과 씻김의 통과제의를 통해 우리 민족이 화해와 용서 속에서 다시 만나기를 바라는 기구의 연장선위에 놓여있다"고 밝혔다.

(〈스포츠서울〉, 1987년 12월 3일)

답신 소감

• 『금빛 은빛』의 출판을 축하드립니다. 아름답고 탄탄한 이 시집을 감명 깊게 잘 보았습니다. 험난한 시대를 살아가는 우리들에게 이 시집은 여러 가지 가르침과 희망, 그리고 위안을 줍니다.

이 해의 마지막을 장식하는 아름다운 선물로 오래 간직하고 배우도록 하겠습니다. 대전에 가는 길이 있으면 뵙도록 하겠나이다.

　　　　　　　　　　　　　　　　　　　　　　　　— 김규동(1987년)

• 줄이옵고, 시집 『금빛 은빛』 잘 받았습니다. 진지함과 해학이 혼합된 재미있는 시도(試圖)를 눈여겨보았습니다. 나나 남 할 것 없이 시가 잘 되지 않는 듯한 이때 (《문학사상》 11월의 많은 작품들이 그것을 단적으로 보이는 듯 합니다) 읽히는 시를 보았다고 생각합니다.

　　　　　　　　　　　　　　　　　　　　　　　　— 김종길(1987년)

• 안녕하신지요. 『금빛 은빛』 받았습니다. 시집 표지는 물론 장정도 아름답고, 시집 속에 실린 시들도 우리들이 잃어버린 추억 속의 역사적 시간이었다고 기억됩니다.

내 생각에 잘못이 있다면 용서하십시오. 진심으로 축하드리며, 우연한 순간의 신의 도움으로 언젠가 만날 수 있게 되기를 빕니다.

　　　　　　　　　　　　　　　　　　　　　　　　— 박정만(1987년)

• 어떻게 지내시는지요. 같은 한밭에 살면서도 우연히나마 부닥치는 기회도 드물군요. 보내주신 시집 고맙게 받잡고 읽었습니다. '씻김굿' 연작은 전에도 드문드문 읽었는데 이렇게 모아서 읽으니 더욱 좋습니다.

민족의 상흔을 이렇듯 알알이 시로 드러내는 홍 선생님의 노고는 우리 문학사에서도 오래 잊혀지지 않을 것입니다.

　　　　　　　　　　　　　　　　　　　　　　　　— 최학(1987년)

• 『금빛 은빛』을 또 읽습니다. 정말 고맙고 반가웠습니다. 그 고마운 인사를 지난 10월말일 대전에 내려간 김에 직접 만나 나눌까 해서 전화를 했더니 잘 연결이 안돼 임립 화백, 김형영 시인과 여관방에서 소주 실컷 마시고 고스톱 치다 다음날 올라 왔습니다. 오면서도 참 섭섭하더군요.

그간 우리네 아픈 현실과 삶을 형상화 시키는데 주력해온 각고를 한 권의 시집 속에 묶어서 처음부터 끝까지 차근차근 읽노라니 홍 형의 치열한 시정신과 저력을 역사의식을 새로 보는 것 같아 뜨거운 박수를 보내고 싶어집니다. 이고된 작업이 언제 끝날지 모르나 이 한 권만으로도 정말 큰 작업을 하였다는 노고가 다시 평가되리라 생각합니다.

— 임영조(1987년)

• 『금빛 은빛』은 이제까지 내가 홍 형으로부터 감사히 받은 모든 저작들보다 더 무거운 중량을 느끼게 해주었소. 이 시들을 읽으면서 나는 "아, 우리의 나이가 불혹시대를 넘었구나!" 하고 또 한편 생각했소.

내 기분으로는 "홍 시인의 눈에 무언가 확실한 것이 잡혔구나!"라는 감이 똑똑히 잡힙니다. 평범한 독자에 불과한 내가 이런 '감탄'의 경지에 빠져들고 있으니 전문가의 입장에서는 대단할 것으로 믿어집니다.

— 이진우(1987년)

• 『금빛 은빛』 감사합니다. 멀리서 홍 형의 작품을 대하고 보니, 불현듯 지난 날이 생각나는군요. 왜 이장희 시인 집에서 처음 뵐 때, 제가 한성기—박용래 선생님께 주정을 하고, 홍 형께서 평생 시를 위해서 살아온 분들께 그럴 수가 있느냐고 충고를 하던 일, 그리고 소나기를 흠씬 맞고 물고기를 잡아서 막걸리를 먹던 일……

그때 우리는 젊었고, 참으로 순수했는데, 지금은 멀리 떨어져서 서로 지면으로만 만나는 사이가 되었군요. 무엇이 그토록 열정에 빛나던 우리들을 멀리 떠나 살게 하는지 모르겠습니다.

아, 그립습니다. 가까이 있더라면, 만일 홍 형이 대전에, 내가 공주에서 살던 그 시절 같더라면, 아니 그렇게 가깝게 살지 않더라도 만나고 싶은 사람들을 만날 수만 있는 여유가 있더라면, 오늘 같은 날은 슬슬 꼬셔내서 홍 형이 명명했던 '공주 바람'이라는 그 기질을 발휘하면『금빛 은빛』이야기로 하루를 보낼텐데.

'씻김굿'이라는 연작시, 그 집요한 작업이 참 맘에 듭니다. 역사에 대한 투철한 의식, 짓밟히고 다시 일어나는 질긴 민중들의 생명의식, 전래의 토속적 가락을 현대화 하려는 실험의식, 그리고 언어에 대한 냉소적인 태도로 현대성을 돋보이게 하는 구실을 하고요, 부럽습니다.

— 윤석산(1987년)

• 세상이 온통 선거 열기로 뜨겁게 달아오르고 있는 때에『금빛 은빛』을 받아보고 매우 반가웠습니다. 새롭게 변모한 교수님의 시편을 대하면서 영혼의 온기를 느낄 수 있었습니다.

이전의 시들과는 전혀 다른 충격이었고, 현실 문제에 많은 관심을 보이고 있는 창비 계열의 경직된 시에서 볼 수 없었던 에스프리의 신선함은 상큼한 느낌마저 주었습니다. 앞으로의 작품에 대해 많은 기대를 갖게 해준 시집이었지요.

— 홍일표(1987년)

제7시집

모두모두꽃

차례

□ 자서

제Ⅱ부

작품론

자서

우리가 숨쉬고 있는 이 세상에서 변함없이 제일 아름다운 것은 무엇일까? 그것은 아마 꽃일 것이다. 꽃은 모든 사람들에게 아낌과 사랑을 받는다. 그러면 꽃이 사랑 받는 비밀은 어디에 있을까? 사람마다 그 기호와 취미가 다르겠지만 나는 꽃이 아름다운 이유가 알맞게 피었다가 알맞게 지기 때문이라고 생각한다. 때가 되면 꽃은 피고, 때가 되면 꽃은 진다. 어째서 그것이 새삼스레 신기해 보일까? 물러서야 할 때 물러설 줄 모르고, 울고 싶을 때 울 줄도 모르고, 헤어져야 할 때 헤어질 줄 모르는 억지의 세상 속에 살고 있기 때문일 것이다. 아무리 불로초를 찾아 먹어도 우리는 이 세상에 자기 욕심만큼 꽃피울 수가 없고, 또한 꽃피운 것만큼 꽃이 지는 쓸쓸함도 맛보아야 할 것이다. 그것을 오동꽃 지는 저녁에 다시 한 번 되새겨 본다.

꽃에는 하나하나 뜻 깊은 개인적 경험이 있기 마련이다. 이 경험으로 하여 그 꽃은 더욱더 잊지 못할 향기가 된다. 그런 꽃 속에 있는 개인적 경험을 시로 만들고 싶었다. 꽃 속에 들어있는 이야기시인 것이다. 이런 나의 개인적 경험이 우리가 살아온 정치사이며 경세사이며 문화사일 것이라고 감히 생각해 본다.

우리는 그 꽃을 보고 배고픔을 잊었고, 적막함을 찾았고, 양귀비꽃 같은 사랑을 꿈꾸어 보기도 하였던 것이다. 6·25전쟁 때 고향으로 쫓겨 가서 뒷산에 올라가 배고픔에 진달래꽃을 따먹었다. 달착지근하면서도 삽상한 그 맛에 자꾸 따서 먹고 또 먹다가 취해 한밤이 되도록 뒷산에 쓰러져 자던 생각이 난다. 그때 멀리서 어머니가 내 이름을 불러 너무나 반갑고 서러워 혼자 훌쩍였는데 그때가 어제인 것만 같다.

이제는 정녕코 나이를 먹어가고 있는 것일까. 오뉴월비 한 방울 없어 모심기도 못해서 허덕이고 있는데, 문득 옆집 대문 곁에 오롯이 피어있는 넝쿨장미를 보니 눈시울이 뜨거워진다. 한 번의 꽃핌을 위하여 쨍쨍거리는 햇빛 위에서 방실거리는 넝쿨장미의 순수한 치열함이 부러운 것이다.

'한라에서 백두로' 하면서 학생들이 분단국토가 서러워 통일을 염원하는 기치를 들며 농성하고 있다. 그 사이 사이로 최루탄은 터지고, 화염병은 날아가고 그렇게 한 많은 시간이 흘러가고 있다. 나의 학창시절에도 수없이 데모를 했다. 무궁화 삼천리강산은 항상 어지럽고 편할 날이 없었던 것이 사실이다. 데모에 지쳐 남산 기슭에 누워 하늘을 쳐다보면 아카시아꽃이 주저리주저리 흔들리고 있었다. 그러나, 그 꽃 속에서는 슬프게도 최루탄 냄새가 난다. 그렇지만 내년에는 아카시아꽃이 새로운 모습으로 꽃향기를 선물할 것이라고 믿어본다.

아, 우리의 참 꽃은 어디로 갔는가! 꽃 같은 꽃은 어디에 있으며 통일의 꽃은 언제 피어날 것인가! 오늘도 이 금수강산 방방곡곡에 우리의 모두모두 꽃은 끝없이 피고 지고 하리라.

1988년 한여름
용전(龍田)골에서
홍 희 표

꽃, 그 서정과 역사의 만남 — 김재홍

 이 시집에 수록된 88편의 시들은 산문시의 형태를 취하고 있다. 그리고 한편 한편의 시들은 각각 하나의 화소(話素)를 가짐으로써 설화시의 특징을 보인다. 대체로 설화시 또는 산문시들은 그 서술적 특성 때문에 시가 지녀할 음악성을 결여하거나 소홀히 한 점이 발견되기도 한다. 그러나 이 시집의 시들은 2음보 또는 3음보의 연첩에 가까운 율격과 반복·댓구 등의 다양한 방법으로 리듬을 살려내는 데 성공하고 있다. 특히 민요가락, 불교 주문, 동요 등의 후렴처럼 적절히 구사함으로써 여음이 치렁치렁한 멋을 보이고 아울러 시의 의미를 강화하고 있다.

 이 시집에서 우리는 꽃을 통해 세계를 바라보는 시인의 비판적 시각과 마주치게 된다. 이미 소월이 「산유화」를 통해 보여주었듯이 꽃은 아름다움의 서정성에서 나아가 표상성을 지니게 된다. 즉 피어나고 지는 것으로서의 생명의 원리를, 만남과 헤어짐으로서의 사랑의 원리를, 탄생과 소멸로서의 존재의 원리를 드러내고 있는 것이다. 이렇게 볼 때 꽃은 단순한 사물로서의 꽃이 아니라 인간의 객관적 상관물이며 동시에 자연 위에 살아있는 것의 표상이 된다.

 홍희표의 꽃말시들도 여기에 접맥돼 있다. 시의 표제들만 보아도 처용꽃, 어사꽃, 잡년놈꽃이요 조선말꽃, 조센징꽃, 눈물꽃이다. 이런 이름들은 식물도감의 명명과는 거리가 멀다. 꽃과 더불어 살아온 겨레의 흔적으로 남은 이름들이며 아픔과 애절함, 풍자와 야유가 체취처럼 풍겨나는 이름들이다. 그러므로 이 시집에 담긴 꽃은 생명의 표상으로서 시인 자신의 개인적 삶의 역정과 모습의 표현이며 동시에 이 땅에서의 험난한 역사와 현실의 반영임을 짐작케 한다.

2

이 시집에서 먼저 주목되는 것은 유년회상의 상상력이다. 삶의 역정으로서의 유년기는 가난과 굶주림의 아픔으로 되살아오고, 그것을 따뜻하게 감싸주던 인정과 사랑 그리고 극복의 안간힘으로 기억된다.

> 해마다 봄이 오면 보릿고개 넘어가기 저승문처럼 무서웠대요.…… 우리는 들에서 쑥을 찾고, 산에서 자반순, 엉겅퀴순, 머루순, 기생순 찾아 죽을 끓여 먹곤 했대요. 그래도 미국 코큰나라에서 원조로 준 우유가루 쪄서 점심밥 대신 먹기도 했지만, 우물가로 가 한 바가지 맹물 먹고 하늘 보는 것이 순서였대요. 그런데 어느 날 내 옆의 가시내가 도시락 밀어주곤……
>
> — 「배꽃」에서

이 시는 배고픔의 상징이었던 보릿고개를 모티브로 하고 있다. 시 「보리꽃」에서 형상화되듯이 묵은 곡식은 다 떨어지고 보리는 아직 여물지 않아 산과 들에 돋는 푸성귀로 배를 채워야했던 춘궁기를 1960년대 이전을 산 사람이면 누구나 기억해 낼 수 있을 것이다. 그런 보릿고개를 맞는 고통을 '저 승문처럼 무서웠다'고 회상해내고 있다. 그러나, 이 시는 단순히 굶주림의 아픔에 머무르지 않는다. 들에서 쑥을 찾고 산에서 순을 찾아 배고픔을 이겨내려 하고, 외국의 도움보다는 '맹물 먹고 하늘 보는' 지조로 견디어 나간다. 그런 아픔을 읽으면서도 우리는 한편으로 그리움의 세계를 만나게 되는데, 그것은 '도시락을 밀어주는' 인정과 사랑과 배움에서, 그리고 시인의 독특한 화법에서 오는 것으로 판단된다. 즉, 아픔의 체험을 '무서웠대요/했대요/말았대요'처럼 간접화법으로 제시함으로써 개인적 체험에 일정한 거리를 유지하고 나아가 모두에게 있을 수 있었던 공동의 체험으로 치환시켜 주기 때문이다. 그리고 여음도 "댕기머리 댕기머리 알사탕 먹고요, 랄랄랄 랄랄, 또 만나자"와 같이 동요계열의 민요를 차용함으로써 만남과 헤어짐의 정한을 유년기의 감정으로 남게 하고 있다. 따라서 이 시는 과거적 상상력이 수반하기 쉬운 애상을 배제하고 아늑한 그리움의 분위기를 만들고 있다.

위의 시를 통해 살핀 바와 같이 다른 유년회상의 시편들도 작은 변주를 제외하면 가난과 굶주림의 아픔이 노정돼 있고, 또 그것을 이겨나가는 힘으로서의 인정, 사랑, 그리고 극복의지로 형상화되어 있다. 「토끼풀꽃」, 「채송아」, 「국화빵꽃」, 「달맞이꽃」, 「보리꽃」 등이 여기에 해당된다. 시 「토끼풀꽃」에 나타나는 '사친회비·품팔이'와 '꽃반지'의 대립은 현실적 삶의 고통과 그것을 감싸는 힘으로서의 사랑을 표상하고 있다. 「국화빵꽃」에 나타나는 '진눈깨비'와 '국화빵 아저씨'의 대립도 마찬가지다. '진눈깨비'는 추위와 굶주림을, 그리고 '국화빵 아저씨'는 그것을 이겨내는 힘으로서의 훈훈한 인정을 상징한다. 시 「달맞이꽃」에서는 특히 강한 극복의지를 읽을 수 있다. 할머니의 어조로 바꾸어 제시한 "머시매는 불알 두 쪽에서 종소리 날 만큼 세상과 부딪쳐, 개불알이 펴야 성공한디여"의 결의는 인정하나 사랑으로 서로 감싸는 차원을 넘어 스스로 극복하고 성취하려는 강인한 의지를 보이고 있다.

이상과 같은 유년회상의 상상력은 역사적 상상력으로 연결되어 험난한 시대를 산 동족의 아픔으로 확산된다.

> 갈가보다 갈가보다 고국찾아 갈가보다! 쪽발이밥 못다먹고 고국찾아 갈가보다! 일본인 폭력배가 「조센징」이라 학대한 데 격분, 1968년 2월 20일 밤 시즈오까껭시미즈시 나이트클럽에서 일본인을 쏘아 죽인 뒤 온천여관에서 경찰과 맞서 오던 재일교포 김희로(金嬉老), 농성 5일째인 24일 오후 정복 경찰관과 격투 끝에 체포되고 말았다.……갈가보다 갈가보다 조국찾아 갈가보다! 쪽발이밥 못다먹고 고국찾아 갈가보다!
>
> —「조센징꽃」에서

이 시는 일제강점이라는 역사적 비극이 남긴 후유증을 한 사건을 통해 단면적으로 보여주고 있다. 그리고 시화하는 방법면에서도 극적 제시법을 사용하여 시적 효과를 더욱 확대하고 있다. 즉, 신문기사를 그대로 제시했으며 시적 자아의 감정처리도 후렴구를 통해서만 보여주고 있다. 그러한 방법은 독자가 이미 공감해버린 한 사건을 다시 제시함으로써 잊혀져가는 아픈 기억을 환기시키고, 민요조의 후렴구를 삽입함으로써 이국땅에서 동포들이 겪는 약소민족의 고통을 형상화하는 데 기여한다. 따라서 이 시는 일본인의 비인도적 행위를 폭로함과 동시에 고통스럽게 살고 있는 동족에 대한 동포애를 노래했다는 점에서 의의가 드러난다. 이와 같은 역사적 상상력은 시 「조선말꽃」이나 「동백꽃」 등에서도 발견된다. 「조선말꽃」은 사할린 남단의 탄광촌에서 징용에 끌려간 교포가 고국을 그리는 심정을 형상화한 시이다. 그리고 「동백꽃」은 정신대에 끌려간 한국 여인 세 사람의 넋으로 형상화했다.

역사의 아픔은 조국 분단의 비극에도 내재해 있다. 동족상잔의 비극을 겪고 이제는 남북으로 갈라져버린 분단의 아픔과 통일에의 염원을 「복주머니꽃」에 담아내고 있다.

> ……북쪽에서 대남방송 시작되면 동이나물꽃 피고, 남쪽에서 대북방송 시작되면 쥐오줌꽃 피고, 그 사이로 오색딱다구리 내려오면 검은딱새 올라가네요. 열목어 오가고, 무당개구리 짝짓기 하고, 산양 고개 들고 DMZ 지뢰밭 위를 뛰며 오가네요.……아, 휴전선에는 이렇게 남방식물과 북방식물이 노랑때까지 데불고, 어허여히 상사뒤여 ! 하는 곳이네요.
>
> ― 「복주머니꽃」에서

이 시에서는 공간배경에 주목하게 된다. 왜냐하면 북방한계선과 남방한계선으로 그어진 비무장지대를 화해와 평화의 공간으로 설정하고 있기 때문이다. 이곳은 '대남방송·대북방송'으로 남북이 첨예하게 대립된 중간지역이며, '지뢰밭'이 상징하듯 인간이 서로가 서로를 죽이기 위해 설정해 놓은 금단의 땅, 죽음의 땅이다. 그러나 갖가지 꽃은 피어나고 땅위의 짐승은 생동하고 새는 자유로이 남북을 비상한다. 이렇게 볼 때, 꽃과 새 그리고 짐승은 시적자아의 객관적 상관물에 해당된다. 현실적 제약으로 묶여 있는 자아는 이러한 객관적 상관물을 통해 자유롭고자 한다. 즉, '노랑때까치 데불고 어허여히 상사뒤여!' 노래할 수 있기를 간절히 소망하고 있는 것이다. 이런 의미에서 시 「복주머니꽃」은 분단의 아픔과 통일에의 염원을 갈구한 노래라 할 것이다. 또한 시 「백난(白蘭)」에서도 위와 같은 시세계가 드러난다. '우리나라 바다는 오늘도 남북으로 갈라져 서로 도끼눈 크게 뜨고 있대요. 무지개를 따다가 양쪽 배다 달고요, 사뿐사뿐 돌면서 줄넘기 합시다' 와 같이 첨예한 대립과 그것을 하나로 묶으려는 안간힘이 '배/무지개' 의 이미지로 형상화되어 있다.

한편, 시 「억새꽃」에서 제주도민의 저항정신이 형상화되어 있다.

······삼별초 마지막 항몽결전지 이 섬나라에서 김통정 장군이 이끄는 우리 군사들이 참패당한 후 그 죽은 자리에서 피어난 혼꽃이라 하네요. 또한 4·3 사건 때 싸우다 하얗게 숨져간 탐라 주민들의 영혼의 흐느낌이 오늘도 관광객들의 머리 위에서 억새꽃바다 이루고도 있네요. 충청도 계룡산은 공주금강 둘러있네, 전라도 지리산은 순천영강 둘렀구랴, 제주도 한라산은!?

―「억새꽃」에서

이 시는 두 사건을 소재로 하고 있다. 하나는 삼별초의 항몽결전이며, 다른 하나는 4·3사건이다. 이 두 사건은 모두 민중들이 개입된 항쟁이라는 점에서 공통점을 갖는다. 그러나 앞의 사건이 외세의 침입에 대한 응전의 항쟁이었다면, 뒤의 사건은 정부의 과잉 진압에 반발한 저항이었다. 따라서 다소의 의미차를 보여주고 있으나, 이 사건들은 생명을 위협하는 외부의 힘에 대하여 스스로 살아남고자 하는 자존의 몸부림이라는 점에 의미가 놓여진다. 그러나, 그때마다 항거는 실패로 끝나고 무수한 목숨만 사라져 갔다. 이러한 역사적 사건에 희생된 주민들을 억새꽃이라는 강인한 야생적

제Ⅱ부 작품론

405

생명력으로 형상화했다. 즉, '하얗게 숨겨간 탐라주민들/억새꽃/영혼의 흐느낌'이 불러일으키는 하얀 이미지를 통해 역사적 비극과 자주정신을 탁월하게 형상화한 작품으로 판단된다.

저항의 아픔은 시 「아카시아꽃」에서도 드러난다. 1960년대로 접어들면서부터 민주화를 위한 학생들의 저항활동은 끊이지 않았고, 그것은 또 아카시아꽃 무르녹는 5월에 정점을 이루곤 했었다.

> 1960년대 5월에 우리는 데모를 했지요. 80년대 5월에도 우리 학생들은 데모를 하고 있지요. 88고민 바로보고 자발의지 끌어내되, 하려는 맘 묶어내고, 무엇보다 두손접고 끌어주고 밀어주며……오, 우리의 사랑이여! 민주여! 통일이여! 오늘도 우리 학생들은 단식투쟁 하지요. 하루 이틀 사흘……살내음 내뿜으며 아카시아꽃 피는데, 오, 우리의 자유여! 민주여! 통일이여! ……
>
> ― 「아카시아꽃」에서

이 시는 데모체험이 동기를 이룬다. 그리고 데모는 '60년대/80년대/오늘'이라는 시간적 계속성과 공간적 반복 위에 설정됨으로써 젊은 지성인들이 지속적으로 추진해온 필연적 과제임을 암시하고 있다. 데모의 한 방법인 단식투쟁에 관한 묘사는 그것이 얼마나 고통스러운가를 보여준다. 이 시의 중심의미는 "살내음 내뿜으며 아카시아꽃 피는데, 오, 우리의 자유여! 민주여! 통일이여!"에 놓인다. 아카시아꽃은 5월 상징으로서 항거의 현장에서 숨진 영혼을 표상하며, 자유ㆍ민주ㆍ통일이 목숨보다 고귀하다는 깨달음을 보여주고 있기 때문이다. 따라서, 이 시는 민주화 항쟁의 역사적 의의와 그 아픔을 '아카시아꽃'으로 형상화했으며, 아울러 '서로믿고 믿음주어 우리모두 믿게함'으로써 대립을 통한 민주화에서 벗어나 신뢰를 통한 공동작업으로서의 민주화를 이룩하자고 호소한 점에 의미가 놓여진다.

한편, 홍희표는 아픔을 극복하는 힘의 근원을 끈질긴 민중적 생명력에서 찾고 있다.

……논산읍으로 출근하던 중 밀어닥친 물에 떠밀려 왔다는 버스 운전사 이
씨는 "그 많은 댐들과 기상대는 고물상에다 팔아먹든지 원…" ……그러나, 정
씨의 큰아들 "농사를 다 망쳤지만 담 밑에 아직 남아있는 패랭이꽃처럼 우리
는 주저앉지 않아요." ……

—「패랭이꽃」에서

이 시는 정묘년 7월 금강수해지구와 수재민의 반응을 시화한 작품이다.
수재민 중에서도 정씨 큰아들은 패랭이꽃으로 형상화된다. 돌틈에서도 가
시덤불 속에서도 끊임없이 다시 피는 패랭이처럼 삶에 대한 의지가 불씨처
럼 감추어져 있는 강인한 생명력의 상징이다. 따라서 그것은 현실의 아픔,
역사의 아픔을 견뎌내는 힘의 근원이 된다 하겠다.

이상에서 살핀 바와 같이 아픔의 문제는 이 시집의 한 특질을 이루고 있
다. 어린 시절을 억누른 가난의 고통과 성장 후에 겪은 사회 · 역사적 아픔
들이 '배꽃/억새꽃/조센징꽃/복주머니/아카시아꽃' 등으로 형상화되어 있
다. 아울러 아픔을 사랑과 인정, 화해와 믿음으로 극복하려는 초극의지를
보여주었다는 점에 아픔의 참의미가 놓여진다.

3

이 시집이 형상화한 또 다른 시세계는 삶의 다양성 또는 개성 있는 삶에
대한 관심에서 드러난다.

단재(丹齋)선생 왈, 가래울이라는 마을 들렀더니 온동네 떡방아 찧는 소리
요란하대…… 동네 사람 하나가 떡장수해서 돈 번 것을 보고, 술장수는 주막
을 버리고 쿵덩쿵덩, 목수는 먹통줄 버리고 헤헤야둥글, 농부는 호미 버리고
쿵덩쿵덩, 뱃사공은 노 버리고 헤헤야둥글, …… 다람쥐는 살쾡이한테 이리쏠
리고, 살쾡이는 호랑이한테 저리쏠리고……

—「가래울꽃」에서

단재의 우화를 빌어 외곬의 삶의 강조한 시이다. 물질적 유혹에도 흔들리지 말고 약육강식의 자유경쟁 속에서도 지조 있는 삶을 영위해야 함을 떡장수와 동물세계의 비유로 제시하고 있다. 아울러 이 시는 그러한 지조 없는 삶이 기회주의적 정치인의 형태로도 나타나며, 물질에만 집착하는 투기꾼의 형태로도 나타남을 풍자하고 있다.

한편, 「감꽃」에서는 외곬의 사랑을 보여주고 있다.

> "감나무골 순이야, 감꽃 피는데, 감나무골 아래로, 모올래 나와라, 모올래 나와라." 이 동요 같은 노래는 난해시 판치던 1960년대 하고도 후반기에 소설 쓰던 선원빈형이 한국의 샹송이라고 하며 술자리에서 십팔번 자작곡으로 불렀대요. …… "형님! 아직도 감꽃 같은 순이를 못만났소?" "그래 아직도 못만났네!" 하며 감나무골 샹송을 퉁소소리로 부르고 있대요. ……
>
> —「감꽃」에서

20여년이 지나도록 변함없이 "감나무골 순이야……"만을 노래하는 행위에서 우리는 하나의 대상에만 바쳐지는 마음을 읽어낼 수 있다. 또한 그것은 노래로서 표현된 한 소설가의 일관된 정서이자 그러한 세계를 지향하려는 생철학으로 받아들여진다. 아울러 그것은 민요구 "달아달아 밝은달아 임의동창에 비친달아……" 같은 임을 향한 변함없는 그리움으로서의 민족적 정서의 재현이며, 변함없는 마음의 상태로 생을 일관하고자 하는 의지의 표명이라 할 수 있다.

> LA에 사는 닥터 張은 치과의사, 미국에 간지 13년이나 되는 내 친구이네. 치과 개업으로 호화주택도 장만하고, 진홍색 스포츠카도 몰고 다닌다네. …… 궁둥이 마루짝에 걸치고 파김치에다 막걸리 마시며 내 땅에서 살고 싶다네. 도라지 도라지 백도라지 심심산골에 백도라지 캐먹으며……가벼우냐 맹—꽁, 무거웁다 맹—꽁, ……
>
> —「도라지꽃」에서

이 시에서는 현대문명의 소외감 속에서 향토적 삶의 따뜻함을 갈망하는 심경을 읽을 수 있다. 결국 인간의 행복이 물질적 풍요나 편리함에서 오는 것이 아니라 더불어 사는 따뜻함 속에서 찾아질 수 있다는 깨달음을 '호화주택/자가용'과 '파김치/막걸리'와의 대조적 기법으로 제시하고 있다. 따라서, 이 시가 추구하는 정신은 '백도라지'라는 일체감의 세계이며, "가벼우냐 맹―꽁, 무거웁다 맹―꽁"의 동심의 세계에 놓인다. 일체감이야말로 '우리'라는 동질성을 확인시켜 주고, 동심이야말로 선의 바탕 위에 존재하기 때문이다.

시 「초승달꽃」도 「감꽃」과 같은 계열의 시이다. 다만 정한의 주체가 여자로 바뀌어 첫사랑을 잊지 못하고 외곬의 삶을 사는 작부의 사랑과 한을 시화한 작품이다. 이 시에서 초승달은 그리움의 촉매이며, 달의 상상력에 의해 님과의 만남을 갈망하게 된다.

이상과 같은 삶의 다양성에 대한 관심은 시인의 삶에 대한 태도를 보여준 것이라 하겠다. 시인의 인생관은 각 제재의 주인공들이 추구한 외곬의 삶처럼 인간다운 삶, 더불어 사는 삶의 가치를 두는 것으로 파악되기 때문이다.

위에서 논의한 시들은 타인의 삶을 시화한 경우인데 비하여 다음 몇몇 편의 시에서는 솔직하게 제시한 시인 자신의 삶을 살필 수 있다. 즉, 사물에 대한 인식의 태도라든지 교우관계 등이 반영된 개성적인 삶의 모습을 파악할 수 있다.

> ……이미 주승은 가짜 잠이 들었고, 올빼미만 눈알 굴리며 아홉 명의 헛그림자 따라오고 있습니다. 산수유 꽃도 피어나고 우리의 가짜 사랑 이야기로 불소리는 하염없이 설레이고 하늘나라의 용이 못된 아홉마리의 이무기가 지랄탄 터지는 어둠 속에서 피내음에 취해 취해 꿈틀댑니다. ……
>
> ―「산수유꽃」에서

이 시는 구룡사를 배경으로 한 여행시로서 갈등구조 속에 그 중심의미가 놓여있다. '아홉 명의 헛그림자' 또는 '아홉 마리의 이무기'와 이에 대립되는 '올빼미' 또는 '가짜 주승'과의 갈등 위에 시적 자아가 놓여진다. 시적 자아로 표상된 헛그림자나 이무기는 '가짜 사랑 이야기'로 비유된 삶의 허위성에 고뇌하고 '피내음에 취해 꿈틀대듯' 고통스런 몸부림을 보여준다. 그것은 '지랄탄 터지는 어둠'으로 상징된 암울한 시대 속에 자신을 바로 세우고자 하는 이성적 자아 또는 진실의 혜안이 주는 갈등으로 볼 수 있다. 따라서 이 시에서는 암울한 시대를 살면서 자신을 바로 세워나가려는 시인의 몸부림을 발견하게 된다.

> 돌뿌리 울리는 물소리, 짚신나물꽃 사이로 이별하는데 나무다리 위에서 안내인 오현(五鉉)스님이 너울너울 노래하며 춤추네. 끝없는 하늘 바라보며 "먹어라 똥떡! 먹어라 똥떡" 돌고 돌아 물난리로 떠내려간 오솔길 헤쳐 백담사에 들어서니 만해선사(萬海禪師) 대웅전 위에서 호미들고 환영하네. "어깅녀랑 단청불사(丹靑佛事)! 어깅녀랑 단청불사(丹靑佛事)! ……
>
> —「짚신나물꽃」에서

이 시도 백담사 여행시이다. 대개의 여행시가 그러하듯 이 시도 서경이 중심을 이룬다. 즉, '돌뿌리/물소리/짚신나물꽃/오솔길' 등의 전원 심상과 '백담사'라는 공간적 배경이 어우러져 산사의 정취를 담아내고 있다. 한편, 이 시에서는 퇴락한 유적지에 대한 시인의 태도가 드러난다. 즉 만해선사와 환상적 만남과 삽입 여음을 통해 퇴락한 백담사의 단청불사가 시급함을 강조하고 있다. 이것은 만해를 통한 백담사의 재인식이며, 따라서 그 손질과 보존을 통한 만해 정신의 계승을 강조한 것으로 파악된다.

> 27년만인가, 칼에서 붓으로, 총에서 펜으로 옮겨 갈려고 하는 안개낀 1987년 여름 어느 날이었지요. 부산(釜山)에 사는 시인 차한수(車漢洙)가 평론가 김재홍(金載弘)과 불초(不肖)를 불러, 넘실대는 항구의 물결 사이를 망둥어처럼 노닐다가 차한수(車漢洙)의 고향 충무(忠武)로 가기로 해, 억수비 맞고 우리의 문향(文鄕)으로 달려갔어요.…… "저 꽃 이름이 무엇입니까?" 하고 물으니 모두 고개를 가로저어 "저 꽃이 뚱딴지꽃이지요" 하니 두 사람 모두 내말이 뚱딴지 같은 거짓말이라고 믿지 않대요. 나귀 타고 나귀 찾듯이, 세상은 입에서 나서 입으로 돌아 가는데……
>
> —「뚱딴지꽃」에서

이 시는 먼저 시간적 배경의 제시에서 비롯된다. 그것은 '칼/총'과 '붓/펜'의 환유가 암시하듯 시대에 대한 인식을 드러내는데, 무력통치에 대한 거부와 문민정치에 대한 찬양을 은근히 비치고 있음을 알 수 있다. 왜냐하면 '망둥어'처럼 노는 것과 무관하지 않기 때문이다. 그리고 개인적 교류 관계를 보이면서 끝부분에서는 말과 믿음의 문제를 제기하고 있다. "세상은 입에서 나서 입으로 돌아가는데……"라는 말과 믿음의 문제는 풍딴지로 보이게 된 자기 스스로에 대한 자성적 표현이며 동시에 말의 신뢰성, 상실에 대한 아쉬움의 표백이다. 그것은 사물의 존재가 언어로 구체화되고 사물의 가치도 결국 언어화함을 의미하기 때문이다.

이 밖에도 기인으로서의 삶을 살아온 천상병 시인을 형상화한 「막걸리 꽃」이나, 서정주 시인을 형상화한 「모란꽃」 등에서도 개인적 관계와 함께 상대방에 대한 애정이 깃들어 있다. 이상에서 살핀 남을 향한 삶의 다양성에 대한 관심과 자아에 대한 발견은 나아가 정치 사회적 관심으로 발전한다. 그 한 예로 「어사꽃」은 다음과 같은 의미 단락으로 짜여 있다.

① 여권의 강권정치, 야권의 사랑방정치 배격
② 암행어사 박문수가 원님놀이 하는 아이들을 만남
③ (원님놀이)날아간 새를 찾게 해달라는 송사에 원님아이는 산을 잡아오
   도록 명함
④ 박문수, 아이를 칭찬하다 꾸중을 듣고 가짜 옥에 갇힘
⑤ 아이가 찾아와 진지하게 사과함
⑥ (여음)낫을 갈고 낫을 갈아 동무야 꼴베러 가자

시 「어사꽃」은 오늘날의 그릇된 정치풍토를 아이들의 원님놀이에 비추어 풍자하고 있다. 여권의 강권정치나 야권의 사랑방정치는 결국 올바른 정치풍토일 수 없음을 '물렀거라'로 일축해버리고, 원님놀이의 어린이를 통해 정치가의 덕목을 제시한다. 날아간 새를 찾아달라는 간청에 새가 숨은 산을 잡아오라고 명하는 일화 속의 아이는 지혜롭다. 그리고 놀이에 끼어든 어른까지

도 행동의 어긋남을 들어 벌하고, 놀이가 끝난 뒤에 정중히 사과하는 진실함
과 진지함을 겸비했다. 바로 이러한 지혜와 진실이 정치가의 덕목이어야 함
을 '어사꽃'을 통해 형상화하고, 아울러 그렇지 못한 현실을 야유한다. 즉,
'낫을 갈고 낫을 갈아'야 풀을 벨 수 있다는 소박한 진리를 일깨우고 있다.

　시 「싹쓸이꽃」과 「쌍용꽃」에서는 한 개인이나 파당의 지나친 정치적 야
욕이 가져온 선거의 패배를 문제삼고 있다.

　　그래 그래서 누가 누가 당선자 되었나?
　　단일화 실패 자살골에 푸른 깃발이 싹쓸이꽃 피었지.

— 「싹쓸이꽃」에서

　이것은 1987년말의 대통령 선거전과 그 결과를 비교적 객관적으로 제시
한 「싹쓸이꽃」의 일부이다. 당시의 국민적 여론은 야권의 단일화해서 선거
에서 승리하고 민주화를 앞당겨 이루어야 한다는데 집중돼 있었다. 야권
후보자들의 개인적 욕망은 끝내 여론을 등졌으며, 결국 그들은 누구도 승
리하지 못했다. 그러한 어리석음에 대한 풍자와 야유는 시 「쌍용꽃」에서 더
욱 신랄해진다. 이 시의 내용은 다음과 같이 요약할 수 있다.

　　① 영월에 두 마리의 용이 살았음
　　② 하늘에서 여의주 하나가 내려옴
　　③ 서로 양보하여 둘 다 승천하지 않음
　　④ 이 사정을 안 옥황상제가 여의주 하나를 더 보내 같이 승천함

　시 속의 설화는 '양보/승천'의 논리이다. 그리고 이 논리는 兩金씨를 향
해 직접적으로 제시돼 있다. 이것은 '경쟁/낙선'이라는 현실적 결과에 대
한 비판과 야유, 그리고 민주화의 가속화를 이루지 못한 아쉬움으로 거듭
되고 있다는 점에서 시인의 투철한 현실인식으로 볼 수 있다.
　「지랄탄꽃」은 사회악의 발생을 풍자한 시이다. 이 시를 후렴구에 따라 대
립적 요소를 정리하면 다음과 같다.

① 뎅그렁뎅그렁 좋을시고 ; 승냥이/능구렁이, 오리나무/전나무, 강남콩/
   쥐너니콩, 망나니칼/따발총, 권위주의/지랄탄
② 잊었나 안잊었나; 아들/충신, 딸/열녀, 말/용마, 개/삽쌀개, 닭/황계

시의 내용은 이중의 교직으로 짜여있다. ①의 이미지들은 사회악적 요소
의 상징들로서 상호의존관계로 발생함을 보이고, ②에 모여진 이미지들은
바람직한 변모를 보임으로써 시의 의미를 강화한다. 즉, 이 시의 의미는 비
뚤어진 현실의 풍자와 그것의 회복을 전통사회의 윤리적 질서 속에서 구하
고 있다는데 놓여진다.

한편, 시「보통꽃」은 바람직한 정치지도자상의 제시라는 점에서 그 의의
를 찾을 수 있다. "한가한 분/소탈한 분/첫사랑 이야기에 눈시울 적시는 분/
물러설 줄 아는 분/세종로 1번지에 데이트하고 데모 구경도 할 줄 아는 분"
등으로 지도자상을 제시한다. 여기에서 시인의 소망은 어떤 영웅의 출현이
아니라 가장 인간적인 정감을 가진 평범한 사람의 출현에 있다. 그 어조에
있어서도 "~보고 싶어요"로 일관함으로써 강한 호소력을 유발하고 있다. 그
러나, 현실은 시인의 소망 반대쪽에 있다는 점에서 현실의 풍자로 볼 수
있다.

이상의 시들에서 보았듯이 홍희표의 현실풍자는 주로 정치쪽에 비중이 놓
인다. 즉, 지혜와 진실이 없는 정치인들, 야욕과 아집으로 대세를 그르친 정
치인들, 물리적 힘과 권위주의가 지배하는 사회, 바람직한 정치시노자상의
아쉬움 등을 때로는 풍자하고 야유하며, 때로는 호소하고 갈구하기도 했다.

4

이 시집의 시들은 설화적인 꽃과 그 분위기에 깊이 침윤돼 있다. 그것
은 정서의 면에서 전통적 정감을 이어주는 구실을 한다.「매화」,「앵두
꽃」,「진달래꽃」,「처용꽃」등에서 설화에 담겨 전하는 사랑의 정한을 형

상화하고, 「흰초롱이꽃」, 「멍멍이꽃」 등은 인간적 삶의 진실을 표출하고 있다.

꽃은 여러 전통시가에서 중심대상이 되어왔다. 그것은 꽃이 음풍영월, 화조월석에 거의 빠짐없이 등장하는 단순소재로서, 서정적 생명의 표상이었다는 점을 말해준다. 그러나, 이 시집의 꽃들은 삶의 차원, 역사의 차원으로 고양되고, 따라서 몇 개의 층위를 형성하고 있다. 그 첫째는 꽃의 피고 짐으로 상징된 생명의 원리로서의 개인사적 차원이다. 그것은 대체로 유년회상의 시들에서 확인되었다. 둘째는 꽃이 현실사회의 풍자와 비판을 가능케 함으로써 사회사적 층위를 갖는다. 즉, 꽃을 통한 사회적 상상력의 전개이다. 셋째로 꽃은 역사적 삶의 고달픔을 상징함으로써 역사적 층위를 형성한다. 그것은 주로 민족의 수난과 민족 내부의 발전적 진통 속에 살아온 시인의 아픔이 투영돼 있음을 보여주었다.

이렇게 볼 때 이 시집은 서정적인 꽃에다가 인간적 삶의 호흡과 맥박, 그리고 피를 불어넣음으로써 활물화한 점에서 그 의의를 발견할 수 있다. 서정적 생명의 표상인 꽃에 사회성, 역사성을 불어넣음으로써 서정시의 새로운 영역을 개척한 점을 높이 평가해야 할 것이다.

모두모두꽃
거리의 문학 120

홍희표 시집
발행처 · 도서출판 전예원
저자 · 홍희표
발행인 · 양계봉
1988년 11월 10일/초판인쇄
1988년 11월 15일/초판발행

홍희표 시인 연구

시

은빛 물고기 — 조재훈

— 산하(山下)에게

몸 두고 산에 든 듯
마악 산에서 나온 듯
새소리 바람소리
저 안에는 무어가 있나
숨은 듯 암자가 자고
그 머리 꼭대기
까마득한 칼바위
칼날위로
싯퍼런 눈썹 허옇도록
이 뭐꼬 이 뭐꼬
저 아래에는 무어가 있나
꿈틀꿈틀 살아서 물이
복숭아 꽃밭도
휘돌아가고
빨간 주막 하나
썰물진 언덕에
깜빡거리고
아, 안이 아닌 듯
겉이 안인 듯
휘적휘적 억새길
혼자서 가는

꽃의 현실과 삶 — 김병택

1

사물의 속성이나 현상을 직접 표현하는 시가 있는가 하면 '무엇을 통해서' 간접적으로 표현하는 시도 있다. 홍희표의『모두모두꽃』에 수록된 88편의 시들은 모두 후자의 경우에 속한다.

무엇을 통해서 표현하려 할 때 그 '무엇'을 정하는 것은 시인의 자유이다. 홍희표는 그 '무엇'을 꽃으로 정한다. 그 '무엇'을 꽃으로 정하고 나서 그가 표현하려고 하는 대상은 다양하다. 다양하긴 하지만 포괄적으로 두 개의 테두리만을 정한다면 하나는 현실이고 다른 하나는 삶이다. 따라서 그는 꽃을 통해 현실과 삶을 표현하고 있는 셈이다.

그런데『모두모두꽃』의 시편들을 주의 깊게 읽어본 사람들은 꽃을 통해 표현되는 현실과 삶이 바로 우리의 현실과 삶이며 그 개별적인 꽃들은 신통하게도 우리 중의 누구와 아주 닮았다는 사실을 발견하게 될 것이다. 따라서 우리는 또한 그가 꽃을 통해서 우리의 현실과 삶을 표현하고 있을 뿐만 아니라 바로 그 꽃의 현실과 삶을 표현하고 있다고도 말할 수 있게 된다.

2

꽃을 통해서 표현되는 것들 중에 무엇보다도 먼저 주목되는 것은 현실이다. 그런데 이 현실은 그냥 표현되는 현실이 아니라 비판적인 시각에 의해 끊임없이 재구성되는 현실이다. 한 마디로 해서 비판되는 현실, 그것이다. 이 비판되는 현실은『모두모두꽃』의 경우 세 가지의 흐름으로 세분되는데,

정치적 현실 · 역사적 현실 · 비도덕적 현실 등이 그것들이다.

먼저 비판되는 정치적 현실 표현의 예를 들어보자

> 푸른 깃발들이 경상도 북쪽에서 안정 속의 번영 안고 보통사람 들고 싹쓸
> 이꽃 피었데, 에헤라다다기여! 주홍 깃발들이 경상도 남쪽에서 깨끗한 정부
> 안고 군정종식 들고 쌀쓸이꽃 피었데, 에헤라다다기여! 노란깃발들이 전라도
> 에서 재야민주세력 안고 광주 항쟁해결 드록 싹쓸이꽃 피었데, 에헤라다다기
> 여! 초록깃발들이 충청도 남쪽에서 국민심판 안고 구고나이 명관들고 싹쓸이
> 꽃 피었데, 에헤라다다기여! 그래 그래서 누가 누가 당선자 되었나? 단일화
> 실패 자살골에 푸른 깃발이 싹쓸이꽃 피었지. 에헤라다다기여! 쌀쓸이꽃 피었
> 지. 에헤라다다기여!
>
> ― 「싹쓸이꽃」 전문

산문시에서 가장 먼저 경계해야 할 것은 산문 쪽으로 기울어지는 일이다. '산문시'에서의 '산문'은 산문의 형식적 측면만을 의미하는 말이기 때문에 산문 쪽으로 기울어지는 일은 '산문시'의 '시'를 포기하는 것과 같다. 시적 산문(poetic prose)을 쓰는 게 아니라 산문시(prose poem)를 쓰는 것이므로 시인은 마땅히 시가 지녀야 할 요소들을 두루 갖추도록 배려하지 않으면 안된다.

『모두모두꽃』에 수록된 대부분의 시들은 산문시에서도 응당 있어야 할 내재율을 중시하고 있다는 점에서 내재율을 소홀히 여기는 다른 시인들의 산문시와는 구별된다. 그 내재율의 의미 · 어조 · 어휘 등의 반복에 의해 형성되는 것임을 염두에 둔다면 '싹쓸이꽃 피었데, 에헤라다다기여!'의 반복은 이 시를 돋보이게 만든다. 이러한 내재율의 바탕에서 비판되는 현실이라야 시적 현실일 수 있는 가능성이 높다는 것은 말할 필요도 없다. 이 시의 시적 현실은 쉽게 파악할 수 있도록 되어 있다. 시인은 일노삼김(一盧三金)으로 표현되는 정치인들의 위상이 지역적 분할에 의존했을 때 비로소 정립이 가능한 것임을 비판하고 있는데 비판되는 이 현실은 우리가 몸담고

있는 현실이면서 동시에 '싹쓸이꽃'이 현실이기도 하다. 「싹쓸이꽃」에서와 같은, 비판되는 정치적 현실의 실상은 「지랄탄꽃」, 「보통꽃」, 「쌍용꽃」, 「최루탄꽃」, 「아카시아꽃」 등에서 날카롭게 드러나고 있다.

> 늦가을 제주섬의 산과 들은 억새꽃으로 덮여 어디를 보나 갈매기 손가락 들어 어서 오라고 서걱이네요. 어느 여류시인이 서귀포로 건너가는 길가의 산천단에서 이 억새꽃 들판을 만나고 '영혼의 흐느낌'이라고 속삭이네요. 삼별초 마지막 항몽결전지 이 섬나라에서 김통정 장군이 이끄는 우리 군사들이 참패 당한 후 그 죽은 자리에서 피어난 혼꽃이라 하네요. 또한 4·3사건 때 싸우다 하얗게 숨겨간 탐라 주민들의 영혼의 흐느낌이 오늘도 관광객들의 머리 위에서 억새꽃마다 이루고도 있네요. 충청도 계룡산은 공주 금강 둘러 있네. 전라도 지리산은 순천영강 둘렀구랴, 제주도 한라산은!?
>
> ─ 「억새꽃」 전문

이 시는 홍희표가 『모두모두꽃』에서, 비판되는 현실을 드러내는 두 번째의 흐름 즉 역사적 현실 표현의 예이다. 이 시는 시인의 상상력이 우리가 살고 있는 시대 뿐만 아니라 과거 역사의 어느 지점에 닻을 내릴 수도 있음을 잘 보여 주고 있다. 제주섬의 산과 들에 지천으로 널려 있는 억새꽃은 특히 제주 출신 시인들의 시에서 소재로 자주 등장한 바 있거니와 억새꽃을 바라보는 시인의 시각에 따라, 표현되는 억새꽃은 한결같은 모습이 아니었는데, 홍희표가 바라보는 억새꽃은 제주섬 전체 또는 제주인 전체가 온몸으로 부딪쳐 온 역사와 연결되고 있다. 제주의 역사가 이 시에 등장하는 '삼별초의 마지막 항몽결전'이나 '4·3 사건'만으로 구성되는 것은 결코 아니지만 '억새꽃'의 의미를 역사적 사건과 결부시켜 '영혼의 흐느낌'으로 표현함으로써 '억새꽃'은 단순한 '억새꽃'이 아니라 한의 풀림을 이루지 못한 현실의 표상으로 나타나고 있는 것이다. 그리고 마지막 표현인 '충청도 계룡산은 공주 금강 둘러 있네, 전라도 지리산은 순천영강 둘렀구랴, 제주도 한라산은!?'에서 그 현실의 표상은 갑자기 비판적인 모습으로 수용되고 있어서 역사적 현실의 모순을 암시하고 있다.

　세 번째의 비판되는 현실의 흐름은 비도덕적 현실이다. 이 현실은 미메시스적인 시대상의 하나이므로 위 모두가 체험했던 공통적인 분노의 대상이기도 하다.

　　비리는 도리를 이기지 못하는데…… 새마을 야시장 밤은 깊어가고, 법은 권력을 이기지 못하는데…… 영종도 개발 탈법·무법적으로 이뤄지고, 권력은 천리를 이기지 못하는데…… 개인 신문 정부예산으로 구입하고, 법은 싸움에서 이기지 못하는데…… 해외연수 비용도 흥청망청, 이기는게 장땡! 이권개입…… 이기는게 장땡! 소값파동…… 구름구름 가는 구름, 새마을로 가는 구름, 쌀밥맛이 요러하면, 고기맛은 어떠할꼬. "불가능이란 없다. 이말은 누가 했지요?" "손들어봐요" "말해요" "전 새마을 회장입니다." 구름구름 가는 구름, 헌마을로 가는 구름 광풍에도 못 잊었나, 달은 밝아 요요한데.
　　　　　　　　　　　　　　　　　　　　　　　　　—「헌마을꽃」 전문

　정치적 현실이 비판되는 시나 역사적 현실이 비판되는 시의 경우도 그러했지만 이 시도 현실에 대한 안티테제라는 점에서는 예외가 아니다. 시가 현실에 대한 안티테제의 속성을 지니는 것은, 일차적으로는 시인이 원하는 바가 따른 결과이지만 현대시 자체가 내포하고 있는 본질적 측면이기도 하다. 이 시에서 비판되는 비도덕적 현실은 주로 5공 시대의 새마을 비리와 관련되어 있다. 시인은 '새마을'의 대립 용어인 '헌마을'을 통해 그 속에 내재되어 있던 비도덕적 현실의 구체적 실상을 낱낱이 파헤치고 있다. 그러면서도 '비리는 도리를 이기지 못하는데……', '법은 권력을 이기지 못하는데……', '권력은 천리를 이기지 못하는데……' 등과 같은 현실 세계의 올바른 방향을 계속 제시함으로써 다음에 이어지는 비도덕적 현실을 극대화한다.

　꽃을 통하여 표현되는 것들 중에서 다음으로 주목되는 것은 삶이다. 그런데 이 삶은 특수한 삶이 아니라 어떤 인물과의 접촉에서 얻어진 개인 체험이나 유년 시절에 대한 회상, 사랑, 무상 등과 같은 일상적 삶이다.

　　상치꽃 아시나요! 상치꽃 아시나요! 우리 용래성님 꽃타령 아시나요! 먼바
다에 싸락눈 오고있습니다. 먼바다에 강아지풀 춤추고, 우리는 긴마루에 앉
아 막걸이 먹고 있대요. 풋고추 씹다가 울보성님 감나무잎 보며 울고, 강경 나
루터 그리다 울고, 그러다 나도 덩달아 콧물 흘리고 있대요. 먼바다에 말집 호
롱불 비치고, 먼바다에 백발의 꽃대궁 일렁이고 있대요. 배짱이 베짱이끼리,
까까중 까까중 끼리 막걸이 먹고 있습니다.
　　　　　　　　　　　　　　　　　　　　　　　　　　　　── 「상치꽃」 전문

　박용래라는 인물의 여러 측면을 모두 기록한다면 그것은 이미 시가 아니
다. 그러나 그 인물의 어느 한 측면을 체험의 바탕 위에서──설령 가상적인
내용이 섞일지라도──형상화한다면 그것은 시가 된다. 이 시는 한 인물과의
접촉 체험을 모두 그대로 옮기지 않고 '울보성님'인 그의 인간적인 측면만
을 대상으로 내세우고 있다. 그의 그러한 측면을 과장하여 묘사하는 것이 시
인으로서는 꺼림직한 일일 수도 있을 터이지만 독자가 받아들일 때는 전혀
그렇지 않다. 오히려 독자는 시인이 지니고 있는 복잡한 심리와는 무관한 상
태에서 내용과 상황만을 받아들이는 것이다. 그리고 시 자체의 미학적 법칙
에만 관심을 가지는 것이다. 이 시 이외에도 어떤 개인과의 체험을 중심으로
쓰여진 시에는 「질경이꽃」, 「싸락눈꽃」, 「목련꽃」, 「막걸이꽃」 등이 있다.
　한편 『모두모두꽃』에는 유년 시절에 대한 회상의 내용을 담은 시들도 다
수 수록되어 있다. 「달맞이꽃」, 「보리꽃」, 「싸리꽃」, 「코스모스」, 「산나리
꽃」, 「복숭아꽃」, 「토끼풀꽃」, 「채송아」, 「배꽃」, 「쑥꽃」, 「국화빵꽃」 등이
그러한 시들인데, 현재 영위하고 있는 시인의 삶이 유년시절의 삶과 이러
지는 삶이라면 그 유년 시절을 회상하는 것은 당연한 일이다. 「달맞이꽃」
은 이러한 경우의 대표적 작품이라 할 만하다.

　　콩깻묵 먹었지요. 먹어도 먹어도 배고파 하늘 보고 물 먹었지요. 밀기울 먹

었지요. 먹어도 먹어도 배고파 볕보고 울었지요. 금강물이 우유 같으면, 개지 나 칭칭 나네! 강변돌이 떡같으면, 개지나칭칭 나네! 북두칠성이 눈깔 사탕 같 으면, 개지나칭칭 나네! 그때 울할머니 하신 외마디. "글세 자다가 봉창 뜯는 소리 집어치고 주둥아리 닥치란 말여! 머시매는 불알 두 쪽에서 종소리 날 만 큼 세상과 부딪쳐, 개불알이 펴야 성공한디여!" 바둑아 오너라, 나하고 같이 가, 이리로 갈까, 저리로 갈까, 우리 바둑이 예뻐요. 달맞이꽃 따라 갈까.

—「달맞이꽃」 전문

가난을 유희—물론 상상 속의 유희를 의미한다—의 대상으로 삼은 시가 의외로 많다. 그 가난이 그 시절의 실제 체험이었는데도 불구하고 현재의 삶이 가난하지 않다고 해서 가난을 유희의 대상으로 삼는 시를 쓴다면 그것 은 아무리 시속의 가난이라 해도 자연스러운 일이 아니다. 이 시에서의 가 난은 최소한 유희의 대상이 아니다. 때문에 시인의 체험은 어렵지 않게 객 관화의 단계를 확보하고 있다. 즉, 이 시에서의 가난은 시인 개인의 가난이 아니라 우리 모두가 공유했던 가난이 되고 있는 것이다. '콩깻묵'이나 '밀 기울'을 먹었던 시절이 이 시를 통해 엄숙하게 생각되는 것은 그런 이유에 서이다.

『모두모두꽃』에서는 사랑이나 일상을 노래한 시들도 있다. 「꽃동네꽃」, 「멍텅구니꽃」, 「진달래꽃」, 「처용꽃」, 「흑장미」, 「목단꽃」, 「족두리꽃」, 「아 네모네꽃」, 「초승달꽃」, 「바람꽃」, 「불알꽃」 등이 전자에 속하며, 「호박꽃」, 「백년동락꽃」 등은 후자에 속한다.

꽃이 피어나는 것은 당신에게 보이기 위함이요, 그 꽃이 지는 것은 당신에 게 잠시 잊혀짐 위해서예요. 우리가 사랑한다는 것은 파도의 금빛, 우리가 사 랑을 한다는 것은 파도의 은빛같은 것이에요.

—「멍텅구니꽃」 일부

참매미도 잠든 한낮체, 노랑나비도 잠든 한낮에, 싸리울타리 사이로 호박꽃 피고 지고 합니다. 옆집 병섭이 할아버지 회심곡 들려 오는데, 부모가 죽으면 청산에 묻고 자식이 죽으면 가슴에 묻는다는데, 간다간다 나는 간다. 북망산천에 나는 간다. 이제 가면 언제 올꼬……

—「호박꽃」 일부

「멍터구니꽃」의 세계가 사색을 통해 얻어진 사랑의 철학에 닿아 있다면
「호박꽃」의 세계는 체험을 통해 얻어진 삶의 원리에 닿아 있다. 평범하게
보이는 일들이 홍희표에게는 평범한 일이 아니며, '평범한 일이 아니라는
인식'이 바로 그의 시의 특성이 되고 있음을 이 두 편의 시는 잘 보여 주고
있다. 아니, 이 두 편의 시뿐만 아니라『모두모두꽃』에 수록된 시들이 모두
감상자를 의식하며 쓰여진 측면보다도 그의 이러한 인식이 끊임없이 발현
된 측면의 훨씬 우세하다는 점에, 이 시집을 읽는 대부분의 사람들은 동의
할 것이다.

3

홍희표가 꽃을 통하여, 또는 꽃의 현실과 삶을 드러내는 길고 긴 여정에
서 맨 마지막에 도착하기를 희망한 곳은『모두모두꽃』의 지점이다. 이곳에
서는 거북이의 착함과 토끼의 교활함에 끊임없이 교차된다. 그에게는 이것
이 평범한 일이 아니므로 마치 '평범한 일'이 아님을 확인하려는 듯이 독자
들을 향해 질문을 던진다. 그런데 독자들은 갑자기 날아오는 질문에 당황
하여 쉽게 대답할 수 없는 처지에 빠지고 만다. '만약 선생님이 거북이라면
어떻게 하시겠습니까?'라든지 '만약 선생님이 토끼라면 어떻게 하시겠습
니까?'라는 질문에 대해 독자들이 선뜻 대답을 하지 못하는 것은, 그리고
계속 당황하지 않을 수 없는 것은, 아마 현실 속의 삶이 끝없는 모순의 현장
이기 때문일 것이다.

《심상》, 1989년 6월)

민족 속의 어깨춤 — 구재기

"눈부시게 아름다운 꽃들/들에도 진펄에도 곱게 피어 있나니〈皇皇者華于彼原隰〉"이라며『시경』은 꽃의 아름다움을 노래하였지만, 홍희표는 민족 정서의 바탕 위에 한과 울분과 고뇌와 고통 등을 시대고로 빚으면서 꽃을 노래했다. 그것도 자칫 져버릴지 모르는, 산문시에 대한 음악성을 오히려 돋보이게 하면서 88종류의 꽃을 노래하였으니, 이러한 의미에서 그의 제7시집『모두모두꽃』이 던지는 신선한 충격은 새롭게 조명되어야 할 것이다.

일반적으로 우리에게 익숙해져 있는 꽃의 아름다움과 이별, 슬픔과 기쁨 등으로 표상되어 온 것이 사실이다. 그러나 홍희표의 꽃은 이러한 정서의 표상으로서 의미부여를 받는 것에 그치고 있는 것이 아니라, 시인 자신의 현실에 대한 삶의 조망을 그대로 반영시키고 있다. 우선「최루탄꽃」부터 살펴본다.

> 정묘년 참매미 울 때 우리 충청도에서는 두 달동안 물동이로 붓듯 큰 비 내렸어요. 일년 내내 올 비가 하루만에 쏟아져 논밭이 잠기고 앞산마저 잠겼어요. 하, 사람 마음이 담배인심 같고, 산수 또한 속눈썹 같아 통 물난리도 당해보지 않았는데, 올 여름에만 서너번 논밭이 잠겼어요. 그래서 옥황상제한테 물어보았더니 대학생 이한열 최루탄에 죽어, 근로자 이석규 최루탄에 죽어 하늘나라까지 원한의 최루가스로 가득하대요. 그래서 하늘나라에서도 참다못해 터진 눈물비래요. 하늘의 눈물이 민주의 큰비 되어 우리 충청도에 최루탄 꽃 피우고 피우고 있대요. 언제가면 언제오실라요 오실날을 일러주오, 세상에다가 민주화꽃심어 싹이나면 오실라요 싹이나면 오실라요
>
> —「최루탄꽃」전문

이 시 작품의 제목으로 제시된 「최루탄꽃」을 굳이 식물도감에서의 명명된 꽃이냐 아니냐에 대한 여부는 가려질 하등의 이유는 없다. 그것은 격동의 우리 현대사와 현실의 반영에 따라 이름 지어진 시인 자신의 객관적 의미 부여의 꽃이기 때문이다. 이 시 작품의 말미에 제시된 「민주화꽃」도 이런 의미의 꽃이다.

그보다도 우리의 관심을 불러일으키는 것은 天災과 人災의 조화이다. 역사의 소용돌이에서 일어난 천재지변, 즉 정묘년 충청도에 내린 폭우와 최루탄에 맞선 민중항쟁으로 대학생 이한열과 근로자 이석규의 희생이 인과관계를 이루고 있다는 것이다.

이러한 인과관계는 현실사회를 풍자함으로써 강한 비판을 자아내게 하고, 민주화에의 열망을 당위적으로 받아들이게 한다. 민주화를 열망하는 민중의 항쟁과 그 과정에서의 희생, 민중항쟁의 당위성이 '옥황상제'라는 신의 섭리로 승화됨으로써 더욱 고조되고, 그래서 결국 민주화꽃이 싹트기를 소망하는 민중적 생명력을 엿보이게 할 수 있었던 것이다.

이 시 작품에 나타난 당위성과 소망이 더욱 고조될 수 있게 하는 것은 음악성에서도 찾아볼 수 있다. 첫째 조사의 생략이다. 산문시에서 당연히 (?) 등장하는 조사를 이 시인은 과감히 생략함으로써 음악성을 돋보이게 한다. '큰비 내렸어요' '이한열 최루탄에 죽어' '이석규 최루탄에 죽어' '최루탄꽃 피우고' '민주화꽃심어' 등에서 주격조사와 목적격조사를 생략하고 있다. 둘째 종결어미와 연결어미의 반복이다. '~어요' '~대요' '~라요' '~주오' '~래요' 등에서 보이는, 어쩌면 동요적 요소까지 가미한 것이라 할 수 있는 종결어미의 사용으로 독자와의 거리를 좁혀주고 있으며, '최루탄에 죽어'에서 보여준 연결어미 '~어'의 반복은 음악성과 동시에 민중항쟁의 희생을 더욱 강화시키고 있다. 끝으로 띄어쓰기를 무시함으로써 음악성을 높이고 있다. '참다못해' '언제가면' '언제오실라요' '오실날을' '민주화꽃심어' '싹이나면' 등에서 알 수 있듯이 띄어쓰기를 하지 않음으로써 음보의 연첩으로 시각적인 리듬까지도 성공하고 있다는 것이다.

> 쿵다라쿵! 쿵다라쿵! 농약 콩나물은 성장 촉진에도 좋고, 부패방지에도 좋
> 고, 좋은 색깔에도 좋고, 이래도 좋고 저래도 좋고 참 좋구나. 먹고 살자, 먹고
> 살자, 살자, 죽자. 얼씨구 절씨구 저절씨구. 쿵다라쿵! 참깻묵 들깻묵 땅콩깻
> 묵 거기다 솔벤트와 양잿물로 짝짜궁하여 양잿물 참기름 만들었네. 이렇게 좋
> 은 줄을 왜 몰랐나. 얼씨구 절씨구, 톱밥고춧가루, 빵가루후춧가루, 물감생선,
> 쿵다라쿵! 쿵다라쿵! 먹고 살자, 먹고 죽자, 살자, 죽자, 염색닭고기, 수구레곰
> 탕, 개울물약수, 쿵다라쿵! 쿵다라쿵! 먹고 먹고, 소금물간장, 설탕꿀, 물엿로
> 열젤리, 먹세 먹세, 이래도 좋고 저래도 좋고 참 좋은 세상.
>
> ─「먹자꽃」전문

  이 시 작품에서 우리는 언 듯 18세기에 크게 성행한 평민가객들이 읊은
사설시조를 모아놓은 듯한 느낌을 받게 된다. 서경의 경지를 완전히 탈피하
여 폭로적인 묘사와 상징적인 암유로써의 표현 기교, 거래·수탈·패륜 등
의 사회적 병폐를 그린 이 시 작품은 어쩌면 시집『모두모두꽃』을 대표하고
있는지 모른다.

> 에헤에헤 에헤야, 70년대적인 강권정치 물렀거라. 與圈! 50년대적인 사랑방
> 정치 물렀거라, 野圈!
>
> ─「어사꽃」중에서

> 오, 우리의 사랑이여! 민주여! 통일이여! 오늘도 우리 학생들은 단식투쟁 하
> 지요, 하루 이틀 사흘……
>
> ─「아카시아꽃」중에서

> 여보소 마누라, 여보게 마아누라, 큰손 되어 시회지구, 아산만지구, 대불지
> 구 쫓아다니며 산산, 밭밭, 논논 하며 마구 사자시키더니
>
> ─「백년동락꽃」중에서

> 탁! 하고 쳤는데 억! 하고 죽었데 죽었데. 권투선수가? 아니 어떤 대학생

이……왜 죽었을까?

—「극락꽃」중에서

　　몇몇 시 작품에서 살펴본 이상의 시구를 통해서도 현실과 이 땅의 험난한 역사가 흐르면서 남겨 놓은 시대고의 일면을 엿볼 수 있다. 이러한 일면은 한 시인이 자각하고 있는 데에서 그치는 것은 결코 아니다. 오늘날을 살아가면서 누구나 느끼고 인내하고 있는 민중의 몸부림이기도 하다. 따라서 시집『모두모두꽃』은 이 시대를 살아가는 시대고 속의 민중의 울분과 고뇌를 대변하고 있다고 할 수 있을 것이다. 그리고 거기에 민족 고유의 음악성을 가미하고 있으니,『모두모두꽃』은 결국 민중속의 어깨춤으로 살아 있는 시집이라 할 수 있을 것이다.

(《시문학》, 1989년 4월호)

삶, 감동, 다양성 — 조창환·김성춘

> 민소저라고 해요. 남촌 손님들은 소주 잘 마신다고 민소주라고도 하지요.
> 주근깨 눈뜨고, 제 첫사랑은 여고시절때 미술선생님, 그 선생님을 졸업후에
> 또 만나 제 소박데기 인생길이 바뀌었지요.
>
> —「민소저꽃」 중에서

　홍희표는 꽃을 비유로 한 신선한 이야기 시를 보여주고 있습니다. 개인적
경험을 꽃을 비유로, 우리의 현실과 삶의 아픔에 투사시켜서, 재미와 감동
을 함께 주고 있습니다. 왜 꽃은 아름다운가를 통해서 참된 삶의 모습이란
어떤 것인가 하는 문제들을 '배꽃, 채송화꽃, 도라지꽃, 헌마을꽃' 등의 이
미지를 통해 표출하고 있습니다.

　조창환 : 홍희표의 시들은 소재와 형태의 양 측면에서 흥미 있습니다. 이
시인이 다루는 꽃들은 모두 우리의 토속적이고 민속적인 성질의 꽃이라는
점에 특징이 있습니다. 글라디오러스라든지 칸나, 튤립 같은 꽃을 노래하
지 않는 데에는 그만한 까닭이 있어 보입니다. 말하자면 홍희표의 '꽃' 들은
이 시인이 우리의 현상적 삶을 표현하는 객관적 상관물로서 의의를 가지는
것이고, 꽃 그 자체의 아름다움을 노래하는 데에 의미가 있는 것은 아니기
때문이죠. 가난했던 소년시절의 추억, 유년시적의 동심의 세계, 혹은 오늘
의 우리 시대의 모순과 부정을 읊어내고 있는 것이 홍희표의 '꽃' 시리즈의
특질입니다.

　이 작품들이 모두 산문시로 쓰여져 있는 것도 까닭이 있어 보입니다. 시
속에 이야기를 담고 있으면서, 그 이야기가 개인적인 것이든 사회적인 것

이든 뚜렷한 비평적 주제의식을 담을 수 있게 하기 위해서는 산문적 표현 방식이 필요했기 때문이지요. 우리 시대의 덩치사이며 경제사, 문화사를 반영하려는 시인의 의지가 꽃을 그저 아름다운 심미적 대상으로만 노래하는 데에 안주할 수는 없게 한 것입니다.

그러면서 산문시가 흔히 빠지기 쉬운 논리적이고 토의적인 측면을 극복하기 위한 세심한 배려도 엿보입니다. 작품의 끝부분에서 동요조 혹은 민요조 마무리를 통해서 시의 흥겨움과 같은 노래의 측면을 살려주고 있음을 보게 됩니다. 가령

가벼우냐 맹—꽁, 무거웁다 맹—꽁, 무거우냐 맹—꽁, 가벼웁다 맹—꽁
— 「도라지꽃」 중에서

덩기 덩기 덩기 더덩!
— 「채송화」 중에서

구름구름 가는 구름, 헌마을로 가는 구름, 광풍에도 못잊었나, 달은 밝아
요요한데
— 「헌마을꽃」 중에서

같은 것이 그런 예가 아닌가 합니다.

(《심상》, 1988년 9월호)

이웃과 시인의 거리 — 허형만

홍희표의 「먹자꽃」 외 2편의 신작시(월간문학 · 10)에서 드러난 이웃과 시인의 거리는 어떤가.

> 쿵다라쿵! 쿵다라쿵! 농약콩나물은 성장촉진에도 좋고, 부패방지에도 좋고, 좋은 색깔에도 좋고, 이래도 좋고, 저래도 좋고, 참 좋구나. 먹고 살자, 먹고 죽자, 살자, 죽자, 얼씨구 절씨구 저쩔시구. 쿵다라쿵! 쿵다라쿵! 참깻목 들깻묵 땅콩깻묵 거둬다가 솔벤트와 양잿물로 짝짝꿍하여 양잿물 참기름 만들었네. 이렇게 좋을 줄을 왜 몰랐나. 얼씨구 절씨구 저쩔시구. 톱밥고춧가루, 빵가루후춧가루, 물감생선, 쿵다라쿵! 쿵다라쿵! 먹고 살자, 먹고 죽자, 살자, 죽자, 염색닭고기, 수구레곰탕, 개울물약수, 쿵다라쿵! 쿵다라쿵! 먹고 먹고, 소금물 간장, 설탕꿀, 물엿 로열제리, 먹새먹새, 이래도 좋고, 저래도 좋고, 참 좋은 세상이구나.

이 시는 「먹자꽃」의 전문이다. 여기에서의 시인은 이웃은 한 마디로 불량식품 제조업자들이다. 농약콩나물 제조업자, 양잿물 참기름 제조업자를 비롯 온갖 불량식품 제조업자들을 한 자리에 모아놓고 소위 싹쓸이 고사(?)를 지내고 있는 시인은 어쩜 정작으로 이 무리들이야말로 우리네 이웃에서 없어져야 할양이지 않겠느냐는 심산으로 "참 좋은 세상이구나"아며 탄식하고 있다. 그뿐인가. 이 시인의 이웃은 불량 식품 제조업자뿐이 아니라 "다람쥐는 삵괭이한테 이리 쏠리고, 삵괭이는 호랑한테 저리 쏠리고, 오늘도 정치판, 이당 끼웃 저당 끼웃, 오늘도 경제판, 이땅 끼웃, 저땅 끼웃"(「가래울꽃」에서)하는 자들은 물론 "남북분단도 서럽고 서러운데 전라도라 경상도라 동서분열"시킨 자, "경은 그대의 하늘과 같은 덕망으로 무사히 새마을 사업 마치옵고 이렇게 보고하나이다"하는 자, "소작료 · 농약 · 공산품 · 비료 · 농협이자, 이 5대 금값과 비키니 정책 때문에 농약을 마시려" 하게 한 자 그리고 '얼음산 같은 권력'을 가지고 있는 자들(「비키니꽃」에서) 모두가 시인의 이웃으로 등장하고 있다. 이러한 이웃들은 적어도 시인에게 있어서 너무 가까이 존재하고 있기 때문에 까딱 지나치면 못 느낄 위험성을 가진 위험한(?) 존재의 이웃이기도 하기에 시인은 늘 깨어 있어야 함을 이 신작 시편들이 경고하고 있다.

(《월간문학》, 1988년 11월호)

밝은 시, 어두운 시 ― 이기철·이명수

이번 달에도 홍희표 시인은 꽃에 관한 일관된 시로 「물보라꽃」와 「무궁화」(한국문학·12월)를 발표하고 있습니다.

> 손가락 사이의 물보라도 우리 가시내 흘러가네요. 햇대 끝에
> 걸어 놓고 너낮닭고 내낮닭고 뿌리없는 우리의 사랑 손가락
> 사이의 물보라로 흘러가네요. 한 가지엔 해가열고 한가지엔
> 달이열고, 오! 아! 우리 가시내는 물보라 열두가지 물보라 그
> 끝에 꽃이 피어있네요.
>
> ―「물보라꽃」 중에서

이 시인이 줄기차게 노래하고 있는 꽃은 식물도감에 있는 꽃만은 아닙니다. 그리고 물론 지천으로 피고 지는 세상 꽃 자체를 노래하고 있는 것도 아닙니다. 이 시인의 경우 많은 시인들이 이르고 있는 시적 소재의 한계성을 벗어나고, 상상력의 한계를 뛰어넘으려는 일관된 노력이요 발견으로 보여집니다. 그러므로 위의 「물보라꽃」은 국어사전에 나오는 고유명사로서 굳어진 꽃이 아닐 시인이 창조해 낸 오늘 우리 삶의 꽃입니다. 작년에 이어 최근 펴낸 그의 시집 『모두모두꽃』 속에 수록된 88편의 시들은 하나하나 그런 의미에서 이 땅에서 오랫동안 함께 살아온 인간들 틈에서 피어난 생명의 꽃입니다.

현실적 삶의 아픔, 우리들 혈맥 속에 흐르는 역사의 혼, 격변하는 한국의 현대사를 온몸으로 살아온 시인 자신의 체험 등이 중년을 넘어서는 홍희표 시인 내면에서 온갖 꽃으로 피어난 것입니다.

그러므로 88편에 이르는 꽃에 관한 시는 이국적 냄새가 나는 꽃이 아니라 가장 한국적이고, 토속적이며 한국인의 애환이 밴 꽃들이 될 수밖에 없습니다. 그리고 또 행과 연이 구별된 시가 아니라 흐름에 단절이 없는 산문형식을 위한 것이 아닌가 생각됩니다. 아무튼 홍희표 시인의 최근 작업은 자기 자신의 확고한 자리를 다지는 계기가 되었고, 또 한국시의 한 가능성을 보여준 보기가 되어 큰 수확이라고 할 수 있겠습니다.

(《심상》, 1989년 1월호)

이달의 문제작

꽃시 읽기 — 홍신선

홍희표의 최근 『모두모두꽃』 시집의 꽃들은 다양한 아름다움과 의미를 띠고 읽힌다. 역시 《현대문학》지의 작품 「달맞이꽃」도 배고픔 속에 핀 꽃으로 독특하게 묘사되고 있다. 사람에게 있어 배고픔은 견디기 힘든 고통이면서 동시에 사람을 사람답지 못하게 만드는 가장 큰 억압이다. 그 억압은, 이 작품에 의하면, 강변돌을 떡으로 금강물을 우유로 그리고 별들은 눈깔사탕으로, 말하자면 세계 자체를 식물들로 왜곡시키기도 한다.

이러한 세계에 대한 왜곡된 빚음은 '불알 두쪽에서 종소리 날 만큼 세상과 부딪쳐'야 한다는 사람살이의 한 원리에 의해서 바르게 되잡혀진다. 그 되잡은 시선에 뜨인 꽃이 바로 「달맞이꽃」이다. 따라서, 이런 「달맞이꽃」은 어떤 꽃보다도 아름다울 수밖에 없을 것이다. 자아나 세계에 대한 새로운 인식의 지평에서 만난 꽃이기 때문이다.

홍희표가 최근에 피우고 있는 꽃들은 몇 년 전 양채영이 소리없이(그렇다, 소리없이) 아름답게 피웠던 꽃들과 함께 우리 시에서는 드물게 독특한 꽃들이 될 것 같다.

《현대문학》, 1989년 2월호)

깨어나는 언어들 — 정효구

홍희표의 작품 「달맞이꽃」은 언어를 다루는 솜씨가 특히 뛰어나다. 먼지를 덮어쓰고 잠들었던 말들은 그의 시에서 생기를 얻고 살아 움직이며 독자들에게 강한 울림으로 접근해 온다.

> 콩깻묵 먹었지요. 먹어도 먹어도 배고파 하늘 보고 물을 먹었지요. 밀기울 먹었지요. 먹어도 먹어도 배고파 별 보고 물을 먹었지요. 금강물이 우유 같으면, 개지나칭칭 나네! 강변돌이 떡 같으면 개지나 칭칭 나네! 북두칠성이 눈깔사탕 같으면, 개지나칭칭 나네! 그때 울 할머니 하신 외마디, "글세, 자다가 봉창 집어뜯는 소리 집어치구 주둥아리 닥치란 말여! 머시매는 불알 두 쪽에서 종소리 날 만큼 세상과 부딪치 개울알이 펴야 성공한디여!" 바둑아 오너라, 나하고 같이 가, 이리로 갈까 저리로 갈까, 우리 바둑이는 예뻐요, 달맞이꽃따라 갈까.
> —「달맞이꽃」

가난과 성공과 동심, 이 세 가지 문제가 이 작품의 삼각구도에서 꼭지점의 한 부분씩을 담당한다. 그런데 이 작품의 배고픔과 가난은 슬픔의 정조로 채색되지 않고 이른바 노랫가락으로 변주되어 남다른 힘을 얻는다. 또한 성공을 운운하는 내용 역시 심각한 톤으로 엄숙하게 토로되지 않고 해학적이면서도 자연스러운 세속의 옷을 입고 나타나기 때문에 보다 큰 효과를 얻는다. 이 작품의 하이라이트를 이루는 할머니의 말씀은 얼마나 인상적이고 감동적인가. 일체의 가식을 벗어버리고 맨몸의 언어로 토해난 할머니의 말씀은 갖가지의 함의를 담고 있다. 할머니가 뱉어낸 언어는 바흐친이 말하는 민중의 언어이며 카니발의 언어이다. 이러한 「달맞이꽃」의 저변에 큰 줄기로 흐르는 가난과 한, 그리고 삶의 어려움은 이 시를 창작케 한 중요한 원인이었을 것이다.

「달맞이꽃」에 나타난 노인의 언어와 어린이의 언어, 산문적인 호령과 여유 있는 노랫가락의 만남은 한편으로 대비되면서 다른 한편으로 결합되는 응집력을 가지고 있기 때문에 이 작품의 수준을 돋보이게 한다. 가난해서 콩깻묵을 먹었다는 사실과 무지하지만 연륜으로 교육하는 할머니의 말씀을 일상적인 콘텍스트에 놓게 되면 흔하고 진부한 이야기이다. 그러나 홍희표의 연금술에 힘입어 이 내용들이 시적 콘텍스트로 옮겨짐에 따라 새롭게 깨어나는 신생의 시간을 갖게 된 것이다.

(《현대문학》, 1989년 2월호)

『모두모두꽃』의 만남 — 김선미

「꽃동네꽃」, 「멍텅구리꽃」, 「똥단지꽃」, 「조센징꽃」, 「백년동락꽃」,… 전혀 꽃이름같지도 않은 엉뚱하기 조차한 꽃이름의 제목들로 가득한 시집 『모두모두꽃』을 펴낸 시인 홍희표.

"이 세상에서 변함없이 제일 아름다운 것이 꽃일 겁니다. 그 아름다운 꽃 하나하나에 깃든 개인적 경험 안에 우리가 살아온 정치사며 경제·문화사를 담아보려고 했습니다."

꽃 이름이 그토록 엉뚱하고 낯설은 데 대해 이렇게 설명하면서 꽃말시는 아니라고 말한다. 형식면에 있어 산문시의 형태를 취하고 있어 다분히 서술적인 88편의 시가 실린 이 시집 전편을 관통하고 있는 것은 '꽃의 서정과 역사의 만남'이다.

"역사성의 문제는 학문을 하는 학자이건 주어진 나날을 평범하게 살아가는 소시민이건 간과할 수 없는 일이라고 생각합니다. 특히 시를 쓰고 문인으로서 시대의 역사성을 외면할 수는 없는 일이지요."

1946년 대전에서 태어나 1966년 약관의 나이로《현대문학》지에 「내 살결에」를 추천받으며 문단에 나온 홍 시인은 초기에는 서정성이 풍부한 시를 써왔으나 최근의 시작업은 우리시대의 모순과 부정, 역사성의 문제에 천착하고 있다.

"앞으로도 테마가 있는 시를 쓰려고 합니다."

(〈대전일보〉, 1988년 12월 27일)

답신 소감

• 시집『모두모두꽃』축하드리며 감사합니다. 참으로 놀라운 역작집(力作集) 다시 한 번 축하드립니다.

89가지 꽃을 아니 3천리 4천만 명의 이 땅의 꽃을 총망라한 이 같은 꽃의 집대성, 그 시적 이념의 세계를 엿보며 이 시대를 사는 시인의 앞이 무엇인가를 다시 한 번 실감하게 됩니다. 늘 특이한 언어와 주제로 독자를 즐겁게 해 주시는 탁월함에 경의를 드리며!

― 홍윤숙(1988년)

•『모두모두꽃』을 반갑게 받아 읽고 있습니다. 꽃타령으로 너스레를 떠는 불쾌한 얼굴이 떠올라 와락 보고 싶은 생각이 앞섭니다.

거기 여기 모두모두 시끄러운 마당에 계룡산 골짜기에서 푸념이라도 풀어 볼 날을 기다려 봅니다.

― 장호(1988년)

• 올해 가장 빛나는 시집『모두모두꽃』을 반갑고 고맙게 읽고 있소. 늘 부지런하고 시업(詩業)이 쨍쨍하던 홍 시인이 드디어 도(道)가 트여감을 느끼며 정말 부럽다는 생각뿐이오.

서울에 나와 먹고 사는 일에 허덕거리다가 '모두모두'를 잊거나 잃었던 사물을 이렇듯 꼼꼼하게 다시 찾아 준 홍 시인의 각고에 거듭 뜨거운 박수를 보내오.

― 임영조(1988년)

• 보내주신 시집『모두모두꽃』감사히 잘 받았습니다.

그 동안에도 일 많이 하셔서 이렇게 좋은 책 내신 것을 기쁘게 생각하오며 이번 시집에 반가운 일 가득하시기를 기원합니다. 이 해도 몇 날 남지 않았습니다. 오는 새해에는 더욱 복 많이 받으세요, 시집 잘 읽겠습니다. 몇 자 적어 인사에 대신합니다. 내내 건필하세요.

― 김규동 (1988년)

제8시집

세상달공 세상달공

차례

제 Ⅱ 부 작품론

439

독자를 위하여
새 운율과 새 풍자를!

하루종일 함박눈이 내렸다. 그 다음날도. 이 세상 물정 닮아 이제는 눈도 내렸다 하면 폭설이요, 비도 내렸다 하면 폭우이다. 그 강추위도 폭설도 가고, 또다시 이 한반도에 봄이 계엄군처럼 밀려온다. 상큼상큼 밀려오는 것이 아니고, 황사바람으로 드높이 음흉하게—

지천명을 바라보는 고개마루 위에 서서 하늘 끝은 어디일까 하고 생각해 본다. 그리고 바다 끝은 어디일까 하고 생각해 보고, 아니 우리 마음 끝은 또 어디일까 하고 진지하게 생각해 본다. "아니, 아니야, 시작도 끝도 없는 것이 우리 사람살이 아니야!" 하고 되물어 보아도, 나는 그 '끝' 의 집착을 버리지 못하고 있다.

또다시 시집을 묶는다. 묵은 체증이 쓸려 가는 상쾌감을 맛본다. 그것도 잠시 뿐. 나이 먹을수록 당당해지지 못하고 그저 부끄럽고 두렵다. 그렇지만 아무리 초라힌 직업이어도 이것은 내가 주구하고 집념한 지나간 삶의 한 부분인 것을 어쩌랴. 이 시집에서는 우리의 고유 운율과 현세태의 모습을 풍자로 결합시키는 일을 내 나름대로 해보고 싶었다. 그래서 행복하게 결합된 새 운율과 새 풍자를 만들어 보고 싶었는데, 새삼스레 능력부족인 것을 절감해 본다.

우리는 '나라' 안에서 산다. 그렇지만 때로는 제약 많고 말 많은 '나라' 에

제
Ⅱ
부
작
품
론

441

서 벗어나 보고도 싶다. 나는 그동안 어떤 나라에서 살았고, 내가 살고 싶은 나라는 어떤 나라인가. 눈물 마시듯 술나라에서도 살아보았고, 심장 터지는 불나라에서도 살아보았고, 총나라에서도 살아보았다. 그런 '나라타령'의 연작이 이 시편들이다. 나의 척박한 이 나라탐험으로 악몽의 1980년대를 마감하고, 통일의 1990년대를 온몸으로 맞이하고 싶다.

이 시집을 묶어준 고향동네 같은 〈문학아카데미〉 가족들에게 깊은 감사를 드리고 싶다.

1990년 3월, 목산 종214 연구실에서

홍희표 삼가

건강한 비판의식과 기법의 변형 — 김종회

풍자(Satire)란 무엇인가. 다른 사람의 사고 및 언행에서 드러난 결점이나 모순을 비정론적인 어투로 빗대어 공격하는 일을 말한다. 그 대상은 한 개인의 품성에서부터 시대나 사회적현실에 이르기까지 넓게 펼쳐질 수 있으며, 주로 가치부정적 시각의 안테나에 걸린 부정적 현상이 표적이 된다. 때로는 무차별한 독설을 감행하기도 하고 때로는 동일한 성분의 공약수를 가진 엉뚱한 사실을 차용하여 예리한 비유법을 구사하기도 한다. 그와 같은 어법의 바닥에는 동정이나 탄식, 경멸이나 조소가 깔려 있으며 궁극적으로 선택된 대상의 부정적인 측면을 적발하고 폭로하여 이의 개선 및 교정을 목표로 삼는다.

폴란드(Arthur Pollard)가 "풍자는 진실의 방패이며 풍자가는 이상의 옹호자"라고 정의하고, "풍자가는 함께 지내기 거북한 사람이며 그는 타인의 어리석음과 잘못을 유난히 의식하고 그것을 나타내지 않고는 못배긴다."라고 설명한 것은 바로 풍자의 본질적 성격 가운데 현실에 대한 교정지향기능에 역점을 두고 있는 경우이다.

풍자적 내용을 지닌 문학이 풍자문학이라고 할 때, 이 문학기법은 형식적인 제약보다는 내용에 더 유의할 수밖에 없다. 따라서 동시대의 적지 않은 시인이나 작가가 시도하는 것처럼 우리의 문학적 정서에 익숙한 고전문학으로부터 해학의 분위기나 민요조의 음률을 빌어와 현대적 의장(意匠)으로 포장하는 것도, 방법적인 변형일 뿐 고전의 재해석이나 복고적인 취향의 문학적 형상화라 규정하기는 어렵다.

풍자문학으로 현실의 부정적인 측면을 부각시키려는 글쓰기의 태도가 밝은 탐조등의 불빛을 획득하기 위해서는, 현실을 바라보는 관점의 명료함과 그것을 표현하는 발화법의 신선함이 함께 어우러지지 않으면 안된다.

홍희표 풍자시집이라는 부제를 달고 우리 앞에 새로이 얼굴을 내민 '세상달공'의 세계는, 이러한 점에서 세밀한 검증의 노력을 투여할만한 의미공간을 안고 있다. 왜 홍희표는 당대의 현실을 풍자문학의 투망으로 훑어보려 했으며 그 투망은 어떤 짜임새로 만들어져 있고 거기에서 걷어올려진 수확은 무엇이었는가. 이 질문에 대한 답변을 위해 이 시집의 문면과 행간을 탐색하는 작업은 비단 한 시인의 시세계를 해명하는 일일뿐 아니라 당대적 삶의 명암을 함께 들추어보는 글읽기가 될 것으로 보인다.

우리 시대에 있어서 민족현실 · 정치현실 · 경제현실에 직접적으로 대응하는 문학의 논리는, 1970년대에 발원한 민중문학의 개념으로부터 보다 넓이와 길이가 확장된 민족문학의 의미태 속으로 들어서 있다. 창작보다는 이론이 무성하고 어떤 면에서는 구체적 실천보다 허망한 구두선(口頭禪)에 머문 부분 들이 없지 않은 이 첨예한 문학 논의를 거치면서, 그래도 우리는 단단하게 축약되고 결정화 된 몇 가닥의 논점을 추출할 수 있었다. 그것은 우리 삶의 현장에 그악스럽게 뿌리내리고 있는 제 모순들의 정체와 그 구조적 위상을 확인하고, 어떠한 방식으로든 문학이 이에 맞서서 소정의 역할을 분담해야 한다는 심각한 각성으로 요약될 수 있을 터이다. 40여 년에 이른 남북분단의 민족모순, 정치적 지배이데올로기의 허위와 파행성, 불균등 · 불평등한 분배체계의 누적된 결과로 떠오른 계층간의 갈등과 모순 등이 그 세부적인 항목의 앞자리를 차지하고 있다.

홍희표가 동시대의 부정적 측면들을 시적 형상화의 대상으로 삼았다면, 이와 같은 항목들이 풍자시집 『세상달공 세상달공』의 표면으로 밀어 올려지고 있음은 지극히 당연하다.

이 시집에서는 모두 15개로 된 단음절 명사를 선택하고, 이 명사에 "나라”라는 보통명사를 접속시켜, "O나라”라는 접합명사로 된 부제를 모든 시편에 부가하여 놓았다. 각기 동일한 부제에 1에서 5까지 순번을 메기고 그 동일한 부제가 모두 18개에 달하므로 총 90편의 시가 실려있는 셈이다. 말하자면 18개의 테마가 순차적이고 조직적으로 짜여져서 시집 한 권의 외형을 형성하고 있는 것이다. 지금까지 우리 시사(詩史)에서 볼 수 없었던 매우 특이한 형상이다.

　문제는 이 형상의 특이함에 있지 않고, 그러한 경로를 통해 우리가 호흡하고 있는 현실의 와중에 다각적으로 노정되는 부정적 면모들의 편린을 소규모의 그룹별로 대별하여, 대단히 효과적인 의미망들로 구획화 하는 데 있다. 그리하여 어두의 단음절 명사에 해당되는 꿈, 술, 불, 돈, 한 등의 의미가 이 나라 사회의 풍광 위에서 어떻게 물들고 또 바래어 있는가를 추적한다.

　　통일이란다 통일이란다
　　그게 뭐꼬? 그게 뭐꼬?
　　하늘을 그고
　　따앙을 그고
　　바다를 그는 일이라!

　　물방아야 쾅쾅 찧어라
　　두 눈이 두 눈이
　　한얼굴에 박혀있듯
　　누 귀가 두 귀가
　　한얼굴에 달려있듯
　　산에서 지는 분단해는
　　뉘라서 금지하리요.

　　　　　　　　　　　— 「통일이란다 통일이란다(한나라3)」

　　코 큰 흰둥이놈들은 무궁화 진달래 조국강산을 두동강내고 두동강내고, 치즈 노린내 풍기는 군화발로 이 땅의 천하대장군 지하여장군의 가슴을 짓밟아 왔다. 가자! 북으로, 오라! 남으로. 아라리 아라리요. 그러나 코 큰 흰둥이놈들

이 활보하던 조선반도의 푸른 하늘에 이제 반제반파쇼의 장엄한 깃발이 백두
산에 한라산에 올려졌다. 만나자! 만나자! 아라리 아라리요.
— 「아라리 아라리요(개나리5)」

우리 배달겨레 다시는
적색독재 노예가
백색독재 노예가
노예가 되지 않으리라

붉은 피 뿌리며
붉은 피 뿌리며

백두산 이불 삼아
분단을 넘어 통일로
한라산 방바닥 삼아
분단을 넘어 통일로

— 「백두산 이불 삼아(새나라5)」

위에서 예거한 몇 편의 시들은 조국분단의 민족모순에 직접적인 반응을
드러내고 있다. 통일된 조국은 "두 눈이 한얼굴에 박혀있"고 "두 귀는 한얼
굴에 달려있" 듯 지극히 당위적인 귀결이어야 한다. "코 큰 흰둥이놈들"로
대변되는 외세 열강에 의해 두동강 난 조국강산에서, 다시는 적색독재·백
색독재의 노예가 되지않기 위해서는 "붉은피 뿌리며" 싸워야하고, 아울러
"백두산 이불 삼아" "한라산 방바닥 삼아" 분단을 넘어 통일로 나아가려는
절대절명의 결의가 없을 수 없다.
이 시들은, 그렇다면 통일조국의 그날이 어떻게 해야 도래할 수 있고 그
러기 위해 우리가 무엇을 해야 하는가에 대한 명확한 정보를 전달하고 있
지는 않다. 아마도 시인의 심중에는 그러한 경로에 대한 점검보다는, 심훈
이 해방을 그리며 「그날이 오면」을 심혼을 다한 절창으로 노래했듯이, 통일

에의 심정적 갈망과 그 표출이 더욱 절박했는지도 모른다.

어떻게 보면 풍자시로서는 너무 목소리가 큰 이와 같은 격앙상태는 국내외 정치·경제적 상황에 대한 풍자에 있어서는 그래도 차분하게 제자리를 찾고 있는 편이다.

　　　金서랍에 담배담고
　　　銀서랍에 불을 담아
　　　연희궁 상상봉에서
　　　큰손 큰발
　　　감추며 산다네
　　　무궁화 남녘에
　　　휘날리네 돈바람
　　　에헤이야! 에헤이야!

　　　새마을 왕국에서
　　　달알같은 친동생이
　　　푸른고추 지치놓고
　　　붉은고추 따다놓고
　　　도리도리 도리접시
　　　무궁화 남녘에
　　　휘날리네 돈바람
　　　에헤이야! 에헤이야!

　　　　　　　　　　　　　　　　　「돈 벌을 따라길까(돈나라1)」

　　　양쇠고기
　　　어영부영
　　　들여놓고
　　　아방궁을
　　　지을적에
　　　에헤달구

농민권익
외면하는
국회의원
자폭하라
에헤이야
달고로다.

— 「자폭하라 에헤이야(굿나라2)」

점심을 건너뛰고
저녁죽으로 끼니 때워
한 평 한 평 늘린
나팔불까 땅땅땅
평당 2~3천원하던
비탈밭이 팔자마자
부동산투기 대행진에
5~6만원에 되잡아
땅땅땅 팔리는구나
절통하고 분통하다
설운지고 땅땅땅.

— 「설운지고 땅땅땅(땅나라1)」

　　예문으로 제시된 몇 편의 시에서 가장 먼저 알아차릴 수 있는 것은, 시인
이 정치 및 경제 현실의 불합리성과 부당성을 이들 상호간의 가역반응으로
파악하고 있다는 사실이다. 제5공화국의 강권정치와 친인척비리, 무분별한
수입개방과 정치일선의 관리자로서 국회의원, 곤고한 서민들의 삶과 부동
산투기의 발호를 제어하지 못하는 행정력 등을 두루 살펴볼 때, 이미 세상
은 정당한 원칙이나 사회적 의미의 도덕성이 바람에 날려가 버린 어처구니
없는 모습으로 받아들여지는 것이다. 시인은 이 모순점들이 어느 날 갑자
기 등장한 돌연한 현상이 아니라고 보고, 정경유착이나 위기적 상황을 관

리할 수 있는 지도층의 능력 실종이라고 하는 구조적인 차원에서 이를 거론하고 있다.

여기서는 전반적인 예문을 열거할 수 없으므로 몇 편의 시만 내세웠거니와, 그 외에도 올림픽의 부작용이나 핵무기의 역기능 등 국제적 기류에 대한 인식, 광주민주항쟁이나 청문회와 같은 시대적 쟁점과 관련한 비판, 타락하는 세태의 풍조에 대한 한탄, 자기변명에 급급한 정치판의 말놀음에 대한 환멸, 등속의 비판의식이 매 편마다 날카롭게 돌출되고 있다.

전체적으로 보아 그의 비판의식은 건강한 음색으로 채워져 있다. 그의 시각이 우리가 가지고 있는 것과 다른 유별난 것은 아니지만, 토속적인 어감의 비유나 동서고금을 두루 연결하는 대칭적인 비교법에 힘입어 참신한 감각으로 받아들여지고 있다. 운율상의 언어 용법에 있어서도, 민요조의 흥겨운 가락으로 한판의 한풀이 굿을 관람하는 듯한 뒷맛을 남긴다.

일상적인 현실을 이와 같은 운문체로 환치하면서, 시인으로서는 여러 곳에서 적지 않은 난관에 봉착했을 것이다. 대체로 산문적 현실이 운문의 가락으로 전화되는 것은 일정량의 세월이 흐른 다음이라야 용이하다. 신화문학론에서는 이를 "역사적 사건의 탈역사화"라고 설명한다. 사실적인 기억이 퇴색하고 신화적 상상력의 덧옷이 부가될 때에 시인의 화법이 한층 자유로운 운동범주를 확보할 수 있고, 그러할 때에 시의 향수자들도 한결 쉽게 시인의 논법을 따라가기 때문이다.

바로 우리 삶의 현장에서 현재 진행형으로 남아있는 사실들을 공동체적 유대감의 범위 안에서 재검토하면서, 이를 압축된 시행으로 탈바꿈시킨 이 시인의 노고는 앞으로도 길이 기억에 남을 것 같다.

다만 시에 있어서의 리듬이나 대칭성에 대한 강박감이 시적 대상의 풍자적 의미를 담보해 내는 일보다 더 강한 듯한 느낌을 주는 것은 한번 더 생각해 볼 문제이다. 식민지 시대에 있어 절대로 태평할 수 없는 시대를 태평천하라는 발상으로 역설적으로 기술해 낸 채만식의「태평천하」와 같은 풍자문학의 압권과 대조해 보면 더욱 그러하다. 시의 무게중심을 문면에 직접적으로 드러내지 않고 의식하의 세계에 감추어 두면서, 오히려 더 강력한 메시지를 전달하는 '마스크 쓰기'를 고려해 보면 어떨까 싶다. 1970년대의 민중문학론에서 김지하나 김도연이 힘주어 강조한 바 있는 풍자문학의 복원과 심화도 결국은 이와 같은 문맥 아래에 있다.

이와 같은 지엽적인 문제들에도 불구하고, 『세상달공 세상달공』이라는 한 권의 특이하고 신선한 풍자시집을 통해, 우리는 현재 우리가 서있는 자리와 그 자리를 바탕으로 한 미래의 전망을 가늠해 보면서, 한마당의 놀이판처럼 울긋불긋하게 펼쳐진 운율과 풍자의 탐험에 동참할 수 있으리라 믿는다. 그것은 곧 현실의 고통스러움을 소거하고 새로운 의욕의 섭생을 지향하는 시의 힘이라 할 것이다.

홍희표 풍자시집

세상달공 세상달공

펴낸곳 · 문학아카데미
펴낸이 · 김정희
지은이 · 홍희표
1990년 5월 24일 인쇄
1990년 6월 10일 발행

값 2,500원

시

시인 홍희표 — 박상일

직언을 위해 사는
재야시인(在野詩人)
순수한 우리 언어를
비틀고, 뒤집고, 까대고
짓누르고 살풀이 하는
야호 야호 외쳐대고

씨언씨언 잘헌다
품바품바 잘헌다
걸직걸직 잘헌다
미끈미끈 잘헌다
유식허게 잘헌다
도리도리 짝자궁

은유와 상징을 바꿔
호야 호야 외쳐되고
이여라차 차차
어어얼 시구시구 잘한다
눈깔먼 시인들아
이 뭐꼬, 니는?

홍희표 풍자시집의 의의 — 김재홍

홍희표는 풍자시집 『세상달공 세상달공』을 펴내어 관심을 환기한다.

일해아방궁 고스톱
에헤이요 쾅쾅쾅쾅
점 억으로 해요!
동무동무 일천동무
당사실로 맺은동무

새마을왕국 고스톱
쾅쾅쾅쾅 에헤이요
점 만으로 해요!
우리집에 뜰이넓어
뜰가운데 연당파고

용산마피아 고스톱
에헤이요 쾅쾅쾅쾅
점 천으로 해요!
연당가에 대를심어
대끝마다 학이앉아

고물장수 고스톱
쾅쾅쾅쾅 에헤이요
점 십으로 해요!
학의부모 젊어오고

요내부모 늙어가네

— 「점 억으로 해요」 전문

　시집 『세상달공 세상달공』은 시집 제목을 아예 풍자시집으로 제시하고
있다. 실제로 시집 전체가 풍자시들로만 짜여져 있어서 풍자가 시작의 중
심 방법론이 되고 있음을 알 수 있다. 풍자란 무엇인가? 그것은 세상의 온
갖 모순과 허위, 부조리 등을 비꼬면서 빗대어 비판하는 방법을 말한다. 정
면으로 공격하기 어렵거나 문학적인 효과를 배가시키기 위하여 조소나 야
유, 해학 등의 기법을 구사해서 진실을 파헤치려는 문학적 방법인 것이다.
이 시집에서는 '말나라, 술나라, 꿈나라, 불나라, 돈나라, 한나라, 님나라,
굿나라, 달나라, 총나라, 땅나라, 손나라, 법나라, 개나라, 학나라, 별나라,
꽃나라, 새나라' 등의 소제목 연작시로 짜여져 있음을 본다. 이것은 아마도
이 땅의 온갖 뒤틀리고 왜곡된 현실상을 총체적으로 비판하고자 하는 의도
를 담고 있는 것으로 이해된다. 그만큼 이 땅의 분단현실이 수많은 모순과
부조리로 가득 차 있다는 뜻도 될 것이다. 정치, 사회, 경제, 문화적인 면은
물론이고 역사, 현실, 인심, 세태 등에서도 비판되고 반성되어야할 여러 사
실들이 구체적, 직접적으로 제시된 것이다. 그야말로 사회 · 역사적 층위,
실존 · 개인적 층위, 미상 · 당위적 층위의 온갖 상상력이 날카로운 비판정
신으로 신랄하게 제시된 점에서 이 시집의 의미가 놓여진다고 할 것이다.

《민족과 문학》, 1990년 가을호)

능소멸진(能所滅盡)의 미학 — 주근옥

홍희표의 풍자시집 『세상달공 세상달공』을 읽으면서 가슴의 속살에 와 닿는 느낌을 모두 털어놓기가 매우 난처하다. 자칫하다간 풍자의 도리깨로 얻어맞을 가능성이 확실하기 때문이다. 새 풍자의 측면에서는 시집의 해설에서 비교적 자세히 논술하고 있기 때문에 필자로서는 더 이상 할 말이 없으나, 한 가지 덧붙인다면 홍희표는 위트, 조롱, 아이러니, 비꼼, 조소, 냉소 및 욕설 즉 풍자의 스펙트럼 대에 있는 모든 어조를 사용함으로써 그 표면은 다양한 색상으로 변화시키는 고도의 기법을 발휘하고 있다는 점이다. 이는 A. Melville Clark의 풍자에 대한 요약이기도 하지만, 기분내키는 대로 특정인을 비방하는 등으로 독자로부터의 공감을 획득하는 데에 실패하고, 결국 자신이 조소를 받게 되는 위기를 슬기롭게 벗어나고 있음을 무심히 간과해서는 안 된다. 그가 시대의 특수성에서 벗어나 어떻게 보편성을 확보할 것인가 하는 문제 또한 간과해서는 안 된다는 것을 문제로 남겨두고, 그의 또다른 측면에 대해서 관심을 기울여 보고자 한다.

작가나 시인은 기교를 숨기려 하고 비평가는 그 기교를 온갖 지혜를 동원하여 찾아내려고 한다지만, 필자는 비평가가 아니므로 편안히, 부담없이 숨바꼭질에 참여하는 것도 의의 있는 일이라고 생각한다.

> 살모사떼
> 혓바닥 날름거리는
> 절벽 속으로
> 두 손 쥐고 뛰어들리
>
> — 「세상달공 세상달공」 중에서

시집의 표제가 된 「세상달공 세상달공」의 도입 부분이다. 살모사, 혓바닥, 절벽, 두 손의 순으로 우선 시어를 배치하고 있음을 살필 수 있다. 이는 단어의 단순한 나열이 아니라 치밀히 계산된 의도가 은밀히 드러나고 있음을 본다. 살모사와 혓바닥을 절벽으로 포괄하는 고도의 은유기법을 구사하고 있는 것이다.

그러나 필자는 이에 초점을 맞추고 있는 것이 아니다. 이러한 기법은 그의 초기시로부터 최근에 이르기까지 즐겨 사용하고 있는 터이며, 많은 시인들이 또한 구사하고 있는, 이미 공개된 부분이기 때문이다. 필자로 하여금 손끝을 떨리게 하며, 결국은 쿵하고 가슴이 무너지는 소리를 내고 만 것은 "두 손 쥐고 뛰어들리"에 와서이다. 홍희표의 세계관이 예까지 이른 것이다.

이쯤에서 청원유신선사의 설법을 떠올리지 않을 수 없다. 이 설법에는 3단계의 층계가 제시되어 있는데 ① 見山是山 見水是水 ② 見山不是山 見水不是水 ③ 見山祇是山 見水祇是水가 그것이다. 첫째 경우는 주객 대립에서 그때 그때 의식에 의해 허구의 대상물을 항구불변의 자성(自性)을 가지고 실재하는 양 망령되이 믿는 상집(常執)이요, 둘째 경우는 대상 일체의 세계는 허구에 불과한 것이라 하여 단멸(斷滅)하는 것까지는 좋으나 현실적 세계까지도 통틀어서 허무화하고 다만 무념무위의 적멸에만 침체하는 단집(斷執)인데 대하여, 셋째 경우는 현실 있는 그대로 여실하게 보는 요오(了悟)의 경지이다. 현실 있는 그대로라는 뜻은 현전(現前)의 현실세계 대신으로 관념적 체계를 대치하지 않는다는 의미에서 그러하고 또 엄연히 현전하는 이 현실적 세계를 부정하지 않고 質直無爲一作爲없이 단적으로 직하(直下)에 긍정하는 의미에서 그러하다고 고형곤은 논한 바 있다. "두손 쥐고 뛰어드는" 행위는 바로 이러한 맥락에서 파악되어야 한다. 왜냐하면 문법적으로 비문인 이 문장을 통념적으로는 이해하기가 곤란하기 때문이다. 물론 변형생성문법적 접근이나 의미론적 접근을 시도해볼 만하다고도 생각하나 본고의 성격이나 의도에서 벗어나는 일이겠기에 뒤로 미루기로 한다.

절벽 속으로 뛰어드는 행위는 첫 단계에서는 감히 상상조차 못한다. 객관과 주관의 차별상이 그렇게 만든다. 두 번째 단계도 마찬가지다. 허무 속에서 이루어지는 일은 아무것도 없는 것이다. 세 번째 단계를 말하기 전에 T. E. Hulme의 '불연속의 원리'를 인용해야 될 듯 싶다. 그는 실재를 세 개의 동심원에 의하여 나누고 서로서로 절대로 넘어설 수 없는 균열 내지 간격의 확립을 촉구한다. ① 수학적 물리적 과학의 무기적 세계, ② 생물학 심리학 및 역사에 취급되는 유기적 세계, ③ 윤리적 종교적 가치의 세계가 그것이다. 그는 이 3개의 세계가 전혀 별개의 것이며 이 3개의 세계를 연속으로 파악하는 데에서 혼돈이 생겼다는 논리이다. 그러나 E. pound가 로고포에이아를 강조함으로써 동심원에 구멍이 뚫리기 시작하여 T. S. Eliot에 의해 아예 물꼬가 트였던 것이다. 그 물꼬는 ③→②→①의 순서로 물이 흐르게 하고 역행할 수는 없다. 이것이 바로 객관적 상관물로 제시되는 비인간화인 것이다. 진부한 이야기를 장황하게 여기까지 끌어온 이유가 바로 여기에 있다. 홍희표가 절벽 속으로 뛰어드는 행위를 연출함으로써 ③→②→①과 ①→②→③을 일시에 함께 포괄하고 있다는 점이다. 그러면 19세기의 연속(連續)의 원리를 답습하고 있다는 말인가? 아니면 낭만주의자란 말인가? 풍자시인 홍희표의, 이제 머리카락이 조금씩 빠지기 시작하는 머리 위에 이런 모자를 씌워놓고 보면 어떨까?

그는 청원유신선사의 설법 세 번째 단계인 見山祇是山 見水祇是水의 세계를 연출하고 있는 것이다. 이 열 글자를 줄여서 말한다면 반야(般若)이다. 반야는 또 무엇이냐고 묻는다면 五蘊皆空의 세계라고 말할 수밖에 없다. 오온(五蘊)은 色受想行識을 이르는 바 색은 물질적 현상으로 四大(地水火風)의 기합으로 이루어졌으며, 다시 六境(色聲香味觸法)과 六根(眼耳鼻舌身意)으로 이루어진 말하자면 자연과 인간의 현상을 이른다. 受想行識은 정신작용을 말하며 이 중에서도 識이 중심이 되므로 心王이라고도 한다. 결국 오온은 물질과 정신의 집합을 뜻하는 것으로 주관이나 객관이나 모든 존재는 이의 집합에

의해 생겨난다고 보는 것이 불교의 근본태도이다. 이를 다시 한 마디로 요약하면 "空"이 된다. 이 空의 세계가 곧 설법 세 번째의 세계인 것이다.

앉은뱅이/풍뎅이 뒷다리에서/일어서고 일어서고/당달봉사/달맞이꽃잎 속에서/눈뜨고 눈뜨고

　　　　　　　　　　　　　　　　—「너도 한량 나도 한량」 중에서

메뚜기 모가지/강아지풀로/꿰어놓고/앙금응금/앙가락지

　　　　　　　　　　　　　　　　　—「나의 죄」 중에서

가수원 논둑길/초승달 속에다/댕기댕기/금초댕기 버리고

　　　　　　　　　　　　　　　　—「댕기댕기 눈물댕기」 중에서

해를 따서 거죽하고/달을 따서 안을 넣고/무지개로 선을 둘러/꽃잎으로 상침놓아

　　　　　　　　　　　　　　　　　—「2000년전」 중에서

이 능소멸진의 세계는 시집 어디에서나 쉽게 발견된다. 사족 같지만 이 세계를 미학적 측면에서 조명해 보는 것도 의미있는 일로 생각한다. E. Bullogh는 바다의 안개 속에 처해 있는 상황이 위험스럽기는 하지만 그러한 안개의 다양한 모습을 바라보는 일이 얼마나 즐거울 수 있는 일인가를 고려해 보라고 권유한다. 거리는 현상을 실천적이고 시적인 자아로부터 일탈하게 하는 억제적 측면을 가지고 있다고 한다. 억제란 지각의 행위이거나 지각자가 빠져든 심리적인 상태일 것이다. 일단 지각자의 행위 혹은 심리적인 상태가 발생하면 대상은 미적으로 감상할 수 있게 되는 것이다. 이러한 미적 태도는 見山祇是山 見水祇是水의 관법과 상당한 접근을 보여주고 있다. 그러므로 다음과 같은 상황 설정은 매우 흥미롭고 자연스러운 일로 생각한다. 백척(百尺)의 간짓대 끝에서 춤추는 홍희표. 그 끝에서 부동의 자세로 서 있는 것도 묘경인데 너울너울 춤추고 있는 그의 모습을 본다. 그러나

"두 손 쥐고 뛰어들라"에서 보는 바와 같이 미래시제어미에 마지막으로 초점을 맞추어야 될 듯 싶다. 절벽 속으로 뛰어드는 것을 잠시 보류한 채 절벽 앞에서 춤판을 벌여놓고 있는 것이다. 그것은 "쏟아지는 눈다발" 속을 헤매며 찾고 있는 "당신"을 아직 만나지 못하고 있기 때문인지도 모른다. 간절히 만나고 싶은 "당신"의 손을, 아니 가슴으로 와락 끌어안으려면, 백척의 간짓대 끝에서 한 발 내디뎌 보라고 귀띔한다면 그는 벌컥 화를 낼까?

오랜만에 시 읽는 재미를 보았다.

《심상》, 1990년 11월호)

1990년대 통일 향한 외침 — 조성민

홍희표 시인의 신작시집 『세상달공 세상달공』(문학아카데미간)은 풍자문학의 한 전범을 보여준다. 40년에 이른 남북분단의 민족모순, 정치적 지배 이데올로기의 허위와 파행성, 불평등, 불균형한 분배체계에 의한 계층간 갈등까지 풍자의 세계에서 문학적 현상화에 이르는 과정을 나타낸다.

연작시 형태로 보여지는 『세상달공』은 정치가의 말장난이나 공약(空約) 등의 허구성에서 시작된 「말나라」에서부터 「술나라」, 「꿈나라」, 「불나라」 등의 순으로 1980년대 정치·사회현상을 선명하게 드러내는 18가지 소주제에 속한 각기 5편의 시가 이어져 총 90편의 시가 수록된 특이한 형태의 시집이다.

물론 수록된 시들 대부분은 이 시대의 부정적 측면들을 대상화한다. 제5공화국의 강권정치와 친인척비리, 무분별한 수입개방과 무능력한 정치인들이 그의 주요 이야깃거리에 올려진다. 때로는 올림픽의 부작용과 핵무기의 역기능도 거론된 그의 시편 곳곳에서 이 시대의 사회현실에 대응하는 진실의 방패이거나 이상의 옹호사로서 풍자의 기능을 훌륭히 수행하고 있는 것으로 보인다.

풍자가 가질 수 있는 사설조의 산문적 현상에 대한 시인의 처방은 토속적 어감과 대칭적 비교법에 4·4조의 민요율격을 원용하는데서 참신함과 건강한 음색을 함께 공유할 수 있다.

4·4조의 운율은 "양쇠고기/어영부영/들여놓고/아방궁을/지을적에/어헤달구//농민권익/외면하는/국회의원/자폭하라/어헤이야/달고로다"(「자폭

하라 어헤이야」 중에서)와 같이 자연스럽게 한판의 한풀이 굿을 관람하는 통쾌한 기분을 맛보게 해준다.

"1980년을 대표하는 것은 풍자뿐이다."라고 잘라 말하는 시인의 의식 속에는 1980년대의 어두운 모순에 대한 모두의 공감대위에서 자신있게 말해지고 들려진다. 어쩌면 지난 세대를 살아온 시인 자신의 뒤돌아 봄이거나 성찰에서 시작된 그의 이번 시편은 1990년대를 맞는 시인의 오랜 바람의 여과과정으로도 비춰진다.

"내가 살고 싶은 나라는 어떤 나라인가, 눈물 마시듯 술나라에서도 살아보았고 심장 터지는 불나라에서도 살아보았고 총나라에서도 살아보았다.…나의 척박한 이 나라탐험으로 악몽의 1980년대를 마감하고 통일의 1990년대를 온몸으로 맞고 싶다."(「머리말」 중에서)

시인이 바라는 통일의 1990년대 모습은 "물방아야 쾅쾅 찧어라/두 눈이 두 눈이/한 얼굴에 박혀있듯/두 귀가 두 귀가/한 얼굴에 달려있듯/산에서 지는 분단해는/뉘라서 금지하리요"(「통일이란다 통일이란다」 중에서)처럼 격정적이다.

이를 통해 보다 분명해지는 것은 『세상달공』의 세계가 통일이라는 민족 최대의 염원과 맞물려 있다는 것이다. 홍 시인의 지난 1987년 펴낸 『금빛 은빛』(창작과 비평사)에서 이미 이에 대한 가능성을 비추었다.

대전 토박이로서 그는 한밭정신의 원류를 작품화하기 위해 한 문예지에 '한밭풍물시'를 연재하고 있다. 작가에서 중요한 것은 '변신'이라고 믿는 홍 시인은 정신세계의 정체됨을 경계한다. 충청도 시인으로서 그는 현실과 자연이 조화된 시세계를 꿈꾼다. 그리고 그의 생은 한번쯤 시로 승부하고 싶어 한다.

(〈중도일보〉, 1990년 6월 18일)

시대의 부정적 측면 시적 형상화 — 김선미

"정치란다 정치란다/그게 뭐꼬? 그게 뭐꼬?/국가의 통치자가/그 영토와 국민을 최루탄으로 다스리는 일!—"(「나뉜다네 나뉜다네」에서)

"금서랍에 담배담고/은삼상봉에서/큰손 큰발/감추며 산다네/무궁화 남녘에/휘날리네 돈바람/에헤이야! 에헤이야!"(「돈 별을 따라갈까」에서)

최근 나온 홍희표 풍자시집 『세상달공 세상달공』(문학아카데미 펴냄)에서 뽑아낸 시들이다. 시집 제목에서 이미 말해주듯 이 시대의 부정적인 측면들을 풍자와 해학을 통해 시적 현상화의 주된 대상으로 삼고 있다. 날카로운 풍자로 이 시대와 사회적 현실에 대해 메스를 가한 홍희표 시인은 1966년 신석초 시인의 추천으로 《현대문학》지를 통해 등단한 이래 여섯 권의 시집과 두 권의 시선집을 낸 중견시인.

목원대 국어교육과 교수로 재직하며 이 지역문단에서 왕성한 활동을 하고 있다. 초기에는 섬세한 감수성으로 서정성 넘치는 시작을 해왔으나 근래에는 현실비판적인 시각에 민요 · 판소리 등 전통적인 운율을 접맥시킨 시들을 발표하는 변모를 보였다.

『세상달공 세상달공』은 1980년대의 첨예한 이야기, 통일 · 분단 등 민족현실, 정치현실, 경제현실을 꼬집고 있다. 모두 15개로 된 단음절 명사를 선택하고 이 명사에 '나라'라는 보통명사를 붙인 '말나라', '불나라', '돈나라', '법나라' 등 17개의 부제를 붙인 독특한 양식으로 구성되어 있다. 동일한 부제에 5편의 시가 들어있다. 이 시집에서 홍 시인은 우리가 호흡하는 현실에서 노정되는 부정적인 면모의 편린들을 소규모 그룹별로 대별하여 나름대로의 의미망으로 구획하고 있다.

40여년에 걸친 남북분단의 민족모순, 정치적 지배 이데올로기의 허위와 파행성, 불균형·불평등한 분배체계의 누적된 결과로 떠오른 계층간의 갈등과 모순을 담아내고 있다. 때로는 풍자시로서 지나치게 목소리가 높고 생경한 점이 거슬리기도 하나 문학평론가 김종회씨는 "건강한 비판의식과 기법의 변형은 참신한 감각으로 받아들여진다."고 평한다.

　토속적인 어감의 비유나 동서고금을 연결하는 비교법, 일상적인 현실의 운율을 살린 운문체로 구사한 그의 시들은 한마당의 놀이판을 연상시킨다. "우리가 방금 지나온 1980년대는 누구에게나 참으로 지난했던 시기였다고 봅니다. 자연 나는 그동안 어떤 나라에서 살았고 내가 살고 싶은 나라는 어떤 나라 인가를 생각하게 됐죠. 그 척박한 나라탐험을 시적 형상화한 것이 이 시집입니다."

　1980년대의 이야기를 우리의 고유 운율과 풍자를 결합시켜 보고 싶었다는 것이 홍 시인의 설명이다.

(〈대전일보〉, 1990년 6월 18일)

전통운율로 현세태 풍자 — 최정희

중견시인 홍희표 씨가 최근 풍자시집 『세상달공 세상달공』을 내놓아 화제를 모으고 있다. 우리 고유의 운율과 현 세태의 모습을 풍자로 결합시킨 이 시집은 해학까지 곁들여져 절망보다는 희망과 의욕을 불러 일으킨다.

또 '재미있다'고 하기엔 페이소스가 강하지만 '속 시원한 시집'이라고 할 수 있다. 그렇다고 재미가 없는 것은 아니지만 소재나 제재 자체가 한국 현대사의 요소요소에 깔린 분통터질 사건들만 모아놓은 것이라서 맘 놓고 시를 읽는 재미를 느낄 수 없기 때문이다.

풍자는 정면적인 비판은 아니다. 은근슬쩍 우회적으로 뒤통수를 치는 것이 풍자의 매력이다. 직설적인 것을 좋아하는 혹자는 풍자의 진정한 의미를 눈치 채지 못하고, 비겁하다고 여기기도 한다. 그러나 문학은 구호가 아니다. 내용이 아무리 정치적이고 경제적인 것이라 해도 문학이란 범주 속에 들어가려면 그 나름의 옷을 껴입어야 한다.

이 시집엔 총 90편의 시가 아주 정확하게 계산되어 짜여있다. 어차피 인간이 사는 세상이란 것은 '나라'의 개념을 떠날 수는 없는 것이기에 그는 '말나라', '술나라'에서 '꽃나라', '새나라'에 이르기까지 총 18가지 나라로 나누어 각각 5편씩 한 치의 오차없이 제자리에 배열해 놓았다.

이 한 권의 시집을 읽으면 얼룩진 한국현대사를 한눈에 볼 수 있다. 4·19, 5·16 유신체제에서 광주민주화운동, 5공비리, 청문회, 수입개방압력, 부동산 투기, 핵오염, 언론통폐합 등 이 시대의 굵직한 부정적 고유명사가 다 집약돼 있다.

나만 성실하게 적당히 살면 되는 줄 아는 소시민에게, 그는 '세상살이는 혼자서만 **빳빳하게** 산다고 되는 것이 아님'을 경고한다. 분단민족의 비애를 골고루 나눠가진 우리는 기필코 이루어 내야 할 '통일'을 위해 인간다움을 되살려 내야 한다고 목 터지게 외치고 있다.

(〈법보신문〉, 불기 2534년 7월 2일)

제9시집

이스렝이 버드나무에서 춤추며

호서문학작품선 · 32

홍희표 한밭풍물시 · Ⅰ/이스렝이 버드내에 춤추며

차례

제Ⅱ부 작품론

자서

올곧은 토박이의 노래를

'아, 한밭! 대전(大田)!', 그곳은 나의 이끼 낀 고향이다. 지금까지 몇 년 동안을 빼놓고, 나는 줄곧 한밭의 하늘과 따앙과 어울려 살고 있다.

항상 예술과 문화의 불모지라고 손가락질 받고, 무엇하나 역사적으로 자랑할 곳이 없었던 나의 쓸쓸한 고향, 어느 날 나도 이 고장의 여러 가지 풍토와 인심이 싫었고, 잘난 척 하는 인물들이 보기 싫었던 적도 많았다.

그러나 나의 몸이 이 한밭을 못 떠나듯 나의 마음의 뿌리도 이곳을 떠나지 못하고 있다. 목척교 아래에서 나는 곡마단을 보았고, 또한 피래미를 잡았다. 그것은 머나먼 과거의 이미지이고, 현재의 이미지는 무엇인가?

지천명(知天命)을 바라보는 나이테의 둘레에 서서, 나는 한밭의 토박이로서, 우리가 살아왔던 이 고장을 올곧게 노래하고 싶었다. 그래서 대전천에서 들었던 빨래방망이 소리도, 그리고 이제는 피래미 한 마리도 없는 그곳을 그리고 싶었다. 그것은 어쩌면 한밭의 역사이며 또한 우리들의 피땀의 흔적이며 증언인 것이다.

이 한밭풍물시를 쓰면서 역시 고향이라는 것은 언제나 다사한 어머님 품속 같은 숨결이라는 걸 다시 한번 실감해 본다. 나의 이 작업은 지속적으로 계속될 것이며, 자랑스런 한밭 토박이의 노래가 될 수 있도록 최선을 다할 것이다. 흔쾌하게 이 시집을 내주신 호서문화사의 신정식(申正植) 사장님께 감사의 말씀을 드리고 싶다.

오늘따라 보문산과 식장산이 한층 더 가까이 다가오고 있구나.

1991년 4월 범초정사(凡初精舍)에서
홍 희 표 삼가

홍희표 시인 연구

생각과 낱말 그리고 그가 낳은 시집이라는 이름의 새끼를 보며 — 김수남

1 무어라고 부를까

홍희표라고 부를까, 홍 시인이라고 부를까… 홍희표라고 부르자니 거시기하고 홍 시인이라고 부르자니 간살스럽고… (자신의 깜냥도 모르고 너나없이 이 시인 김 시인 박 시인 하며 서로들 추슬러대는 인정미에 살짜기옵서예 입맛을 잃고 있는 터라) 그도 저도 아니면 처세술개론에 달통한 사람들이 입에 싱거운 침 발라 부르는 낱말로 홍 교수라고 부를까 홍 박사라고 부를까… 아예 교수 박사 밑에다 '님' 짜 하나 찰떡처럼 붙여 부를까.

에헤라, 모두다 아니로구나. 충청도 한밭내기 내 성깔에는 그 많고 많은 호칭이 들어차질 않는구나. '희표 씨'… 옳거니 이리 곰곰 저리 곰곰 맛을 보고 씹어본즉 그중 그 이름이 가장 낫구나! 호칭 하나 마음으로 점을 찍어 작정하고 이제 발문을 시작한다.

흔히 발문이라고 불리우는 꼬리글을 나는 써본 일이 없다. 눈에 보이지 않는 어떤 틀도 싫거니와 그런 틀을 요구해온 교분도 없었던 탓이다. 말하자면 이것도 나의 첫 꼬리글인 셈인데, 그러기에 나는 술잔 앞에서 그렇게 이야기했다. '생각나는 대로, 흐르는 물처럼 자유롭게, 오이쪽 몇 개 놓고 막걸리 마시듯' 그냥 그렇게 쓰겠노라고.

희표 씨는 내 뜻을 받아들였고 그래서 나는 해거름에 술에 젖듯 희표 씨의 낱말과 생각 그리고 그의 시집에 천천히 젖어들고자 한다.

2 희표 씨와 나는

> 대전천은 목욕탕
> 옛날에는 목욕탕
> 여름에는 목욕탕
> 해만 지면 목욕탕
> 물이 맑아 목욕탕
> 돈 안 내는 목욕탕
>
> 그러나 시방은 썩고썩은 탕, 탕, 탕.
> 그러나 언젠가는 다시 살아나야 할 탕, 탕, 탕.

희표씨와 나는 이곳 한밭의 토박이로서 둘이 다 낼모레 쉰을 바라보고 있
다. 똑같은 학교를 한 번도 함께 다녀본 일은 없지만 내가 이곳에서 초등학
교, 중학교, 고등학교를 나온 것처럼 희표 씨도 여기에서 젖 먹고 밥 먹고
학교를 다녔다. 대학만 서울에서 동국대학교를 나왔고 또 잠시 서울에서
교편을 잡기도 했으나 이내 고향으로 돌아와 어느덧 다시 한밭의 '산 귀신'
이 다 되어가고 있는 중이다.

그래서 우리는 한밭 대전을 너무나 속속들이 잘 안다. 그래서 우리는 우
리들이 어렸을 적에 대전천이 맑디맑은 목욕탕이었음을 기억하고 있고 대
전천 가장자리 둑에 여름날의 밤이면 남포불 밤시장이 휘황하던 것을 그리
워하고 지금은 사라진 목척교의 밤 열한 시 무렵, 눈이라도 내릴라치면 비
틀거리던 술꾼들의 지읒자 걸음걸이를 남다른 감회로 떠올리곤 한다.

희표 씨가 나보다 두 살 아래이긴 하지만 아마도 우리는 그 옛날 대전천
에서 적어도 두어 번은 모르는 채로 서로의 발가벗은 몸뚱이며 불알 두 쪽
을 흘금흘금 훔쳐보았을 터이고 박박머리 중고등학교 시절에 어쩌면 또 시
공관(지금의 중앙극장), 경신관(지금의 대전극장)의 컴컴한 구석구석에서
서로가 어깨를 부딪쳤을지도 모른다.

'옷깃만 스쳐도 이년(인연)!' (대자대비하신 부처님은 이런 익살을 이해

하시라)하는 불교의 법리로 말한다면 이것만으로도 우리는 서로가 '이놈 이놈!' 하면서 술을 마셔야 하겠지만 이런 한밭연에 문학이라는 악연(?)까지 하나 더 보탠 처지가 되었으니 게서 더 무엇을 말하랴.

③ 선혜가 매화녀(賣花女)구이를 만나듯

1965년 가을인지 겨울인지, 〈판도라〉라고 하는 문학동인회가 주최하는 문학의 밤 행사에서 나는 처음으로 희표 씨를 만났다.

〈머들령〉, 〈돌샘〉 따위의 고등학생 중심 문학동인회가 이곳 한밭에 있었지만 고등학교 때까지만 해도 나는 문학과는 거리가 먼 사람이었다. 남몰래 그저 책 읽기를 좋아했을 뿐, 시를 쓰고 소설을 쓰는 또래의 문학 지망생들을 보면 도깨비 아니면 낯선 이방인, 신비스러운 영혼의 소유자들, 뭐 이런 정도로 여기고 있는 터였다. 그러다가 어찌어찌 오갈 데가 없어 국문과엘 들어간 셈인데 〈판도라〉문학동인회에서 초청장이 날아왔으니 그것 참, 해괴하고 뜻밖이었다.

나는 대학생, 희표씬 고등학생, 그 문학의 밤에 우린 비로소 통성명을 했다. 문학의 밤 행사를 진두지휘하는 입장에 있었는지 그날 밤 희표 씨는 꽤나 바빴다. 그런데 웬일인지, 희표 씨는 그 바쁜 중에도 또 꽤나 훌쩍거리고 있었다. 고뿔이 들어서였는지 어떻든 코를 흘리고 있는 듯한 느낌을 받았으므로 나는 웃음을 참을 수가 없었다.

고뿔 들린 고등학교 3학년 시인 지망생이라… 호호호(好好好). 행사가 끝난 뒤 막걸리라도 한 잔 하고 헤어졌는지 어떤지는 기억이 분명하지 않지만 그날 밤을 지금껏 떨쳐버릴 수가 없다. 코 흘리는 행위는 하나의 순수일까? 그러한 순수가 희표 씨라는 오늘의 시인을 만들어낸 건 아닐까? 오늘에 와선 이것이 나의 자문자답이다.

해가 바뀐 몇 달 뒤 나는 〈조선일보〉 신춘문예에 소설 「조부사망급래」로 등단을 했고 나보다 한 해 뒤인 1967년 희표 씨는 《현대문학》지에서 「아침의 노래」로 추천을 완료받아 등단했다. 커다란 덩치의 고등학교 3학년 머슴애가 시를 쓴네 하면서 나에게 훌쩍거리는 장면을 보여준 것은, 나에게 문학이라는 '불꽃'을 선물한 의미가 아니었을까?

엉뚱하게도, 무엄하게도 그래서 나는 그날 밤의 첫 만남에서 감히 석가본존(선혜도사)이 꽃 파는 처녀 구이에게 정혼을 약조한 전생을 떠올린다. 희표 씨가 나에게 했든, 내가 희표 씨에게 했든 우리는 결국 그날 밤 이심전심, 불립문자(不立文字)로 문학과의 정혼을 약속한 것이므로.

4 희표 씨는 왜 '한밭풍물시'를

일찍이 고승의 법회에 참강(參講)한 바도 없고 반야바라밀다의 경문에 탐닉한 바도 없으나 청산도처의 솔바람 소리 멧새 울음과 속세의 인가에서 흘러나오는 말씀이 법어가 아니고 무엇이겠는가. 천하우주가 부처님을 모신 절이요 대도량(大道場)임을 살로 알고 뼈로 느낄 수 있겠다.

내가 사는 누옥의 대문이 금강문 천왕문이요, 몇 권의 책을 벗삼아 적료함을 달랠 때는 그곳이 곧 사리각이다. 아내와 더불어 짜그락거리며 다투다가 사흘씩 침묵하며 기거하는 안방은 염화실(拈華室)이 또한 아니겠는가. 경망되이 살다가 때때로 옷깃을 여미는 마음이 들면 마루가 대웅전이요, 가을녘 깊은 밤에 귀뚜라미가 울면 그 소리가 번뇌인지 열반인지 몰라 망연해지나니 그때는 작은 뜨락이 또 법당이 아닐 수 없다.

반 고호의 「까마귀떼가 나는 밀밭」을 보면 사바를 형용한 듯도 하고 피카소의 「늙은 키타리스트」를 보면 오욕칠정의 번뇌상인 듯도 하다. 지옥 아귀를 돌아 축생 · 아수라에 머물다가 인간 · 천상을 배회함이 우리들 산 것의 윤회라지만 홍안을 버리고 거울에 귀밑 흰 머리칼을 비추어 봄도 본래면목(本來面目)으로 가는 길에서의 작은 수심일 뿐이다.

어찌 이것만 느끼겠는가. 입으로 먹으면 똥구멍이 있어 반드시 뱉고 콧구멍의 하나는 마시는 것이요 하나는 뿜고, 오른쪽 눈이 희열과 선을 보면 왼쪽 눈은 번뇌와 악을 보기도 한다. 다리는 지신(地神)을 밟고 머리는 하늘을 이고 있다.

땅에서 난 엽초는 담배가 되고 불이 되어 이윽고 재로 된다. 아들을 낳았다고 희희낙락하나 그 아이의 자지러지는 울음은 또 무엇인고. 남녀의 생식기가 하나는 높고 하나는 깊다 하나 본래가 하나이므로 오늘의 의술이 그 모습을 딴에는 바꾼다 아니 하는가. 이에서 관자재보살이 여자이며 남자이며 자웅 그 자체임을 알 수 있겠다.

살랑거리는 미풍이 곧 법어(法語)일 수 있으되 법고의 큰소리 또한 법어인 것. 가부좌가 있기에 대자(大字)로 눕는 안일도 있으며 법주(法住)하고자 하는 뜻이 있기에 속리(俗離)의 산에 절을 짓는다.

내가 사는 곳 한밭의 보문산이 수미산일지도 모르겠고 보면 아미타불의 정토(淨土)는 십만억 불토(佛土) 저쪽이 아니라 코앞 지척 인지도 모른다. 그렇다 그렇다 참말 그렇다. 삼라만상이 곧 나일 뿐 아니라 우주와 나의 육신이 곧 절이로구나.

희표 씨가 다닌 〈보문고등학교〉는 부처님 뜻을 펴기 위해 세운 가르침의 도량이요, 그가 다닌 〈동국대학교〉도 결국은 보신불을 보지 못하는 중생을 제도하기 위하여 이룬 교육적 지향의 큰 도량이다.

그러니 어찌하겠는가. 그렇잖아도 알게 모르고 우리네 삶에는 화신인 석가 본존의 뜻이 곳곳에 배어 있는 터인데 〈보문고등학교〉, 〈동국대학교〉를 다닌 것이야말로 희표 씨의 시에 보태어진 깊은 불연일 수밖에 없다.

내가 자란 곳, 내가 놀던 산과 들, 내가 만난 사람들에 대해 반야(般若)의 공리(空理)를 느꼈기에 희표 씨는 아마도 이런 시 작업을 했으리라고 나는 믿는다. 위의 문답을 음미하면서 희표 씨의 다음 시를 보자.

구름의 본적은
하늘
파도의 본적은

바다
우리 집 본적은
한밭 대흥동 481번지.

나이 마흔 넘어
다시 와보니
우리 집은
제일장 여관이 되어
ㅎㅎㅎ 웃고 있네
연지 바른 점령군처럼.

나무의 본적은
따앙
꿀벌의 본적은
꽃잎
우리 집 본적은
한밭 대흥동(大興洞) 481번지.

—「우리 집 본적」에서

   석가와 아난의 문답에 나오는 늙은이처럼 희표 씨는 '우리 집'이 제일장 여관이 되었다고 ㅎㅎㅎ 웃는다. 그러나 마침내 희표 씨는 항하처럼 변함 없는 "우리 집 본적 한밭 대흥동 481번지"를 깨닫고 있다. 희표 씨만 그런 게 아니라 사실은 우리 모두가 그렇게 깨닫고 있는 건 아닐까?
   희표 씨에게는 이 한밭이 번뇌요 열반 그 자체일 뿐더러 이 한밭의 골목 골목 거리거리가 그대로 법당인지도 모른다. 어린 시절 이곳에서 듣던 곡 마단의 트럼펫 소리는 수보리에게 정각(正覺)을 열어주던 시적목소리로 들 려왔는지도 모른다. 어쩌면 한밭 이곳이 그에게는 축생·아수라에 인간· 천상을 두루 갖춘 수미산 산자락 아래 동네일 것이다.
   희표 씨가 이르른 정각의 지혜가 어느 정도인지는 알 수 없으나 나는 나 나름대로 어렴풋이나마 「한밭풍물시」의 의미를 그렇게 깨닫고 있다. 내가 자란 현상으로서의 한밭, 내가 만난 현상으로서의 사람에 대해서 색즉시공 (色卽是空)으로 느낀 사랑, 이것이 「한밭풍물시」가 도달하고자 꿈꾼 희표 씨의 시적 대오(大悟)이리라. 나이 쉰을 바라보는 인생 마루에 서서.

5 희표 씨의 시들

1967년 시인의 시치미를 달고 얼굴을 내민 희표 씨는 이듬해에 첫 시집 『어군(魚群)의 지름길』을 냈고, 1971년엔 한성기, 박용래, 임강빈, 최원규, 조남익 시인과 더불어 6인시집 『청와집(靑蛙集)』을 냈다. 그 뒤로도 두세 해씩 걸러(한번은 오 년쯤 뜸을 들이기도 했지만) 꼭꼭 시집을 냈고 요즘에는 '미쳤는지' 해마다 시집을 내는 꼴이다.

『숙취』(1973), 『마음은 구겨지고』(1978), 『한 방울의 물에도』(1982), 『살풀이』(1984), 『금빛 은빛』(1987), 『모두모두꽃』(1988), 『세상달공 세상달공』(1990), 『이스렝이 버드내에 춤추며』(1991)가 바로 그 시집들이다.

25년에 가까운 회표씨의 시적 발자취를 담배 하나 꼬나문 채 더듬자고 대들 수는 없는 노릇, 궁리 끝에 그의 시집을 며칠에 걸려 훔쳐는 보았으니 『이스렝이 버드내에 춤추며』를 내는데 대한 축하도 할 겸 산등성이에서 내려다보는 심정으로 그의 시세계를 싸잡아 읊어 보자

「지금껏 회표씨는 이런 시를 셨다네」

어디로 가려는지, 고기떼

아마도 지름길이 있을 터라

그 길을 찾고자

오늘도 여럿이 모여 청개구리처럼 운다.

알 수 없어라 사람 사는 뜻

알 수 없어요 시를 쓰는 뜻
            · ·

몸부림치다 흠뻑 젖은 간밤의 숙취

동녘이 다시 터도
  · · · · · · ·
뜬금없이 마음은 구겨지고

자꾸만 구겨지고
· · · · · · ·
한 방울의 물에도 나의 육신은 어려비치는것,

에헤에헤 어허야

둥둥 두리둥둥 둥둥 두두웅두둥
· · ·
살풀이를 할꺼나

머리 풀고 구름에 오를꺼나
· · · ·
금빛 은빛으로 내가 녹을 때까지

사랑하는 이여 것이여
     · · · · ·
그대들은 모두모두꽃
  · · · · · · ·
그러니 세상달공 세상달공 춤추며

나의 시 나의 사람

나의 거리 한밭에서

어렸을 적 그때처럼

곤지곤지 곤지야

도리도리 짝자꿍

※ · · ·은 그의 시집 제목에 해당됨.

1. 희표 씨는 일체의 색(色)과 상(相)을 버리고 근본을 찾으려고 애쓰고 있음

능엄경에서의 석가와 아난의 문답을 잠깐 살펴보자.

「아난아, 너는 항하에 가본 일이 있느냐?」

「예, 있었습니다, 세존이시여!」

「그러면 그 물이 많더냐, 어찌하더냐?」

「예, 그 물이 많아서 흐름이 마르지 않으므로 예부터 오늘까지 다름이 없다 하여 이름조차 항하(항하(恒河) : 항시 흐르는 강)라 하는 줄 아옵니다.」

「그러면 너는 어느 때에 처음으로 그 강에 가서 흐름이 줄기찬 줄을 알았느냐?」

「세존이시여, 어려서부터 여러 차례 가보고 그 강이 넓고 깊은 줄을 알았습니다.」

「그러면, 어렸을 때와 최근에 가보았을 때와 견주면 어떠하더냐?」

「어렸을 때나 지금이나 항하는 항시 같았나이다.」

「그러면, 너만 항하를 줄기차다고 느끼겠느냐, 아니면 다른 사람도 그렇게 느끼겠느냐?」

「다른 사람도 다 그렇게 느낄 것입니다, 세존이시여.」

「그러면 여기에 한 사람의 늙은이가 있어 머리칼이 구름처럼 희다고 하자. 그 사람이 항하를 보고, 나의 머리는 변하여 희게 되었는데 항하만은 변함이 없구나 하여 강물을 나무라고 한탄한다면 그 늙은이가 옳으냐 항하가 잘못이냐?」

「세존이시여, 그 늙은이의 잘못이언정 항하의 잘못은 아니라고 생각하옵니다.」

「아난아 듣거라. 항하가 항상 변함이 없듯이 사람의 마음 또한 늙음이 없느니라. 사람마다의 본래 마음은 항시 넉넉하고 줄기차서 병들고 늙지 않느니라. 그 늙은이가 그릇 생각함이 잘못일 뿐 그 사람의 마음이 잘못은 아니니라.」

위대한 진리는 역시 평범한 것임을 석가께선 가르쳐준다. 그나마 못깨닫는 사람이 많고 많은 세상이지만.

2. 희표 씨의 시는 이제 더 많은 것을 말하지 않는 가운데 더 많은 것을 말하는 자기 절제를 얻고 있음

> 이스렝이
> 이르내에서 춤추며 내리네.
>
> 이스렝이
> 할배 담붓대에서 내리네.
>
> 이스렝이
> 과수집 마당 위에 내리네,
>
> ──「이스렝이」

이스렝이(이슬비)라는 오묘한 생명적 이미지가 이르내(은하수)—할배 담붓대—과수(과부)집 마당 —과 어우러져 한스러우나 한스러움을 극복하는 삶의 빛나는 정서로 나타난다. 그동안 개구리처럼 울며 숙취 했던 희표 씨의 시적 번뇌가 '달밤에 남몰래 떨어지는 능금꽃' 처럼 낙화(落花)함을 느낀다.

3. 희표 씨는 되게 웃김

익살이라도 좋고 해학이라도 좋다. 꼬부랑말로 유머와 위트라도 좋다. 말이야 뭐가 됐든지 그게 없는 글쟁이가 글쟁이일까? 뒷간에 앉아 힘주며 똥 누는 사람의 근엄한 얼굴이 곧 글이 아닐진대 글에는 시에는 어떤 의미에서든 웃음을 자아내게 하는 맛이 있어야 한다. 그 빛깔은 사람마다 다르겠지만 그 웃음의 틀이 결코 가볍게 다루어져서는 안 될 것이다.

희표 씨의 시에는 벌써 오래전부터 강물에서 튀는 고기떼의 반짝이는 몸짓같은 해학이 있어 근사하다. 몇 개만 찾아보자. 흐흐흐 허허허 웃는다가 아니라 희표 씨는 "ㅎㅎㅎ 웃고 있네"라는 표현을 찾아냈다. 읽는 사람에게 웃음의 빛깔을 마음껏 상상하게 하는 여유가 있다. "배부른 디스코소리"도

해학적이다. 배고픈 사람의 춤을 상대적으로 연상하면 웃음이 절로 나온다. "지상 12층에서/문득 아래를 굽어보니/모두모두 새끼개미 같구나" 개미도 작은 것인데. 새끼개미라… 새끼개미를 보긴 봤나. 새끼개미 본 사람은 알리라. 정말로 되게 작지, ㅎㅎㅎ.

"도깨비불 같은 6·25전쟁" 6·25전쟁이 가지고 있는 역사적 희비극, 공포, 의문 투성이의 본질을 도깨비불이라는 절묘한 이미지로 나타냈다. 바둑에서 묘수를 둔 셈이라고나 할까. 어떻든 웃음(즐거움이라는 뜻으로만은 아닌)을 자아내게 하는 표현이다.

"나비같은 백마타고/보문산기슭 초동의 노랫가락" 해학과 익살이라고는 했지만 또다른 말로 표현하면 그것은 곧 시인의 면도날 같은 감성이다. "나비같은 백마"를 타고는 희표 씨의 뛰어난 감성을 증거 하는 표현이라고 할 수 있다.

이러한 감성은 희표 씨의 초기시에서부터 지금껏 보석처럼 숨어 있는데 그의 시에서 그러한 감성을 문향(聞香)하는 재미 또한 여간 쏠쏠한 것이 아니다.

4. 희표 씨는 가락을 알고 있음

저자 거리에서 만담을 하는 딴따라딴따쟁이도 가락을 아는데 시인이 가락을 터득 못했다면 시인 됨됨이에 시비가 될 수 있다고 본다. 그린 뜻에서라도 희표 씨는 이미 가락에 취해 있는 시인이다.

그의 어느 시를 보아도 혓바닥에 감칠맛이 오를 듯 부드럽다. 마음먹고 고른 게 아니고 무심코 펴든 작품 하나를 봐도 희표 씨는 가락맛에는 이미 쓴맛 단맛 다본 꾼이다. 때로는 동요처럼, 때로는 판소리처럼, 때로는 소월이처럼.

　　목척교 홍등을 끄면

술집 네온이 붉고
그 제비꽃등을 끄면
산동네 전등불이 빌딩처럼 높고
그 원추리꽃등을 끄면
멀리 공장의 불빛이 보이네
야근 줄풀등 아래
보이지 않는 손톱
보이지 않는 발톱
목척교 홍등을 끄면.

—「홍등을 끄면」

　가락은 소리(음보와 운율 따위)만의 문제가 아니다. 소리가 가락의 외연이라면 구조의 틀, 시어의 함수관계 따위를 포함한 사상적 정서는 내포라고 할 수 있다.

　바로 그러한 외연과 내포라는 의미에서 그의 가락은 우리네 엄니들이 담그던 장맛을 내고 있음이 분명하다.

　자칭 소설쟁이라고 나불거리는 놈이 시 얘기를 너무 쓰면 꼴사나울 듯도 한데다가, 만년필도 다소 지친 것 같아 이쯤에서 한밭풍물시의 시적 미학 찾기는 그치고자 한다.

　단지 나의 고언(苦言)을 덧붙인다면, 최근에 이르러 희표 씨가 추구한 현실풍자(참여적 또는 민중적 그 어떤 말로 표현하든 요컨대)의 시들 곧『모두모두꽃』이나『세상달공 세상달공』의 시세계가 과연 희표 씨의 본령이 될 수 있을까에 대해서는 확신이 서지 않는다는 점이다.

　박노해의『노동의 새벽』이 주는 감동은 그의 노동자체험이 시적 아름다움을 얻었기에 가능했던 것이며 노동에 대한 그의 의식과 시각 자체만으로 감동을 준 것은 아니다. 따라서 희표 씨가 그러한 감동을 이루어냈다고 하더라도 개인적으로 나는 그것을 바라고 싶지는 않다.

　수염을 깎는 데에는 면도칼, 장작을 패는 데에는 도끼가 걸맞은 것처럼 내가 볼 때 이제 희표 씨는 다양한 모색에서 한 발 물러서서 예컨대 『살풀이』의 시세계가 보여준 심상의 세계를 더욱 승화시켜 주길 바라고 싶다. 그런 생각으로 볼 때 한밭풍물시로 돌아온 나의 희표 씨가 나에게는 무척 반가운 것이다. 왜냐하면 함께 늙어가는 문학적 처지에서 나는 희표 씨가 거둘 시적 성과를 잔뜩 믿는 까닭에.

7 희표 씨라는 사람

1960년대의 첫 만남 이후로 나는 희표 씨를 자주 만나질 못했다. 소설과 시라는 좁쌀만큼의 거리도 있었지만 있을 듯 있을 듯 희표 씨와 나 사이엔 하나의 공유가 없었던 탓이다. 또 거기에는 나의 비사교성도 크게 작용을 했다고 할 수 있다.

그러나 시집이 나올 때마다 희표 씨는 꼬박꼬박 부쳐주었고 나는 그것들을 읽으면서 그가 부끄럽지 않은 충청도의 시인이 될 것을 확신했으므로 자주 만나지 않으면서도 어설픈 느낌 따위는 조금도 갖질 않았다.

세월이 흘렀고, 같은 또래로 같이 늙으며 이제 나는 희표 씨와 비로소 공유라는 공통인수를 갖게 되었다. 그 공유의 정체를 굳이 말한다면 아마도 '한밭' 이라는 그것이리라. 그래서 희표 씨와 산에도 가고 술도 마시는 일이 요즘 들어 부쩍 늘었다.

우리네 속담이 어디 그른 것 있던가. 옷은 새옷이 좋고 사람은 옛사람이 좋다는 따위. 치과의사인 희표 씨의 아버지 뜻대로 였다면 희표 씨도 히포크라테스의 선서를 읊조렸을지도 모른다. 달리기를 좋아해서 초등학교 때 육상선수이기도 했던 희표 씨가 이제 교수가 되고 시인이 되었다는 사실도 되돌아보면 필연이고 불연이다. 떡도 좋아하고 술도 좋아하는 시인 희표 씨. 떡은 그만 먹고 술이나 드시게. 몸 상하지 않을 정도로 술이나 드시게.

산이 좋아 산엘 가고 시가 좋아 시를 쓰는 희표 씨. 보문산, 대둔산, 계룡산이 수미산임을 알았으면 계족산, 식장산, 이곳 한밭의 집근처 뒷산에라

도 부지런히 오르시게. 꿈뻑꿈뻑 두꺼비 파리 잡아먹듯 산을 잡아먹고 부
지런히 시를 토해내시게.

　충북 황간 어디께 삼도봉 근처 황룡사 골짜기. 아무리 물이 맑아 옥녀탕
같다고는 하나 아무리 사람이 없어 호젓했다고는 하나 감히 추워 엄두도 못
내는 11월 어느 날 그 무렵엔가, 그렇게 훌딱 벗고 물속에 뛰어드는 것도 아
니네. 누가 보기라도 했으면 어쩔 번했나. 그런 얘긴 나 혼자 묻어둘 테니
그 대신 그때 그 황룡사 옥녀탕에 뛰어들 때처럼 훌딱 벗고 시를 쓰시게.

　"아내가 외출한/빈 방은/더 넓게 보인다" 그 시심처럼 아내도 더 사랑하
며 죽을 때까지 시를 쓰시게.

호서문학작품선 · 32

이스랭이 버드내에서 춤추며

한밭풍물시 I
1991년 5월 25일 인쇄
1991년 5월 30일 발행
저자 · 홍희표
발행자 · 신정식
발행처 · 호서문화사

값 3,000원

그래요, 그래요, 붙박이별 — 이종진

— 홍희표 선생님께

별이에요
논바닥에 떠있는
그래요, 그래요

뿌리 깊네요.
한 해 한 해 하늘에 뿌리를 깊게 박지만
그 별, 결국 하늘에 뜨지 못하고

지금 논바닥에 뜨고 있어요
자운영꽃
올해도 어김 없어요.

흰 넋씨알의 반찰(返察) — 박희선

6·25전쟁의 잔재의식이 걷히지 않았던 1950년대 후반기의 경향이 진한 그 시기의 작품이긴 하지만 희떠운 소리, 넋 빠진 듯한 후렴에 감쳐서 되돌아오는 목청을 저도 모르게 외치던 시인 몇몇 사람들의 시대가 있었다.

그 가운데 한 사람 서정주시는 "나이 40세는 이승과 저승 문턱(사이에 끼어)어른거리는 귀신도 보인다…"라고 하여 옛 사람들의 일상적인 의식 밑자락에 흐르던 것들을 들추워 보인적이 있었다.

필자의 체험으로 돌이키자면 을유년 이전 1940년대 초까지만 하여도 시정거리 노청년들 사이에 여름날 농담거리격 쯤으로 흔히 주고받던 그런 이야기거리를 당대의 시인이요 풍류객이였던 서정주씨가 자가견(自家見)적인 흥취에 젖어 뽐냄 반반 휘덥게 토로한 바 있었으나, 그 소린 그 당시 허망 자실감에 빠져 있었던 30대 문인들에겐 자못 기이하되 희떠운 것을 희떠운 것으로 받아들이고 있었을 뿐 그냥 덤덤한 시늉 웃음거리 격으로 스쳐버리는 것 같았음을 기억한다.

> 이스렝이
> 이르내에서 춤추며 내리네.
>
> 이스렝이
> 할매 담뱃대에서 내리네.
>
> 이스렝이
> 파수집 마당 위에 내리네.
>
> —「이스렝이」 전문

홍희표의 「이스렝이」는 이미 제3인격 칭사로서 지적할 수 있었던 시, 그 한사람인 자기 자신과 작품을 매개체로 만나게 될 감상자로서 예상 예측될 수 있었던 독자를 설정하되 이들 모두에게 무반답적(無返答的)인 어떤 비움의 자리와 같은 것을 직감하고 예측가설해 놓고 있었을 뿐, 거기에 작품을 생산한 자인 홍 시인 자신의 모습 역시 이스렝이의 상태로 가리워지고 있다.

내가 홍희표의 「이스렝이」에 잠겨진 것 가운데 소리없는 음성을 느끼고 새기면서 넋없음이라는 황홀감마저 깨닫게 된 까닭에는 여러 측면으로 분석하고 해명할 만한 문학사적인 주제, 줄여서 시인 그 한 사람이 간직할 수 있었던 시적인 성격이라는 의미도 포함된 것이다.

그 가운데 하나, 저(희떠운 소리)가 재담객들의 흥취를 자극하고 거기 가벼운 헛바람 끼인 '멋' 을 깔아놓고 허무감을 일으키게 하던 상대반응, 이런 것들은 침묵으로 이끌어 낼 수 있었던 것이 곧 새로운 시인 홍희표 교수의 학구자다운 공로요 깨달음이기도 하였으니 1950년대의 희떠움, 시정배들 웃음띤 얼굴에 스쳐질 뿐이었던 '멋' 미전의 삶속에 씨알이를 캐고 가닥을 추려 시적인 리얼리티를 지니게 한 사실을 긍정해야 하겠기에 나는 잠잠하지만 소용돌이치는 한 시인의 메시지를 다시 읽었다.

> 월악산 물소리에/공습경보처럼 장마비/머뭇머뭇 거릴 때/한밭에서 온 글쟁이 머리 위로/매미가 우네.//글쟁이야, 글쟁이야,/학소대의 물소리같은/그런 시를 쓰고 싶지 않니…/망초꽃이 하늘보며/가만가만 중얼거리네.
>
> ― 「덕주사에서」 전문

아침마다 거름이 없이 대면하던 세수대야에 담긴 물, 수권장개(手拳掌開) 문득 만나서 물빛 속에 어린 것 같아지던 그러한 느낌, 오대상물(悟對相物)이라는 경계를 중국 대륙 담송기의 선(禪) 또는 성학(性學)에 훈습된 시인 군상들 가운데 만나본 것과도 같은 착각, 이같은 착각에서 유발되던 해탈 감각이 곧 시인들 각자가 추구하던 과정에서 만나던 시적인 역사 감각이기도 하였던 사실을 새삼스럽게 깨닫는다.

『이스렝이 버드네에서 춤추며』는 학구자인 홍 시인 자신에겐 영원한 진행격사를 지닌 ~ing일 터이므로 거기에 덧붙일 말이 필자에겐 없다. 산업화 시대의 흑풍 장막으로 가리워진 현대도시 '대전!' 그 밑자락에 생연무구 흰 넋씨알이처럼 빛나는 '한밭' 옛 무우밭 두렁……

유전인자적인 순수를 누구보다도 친근성 깊은 반찰로 뒤지고 뒤져서 기를줄도 아는 시인 홍희표교수의 보다 더 학구적인 노력이 이 길에 받쳐지길 바라고 '이스렝이 도령이 깃에 방울짓든(문전 나그네)푸념없는 하소연…' 하던 이웃들의 시대, 함께 태어난 한국인으로서 유정무사(有情無邪) 다행(多幸)을 함께 나누고 축복하고 이만큼 해서 멀리 기린다.

《호서문학》 제17집, 1991년)

한밭 표정 풍물시 — 이광희

홍희표 시인이 '한밭풍물시'를 엮었다. 그가 지난 1990년 1월부터 《대전 예술》에 연재해온 시들을 한권의 책으로 묶은 『이스렝이 버드내에서 춤추 며』는 홍 시인의 9번째 개인시집이면서 그가 3권 예정인 '한밭풍물시'의 그 첫 번째 시집이다.

홍 시인은 대전의 풍물시를 엮게 된 동기를 우선 의무감에서 찾는다. '대 전에서 나고 자라서 대학교와 대학원시절 그리고 그 후 잠시 학교에 취직 해있던 시간들만 빼고는 대전에서 토박이로 살아온 시인으로서 일종의 의 무감이 작용했습니다.' 거기에다 개성없는 도시, 역사없는 도시, 뜨내기 도 시로 일컬어지는 대전에 나름대로 시로써 역사성을 부여하고 표정을 담고 그래서 우리 대전도 이렇게 내용과 역사가 있는 도시라는 것을 보여주고 싶은 욕심까지 가세했다고 밝힌다.

『이스렝이 ……』에는 우선 대전하면 떠올리는 대표적인 장소들이 등장한 다. 그것은 보문산이나 소제방죽, 계족산성, 테미고개와 같은 비인위적 장 소나 역사직 장소일 수 있고 엉상 찻십이나 대흥농 전수교회, 가톨릭문화 회관 등과 같이 도심 속의 대전을 상징하는 장소일수도 있다. 또 홍 시인의 본적지 대흥동 481번지나 은행동, 신안동, 그리고 박용래시인의 집이 있는 오류동과 같은 일정한 행정구역일 수도 있다.

> 한밭 한적골에 자리잡은
> 보문산이 산 중에서
> 가장 크고 높은 산이네요.

엄니 손잡고 소풍가고
선상님 손잡고 소풍가고
동무 손잡고 반나절 소풍가고
때로 기집애 손잡고 소풍갔지요.
다른 고장에서 높은 산도
깔깔거리고 보았지만
지금도 내 주위에
主峰으로 붙어앉아
가장 크고 높은 보문산
신산만산할락궁이네요

　　　　　　　　　　　　　　　　　　　　　　— 「보문산(1)」

　또 『이스렝이…』에서 관심을 끌만한 것은 대전에서 예술인으로 활동하는
인물들이 등장하고 있다는 점이다. 시인 박용래씨나 신정식, 소설가 김수
남, 강태근, 화가 김석천, 유근영, 권영우, 연극인 진규태, 유승희 씨 등이
정겨운 얼굴을 내민다.

백제와당처럼 권여우환쟁이
누굴 하염없이 기다리고
그 는개비 사이로
강태근소설쟁이
진규태연극쟁이
막걸리 한잔 걸치고
그 는개비 사이로
담바구 피는 가시내
눈물술 먹는 가시내
마른 장미처럼 앉아있고

　　　　　　　　　　　　　　　　　　　　　　— 「영상 찻집」

　그 외 홍 시인의 한밭풍물시에는 한밭의 사투리와 전설, 대전 역사의 뿌

리 「세갈래길」가 시화되기도 한다. 전설을 얘기할 때는 가락을 즐기던 시인도 장황한 사설꾼이 된다. 향토적 색채가 짙은 시적공간과 시어가 밴 『이스렝이…』를 통해서 나이든 층에게는 대전천가에서 들리던 빨래방망이소리처럼 아스라이 들리는 추억의 소리들을 들을 수 있는 것이고 젊은층에게는 시멘트와 콘크리트로 단단히 무장하고 있는 도시 속에서 면면히 흐르는 생명의 소리를 들을 수 있을 것이다.

(〈대전매일신문〉, 1991년 6월 2일)

답신 소감

• 홍희표 선생! 안녕하십니까.

보내 주신 시집 『이스렝이 버드내에 춤추며』, 감사하게 받았습니다. 고향에 대한 사랑과 애착을 노래한 시만으로 한 권의 시집을 엮은 것은 전례가 얼른 떠오르지 않습니다. 그만큼 독창적인 시집입니다. 그동안 꾸준히 계속하고 있는 작품활동에도 경의를 표합니다. 이제 우리에겐 시 쓰는 일 말고 다른 할 일이 무엇이 있습니까.

앞으로 더욱 건강하시고 또 좋은 작품 더 많이 쓰시기를 기원합니다.

— 이형기(1991년)

• 사물에 이름을 주는 것이 시인의 임무이고, 김춘수가 시 「꽃」에서 말하고 있듯이 이름을 받는 사물만이 빛나는 의미를 가지게 되는 것일 때, 대전이 홍희표 시인을 가진 것은 극히 행운이 아닐 수 없습니다. 홍희표 시인은 그의 '한밭풍물시' 연작들에서 대전의 과거나 현재, 골목골목에 서려 있는 의미를 특유의 따뜻하고 유머러스한 시풍으로 노래하고 있습니다. 거기에 그치지 않고 홍희표 시인은 이 골목골목에 살고 있는 뜨거운 가슴을 가진 사람들 —한밭 사람들— 을 오늘 만나 이웃처럼 독자에게 소개하고 있습니다.

이미 시집 『눈물점 박용래』에서 이 시인은 이 지역의 탁월한 서정시인인 박용래를 한 예술가로서 뿐 아니라 생생한 인간으로 부각시킨 바 있습니다. 이제 '한밭풍물시'를 통해 시인은 대전과 대전 사람들에 대한 신화를 창조하고 있다고 할 수 있을 듯합니다. 이 시집을 옆구리에 끼고 한밭 구석구석의 순례길에 올라 보는 것도 뜻 깊은 일이 되리라 믿습니다.

— 양애경(1991년)

• 새해, 더욱 평안하시고 좋은 작품 많이 쓰시기 바랍니다. '한밭풍물시'를 읽으면서 홍교수를 뵈온 듯 반갑게 받았습니다. 삶의 공간으로서의 '땅'에의 사랑이 뭐니뭐니해도 혈육 다음으로 그중 제일인 것 같습니다.

단순한 '풍물'이 아니라 있어야 할 존재로서의 잃어버린 시간이라 하겠습니다. 원숙의 경지를 지켜보고 있습니다.

— 조재훈(1992년)

제10시집

늙은 호박 속에는 뭐시 들어있을까유우

호서문학작품선 · 40

홍희표 한밭풍물시 · Ⅱ/늙은 호박속에는 뭐시 들어 있을까유우

차 례

홍희표 시인 연구

492

ㅁ 표지디자인 • 오정길

ㅁ 인물스케치 • 김홍주

ㅁ 풍경스케치 • 안종찬

제Ⅱ부 작품론

자서
한밭 아름다움 가꾸기

나는 많은 시간을 이 한밭풍물시 쓰기에 몰두해 있다. 그 몰두 가운데
에 서서 그것이 바로 나의 고향을 가꾸고, 꿈꾸는 일이라고 가름했다. 조
금 거창하게 말하자면 '한밭 뿌리찾기' 와 '한밭 아름다움 가꾸기' 라고 생
각했다.

그러나 이 작업은 때로 고통스러웠고 쓸쓸했다. 과연 제2수도를 지향하
는 이 거대한 도시에 고유하게 자랑할 만한 전통 어린 유적이 우리 가슴 속
어디에 있는가. 또 넉넉한 인정을 흘리던 한밭토박이들이 이승과 저승으로
뿔뿔이 흩어진 이 시점에 나는 금강물줄기 어디쯤 서있는가. 토박이 시인
이라고 하면서 내가 한 예술활동의 흔적들은 어디에서 무슨 역할을 하고
있는가.

나는 가시나무새 같은 비명을 지르면서 묵묵히 이 작업을 계속해 왔다.
'한밭풍물시' I권이 나오자 과분하게 경향 각지에서 격려의 인사가 들어
왔다. 고향을 찾아 나선 토박이들의 꼬리 긴 박수소리는 나를 얼얼하게
했다.

나이를 먹을수록 차츰 고향을 그리워한다. 고향은 때때로 황금나무가지
에서 살벌해진 우리를 뒤돌아보게 해준다. 인간 순정의 세계로 이끄는 곳
이 고향이다. 지치고 고달픈 우리를 감싸 안아주는 화톳불, 그리고 잃어버
린 동심 속으로 돌아가게 해주는 오솔길.

나는 이 '한밭풍물시' 에서 어제의 한밭과 오늘의 한밭, 그리고 내일의 한
밭을 그리고 싶었다. 그러나 내 유년시절의 어제의 한밭에 집중된 것도 사

실이다. 앞으로 더욱더 고통스럽더라도 오늘과 내일의 이 고장을 지켜보며 노래할 것이다.

고향을 노래한다는 것은 참으로 행복하고 고통스러운 희망사항이다. 더 무거운 한밭 역사체험 속에서 나는 오늘의 한밭과 싸우고 내일의 한밭을 꿈꾸고 가꾸는 순정한 토박이로서 있을 것이다.

1993년 엑스포의 찬란한 준비 축포가 한밭벌을 요란스레 울리는데—

1992년 이른 봄에
용전(龍田)골에서
홍 희 표 삼가

한밭풍물시의 그 높이와 깊이 — 이진우

□ 1

나는 시인 홍희표를 잘 알기도 하지만, 또 그 아는 것 이상으로 모르기도 하는 사람이다. 그와 나는 거의 같은 무렵 한밭(大田)에서 출생하였다. 그러나 초등학교에서 대학교까지 단 한 번도 동창이나 동문관계로 얽힌 적이 없으며 어떤 때는 무려 칠팔 년 동안을 얼굴 한 번 대하지 않고 서로 계속 나이만 먹어댄 시기도 있었다.

그러나 그가 내 고향 대전에서 한 사람 단단한 시인의 길을 걸어가고 꾸준히 정진하여 대학교수가 되고 또 그 위에 박사학위까지 취득하는 동안, 우리는 서로의 책을 주고받으며 안부만은 계속 나눠오고 있었다.

그러던 그가 갑자기 시인도 아닌 나의 팔목을 잡고 늘어진 것은, 삼인행 출판사에서 나온 『우리 시대의 요절시인』이라는 책의 163페이지에서였다. 홍 시인은 그의 친구였던 송유하 시인에 대한 긴 글을 쓰면서 뜻밖에도 나와 만났던 1991년 5월 일요일 어느 날의 대전으로부터 얘기를 풀어나가고 있었다.

그 자리에는 그와 나만이 있었던 것도 아니다. 소설을 쓰는 김수남 형과 시를 쓰는 유재영 형도 합석하고 있었다. 우리는 모두 충청도 출신이었으므로 다소 지방색에 빠진 얘기를 나누었는데 그 와중에 자연스럽게도 홍 시인의 『이스렝이 버드내에 춤추며』가 주요 화제로 등장하였다. 그 때 나는 그에게 "시를 공부하지 않은 내가 홍 형의 시에 대해서 평가할 자격은 물론 없다. 그러나 애정을 가진 독자의 입장에서 본다면 뭔가 시인의 렌즈가 좁혀진다고 할지 울타리에 갇혀 진다고 할지, 그것도 본인 자신이 아주 그것을 자청하고 나선감이 든다. 내가 좀 편견을 가지고 말하고 있다고 생각하는가." 라는 요지의 말을 했었던 것 같다.

그런데 내 말이 끝나기가 무섭게 홍 시인이 어조를 높이며, "나도 이제는 나이 50이 턱 앞에 차 있지 않는가. 소년시절 청년시절을 거쳐 지금까지 내가 시인으로 살아왔고 또 시인으로 살다가 이 세상을 하직할 결심인데, 그렇다면 내게 고향이란 무엇이겠는가. 나는 최근 들어 시의 세 줄기를－예술성, 전통성, 현실성으로 나누기도 하고 합치기도 하면서, 그렇다면 내가 태어나고 묻힐 이 고향을 위해서 '할 일' 이 무엇인가를 늘 생각하고 있다. 그 결론의 한 징표로서 '한밭풍물시' 에 나를 쏟아 붓기로 했다. 다른 사람이라면 몰라도 같은 한밭사람이라면 나의 이 작업에 대해서 특별한 응원과 관심을 가져주기 바란다." 라는 줄거리의 얘기를 좌악 풀어놓는 것이었다.

누가 이를 마다하리요. 나는 시인이 아니며 시를 베어 먹고 사는 평론가도 아니며 또 학생들 앞에서 시에 대해 아는 체를 해야 하는 교직자도 아니다. 그래서 모처럼 만난 그와 좋은 헤어짐을 갖기 위해서도－그렇다면 그 소신을 부디 변치 말고 계속 밀고 나가달라. 지금부터라도 새롭게 홍 형을 응원하겠다. 물론 마음속으로… 라고 말하면서 서로 좋게 헤어졌었던 것이다.

그런데 금년 정초의 어느 날 홍 시인이, 이번에는 내 발목을 잡고 늘어졌다. 올 봄에 출간할 새 시집의 뒷머리 몇 페이지를 맡아달라는 것이었다. 동양 사람이고 한국 사람이고 게다가 충청도 한밭 태생인 자가, 신년 정초의 부탁을 거절한다는 것은 장차 그와 이꼴저꼴 안보겠다는 뜻과 무엇이 다르랴.

그러나 그가 보내준 시집 원고의 두툼한 복사본은 뜻밖에도 생각 이상의 스트레스를 내게 주었다. 잦은 국내 출장시는 물론 금년초 두 번의 외국 출장 길에도 가방 속에 그 원고를 가지고 다니며 틈만 나면 읽었다. 뿐만이랴. 기왕이면 좀 더 그럴 듯하게 아는 체를 하기 위해 시 이론서적도 몇 권 사서 읽어대기까지 하였으니 정말 지난겨울에 유행했던 말대로 "도대체 이게 뭡니까"가 아닐 수 없었다.

2

홍 시인을 만나러 대전으로 내려간 것은 지난 2월 중순이었다. 승낙도 거절도 못하고 맡은 일이기는 하나, 기왕에 쓸 바에는 몇 가지 꼭 물어보고 싶은 것이 있었기 때문이었다. 그는 나를 원동시장 뒷골목의 어느 간판도 없는 작은 주점으로 데려갔는데, 놀라웁게도 그곳은 내 기억 속의 40년 전 30년 전 20년 전과 조금도 달라지지 않은 모습으로─흑백영화용 셋트처럼 꾸며진 뒷골목 중에서도 아주 으슥한 곳에 있었다. 혹시 간판이라도 있지 않을까(사실은 그 집의 소박한 분위기가 너무 좋아서 혼자서라도 꼭 다시 찾아가고 싶었기 때문에) 해서 둘러보았더니 엉뚱하게도 사람 얼굴 만한 크기에 '대성사, 꽃수, 단추구멍, 주름전문' 따위의 글귀만 잔뜩 적혀 있는 것이었다.

40년 전 내가 초등학생이었을 때에도 30년 전 고등학생이었을 때에도 그 뒤에 내가 대전에서 충남대 국어국문학과를 다닐 때에도 그곳에서는 변함없이 미제구호물자, 군복, 담뇨, 방한장갑 등등을 팔고 있었는데… 반갑고 서럽게도 또 그 모습을 그대로 그것들이 내 눈에 들어오고 있는 것이었다. 술이 세지 못한 내게 비하면 그는 이미 대단한 경지에 가 있는 듯 했다. 내가 기억속의 옛 대전과 현재의 모습에 대해 실마리를 꺼내자 그는 또 한밭 토박이의 사명감에 푹 빠져버릴 듯한 모습을 보였다.

그래서 나는 화제를 바꾸기 위해 말머리를 돌렸다.

"홍 형의 시, 또 그 발자취를 내 나름대로 추적을 하다보니 나는 세 사람의 이름을 찾아내게 되었다. 그들은 박용래, 한성기, 송유하 세 사람이다. 그들의 공통점은 세 가지다. 그들은 대전에 살던 시인이었고 모두 홍 형과 가까웠던 사람들이었고 또 다 죽어서 저 세상으로 가버렸다. 이제 그들과의 사이에서 남은 것은 홍희표 시인 당신뿐이다. 당신은 그들과 떨어져서 명백히 홀로 섰는가, 아니면 아직도 그들의 혼과 당신의 그리움이 서로 의기투합하여, 대전 시내를 거닐고 대전 변두리를 거닐고 계룡산을 올라 다니며 술자리의 눈물 콧물까지 섞어 나누고 있는가."

무슨 청문회를 하는 것처럼 여러 가지 질문을 던진 가운데 아마도 위에 적은 이 말이 그를 가장 서럽고 억울하고 분하고 그립게 만들었던 모양이다. 그는 고등학교 시절 급우이기도하고 시의 라이벌이기도 했던 송유하에 대해, 그가 요절해 버림으로써 오히려 자신이 한때 시에 대해 방황한 적이 있었음을 토로하였다.

앞서 예시한 『우리 시대 요절시인』 송유하 편에서 홍 시인은 "…나는 유하를 뛰어넘는 일이 최대의 목표이었고, 그 길이 그보다 빨리 문단에 진출하는 길이라고 생각하여 도서관에서 끙끙대며 시쓰기에 열중하였다. 그러다 나는 대학 2학년때 《현대문학》지에 추천을 받았다. 회심의 미소를 지으며 고향에 있었는데 그가 '멋진 시인의 항해가 되시기를' 하며 축하전보를 보내주었다."라고 회고하고 있다. 고등학교 1학년 교실에서 까까중머리로 서로 만나 같은 대학까지(그것도 서울로 옮겨가) 함께 다니고, 앞서거니 뒤서거니 문단에 나온 두 사람의 미묘한 관계는 결국 송유하의 요절로 일단락을 지었고 홍 시인은 1982년 《시문학》지에 「곡송유하」라는 시를 발표하면서 마침내 라이벌로부터 풀려난다.

3

그린 횡폐함을 머금고 고향으로 귀환한 홍 시인을 맞은 것은 이미 한밭에 시비로 서 있는 박용래, 한성기 두 선배시인이었던 듯하다. 두 분 다 수많은 에피소드를 남기고 저 세상으로 가버렸지만, 생시에는−송유하, 홍희표 못지않게 두 분도 각각 치열한 시의 불꽃과 자존심을 옹골차게 품고 있었던 것으로 전해진다.

"나는 두 분을 가까이서 볼 기회가 많았으므로 그만큼 마음속에서 두 시인을 가늠해 볼 기회도 많았다. 한성기 시인은 우주적인 것, 큰 것에서 출발해서 계단을 밟고 아래로 아래로 내려가는 스타일이다. 그러나 박용래 시인은 그 반대로 작은 것에서부터 큰 것으로 계속 사닥다리를 높이며 올라가는 스타일이다. 그러나 지금 생각해보면 두 분의 개성이 달랐기에 우리 고장의 시는 더 풍요롭지 않았던가"

그러나 나는 그때나 지금이나 시인 홍희표가 박용래 · 한성기 양시인 가운데 아무래도 박용래쪽 라인에 더 깊이 들어가 있었음을 먼저 밝혀두고자 한다. 그 증거로, 작년에 그는 『눈물점 박용래』라는 시집을 펴냈고 또 그 말미에는 「박용래 시연구」라는 논문까지도 덧붙이고 있다.

도대체 커다란 느티나무의 등 뒤에 가려있는 또 다른 나무의 존재는 무엇인가. 그 나무의 웅장함에 주눅이 듬은 물론 간혹 그 모습이 보인다 할지라도, 큰 나무의 곁가지로 오해받을.

뿐이 아니었던가. 그러나 홍 시인은 단호히 내게 말하였다.

"이 형이 파고드는 취지를 충분히 알겠다. 이미 이 고장의 시의 전설처럼 되어버린, 오히려 죽어서 더 유명해진 박용래 시인을 내가 인간적으로 좋아하고 선배로서 흠모했던 것은 명백한 과거의 사실이다. 1970년대 초에 이미 고인이 되신 이동주 시인과 박용래 시인 나, 셋이서 유성 배밭에 간적이 있었는데 그곳에서 우리는 형제의 의를 맺은 적이 있었다. 즉흥적인 자리였으나 그 뒤로 나는 시인 박용래 뿐만이 아니라 인간 박용래도 형님→성님으로 받아들였고 무슨 운명의 부적처럼 그는 내 시의 구석구석에 아로새겨지기에 이르렀다. 그러나 나는 시인 홍희표이지 시인 박희표가 아니다. 그는 가고 나는 남았다. 간 사람 몫의 역할이 있었다면 남은 자에게는 남은 만큼의 또 다른 역할이 있지 않겠는가. 내가 좋아하는 시인의 원형이 박용래이었다고 해서 지금 새삼스럽게 내가 그의 시, 그의 모습을 따르겠다는 뜻이 아님을 거듭거듭 밝히고 싶다. 나는 내 스타일로 내가 뜻한 바를 이루어 가겠다."

홍희표 시의 여러 구절을 읽고 또 읽는 가운데, 나는 그가 자신의 시 안테 나를 통하여 고출력으로 주입시키고 있는 것을 대변해 주는 몇 편의 시를 손쉽게 뽑아낼 수 있었다. 예컨대 「박힌 돌」은

당하는구나/증말이유/당했구나/증말이유우
박힌 돌이/목척교 아래에서/날아온 돌에게/보문산 위에서

라는 탄식으로 시작하고 있다. 박힌 돌(토박이)이 목척교 아래에 있고 날아온 돌이 보문산 위에서 기승을 부린다는 구절이, 시인의 어떤 심회를 포폄하고 있다는 것을 눈치 챈 분들은 입가심을 하듯, 「뿌리깊은 나무」의 마지막 연을 음미해보는 것도 남다른 맛이 있으리라.

뿌리깊은 나무는/비바람에 쓰러지지 않듯
뿌리깊은 나무는/눈보라에 무너지지 않듯
한밭의 뿌리깊은 나무/돈 바람에도 쓰러지지 말자

이렇듯 홍 시인의 이번 시집은 – 한밭 일대의 잊혀져 가는 것들과 사라져 가는 풍물 그리고 그 안타까움을 지탱하는 이들을 매김질하는 노래로 구구절절 바쳐지고 있다. 누구나 자기 가문의 족보에 대해서 남다른 외경심을 품지 않을 수 없는 것처럼 특히 고향을 아끼는 사람들이라면 이 시인의 노래를, 머리 보다는 가슴의 온기로 품어야만 하지 않겠는가.

작년 5월의 어느 일요일 내가 몇 년 만에 모처럼 만난 그에게 – 시인으로서의 렌즈가 좁혀지고 스스로 만든 그 울타리에 갇혀들어가는 것이 아니냐고 꼬집었을 때, 그는 아마도 타관생활에 젖은 내게 향토론을 전수시키기로 작심했던 것처럼 생각된다. 그래서 내게 향토풍물시를 끌어안고 다니게 만들고 자신이 시를 통하여 펼쳐나가고 있는 한밭 뿌리찾기와 한밭 아름다

움 가꾸기에 나를 동참시키고 있음이 분명하다.

왜냐하면 그는 시인이고 또 시인들은 모두 예언자적 혜안이 있으므로, 그리고 고향을 떠난 이들은 결국 그 마지막에 고향으로 돌아와야 한다는 예언을 일깨워 주기 위해서……

호서문학작품선 · 40

늙은 호박 속에는 뭐시 들어 있을까유우

한반풍물시 II
1992년 4월 5일 인쇄
1992년 5월 10일 발행
저자 · 홍희표
발행인 · 신정식
발행처 · 호서문화사

값 3,000원

그대의 새봄 — 김수우

— 홍희표 시인

지난 낙엽들이 추억처럼 모퉁이마다
옹송거리며 지쳐가는데
햇살이 빨간 모자를 쓰고
노란 샤쓰를 입고
축구공을 차고 있다

공은 낮게 구르다 잠깐씩
하늘로 떠올랐다
우리는 그것을 희망이라 이름 짓는데
3월 황사바람이 아직 이마에 차고
까치집이 흔들리고 있다

그대를 기다릴뿐, 나는!

만나고 싶은 사람

수양버들 같은 이스렝이 — 박성애

너풀거리는 봄볕 속에 싱그런 젊음들이 북적대는 목원대 교정. 우리 지방
의 대표적 시인이자 국어교육과 교수인 홍희표 씨를 종합관 214호에서 만
날 수 있었다. 교수실에서는 겨울을 난 진한 모과 향기가 시인의 개성만큼
강하게 느껴졌다. 방학 동안 새 시집 발간을 준비하며 분주했던 그의 얼굴
은 다소 핼쑥해 보였다.

작년 냉소적이고 사회풍자적인 『세상달공 세상달공』을 펴내 우리 지방
문단에 깊은 골을 새긴 홍희표 씨. 그의 문학에 대한 끼는 중학교 때 김소월
과 한용운의 시를 읽고 통감한 후부터라 하겠다. 초등학생 시절에는 운동
선수의 꿈까지 가졌었던 그에게 두 시인의 시세계가 경이롭게 와 닿았던
것은 등단의 불길한 조짐이라 보아진다.

소월의 한용운의 표면에 내보이던 서정성과 깊은 내면의 시세계에 한껏
심취해 있던 그는 고등학교에 진학하자 갈등이 생겼다. 그것은 이상과 최
인훈의 작품에서 또 다른 감성과 가능성을 보았기 때문이다. 그들 문학에
나타난 지성의 메시지, 그리고 현실 포착의 예리함 등은 그의 초기시에 많
은 영향을 끼쳤다. 이상을 몹시도 숭배했던 그였기에 문학행사를 자진해서
만들어 보기도 하며 국문학도로서의 발판을 다졌다.

고3이 되자 대학 진학의 문제로 부친과 충동이 잦았다. 그러나 치과의사
인 부친 홍영관씨도 두 손을 들어야만 했다. 1965년 동국대학교 국문과에
입학하고 나서도 홍희표 씨는 많은 문학동아리 에서 활동을 하였다.

몇 년 후, 그에게서 가능성을 본 신석초 선생의 추천으로 약관의 나이에
문단에 조심스레 등단하였다. 그것은 사춘기 시절부터 끊임없이 앓아오던

어떤 열병의 작은 시작이었다. 대학 4학년이 되어 나름대로 열과 성을 다한, 참신함이 넘치는 첫 시집『어군의 지름길』를 펴냈다.

이 시집은 현실성과 관념성이 철저히 억제되어 자칫 다조로움이 엿보일 수도 있는 그의 시에서 그가 그토록 원했던 '동해의 물결같이 맑고 진솔한 감성'은 무척이나 돋보였다. 졸업 후 모교인 보문고등학교에 재직하면서 작품활동에 열중하던 중 1981년, 6인공동시집『청와집』을 펴냈다.

그 후 홍희표 씨는 공부를 더해야겠다고 느껴 서울에 올라가 교직에 있으며, 동국대학교 대학원을 마쳤다.『세상달공……』은 그가 1980년대 초부터 간간히 써오던 풍자시의 결정체이다.

"1980년대는 무척 길게 느껴졌습니다. 정착화된 산업사회에서 빚어지는 소득분배의 불균형, 불평 등, 근본적인 이데올로기, 더 크게는 구체화되지 못하는 민족분단의 해결책 등이 더욱 심화되는 듯 보였죠.. 어지러운 5공의 범죄행각 등도요."

또한,『세상달공……』은 연작시 형태로 18가지 소주제에 속하는 각기 5편의 시가 개성있게 엮어져 있다.「말나라」로 시작하여「새나라」까지 총 90편의 시가 특이한 구성을 보이는 이 시집은 그가 '1980년대를 대표하는 것은 풍자뿐이다.'라고 말한 다의적 표현을 이해할 수 있게 한다.

> 금서랍에 담배담고
> 은서랍에 불을 담아
> 연희궁 상상봉에서
> 큰손 큰발
> 감추며 산다네
> 무궁화 남녘에
> 휘날리네 돈바람
> 에헤이야! 에헤이야!
>
> 새마을왕국에서

달알같은 친동생이
푸른고추 지쳐놓고
붉은고추 따다놓고
도리도리 도리접시
무궁화 남녘에
휘날리네 돈바람
에헤이야! 에헤이야!

　　　　　　　　　　—「돈별을 따라갈까」 일부

　그러나 홍희표 씨가 풍자에 대한 모든 가능성을 실험적으로 보인 것은
1987년에 펴낸 『금빛 은빛』에서 이다. 오래 전부터 홍희표 씨는 풍물시를
써보고 싶다는 강한 충동에 사로잡혔었다.

　대전에서 태어나 현재 교단에 서 있는 그로서 '한밭풍물시'를 써내고 있
던 것은 어찌 보면 시인으로써 당연한 양심이었다. 그리하여 『세상달공…』
이후 오래 전부터 구상해 오던 한밭풍물시집을 펴내려는 노력을 구체화시
켰다.

　충동과 의지에 의해 간간히 써오던 한밭풍물시들을 정리하며 그는 생각
했다. 이 작업은 시인으로서 교수로서 한밭인으로서 해야 될 도리라고.

서울에서 목포까지
울며울며 가는 완행열차
늙은 거북이 춤추듯
중간역 대전에 도착해
떠나던 시간이 0시 50분
동태눈 짝짝으로 하고
가락국수 먹던
호남선의 시발역 홈
그제나 오늘이나
우리 백제권은
모래바람만 휘날리는

푸대접과 무대접판이라!
외줄기 철로 위에서
흰 거품 뿜으며
이별의 말도 없이
쉬어가던 대전발
목포행 완행열차
당신은 잊었는가
그 대전부르스를……
수양버들가지 같은 대전부르스를……

—「0시 50분」

60여 편의 '한밭풍물시' 들은 4월말 『이스렝이 버드내에 춤추며』라는 시집명으로 선보일 예정이다. 이 시들은 모두 《대전예술》에 연재되었던 것들을 발췌한 것이다. 홍희표 씨는 『이스렝이 …』를 계기로 '변신'을 하려 한다. 그가 말하는 변신이란 작가에게 꼭 필요한 '알깨기'의 과정인 것이다.

요즈음 그는 대전문단 뿐만 아니라 음악계에도 다시금 파문을 일으켰다. 대전시에서 제작한 '한밭의 노래모음' 이라는 테이프 속에 목원대학교 김영길 음대교수와 공동제작한 「한밭에 살고 지고」가 좋은 평가를 받았기 때문이다. 이로써 그는 한밭풍물시 발간 이전에 중견 향토시인으로서의 자리를 확고히 하는데 성공한 것이다.

시인의 자유분방함과 충청도 사람으로서 전형적인 느긋함, 더불어 소박함까지도 고루 갖춘 우리 지방의 문단의 핵심인 홍희표 시인. 그가 추억 속에서 꿈을 갖고 부르는 『이스렝이 버드내에 춤추며』가 굳어진 우리 얼굴을 환하게 펴줄 수 있을 것만 같다.

(《월간 대청》, 1991년 4월)

작가와의 만남

이스렝이에서 춤추는 시인 — 태은희

아침햇살 받아 함초롬이 빛나는 풀잎사귀만큼이나 해맑은 정신을 가진 뛰어난 감성의 소유자인 시인 홍희표 교수님, 그가 이번에는 한밭벌 향기 짙은 서정을 담뿍 담은 시집 『이스렝이 버드내에서 춤추며』를 내놓았다.

시인이라기보다는 옆집 아저씨 같은 인상에 가끔씩 섞여 나오는 푸근하고 구수한 사투리가 전혀 낯설지 않다. 특히나 인자하고 마음 넉넉한 충청도 아저씨의 마음을 그대로 간직한 시인이 이 지역에 대한 사랑과 자긍을 가지고 끊임없이 새로움과 발전을 추구하려는 시도는 우리에게 믿음을 준다.

중등학교 시절부터 시인 지망생이었던 그는 〈판도라〉 문학동인회에서 활동했으며 1967년 그의 나이 스물 두 살 때 신석초 선생의 추천을 받아 《현대문학》지에 「아침의 노래」로 등단했다. 그리고 그는 이듬해부터 시집을 내기 시작했으며, 한성기, 박용래, 임강빈, 최원규, 조남익 시인과 더불어 6인 공동시집 『청와집』을 내기도 했다. 그리고 작년에는 『세상달공 세상달공』을 냈다. 이어 이번이 그의 아홉 번째 개인 시집으로 최근에는 해마다 시집을 내고 있다.

다른 지역에 비해 문단활동이 취약한 편인 대전에서 문학을 지키고 시를 꽃피우고 있는 그는 대전에서 나고 자란 토박이 시인이다. 그래서 누구보다도 대전을 사랑하고 아끼는 시인이다. 자신의 마음의 뿌리인 대전에 나름대로의 역사성을 부여하고 표정을 담아내고자 했던 이번 시집은 그 제목에서부터 향토색을 물씬 풍기는 충청도 사투리를 그대로 사용하여 우리들에게 매우 친밀감 있게 다가온다.

대전천에서 피라미
뚫어진 소쿠리로 잡다
사리마다 물어 젖어
고추를 내놓고
햇빛보고 ㅎㅎㅎ!

그의 시 「대전천(1)」 중의 한 연이다. 이 시에서도 볼 수 있듯이 그는 웃음
소리를 호호호, 하하라고 틀을 잡지 않고 'ㅎㅎㅎ'이라는 표현을 함으로
써 읽는 사람에게 개성에 맞는 웃음을 웃을 수 있게 하는 여유를 보였다. 그
리고 시집 중간 중간에 들어있는 삽화로도 그가 이번 시집에 세심한 정성을
기울였음을 볼 수 있다.

그 내용 또한 대전하면 떠오르는 대표적인 장소들이 등장하며 박용래씨
나 김수남, 권영우, 유승희 등 대전에서 예술인으로 활동하는 인물들이 등
장해 더욱 정겹다. 또한 이 시집에는 서정성 짙은 시들 못지않게 다분히 현
실을 풍자하며 정곡을 찌른 시들도 등장해 다채로운 느낌이 든다. 그는 자
신이 살던 유년시절의 한밭과는 너무 달라진 오늘의 모습에 온갖 물질문명
으로 파괴된 이 땅에 대한 분노와 사랑을 노래했다.

그의 이번 시집은 한밭풍물시리즈 1권으로 내년쯤 2권을 낼 계획이란다.
이제 20여년이 넘는 그의 시적 연륜이 말해주듯 어느 정도 완숙된 경지에서
의 정진을 바라며 항상 우리와 함께하며 숨쉬는 훌륭한 시인의 길을 기대해
본다.

(〈목원대신문〉, 1991년 6월 11일)

고향 대전의 역사 · 애환 · 정서 — 이계홍

한밭골 대전에서 태어나 고향을 지키며 꾸준히 고향의 정서를 노래해 온 홍희표 시인이 최근 한밭 풍물연작시집인 『늙은 호박 속에는 뭐시 들어 있을까유우』를 내놓았다.

그가 풍물시집을 꾸준히 펴낸 것은 자신이 지금까지 천착해왔고, 또 앞으로도 노래할 고향의 어제와 오늘, 그리고 미래의 곳곳을 홀씨되어 날아다니며 한밭의 역사 · 정서 · 정체성을 확인해보자는 데 있다.

"흔히 대전은 스쳐지나가는 곳으로 인식합니다. 그래서 문화든 전통이든, 하다 못해 사랑까지도 흘러가는 것으로 잘못 알고 있어요. 하지만 이는 교통 요충지라는 단편적인 시작에서 나온 것일뿐 어느 지역 못지않게 따뜻한 인정, 아름다운 사랑, 문화적 전통을 간직하고 있어요. 산업화 · 세계화 이후 다소 이런 부분들이 약화된 면도 있어서 1990년부터 이 작업을 펴왔지요."

물론 이들 시에는 고향을 더듬으며 그 속의 여러 기억들을 향수하고 노래한 일련의 몽상이 담겨있는 것도 사실이다. 그러나 그는 그러한 것들까지도 '은비늘 햇살이 고마운 뒤뜰 한켠 옹기같은 마음' 이어서 굳이 담아내기를 거부하지 않는다.

> 담쟁이 인 대전여자중학교 옆에/대흥동 천주교 성당이/서있지, 우리 아버지같은/오기선신부님도 있었지/…/종루에서 댕—댕—댕 깨침종을 울리면/한밭이 그 종소리에/거북이처럼 부스스 일어났지
>
> —「대흥동성당」 중에서

그동안 선적(禪的) 모더니즘 시의 뿌리를 지니고 있었다는 홍 시인은 '대전에서 찬란한 엑스포의 축포가 울렸지만 순정한 토박이로서 향토색 짙은 서정을 담뿍 받아들이며 공동체적 삶의 애환을 그리고, 내일의 한밭을 꿈꾸고 가꾸는 작은 노래꾼이 되겠다.' 고 다짐한다.

(〈문화일보〉, 1995년 2월 3일)

'토박이 마음'이 추억되어 흐르는 다리 — 이창복

홍희표 시인은 '대전 토박이'임을 자랑스럽게 여기는 중견시인이다. 1946년 대전에서 태어나, 서울에서 동국대학교를 다니고 교편을 잡던 10년을 빼고는 40여 년 동안 대전에서 삶의 터를 일궈 왔다. 그래서 한밭 대전을 속속들이 너무나 잘 알고 있다.

1967년《현대문학》지로 등단한 이래 20여 년 간 선적(禪的) 모더니즘의 작품세계를 뿌리로 하면서 유미적 이미지즘과 사회풍자를 시재료로 다뤄왔다. 이러한 경향은 1991년부터 '고향 그리기'로 급선회하게 된다. 한밭풍물 시집을 잇달아 내면서 대전의 과거와 현재, 미래를 스케치했다.

1950년대부터 1990년대까지 대전의 흐름을 지켜 본 그가 작품 속에서 고향 대전을 노래하고 천착하는 것은 당연한 선회다. 특히 어린 시절 사유와 일상의 공간이었고 장년시절 성숙과 추억의 공간이었던 목척교와 그 주변은 한밭을 풍물을 그린 작품들 속에 자주 등장한다.

> 목척교 홍등을 끄면/술집 네온이 붉고/그 제비꽃등을 끄면/산동네 전등불이 빌딩처럼 높고/그 원추리꽃등을 끄면/멀리 공장의 불빛이 보이네/야근 줄풀등 아래/보이지 않는 손톱/보이지 않는 발톱/목척교 홍등을 끄면.
>
> —「홍등을 끄면」 전문

목척교에서 수많은 사람을 만났고 떠나보냈던 시인. 대전천에서 들려오던 트럼펫소리와 봄날의 빨랫방망이소리 속에서 변화하며 성숙해 갔다. 미라보다리 아래 사랑이 흐르듯 목척다리 아래로 시인의 사랑이 지나갔다. 이제는 흔적 없이 사라진 목척교.

사라진 것은 목척교만이 아니다. 과거의 추억이 녹아 있던 곳들도 대부분 사라졌다. 대전역에서 목척교 중간쯤의 중동골목에 있던 '엉터리 식당'도 사라지고 부정외래품의 온상지 '양키시장'도 없어졌다. 지역 예인들이 즐겨 찾던 중구청 부근의 '영상다방'도 자취를 감췄다.

> 백제와당처럼 권영우환쟁이/누굴 하염없이 기다리고/그 는개비 사이로/강태근소설쟁이/진규태연극쟁이/막걸리 한 잔 걸치고/그 는개비 사이로/담바구 피는 가시내/눈물술 먹는 가시대/마른 장미처럼 앉아있고/세상 밖에는 눈물탄/세상 밖에는 불꽃병/검붉은 피가 오가는데/식은 커피 한 잔 놓고/소녀의 죽음을 씹으며/우리는 침침히 무너져 가는데.
>
> —「영상 찻집」 전문

최루탄이 난무하던 1980년대까지도 젊음과 지성을 끌어안던 영상 찻집. 그 추억의 다방이 사라짐을 그는 아쉬워한다. 마음의 고향이 사라지는 때문이다. 사라지는 고향을 기억하려 그는 홀씨처럼 날아다니며 옛 공간을 찾아 노래한다. 다행스러운 것은 목척교 부근의 술집 '청룡'이 수십년을 지켜왔다는 것이다. 허름한 겉모습도, 보살같은 주인 할머니도 옛 모습 그대로 남아 줘 고마울 뿐이다.

고향의 아름다움과 포근함을 찾아가꾸는 그의 노력은 대전의 역사소개와 지역방언의 시어화를 통해서도 표출된다. '할부지, 왜 한밭은 뿌리없는 고장이라고 하지요?' 그것은 투박이가 적은 탓도 있지만 정말로 역사의 뿌리를 몰라서 그렇다고 시「세갈래길」을 통해 대전의 뿌리를 설명하고 있다. 대전은 이미 삼국시대부터 연원이 깊은 고장이었음을 강조한다.

충청도 말을 한껏 살린 시쓰기로 지역의 보편성 정서를 지켜가려 한다.

> 이스렝이/이르내에 춤추며 내리네.//이스렝이/할배 담붓대에서 내리네.//이스렝이/과수집 마당 위에 내리네.
>
> —「이스렝이」 전문

'이스렝이'는 이슬비를, '이르내'는 은하수를 가르키는 방언. 잊혀진 아름다운 지역말의 어감을 되살리고 있다. 이처럼 그는 사라져 가는 풍물들에 대한 아쉬움과 현재의 속화된 상태에 대한 비판을 한밭풍물시집을 통해 그린다. 자신이 머물 곳이 어디인가에 대한 본원의 인식에 이르면서 '가장 지역적인 것이 가장 세계적'이라는 평범한 진리에 닿은 것이다.

우리집 본적은/한밭 대흥동 481번지.//나이 마흔 넘어/다시 와보니/우리집은/제일장 여관이 되어/ㅎㅎㅎ 웃고 있네
— 「우리집 본적」 중

자신이 태어나서 자라고 성장한 이후에도 생애의 대부분을 보낸 한밭이 자신의 본적이 여관으로 변하듯 상전벽해됨을 답답해 한다. 토박이 시인인 그가 '한밭의 흔적을 증언하고 풍물을 집중적으로 형상화하는 것을 평생작업으로 하겠다.'고 밝히는 것도 마음 속의 고향만은 지키려는 소망에서이다.

살아 온 고향을 노래하고 싶은 시심과 고향풍물을 올곧게 그리겠다는 토박이 문인의 의식이 깨어 꿈틀거리는 한 그의 시작업은 한밭에 집중될 것이다. 고향은 인간의 순정의 세계로 이끌고, 지치고, 고달픈 삶을 감싸 안아준다는 그. 목척교에 대한 개인적인 애틋함만큼이나 대전의 어제와 오늘, 내일을 보듬고 그리는 데 천착하는 대전의 토박이 시인이고자 한다.

(〈중도일보〉, 1996년 2월 1일)

문화예술의 '중부'를 실현해가는
시적 행보 — 김완하

　우리 지역 대전·충남을 일러 '중부'라 하는 데는 이 지역이 우리 땅의 심장부라는 공간 의미 이상을 함축하고 있다. 거기에는 바로 '중부'가 대전·충남 지역의 지리적 위치뿐만 아니라, 이 땅의 문화예술 전반에 걸쳐서도 중심부라는 의미가 스며있기도 하다. 그래서 이 점은 우리 지역 문인들이 항상 되새겨야 하며, 또 새로운 출발선이기도 하다.

　우리는 요즈음 '세계화 시대'와 동시에 '지방화 시대'라는 양극적 담론의 홍수 속에 살고 있다. 그것은 어쩌면 오늘의 삶을 규정하는 가장 적합한 담론일 수 있다. 그러나 우리가 자칫 그러한 담론의 양극화 현상 속에 균형 감각을 잃어버린다면 삶의 중심을 상실할 우려도 있다. 따라서 우리는 세계화를 지향해 시야를 대외적으로 확대하는 한편, 우리가 서있는 지역적 의미를 천착하는 일을 동시에 수행해야 한다.

　더욱이 올해는 '문학의 해'로써, 문학의 지역적 특수성을 담보한 보편성을 지향하는 탐구는 지속되어야 할 터이다. 그것이 곧 '가장 지역적인 것이 민족적인 것'이고 '가장 민족적인 것이 세계적인 것'이라는 동심원의 논리로 확대해가는 지름길이기 때문이다. 이러한 시점에서 바라볼 때 홍희표 시인의 '한밭풍물시' 연작(《대전예술》 연재)은 매우 가치있게 생각된다. 삶의 일원화와 보편화 추세 속에 시인들 또한 그 양상을 크게 벗어나지 못하고 있는 실정에서, 올곧게 우리 지역정서 탐구에 쏟는 시인의 열정은 주목에 값할 만하다.

　그의 시적 성과는 절대로 지역성에 함몰되지는 않는다. 그의 시편들이 충청도 방언을 구사하고 이 지역의 풍물을 소재로 한다 해도, 그것은 반드시 현대적 감각화라는 면으로 확장되어 나타나기 때문이다. 거기에 바쳐진 몇 가지의 미적 의장은 그의 시를 읽은 즐거움과 흥미를 십분 발휘하게 해준다. 우선 그의 시는 지역적, 특수성을 바탕에 깔고 있다. 「충청도 두루미」, 「소제방죽」, 「보문산」, 「무성영화」, 「암용추와 숫용추」 등에서 시적 소재는 주로 우리 지역의 시공간 속에서 선택된다. 그리고 「글자풀이 사랑」, 「명이와 준이」, 「그 다람쥐」, 「집짓기」, 「어떤 연하장」 등에서 삶의 지혜가 오롯이 배어있어 삶 성찰의 한 지평이 되기 충분하다. 또한 「소주탁주 걸렸거라」, 「코뚜레」, 「묘흔 시상」, 「재산공개 타령」 등에서는 현실의 정치 사회상을 적나라하게 비판하기도 하였다. 아울러 「쓰레기 강산」, 「햇보리 울음」 등에서는 생태파괴에 대한 관심도 보여준다. 그리고 무엇보다 그의 시 「저녁연기」, 「미륵리 석불」, 「솔개 그늘」, 「눈 다래끼」에서 우리는 지역 방언의 눈부신 성취를 눈여겨 볼 수 있다.

시인의 '한밭풍물시'는 점차 현대적 감각으로 예리해지고 심오해져, 앞으로의 결과에 더 큰 기대가 모아진다. 시인의 '한밭풍물시'가 완성되는 날의 황홀경, 가장 지역적인 것이 세계적인 것의 바다에 닿는 날의 눈부심을 예감해 본다.

(〈중도일보〉, 1996년 4월 1일)

한밭토박이 체험의 언어 — 김재근

    중견시인 홍희표 씨가 한밭의 과거와 현재 미래를 담은 풍물시집 『늙은 호박 속에는 뭐시 들어있을까유우』를 펴냈다. 홍 시인의 이번 시집은 작년에 출간한 『이스렝이 버드내에 춤추며』에 이은 한밭풍물시리즈 두 번째 권으로 거의 대부분의 시들이 한밭과 관련된 것들이다.

    '한밭에서 태어나 자라고 시를 써 온 토박이 시인으로서 무엇인가를 해야겠다는 사명감같은 것을 느꼈다. 맑은 시냇물이 흐르고 멱을 감던 이곳이 이제 인구가 1백만을 넘는 거대도시가 됐다. 한밭이 이처럼 메마르고 삭막하고 뿌리가 없는 곳이 아님을 증명하고 싶었다.'

    시인 자신의 고백처럼 이 시집의 전편에는 과연 한밭이 '사람이 사는 곳'이었음을 실감케 하는 시들이 널려있다.

> 대전역에서 목척교 중간쯤/고자누룩한 목척교 중동 골목에/1960년대 후반기 그 무렵/ '엉터리 식당' 이 있었지/막걸리 한 되에 15원/오징어 두루치기 한 접시에 20원/새로 나온 백원짜리/하나만 주머니에 있으면/자칭 천재 강성렬 환쟁이랑/두 뇌씩 마시고/얼큰히 취하던 큰 학교 학생들. 그 기고만장하던 그때/ '아주머니, 여기 우선 막걸리 한 되' /긴 장화의 환쟁이가 큰 고래소리로/ '날래, 날래, 주세유우!'
>
>   — 「엉터리 식당」 전문

    이 시에서 보듯 『늙은 호박 속에는 뭐시 들어있을까유우』이란 시집에는 한밭의 나이 든 사람이면 누구나 살았을 법한 과거의 이야기와 그러한 편린들이 숱하게 실려있다.

    박용래, 한성기, 송유하 시인 등 과거의 시인과 예술가 임강빈, 김용원,

김수남, 박기식, 김영두, 진규태, 최문휘, 조종국, 박동규 씨 등 오늘도 대전에 뿌리내리고 부대끼며 살아가고 있는 사람들의 이야기뿐만 아니라 양키시장, 테미의 이무기, 토끼몰이, 보리밥 잔치, 서로 따귀 갈기기, 몽당연필 등 과거의 어느 시절을 회상케 하는 것들이 즐비하다.

그러나 홍 시인 자신의 말처럼 이 시집에는 과거에 대한 그리움과 회한 외에도 일본만화 「드래곤볼」에 미치고 숙제는 못해도 「사랑이 뭐길래」는 보는 요즘 어린이의 세태와 미국산 조기와 인도산 참깨, 남미산 바나나가 제사상에 오르는 것 등에 대해 여지없이 비판하고 있으며 땡숏뉴스를 해학스럽게 야유한 「밤9시뉴스」처럼 오늘날 우리 사회의 비뚤어지고 전도된 것들에 대해서도 관심을 게을리하지 않고 있다.

정작 간직하고 보듬고 애지중지해야 할 사랑과 정, 애틋함, 순박함, 푸근함 같은 것은 사라져버리고 살인, 범죄, 절도, 독재 등이 판을 치는 요즘의 사회에 대해 '아무래도 우리는 별세계에서 별대통령을 모시고 사나봐유우—' 라는 식으로 여유있고 넉살스럽게 아픈 곳을 찌르는 것이다.

홍 시인은 이러한 풍물시편에서 요소요소에 충청도 방언(특히 대전지방)을 구사함으로써 한껏 풍요로움과 여유를 자아내게 한다. '충청도 사투리는 이 지역사람들의 정서, 행동, 양태와 매우 비슷하다. 유장하고 느리며 넉넉하고 여유로운 것이 정말로 감칠맛있고 순박스럽기 그지없다.'

홍 시인은 이런 입장에서 '있을까유우', '하네유', '증말로', '훈육선상', '있는디', '엄니' 등 한밭지역에서 사용되는 사투리를 적극적으로 수용하고 있다.

이러한 사투리의 시화 작업은 홍 시인이 그려내고자 하는 한밭지역 사람들의 다양한 삶과 정서를 포착하는 유력한 무기일 뿐만 아니라 급속도로 변모해가는 언어현상에 대한 증언과 기록이라는 점에서도 매우 의미있는 일로 평가된다.

홍 시인은 자신의 이러한 '한밭 뿌리찾기'와 '한밭 아름다움 가꾸기' 작업을 필요하다면 평생동안 계속할 계획이라고 밝혔다.

(〈대전일보〉, 1992년 4월 17일)

답신 소감

• 홍교수님! 제목만큼이나 해학적인 방법으로 배달된 시집을 처음 대했을 때 잘 읽어달라는 무언의 말로 받아드렸습니다. 아침 우리의 작은 영웅 황영조가 마라톤에서 금메달을 획득한 아침이었습니다.

시집을 읽어가면서 금새 컬럼버스의 신대륙 발견만큼이나 커다란 충격을 받았습니다. 이 발견은 대단히 중요한 것이기 때문에 맨입으로는 안 되겠지만 위대한 시인을 몰라보고 가솔들이 문전박대해서 보낸 속죄로 그냥 말씀드리겠습니다. 『늙은 호박 속에…』과연 무엇이 들어있는지 알아봅시다.

지금부터 말씀드리는 것은 한 독자의 눈에 비친 시에 대한 적나라한 감상이라고만 알아주시고 개의치 마시고 가시는 길로 정진해 주시기 바랍니다.

『늙은 호박속에는 무엇이 들어있을까유우』저자는 이미 어떤 경지에 들어서서 아무거나 만지면 시가 되는 비법을 터득하고 있다는 놀라운 사실이었습니다. 요즈음 발표되는 시인들의 시가 전부다는 시가 아니라는 점은 늘 개탄하는 바라 모처럼 좋은 시를 읽고 질투를 느꼈습니다.

시에 해학과 익살이 도처에서 번뜩이고 있었습니다. 시에 해학과 익살을 담기가 참으로 어려운데 이점이 유독 두드러져 「엿장수 朴이저씨」에서는 가히 절창이었습니다. 시를 읽으면서 배꼽이 빠지는 일은 그리 흔한 일이 아닙니다. 홍 교수의 시가 박용래 선생의 시와 기법상 닮았다면 화를 내시겠지요. 물론 아류는 아니고요 모방은 더더구나 아닙니다마는 냄새가 난다는 정도라고 할까요. 꼭 이렇다고 설명을 할 수 없지만 그런 느낌이 온다라고 변명을 해야겠군요. 다시 말하면 충남 시단의 맥이 만해 한용운→박용래, 임강빈→홍희표로 이어진다는 말입니다.

다음은 김재홍 씨의 말대로 방언은 기가 막히게 잘 구사한다는 점입니다. 아무튼 좋은 시집을 주셔서 감사하고요 앞으로 한밭풍물시가 얼마만큼 뻗어 나갈지 모르겠습니다마는 계속 정진하셔서 한 열권쯤 나왔으면 좋겠습니다. 우리 고장이 나은 한밭의 참시인 홍 교수님의 건투를 빌며 졸필을 놓습니다.

— 배인환(1992년)

• 홍 시인께! 불과 며칠 사이에 두 권의 시집을 받아보니 정말 "대단한 홍 시인이로세", 진정 부럽소. 또 한편으로는 나 자신에 대한 질타의 회초리! 대전 사람으로 40~50대에 이른 연배면, 이 시집이 마음의 북으로 큰 메아리를 치겠지요. 한밭의 밭고랑을 계속 깊이깊이 파서, 먼먼 훗날 박용래 시인의 박수를 제일 크게 받기를 권하고 빕니다.

— 이진우(1992년)

제11시집

보리피리 버들피리 민들레피리를

호서문학작품선 · 48

홍희표 한밭풍물시 · Ⅲ 보리피리 버들피리 민들레피리를

차례

　□　표지디자인 • 홍나리
　□　인물스케치 • 김홍주
　□　풍경스케치 • 안종찬

제 II 부　작품론

자서
고향, 그 영원한 주제를

1990년 초에 시작한 이 '한밭풍물시' 시쓰기가 꽤 오랜 시간이 흘러갔고, 그 나이테처럼 서너 권 분량의 시편이 내 곁에 남게 되었다.

1991년에 1집 『이스레이 버드내에서 춤추며』가 나왔고, 1992년에 2집 『늙은 호박 속에는 뭐시 들어있을까유우』가 나왔다. 갑술년 1994년에는 3집 『보리피리 버들피리 민들레피리를』 또 묶어본다.

지난 해에는 모일간지에 주말 연재로 「충청문단별곡」을 쓰느라고 제대로 한밭풍물시에 열중할 수 없었다. 그 글들은 충청 지역 글장이들의 숨겨져 있는 삶의 에피소드와 문학을 바탕으로 한 문단사의 성질을 띤 것으로 올 곧게 쓰고자 했다.

이제 다시 모든 일을 접어두고 한밭풍물시에 몰두해야 할 절박성을 느낀다. 그러면서 이 주제를 평생작업으로 해야 할 토박이 시인으로서 소박한 의무와 사명감을 곤추세우고 있다.

인간은 육체와 정신이 고향땅 가까이에 머무를 때 더 넉넉해지는 것일까. 살아있는 눈으로 나의 문학과 사랑을 심어준 땅, 한밭을 바라보며 그 시간과 공간을 노래하고 데생하는 일은 그윽한 작업이었다.

문학에 있어서는 가장 향토적인 것이 민족적인 것이고, 가장 민족적인 것이 세계적인 것이라고 때로는 강조되고 있다. 세계적인 이름난 작품들을 훑어보면 대개가 작자 자신의 고향이 무대이거나 자전적인 성장사이다. 그 속에서 인류 공통의 영원한 명제를 끄집어낸다.

고향을 사랑하는 것은 근원을 사랑하는 것이고, 그 근원은 흙과 어린 날의 체험에 있는 것이 아닐까. 고향 속의 향토와 거기에 배인 서정은 어쩌면 시의 원천이라 할 수 있겠다. 연어가 거슬러 올라 어린 날의 냇물을 찾듯이 그런 그리움으로 나는 이 한밭풍물시의 시쓰기 작업을 꾸준히 계속할 것이다.

더욱더 이 작업이 깊이와 무게와 향기를 얻도록 도타운 고언을 기다린다. 그래서 이 한밭풍물시 3집이 고향을 아끼는 내 사랑의 성숙의 한 단계가 되어주며 변두리 골목길 작은 창가에 배여나는 불빛처럼 다사한 아름다움으로 비추어 주기를 바램해 본다.

1994년 우수절(雨水節)
목산제(牧山齊)에서
홍 희 표 삼가

아름다운 흔들림을 위한 변주곡 — 강태근

1

어느 날 칸트가 고기를 사러 푸줏간에 갔다. 푸줏간 주인 칼·한스는 눈대중으로 칸트가 요구하는 만큼의 고기를 칼로 썩 베어서 칸트 앞에 내밀었다. 자신이 산보하는 것을 보고 사람들이 시계를 맞출 정도로 매사에 정확하고 빈틈이 없는 칸트는 기분이 언짢았다. 칸트가 항의했다. 왜 고기를 정확하게 저울에 달아주지 않느냐고. 그러나 푸줏간 주인은 아무말 없이 고기를 저울 위에 올려놓았다. 고기의 양은 정확했다. 칸트의 산보 시간보다도 더. 그러자 칼·한스는 빙그레 미소 지으면서 칸트에게 말했다. "칸트 선생! 세상사는 이치는 당신이 더 정확하게 알고 있지만 고기 써는 일 만큼은 제가 더 정확하답니다."

일찍이 한석봉의 어머니와 배필이 되었다면 틀림없이 찰떡 궁합이었을 푸줏간 주인 칼·한스의 말은 옳고, 또 옳다. 홍희표 시인의 첫 번째 한밭 풍물시의 발문을 쓴 소설장이 김수남형의 말대로 수염을 깎는 데는 면도칼, 장작을 패는 데에는 도끼가 걸맞다. 거기다 홀아비 속사정은 과부가 더 잘 안다는 이치까지 환히 알고 있는 나다. 중학시절부터 노벨문학상이나 탈 굼이나 꾸며 문학으로 잔뜩 간덩이나 부풀리면서 부질없는 세상살이에 시간을 다 탕진하고 나서 이제야 제 정신이 들어 소설 쓰는 흉내를 내기 시작한 내가, 문학의 탕자로 돌아온 주제에, 대시인(?)의 야심에 찬 시집의 발문을 쓰겠다는 것은 가미가제의 망령이 쓰인 것도 아니고 분명 망령의 조로증이 아닐 수 없다.

그러나 어쩌랴. 한국의 고집이라면 그 랭킹이 안씨, 강씨, 최씨라는데, 그것도 진주 강씨 문중의 순종 고집쟁이로 자처하고 있는 내가 홍 씨 문중의 늙은 호박 속같이 물렁하고 마음 좋은 홍 도령의 고집에 맥없이 나가떨어질 수밖에 없었던 것은 그만한 속사정이 있었기 때문이다. 도솔천의 지엄하신 부처님의 말씀을 핑계 삼지 않더라도 홍 시인과 나와의 끊을래야 끊을 수 없는 소중한 인연 때문이다. 고등학교의 선후배로, 나폴레옹이 지친 병사들을 이끌고 혹한이 몰아치는 알프스산을 넘으며 산너머 저쪽에는 아름다운 미희들이 우글거리고 있다고 악을 쓰듯 험난한 문학의 영봉을 넘는 동도(同徒)로서, 주선(酒仙)의 수업을 쌓으며 수없이 많이 지은 업장 하며―한밭풍물시의 두 번째 발문을 쓴 소설장이 이진우 형도 "동양 사람이고 한국사람이고 게다가 한밭 태생인 자가, 신년 정초의 부탁을 거절한다는 것은 장차 그와 이꼴저꼴 안보겠다는 뜻과 무엇이 다르랴." 라고 홍 시인에게 발목을 잡히지 않을 수 없었던 내력을, 보쌈 당해 억지 시집을 간 과부의 하소연이듯 토설하고 있는데 나야말로 무슨 사족이 더 필요하겠는가.

이와 크게 마음먹고 잡은 붓이니까 내가 홍 시인의 인간적인 면모나 슬슬 얘기하다가, 약방에 감초가 빠지면 장사가 안 된다고들 하니까, 시 얘기나 어물쩍하다가 힘든 의무방어전을 마칠까 한다.

2

홍희표 시인과 처음 인연을 맺게 된 것은 내가 보문고등학교에 입학하게 됨으로 해서다. 홍 시인과 송유하(본명 송영섭) 시인은 나보다 고등학교 삼년 선배다. 그러나 그보다도 홍 시인과 나 사이의 인연의 질긴 끈이 생기게 된 것은 문학으로 해서다. 그 당시 대전에는 〈머들령〉, 〈돌샘〉, 〈판도라〉 등의 고등학생 중심 문학동인회가 있었는데 홍 시인은 〈판도라〉 동인 출신이었고 송유하 선배와 나는 〈머들령〉 출신이었다.

내가 홍 시인과 처음 만난 것은 동국대학교 주최 고교생 백일장 대회에서였다. 홍 시인은 송유하 시인과 함께 동국대학교에 다니고 있었다. 중학교 때부터 글재주가 있다고 칭찬을 들어온 나는 고등학교에 들어와서도 각종 문예 현상과 백일장 대회에서 상을 휩쓸며 문학에 대한 허영심만 잔뜩 부풀려 나가고 있었는데, 동국대학교 주최 백일장 대회에서도 두 선배의 응원에 힘입어 당당히 입상하였다. 두 선배는 기분이 좋아서 축하, 축하를 연발하였다.

내가 받은 홍 시인에 대한 첫인상은 송유하 시인과는 퍽 대조적이었다. 송유하 시인이 연한 나주 배라면 홍 시인은 껍질이 조금 두꺼운 국광사과였다. 송 시인이 빛깔이 맑은 청주라면 홍 시인은 텁텁한 막걸리였다. 송 시인이 청솔가지를 스치는 바람소리라면 홍 시인은 왕댓잎에 스치는 바람소리였다. 송유하 시인이 감성과 지성으로 시를 쓴다면 홍 시인은 가슴으로 밀어붙이는 호소력 있는 시를 쓸 것 같은 느낌이 들었다. 그러면서 나는 문득 홍 시인을 보면서 뚝배기와 눈이 크고 가슴이 벌어진 황소를 떠올렸다.

—투박스러우나 구수한 장맛을 내는 데는 제격인 몸피가 실팍한 조선 뚝배기.

—힘들면 가끔 먼 산이나 바라보며 눈이나 몇 번 껌벅이고 묵묵히 쟁기를 끌고 가는 우직한 조선 재래종 황소.

그로부터 30여 년 가까운 세월이 흘렀지만 내가 그때 홍 시인에게서 받는 인상은 지금에 와서 다시금 확인해 봐도 아비 찾는 동명성왕의 부러진 칼처럼 딱 들어맞는 비유가 아닌가 싶다. 홍 시인의 조선 뚝배기로 비유되는 구수한 인간미에 한 번 매료되면 된장 맛에 인이 박힌 조선 토종은 햄버거를 먹으면서도 된장찌개를 찾는다고 그의 곁을 쉽게 떠나지 못한다. 더러는 이불속의 사랑싸움처럼 아웅다웅 하다가도 싸움하다 눈두덩에 멍이 든 여편네 약 사가지고 멋적게 들어오는 서방처럼 금방 돈독한 화해의 합궁을 하기 마련이다.

한밭에서 홍 시인의 그 인간미에 미운 정 고운 정 다들어 살았거나 살고 있는 대표적인 사람들은 한성기, 박용래, 임강빈, 최상규, 조남익, 신정식, 이종수, 조종국, 강성렬, 진규태, 노동은, 권영우, 김수남, 박기식, 이진우……. 대개 그런 이름들이다. 그중에서 가장 인간 홍희표에게 매료되었던 사람은 박용래 시인이다. 박 시인의 홍 시인에 대한 정감이 얼마나 애틋했던가는 홍 시인을 대상으로 해서 쓴 박 시인의 「산문(山門)에서」의 시가 잘 대변해 주고 있다.

> 어깨 나란히 산길 가다가 문득 바위 틈에 물든 珊瑚 단풍보고 너는 우정이라 했어라. 어느덧 우정의 잎 지고 모조리 지고, 희끗희끗 山門에 솔가린 양 날리는 눈발, 넌 또 뭐라 할 것인가? 저 흩날리는 눈발을, 나 또한.

홍 시인의 인간적인 매력은 빈틈이 없는 것 같으면서도 어리숙한 구석이 있는 넉넉함이다. 그의 그러한 훌렁훌렁한 인간성은 ㅎㅎㅎ로 제시할 뿐이다. 상대방의 기분이나 처지에 따라 모음 ㅏ, ㅗ, ㅡ, ㅣ, ㅜ…… 아무것이나 선택하여 하하하, 호호호, 후후후, 흐흐흐, 히히히……. 기분 내키는 대로 웃어주기를 바란다. 그 웃음의 표현 속에 세상살이에는 영원한 적도 친구도 없다는 그 나름의 철학이 들어 있는 성싶기도 하다.

그렇다고 홍 시인이 김유정의 「봄봄」에 나오는 데릴사위처럼 속알머리없이 사람이 좋기만 하다는 얘기는 아니다. 홍 시인도 비위에 거슬리거나 경우가 틀리면 병아리 깐 암탉이 벼슬을 세우듯 즉각 반격의 자세를 취한다. 홍 시인의 말이 갑자기 빨라지고 자갈밭을 달리는 달구지처럼 목소리가 달라지기 시작하면 기분이 몹시 상했다는 조짐이다. 환란을 면하려면 재빨리 잘못을 시인하고 사과하는 수밖에 없다. 잘못을 사과하면 "……어어, 그러니까……당신이 그르게 말하면 안 되는 거 아녀"하고 그의 시의 ㅎㅎㅎ의 웃음소리처럼 이내 넉넉하게 상대를 용서해 버리고 만다. 나도 홍 시인에 대한 본의 아닌 필화사건으로 지독한 오해를 사서 곤혹을 치른 경험이 있지만, 그때도 홍 시인은 내가 사과를 했더니 그가 즐겨하는 꽁치 한 마리와 소주 한 잔에 ㅎㅎㅎ 웃고 부처님 학교를 나온 선후배답게 서로 화해하였다.

홍 시인이 얼마나 뜨거운 가슴을, 순정을 남몰래 깊이 간직하고 있는 사람인가는 그의 노래소리를 들어보면 안다. 그는 결코 명창은 아니다. 명창이 다 뭐냐. 언젠가 홍 시인은 「충남문단별곡」 시리즈에 「단골노래와 강태근」이라는 제목으로 충남의 3대 음치로 권영우, 강성렬, 강태근을 거명하며 천기를 누설시키고 명창들의 이름을 나열하면서 "필자도 단골노래로 「이별의 종착역」이니 「사랑해」를 곧잘 불렀는데 남의 노래를 부를 것이 아니라고 생각해 자작곡 「여자의 마음」을 부르고 있다."고 충청도 서산말로 시절을 피운 적도 있지만, 단연코 홍 시인은 명창의 문간에도 어리적거릴 형편이 못 된다. 그 장마철에 능구렁이가 우는 듯한 늘어진 가락하며 자작곡에는 어떻게 들어맞을는지 모르나 그의 ㅎㅎㅎ처럼 자유분방한 음정하며……. 홍 시인이나 나나 3대 음치의 커트라인 선상에서 혈투를 벌일 수준들인 것이다. 이것만은 아무리 홍 시인이 자갈밭에 소달구지가 달리는 소리로 맹렬히 반격해와도 결코 후퇴하지 않을 것이다.

그러면서도 홍 시인의 노래는 사람의 마음을 흔들어 놓는 데가 있다. 진솔하고 풍부한 감정 때문이다. 죽자사자 목매달고 늘어지는 촌놈의 순정어린 구애처럼 듣는 사람으로 하여금 감정이 흔들리지 않고는 못배기게 만든다. 그가 그의 시에서 획득하고 있는 시적 감동도 바로 저 융숭깊고 풍부한 인간적인 감정의 샘에서 길어 올려지는 것이 아닌가 싶기도 하다.

홍 시인의 또 다른 인간적인 미덕은 절제와 검소에 있다. 그는 시속(時俗)에 얽매이지 않으려는 자유분방함을 추구하면서도 시인도 생활인일 수밖에 없다는 생활철학에 철저한 시인이다.

홍 시인이 결혼하고 나서 몇 년 되지 않아서였다. 홍 시인은 그때 대흥동 본가에서 분가하여 삼성동에서 살고 있었다. 어느 봄날 나는 박용래 시인과 홍 시인의 집으로 심방을 갔다. 훌륭한 예배당(집)에서 주(酒)님을 모시고 간곡한 예배를 볼 것을 기대하면서. 아버지가 의사회 회장인 유복한 가정의 장남으로 소문나 있는 시인이니 예배당도 훌륭하고 예배의식도 풍성할 것이 아니냐는 기대는 당연한 것이었다.

그러나 막상 홍 시인의 집에 도착하여 박용래 시인과 내가 가졌던 그 예상이 얼마나 잘못된 것인가를 실감하지 않을 수 없었다. 홍 시인은 좀 심하게 말하면 이상의 「날개」에 나오는 33번가의 빈민굴 같은 집의 단간 셋방을 얻어 살고 있었다. 홍 시인은 그 단간 방에서 꽃다운 아내와 딸을 데불고 아름답게 살고 있었고, 우리는 이홉짜리 소주 몇 병으로 조촐한 예배를 아름답게 마쳤다.

그의 그 철저하게 몸에 밴 검소와 근면은 때로 오해를 사기도 하지만, 그 근면과 검소 덕분에 소설장이 이진우 형의 말마따나 황소처럼 꾸준히 정진하여 교수도 되고 박사도 되었고, 김수남 형의 표현대로 하자면 요즘에는 '미쳤는지' 해마다 한 권꼴로 시집을 내는 왕성한 저력을 유감없이 보여 주고 있는 것이다. 가끔 반이(팬)들을 데불고 아름다운 흔들림도 만끽하면서.

홍 시인과의 미쁜 일화는 밤하늘에 깔린 잔별보다도 많지만 이 자리가 인간 홍희표의 품평회를 갖는 자리도 아닌데다가 자칫하면 이사집 집들이에서 잘 얻어먹고 나오다가 오호삼살방귀로 이사온 거나 아닌지 모르겠다는 식언(食言)을 하여 또 꽁치 한 마리와 소주 몇 잔으로 용서를 빌어야 할 상황이 벌어질런지도 모르니까 이런 얘기는 끝맺어야 하겠다.

3

속된 말로 누렁이도 제집 싸움에서는 30프로를 먹고 들어가고 구두닦이터도 프레미엄이 붙어 다니는 세상인데, 앞서도 사족을 달았지만 먼지 쌓인 가게 문을 열고 뒤늦게 소설장이로 신장개업을 한 주제에, 강산이 세 번이 변하는 세월을 시와 치열한 싸움을 벌이고 있는 대시인(?)에게 입장권 한 장 샀다고 "어퍼컷! 훅!" 하고 제멋대로 악을 쓰면서 관중들을 짜증나게 하는 극성스러운 권투팬마냥 홍 시인의 시가 어떻고 하면서 주접을 떨 마음은 추호도 없다.

그러나 어쩌랴! 씨받이로 들어간 이상 떡두꺼비 같은 옥동자는 못 낳아 줄망정 언청이라도 낳아 주어야 하는 것이 도리거늘. 그것도 사람의 도리를 천금같이 중히 여기는 충청도 양반골에서.

지금까지 쓴 홍희표의 시를 조망해 보면 대체로 세 갈래로 분류할 수 있다. 그 한 갈래는 제1시집 『어군의 지름길』의 초기시에서 보여지는 모더니즘 색채를 띤 시들이다. 이러한 시적 경향은 그즈음 1960년대 신진시인들의 한 경향이 아니었던가 싶다. 다시 말해서 이상의 영향을 입고 김광균을 거쳐 김수영으로 연결되어지는 모더니즘 계열의 시에 탐닉하여, 심한 경우 기본적인 문법조차를 도외시하고 주정에의 반기를 든 채 언어를 지성으로 도금하여 이미지의 충격적인 결합에서만 시적 성과를 기대하는 경향의 시가 주종을 이루었다는 말이다. 홍희표의 초기시를 일별해 보면 그 즈음의 그와 같은 시적 경향에 경도되었다는 혐의를 떨쳐버릴 수 없으면서도 그런 시에서 자칫 손상되기 쉬운 건강한 서정성이 내재해 있음을 발견할 수 있다.

　홍희표시의 두번째 갈래는 시집 『살풀이』와 『금빛 은빛』에서 보여지는 소위 민족문학 색채를 띤 참여시 계열의 시이다. 주지하다시피 197·80년대는 정치적 허무주의의 확산에 따른 극단의 냉소주의와 이기주의가 팽배해 있었다. 4·19혁명에서 점화된 민주화의 열망이 좌절되면서 유신체계에 대한 반체제운동이 전개되는 한편 급격한 산업화에 따른 사회·경제적 모순과 부조리가 드러나기 시작하면서 인간의 평등과 소외가 197·80년대의 근본문제로 부상한 것이다. 이 무렵 이러한 문제에 관심을 둔 시인들은 소위 참여시, 저항시, 정치시, 사회시, 민중시 등으로 불리우는 현실비판 정신에 바탕을 둔 시를 쓰게 된다. 홍희표의 『살풀이』나 『금빛 은빛』의 시집에 수록되어 있는 시들은 바로 이 계열에 드는 시들이다.

　홍희표 시의 세 번째 갈래는 시집 『모두모두꽃』에서 보여지는 한국적 운율로의 회귀이다. 말하자면 홍희표 시의 입지점은 김소월과 김수영에서 출발한 것이 아니냐는 판단이 서는데 그의 시의 귀로는 결국 한국적 운율로의 회귀이어야 한다는 깨달음 앞에 그가 다시금 정좌한 것이 아닌가 싶다. 그러고 보면 그가 약관의 나이에 《현대문학》지에 추천을 받고 박용래를 찾아갔을 때 "축하한다! 그러나 니 시가 시냐! 말라르메니, 이상이 어떻느니, 그들만 최고니, 내 시를 보라, 내 시를……." 하고 박용래가 꺼이꺼이 울며 호령하던 그 말의 의미를 곰곰 되새겨본 것이 아닐까 하는 생각도 든다. 참으로 민족적인 것이 세계적인 것으로 통한다는 전통론도 같이 곱씹으면서.

홍희표 시의 기법적인 갈등도 근자에 와서 나름대로 정리된 듯한 감이 든다. 즉 최소 단어로써 최대의 의미를 나타내자는 전통론자의 입장과 장광설 욕구로서 시적 상상력을 넓히고 깊게 하자는 탈전통주의자의 입장에서의 갈등이다.

감히 말한다면 시인이 어떤 소재를 가지고 무슨 주제를 노래하든 자기가 살고 있는 세계에 관심을 가진다는 그 자체가 참여인 것이다. 새삼 빠르뷰스나 로망롤랭의 참여와 순수 논쟁을 끌어올 것오 없이 시인이 무엇을 노래하든 그것은 오롯이 시인 자신의 자유영역에 속하는 것이다. 다만 그 노래가 삶의 진실에 공명하면서 모국어의 음보에 맞는 감동적인 운율로 노래되어지고 있느냐는 점검은 반드시 필요하다.

그런 의미에서 홍희표의 이번 세 번째 한밭풍물시집『보리피리 버들피리 민들레피리를』은 그 시적 성과는 접어두고라도 다음의 더 큰 비상을 위하여 환영할만한 변신이고 시도임에 틀림없다. 두 번째 시집의 발문을 쓴 이진우는 "뭔가 시인의 렌즈가 좁혀진다고 할지 울타리에 갇혀진다고 할지, 그것도 보인 자신이 아주 그것을 자청하고 나선 감이 든다."라고 걱정스러운 시선을 보내고 있지만, 나는 그의 고향에 대한 애정이 서리서리 담긴 「한밭풍물시」를 더 큰시인으로 비상하기 위한 통과제의로 바라보고 싶다.

칸트는 일생동안 자기 고향 코닉스버그의 삼십리 밖에도 나가지 않았다. 그리면서도 그는 더 큰 우주이 실체를 보았다. 그렇다. 세계느, 우주는, 실상 자기 안에 있는 것이지 밖에 있는 것이 아니다. 진정한 더 넓은 세계에로의 확대는 자기 내부에로의 심원한 침잠에서만 가능하다. 시인은, 예술가는 더욱 그래야만 한다.

이제 넣두리는 그만 하자. 시나 한 수 감상하면서 붓을 거두기로 하자.

> 계룡산에 올라갈 때
> 달맞이꽃 같은 그대
> 오빠아, 오빠아

연천봉 보고
소리내어 ㅎㅎㅎ!
풍경소리 밀치며
물소리 감으며
계룡산 내려갈 때
산비둘기 같은 그대
여보오, 여보오
삼불봉 보고
소리내어 ㅎㅎㅎ!

　　　　　　　　　　　　　　　— 「계룡산 그대」 전문

　설명이 필요 없다. 내 고장 계룡산의 정경과 정다운 숨결이 그대로 가슴
에 와 닿아 살아나게 하는 시다. 거의 모든 시가 이처럼 민요가락처럼 정답
고 쉬우면서도 잃어버린 내 고향에 대한 향수를 살아나게 한다. 가끔 따끔
한 풍자도 곁들이면서.
　한마디 고언을 덧붙인다면, 자신의 삶에 대한 본질적 성찰이 더 곁들여졌
으면 어떨는지 하는 아쉬움을 가져본다.

호서문학 작품전 · 48
보리피리 버들피리 민들레피리를

한밭풍물시 Ⅲ
1994년 3월 20일 초판인쇄
1994년 3월 25일 초판발행
저자 · 홍희표
발행인 · 신정식
발행처 · 호서문화사

값 4,000원

시

봄날은 간다 — 김수남

— 홍공(洪公)에게

연분홍치마에 봄날 가는데
홍공의 옹산시사(翁山詩舍) 책들은
전깃줄 제비처럼 줄지어 앉아있다.

두보와 이백은 지금쯤 무슨 술을 마시고 있을까
설마 눈물 주는 아니겠지.
술 한 잔에 시 한 수는 저승도 마찬가지.

이 책 저 책 문향(聞香) 하다말고 묻노니
연분홍 말고 사월은 어디 있느뇨.

• 옹산시사:홍희표 시인의 서실
  글보: 소설가 김수남의 아호

향토적 삶의 따뜻함 — 김경복

시인의 사명은 시를 쓰는 일이다. poet라는 말은 그리스어의 어원에 의하면 '창작가'라는 뜻이라 한다. 어떤 有에서 또다른 차원의 有를 만들어내는 것. 무엇인가 덧붙여 새로운 질서의 세계를 창조하는 것이 시인이라는 말이다. 무엇을 덧붙인다는 것은 바로 쓰는 일이 아닐까. 역사상 최초의 시인이었다는 호머에서부터 오늘날 시인 지망생에 이르기까지 계속 되풀이 된 물음이 있다. 왜 쓰느냐. 자신 또는 사회를 위하여, 아니면 예술 그 자체를 위하여인가. 많은 답들이 오늘날 시의 본질이나 정의에 관련되어 수없이 거론되었다.

이러한 물음은 철들면서부터 문학의 길을 택한 이후 곁눈질 한 번 없이 시로(詩路)를 부지런히 걸어온 홍희표 시인에게도 수없이 제기되었을 것이다. 1967년 등단 이후 30년이 가까워오는 오늘까지 대답이라도 하듯 그 물음에 충실한 몸짓을 보여왔다.

초기에는 정교하고 감각적 묘사가 뛰어난 유미적 이미지즘의 시를, 그 후에는 세계에 대한 날카로운 대립이 담긴 갈등의 시를, 또한 불교탐구를 통한 관조와 화해의 시를, 후에는 세태풍자와 사회상황에 대한 비판시를, 여러 형태로 시의 정신을 추구하던 시인은 어느 날 한밭풍물시의 세계에 접어들게 된다. 한밭에 대한 애정이 남다른 토박이로서 소향이란 영원한 주제를 가슴에 담은, 문학의 향토성에 대한 시인으로서의 새로운 눈뜸일 것이다.

『보리피리 버들피리 민들레피리를』은 한밭풍물시 제3집이다. 먼저 나온 『이스렝이 버드내에서 춤추며』, 『늙은 호박 속에는 뭐시 들어 있을까유우』의

두 권을 통하여 '한밭뿌리 찾기'와 '한밭 아름다움 가꾸기'를 주제로 한 시인의 고향에 대한 애착과 그리움의 그 시세계를 우리는 이미 읽었던 바다.

이제 평생작업으로서의 소박한 사명감을 가진 홍희표 시인의 한밭풍물시 3집은 시인의 노력에 의한 다각적인 형상화로 비누거품 같이 부드러운 그리움의 서정과 현실성, 그 속에서 반짝이는 풍자와 익살, 해학이 조화있게 어우러진 작품집이다. 그러면서 시의 중요한 요소인 리듬과 함께 팽팽한 긴장이 살아있어 시인이 그동안 올곧게 시인의 길을 걸어온 힘을 유감없이 보여주고 있다. 어떤 의미에서든 웃음을 자아내는 친밀감, 소꿉친구 같이 편안하고 풋풋한 서정과 이야기 속에 그렇게 가볍지 않은 주제들이 의미있게 실려있는 것이다. 그만큼 시인이 언어와 이미지, 운율에 치밀했었는지 엿볼 수 있는 세계는 다양하다.

먼저 서정성이 짙은 작품들이 있다.

민들레꽃 대궁을 다서는 무얼 만드나. 우리 아기 조그만 피리 만들지. 비ー부ー삐ー. 옛날 옛날 엄마가 살던 곳에 민들레꽃이 참 많았어. 입으로 후ー불면 씨앗은 저 혼자 춤추며 시집을 갔고, 대궁은 너무 슬퍼 이렇게 울었단다. 삐ー비ー비ー. 너는 아니? 보리피리, 버들피리, 민들레피리를.
— 「민들레피리」 전문

어느 날 저녁 목척교 포장마차에서 "니가 술을 못마시니까 내가 술맛이 없어!" (중략) 가슴으로 취하는 술맛을 그대는 모르시는구요. 해질녘 부문산에 깔리는 눈물 나도록 황홀한 노을이야요. 단풍잎 저녁 노을!
— 「단풍잎 저녁」에서

추분(秋分)을 지난 참매미가 얄궂히 울고 있습니다. 떠나야지……(중략)……그러나 우리는 고장난 녹음테이프처럼 오들오들 떨면서 계속 울고 있습니다.
— 「가을할(喝)」에서

한밭의 옛날 또는 현재의 풍경에서 만나는 그리움이 채곡히 배인 따뜻한 찻물 같은 목소리이다. 민들레 피리소리가 귓가에 은은하다. 자연에 대한 섬세한 관찰과 애정이 느껴지는 서정이 고운 작품들이며 불교적인 사유의 세계도 얼핏 보인다. 그 외 서정적인 그리움의 작품들로는 「지평선」, 「빈 자리」, 「봄사랑」 등 대다수 실려있다.

또한 어린 시절의 추억들이 정겨운 향토어와 함께 맑게 그려진다.

> 불어도 불어도 부석에서/매캐한 연기만 난다/엄니는 새갱이 사라져도 /와 이리 안오시나/벌거지처럼 연기만 난다/
>
> — 「저녁연기」에서

> (전략)술지게미 5원 어치/바가지에 받아다/끓여 먹었지유.//저리 휘청 벗겨 진 고무신 한 짝//
>
> — 「주린 배의 모퉁이」에서

> "충표야아, 싸게싸게 와 밥 먹어라아아!"/사금파리 마른 오징어 등뼈/위이 윙 귓전으로/즈이 엄니 야단치는 소리.//
>
> — 「모듬불」에서

그 외에도 「까막고무신」, 「소꿉장난」 등이 있는데 그 시절 한밭의 풍경 과, 유년의 회상을 통한 삶의 호흡과 맥박들을 헤아려 볼 수 있다. 참 가난 한 상황이었지만 인간적이었으므로 결코 외롭지 않았음을 시인의 목소리 에서 느낄 수 있지 않은가.

다음에는 한밭의 전설과 풍습들을 구수한 향토어로 그려내어 우리의 전 통문화를 일러주는 작품들이 있다. 「야광귀」, 「암용추와 숫용추」, 「더위팔 기」, 「복과 보쌈」, 「적성풀이」, 「이 애기」 등 다수가 있는데 율격과 반복, 댓 구 등의 다양한 방법으로 리듬을 살려내고 있는 이 작품들을 통해 한밭의 이야기들을 가꾸고 전하려는 시인의 의지를 발견, 이해하게 된다. 그것들 은 모두 우리의 뿌리인 것이다.

마지막으로 이 시집은 많은 현실을 담아내고 있다.

　① 날자! 동남아로/살모사 먹으러 …(중략)…씨알은 나물먹고 물마시고 전세방에 눕는데//

—「대표 초대석」에서

　② 멸종한 것으로 알려졌던 어름치가 대청호 상류에서 발견되었어요. (중략)… 그 토종민물고기를 베스, 블루길, 외국산 거북자라 들이 먹어 치우고 있어요

—「어름치」에서

　③ 텔레비전을 안보는 동안/쥐불놀이도 했고/꽃씨도 뿌리고/가족끼리 말잇기놀이도 했지요/「일요일 일요일 밤에」를 보고서 /책일기 정말 싫어요//

—「끄자 TV를」에서

　①은 사회의 상황을 풍자한 작품으로 너무 많이 가진 자와 민중들을 대조해 놓은 작품으로 그 외「씨알의 소리」, 「재산공개타령」 등의 비판시가 있다.

　②는 외래문물의 급증으로 우리 고유의 것이 무너지고 있는 것에 대한 우려의 목소리로서 농촌의 현실과 함께 우리 땅, 우리 역사를 지켜야할 것을 시사해 준다. 그런 작품들로는 「무서워라 개망초꽃」, 「한우 수호굿」, 「아기 오리」 등이 있다.

　③은 만연되어 있는 현대의 문명, 세태에 대한 풍자이다. 「명이와 쥬이」, 「너무 기죽지마유」, 「됴흔 시상」, 「쓰레기 강산」 등에서 환경문제를 비롯한 질의 파괴 등 당면한 우리의 현실이 얼마나 건조하며 위험한지 교훈과 경각심을 주고 있으며 우리자신을 돌아보게 한다. 결국 문학이란 현실을 제재로 하여 언어 매체로 구성하는 것이므로 현실반영이란 시인의 필연적인 자세일 것이다.

　홍희표 시인의 한밭풍물시 3집을 한 마디로 요약하라면 편안함이다. 마치 한 폭의 한국화를 보듯 낯설지 않고, 계룡산의 바위처럼, 금강의 강물처

럼 다정한 편안함이다. 그러면서도 시적 긴장을 팽팽히 유지하고 있는 것은 시작업에 있어 손목에 힘을 빼되 그 마음 속에서는 언어와 이미지에 대하여 뜨겁고 치열했던 까닭이리라. 붓글씨에 있어 손목의 자연스러운 힘이 가장 중요하듯 말이다. 논리와 형식, 의미와 운율 속에서 짜임새 있는 조화로 복잡하고 많은 이야기들을 함축시켜 몇 줄의 글에 담을 수 있는 사람이 시인이다. 현대문명의 소외감 속에서 향토적 삶의 따뜻함을 이야기하고 싶어하는 홍희표 시인의 한밭과 한밭사람들에 대한 투명한 애정이 시인의 시작업 속에서 계속 생명감 있게 형상화 될 수 있으리라 믿는다. 진정 향토를 살려내는 정신만이 21세기의 엄청난 변화의 물결 속에서도 우리의 뿌리를 건강하게 뻗을 수 있게 하는 소중한 힘임을 외치는 시인의 목소리에 조용히 고개를 끄덕여 본다.

《호서문학》20집, 1994년)

사투리와 향토어로 한밭노래 — 류민정

이제 학창시절의 마지막 봄을 도서관 뿌연 창문을 통해 들어오는 나른한 햇살을 받으며 지는 벚꽃의 한때보다 조급한 마음으로 보내고 있다. 지금 밖에는 벚꽃잎이 조기비늘처럼 내리고 있다. 시인 홍희표님은 한밭에서 출생, 성장하시고 지금 우리 학교 교수로 재직 중이시다.

『버들피리 보리피리 민들레피리를』! 우선 이 시집의 가장 큰 특색이라면 바로 한밭을 노래하는 시를 모아놓은, 소재의 향토성에서 찾을 수 있다. 개방의 물결과 함께 찾아든 우리 것에 대한 무관심은 이제 더 이상 방관해서는 안 될 중요한 과제가 되었다.

우리 것에 대한 사랑, 관심, 어쩌면 고리타분하고 고지식한, 현대인으로서의 감각엔 뒤떨어진 골동품적 고집이 더욱 간절한 이때, 정신적 세계화 (가장 민족적인 것이 가장 세계적이다.)를 지향하는 선두주자로 나선 분이 바로 홍 시인이며 그 노력의 결정체가 바로 이 '한밭풍물시'인 것이다.

자칫 지역감정의 문제가 되기 쉽고 지나친 향토색의 반영으로 문학으로서의 독자층 형성에 다소 위험부담이 될 수 있는 여지를 담고 있을지 모르지만, 구수한 충청도 향토어, 토박이말의 사용이 주는 잊혀져가는 것에 대한 그리움의 심성을 불러일으킨다. 또한 전설의 삽입 내지는 극시체의 친근감, 친밀감의 형성이 전체적인 독자의 심성을 가라앉혀 그 위에 유년시절의 행복했던 추억, 기억과 빈곤이 가져온 생활체험의 느낌들이 시인의 독특한 시각과 다양한 화자 변이 등을 통해 나타나며 무엇보다 일상어가 시어화되면서 느껴지는 소박한 공감대의 형성은 시 하나하나에 대한 느낌의 깊이를 더해 준다.

그러한 시인은 한밭이라는 고향에 대한 그리움의 정서에만 머물지 않았다. 한밭, 그 뿌리찾기에 대한 집착의 완성은 과거지향, 현실만족이 아닌 과거지향에서 오는 현실의 안타까움, 그 안타까움에 대한 적극적인 자세로 시인은 현실을 비판하는 미래지향적 태도를 보여준다. 이것이 진정한 뿌리찾기의 정신이며 우리 정신의 세계화로 가는 척도라 생각된다.

『버들피리 보리피리 민들레피리를』에 실린 시는 약 70여 편에 가깝다. 이 시들을 크게 분류해 보면 하나는 한밭지역의 풍물에서 느껴지는 소박한 시인의 목소리고, 또 하나는 강한 현실비판의 날카로운 시인의 목소리다. 「산디마을 탑신제」, 「계룡산」, 「방아실」, 「민들레피리」 등의 작품이 전자의 예로 들 수 있는 대표적 작품들이다.

소재 선택이나 어휘의 선택은 '한밭'이라는 특수성을 인식시키면서도 보편적 정서의 형성이라는 상반되는 역할을 동시에 해내고 있다. 자유시, 산문시, 극서정시 등의 형식의 다채로운 변화는 그 작품 자체의 의도된 정서를 독자로부터 유도하기에 충분히 자유로운 공간을 마련했다. 한 편, 한 편 읽을 때마다 과거의 기억들이 맑은 수채화처럼, 되직한 유화처럼 그림 그려질 수 있도록, 그래서 보편적 정서를 유출해내는 힘을 지녔다는 것이 이 『보리피리 버들피리 민들레피리를』의 매력이 아닌가 싶다.

보통 문학성을 추구하다보면 현실성을 떠나게 되는 편식문학을 시도하기 쉬운데, 앞에서도 언급했지만 날카롭게 현실을 비판하는 시인의 세심함은 문학성과 현실성의 문학적 승화의 가능성을 타진하기에 충분하다고 본다. 「한우(韓牛) 수로굿」, 「어름치」, 「그대 안의 블루」, 「첫날밤에」 등의 시가 바로 현실인식의 시작이 매우 날카롭게 투영된 작품들이다.

금속성과 피를 부르는 흥분된 목소리의 현대인의 시각에 비해 UR협상, 환경오염, 가치관의 변화, 통일에 대한 염원에 이르기까지 시인은 시인 특유의 해학스런 어조와 따뜻함으로 이런 현실 문제의 모난 부분을 조심스레 감싸안고 있다.

독자는 시인의 어감에서, 어조에서 먼저 친근감, 편안함을 찾고 그 위에 현실인식의 태도가 서서히 움트게 되는 것이다. 바로 여기서 문학의 힘을 느낄 수 있다. 이 시집을 통해서 '문학의 길'에 대해서 진정한 의미의 문학의 역할이란 어떤 것인가— 에 대해서 생각하게 되었다.

『보리피리 버들피리 민들레피리를』은 그런 의미에서 문학과 현실이 조화, 승화를 이룬 뛰어난 표본이 될 만하고 향토성이 갖는 문학의 편중성 문제를 극복해 나갈 수 있는 해결책을 제시하고 있다고 본다.

(〈목원대신문〉, 1994년 4월 1일)

한밭풍물시의 그 높이 — 권구천

홍희표 교수님이 지도하신다기에 일찌감치 수강신청을 하고 마음 편하게 강의를 받고 있었다. 그러나 실상은 발표중심의 연구수업이 시를 중심으로 전개되었다. 홍 교수님께서 일반적 시 몇 편을 연구 수업한 후 교수님의 시로 수업을 바꾸자고 하셨을 때 내심 적잖은 불평이 일기도 했다.

여하튼 그날 저녁 시집을 샀고 늘 그렇게 읽어 내려가듯 시집의 전문부터 한 자도 빼지 않고 읽기 시작했다. 몰랐다, 정말. 내가 알고 있었던 것은 교수 홍희표님 뿐이었다.

한 권을 마치 맛있는 음식을 굶주린 상태에서 우걱우걱 먹듯이 그렇게 먹어치웠다. 글자 한 획, 낱말 한 단어 모두모두 삼키면서 그렇게 맛있게 먹어 버렸다. 한동안 멍해 있었다. 어떤 감동의 흐름이 잠시, 자리를 뜨지 못하게 했고 그 파급 효과는 참으로 컸다. 교수님에 대한 시인으로서의 재인식이 제일 큰 변화로 다가왔고, 또 하나는 그동안 수백 아니 수천에 가까운 시를 흥미로만 읽어왔던 내게 전혀 새로운 충격이었다. '한밭풍물시'! "가장 한국적인 것이 가장 세계적인 것이다."를 큰 획으로 잇달아 계속된 대전의 이미지. 충청도의 심상, 정서가 꿰듯이 연달아 의식의 뇌리로 이어지고 있었다.

시인 홍희표님의 시는 이렇게 내게 다가왔다. 홍희표 교수님의 시 세계를 알고 오만하고 자만스럽게 치켜들던 지적 허영심은 어느새 기를 숙이고 겸손해져 버렸다. 그동안 나름대로는 시에 대한 관심과 욕구로 자못 흉내내기를 시도한 적도 누구 못지 않으리라. 한용운 시에 탐닉하여 시의 미감과 의미의 상징성에 도전하고픈 욕구만큼 실패와 언어 조탁에의 좌절은 작지 않았다.

그런데 홍희표 시인님의 시는 또 다른 세계였다. 지방색 물씬나는 그리움이 안겨드는가 하면 때로는 날카롭게 현실을 비판하고 꼬집는다. 또한 시가 너무나 정겹다. 친근감이 절로 다가와 읽어도 부담이 없으면서 읽고 난 후에는 교훈을 남기고 있다.

시의 재료도 참으로 가지각색으로 재료만 가지고도 피식 웃음이 나올 법한데 음흉하게 능글거리는 것 같은 'ㅎㅎㅎ'라든지 충청도 사투리를 그대로 사용한 '~유'는 읽다가 웃음을 터트리게 만든다. 마치 교수님을 대하는 기분이었다. 인간적인 교수님, 친근감이 깃들어 있는 충청도의 여유 있는 해학이 서려있는 시어에 덜 토백이인 내게도 전혀 낯설지 않은 친근감과 다정함이 배어있었다.

이렇게 웃으면서도 왜 자못 심각해졌던가? 시는 웃으며 읽었는데 웃고 나서는 왠지 비장미가 생긴다. 찢어지게 가난한 현실을 노래해도 웃음이 나왔고, 그리움을 표현해도 웃음이 나왔고, 오늘날의 현실적 모순을 꼭 집어 표현했어도 웃음이 나왔던 것은 시어 자체가 주는 정겨움이고, 묘사 자체가 비극적이면서도 겉으론 웃음이 배어 있는 것이다.

마치 흥부의 생활상을 보면 안타까워 눈물을 흘려야 하건만 그런 상황에서도 흥부의 모습이나 생활을 보면 웃음을 견딜 수 없는 것처럼 그렇게 웃는 것과 같다. 물론 웃고 나서 뒤돌아서면 주먹을 불끈 쥐게 하고 마음의 경종을 울리는 각오들을 저쪽 마음 한 구석에 각인해버리고 만다.

그냥 웃어버릴 수 없는 비감함이 잔잔히, 웃음보다 뒤늦게 다가설 때 그 웃음은 이제 칼날이 되고 다짐이 되고, 슬픈 울음이 되어 쏟아지는 것을 아무도 막을 수가 없다. 그때 그 느낌이 이렇게 전해져 왔을 때 비로소 독자는 시에 대해 새롭게 눈뜨게 된 것이다. 주위에 있는 어떠한 소재들도 다양하게 시인 홍희표님의 가슴에 녹아졌을 때, 낯선 인식의 대상이 되고 기쁨이 되어 버린다.

한 때 시를 그렇게 어렵게만 생각하고 생똥을 싸듯 언어를 쥐어짠 음울하

고 그늘진 내 흉내내기가 얼마나 속되고 어리석은 것인가를 가슴으로 깨닫
게 해 준 고마운 시집이다.

　앞으로 교단에 설 수 있다면 가르쳐주리라. 시란 이런 것이라고. 그리고
가슴으로 받아들인 것 모두 그네들에게 전해주리라, 이런 느낌이라고. 바
로 이런 것이 홍희표 시가 주는 느낌이라고.

(〈목원대신문〉, 1994년 5월 3일)

답신 소감

• 홍희표 교수님께! 차례를 펼치면서 다정한 이름들이 웃으며 안깁니다.

저녁연기, 방아실, 눈색이꽃, 꼬마별, 첫날밤에, 내새갱이 ……

한밭풍물시집 Ⅲ.『보리피리, 버들피리, 민들레피리를』포근한 고향 냄새에 새롭게 빠져 봅니다. 안녕히 계십시오.

― 김순일 (1994년)

• 한밭풍물시집 Ⅲ.『보리피리, 버들피리, 민들레피리를』을 받았습니다.

근년에 왕성한 작업이시니 피리소리에도 윤이 납니다.

이 봄 화창한 기운이 고스란하시기를 빕니다.

― 장호 (1994년)

• 풍물시의 셋째권『보리피리, 버들피리, 민들레피리를』잘 받아 읽고 있습니다.

아주 독창적인 시각과 언어에 다시 유의해야 하겠습니다.

― 성춘복 (1994년)

• 홍희표 사백! 뵌지도 오래되었습니다. 보내 주신 시집『보리피리, 버들피리, 민들레피리를』잘 받았습니다. 고맙습니다 내내 건강하시기 빕니다.

― 박재삼 (1994년)

• 홍희표 교수님 차례를 펼치면서 다정한 이름들이 웃으며 안깁니다.

'저녁연기, 방아실, 눈색이꽃, 꼬마별, 첫날밤에, 내새갱이 단풍잎 저녁……'

한밭풍물시집 Ⅲ.『보들피리, 버들피리, 민들레 피리를』포근한 고향 냄새에 새롭게 빠져 봅니다.

― 이현온 (1994년)

제12시집

이 뭣꼬!

— 시로 쓴 선사열전

목차

제 Ⅱ 부

작품론

549

홍희표 시인 연구

550

증보판을 내며

1993년 '시로 쓴 선사열전'이라 부제를 단 선시집을 간행했다. 이 선시집은 때로는 서사를, 혹은 화두에 가까운 문답을 직접 인용하기도 해, 독자로 하여금 선화(禪話)를 읽는 즐거움과 충격을 주고자 했다. 많은 격려와 시절인연 따라 빠진 큰스님들에 대한 이야기도 들었다. 그 아쉬움의 뒤안길 따라 틈틈이 선사열전을 계속 쓰게 되었다.

10여 년이 지난 어느 날, 문득 한 권 분량이 되어 고심하다가 증보하여 같은 제목으로 이 선시집을 재간행하게 되었다. 망설이다 몇몇 작품들은 추고를 하였고, 또한 한자를 많이 없애고, 오자를 바로 잡았다.

경봉(鏡峰) 큰스님의 법음이 떠오른다. "선(禪)이란 어떤 것인가? 선을 선이라 하면 선이 아니오, 선을 선이 아니라 하여도 선이 아니다. 선은 선도 아니고 선 아님도 아니다. 선은 선이면서 선이 아니고, 선이 아니면서 선이다."

그렇듯 선(禪)은 우주와 인간의 근본 실체를 아는 유일한 방법이다. 언제나 종교 이상의 것. 이것은 개인들에게 순간 속에서 영원을 경험할 수 있도록, 또 모든 살아있는 것들 안에 있는 신성한 것에 대한 지식을 제공하도록 고안된 원리이자 수련법이 아닐까.

우리는 선사들의 돌연한 광기, 비논리적인 어투와 행위, 상대방에 대한 우롱성, 무의미성의 강조, 기상천외의 해프닝 정신을 통해 선의 황홀한 실체를 엿볼 수 있다. 아울러 나는 큰시인의 모습도 또한 떠올린다.

어느덧 갑년, 이제 한 바퀴를 돌았으니, 세상사가 훤해지면 좋겠는데 나는 여전히 무명의 안개 속에 갇혀 있다. 그렇지만 내 곁에는 늘 새로운 사랑을 꿈꾸게 하고, 또 아름답게 절망하라고 장군죽비를 내리치시는 큰스님이 있어 나는 오늘도 여여(如如)하다.

2006년 10월 남천정사에서

홍 희 표 큰절

피뽑는 정신의 고리를

저는 큰스님들의 행적과 법어와 오도송을 통하여 우리의 어제와 오늘의 피뽑는 치열한 정신의 고리를 가름해 봅니다. 그 가이없는 큰스님들의 호방하고 진솔한 정신사를 통하여 저의 천박하고 깊이 없는 시정신을 일깨워 보기도 합니다.

최근세의 경허 큰스님부터 지금 제가 가까이 모시는 몇몇 스님들에 이르기까지 저는 그분들에게서 진정한 큰시인의 모습을 봅니다. 틀에 사로잡히지 않고, 운(韻)에 시달리지 않고, 격(格)에 몸부림치지 않는 무애인으로서, 구도인으로서의 이상적인 한 시인의 모습을 봅니다. 결국 우리 시인이 도달할 정점은 진정한 언어에서의 벗어남, 그 정신의 땅에서 벗어남이 아닐까요.

저는 그런 큰스님들의 모습을 제재로 삼아 시화하고 싶은 꿈을 오래도록 가지고 있었습니다. 집안과 공부한 학교가 불연과 짙은 관계도 있었겠지만 그것은 제가 나름대로 정립해 보고 싶은 우리 고유 정신사의 시적 한 방법이기도 합니다. 이 보잘 것 없는 작업이 나무말 타고 토끼뿔 사이로 덤벼드는 만용이란 것을 잘 압니다. 그렇지만 아직은 이것이 저의 최선의 작업이고 시작이란 점을 이해해주시면 그저 감사하겠습니다.

오늘도 계룡산에 올라서면 골짜기 사이에는 경허(鏡虛) 큰스님의 산수박 같은 웃음과 촛불 아래 목초(牧樵) 스님이 묵향을 뿌리며 심우정사에서 저를 노려보고 있습니다. 이 작은 작업에 은사 화종(和宗) 스님과 선원빈 거사님, 홍신선 박사님이 도타운 도움을 주셨습니다.

옴 하나마리데 사바하!

불기 2537년 4월 심우정사에서

홍 희 표 합장

초월성의 종언과 시작 — 홍신선

— 선(禪), 선시의 의미

吳經熊의 인상 깊은 책『禪의 황금시대』를 읽게 된 일은 나로서는 하나의 큰 행운이었다. 황동규 선생의 소개를 통해서였다. 선에 대한 내 나름의 어렴풋한 윤곽이나마 그릴 수 있다면 이는 오로지 그 책 덕분일 것이다. 부처님이 내 안에 있으며 밖의 어디에 존재하는 것이 아니란 오경웅이 들려준 다음과 같은 선문답을 통해서였다.

"丹霞는 惠林寺의 객승이었다. 날씨가 퍽 추워서 木佛로 불을 피웠다. 마침 그 절의 주지가 이를 보고는 "네가 어찌 감히 부처님을 태우는가?" 호령하였다. 단하는 "舍利를 찾고 있습니다"라고 대답하면서 부젓가락으로 재를 뒤적거렸다. 그 주지가 "나무 부처에 무슨 사리가 있단 말인가?" 하고 다시 면박을 주었다. "사리가 없다면 한 두어 개 더 땝시다" 단하는 천연스럽게 대답했다."

이와 비슷한 숱한 기상천외의 글들을 혹해서 읽는 가운데 나는 선에서 말하는 마음 공부를 짐작하게 된 것이다. 더욱이 우리 시는 1990년대에 들어오면서 정신주의 시라는 한 흐름을 갖게 되지 않았는가. 난데없다 싶을 만큼 새삼스런 정신주의 시 이야기는 사회주의권의 몰락과 6공기간의 다소 유연해진 사회분위기로 말미암아 생겨난 것이었다. 물론 여기에는 그간의 고도성장에서 비롯된 우려할 만한 물신화 현상 역시 빼놓기 어려운 요인일 터이다. 우리 사회 역시 소비사회에 근접하면서 뿜어대기 시작한 욕망은 사물에 대한 단순한 욕구의 차원을 넘는다. 그 욕구는 사회적 의미에 대한 욕구로까지 발전된 것. 이 같은 사회의 새로워진 욕망의 체계는 사람을 소외시키고 사물화시켜 가는 것이다. 이 물신사회 혹은 물상화의 현실 속에서 우리는 초월성의 종언 같은 걸 느끼기 시작했다면 지나친 예단일 것인가.

아무튼, 기호화된 사물의 발신과 수신만이 존재하는 이 사회의 끝없는 욕망의 체계 속에서 과연 탈출이란 없는 것인가? 그것은 욕망과 집착으로부터의 탈출──禪이 가르치는 정신의 해방이 아닐까. 대단히 성급한 생각이긴 하지만, 이른바 정신주의 시들을 이런 배경 앞에 세워놓고 읽다 보면 우리는 한순간 '심오한 즐김 Jouissance을 이룩할 수 있음을 발견한다. 그런데 이 심오한 즐김은 어찌 작금의 정신주의 시일 뿐이겠는가.

달마의 동도 이래로 숱한 선사들이 일화나 끼쳐놓은 시 등 왕양한 바다처럼 펼쳐진 저 정신의 우주를 유영하다 보면 우리는 한결 깊은 열락을 누릴 수 있는 것이다. 이 열락은 과연 무엇인가. 이는, 앞에서 이미 적은 대로, 우리가 손쉽게 대상화하고 객관화시킬 수 없는 비이성적인 신비의 한 체험일지도 모른다. 실제로, 오늘날 정신주의 시에 대한 우려의 하나는 바로 현실도피 내지 그 신비주의화 경향에 대한 것이기도 하지 않은가. 또 일련의 이러한 비판이 부분적인 타당성을 지니고 있는 것도 사실이다. 그러나 그 비판들을 잠시 접어두고 우리는 욕망을 벗어나 진정한 나를 찾는 과거 선사들의 불꽃같은 정신의 단련을 생각해 보아도 좋을 것이다. 이 같은 우리의 생각을 더해가는 데에 홍희표의 시로 쓴 선사열전은, 한 좋은 길 안내가 될 것이다.

홍희표 선시집 『이 뭐꼬!』는 최근세 鏡虛에서부터 知訥에 이르기까지의 선승열전이다. 그 열전은 시로 쓴 독특한 것이다. 따라서, 이 열전은 때로는 서사를, 때로는 화두에 가까운 말들로 온통 채워져 있다. 특히 홍희표가 이들 선승에게서 보고 있는 것은 참시인의 모습이다. 이 점은 자서 가운데 다음과 같은 진술이 증거한다. 곧, "틀에 사로잡히지 않고, 韻에 시달리지 않고, 格에 몸부림치지 않는 무애인으로서, 구도인으로서의 이상적인 한 시인의 모습을 봅니다." 라는 언급이 그것이다. 이 진술에 의지하자면, 홍희표가 선사들에게서 발견하고자 한 것은 바로 시인의 모습인 셈이다. 그것도 틀이나 운, 격에 얽매이지 않는 이상적인 참시인의 모습인 것이다. 잘 알려진 그대로, 시와 선은 예부터 하나로 일컬어져 오고 있다. 嚴羽의 『滄浪詩話』에 의하면 詩禪一撥인 것. 이는 시와 선이 '깨달음이란 체험'을 그 공통의 토양으로 삼는 데에서 일러지는 것. 깨달음의 체험을 우리는 흔히 悟道라고 말한다.

그리고 이 오도를 선사들은 말(언어)을 매개로 하여 보여주고자 했다. 한갓 논리나 문자라는 매개체를 쓸모없이 여기면서도(不立文字) 결국은 그것에 매달려 오도를 일러주었던 것이다. 말할 것도 없이, 선의 목적은 깨달음을 설명하는 것이 아니라 본질을 체험하는 일이다. 현상과 본질이 하나이며 분별과 지혜가 모두 환상임을 직접 체험하는 일인 것이다. 그러니, 이 절대한 주관적 체험은 그 무슨 방편으로도 설명하고 드러내기 어려운 것이다. 아마도 궁여지책으로 택한 것이 말일 터이고, 시인 셈이라고나 할까. 따라서, 참다운 선은 헛된 말놀음이나 시 나부랭이를 벗어난 데 있을 것이었다. 홍희표는 이것을 언어에서의 벗어남, 정신에서의 벗어남이라고 말한다. 그러면 이 시집에서는 선을 무엇이라고 하는가. 그것은

> 禪이란 어떤 것인가. 선을 선이라 하면 선이 아니요, 선을 선이 아니라 하더라도 선이 아니다. 선은 선도 아니고 선 아님도 아니다. 선은 선이면서 선이 아니고 선이 아니면서 선이다.
>
> ―「차 한 잔」

와 같은 '있음을 말함은 없음을 나타내기 위함이요, 無를 말함은 不無를 나타내기 위한' 진술 속의 어떤 공간이라고 일러주고 있다. 선을 선이라 하면 선이 아닌, 또 선 아님도 아닌 그 무엇인 셈이다. 그렇다. 이와 같은 곧이 곧대로의 설명보다는, 우리는 다시 馬祖道一의 스승, 懷讓의 한결 요령 있는

설명을 들어보자.

"앉아서 명상하면서 너는 참선을 하려는 것이냐, 아니면 앉아있는 부처를 흉내내려는 거냐? 만일 참선을 하려는 거라면 선이란 앉고 눕는 따위에 달린 게 아니요, 앉은 부처가 되려 한다면 부처란 일정한 모습에 구애되는 게 아니다. 법이란 어느 한 곳에 머물러 있는 게 아니니 법을 구할 때는 마땅히 어떤 특정한 것에 집착해서도 안되고 무시해서도 안된다. 무릇 앉아서 부처가 되려 한다면 그것은 곧 부처를 죽이는 일과 같다. 앉은 형태에 집착해서는 절대로 큰 도를 볼 수가 없다."

이 말의 가르침은, 단순화시켜 말하자면, 우리가 어떤 형체나 모습에 집착해서는 안된다는 것이다. 그 집착을 벗어나야 오히려 본질이 보이기 시작한다는 것. 그래서 이따위 집착을 우리의 慧月 역시 꾸짖는다.

"참선해서 뭣 할려고?"
"그거야 부처될려고 그러지요."
"참선은 앉아서 하는가, 서서 하는가?"
"앉아서 합니다."
"그놈의 부처는 다리병신인 모양이지, 앉아서만 있어!"
　　　　　　　　　　　　　　　　　　　　　　―「다리병신」

이 꾸짖음은 '참선 곧 앉아서 하지' 란 고정관념이 얼마나 허무맹랑한 것인가를 일러준다. 이 고정관념은 부처를 다리병신으로 만들고 더 나아가 '죽이기' 까지 하는 것이다. 고정관념뿐만 아니라 형체와 색깔에만 매달리는 일도 실은 도를 깨치는 일과 거리가 멀다. 도는 일체의 형체와 색깔을 초월한 자리에 있기 때문이다. 세계는 시간 속에서 쉴 새 없이 변한다. 그래서 세계는 본래 실체가 없다고 한다. 홍희표의 수사대로 하자면,

봄이 오면 꽃피고
여름 오면 가지 치듯

> 일체 변하는 법은
> 본래 그 실체가 없다.

는 것이다. 색깔을 뒤집어 쓴 것은 없는 것이다(色卽是空). 그러나 없는 것이지만 그것을 공간에 흩뿌려 놓으면 형체와 색깔있는 것이 된다. 모르긴 하지만, 혜월은 이 일을 아는 것, 이 일을 보는 것을 見性이라고 가르쳤던 것이 아니겠는가. 최근세의 우리 선사들의 가르침은 이에서 그치지 않는다. 鏡峰 같은 이는 '마른풀 허수아비'를 조심하라고 일깨운다.

> "禪窓 문 밖에 한 떼기 콩밭이 있는데 들새와 산짐승들이 침해하기에 마른 풀로 허수아비를 만들어서 밭 가운데에 세워 놓았더니 산짐승들이 허수아비를 사람으로 속아 들어가지 않았는데, 어느날 밤 소가 밭에 들어가서 콩과 허수아비를 의심없이 다 먹어 버리기에……"
>
> —「허수아비」

이 설법에서의 마른풀 허수아비는 허상이며 헛것이다. 이 허상에 미혹되어 疑念을 두지 않은 사람은 '참나'를 볼 수 없다. 그들은 어리석은 산짐승일 뿐이다. 그런 뜻에서 미혹과 의념을 깨는 일이 곧 수도인 것이다. 그러면 '참나'를 발견하면 어찌 되는가. 莊子는 일찍이 나와 우주가 둘이 아니라고 했다. 僧肇는 이를 한결 가다듬어 다음과 같이 말했다.

> "천지와 나는 같은 뿌리에서 나왔고 모든 만물은 나와 하나이다."

우리의 春城도 이렇게 노래한다.

> "오늘은 실달태자가 明星을 보고 도를 깨쳤으나 깨친 허물이 있고, 중생은 迷한 허물이 있으니, 이날은 바로 중생의 迷한 허물과 부처의 깨친 허물이 모두 없어지는 날이다."

—천지는 나와 함께 그 뿌리에 있어서 같고
　　만물은 나와 함께 한몸이네.

—「그 뿌리」

누가 말했는가. 도는 방을 쓸고 닦으며 벗들과 이야기하는 일상의 평범한
일 속에 있다. (宋의 程顥)라고. 또 龐蘊 거사는 이렇게도 읊었다.

　　신통과 묘용이란 무엇인가
　　물 길어오기와 나무 해오기 일세.
　　(神通併妙用 運水及搬柴)

　이와 같은 말들을 의지해 보면, 사람의 깨우침이나 본성을 발견하는 일은
일상의 일 아닌 무슨 비상한 초월의 공간에서 이룩되는 일이 아니다. 범박
하게 달리 말하자면, 세속의 일상 속에 우리가 찾는 삶과 세계의 본질이 언
제나 깃들여 있는 것. 오늘날의 선사들은 그래서 세속의 현실과 나 사이에
분별을 두지 않는다. 그 분별이 없음은 곧 지금 이곳의 '나' 가 '큰 나(大自
我)' 임을 뜻하기도 하는 것이다. 萬海 선사의 '참나' 곧 조국의 해방 혹은
혁명적 我空임은 이 같은 한 본보기로 너무나 잘 알려진 일이다. 작품 「왜
뉘우치느냐」는 이와 같은 일을 역시 보여준다.

　　1919년 3월 11일 警務總監部의 檢事 河村靜永
　　問 : "被告는 今後에도 朝鮮의 獨立運動을 할 것인가 !"
　　答 : "그렇다. 계속하여 어디까지든지 할 것이다. 반드시 독립은 성취될 것
　　이며 朝鮮에는 僧에 韓龍雲이 있을 것이다."

　재판기록을 그대로 따온 이 대목에서 우리가 확인할 수 있는 것은 '하늘
과 땅이 나와 한뿌리로서' 같을 뿐만 아니라, 나라와 민중이 바로 나와 한
몸임을 보여준다는 사실이다. 앞에 적은 바와 같이, 성과 속이 서로 전혀 다

르지 않음을 일깨우는 일이기도 한 것이다. 그래서, 우리는 '석가도 예사 사람'이라고 일컫게 됨을 알게 된다. 滿空도 식민지 시대를 살면서 일제의 사악을 痛罵하였다. 그의 통매는 사자후라는 일갈이었음을 시 「獅子吼」는 일러준다. 특히 만해와의 수작 형식을 빈 이 시는 선승에게 喝이 무엇인가를 생각게 한다. 할은 이미 알려진 대로 臨濟 義玄의 전매특허 같은 것.

 "때로는 한 외침(一喝)이 금강왕의 보검과 같고, 때로는 땅에 웅크리고 앉은 사자와 같고, 때로는 풀을 헤치는 잣대와도 같다."

 일찍이 임제는 제자를 깨우치는 한 방편으로 할의 중요성을 이렇게 설명한 바 있다. 만공 역시 일제와 그에 빌붙은 사문들을 깨우치기 위해 이 같은 할을 썼던 것이다. 그러나 그 할은 할로서 당시의 물리적 힘 위에 남아있을 뿐, 현실을 바로잡는 데(깨우치는 데)까지는 이르지 못했다.
 대개, 이와 같은 선사들의 맥은 이 시집의 「放下着」이나 「메아리」 등에서 다시 확인된다. 곧, "한낱 먼지 같은 존재끼리/민주화로 미워하고/한낱 먼지 같은 존재끼리/민주화로 사랑한" 法頂의 유신시절 모습이나, 知訥의 민주·자주·통일운동의 모습이 그것이다. 작품 「放下着」은 나와 중생이 역시 하나이며 한 몸임을 다음과 같이 일러준다.

 "나의 몸뚱아리 내가 입고 있는 옷가지 등등, 어느 것 하나 중생들의 은혜가 아닐 수 없다는……"

 만해의 경우처럼 법정 진술의 한 구절을 그대로 따온 이 시에서 우리는 이 시대 선승의 한 모습을 확인한다. 말하자면, 도가 일상 가운데에 있으며, 더 나아가 너와 내가 한 몸임을 깨달음과 실천의 속알맹이로 삼은 우리 선의 한 위상을 보게 되는 것이다. 이와 같은 선의 정신사는 이 글의 모두에서 말한 작금의 정신주의 시들에 씌워진 혐의, 예컨대 현실도피나 신비주의로의 함몰이란 비난을 다시 한 번 되짚어 돌이켜보게 한다. 이제 여기서 우리는 선취를 담은 일련의 시들이 진정 물신과 억압적인 오늘의 현실로부터의 해방을 추구한다는 사실을 말할 수 있게 된 셈이다. 그리고 기왕의 저 좁고도 편협한 혐의가 얼마나 근거 없는 것인가를 새삼 깨닫는 것이다.

홍희표 자신의 말 그대로, 이 시집의 시들은 틀과 운·격 등에 있어 통념적인 시의 전범이 되고자 몸부림치지 않는다. 말하자면, 시라는 관습이나 틀에 얽매이지 않는 것이다.

그래서 이 시집의 시들은 때로는 줄거리와 문답을, 때로는 언행을 직접 인유하기도 하는 분방함을 보인다. 이는 한편으로 시인이 본래 의도한 열전형식 때문이기도 할 것이다. 약 60명에 달하는 선승들의 행적과 어록, 깨우침 등을 시에다 무리 없이 담는다는 일은, 말이 그렇지 쉬운 일만은 아니다. 아무튼,

> "금강산 경치보고 하도 좋아 마누라한테 달려가 금강산에 별장 하나 마련해두었으니까 와서 같이 살자꾸나 하고 금강산 암자에 앉혀두고, 그 길로 도망가 1·4후퇴 때 통도사에서 비구니된 마누라를 만났다네. 이것이 무엇인가?"

> 한 티끌이라도 눈에 들면
> 바깥 도적이 어지러이 침범하리.
>
> ─「是心佛」

이와 같이, 인용된 예에서 보듯, 이 시집의 시들 대부분은 일정한 줄거리나 문답 등을 그대로 담고 있다. 뿐만 아니라, 공안이나 화두를 방불케 하는 비약 심한 경구들 또한 상당수 끼어들어 있다. 가령, 위의 작품에 나오는 '한 티끌이라도~'와 같은 시구들이 그것이다.

이와 같은 다양한 시의 조사는, 기법으로만 따진다면, 일종의 혼성모방인가. 한 텍스트 내부에 기성 텍스트의 흔적들이 흩어져 있는 일은, 상호텍스트성 같은 굳이 어려운 이론을 들먹이지 않더라도, 인유나 언롱(pun)으

로 잘 알려진 조사들이다. 홍희표는 특히 이번 시집에서 이들 인유나 패로디를 두드러지게 잘 살리고 있다. 그 인유들은 禪話들을 읽는 즐거움과 충격을 함께 주고 있다. 실제로, 선승들의 수행과 그 일화들이 작품 속에 직접 옮겨와 있는 경우 우리는 다듬어진 시를 읽는 즐거움보다 한결 더한 흥미를 느끼기도 한다. 물론, 이 같은 인유들 앞뒤에는 정제된 시행들이 반복되어 달려 있기도 하다. 그러면서 한편으로는 작품의 속도감을 덧붙여주는 구실을 하기도 한다. 예컨대,

> 헌집 헐고, 두껍아!
> ....
> 두껍아, 새집 짓자!
> ....
> 헌집 헐고 새집 짓자, 두껍아 두껍아!
>
> ─「돌이마」

와 같은 형태가 그것이다. 물론, 인용된 이 작품의 경우는 동요의 패로디여서 좀 유별한 경우일 것이나, 작품들의 이같은 다양한 시도만은 누구나 쉽게 발견할 수 있을 것이다. 이 같은 기왕의 운과 격을 깨뜨리는 일 또한 선은 아닐까.

아무려나 대학을 마친 뒤 줄곧 고향인 대전에서 나이를 늘군 홍희표가 선 시집의 해설을 부탁해 왔을 때 나는 몹시 난감했었다. 선에 대한 체험은 고사하고 몇 편의 지식조차 변변치 못한 내 처지로서는 너무 힘에 부치는 일이었기 때문이었다. 그런 주제를 알기에 몇 번 고사를 했으나, 곡절은 어떠했든, 결국 이 글을 만들고 만 셈이다.

敎外別傳이나 不立文字라는 말을 어렴풋이 짐작하는 터에 장황한 이제까지의 나의 해설은 '이 뭐꼬!'라고 하여도 나로서는 할 말이 별로 없다. 다만 시인 홍희표가 오랜 기간에 걸쳐 보여준 이 '피뽑는 정신'의 여행에 무임승차를 할 수 있었던 일이 개인적으로 행운이라면 다행일까. 그렇다, 내 이러

저한 요설이 어찌 '피뿜는 정신의 여행'을 변색시키랴. 시인의 말처럼,

매화 한 떨기의
本來面目은
매화 한 떨기!

이지 아니하겠는가.

홍희표 선시집   이 뭐꼬!

초판 인쇄/1993년 6월 22일
초판 발행/1993년 6월 25일
지은이 · 홍희표
펴낸이 · 김상숙
펴낸 곳 · 법보출판사
편집 · 제작 · 불지사(277-2676)

값 3,500원

이 뭣꼬! (증보판)
시로 쓴 선사열전

발행일/2006년 11월 30일
저자 · 홍희표
편집 디자인 및 인쇄 · 도서출판사 종려나무

값 10,000원

돌부처 — 조재훈

— 홍희표

눈빨 가득
휘몰아치는
비인 벌판
코도 눈도
바람에 슬린
알몸으로 서서
히히히 히득거리는
고려쩍 돌부처
더러는 한밭 한밤중
덩컹대며 지나는
굴다리 고인 빗물에
잠든 비둘기떼
날리기도 하느니

선사열전『이 뭣꼬!』발간 — 오희룡

왕성한 창작열을 보여온 홍희표 시인이 선사들의 삶과 이야기를 시로 쓴 독특한 시집 선승열전『이 뭣꼬!』를 출간했다. 최근에 경허에서 지선에 이르기까지 선승 80여명의 열전을 시로 쓴 독특한 작품집『이 뭣꼬!』는 따라서 때로는 서사로, 때로는 화두에 가까운 말들로 가득 채워져 있다.

> 선이란 무엇인가. 선을 선이라 하면 선이 아니요 선을 선이 아니라 하더라도 선이 아니다. 선은 선도 아니고 선 아님도 아니다. 선은 선이면서 선이 아니고 선이 아니면서 선이다.
>
> —「차 한 잔」 중에서

이같이 때로는 줄거리와 문답을 혹은 언행을 직접 인유하기도 하는 분방함을 보이는 홍 시인은 통념적인 시의 틀과 운(韻), 격(格)에 매이지 않으려고 노력한다. 시의 형식에 구애 없이 인유나 패러디를 두드러지게 인용, 선화를 읽는 즐거움과 충격을 주고 있는 것이다.

특히 풍운, 목초스님 등 낯익은 스님들의 모습도 등장, 큰스님을 통해 시정신을 일깨워가는 시인의 일상생활을 엿보게도 한다. 홍 시인은 '큰스님들의 모습에서 진정한 큰 시인의 모습을 본다.'고 전제하고 '틀에 사로잡히지 않고 운(韻)에 시달리지 않고 격(格)에 몸부림치지 않는 무애인으로서, 구도인으로서의 이상적인 시인의 모습을 만나는 기쁨이 있다.'고 말한다.

(〈중도일보〉, 1993년 6월 28일)

신간소개

『이 뭣꼬!』의 의미 — 선원빈

홍희표 교수의 선시집 『이 뭣꼬!』는 시로 쓴 선사열전이다. '큰 스님들에게서 진정한 큰 시인의 모습을 본다' 는 시인은 최근세의 경허스님에서부터 현재에도 활동 중인 정휴 · 지선 등 80여 스님들의 화두 · 오도송 · 행장을 90여편의 시에 담았다.

틀에 사로잡히지 않고, 운(韻)에 시달리지 않고, 격(格)에 몸부림치지 않는 무애인으로 구도인의로서의 이상적인 한 시인의 모습을 큰스님들에게 발견하고 시로 그린 것이다.

시로 쓴 선사열전은 이미 그 자체로도 독특하다 할 수 있는데 따라서 이 열전은 때로는 서사를, 때로는 화두에 가까운 말들로 온통 채워져 있다. 시라는 관습이나 틀에 얽매이지 않고 있으며 줄거리와 문답 혹은 언행을 직접 인용하는 분방함을 갖고 있기에 읽는 이로 하여금 선화를 읽는 즐거움과 충격을 함께 선사한다.

6년간의 작업 끝에 시집을 펴낸 홍 교수는 "경허 · 만공스님과 같은 분들의 경우엔 기록만 갖고 상상력을 동원해 작품을 완성하는 등 어려움이 적지 않았다."고 설명했다.

(〈법보신문〉, 1993년 7월 12일)

답신 소감

• 줄이옵고, 보내주신 선시집 『이 뭣꼬!』 잘 받았습니다. 감사합니다.

역저에 호화판이라 애장할만하고 덕분에 우리나라의 현대 선사들에 대해 배우게 되었습니다. 거듭 감사드립니다.

— 김종길(1993년)

• 선시집 『이 뭣꼬!』를 보내주셔서 재미나게 읽고 있습니다.

'이뭐꼬!' 란 본디 경상도 말인데 어느 스님께서 들은 겁니까. 아니면 홍거사께서 그렇게 뇌어보는 겁니까. 그런 걸 캐어보는 것도 선이 아니겠지요. 가가(呵呵)!

— 장 호(1993년)

제13시집

반쪽의 슬픔

차례

자서

　여기에 모인 시편들은, 1985년부터 최근의 '길' 시리즈 작품까지 거의 10
여 년의 시간 속에서 사생아처럼 남겨진 작품들이다. 그 동안 나름대로 주
제별 연작시집들을 묶기 바빠서 떨구어 놓았던 잎새들. 흘러간 인연 같은
목소리를 대하니 새삼스레 눈시울이 뜨거워진다. 한 잎 한 잎이 나의 속앓
이 불꽃의 볼멘소리이거늘……

　일상사가 세기말의 파편처럼 갈수록 번거롭기만 하다. 그리고 시쓰기는
자꾸만 멀어지는 것 같다. '반쪽의 슬픔'과 '반쪽의 기쁨'이 우뚝 솟아 있
다. 눈길과 마음길이 오롯이 함께 머무알로 영그는 시 몇 줄을 오늘도 하염
없이 기다린다.

　산다는 것이 근본적으로 사랑하는 법을 배우는 것임을. 그 사랑하는 법을
배우듯 나는 반복된 갉기나 자제된 깨물기를 벗어나 이제는 말똥이 굴러가
는 벌판을 찾아 쑥부쟁이꽃을 볼 일이다.

1997년 9월

홍 희 표

세속과 신성의 화해를 위하여 — 김삼주

1. 하늘과 땅, 또는 자유와 사랑

홍희표 시인이 제기하는 땅과 하늘, 사랑과 자유의 화해라는 명제 앞에서 나는 헤르만 헷세의 소설 『싯다르타』를 연상한다. 한때 카마라와 뜨거운 사랑에 빠졌던 싯다르타, 카마라는 죽고 사랑의 증표로 남은 아들을 찾아 카마라의 별장을 찾아가는 싯다르타, 그는 카마라의 별장에 도착하여 이렇게 지나날을 회상한다.

> "젊은 싯다르타와 젊은 카마라가 손을 잡고 커다란 나무 밑을 걷고 있는 광경을 보았다. 카마라의 대접을 받고 그녀와 처음으로 키스를 하고, 오만하게 내려다보는 태도로 파라문 시절을 되새기면서 자부심을 갖고, 커다란 욕망에 부풀어 세속의 생활을 시작하던 모습이 알알이 비쳤다. 그리고 카마스바미가, 하인들이, 연회가, 도박꾼이, 광대들이 그리고 카마라의 새가 눈앞에 아른 거렸다."

이렇게 되살아난 속세의 환상 때문에 싯다르타는 '한번 더 늙어 비틀어지고, 한번 더 구역질을 느끼고, 그리하여 한번 더 자신를 멸각하고 싶은 소원을 느끼게' 된다. 말하자면 싯다르타는 세속과 신성이라는 두 가지 삶의 방식을 놓고 고뇌한다. 그리고 세속 쪽으로 끌려 가는 자신을 자책하며 신성의 삶을 소망한다.

홍희표 시인의 시를 대하면서 나는 왜 고뇌하는 싯다르타를 생각했을까. 그것은 아마도 홍희표의 시적 자아가 지니는 고뇌에서 비롯된 생각이리라. 이를테면 「하늘과 따양」이라는 시처럼 사랑과 자유 사이에서 고뇌와 갈등에 빠진 시적 자아를 만나서 그랬으리라.

> 한밤 등꽃송이 같은 그대 사랑이 떠나가면, 푸르른 하늘 자유가 찾아오고,
> 아, 뻐꾸기 노래 같은 그대 자유가 떠나가면, 아, 빠알간 따앙 사랑이 찾아오
> 고, 오! 우리의 이스레이 사람살이는 푸르른 하늘 자유와 빠알간 따앙 사랑,
> 그 하염없는 출렁거림!?
>
> ─「하늘과 따앙」 전문

이 시에서 우리는 상호 대립적 시어들을 통해 시적 자아의 갈등을 확인할
수 있다. 무엇보다도 먼저 그것은 '하늘'과 '땅'이라는 제재에서 생각해 볼
수 있다. 하늘과 땅은 서로 만나 어울리지 않는다. 끊임없이 어느 하나가
'떠나가면' 다른 하나가 '찾아온다' 이처럼 '하늘'과 '땅'은 만남이 없고,
화해가 없고, 같은 공간 안에 공존함이 없는 지속적인 엇갈림의 상태로 존
재한다. 다시 말하면 그것은 이 시의 행들이 '떠/나가면' '찾아오/고' 등과
같이 동사의 분절로 끝나고 시작되듯 지속적으로 이어지는 '하염없는 출렁
거림'일 뿐이다.

이 '하염없는 출렁거림'은 외적 현상이라기보다는 화자의 의식 공간, 심
리적 공간에서 일어나는 심리적 갈등의 표상이다. 그렇다면 '하늘'과 '땅'
은 그 실상이 무엇이기에 시적 자아를 갈등 속에 몰아넣는가. 이 점을 해명
하기 위하여 다시 이 시의 문맥을 검토해 보자. 먼저 '땅'은 "등꽃송이 같
은 그대 사랑"이며, 동시에 "빠알간 사랑"이다. 그리고 그것은 '한밤'을 시
간 배경으로 한다. 즉, '땅'은 사랑의 표상이며, 더욱이 그것은 '등꽃송이'
와 '빠알간'의 특징을 지닌 '한밤'의 의식을 내포한다. 여기서 우리는 '땅'
과 '사랑'의 등식 속에 포함된 의미소들, '등꽃송이, 빠알간, 한밤' 등의 요
소들을 주목하지 않을 수 없다. 왜냐하면 이들은 '사랑' 또는 '땅'의 의미
를 한정하기 때문이다.

'한밤'의 등꽃송이는 향기로 존재한다. 어둠 속에서 그것은 짙은, 자극적
인 향기로 우리의 후각을 자극한다. 칡덩굴 같이 얽힌 줄기에 거꾸로 매달

려 그것은 등나무 주변을 향기로 채운다. 이처럼 등꽃송이는 뒤엉킨 줄기에서 솟아나고, 어둠 속에서도 강한 향으로 우리를 자극한다. 말하자면 '등꽃송이'로 암시된 사랑은 육감적 사랑이다. 여기에 '빠알간'이라는 색상의 상징적 의미는 이 '따양 사랑'을 더욱 육감적 사랑으로 채색한다. 왜냐하면 그것은 피의 빛이며, 뜨거운 불꽃의 빛이며, 격정의 상징이기 때문이다.

한편 '하늘'과 '자유'의 공간으로 의미화된다. 그것은 "뻐꾸기 노래 같은" 것이며, '푸르른' 것이다. '뻐꾸기'는 홍 시인의 시에서 자주 등장하는 개인적 상징이다. 이 시에서 그것이 '자유'의 표상이듯, 또 다른 시에서도 "알콜에 찌든/나를 챙겨보고//명리에 찌든/나를 챙겨보고"(「짝짝눈으로」)와 같은 의식의 잣대 내지 정신성의 상징으로 등장한다. 이런 점에 비추어 "뻐꾸기 노래"의 의미는 정신의 노래, 즉 의식의 가장 아름다운 부분으로 파악할 수 있다. 그것은 시인이 하늘을 '푸르른'으로 한정한 점에서 더욱 확연해진다. 실상 '푸르른 자유'란 자유의 순수성을 강조한 것에 다름아니기 때문이다. 이처럼 '하늘'은 순수한 자유, 의식의 가장 아름다운 부분으로 상정할 수 있다.

그런데 이 시에서는 시적 자아가 이 '하늘'과 '땅'을 함께 소유하지 못한다는 점에서 비극성이 발생한다. 이둘은 "떠나가면/찾아오고//떠나가면/찾아오고"처럼 시적 자아에게 함께 머무르지 않는다. 다시 말하면, 강렬한 감성적 사랑과 순수한 자유가 함께 획득되지 못한다. 그 어느 한쪽이 다른 한쪽을 밀어내기 때문에 시적 자아는 밀려난 한쪽에 대해 늘 갈망의 상태가 된다. 그래서 그는 '사랑'의 구속과 '자유'의 해탈을 함께 성취할 수 없음을 "하염없는 출렁거림"이라는 깨달음으로 제시한다.

그러나, 그가 마지막에 붙인 의문부호에는 어떤 강렬한 소망이 숨어 있다. 그것은 '출렁거림'에 대한 부정이자 동시에 사랑과 자유의 화해에 대한 소망의 표시이기도 하다. 이와 같이 마지막까지 갈등의 여운으로 남기면서 그의 의식이 인간존재를 '하늘'과 '땅'의 것으로 분리하여 받아들이는 것은 어떤 연유에서일까? 우리는 그에 대한 답을 「생자필멸(生者必滅)」이라는 시에서 생각해 볼 수 있다.

> 진도아리랑 아리랑 부르며
> 샛노란 신새벽부터
> 귀뚜라미가 울고 있다
> 까치밥 떨어지는 소리
> 피울음 하늘로 날아간다
> 별빛 속으로 끝없이
> 저 산모퉁이 연기

— 「생자필멸(生者必滅)」 전문

사랑을 노래한 진도아리랑은 "서산에 지는 해는 지고 싶어 지느냐, 날 두고 가신 님은 가고 싶어 가느냐"로 시작된다. 위의 시 「생자필멸(生者必滅)」에서 귀뚜라미가 부르는 노래가 바로 인간사의 불가항력을 내용으로 한 이 진도아리랑이다. 다시 말하면 시적 자아의 개관적 상관물로서 귀뚜라미는 이 인간사의 불가항력을 슬퍼한다. 이 슬픔은 '까치밥'과도 관련된다. 까치밥이란 그대로 나무에 매달려 있기를 바라면서, '생자필멸'이 아니기를 기대하면서, 남겨둔 감이다. 그럼에도 불구하고 그것은 꼭지에서 떨어져 내려 땅바닥에 산산히 부서진다. 이와 같은 기대에 대한 배반 앞에서 시적 자아는 '필멸하는' 존재의 비극성을 발견한다. 이 비극성에 대한 인식이 시적 자아로 하여금 '우는 귀뚜라미'가 되게 한다.

그러면 이 비극성의 인식과, 사랑과 자유의 화해 문제는 어떻게 관련지어 해석할 수 있을까. 그것은 아무래도 '필멸' 인식에서 살펴볼 수 있을 것이다. '등꽃송이'의 짙은 향기와도 같은 '빠알간' 사랑, 그 '땅'의 삶이 '필멸하는' 것으로 인식되었을 때 시적 자아는 분명 그 허무를 극복하고자 했을 것이기 때문이다. 또한 그 허무 극복의 삶이 "푸르른 하늘 자유"의 획득이라고 그는 확신했을 것이기 때문이다. 그러면 이제 이러한 가정들을 보다 구체적으로 확인해 줄 시편들을 찾아 그의 현실 인식 또는 존재 인식 그리고 그 구원의 길에 대해 살펴보다.

2. 어질머리 또는 세속의 삶

홍희표 시인이 바라보는 세속은 "군불 같은 탐·진·치"의 세계이다. 그것을 시인은 '성도암(成道庵)'이라는 암자 이름을 빌어 다음과 같이 노래한다.

> 새벽 목탁소리에
> 눈푸른 입춘눈
> 쌓이네 눈송이 따라
> 어제 만든 업장이
> 흰머리 휘날리고
> 실상사(實相寺) 건너편
> 산내면 상황리
> 군불 같은 탐(貪)·진(瞋)·치(癡)
> 계곡물에 도리질하며
> 진종일 휘날리는
> 입춘눈 분홍빛.
>
> ─「성도암(成道庵)」

이 시에서 화자는 세계를 이원적으로 바라보고 있다. 그 하나는 '성도암'으로 대표되는 깨달음의 세계, 해탈의 세계이며, 다른 하나는 '상황리'로 대표되는 범부의 세계, 고해의 세계이다. 다시 말하면 이 시에서 화자는 세속과 신성이 맞닿아 있는 세계를 바라보고 있다. 그러면서 그는 세속으로부터 고해의 요인들을 찾아낸다.

'성도'란 석가여래가 대도를 이룬 것을 이르는 말이다. 그래서 그 말은 도를 닦아 완전한 데에 이름을 뜻한다. 시적 자아는 '성도암'이라는 '깨달음'의 공간에 서서 '깨달음'의 시선으로 세상을 응시한다. 그 시선에 포착된 세상. '상황리'라는 속세는 '탐·진·치'로 닳아 오른 고해다. 탐욕과 분노, 어리석음의 범부들이 사는 곳이다. 이러한 시선 속에서 우리는 시적 자아의 현실인식을 살필 수 있다. 즉 시적 자아가 바라보는 우리네 삶은 '성도'한 신성의 삶이 아니라 탐·진·치로 얼룩진 세속의 삶이다.

이 세속과 신성 사이에서 '입춘눈'은 내리는 곳에 따라 각각 다른 의미가 첨가된다. 먼저 '성도암'에 내리는 눈은 "눈푸른 입춘눈"으로서 '업장'을 다스린다. 따라서 그것은 앞의 항에서 논의했던 '하늘' 또는 '신성'의 표상으로서 '입춘눈'이다. 반면 '상황리/계곡물'에 내리는 눈은 "군불 같은 탐·진·치"에 달아올라 "분홍빛 입춘눈"으로 내린다. 이 "분홍빛 입춘눈"은 앞의 항에서 논의했던 "빠알간 땅 사랑"에 대응되는 세속사의 상징인 셈이다. 이처럼 시적 자아는 깨달음의 공간에 서서 다시 한번 인간사의 번뇌로움을 확인한다.

홍희표 시인이 바라보는 인간은 다분히 부정적이다. 위에서 이미 그 일단을 살펴보았듯이, 홍 시인의 시의식에는 그런 사정이 짙게 깔려 있다. 다음의 시 「어질머리」는 부정의식이 표면화한 한 예이다.

> 나의 전공은 분해와 수리입니다. 고장난 시계나 구멍난 인간도 내 손에서 흥얼흥얼 재생됩니다. 어느 날 나는 쑥대머리 같은 한 여자를 만나 사랑놀이 하게 되었습니다. 사랑놀이를 하기 전에 나는 그 여자를 산산히 분해하고 싶었습니다. 노오란 머리에다 면상을, 빠알간 이마에다 번뇌를, 퍼어런 얼굴에다 눈물을 뒤섞어 충전했습니다. 그런데 그 여자는 땀냄새도 피냄새도 보이지 않고 으깨어진 소리를 질렀습니다. "당신도 민족이니 평화니 민주니 하는 것 모두 팽개치고, 스윗치나 빨리 넣어요. 어질머리 수리공 양반아!"
> ― 「어질머리」 전문

이 시에서 화자는 한 여자를 만나 그 여자 속에서 내재한 인간적 속성들을 확인하고자 한다. 이를테면 '면상, 번뇌, 눈물' 등과 같은 인간성과 그는 만나고자 한다. 그러나 그 여자는 "땀냄새도 피냄새도 보이지 않고" '스윗치'를 넣으라고 핀잔을 준다. 이와 같은 화자와 그 여자 사이에 발생하는 아이러니에서 우리는 시인의 비판의식을 확인할 수 있다.

그가 진단한 인간은 "땀냄새도 피냄새도 보이지" 않는다. 그 인간은 생명이 지니는 가장 기본적인 특성이 결여돼 있다. 오히려 '그 여자'는 '스위치'를 요구하는 기계적 특성을 지닌다. 그녀에게는 '민족, 평화, 민주' 등의 사회적 가치가 소용이 없다. 오히려 그것은 그녀에게 '어질머리'가 될 수 있다. 그런 이념이나 관념은 이미 그녀를 귀찮게 하는 것이다. 이처럼 시인이 진단한 인간은 탈관념의 상태, 물질화의 상태에 있다.

이러한 진단은 인간의 탐욕성, 소유욕과도 관계가 있다. 시 「실상사(實相寺)」를 보면 "중생들은 너무나도/헛욕심이 많구나!/절안에 있는 마음고/절안에 있는 물건도/자기것 만들려고 하다니……"라고 시인은 인간의 탐욕을 질타한다. 깨달음에 이르러야 할 '절안'에서도 인간은 무엇인가를 소유하려 한다고 시인은 인간의 소유욕을 질타하는 것이다. 그래서 결국 인간사는 "거꾸로 잘 돌아가는"(「돌장승」에서) 것으로 풍자된다.

이상과 같은 시편들을 통해 우리는 시인의 현실 인식을 점검해 보았다. 시인은 특히 신성에 비추어 현실을 진단했는데 그 결과는 부정적이었다. 그것은 탐·진·치로 뒤범벅이 된 고해였으며, 소유욕으로 물질화한 인간이었다. 그래서 시인은 이승을 '거꾸로 잘 돌아가는' 세상이라고 풍자했다. 그러나 그러한 현실 비판, 인간 풍자의 이면에는 이승에 대한, 현실적 삶에 대한 시인의 애정이 뜨겁게 작용한다. 그러한 사정을 여실히 보여주는 예가 시 「창문 하나」이다.

> 내 무덤에는
> 창문 하나 내놓고
> 살아있는 이웃들의
> 쫓아가다 넘어진 거짓말
> 또다시 보고 싶네.
> 장찌개 같은 한숨소리ㅡ

살아있는 이웃들의
액셀 페달 같은 핏소리
또다시 보고 싶네.
새까만 그 눈물방울ㅡ

　　　　　　　　　　　　　　　　　ㅡ「창문 하나」 부분

위의 시에서도 시인은 현실에 대하여, 인간의 심성에 대하여 비판적 시선을 감추지 않는다. 이를테면 이승의 삶은 "쫓아가다 넘어진 거짓말"처럼 허위에 기초하기 때문에 "장찌개 같은 한숨소리"와 같은 고통의 도가니이며, "액셀페달 같은 핏소리"처럼 치열한 애착심에 기초하기 때문에 "새까만 그 눈물방울"과 같은 비극적 종말들로 수렴된다고 시인은 노래한다.

그러나 시인은 그러한 이승의 삶을 "창문 하나 내놓고/또다시 보고 싶네!"라고 말한다. 그러니까 스스로 비판하고 풍자한 그 이승에 대하여 시인은 깊은 애착을 갖고 있다. 바꾸어 말하면 시인은 세속사가 싫어서 벗어나려는 것이 아니라 세속사에 깊은 애정을 갖기 때문에 그것을 신성사 쪽으로 바꾸고자 하는 것이다. 그러기에 그것은 현실 도피가 아니라 현실 한가운데로 뛰어드는 참여정신의 발로라 아니 할 수 없다.

3. 구원의 길 또는 사랑

그러면 홍희표 시인의 세속의 한가운데서 발견한 신성사로 나아가는 구원의 길은 무엇일까. 이 짐에 대한 해답을 얻기 위하여 먼저 「짝짝눈으로」를 살펴보자.

그대 뻐꾸기 되어
선유도(仙遊島)까지 따라와
알콜에 찌든
나를 챙겨보고
벼랑 위의 반딧불
짝짝눈으로 챙겨보고

그대 뻐꾸기 되어
선유도(仙遊島)까지 따라와
명리에 찌든
나를 챙겨보고
손톱 위로 유령게
짝짝눈으로 챙겨보고
우리의 이름 곤두세우네.
바다에 누워.

— 「짝짝눈으로」

이 시에서 우리는 '선유도(仙遊島)'와 '알콜/명리' 사이에서 발생하는 아이러니에 주목할 필요가 있다. 시인이 선유도를 굳이 한자로 표기한 의도도 그 효과를 노리는 의도일 것이다. 선유도란 글자대로 뜻풀이하면 '신선이 노는 섬'이 아니겠는가. 이 신선이 노는 섬에 놀고 있는 화자는 "알콜에 찌든/명리에 찌든" 사람이다. 세속으로부터 가장 멀리 떨어져 있어야 할 '선계'에 세속에 가장 깊이 빠진 사람이 놓여 있는 것이다. 이러한 어조의 하강에서 우리는 실소를 금치 못한다.

이 아이러니를 통해 화자는 자기풍자를 감행한다. 자기풍자란 결국 인간 일반을 향한 풍자이자 세태풍자이다. 다시 말하면 오늘날 우리 사회를 그럴듯한 이름 아래서, 또는 이름의 공간 속에서 화자와 같이 어긋난 생각 또는 행위를 하며 살고 있다는 것을 그가 고발한 셈이다.

그러면 세속으로부터 구원받는 길은 무엇인가. 그가 천상의 음성으로 상정해온 '뻐꾸기 소리'로부터 자신을 돌이켜 생각해 보고, 어떻게 구원받고자 하는가. 이 점은 이 시의 구조를 마무리짓는 "바다에 누워/우리의 이름 곤두세우네"에 극명하게 드러난다. 그것은 '이름 곤두세우기'인 것이다. '선유도'에 걸맞는 '나'의 이름을 다시 세우는 것이다. 여기에서 굳이 공자의 정명론(正名論)을 거론하지 않더라도 우리는 시인의 의도를 충분히 이해할 수 있다. '알콜' 또는 세속과의 타협, 세속에의 탐닉을 버리고, 명리를 버리고 선유(仙遊)와 같은 삶을 살기를 시인은 소망하는 것이다. 바로 여기에 '이름 곤두세우기'의 참뜻이 있다.

홍희표 시인은 한편 이런 진지한 물음을 던진다. "산다는 것은/정말로 무엇인가?"(「산다는 것은」) 그리고 이에 대해 가장 보편적인 생의 현상을 그 대답으로 제시한다. "세끼 밥 먹고/아들딸 낳고/한 잔 술 마시고"라고. '밥'과 '아들딸'과 '술', 의식주와 생식 그리고 여흥이 대부분의 인가에게 드러나는 보편적 생의 현상이라는 결론이다.

그리고 그는 이어 삶과 죽음의 문제에 대해 "칡넝쿨의 땅나라에서/연꽃봉오리 하늘나라로/구름처럼 가는 것"(「산다는 것은」)이라고 말한다. '칡넝쿨'로 표상되는 얽힘은 세계에서 '연꽃봉오리'로 표상되는 정토의 세계로 이행하는 것을 그는 죽음으로 본다. 그런데 우리의 관심을 모으는 것은 "구름처럼 가는 것"이라는 이행 방법이다. 우리는 이 구름에 몇가지 상징적 의미를 부여해 볼 수 있다. '뜬 구름 같은 인생'에서처럼 허무를, '정처 없는 구름'에서와 같은 방랑성을, 바람과 동류어로서의 허허로움 등을 이 구름의 의미로 떠올려 볼 수 있다. 그 중에서도 "칡넝쿨의 땅나라에서/연꽃봉오리 하늘나라"에 어울리는 것은 '허허로움'이다. 그러기에 그가 "구름처럼 가는 것"이라고 노래한 구름은 허허로움의 획득, 자유의 획득이라고 읽을 수 있다.

그래서 그는 길을 지상의 표적들로 안내 받는 것이 아니라 천상의 표적들로 안내받아 걷는다. 그가 걷는 길은 "달새가/보름달만/기리듯/살구꽃/종다리만/기리듯/그대가/알록다록/달새만 기리듯"(「길」 전문) 따라가는 길이다. 다소 복잡한 듯한 이 연쇄법의 수사를 도식화하면 기리는 대상은 달로 귀착된다. '그대가 달새를 기리는 것'은 '살구꽃이 종다리를 기리는 것'의 비유이고 '달새나 종다리'는 '보름달'을 기린다. 그러니까 결국은 새를 거쳐 달에 이른다는 수사이다. 이 '달을 향해 길 걷기'는 결국 시인의 삶의 방식을 의미한다. 그가 이승과 저승을 '칡넝쿨의 땅나라'와 '연꽃봉오리 하늘나라'에 비유했듯이 그는 끊임없이 '연꽃봉오리' 또는 '보름달'을 향해 걷고 있다.

4. 구름 또는 지상의 자유

지금까지 우리는 홍희표 시인에 제기한 '세속과 신성의 화해' 문제에 대하여 '땅'과 '하늘'을 중심으로 양자의 속성을 분석해 왔다. 이제 이러한 논의를 바탕으로 그 양자가 어떻게 화해될 수 있는가를 살펴보자.

홍희표 시인은 박용래를 추모한 시 「눈물빛」에서 박 시인 삶을 이렇게 회고한다. "보리고개 위/저녁 연기/초가지붕 아래/참새떼.//한 모금에/그 눈물 빛/한 모금에/그 오디빛." 여기에서 '한모금'이란 술에 젖어서 산 박용래 시인이 마시는 술 한 모금을 말한다. 그런데 우리가 관심하는 것은 술이 아니라, 박용래의 실존 그 자체이다. 그는 '보리고개, 저녁연기, 초가지붕, 참새떼'와 함께 놓여 있다. 아니, 그는 그 속에 '눈물빛'과 '오디빛'으로 녹아들어 있다. 말하자면 석양의 자연 속에 그는 오디빛으로 혼연일체가 된다.

무엇보다도 시인은 이 점을 노래하고 싶었으리라. 지상에서의 행복이 무엇인가, 그것은 바로 저 박용래와 같이 한 점 자연으로 녹아든 상태가 아니겠는가 라고. 다시 헤르만 헤세의 『싯타르타』를 부연하면 싯다르타는 세속의 번뇌를 멸각하고 영원한 평화에 들기 위해 강물의 소리에 귀를 기울인다. 그리고 그는 강물과 하나가 된다. 이와 같이 자아가 완전히 자연에 동화되어 그 신비에 일체감을 이루었을 때 비로소 지상에서 누릴 수 있는 최대의 행복을 획득하게 된다는 점을 홍희표 시인은 형상화하여 보여주고 있다.

다시 시 「와운리(臥雲里)」를 보자.

> 물소리도 구름따라
> 묵어가고
>
> 더덕뿌리 같은 동네-.
>
> '심봤다!' 외마디에
> 까마귀도 웃고
>
> 다래순 같은 동네-.

잠자리도 구름따라
묵어가고

—「와운리(臥雲里)」 전문

이 '와운리'는 시인이 찾은 선계 중의 하나이다. 구름이 눕고, 쉬고, 자는 동네이다. 이 마을에선 인간이 주체가 되지 않고 물이, 까마귀가, 잠자리가 주체가 된다. 인간은 그저 '심봤다' 정도의 외마디로 이 자연물 속에 녹아들 뿐이다. 그래서 이 마을은 '더덕뿌리'나 '다래순'처럼 천연의 자연 속에 뿌리를 내리고 또 거기에 일체가 되어 있다.

홍희표 시인은 죽음을 연꽃봉오리 하늘나라로 '구름'처럼 가는 것이라 하지 않았던가. 바로 그 허허로운, 자유로운 구름이 사는 마을 '와운리'야말로 세속과 신성이 한데 어우러진 곳이 아니겠는가. 탐·진·치의 속계, 명리에 찌든 속계, 어질머리 세상에서 진정한 자유와 평화를 향유하는 길은 저 '구름'이 되는 수밖에 없지 않겠는가.

홍희표 시집

반쪽의 슬픔

지은이 · 홍희표
펴낸이 · 최석재
펴낸곳 · 시와 시학사
1997년 10월 15일 인쇄
1997년 10월 20일 발행

값 4,000원

제Ⅱ부 작품론

585

시

달달 무슨 달 ─ 주근옥

─ 홍희표

도깨비꽃 채송화 개망초꽃
간월도(看月島)에도
월리사(月裡寺) 마당에도
달은 없고 손가락만 서 있구나
횟집에 앉아 술국을 마시며
이마의 땀을 닦는 사람아

거울 속의 내 도깨비꽃인가!
거울 속의 그대 손가락인가!

삶의 관조와 진정성의 시학 — 홍신선

   홍희표의 시들은 간결한 이미지를 중심으로 삼고 있다. 그 이미지는 때로는 묘사적 심상으로 때로는 상징적 이미지로도 기능한다. 뒷등짝에 정서나 관념을 일정하게 거느린 이미지는 서구 상징주의자들이 즐겨 구사했던 것이다. 그리고 그것이 상징주의 시의 한 상표가 되기도 했었다. 이미 알려진 대로 이 같은 이미지에서 정서나 관념을 벗겨낸 것이 묘사용 심상일 터이다. 홍희표의 시에 등장하는 이미지 역시 이와 같은 두 가지 유형들에 포괄되고 있다.

   이번에 홍희표 시집 『반쪽의 슬픔』 역시 이와 같은 이미지즘의 성격에 맞닿아 있다. 특히 그의 짧은 시들은, 대체로 장황한 진술보다는 색도 단순한 수채화에 가까운 묘사시들은, 이러한 특성을 단적으로 드러내주고 있다.

   이를테면,

> 종이거울 속의 그대
> 만나게 될까 봐
> 살내음 풍기는 동구 밖
> 나서고 싶지 않네요
> 곰팡이꽃 찬란하게.
>
> ──「어떤 길」 전문

와 같은 작품에서 보이는, 이미지 중심의 담론이 그것이다. 여느 산문적 해석이나 설명이 불가능해 보이는 이 작품이 의도하는 것은 그러면 무엇인가. 말하자면 시인의 의도적 의미는 어떤 것일까. 읽기에 따라서 이 작품은 전언이 중간에서 끊어진 듯한 감을 준다. 그것은 독자들이 마지막 행 '곰팡이꽃 찬란하게' 다음에 계속 언술이 이어질 것으로 기대하기 때문이다. 실제로 마지막 행 다음에 작품의 첫 행부터 다시 읽은 형식으로 보아도 좋은 것이다.

특히 이 작품에서 '그대'와 '동구'는 통념적 의미를 일탈하고 있다. 왜냐하면 '그대'의 경우는 종이 거울 속에 자리한 존재이며 '동구'는 살내음을 풍기고 있기 때문이다. 이와 같은 통념을 벗어난 이미지란 일찍이 지난 1960년대의 문맥주의 시에서 자주 만나 바 있는 것이다.

홍희표의 시적 출발이 1960년대임을 감안한다면 이와 같은 문맥주의 시의 분위기가 어디에서 유래하는가는 쉽게 짐작이 간다. 곧, 당시 이미지의 오브제화를 통한 내면심리의 시들에 그의 시 역시 일정한 세례를 받았던 것이다. 『어군의 지름길』이란 첫 시집의 세계가 그 좋은 본보기일 것이다. 아무튼 이번 시집 제1부의 작품들은 모두 이와 같은 홍희표 시의 한 주소들을 새삼스럽게 확인시켜주고 있다. 자서에서 언급한 대로 이 시집의 시편들이 '10여년의 시간 속에서 사생아처럼 남겨진' 까닭도 여기에 있는 것이 아닐까 싶다.

이상에서 간단하게 살핀 시적 특성 이외에도 홍희표 시의 또 다른 주소는 선취일 것이다. 이번 시집에도 그와 같은 취향은 몇 편의 작품 속에서 확인되고 있다. 예컨대 「운수행각(雲水行脚)」, 「생자필멸(生者必滅)」, 「제행무상(諸行無常)」, 「운중산문(雲中山門)」 등의 일련의 작품들이 그것이다. 이 작품들은 그러나 본격적인 선취시(禪趣詩)라기 보다는 오히려 문맥주의 시에 근접한 것들이다. 그만큼 이미지의 보조에 역점이 두어지고 있는 것들이기 때문이다.

> 홀아비바람꽃 피어나면
> 빙긋 웃음뿐
>
> 발자국도 남기지 않고

청청하늘의 노랑부리저어새

....

— 「운중산문(雲中山門)」의 일부

인용된 이 작품의 중심 이미지인 홀아비바람꽃과 노랑부리저어새는 무엇인가. 시의 화자는 담담만 말투로 이 두 이미지를 그려내는데 주력하고 있다. 아마 화자는 미나리아제비과의 흰꽃인 홀아비바람꽃을 보면서 자연의 이법이 혹은 사물의 본체가 때와 연에 따라 어김없이 실현되는 것을 깨달은 것이다. 말하자면, 작은 꽃 속에 말없이 실현되는 도를 본다고나 할까. 노랑부리저어새의 본체 또한 이와 다르지 않아서 '발자국도 남기지 않고' 자취없이 허공을 긋고 지나는 것이리라. 간결한 이미지 속에 선취를 함축한 이런 류의 작품들은 그러나 이번 시집에 많은 것은 아니다. 또 이러한 정신주소와 아주 근거리에 있는 것이긴 하지만 뛰어난 선배시인들을 기리는 작품도 몇 편이 있다. 박목월을 비롯하여 대전 지방에 머물던 시인들, 이를테면 박용래, 한성기 등을 기리고 그리워하는 작품들이 그것이다. 그러면 홍희표에게 있어 선배 시인들을 새삼 들추는 이유는 무엇인가. 그것은 '살냄새 풍기는' 세속과 다른 이른바 순수의 공간을 지향하는 홍희표 나름의 마음의 움직임일 터이다. 그를 선배 시인들은 자신의 시와 삶을 통하여 일찍이 세속과는 다른 정신공간을 보여준 바 있다. 그들을 시인은 하나의 본보기로 혹은 유토피아의 공간으로 바라보고 있기 때문이다.

그러나 이번 시집의 시들이 지나친 문맥의 생략과 압축으로 진술 내용이나 의도가 분명하거나 애매한 경우도 많았음을 지적하지 않을 수 없다. 범박하게 말하여 시가 말하기의 한 방법임을 전제한다면 이러한 애매성은 서서히 극복 되어야 하리라.

《문학과 창작》, 1998년 3월)

제Ⅱ부 작품론

589

사랑의 변증법적 상상력 — 김경복

떨어지는 잎새들은 미처 서러울 틈도 없다. 하늘을 향해 오르다 어느 날 한 방울의 엽록소마저 다 마르고 다시 뿌리로 돌아가는 길은 자연이며 자유이다. 그 길이 자유일 수 있는 것은 생명의 꿈이 있기 때문이다. 가을 한 모퉁이, 잎맥들의 그 투명함과 가벼움 속에서 중견시인 홍희표 씨가 열세 번째 시집 『반쪽의 슬픔』(시와 시학사)을 상재하였다. 시인은 자서(自序)에서 그동안 남다른 향토애로 한밭 풍물 연작시집들을 묶느라 떨구어 놓았던 잎새들임을, 한 잎 한 잎이 시인이 속앓이 불꽃의 볼멘소리임을 고백하고 있다. 시단 30여년의 진정성은 이제 사과의 반쪽 같은 '슬픔'으로 그려지고 있다.

인간 조건, 인간에게 어쩔 수 없이 주어진 조건들은 '꿈'이라는 또다른 세계를 열어 놓았다. 프로이트는 이러한 꿈을 예술가들의 세계로 보았다. 시의 궁극적인 목적은 무엇일까. 이는 존재의 본질이란 무엇인가와 같은 말이 된다. 시는 존재가 지닌 정신의 결정이기 때문이다. 詩의 근원적 지향이 자유라면, 땅에서 태어나 땅으로 돌아가는 인간은 슬픔이면서도, 생명의 꿈을 지닌 존재일 것이다. 홍희표 시인의 시세계는 감각적 이미지즘과 선적(禪的) 모더니티로 평가된 바 있다. 마찬가지로 이 『반쪽의 슬픔』에서도 수많은 상징들과 불교적 상상력이 숲을 이루고 있다. 「다시 그 길」, 「삼계리 흑염소」, 「짝짝눈으로」, 「형용사의 꿈」 등 4부로 나뉘어져 시인의 미학적 추구와 함께 자유와 사랑의 꿈을 위한 진솔한 목소리를 들려주고 있다.

최첨단 공학의 시대, 정보화 시대에 들면서 가치관의 다원화와 함께 '시의 위기'라는 진단이 내려지고 새 세기에서의 시의 역할이 의심되고 있다. 이러한 언어의 해체와 혼란 가운데, 홍희표 시인은 시의 특성인 상징과 함축, 운율에 깊이 천착하고 있는 시인이다. 시의 거품화와 산문화의 경향을 극복하고 언어와 이미지들 간의 팽팽한 긴장을 시의 생명으로 삼고 있다. 1990년대 들면서 확산되고 있는 동양적 세계관과 정신주의적인 측면은 이미 이전의 홍 시인의 선적(禪的)인 시세계에서 드러난 바이다. 이번 시집에서는 불교적 상상력이 두드러지되 관념적이 아닌 감각적인 언어로 시적 밀도를 획득, 시의 치열성과 진정성을 추구하고자 하는 데에 홍희표 시인의 시세계가 위치한다 할 것이다.

  그는 길 위에 서 있다. 그 길은 통로로서의 길이다. 사랑을 찾아갈 수 있는 통로이며, 자유가 보이는 통로이다. 이 마음의 통로는 삶과 죽음이, 희망과 절망이 어우러진 곳이며, 시인이 그 누군가를 만나고자 하는 공간이며, 그리움으로 가득찬 곳이다. 그 그리움 때문에 시인의 가슴은 슬픔과 연민으로 가득 차 있는 것이다. 그리고 만남에 대한 열망이 간절하다. 이 만남들은 꽃과 새로 형상화 되고 있다. 곰팡이꽃·산벚꽃잎·살구꽃·아카시아꽃·사랑꽃·조팝나무꽃·할미꽃·호아비바람꽃·파리지옥풀꽃 등의 식물적 이미지들과 달새·쇠박새·꾀꼬리·방울새·뻐꾸기·수리부엉이·무덤새·노랑부리저어새 등 많은 새의 이미지들이 상징으로 등장한다.

> 흰철쭉 만발한 뭉게구름 아래 주막집, 김관식, 송유하, 이덕영, 박용래, 한성기 등 청풍명월의 시인들이 모여 막걸리대장 신정식의 신참식을 받고 있습니다.
> ―「길외 길」 중에서

  '길' 연작에서 시인은 사랑과 이별, 그리움을 심고 가꾼다. 「길의 길」에서 그는 먼저 가버린 시인들이 모인 주막집을 묘사하고 있다. 먼저 세상을 떠난 시인들이 머나먼 저승에 있는 것이 아니라, 우리가 가고 있는 길의 연장선상에 있음을 묘사함으로써 그들을 멀리 떠나보내지 아니하고, 가슴에 품고 있는 시인의 그리움을 나타낸다. 결국 삶 속에 죽음이, 죽음 속에 삶이 어우러져 있는 '길' 의식을 엿볼 수 있다. 「회자정리」에서 보듯 어느 날 우리는 '새소리는 새소리끼리/물소리는 물소리기리//땀몸을 뒤섞고/피마음을 뒤섞고' 살다가 헤어진다. 그것이 바로 시인의 슬픔이면서, 또한 슬픔이 반쪽일 수 있는 이유이다. 그 슬픔은 자연스레 불교적 이미지들로 승화된다. 도림사 · 상원사 · 운주사 · 청암사 · 실상사 · 월리사 등 시인이 찾아다니는 길이 산 속의 절간으로 이어져 있으며, 그때마다 시인은 자신에게 직시하며, 자신을 향하여 물음을 던진다.

> 목탁새야, 목탁새야./그때는 그때는/너희들 무얼했니?/대장경 같은 물소리에.
> ―「목탁새야」 중에서

> 우리는 무엇인가?/칡넝쿨의 땅나라에서/물소리 들으며/연꽃봉오리 하늘나라로/구름처럼 가는 것/아, 그래 그래/한암(漢岩) 큰스님 기침소리.
> ―「산다는 것은」에서

자아를 향한 이러한 물음은 전체적인 불교적 세계관의 확대를 이루면서도 너무나 인간적인 목소리로 이어진다. 바로 현실세계의 사랑과 아픔이다. 때문에 길 위에서의 그리움뿐만이 아닌, 구체적 삶에 고뇌하는 치열한 현실인식을 볼 수 있다. 「삼계리 흑염소」, 「지리산」, 「유토피아」, 「개구리 울음」, 「어질머리」, 「휴강선언」 등에서 시인이 꿈꾸는 이상과 현실 사이의 괴리감에 대한 고민과 비판의식을 만난다. 인간의 고통과 모순이 섬세하게 드러난다 하겠다.

> 염소 불고기 소문이/전국에 퍼지면서/한낮에 부르는 휘파람 소리/무슨 뜻인지/흑염소들은 알기 때문에/밤에도 내려오지 않는다네/돌감나무 밑 옹달샘/누가 와서 먹나요.
> ―「삼계리 흑염소」 중에서

주인어른과 흑염소의 자연적 고리가 어느 날 끊어지고, 휘파람의 신뢰도 파괴되어 버린 관계를 묘사하고 있는 「삼계리 흑염소」는 인간의 영리적 삶

앞에 파괴되고 있는 자연을 그대로 고발하고 있다 할 수 있다. 이는 바로 인간의, 인간성의 위기가 아니겠는가. 「유토피아」에서도 마찬가지이다. 땀 흘린 만큼 먹을 수 있던 세계는 이제 없다. 땀 흘리지 않는 사람이 잘 살고 잘 먹는 현대인의 왜곡된 삶의 구조를 비판한다. 그래서 시인이란 그가 기댄 현실 속에서 더 비애스럽다.

그래서 시인은 '짝짝눈'으로 길을 갈 수밖에 없다. 현실은 시인이 뿌리를 내린 곳이다. 21세기 문명을 앞두고 시인의 꿈은 더 절실해진다. 그래서 "벼랑 위의 반딧불/짝짝눈으로 챙겨보고', '손톱 위로 유령게/짝짝눈으로 챙겨보고"라고 노래할 수밖에 없는 것이다. 거기에 바로 슬픔이 있다. 때문에 시집 전체에 흐르고 있는 색채가 '슬픔과 연민'이며 슬픔도 반쪽 일 수밖에 없는 것이다. 결국 그것은 현실과 꿈, 세속과 신성이 온전히 화합되지 못하는 시인의 의식을 그대로 반영한 표현이라 할 수 있다.

그래서 시인은 자신을 무언가 존재가 뚜렷한 '명사'나 분명한 동작을 드러내는 '동사'가 되려 하지 않고 길을 가는 존재로써 무언가를 설명하고 싶은 '형용사'로 두고 싶어한다.

> 떠밀려 떠밀려/마흔 아홉 살 들판에 서보니/하늘의 뜻 알 길 없고/뫼뿌리만 첩첩—//아무 것도 모르고/투정만 부렸구나/쉼없이 헛딛으며/시샘만 뿜었구나//보리피리 불며/까까중이 베짱이 되어!/버들피리 불며/까까중이 쑥부쟁이 되어!//되었구나, 한밭벌 빈 산모롱이.
>
> ─「마흔 아홉 살」 중에서

> 곰인형들이 하늘로 뛰어다니다/거리는 어두워지고/철대문 거는 소리/퇴적층처럼 그대를 부르네/암호들이 지하도를 넘나들고/
>
> ─「형용사의 꿈」 중에서

「마흔 아홉 살」에서 우리는 시인의 길 위에서의 외로움을 볼 수 있다. 우리에게 주어진 것은 '던져진 존재'로서의 삶이다. '떠밀려' 온 삶이 시인에게 자책과 허무를 준다. '한밭벌 빈 산 모롱이'로 남은 외로움이란 큰 자리는 시인에게 슬플 수밖에 없다. 주체로서의 삶이란 '슬픈'이란 형용사로 대변된다. 삶에서의 주체의식이란 자아를 보려는 또다른 자아를 깨닫는 것이다. 이는 「형용사의 꿈」에서 반성적 자신을 형용사로 둠으로써 주체적 의지로 삶을 해석하려는 모습을 보여주려 한다. 우리는 이 의지를 현상학적 슬픔이라고 할 수 있지 않을까.

홍희표 시인은 누가 뭐래도 끝까지 사랑을 꿈꾸는 시인이다. 사랑만이 존재의 근원을 설명할 수 있다고 믿는 시인이다. 사랑으로 화해를 꿈꾸지만 현실적으로 그것은 늘 비뚤어진다. 그래서 반쪽의 슬픔일 수밖에 없고, 그 슬픔 때문에 사랑을 추구할 수밖에 없다. 결국 홍 시인의 세계는 사랑과 슬픔의 변증법적 상상력을 거쳐 그만의 팽팽한 현(絃)을 이루고 있다. 『반쪽의 슬픔』에서 남은 반쪽은 무엇일까. 기쁨일까. 아니다. 그건 시인이 끝까지 놓지 않는 생명의 꿈일 것이다.

《대전문화사랑》, 1997년 12월)

산다는 것은 사랑배우기 — 임명희

근래 들어 연작시집만을 줄곧 펴내던 중견시인 홍희표 시인이 오랜만에 연작이 아닌 작품들을 모아 시집으로 냈다.

13번째가 되는 이번 그의 『반쪽의 슬픔』은 지난 85년부터 최근의 「길」 시리즈에 이르기까지 펴냈던 연작시집에 담지 못했던 시편들을 묶은 것이다. 시인의 말을 빌자면 주제별 연작시집들을 묶기 바빠서 떨구어 놓았던 잎새들이다. 한 잎 한 잎이 시인의 속앓이 불꽃의 볼멘소리라고.

1부 다시 그 길, 2부 삼계리 흑염소, 3부 짝짝눈으로, 4부 형용사의 꿈 등 총 4부로 돼있는 이 시집을 관통하고 있는 주제는 "산다는 것은 근본적으로 사랑하는 법을 배우는 것" 그 사랑하는 법을 배우듯 시인은 반복된 갉기나 자제된 깨물기를 벗어나 이제는 말똥이 굴러가는 벌판을 찾아 쑥부쟁이꽃을 보겠다고 말한다.

문학평론가 김삼주 교수는 "홍 시인의 시는 세속과 신성이라는 두 가지 삶의 방식을 놓고 고뇌하는 싯다르타를 생각게 한다."며 "이번에 발표된 작품들 속에는 사랑과 자유 사이에서 고뇌에 빠진 홍 시인의 시적 자아를 만날 수 있다."고 해설에서 밝히고 있다.

시인은 또 현실을 탐·진·치로 뒤범벅된 고해며 인간에 대하여도 소유욕으로 물질화한 인간이라고 비판적 시선을 감추지 않는다. 그래서 시인은 이승을 '거꾸로 잘 돌아가는 세상'이라고 풍자한다.

그러나 이러한 현실 비판, 인간 풍자의 이면에는 이승에 대한, 현실적 삶에 대한 시인의 애정이 뜨겁게 작용한다. 이를 여실히 보여주는 예가 시

「창문 하나」로 시인은, "내 무덤에는/창문 하나 내놓고/살아있는 이웃들의/쫓아가다 넘어진 거짓말/…또 다시 보고 싶네/새까만 눈물방울"이라고 노래한다. 산다는 것은 무엇인가? 이에 대해 시인은 가장 보편적인 생의 현상을 대답으로 제시한다.

홍희표 시인은 현재 목원대 교수로 재직하고 있으며 『어군의 지름길』 등 12권의 시집과 『교정 속의 노고지리』 등 3권의 산문집, 『꿈의 정직함과 시의 넉넉함』 등 3권의 평론집을 냈다.

(〈대전일보〉, 1997년 11월 3일)

답신 소감

• 늦가을 오후, 아득하게 떨어져 내리는 저녁 햇살이 가슴을 절이게 합니다. 담배씨 만큼의 시간도 허투루 보내지 않으시는 선생님, 선생님의 열정에 삼가 경하를 표합니다. 이번 시집 『반쪽의 시집』, 꼼꼼히 읽어 많이 배우겠습니다.

건강하시고, 광주 쪽으로 걸음하시면 연락주세요, 꼭. 이만 총총히…

— 이은봉(1997년)

• 홍희표 교수님! 동백이 한겨울 넘길 꽃망울 속에 마른 장작쟁이처럼 탱탱하게 여물고 있는 때입니다. 교수님의 시심 또한 탱글탱글 여문 기쁨에 저도 함께 동참합니다. 거듭 축하를 드리며 저도 불현듯 다시 시가 그립습니다.

— 김완하(1997년)

• 시집 『반쪽의 슬픔』 받아서 잘 읽었습니다. 특히 「나의 길」에서 보이는 자괴의 념 — "흰 원고지의 앉은뱅이" — 는 세상을 보는 눈 뒤의 한 세월을 당긴, 높은 언어가 아닌지요. 다 끊고난 잎새들의 참맛을 읽는 감입니다. 감사합니다. 건강하십시오.

— 성춘복(1997년)

• 보내주신 시집 『반쪽이 슬픔』 잘 읽었습니다. 너그리움과 애잔힘과 그리고 국토를 두루 껴안으려는 어쩔 수 없는 방랑벽을 바라보면서, 감추어진 우리 말의 냄새와 아기자기한 모습들을 떠올려 볼 수 있었던 것은 제게는 가을날의 소중한 선물이 아닌가 합니다. 저는 「먼 길」을 특히 잘 읽었습니다.

시가 아니면 잘 안 되는 이미지들일 테지요. 꽃─멀미─꾀꼬리─눈썹─먼길─샛노란─츠렁바위─달 전부가 다 묘하게 연관이 있는 것 같더군요, 먼 길에 항상 좋은 햇빛 달빛 함께하시길…

— 윤재웅(1997년)

• 선생님께! 대한날, 이 가난한 땅에도 축복처럼 눈이 오십니다. 이 춥고 쓸쓸한 겨울, 선생님께서는 안녕하신지요, 제 몸은 서울에 있지만 마음은 늘 고향땅 예산, 홍성에 있어 선생님에 대해서 늘 애착이 갑니다. 조재훈 선생님. 나태주 선생님 그리고 박용래 선생님.

요즘엔 『반쪽의 슬픔』을 읽고 있습니다만 선생님의 '이야기시'가 저는 좋습니다. 저의 두 번째 시집 『갈꽃 피는 마을』에 대해 격려 말씀 주셔서 큰 힘이 됐고, 앞으로는 서두르지 말고 좀 더 진지해지려고 합니다.

늘 건강하시고 창 밖에 쌓이는 저 눈송이처럼 늘 맑고 고운 시심 넘쳐나길 빕니다.

— 김용화(1998년)

• 성복언(省福言)하옵고

보내주신 시집 『반쪽의 슬픔』, 실로 감사하오며 저의 정신적 양식이 되었습니다. 앞으로 더욱 문필에 정채(精彩) 있으시기를 바라고 믿사오며 이렇듯 그 인사를 대신하는 바입니다.

— 구상(1997년)

제14시집

라인강의 쥐탑

차례

제 II 부　작품론

시인의 말

1980년 초부터 만수받이 지리산을 비롯하여 한반도 남반부 곳곳을 길손이 되어 헤맸다. 주로 밀실 체질인 내가 이렇듯 객심(客心)에 젖어 떠돌음은 아마 1980년대 신군부의 회오리 같은 철권정치에 시쓰기 숨길이 막힌 탓이리라.

그때 나는 역마살이 낀 김진섭 형을 행복스레 만나 더불어 길 떠나기를 계속했다. 지금은 그 김 형도 고인이 됐지만. 그 빈자(貧者)의 종이등 같은 속앓이 풍경은 내 시의 오롯한 밑바탕이었다.

그렇게 한반도를 떠돌던 나는 1990년대부터 외국으로 길 떠나기에 눈길을 돌렸다. 외교 수립도 되지 않아 고생이 많았던 중국, 그리고 시퍼런 외경으로 꿈틀대던 백두산 하늘못. 세계 곳곳을 돌면서 얻은 결론은 '인간과 역사와 자연은 하나' 라는 것을 절감하곤 했다.

그 길 떠나기는 내게 인간과 자연과 사회를 올곧게 보고 사색하고 또 표현하는 데 많은 도움을 주었다. 인간은 떠남을 통하여 새로운 사물과 만난다. 그리고 그렇게 만난 낯선 사물을 통하여 언어 능력을 키우고 세계에 대한 인식과 감각을 확장시킨다. 그러니까 일상에서의 떠남은 문학적 창조력은 물론 인간의 지적 고양과 정서의 함양에 크게 기여하는 것이 아닐까.

여기에 모인 시편들은 1990년대 이후 외국 떠돌기에서 얻어진 것들. 나의 길 떠나기는 끝나지 않은 사랑으로 아직도 살아있다. 가난한 풍경 하나, 새 세기에 흔들린다.

1999년 매화마을에서
지은이

기행시의 새로운 지평 — 문효치

1

이런 글이 있다. "사마천의 문장은 글 자체에서 얻어진 것이 아니다. 학자들이 매양 글만 가지고 문장을 구하면 종신토록 애써도 신기함을 발견하지 못하는 것이다. 사마천이 소년 시절에 하루도 쉬는 일이 없이 여행을 했다. 그의 여행은 경물(景物)을 구경하는 데만 있는 것이 아니었다. 장차 천하의 대관을 보아 얻어 자신의 기(氣)를 조장하는 데 있었다."

이 말은 여행이 글쓰기에 얼마나 큰 영향을 주는가를 극명하게 보여주고 있다. 우리는 흔히 여행을 하면서도 '세계는 한 권의 책'이라는 것을 알지 못하고 있다. 책은 문자로 기록된 것으로만 생각할 것이 아니고 우리에게 지혜와 깨달음과 감동을 주면 모두 훌륭한 책이다. 그런데 우리가 글자 있는 책만 읽고 글자 없는 책은 읽지 못한다면(人解讀有字書 不解讀無字書ㆍ채근담) 얼마나 어리석은 일이겠는가.

여행이란 몸은 비록 밖을 향하여 떠나고 있지만 기실은 문자 없는 책을 통해 자기내면의 의식 속으로 깊이 들어가는 길이며 자신의 삶을 새롭게 창조하고 그렇게 빚어지는 자신의 인생을 발견해 내는 길이기도 하다.

그러면 시인은 여행을 하면서 무엇을 얻는가. 홍희표는 이 책의 '앞머리에'에서 떠남을 통하여 새로운 사물을 만나고 이 낯선 사물을 통하여 언어를 만들어 낸다고 했다. 그리고 일상에서의 떠남은 문학적 창조력은 물론 인간의 고양과 정서의 함양에 크게 기여한다고 했다. 이쯤 되면 여행이란 시인에게 필수불가결한 구비조건이라고 할 만하다. 그리고 여행에서 얻어지는 기행시 또한 그 문학적 의의가 대단히 크다고 말할 수 있다.

그러나 지금까지 우리는 기행시에 대해서 너무 무관심해 왔다. 우리의 경제적 수준이 향상되고 그동안 억눌려 왔던 해외여행에의 욕구가 폭발적으로 분출되면서 김포공항 국제선 대합실은 언제나 여행객들로 붐볐다. 그 속에는 시인들도 많이 섞여 있었다. 그리고 그들의 귀국 보따리에는 으레 많은 기행시 혹은 기행시에 대한 자료들이 함께 들어 있었다. 그 덕에 우리는 여러 지면과 시집을 통해서 기행시들을 자주 대할 수 있었다. 정확한 통계는 내보지 못했지만 아마도 상당한 비율을 차지하리라 본다. 그런데도 우리는 그동안 기행시에 대해서 얼마나 홀대해 왔는가.

거기에는 '기행시'라고 하는 하위 장르를 따로 설정할 필요가 있느냐 하는 문제도 있었겠지만, 사실 지금까지의 기행시들이 대개 여행에서 만난 사물들에 대한 정보 전달이나 서경에 바쁜 나머지 상상력과 변용이라고 하는 문학적 프리즘을 투과하지 못한 채 직설적 묘사에 의존하고 있는 것들이 많았다는 데도 원인이 있을 것이다. 홍희표에 이르러 기행시들이 그 문학적 성과를 거두고 있는 것은 지금까지의 기행시들이 보여준 이같은 문학적 태만에서 벗어나고 있기 때문이다.

2

홍희표는 중국·일본·미주·호주·유럽 등 여러 곳을 여행하고 있다. 그러나 그의 여행은 경물을 구경하는 데만 그치지 않는다. 그는 그 경물을 그의 시각으로 새롭게 해석하면서 다니고 있다. 그의 시읽기의 재미는 우선 그를 따라다니면서 그가 이러한 사물들을 어떻게 해석하고 어떤 의미와 가치를 부여하는가를 구경하는 데 있다. 그리고 그의 이러한 작업은 무소불위의 상상력을 기반으로 이루어지고 있다.

저녁 안개 금빛은빛

금문교 다리 위에
간이주점처럼 모여드네
지극정성 어느 누가
까마귀 울 듯
천번째의 자살을 준비하는데

— 「금문교」 전문

저녁 안개에 금빛은빛을 물들임으로써 종래에 안개가 가지고 있는 흐릿하고 몽롱한 속성을 완전히 벗겨 던지고 있다. 이것은 금문교 자체에서 반짝이는 빛깔을 금문교 주변의 안개에까지 번지게 함으로써 안개라고 하는 사물에서 우리가 경험했던 반투명의 시각적 감각을 전혀 새로운 투명성으로 가시화시킨 것이다. 더구나 이 안개를 간이주점으로 변용시키는 기발함까지 보이고 있다.

'간이주점'은 금문교라고 하는 다리와는 쉽게 연결시킬 수 없는 엉뚱한 이미지다. 그러나 이렇게 엉뚱하지만 수많은 이야기꺼리를 함유하고 있는 이미지를 등장시킴으로써 이 시는 단순한 소품이 아닌 다대한 의미쌍을 형성하는 깊이있는 시로 태어나고 있음을 본다. 주점은 기쁨과 슬픔 고뇌와 환희 등 인생사가 여과없이 토로되는 어쩌면 현실의 질서와 분리된 공간이다. 금문교라고 하는 다리에 '간이주점'이라고 하는 객관적 상관물이 장치됨으로해서 금문교는 인생의 문제로 출렁거리는 다리가 되었고 여기에 '까마귀'와 '천 번째의 자살'이 겹침으로써 겉으로 화려하게만 보이는 샌프란시스코의 명물 금문교는 인생의 비극적 종말까지도 상념케 하는 새로운 다리로 다가오게 한다.

샌프란시스코 건너편 산호세
그 옆에 산타클라라
목백합 가로수 아래
고교시절 문학의 밤 때
「이별의 노래」를 불렀던

얼룩송아지 눈동자
최기숙 단발머리 살고 있네
미국 야자수 되어
태평양 물무늬 되어.

―「산타클라라」 전문

　미국의 시골 도시 산타클라라에서 시인은 최기숙을 만난다. 아니 미국 야
자수와 태평양 물무늬를 먼저 만났는지도 모른다. 그리고 최기숙을 만난
것은 곧 상상적 시력이었는지도 모른다. 어쨌든 산타클라라에서 홍희표의
관심사는 주변의 풍광이나 지리적 장소가 아니었고 다만 최기숙과 미국 야
자수 내지는 태평양 물무늬였다. 그리고 이 두 가지를 포갬으로써 산타클
라라에서 발견해 낸 것은 이 시의 중간쯤에 있는 '이별의 노래를 불렀던 얼
룩송아지 눈동자'였다. 홍희표의 시력은 이렇게 특수하다. 이러한 특수한
힘은 산타클라라에서 그곳의 경물을 구경하는 것에 머무르지 않고 깊숙한
추억의 과거로 파고 들어간다. 독자들은 홍희표의 기행시를 따라 여행하면
서 이렇게 그의 내면세계를 탐험하는 묘미를 맛보게 된다.
　그러면 그의 내면세계의 풍경은 무엇인가. 그것은 얼룩송아지 눈동자의
최기숙이가 조국을 떠나 머나먼 산타클라라에 옮겨 가서 미국화됨으로써
동질성을 상실해 버린 것에 대한 인간적 단절감과, 반대로 소중한 추억 속
의 주인공인 그녀가 미국화에 착실히 뿌리 내려 안정된 모습을 보인 것에
대한 안도감의 이중적 갈등 구조라고 볼 수 있다.

지천명의 가랑잎 고개를
휘돌아 넘어서
몇 올의 머리털만
그대 입술 사이로 흐느낀다.
오랜만에 미국에 와서
자벌레로 기어다니는
나머지 몇 올의

머리털을 번뇌 내던지듯
싹둑 베어 버리니
나의 몸은 빈집이다.

늙은 산이 가까이 날아든다
통곡없는 시를 쓴다.

— 「빈집」 전문

　이 시에서도 보듯이 홍희표의 미국 여행은 곧 그의 내면으로 깊숙이 들어가는 여행이다. 그리고 그것은 철없는 객기로 들뜨거나 흥청대지 않는 '지천명의 가랑잎 고개를/휘돌아 넘어서' 서 이제는 인생을 차분히 관조할 수 있는 안정된 시력에서 얻어진 것이다. 그리고 그의 시력에 비치는 자신의 내면은 '빈집' 일 뿐이다.

　그러나 그의 '빈집' 은 앞에서 인용한 시 「금문교」의 간이주점처럼 많은 사연이 서린 집일 수 있다. 비록 지금은 비어 있지만 한 때는 무한한 세속적 욕망과 허영으로 채워져 있기도 했을 것이고, 때로는 사랑과 증오로 얼룩져 있기도 했을 것이며 혹은 허황한 꿈이나 깊은 좌절로 허물어지기도 했을 것이다. '빈집' 은 말하자면 이런 사연들을 모두 압축하고 다져 넣어 만들어낸 집일 것이다. 그의 '빈집' 은 다분히 불교적 영향을 받은 발상이겠지만 지천명의 삶에서 체험적으로 얻어낸 관념의 결과일 수도 있다.

　色是空이라는 생각을 많은 사람들이 가질 수 있는 관념이다. 문제는 이것의 사물화다. 그는 머리털을 '그대의 입술에 흐느끼는 억새꽃' 으로, 다시 '기어다니는 자벌레' 로 변용하다가 '번뇌를 내던지듯 싹뚝 베어서 버리' 는 사유의 도정을 거쳐 '빈집' 에 이르고 있는데 그의 이와 같은 도정을 따라가다 보면 당혹감을 금할 수 없다. 그것은 그의 언어들이 한 가지로 고정되어 잠들어 있지 않고 생생하게 깨어나 마구 꿈틀대고 뻗어나가 새로운 의미를 생산해 내기 때문이다. 말하자면 당혹감은 낯선 의미들을 마구 뱉어내는 언어의 왕성한 창조적 활동에서 기인한 것이다.

바둑판처럼 일렁이는
논둑길을 나는
조선족 안내인 박양과
밤새도록 자전거를
타고 있었다 상해의
8백여만대의 자전거
황금빛 논둑길을 일제히
달리고 있었다 중학교 때
타고 못 탄 그 자전거를
꿈 속에서 타고 있었다.

—「상해」전문

상해는 인구 천만이 넘는 세계적인 대도시다. 이 복잡한 대도시의 낯선
거리에서 자전거를 대한 홍희표의 시력은 대뜸 논둑길을 보고 있다. 상해
거리를 '황금빛 논둑길'로 언술하고 있는데 이는 가히 폭력적이다. 8백여
만대의 자전거가 질주하는 이색적 외국의 거리 정도를 연상할 독자들을 한
동안 어리둥절하게 할 충격이다. 그러나 그 충격에서 깨어나는 순간 독자
들은 그의 내면 깊은 곳에 다시 살아 움직이는 중학교 시절 추억의 자전거
타기를 즐길 수 있을 것이다. 복잡하고 낯선 상해 거리에서 추억의 자전거
타기를 하고 있는 이 충격적 발상에서 우리는 그가 얼마나 신선하고 경이
로운 시력을 가지고 있는가를 알 수 있다.

그의 이런 시력은 상해의 반듯반듯한 시가지의 길과 그 거리의 자전거에
서 고향의 논둑길과 소년시절의 저전거 타기에로 정서의 이동을 낳았으며
이러한 이동은 곧 그의 내면으로의 이동이 된 것이다. 왜 그랬을까. 그것은
아마도 그가 만난 조선족 안내인 때문이었을 것이다. 중국에 오래 살면서
중국문화에 길들여진 조선족이었을 테지만 그래도 무언가 통하는 혈육으
로서의 동질성을 발견하고 그 안내인의 정서 깊은 곳에 숨겨져 있는 모국
에의 향수를 시인은 감지했기 때문이었을 것이다. 홍희표의 여행법은 그곳

의 경승이나 관광하고 그 나라의 표피적 문화에 호기심의 눈길을 돌리는 데서 그치지 않고 이렇게 새로운 감각으로 대상을 인식하고 의미를 확대 재생산하면서 내면을 향해 깊이 들어가는 데에 있다.

3

홍희표 시의 또 하나의 특징은 독특한 어법에 있다. 그는 가끔 볼맨소리를 내뱉기도 하고 엉뚱한 질문을 던지기도 하며 생소한 사물을 삽입시키기도 한다. 그리고 이것은 아이러니와 역설 혹은 풍자정신으로 확대되어 정치적 사회적 잘못된 구조에 대한 강한 야유와 질타에로 잇대어지고 있음이다.

전직 대통령들 별난 정치 비자금
백담사 단풍이 유별나더라
어이그 됴타— 어이그 됴타—

어느 정도 되나유?
한달에 백만원을 받는 봉급생활자
3만 3천년을 모아야 하는 액수!
돈아 돈돈 양심머리 없는 돈아?

어느 정도 되나유?
일년 이자 4백 80여억원!
가만히 있이도 하루에 1익 3천만원!
훔친 돈 아니라카모 감추기는 와 감추노?

어느 정도 되나유?
만원 권으로 남한 전국민에게 한 장씩 돌아가기!
서울에서 뉴욕의 길이!
더러븐 돈 아니라카모 돈세탁은 멀라카노?

어느 정도 되나유?

만원 1다발로 쳐서 에베레스트산 버금가기!
어이그, 어이그, 어이그.

—「못난 대통령」 전문

　이 시는 아이러니로 시작된다. '전직 대통령들 별난 정치비자금'에 '어이
그 됴타— 어이그 됴타' 하며 어깃장을 놓고 있다. 이러한 반어는 기대한
것과 실현된 것에 모순충돌이 생겼을 때 볼통거리며 터져나오는 언사다.
이러한 언사를 쓰는 것은 그가 정치적 현실적 문제에 깊은 비판적 관심을
가졌음을 뜻한다. 2·3·4연 첫머리에 나오는 '(비자금이) 어느 정도 되나
유?'의 반복적 야유, '3만 3천년을 모아야 하는 액수!' '일년 이자 4백 80억
원!' '하루에 1억 3천만원!' 등 구체적 숫자를 제시하는 이주걱거림, '되나
유?' '감추노' '멀라카노' 등의 사투리, 거기에 '됴타'와 같은 고어까지 구
사하는 실로 종횡무진 거침이 없이 기대와 현실 사이에의 모순충돌에서 생
긴 누적된 불만과 울분을 말끔히 정화시켜 주고 있다.

김포공항 이륙하자
점점점 개미 서울 아파트
대전·광주 아파트단지
산 몇 개 넘고 보니
다도해가 다가오고
어느덧 운명의 현해탄
오오! 그 물결 위로
편석촌(片石村) 흰나비 되어
아직도 날고 있는데
그대는 무얼로 날고 있니?

—「현해탄」 전문

후쿠오카에서 구마모토로
이어지는 고속도로

임진왜란 때 가토키요마사가
조선을 침범하기 위하여
왜병들을 이끌고 오던 길
중앙분리대 사이로
유두화는 둥둥 떠다니고
치니? 치려무나!
활화산의 안개비 오락가락.

—「구마모토로 가는 길」 전문

모방의 기술도 이 나라는
사쿠라 기술로 만드는데
흰나비 훨훨훨
백제 유민들은 뭘 하니?
왕매미 맴맴맴
백제 후손들은 뭘 하니?
거짓말 역사도 이 나라는
사쿠라 역사로 만드는데.

—「백제촌」 전문

이런 시들은 또다른 유형의 언사를 들려주고 있다. 불쑥 내던지는 물음이
바로 그것이다. 시 「현해탄」에서 화자는 김포공항을 이륙하여 현해탄을 향
해 편석촌의 흰나비가 되어 날고 있음을 진술하고 있다. 그러다가 '그대는
무얼로 날고 있니?' 하며 뜬금없는 질문을 던지면서 시를 끝내 버리고 만
다. 이 질문의 의미를 알기 위해서는 먼저 편석촌의 흰나비의 정체부터 밝
혀야 한다.

편석촌(김기림)은 그의 시 「나비와 바다」에서 흰나비를 수심을 몰라 무서
움 없이 바다에 나갔다가 '어린 날개가 물에 절어서/공주처럼 지쳐 돌아온
다'고 했다. 편석촌의 흰나비는 말하자면 현실과 이상의 현격한 괴리에서
황당한 좌절을 맛보는 자아의 모습인 것이다. 그러면 '그대는 무얼로 날고

있니? 라고 하는 질문의 의미는 무엇인가. 그것은 두 가지로 분석될 수 있다. 하나는 '그대'는 나와 같은 편석촌의 흰나비이며 현실과의 괴리에서 모순과 배신감을 느끼는 존재이다. 이것은 '그대'가 나와는 동류적 구도 속에 있음을 전제하고 부정적 현실을 비판으로 유도하려는 질문인 것이다. 다른 하나는 부조리한 현실에 안일하게 편승하고 있는 '그대'를 나와 대립적 구도 속에 놓고 그를 질타하는 의도를 담고 있는 질문이다. 이러한 뜬금없는 질문은 이 시에서 사고를 가장 많이 집중케 하는 핵심적 역할을 하고 있음을 볼 수 있다.

이와 같은 어법은 시 「구마모토로 가는 길」, 「백제촌」에서도 마찬가지다. 「구마모토로 가는 길」의 후반부에 나오는 '치니? 치려무나!'를 읽으면서 독자가 연상하는 것은 꼬마들의 싸움 장면이다. 힘이 약한 아이가 힘센 아이에게 가슴을 내밀면서 '때려봐! 때려봐!' 하면 오히려 상대는 한 걸음 물러서는 우스운 장면이다. 이 구절도 두 가지의 괄목할 만한 효과를 보인다. 하나는 아무리 강한 상대라도 이쪽에서 사생결단으로 대들면 상대를 제압할 수 있음을 보여줌으로써 극일 의지를 은연중 표출한 것이요 또 하나는 전쟁 자체를 꼬마들의 싸움놀이 정도로 희화화하여 역사적 치욕을 별 의미 없는 사건으로 돌려놓음으로써 민족적 긍지에 손상을 입히지 않으려는 의도의 표백이다.

「백제촌」에서 던지는 질문 '백제 유민들은 뭘 하니?' '백제 후손들은 뭘 하니?'도 표면상으로는 힘들이지 않고 가볍게 내뱉 듯 하지만 사실은 이 시에서 가장 주목되는 부분이다. '모방의 기술'이나 '거짓말 역사'까지도 '사꾸라 기술'과 '사꾸라 역사'로 만드는 즉 철저히 자기것화 시키는 일본인들의 적극성과 치열성에 비해 정당한 역사와 문화를 가지고 있으면서도 그것을 제대로 선양하지 못하고 있는 우리의 나태를 야유 질타하고 있기 때문이다. '흰나비 훨훨훨'과 '왕매미 맴맴맴'과 같이 미물이지만 자기 일에 열중하고 있는 사물을 병치 비교시킴으로써 백제 후손 내지 유민에 대한 질타는 더욱 강도가 높아지고 있다.

홍희표 시에 나오는 이러한 질문들은 엉뚱하거나 유치하거나 때로는 어리석어 보이지만 이렇게 짐짓 어리석은 체 우문을 던지고 있는 것은 독자들로 하여금 현답을 이끌어 내려는 비의가 숨겨져 있는 것이다. 그리고 이러한 것들은 예민한 언어 감각을 가진 홍희표의 치밀한 계산에 의해 이루어진 것이다.

4

홍희표 시의 또다른 특징을 언어의 절제로 빚어내는 간결미, 그리고 여백의 미학에 있다고 볼 수 있다. 이 시집에 수록된 시편들은 거의 대부분 10행 내외의 단형을 견지하고 있다. 연 구분도 거의 없다. 뿐만 아니라 한 행의 글자 수도 10자 내외로 이루어졌다. 이것은 홍희표가 얼마나 언어를 절약하고 있는가를 보여 준 것이다.

그러면 시의 단형성이 곧 내용의 단순성을 의미하는가. 그렇지는 않다. 시는 직관적 반응의 소산이다. 논리적 사고의 경우처럼 많은 변설이 필요 없을 뿐이다. 따라서 작품의 형태가 작아진 것 뿐이다. 거기에다 홍희표는 이미지 중심의 시를 쓴다. 이미지와 이미지의 교직만 있을 뿐 그 외의 언어는 극도로 절제하고 있다. 그리고 언어절제의 한 방법으로 넉넉한 여백을 마련해 두는 것 또한 홍희표 시미학으로 떠오르고 있음을 본다.

> 앙드레 수도사의 심장
> 유리 전시장에서
> 펄떡펄떡 뛰고 있는데
> 반병신이 다 된
> 나의 심장을 비웃는데.
>
> ─「성 요셉성당」 전문

하늘의 별빛들 울부짖듯
밤새도록 파도는 부서지고
포인트 아네나 등대
독수리눈 번뜩 번뜩이며
전복 껍데기 같은
바람 모래알 같은
사람들의 영혼 비추우고.

—「아네나곶」 전문

켄터베리 중산층 백인마을
수영장 사이로
야구모자 거꾸로 쓴
히스패닉 주근깨 소년
신문을 던지고 있다
한국인 나를 보더니
피딱지 같은 문신(文身)으로
까마귀처럼 입술을 벌리고.

—「그 소년」 전문

　위의 시편들은 각각 중요한 두 가지 사물을 등장시켜 놓았다. 즉「성 요
셉 성당」의 '앙드레 수도사의 심장'과 '나의 심장', 「아네나곶」의 '포인
트 아네나 등대'와 '사람들의 영혼', 「그 소년」의 '히스패닉 주근깨 소
년'과 '한국인 나'가 그것이다. 시인은 각각의 두 가지 사물을 대칭적으
로 등장시켜 연결만 시켰을 뿐 그 다음의 사연에 대해서는 특별한 언급이
없다. 홍희표의 치고 빠지는 식의 이러한 구성법은 여백이 남는다. 모두
완성된 작품들인데도 끝행을 종결어미가 아닌 연결어미로 남겨둠으로써
이 여백은 더욱 명확해진다. 그리고 이 여백은 두 가지 사물이 대립하고
화해할 수 있는 무한 공간이다. 이 여백은 안목있는 독자들의 상상력의
활동무대다.

홍희표 시를 따라 다니는 여행은 이와 같이 우리에게 특별한 체험을 갖게 한다. 그가 만나는 사물들이 지금까지 우리의 인식 속에 고정되었던 틀을 깨뜨리고 튀어나와 새로운 모습을 보여줌으로써 신선한 충격과 기쁨을 주고 있음이다. 여기에 이 기행시의 새로운 지평이 열리고 있음이다.

시인선 · 22
라인강의 쥐탑

1999년 10월 12일 인쇄
1999년 10월 16일 발행
지은이 · 홍희표
펴낸이 · 강신용
펴낸곳 · 문경출판사

값 5,000원

제Ⅱ부 작품론

마중물의 저녁 — 안영희

— 홍 시인에게

끝나지 않는 노래가 되어
지중해 파도는 무궁무궁
지고 온 굳은 시간 또 쳐대고
창창 햇살 열렬히 분사하는 새하얀 벽에
선홍물감 덩굴꽃 벽화를 치는 부겐베리아

옆 좌석에 완강하게 놓여있는 검은 바위 한 채
국경을 넘던 그날 아침 보았지
쟈카란타 가로수 사이로 하루해 파두로 비빌 때
저녁식탁의 붉은 포도주잔을 들면서
우화(羽化) 하듯 한 사람의 시인

펄럭대는 억만 필 하늘은 물결쳐 가는 데
타는 세상의 모든 석양의 들물 떼에
이 저녁 마중물을 붓는지
사막 아래 어딘가로 잠적한 호수 사무쳐
그대처럼 꺽꺽 목이 쉬고 있는지

그대, 무얼로 날고 있는가 — 권순부

떠남을 즐기는 이는 첫 눈이 내리는 무렵이면 마냥 들뜨기 마련이다. 어디 갈봄여름 모두가 길을 떠나기에 즐거운 계절이겠지만 삶에 원숙한 이일수록 늦가을부터 초겨울의 길 떠남의 기쁨을 접어둘 수 없는 것이다.

구절초 짙은 내음이 흡사 겨울에 내리는 눈같이 희뿌연 산길을 오르듯 걷다 보면 삶의 희노애락이 짙게 밀려오는 것이다. 결국 겨울이라는 계절 또한 떠남과 멀리 떨어진 것이 아니기 때문이리라.

글쟁이들이 떠돌며 글쓰기에 빠지는 이유가 또한 이러한 결과 때문이 아닐까. 허드슨이 "문학은 언어를 매개로 하는 인생의 표현"이라고 말했듯이 문학에는 여러 의미가 있겠지만 삶을 표현하고 삶에 새로운 의미를 부여하는 것이야말로 문학의 영원한 과제일 것이다.

이러한 면에서 볼 때, 이번 『라인강의 쥐탑』에서 보여주는 시들은 하나의 대안으로 떠오를 수 있을 것이다. 한 폭의 잘 짜여진 동양화를 보는 듯한 느낌의 미적 구성은 언어의 절제와 사상의 힘 일 것이다.

따라서 우리는 떠남을 통해 삶의 길을 더듬을 수 있는 것이고, 닫힌 밀실에서의 사고가 아니라 열린 가슴으로 사물을 대할 수 있는 것이다. 현실을 호흡하지 못하는 글은 결국 허공에 뱉어내는 한숨일 뿐이기 때문이다.

이번 홍희표 시인의 『라인강의 쥐탑』을 읽으며 우린 이러한 원초적인 질문들을 가만히 되새김질하게 된다. 홍 시인의 이번 시집은 철저히 떠남, 그 호흡 속에서 쓰여진 기행시들을 가려 뽑은 것이기 때문이다.

홍 시인은 이미 1980년대부터 떠남을 즐기게 된다. 그렇지만 그 떠남은 즐거운 것이라기보다는, 예전의 1930년대 시인들이 식민통치하에 택하여야 했던 일과 같이 암담한 기분이었을 것이다. 1980년대 군사정권은 우리 문단사에 또 하나의 암흑기라 할 것이다. 이 때 우리 문인들에게 붓을 꺾기 이전에는 선택할 만한 방법이 별로 없었다.

이때 1960년대 등단하여 중견시인으로 자리잡고 있던 홍 시인이 택할 수 있는 방법은 씁쓰레하지만 떠남의 방법이었다. 그러나 이러한 떠남이 결코 현실과의 타협에 있지 않았다. 홍 시인은 떠남 속에 있지만 그 속에 풍자를 오롯이 담아내고 있는 것이다.

이러한 시인의 의식은 1980년대 이후에 활발한 창작활동에 그대로 담아내고 있다. 특히, 이번 시집은 이러한 풍자정신이 그대로 담겨 있는 시들을 많이 찾을 수 있다.

> 전직 대통령들 별난 정치 비자금
> 백담사 단풍이 유별나더라
> 어이그 묘타— 묘타—
>
> —「못난 대통령」 중에서

> 이데올로기의 시대는 끝나고
> 경제 우선의 시대가 왔도다
> 대도무문이 "학실히" 가슴을 열고
>
> —「뉴욕 한인회관」 중에서

> 호주의 캥거루 가죽 모피
> 한국인의 쇼핑백에 캥충갱충
>
> —「캥거루」 중에서

시집 아무 곳이나 펼쳐 보아도 해학과 풍자가 전편에 그득하며 삶에 대한, 현실에 대한 든든한 호흡을 느낄 수 있는 것은 홍 시인이 결코 떠남을 회피의 수단으로 사용하지 않고 현실을 직시하고 그 속에서 삶의 의미를 재해석하고 있음을 알 수 있다.

그러나 이번 시집의 미덕은 이러한 것에만 국한되지 않는다. 이른바 베스트셀러 시집이 등장한 1980년대 후반 이후 젊은 시인들이 즐겨 쓰는 산문시에서 보여주지 못한 언어의 절제에 의한 여백의 미학은 새 천년을 맞는 지금에 더욱 소중한 것이라 할 것이다.

이제는 말을 아껴야 할 때, 의도적 혹은 무의도적 가벼움이 우리 문단에 그리고 문화 전반에 팽배한 지금 우리에게 필요한 것은 언어의 절제를 통한 여백의 미학에서 찾아야 할 것이다. 쥐스킨트는 그의 소설 「깊이에의 강요」에서 무의미한 의미성 추구에 대한 허실을 깊이 있게 다룬 적 있지만, 이 또한 지나친 의도적 혹은 무의도적 가벼움에 대한 반발로 볼 수 있을 것이다.

이러한 면에서 볼 때, 이번 시집에서 보여주는 시들은 하나의 대안으로 떠오를 수 있을 것이다. 한 폭의 잘 짜여진 동양화를 보는 듯한 느낌의 미적 구성은 언어의 절제와 사상의 함축을 통한 여백의 미학이 어떠한 것인지를 잘 드러내주고 있기 때문이다.

또한 떠남 속에서 얻은 깊은 심상을 시 속에 잘 버무리어 화두처럼 던져내는 물음들은 매스미디어의 홍수 속에서 점차 감각적 시각화에 물들어 사고의 단순성에 빠져나가는 현대인에게 그나마 한 번쯤 생각해 볼 수 있는 시간을 줄 수 있을 것이다.

> "그 길 떠나기는 내게 인간과 자연과 사회를 올곧게 보며 사색하고 또 표현하는 데 많은 도움을 주었다. 인간은 떠남을 통하여 새로운 사물과 만난다. ..... 나의 길떠나기는 끝나지 않은 사랑으로 아직도 살아있다. 가난한 풍경 하나, 새 세기에 흔들린다."
>
> ― 「앞머리에」 중에서

> 괭이갈매기에 매달린
> 나의 장다리꽃 그리움
> 그 활화산 끝은 어디―.
>
> ― 「사쿠라지마」 중에서

오오! 그 물결 위로
편석촌(片石村) 흰나비 되어
아직도 날고 있는데
그대는 무얼로 날고 있니?

—「현해탄」 중에서

"그대는 무얼로 날고 있니?" 홍 시인의 물음이 선명하게 떠오른다. 이번 겨울, 그 떠남을 홍 시인의 시들과 함께 맞이하면 어떨까. 떠남 속에서 얻는 진지한 독백들은 읽는 이의 마음을 한껏 부풀려 줄 수 있을 것이다.

그새 창밖에 눈발이 거세다. 새 천년이 얼마 남지 않아서인가? 그러나 겨울의 떠남을 인정해야 봄의 만남을 맞을 수가 있는 것. 설레는 마음으로 홍 시인의 시집을 다시금 열어 본다.

(《대전예술》, 1999년 11월)

기행시가 보여주는 함축미 — 한영섭

홍희표 시인 15번째 시집은 반복되는 일상을 떠난 여행은 새로운 사물을 만날 수 있다는 사실 하나만으로도 우리의 가슴을 설레게 한다.

우리 지역의 중견시인 홍희표 시인(목원대 교수)이 중국, 일본, 미국, 호주, 유럽 등 여러 곳을 여행하며 보고 듣고 느낀 감동을 문학적 언어로 정제한 『라인강의 쥐탑』을 펴냈다.

이번에 펴낸 홍 시인의 15번째 개인시집 『라인강의 쥐탑』은 1부 「화산구름의 사쿠라지마」, 2부 「벅스카운티의 몸살」, 3부 「앙드레 수도사의 심장」, 4부 「단테의 집」으로 구성됐다.

이 시집에서 홍 시인은 여행을 하면서 보고 느낀 사물들에 대한 직선적 고찰에서 벗어나 어느 틈엔가 나라는 자아로 돌아와 새로운 의미를 부여하고 있다. 특히 홍 시인의 시의 또 다른 특징은 언어의 절제로 빚어내는 간결미로, 이 시집에 수록된 시도 10행 내외의 단형을 유지하고 있고, 한 행의 글자수도 10자 내외로 언어를 최소한으로 절약하여 시의 함축미를 잘 보여준다.

그간의 기행시는 여행에서 만난 사물들에 대해 문학적 프리즘을 투과하지 못한 채 직설적 표현에 의존하고 있었으나 홍 시인은 이런 문학적 태만에서 벗어나 새로운 감각으로 나름의 의미를 부여함으로써 기행시에 대한 문학적 가치를 높였다는 평가를 받고 있다.

〈중도일보〉, 1999년 10월 25일〉

제Ⅱ부 작품론

길 떠나기와 사랑하기 — 이장곤

　나는 시집을 거꾸로 읽기를 좋아한다. 그것은 시인이 의도했건 의도하지 않았건 시집의 그 험한 천로역정을 알기가 보다 수월하기 때문이다. 그 길은 시인이 가는 길이고 가야할 길이다. 이번 홍희표 시인의 시집도 예외는 아니다. 시집을 거꾸로 읽어가며 나는 시인의 고독한 여정을 읽을 수 있었다. 그것은 한 마디로 '질문'의 문제이다. 그 질문은 시집을 거슬러 올라갈수록 근원적이다. 동양과 서양, 유럽과 한국, 중국과 한국, 미국과 한국, 일본과 한국…. 나아가 세계와 자아의 문제에까지 질문은 하염없다. 책장을 넘겨가다 보면 어떤 강렬한 인상을 받게 된다. 시집 제목의 시가 맨 뒤에 위치한 것도 이와 관계가 없는 것이 아니다.

　　라인강변에 한 성주가 살았다네. 흉년이 들어 성민들이 성주에게 달려가 "제발 먹을 양식 좀 빌려주세요!" 사정 사정하자 성주는 옥죄듯 "그래, 모두 빈 창고로 모여라!" 하였다네. 성민들이 까맣게 모이자 성주는 창고에 불질러 불질러. 그 다음날 성주의 방으로 쥐떼들이 몰려와 덤벼들기 시작해 성주 식구들은 라인강변의 빈탑으로 피신하였다네. 그러자 쥐떼들이 헤엄쳐 탑으로 몰려와 그 성주 식구들을 양식처럼 게걸스레 뜯어 먹었다네. 그후에 그곳을 쥐탑이라 불렀다네. 눈이 눈을 보지 않아야 비로소 눈이다. 보아라! 쥐탑이 라인강을 덮치네.
　　　　　　　　　　　　　　　　　　　　　　　— 「라인강의 쥐탑」 전문

　'눈이 눈을 보지 않아야 눈'이라는 물음은 나를 아연자실하게 한다. 나 아직 어리고 어려 '눈이 눈을 보지 않아야 비로소 눈'이라는 화두가 나를 죽비로 내리치는 것 같다. 시인의 시는 '이야기'가 있으며 존재에 대한 질문을 던지고 있다. 그 근원적 구원은 개인적 구원을 낳고 세계와 시인의 자아로 번져간다. 그것은 시인의 새벽정신이다. 시인의 고향은 한국이고 대전, 바로 한밭이다. 시집에서 혹은 시인에게 개망초는 한밭의 개망초이다. 시인은 그 꽃을 붙들고 떠난다. 4부 「단테의 집」에서 그는 이렇게 말한다. 바로 사회 풍자의 새로운 방향을 제시하고 있다. 「길」을 보면 시인이 가야 하는 길에 대한 천착을 여실히 보여준다. 그가 가야할 길을 시인은 말한다. 모든 길은 길로 통하고, 또한 모든 길은 길로 막힌다고. 의심과 질투 그리고 분노의 길이 '그대'에게 가는 길을 막는다. 이에 「풋잠 사이로」는 그 해답을 준다. 시인은 제3의 사나이로 변신하고 다시 시인은 제4의 사나이가 된다. 그것은 만델라의 다리이자 시인이 가야할 올곧은 길이다. 시집은 바로 이 여행의 기록이다.

시인이 들고 다니는 것은 일본 기무치가 아닌 한국의 김치 보따리다. 그 김치의 생명력으로 이 버겁고 복잡한 사회를 버티고 있다. 그 예리한 매치는 3부 「앙드레 수도사의 심장」에 이렇게 드러난다. 「킹스크로스」가 그것이다. 이 시의 서구적 이미지는 결코 서구적으로 귀결되지 않고 왕십리로 바뀌어 버리는 것이다. 2부 「벅스카운티의 몸살」에서 시인은 또한 지독하게 비유한다.

시집은 사회 풍자의 새로운 방향도 열고 있다. 여행시에서 풍자적 면모를 찾기란 지금까지 그다지 쉬운 일은 아니었다. 시인이 새로운 지평을 열고 있는 것이다. 그의 언어는 쉽다. 그러니 구체적이며 그 구체적 언어는 시에 상력한 힘을 불어 넣는다. 시집은 마지막 아니, 시작이라는 물음으로 끝마친다. 아니 시작이라는 물음을 던지고 있다. 그것은 장다리꽃의 물음이다. 1부 「화산구름의 사쿠라지마」의 첫 시이자 시집의 첫 시인 「현해탄」을 보면 알 수 있다. 현해탄을 건너는 자신에게 혹독한 질문을 던짐으로써 질문은 다시 출발점으로 돌아온다. 시인은 무작정 또 떠날 것이다.

《대전문화》, 1999년 11월)

인간과 역사와 자연 — 김동권

목원대 교수 홍희표 시인 기행시 『라인강의 쥐탑』이 출간됐다. 홍 시인의
여행은 우리에게 특별한 체험을 갖게 하는 것이지만 우리 인식 속에 고정
되었던 틀을 깨트리고 새로운 모습을 보여줌으로써 신선한 충격과 기쁨을
안겨준다.

이 시집은 홍 시인이 일본, 중국, 미주, 유럽, 호주 등을 주유하면서 정서
가 다른 이국풍경 그리고 자연과 색다른 사회를 관조하는 시선이 그대로
배어 있다. 1960년대 후반 학생문사로 당당히 한국 최고의 문예지《현대문
학》지를 통해 등단한 홍 시인은 앞머리에서 "나는 1990년대 외국으로 길 떠
나기에 눈길을 돌렸다. 회상해 보면 외교수립도 되지 않아 고생이 많았던
중국, 그리고 시퍼런 외경으로 꿈틀대던 백두산 하늘못, 세계 곳곳을 돌면
서 얻은 결론의 '인간과 역사와 자연은 하나'라는 것을 절감했다."고 토로
하고 있다.

에드가 알렌 포우 집을 방문하고 "나의 주소는 Phirla/234 North Seventh
St./사랑 너머의 사랑 찾아/버지니아 클램과 신방 꾸민/복사꽃 정원에 까마
귀 한 마리/빈민 흑인 동네에 서서/힘 솟는 위스키 차고/니나는 젓가락 장
난에/깝죽대네 백수(白手)! 백수!"

이와 같이 이 시집에는 구마모토로 가는 길, 카레이스키, 에밀졸라, 단테
의 집, 로마의 휴일 등 우리들에게 익숙한 80여 편이 실려 있다. 문효치 시
인의 해설이 이 시집의 빛을 돋보이게 한다.

《시민뉴스》, 1999년 11월 24일)

답신 소감

• 정말 오랜만에 뵙는지라 반가웠습니다. 바쁘다는 핑계로도 어디로도 서신 띄우지 않고 그냥 묻혀 지내고 있습니다. 사진의 뵌 모습 건강하신 것 같아 좋았습니다. 막걸리 한 잔 드시고 싶은 표정이었습니다.

귀한 시집, 여정과 역사가 함께 어우러진 시집 『라인강의 쥐탑』을 책상 가까이 두고 읽겠습니다. 뵈올 때까지 내내 편안하시고 건필하소서.

— 김삼주(1999년)

• 책이 옛 집에 배달되는 바람에 좀 늦게 받아 보았습니다. 이국 풍물에 대한 묘사가 촌철살인이고 풍자 또한 매섭고 통쾌한 데가 많아 보였습니다.

「빈 집」은 가슴을 울리고, 「라인강의 쥐탑」은 끝 부분이 절묘합니다. 저는 꼭 자본주의에 경종을 울리는 소리로 들립니다. 쥐탑이 하필이면 라인강을 덮치니까. 쥐탑의 에피그람도 서늘합니다. 좋은 시를 읽게 해주셔서 거듭 감사드립니다.

— 윤재웅(2000년)

제15시집

물땅땅이도 때때로

목차

제Ⅱ부 작품론

627

시인의 말

나의 시도 부질없고, 이웃 시인들의 시도 느끼하구나!
헛된 시쓰기를, 번뇌의 아버지 같은 시를 잊어버리자!
깊은 산골 움막에 엎드려 겨울도록 자자구나!
그렇게 끝없이 겨울잠에 한동안 빠져 빠져 있었다.

구절초 내음같은 고개를 넘어서면서 쉰앓이의 고통과 사랑을 많이 한 것
같다. 새삼스레 세상이 허망하고, 인간이 슬프고, 시쓰기가 막막하기만 했다.
이 시집은 그저 아득하기만 했던 그 시절 인연의 하염없는 시적 화두이다.

기다렸다는 듯이 다가온 나의 나이테 갑년(甲年). 물땅땅이처럼 오로지 시
쓰기 외길에서 살아온 것이 사실이다. 그러나 다시 걸음마를 하는 초발심
을 가지고 싶다.

우리 그대, 이 흔들리는 꽃샘바람 속에 서보실까요! 시쓰기는 앓이고 구
원이며 힘이고 포기이다. 진정한 구도자는 포기자. 그래서 진정한 시인은
포기자가 아닐까.

2006년 청명, 남천산방에서
지은이

시쓰기가 부끄러운 시인 — 유재엽

　시인 홍희표 형은 충청도 한밭 토박이 출신이고, 금년에 갑년을 맞으며, 요즘 시쓰기를 부끄럽게 여기는 시인이다. 그런 그가 이번에 열다섯 번째 시집 『물땅땅이도 때때로』를 상재한다.

　먼저 그를 굳이 한밭 출신 시인이라고 못을 박은 것은 그가 누구보다도 고향을 사랑하고, 고향의 풍광과 언어, 그리고 그곳 출신의 친구를 사랑하기 때문이다. 그는 한밭에서 태어나 고등학교까지 그곳에서 다녔다. 동국대학교 재학시절과 몇 년간의 교편생활을 빼곤 역시 고향에서 생활하였고, 현재 한밭의 목원대학교에서 강의를 한다. 그의 정서 저변에는 보문산 자락과 만년교 아래로 흐르는 갑천 둑방에서 피어나는 흙내음과 들꽃의 모습이 있다. 한밭에 대한 시인의 사랑은 작품에서 고스란히 드러난다. 지금껏 그의 시를 알기 위해서는 그가 보여준 고향에 대한 사랑을 이해해야 한다.

　그의 제4시선집 『목척교의 홀씨』(1994)의 게재 작품은 시인이 뿌리 내린 한밭의 이야기로 채워져 있다.

> 서울에서 목포까지
> 울며불며 가는 완행열차
> 늙은 거북이 춤추듯
> 중간역 대전에 도착해
> 떠나는 시간이 0시 50분
> 동태눈 짝짝으로 하고
> 가락국수 먹던
> 호남선의 시발역홈

그제나 오늘이나
우리 백제권은
모래바람만 휘날리는
푸대접과 무대접판이라.
외줄기 철로 위에서
흰 거품 뿜으며
이별의 말도 없이
쉬어가던
대전발 목포행 완행열차
당신은 잊었는가
그 대전부르스를……

—「0시 50분」

　한밭은 경부선과 호남선이 갈라지는 지점이다. 교통의 요충지로 한 밤중에 완행열차가 선다. 자정 무렵 열차가 한밭에 잠시 정거하면 승객들은 플랫폼 홍익회 매점에 달려가 가락국수 한 그릇으로 요기를 하고나서 다시 열차에 타거나 다른 열차로 갈아 탄다. 한밭은 야간열차의 승객처럼 삶의 피곤함과 무심함으로 다가오는 곳이다. 한밭은 개성 없는 도시, 역사 없는 도시, 뜨내기 도시이다. 시인은 그런 도시에 시적 표정을 입히려고 노력한다. 그 표정은 유행가 가사처럼 '이별'과 낯섬으로 다가온다. 그것은 시인이 고향을 사랑하는 방식이다.

　시인은 또 고향의 친구를 사랑한다. 시인 송유하도 그 가운데 한 사람이다.

오정골에서 태어난
우리 한밭의 이름난 시인
은진 송씨의 유하
오, 주발에다
하늘을 담자는
파란꽃은 파란 꿈꾸고,

631

오, 주발에다
엄니 손길 담자는
빨간꽃은 빨간 꿈꾸고,
어느 날 잡지 편집쟁이가
싫어, 싫타
막걸리 퍼마시다
노래 노래 자지러지듯
빙폭의 탄압을 견디다가
객지 김포 논두렁에서
코 박고 이승 떠난
꽃의 민주주의 시인이여!

— 「오, 주발에다」

시인 송유하와 시인 홍희표는 고교와 대학을 함께 다닌 죽마고우이다. 서로 누가 시다운 시를 쓰느냐며 키재기를 하던 친구이다. 비슷한 시기에 문단에 나왔고, 어려운 가운데 출판업을 하던 송유하는 1976년 겨울 김포 논바닥에 주검으로 누워 있었다. 동화작가 정채봉과 술 마신 다음날 아침의 일이다. 시인은 어린이처럼 순수한 마음과 아름다운 눈빛을 지녔던 송유하를 잊지 못한다.

송유하와 함께 시인에게 언제나 정감어린 고향처럼 포근한 이는 시인 박용래이다. 박용래는 시인의 말대로 '진정한 술꾼'이요, '눈물의 시인'이다. 제2선집 『눈물점 박용래』(1991)는 충청도 토박이 시인 박용래에게 보내는 연가이다. 시인은 작품 〈초례〉에서 박용래 시인을 "호박잎에 떨리는 청기와//호박잎에 뒹구는 초례청//호박잎에 날으는 흰모시//담 너머 담 너머 우뢰소리"라고 그렸다. '청기와', '초례청', '흰모시', '우뢰소리'는 모두 맑고도 향토적 이미지를 지녔다. 이것들은 우리 삶의 재충전을 위해 영혼에 파고든다. 박용래는 시인에게 언제나 신선하고 가슴 설레이게 만드는 자극이었다. 어느 시집을 들쳐보더라도 시인의 고향 사랑은 가득하다.

홍희표 형은 금년으로 갑년을 맞는다. 그래서인지 이번 시집에는 회갑을 맞는 시인의 감회가 곳곳에 자리하고 있다. 회갑은 옛적에 우리 할아버지를 더욱 할아버지답게, 우리 아버지를 더욱 아버지답게 만들던 나이이다. 다시 말해 누가 무어래도 회갑은 노년으로 접어든다는 시그널이다. 몸도 마음도 쇠약해졌다. 다음 작품은 이런 시인의 마음을 대변한다.

　　　강변도로의 고장 난 신호등

　　　하늘 위로 추락한 무지개

　　　이팝나무의 헐벗은 주름살

　　　땅 위로 무너진 큰 기러기

　　　들림―지천명 벙거지의 꿈

　　　　　　　　　　　　　　　―「되새김질」

　지천명이 '고장난 신호등'이고, '추락한 무지개', '헐벗은 주름살', '무너진 큰 기러기'라면 회갑은 더 말할 나위도 없다. 서정주의 말대로 불혹이 귀신과 통하는 나이라면, 회갑은 귀신을 부릴 나이일 텐데, 시인은 회갑을 맞아 무디어진 감성을 안타까워한다. 이제 시인은 아버지가 그랬던 것처럼 늙음과 죽음이 어느새 낯설게 느껴지지 않음을 느끼기도 한다.

　　　소나기 한 줄금 석시며
　　　아버님 다니시던
　　　대학병원 제3병동
　　　그 병동을 불초도
　　　휘적휘적 오가니
　　　어느덧 칼추위도 가고
　　　향기도 없는 담녹색
　　　모과가 썩어가네
　　　담당의사 진찰도 없이

마른장마는 싫어요.

— 「어떤 진찰」

시인은 스스로를 "향기도 없는 담녹색 모과"로 여긴다. 싱싱한 모과에게서
는 좋은 향기가 나지만, 썩은 모과는 버려질 수밖에 없다. 그래서 시인은 더
이상 향기로운 시를 쓸 수 없다. 시인은 시쓰기의 모라토리엄을 선언한다.
더 이상 향기로운 시를 쓰지 못 한다고. 시인은 다만 부끄러울 따름이다.

러시아 모라토리엄 선언
못 다한 여름 떠나보내듯
루불화 50% 평가절하
백곰 울음소리 처연해

아니야 내가 먼저 백기 흔들며
두 손 번쩍 들 걸
아하, 30여 년간 시쓰기
모라토리엄(장인적 치밀함도 점점……)
아하, 30여 년간 시쓰기
모라토리엄(서사적 견고함도 점점……)
왜, 되풀이 헛소리만 하니까

실존적 절망과 도라지꽃
억눌린 스프레이 낙서꽃
감상적인 환멸과 흰 삘기꽃
말복 지나 처서로 가는 빗길인데.

— 「모라토리엄」

한때 미국과 더불어 세계의 패권을 다투던 거대한 나라 러시아가 외국의
빚을 갚지 못해 모라토리엄을 선언하듯, 시인 역시 이젠 시쓰기의 모라토
리엄을 선언할 수밖에 없다. 30여 년간의 시쓰기는 '실존적 절망'과 '억눌

린 스프레이', '감상적인 환멸'만 남겨주었다. "시적 치밀함도 점점" 사라지고, "서사적 견고함도 점점" 약해져 버리고 만다. 그러나 부끄럽고 아무도 알아주지 않아도 시인은 시를 쓰지 않을 수 없다.

막걸리 한 주발에
매미소리 깨지고
흔들리네 달맞이꽃
오요요 오요요
강원도의 별빛들
늙은개 껴안고
탑돌이 하고 있네.

달콤새콤 시를 쓰는
아니 써야 하는 외로움.

— 「노견심(老犬心)」

시인은 '늙은개'를 자처한다. 시인은 병술생 개띠이다. 그는 '막걸리 한 주발'에 도도한 주흥에 젖었다. 강원도의 밤하늘 가득 박힌 별을 쳐다보며, 시인은 외로움을 이기기 위해서라도 '달콤새콤'한 시를 쓸 수밖에 없는 존재이다.

홍희표 형은 여행을 좋아하고 여정을 글로 표현하는 기행시인이다. 그에게 있어 여행이란 시심을 찾는 도정이다. 그래서 그는 라인강변을 어슬렁거리고 "가로등만 빛나는 용암포구"에서 "사랑도 떠나는 첫배"를 기다리기도 한다. 그는 시쓰기에 숨이 막혀버리면 새로운 사물을 만나기 위해 길을 떠난다. 낯선 사물을 통하여 언어 능력을 키우고, 세계에 대한 인식과 감각을 확장시킨다. 일상에서의 벗어남은 시인에게 문학적 상상력을 불러일으키는 자양분이 된다. 그래서 시인은 떠돌기를 멈추지 않는다.

휘날리네 정축년 진눈깨비

제Ⅱ부 작품론

635

어디인가 서쪽바다의 끝은
배롱나무 위 담배연기
그대 마음 끝 어디인가

기러기떼도 하늘길에서
초승달처럼 쉬어가는데
망해사에는 바닷길 없네
어디인가 그대 마음 끝.

—「망해사 가는 길」

망해사는 선유도를 바라보는 바닷가에 자리하고 있다. 서쪽 바다의 맨 끝에서 진눈깨비가 내리는 겨울 바다를 가슴에 품은 망해사는 시인의 마음자락을 붙잡고 아린 마음을 다잡아준다. 마치 한 폭의 동양화를 보는 듯하다. 하늘과 바다가 하나로 맞닿아 서로 구분되지 않는 공간에 시인은 혼자서 있다. 간신히 눈에 보이는 소나무 몇 그루와 바위를 제외하고는 보이지 않는 모든 것은 여백이다. 그 가운데 시인은 홀로 외로운 존재이다. 시인이 뿜어내는 '담배연기'와 겨울하늘을 나는 '기러기떼'가 시인의 외로움을 말해준다. 이제 서쪽바다로 출발해야 할 시인의 발길을 막는다. 그래서 망해사에서 보이는 바다는 마음의 끝이 된다.

그의 작품에는 단형시가 많다. 단형시가 많다는 것은 그가 얼마나 언어의 절제미를 추구하고 있는가 하는 점을 여실히 보여준다. 시가 길어진다는 사실은 시쓰기에 자신이 없어진다는 말과 같다. 괜한 사설이 끼어든다는 뜻이다. 홍희표 형은 이미지리를 중심으로 한 직관력이 번뜩이는 작품 미학에 장점을 가진 시인이다. 그의 언어는 단순할 만큼 쉽다. 그러나 그것은 매우 구체적이다. 구체적인 언어는 시에 힘을 불어넣는 요소이다.

홍희표 형은 현실을 아파하는 민중시인이기도 하다. 5·16쿠데타와 12·12사태로 이어진 오랜 군사독재를 시인은 못 견뎌했다. 그래서 그는 "화살의 소리 같은/착란의 세상"을 살거나 "암청색 색맹으로/홀로 이마에 묻고"

있을 수밖에 없었다. 그의 많은 외국여행은 시대를 아파하는 시인의 몸서림이 있었다. 밖에서 바라보는 조국의 정치상황은 더욱 암울하였다.

우리는 그를 꽃의 시인이라고 부른다. 그는 "꽃에는 하나하나 뜻 깊은 개인적 경험이 있기 마련이다. 이 경험으로 하여 그 꽃은 더욱 더 잊지 못할 향기가 된다."라고 말한 적이 있다. 이번 시집에도 모두 30여 가지의 꽃 이름이 나온다. 한번 세어 보았더니, "복수초, 노루귀, 버들개지, 얼레지꽃, 홀아비바람꽃, 솔붓꽃, 개나리, 프리지아, 사루비아, 토끼풀, 봉숭아꽃, 도라지꽃, 낙서꽃, 삘기꽃, 퉁퉁마디, 뻐꾹나리, 산매발톱, 찔레꽃, 노랑붓꽃, 구절초, 안개꽃, 쑥부쟁이, 엉겅퀴꽃, 배롱나무, 으악새, 제비꽃, 능금꽃, 개망초꽃, 달맞이꽃, 원추리꽃" 같은 이름이 작품 곳곳에 자리한다. 그것은 은폐이다. 여기서 '은폐'라는 용어를 사용한 것은 이런 꽃 이름들이 우리에게 주는 이미저리 때문이다. 시인은 이미저리를 작품 속에 은밀히 감추려고 한다. 그리고 우리는 세계를 바라보는 시인의 비판적 시각과 마주하게 된다. 꽃은 생명의 절정이다. 그리고 꽃은 서정적이다. 꽃이 피고 지는 질서에서 시인은 생명의 원리와 사랑의 원리, 존재의 원리를 찾는다. 이처럼 꽃은 그 자체로서의 존재 의의만 지니는 것이 아니라 인간의 객관적 상관관계를 갖고 있다.

그의 시에 나오는 꽃에는 또 다른 의미가 있다. 제7시집 『모두모두꽃』(1988)에는 모두 99가지 꽃이 나온다. 그 가운데 식물인 꽃도 있지만 '최루탄꽃', '조센진꽃', '잡년놈꽃' 등이 나온다. 비유와 풍자를 사용한 이 작품들은 평소 시인이 가진 현실인식이다.

이번 시집의 표제작 「물땅땅이도 때때로」는 다시 이 시대 서민의 아픔을 노래한다.

> 만년동 순대집 앞으로
> 추풍낙엽 입은 사나이
> 휴대폰 들고 온다
> 정리해고장 베어 물고

째진 상처 치면서 온다
유성막걸리 들면서
휴대폰도 없구나 우리는
오, 대한민국의 물땅땅이
물땅땅이는 때때로 행방불명중
수평선도 오리무중중
스핑크스가 오이디푸스에게 던졌던
떠도는 수수께끼도
사람이 살맛 파는 이유는?

　'물땅땅이'는 길이가 약 3cm 정도 되는 갑충이다. 못이나 늪에 살다보니
그곳이 세상의 전부이다. 물풀이나 썩은 먹이로 배만 부르면 만족할 줄 안
다. 천상 우리 자신의 모습 그대로다. 그렇지만 이 시대의 물땅땅이는 "추
풍낙엽을 입고" 정리해고를 당한 채 앞으로 살아갈 힘을 잃는다. 다만 만년
동 순대집에서 유성 막걸리 한 잔으로 스스로를 위로한다. 물땅땅이는 어디
론가 숨고 싶고, 아무에게도 자신의 처지를 알리고 싶지도 않다. 스핑크스
가 오이디푸스에게 던진 수수께끼의 답은 '사람'이다. 그런 사람이 '살맛'
을 잃어버린 채 살 수밖에 없다. IMF사태로 불리는 태풍이 우리 곁을 지나
가면서 많은 사람의 '살맛'을 빼앗았다. 사람이 사람대접을 받지 못하고,
가장이 길거리에서 신문지 한 장을 덮고 한데잠을 잔다. 군사독재 시절을
아파하던 시인은 IMF사태로 말미암은 비극에 마음을 앓는다.
　홍희표 형은 첫 시집『어군의 지름길』(1968)에서부터 제14시집『라인강의
쥐탑』(1999)을 관통하며 새로운 시 경향의 변모를 보여준다. 그의 시는 그
의 인생 역정이다. 이러한 그의 시세계는 그의 15권의 시집과 5권에 달하는
시선집에서도 잘 드러난다.
　그는 데뷔 당시 서구적 이미지를 구축하는 청순한 언어가 돋보이는 시인
으로 평가받았고, 한때 정치적인 상황을 비판하는 작품을 쓰기도 했다. 충
청 방언과 토속어를 구사한 한밭의 풍물을 노래하는 시를 창작하기를 멈추

지 않은 그는 세속과 탈속의 화해를 주제로 한 선시를 쓰기도 한다.

  그러나, 시인 홍희표 형이 어떤 경향의 시를 쓰건 충청도의 버드나무 가지 사이로 일렁이는 눈먼 사랑을 연모하는 대한민국 한밭 출신의 진정한 시인일 수밖에 없다.

문학아카데미 시선 · 185

홍희표 시집 물땅땅이도 때때로

펴낸날 2006년 6월 1일
저자 · 홍희표
발행인 · 박진호
펴낸곳 · 문학아카데미

값 6,000원

제 Ⅱ 부 작품론

수원역에서 — 송초하

— 산하(山下)에게

그대 떠난 뒤
후두둑 떨어지는 가랑비
어둠 가득 쌓이는구나

안개에 밀려
불빛 아래 나오면
둘이서 마주보던 열차시간표

떠나가고 돌아오는 바람 끝에서
언제 다시 빗방울 되어
만나질까

산수유꽃 아래
또다시 산수유꽃
물결 아래

창밖에 그렇게
등 돌린 채
움직이지 않는 성벽.

시인, 그 추방당한 자의 노래 — 백승란

고대 그리스 신화에 나오는 프로메테우스는 불 도둑질한 죄로 제우스 신의 노여움을 사 신들의 세계에서 추방당했을 뿐만 아니라 평생 바위에 묶여 독수리에게 간을 쪼이는 고통을 당한다. 그러나 프로메테우스의 용기는 인간으로 하여금 불 사용의 신기원을 이룩하게 했으며 더불어 인간의 역사를 바꾸어 놓았다. 시인도 프로메테우스와 같다. 비록 그의 사유와 행동이 인간과 사회로부터 단절된 이질적 요소를 함의하고 있지만 그의 용기와 결단력이 인간과 사회 더 나아가 이 세상의 모순과 부조리를 전복시킨다. 산하 홍희표 시인도 예외는 아니지만 아니다. 반세기에 가까운 시작활동 속에서 그의 시세계는 다양하게 전개되지만 그가 줄곧 애정과 연민의 시선을 떼지 않은 것은 '인간과 사회'였다. 그럼 시인 홍희표의 시적 사유를 고찰하기 위해 좀더 미시적으로 접근해 보자.

시인 홍희표는 가장 한국적인 것을 추구하며 지난 40년간 대전·충청지역의 시심(詩心)을 지켜 온 전통지향의 서정시인이다. 그런 그가 이번에 『물땅땅이도 때때로』라는 제복으로 봉산 15번째 시집을 냈다. 이깃은 그의 시 쓰기 인생 40년의 사상이 응축된 것이라 할 수 있다. 이 시집에서 그는 각각의 소제목마다 이 시대의 화두를 던지고 있지만 시편 전체를 아우르며 시인이 강조한 핵심사상은 '인간과 자연 그리고 삶에 대한 애정'이다.

이 시대의 아버지들은 외롭다. IMF의 한파로 유행처럼 번진 '정리해고'는 우리 아버지들의 입지를 위축시키고 삶을 황폐화시켰다. 시인은 이 시대 아버지들의 고뇌를 아픈 눈으로 바라본다.

만년동 순대집 앞으로
추풍낙엽 입은 사나이
휴대폰 들고 온다
정리해고장 베어 물고
째진 상처 치면서 온다
유성막걸리를 들면서
휴대폰도 없구나 우리는
오, 대한민국의 물땅땅이
물땅땅이는 때때로 행방불명중
… (하략) …

―「물땅땅이도 때때로」 일부

이 시대의 아버지들은 겨우 지천명이 조금 지났을 뿐인데 일자리를 잃고
방황하게 된다. IMF의 한파가 일하기에 아직 젊은 그들을 '추풍낙엽'으로
'째진 상처'로 망가뜨려 놓았다. 지나친 욕심도 부리지 않고 주어진 삶에
만족할 줄 아는 천상 서민인 그들을 갈 곳도 설 곳도 없게 만든 것이다. 현
실이 고단한 그들은 '순대집'에서 '막걸리' 한 잔 들면서 차라리 세상으로
부터 '행방불명' 되고 싶어 한다. 가엾은 이 시대의 '물땅땅이' 우리 아버지
들…. 그러나 시인은 이 땅의 우리 아버지들을 비롯한 수많은 인간에 대한
애정을 포기하지 않는다.

　　풀꽃 같은 사람들 모두 아프고 슬픈 지병 하나씩 무인도처럼 지니고 살고
　　있나 보다. 어느 날 저승새 문밖에서 울부짖으며 눈물 한 방울씩 땅길에 뿌리
　　며 눈사람되어 하늘길로 떠나나 보다. 움켜쥔 초록빛 손 활짝 펴고 그렇게 하
　　늘길로 돌아가나 보다. 동백꽃 피어나는 항일암 같은 도솔천으로. 휘날리는
　　땀절은 싸락눈 사이로, 목탁새는 정처없이 울고 눈사람 되어 저녁연기 물결
　　위로 떠나나 보다.

―「눈사람」 전문

우리 인간들은 저마다 가슴 속에 '슬픈 지병'을 하나씩 지니고 사는 아프

고 약한 존재이다. 한 가지 이상의 결함이 있는 불완전한 존재이기에 겸허하고 외롭다. 유한한 존재인 인간은 언젠가는 반드시 이승을 떠나 저승으로 가게 되는데, 이때 시인은 우리 인간의 모습을 '눈사람'으로 형상화한다. 눈사람의 주성분은 물이다. 물의 투명성, 물의 순수성을 고려한다면 시인이 추구하는 인간의 본질은 순수함이다. 연약하고 범박한 '풀꽃' 같은 우리 인간들은 본원적으로 슬프고 아프고 외로운 존재이다. 이승에서의 고단한 삶을 위로해주고 감싸주기 위한 시인의 노력은 눈물겨운데, 이때 그가 보여주는 행동은 그들에 대한 연민과 사랑이다. 눈사람은 이승에서의 삶의 흔적을 모두 지우고 새털처럼 가볍게 저승으로 떠나기를 바라는 시인의 모습이 투영된 존재라고 할 수 있다. 즉 삶의 무게를 모두 벗어던지고 '무상무아(無常無我)'의 모습으로 '공수래공수거(空手來空手去)'의 모습으로 떠나는 인간의 모습이 바로 눈사람의 모습인 것이다.

　이 시집에서 시인이 마지막으로 시선을 돌리는 존재는 자연이다. 환경파괴로 인한 각종 오염으로 자연은 점차 병들어 가고 있는데, 그의 시 곳곳에는 자연훼손에 따른 안타까움이 배어있다.

　　　애반딧불이 도깨비불
　　　다슬기밥 금높아
　　　사라져가네 시나브로

　　　전북 무주군 설천면 소천리
　　　(화석처럼 굳은 첫사랑)

　　　늦반디불이 도깨비불
　　　달팽이밥 금높아
　　　사라져가네 시나브로.

　　　　　　　　　　　　　　　　　　—「적막강산」 전문

반디불이는 청정지역에서 서식하는 환경 지표종으로 환경에 가장 민감한 곤충이다. 서식지의 수질이나 토양이 오염되면 반디불이는 급격히 감소하게 된다. 이렇듯 환경홍보 곤충이라고까지 부를 수 있는 반디불이가 '시나브로' 사라져가고 있음을 시인은 안타까워한다. 반디불이의 주요 먹이인 '다슬기'가 비싸서 '달팽이'가 비싸서 반디불이 축제의 대표 고장이라 할 수 있는 무주가 '화석처럼' 굳어 가고 있다는 시인의 한숨 속에서 환경오염의 심각성을 느낄 수 있다. 자연파괴의 심각성은 비단 국내문제로만 국한되지는 않는다. 수년전부터 중국에서 불어오는 '황사바람'에 우리는 봄만 되면 몸살을 앓는다. 신종 환경오염인 것이다.

이처럼 시인은 자신의 주변에 맴돌고 있는 '인간과 자연 그리고 삶의 무게'가 너무 버거워 시쓰기를 포기하고 싶다고 고백한다. 그러나 시쓰기의 포기는 또 다른 의미에서 시쓰기의 시작이다. 갑년(甲年)을 맞은 그가 시인으로서도 어느덧 불혹(不惑)의 나이를 바라보고 있다. 불혹(不惑)! 삶의 이치를 깨달아 유혹에 흔들림이 없는 나이이다. 대전을 대표하는 전통지향의 서정시인 홍희표! 그는 자신의 평생 시적 화두인 '인간과 삶과 자연'을 통해 갑년 이상의 시쓰기를 계속 이어가리라 확신한다.

《문학과 창작》, 2006년 봄호)

이 시대의 외계인, 행간의 걸음을 — 진태숙

대설의 기대와는 달리 새벽빛을 거둔 가난한 눈발이 잠시 지나갔다. 가을의 설레임은 겨울의 눈을 만나기 위한 기다림의 또 다른 모습이다. 그러나 이 첫눈은 늘 잠시 스쳐간다. 때론 만나지도 못한 채 그리움이 서러움이 된다. 올해도 강원도, 경기도에는 첫눈이 내렸다고 하는데, 아직 내 마음 속의 첫눈은 오지 않았다. 내가 보지 못했으니 오지 않은 거라 믿고 있는거다. 그래서 대설 날 아침 어둔 새벽하늘을 보며 기대를 잔뜩 하였는데, 올해도 어김없이 첫눈은 야속하리만치 왔다간다.

나의 스승 홍희표 시인을 만나면 늘 그분의 어눌한 말투에서 첫눈의 아쉬움을 읽는다. 조선 막사발빛 같은 무표정이 사람간의 거리를 어색하게 하지만, 눈꼬리가 감기는 너털웃음이 그 거리의 긴장을 순식간에 지워버린다. 그런데 나는 그 웃음에서 첫눈의 체취를 느끼는 것은 무슨 조화속 일까?

이 시집을 읽으며 그 의문을 찾아보기로 했다.

『물땅땅이도 때때로』는 시인의 15번째 시집이다. '시쓰기'를 위한 삶으로 여길 수 있는 있는 시집의 횟수이다. '인간 홍희표'로 세상을 걸어온 걸음이 아니라 '시인 홍희표'로 세상을 읽으며 지금의 자리에 서 있는 것이라 생각한다.

그 15번째 세상 읽기는 제1부 「수상해, 봄날」, 제2부 「혼의 뼈」, 제3부 「금간 더듬이」, 제4부 「저 혼자」로 80여 편의 시가 실려 있다. 홍희표 시인의 많은 시를 대할 때마다 겪는 일은 시인의 이야기에 귀 기울이지 않으면 대답이 선뜻 나오지 않는다는 점이다. 짧은 이야기를 생각 없이 듣다가 아무런 대답도 못하고 우물쭈물하는 민망함을 겪기가 십상이다. 이 시집도 마찬가지다. 그냥 시인이 말을 하는 행간을 걸어가다 보면 어느 길에 서있는 줄 모르고 허둥거리기 십상이다.

그의 짧은 이야기에는 많은 이야기가 지워져 있다. 그 지워진 이야기를 읽는이는 음미하며 되새김질 하여야 한다. 이것이 불교에서의 선문답이라고 생각 든다. 그렇다. 시인의 언어의 행간에 흐르는 공간은 스스로 득도해서 건너야 할 읽는이의 몫이다. 이것이 홍희표 시인의 시 읽기의 재미이다. 이 시 읽기의 재미를 제대로 느끼려면 조여 논 허리띠도 느슨하게 풀고 복잡하게 누적 된 일들을 미루어 놓은 채 한껏 여유롭게 시간을 비워내야 한다.

> 노루귀 · 개미자리 · 광대수염
> 들꽃들 밀려와도
> 하, 아예맵우(IMF)로 수상해!
> 강남간 제비도 오지 않고
> 황사바람만 천지간 아득해!
> 퉁퉁마디 · 뻐꾹나라 · 산매발톱
> 들쑤시는 몸살로 휘날려도
> 하, 정리해고로 이상해!
> 개구리 울음도 찾을 수 없고
> 정든님 꽃놀이 가자고 하는데
> 이제 쌀막걸리조차 제 맛이 아니니.
>
> ─「수상해 봄날」 전문

시인은 '수상해, 봄날'이라고 화두를 던진다. 그리고 '노루귀 · 개미자리 · 광대수염' 등을 이어 말한다. 그런데 훌쩍 '아예맵우(IMF)로 수상해!'라고 화두를 또 던진다. 읽는 이는 '무슨 봄 일까?' '왜 수상 하지?' '노루귀야, 개미자리야, 광대수염이야'라고 생각을 풀어가고 있다가 허방다리를 짚고 있는 자신을 보게 된다.

시인은 어눌한 표정으로 읽는이의 어리석음을 짚어준다. '봄'이 아니고 '아예맵우(IMF)'여, '쌀막걸리조차 제 맛이 아니니' 이것이 '수상해'라고 읽는이를 바라본다.

읽는이는 그제야 자신의 어리석은 답을 돌아보며 겸손해 진다. 우리는 자신의 편견 속에서 세상을 얼마나 많이 읽어가는가? 편견의 창을 날마다 두껍게 덧씌우고 세상 읽기를 하는가. 듣는 것보다 말하기를 먼저 하려는 초조함에 싸여 오독을 하는가.

이러한 읽는이의 삶의 창을 시인은 깨닫게 해준다. 시인이 던지는 화두에 잘못된 편견의 답을 섣불리 내어 놓다가 넘어지면서 스스로 창을 버리고 겸손해 진다. 일찍이 동양에서의 '시 읽기'는 마음을 닦는 수양의 방법이었다. 인간의 사특함이 시 삼백 편을 탐독해 가는 과정에서 다 씻어진다고 하였다. 홍희표 시인의 시의 길에다 우리의 사특함이 다 버려지는 것이다.

그러면 시인의 밭은 우리의 사특함을 이승에서의 티끌로 묻어버리는 것이다.

> 서리 내리는 상강과 소설 사이
> 가만히 시계의 태엽
> 풀면서 저기 저,
> 가을 햇살에 몸 뒤척이며
> 사람살이 시간 헤아리는
> 마가목 열매들 보시게!
>
> 몇 십 년 몇 백 년이
> 지나가면서 저기 저,
> 마가목에 얼마나 많은 사람들
> 서러운 눈길 머물다 갔는지
> 마음속에 고요히 여울지는
> 시간의 주름 느껴 보시게!
>
> 산마루 황혼빛으로 저물어 가는

이즈음 한 무리 까마귀떼

— 『시간의 주름』 전문

　우리의 삶은 욕망으로 이어진다. 호랑이에 쫓기던 자가 그만 급한 마음에 몸을 숨기려 나무로 기어가다 나무 아래 천길 벼랑으로 떨어지려는 찰나 나무뿌리를 잡고 있는데, 그 나무뿌리를 벌레들이 갉아 먹고 있었다. 벌레들이 그 나무뿌리를 갉아먹는 것을 안타깝게 바라보던 그 자의 입으로 나무 위의 꿀벌 통에서 꿀이 흘러 떨어졌다. 그 맛이 어찌나 기가막히던지 그 꿀이 더 많이 입속으로 들어오기를 고대하며 나무뿌리를 이리저리 흔들었다. 나무의 뿌리는 벌레와 꿀을 많이 먹으려는 자의 흔들림으로 더욱 더 들썩거리며 밑둥이 떨어져 나갔다.

　이것이 우리의 삶의 모습으로 불교에서 비유로 일깨워준다. 나무뿌리는 우리의 시간이며, 꿀은 우리의 욕망이다. 시인은 '산마루 황혼빛으로 저물어 가는/이즈음 한 무리 까마귀떼.'를 보여주며 욕망의 부질없음을 말해준다. 그리고 '마음속에 고요히 여울지는/시간의 주름 느껴 보시게!'를 권한다.

　이제 귀신을 부리는 이순의 나이에 들어 선 시인의 삶의 지혜를 읽는이에게 권하는 것이다. 필자에게도 앞만 보고 달리지 말라고 종종 말씀 하신다. 어리석은 제자의 헐떡이는 달리기에 숨을 고르는 걷기를 하라고 타이르신다. 하지만 이 제자는 스승의 걱정스런 마음을 더욱더 서운케 하면서 달리기를 멈추지 않으니, 마냥 송구스러울 뿐이다.

　이렇게 세상을 느리게 읽는 '선'의 모습을 실천하는 시인에게도 어떤 삶의 계기가 있으리라 생각 든다. 이것 또한 나의 섣부른 이론의 티끌이겠지만, 시의 행간 속을 좀 더 들어가 보겠다.

막걸리 한 주발에
매미소리 깨지고
흔들리네 달맞이 꽃
오요요 오요요

강원도의 불빛들
늙은 개 껴안고
탑돌이 하고 있네

달콤새콤 시를 쓰는
아니 써야 하는 외로움

—「노견심」 전문

레미 드 구르몽은 '사람이 글을 쓰는 유일한 이유가 꼭 한 가지 있다면 그
것은 자기라는 한 개성의 거울에 비쳐진 어떤 특수한 세계를 타인에게 제시
하기 위한 것이다' 라고 하였다. 그러면 40여년을 시쓰기로 살아 온 시인의
메시지는 무엇인가. 시인은 왜 시쓰기가 필연적 외로움의 과정이라 토로 하
는가. 읽는이에게 끝없이 던지는 삶의 의미에 답 찾기를 깨우치게 하면서,
시인 스스로에게는 '외로움' 이라 고백하는지 「망해사 가는 길」을 읽어보자.

휘날리네 정축년 진눈깨비
어디인가 서쪽바다의 끝은
배롱나무 위 담배연기
그대 마음 끝 어디인가

기러기떼도 하늘길에서
초승달처럼 쉬어가는데
망해사에는 바닷길 없네
어디인가 그대 마음 끝

시인은 가끔 사석의 자리에서 첫사랑을 고백 할 때가 있다. 그 사랑의 상
처가 시인의 갈고리가 되어 고통스럽게 하였는지. 그 고통이 곧 시인의 시
쓰기의 힘이 되었는지 필자는 미루어 짐작해 보지만, 그것이 시인의 거울
에 비쳐진 특수한 상황의 한 측면으로 작용했으리라 생각한다.
위의 시에서 '진눈깨비', '서쪽바다', '기러기떼', '초승달', '담배연기'

의 시어들은 '그대 마음 끝 어디인가'의 울림에 상승작용을 한다. 여기에 나오는 '배롱나무'는 일명 간지럼 나무이기도 하다. 그 잎을 만지면 가지 끝이 간지럼 타듯 움직인다. 또한 백일홍 나무로 그 꽃의 생명력이 질기다. 시인은 이런 식물의 정보를 이용하여 배롱나무를 '그대'의 또다른 모습으로 이미지화 시켰다. 즉 시인의 첫사랑의 모습은 시인의 감정의 예민한 부분 속에 있다가 시인의 손길이 닿으면 반응을 한다. 마치 배롱나무가 간지럼을 타듯이 말이다. 그러나 시인은 그 그리움의 끝을 모르기에 길 찾기를 나선다.

> 샛노란 저고리 남녘땅
> 새털구름으로 돌고 돌아
> 전남 해남군 송지면 갈두리
> 땅끝 마을, 사자봉
> 다도해의 남실바람
> 극남 북위 34도 17분 38초
> 대전에서는 4시간 하고도 30분 거리
> 그러나 검붉은 치마 북녘땅
> 땅끝 마을은 언제쯤 가보나
> 백두산의 아기단풍
> 그리고 하늘나라의 그 끝은
>
> —『땅끝 마을』 전문

그의 방황은 남녘땅에서 백두산까지 이어진다. 아니 지구 곳곳으로 '그리움의 끝'을 만나러간다. 언제나 '떠나기' 위해 돌아오는 시인의 걸음은 이제 이순의 시간을 맞는다.

그 시간의 방황이 이제 멈출 기미가 보인다. 그의 시 「카드로 만든 집」에서 고백 했듯이 이제 점점 돌아 온 자리가 따스해 진다. 떠나기 위해 머물렀던 '집'이 돌아 갈 자리가 되어 있다. '왜 하느님은 사람을 죽게 하죠?/죽지 않고 다른 집으로 옮겨갈 뿐이다!'라는 시인의 고백은 곧 시인이 스스로에게 물은 답이 되어있다. 즉 이순의 나이에 답을 찾은 것이다. 이제 시인은 사랑의 상처로 본 세상의 창으로 세상살이의 부조리에 목소리를 높였지만, 그 창을 거두어 내고 집으로 돌아온다.

우리는 이런 시인의 시간을 이해하지 못할 수 있다. 첫 만남으로 사랑을 고백하고 다음 날 버리는 일회용 시대에, 광속도를 따라가야 하는 전파에, 눈으로 보아야만 믿는 불신에 너무나 익숙해져 있다. 그런 21세기의 현실에서 한때 스치고 지났을 법한 사랑을 그리움으로 껴안고 있는 그는, 분명 이 시대의 외계인이다.

> 도깨비 번개 지나간 뒤
> 꼬까참새 한 마리
> 칼끝에서 파를 떨면
> 배신의 단풍잎
> 모반의 단풍잎
>
> 기우뚱 눈뜨고
> 비루먹은 구름조각
> 외계인으로 뛰어다니고
>
> ―「구두선」 전문

시인도 스스로를 '외계인' 이라 지칭한다. 이 문명을 좇는 날도깨비 세상에시 한 빌 뒤물러 서있는 외계인이다. 이 외계인은 시인의 마음 밭에서 시인의 깨우침을 일러 준 '선' 의 모습이다. 과학이 발달 할수록 인간의 외향적 삶의 질은 높아가지만 인간의 정신은 황폐 해 진다고 한다. 문명은 결코 정신의 행복을 지켜주는 지침서가 될 수 없다. 인도의 가장 낮은 계급의 인간들이 삶에 긍정적이며 행복감을 느낀다고 하지 않던가. 이 정신의 행복에 대한 지침서를 일러주는 것이 홍희표 시인의 외계인 모습이다. 우리는 이제 외계인으로 문명에 맞서야 한다. 욕망, 그 부질없음을 내려놓고 외계인의 시심으로 들어가 자신의 주어진 시간을 부끄럼 없이 바라봐야 한다.

아, 시인의 모습이 왜 내게 첫눈으로 비춰졌는지 그 답을 어슴푸레 알 것 같다. 이승은 다소 아쉬움으로 남겨 두고 떠나야 하는 것이다. 그리움도 채 우지 말고 조금은 비워두어야 한다. 그러나 그것이 어디 말처럼 쉬운 일이 던가? 그래서 시인은 '포기'라고 다소 강하게 말한다. 아마도 그렇게 하지 않으면 이승에서의 인연의 갈고리를 쉽게 거두지 못할 거라고 알고 있기 때문일 것이다. 그러나 그 독한 마음의 긴장은 홍희표 시인의 마음밭에 오래 머물지 못하고 너털웃음으로 '그리움'의 고리를 걸어둔다. 충청도 토박이의 마음 여린 성정을 버리지 못한 채 첫눈처럼 첫사랑을 끌어안고 있는, 이 시대의 유일무일한 외계인 시인이다.

새벽 하늘에
새끼손톱 맹세랑
하지 말고 앞뒤로
배롱나무꽃
연분홍 입맞춤
해주세요 가벼이

하늘이 그대에게 안겨들 듯이
더 빨리, 더 멀리
버즘나무잎 사이로
새벽닭 울면
또다시 우리는
큰점박이 뻐꾸기 되고

마음의 새끼 손가락
걸고 걸지만

—「하늘 안쪽」 전문

부족한 필력으로 감히 스승의 시에 토를 달아 보았습니다. 행여 누를 끼친 듯하여 죄송스럽지만,『물땅땅이도 때때로』에서 잠시 저를 돌아보았음을 감사하게 생각합니다. 겨울 하늘 이 아주 시원스레 열린 아침에「하늘 안쪽」을 되새김 하니 다시 눈발이 휘날립니다.

《목원문학》 10집, 2007년)

서민들 애환 · 상처 노래 — 남상현

문단 데뷔 40여년, 시쓰기 외길 인생을 걸어 온 시인 홍희표 씨(목원대 국어교육과 교수)가 15번째 시집 『물땅땅이도 때때로』를 펴냈다.

20대 초반 등단한 그는 이듬해 첫 시집 『어군의 지름길』(1968)을 시작으로 거침없는 작품활동을 펼쳐왔다. 1—2년 사이에 시집 한 권을 거뜬히 내는 등 문단 내에서도 소문난 다작꾼이었던 것이다. 하지만 이번 시집은 전작 『라인강의 쥐탑』(1999)이후 7년의 공백을 깨고 나왔다.

홍 시인은 시를 '상처의 꽃'으로 정의한다. 표제작 「물땅땅이도 때때로」는 서민들의 상처, 그들의 애환을 노래한다. 길이 3cm가량 되는 하찮은 곤충 물땅땅이는 영락없는 이시대의 서민이다. 자신의 세계에서 만족할 줄 알지만 이마저도 순탄치 않은 힘겨운 모습이 곳곳에 묻어난다. 동시에 물땅땅이는 지난 10년간 작가 표현대로 '쉰앓이'를 심하게 앓은 작가 자신으로도 변화한다.

"시 쓴다는 것이 부끄럽게 여겨졌다고나 할까요. 50대 내내 시라는 것이 부질없고 헛된 것처럼 여겨졌습니다." 7년간의 공백은 시와 세상에 대한 근본적인 회의에서 비롯됐다. 심지어 남들의 시마저도 역겨웠고 시쓰기라는 것이 막막하기만 했다. 이를 극복하기 위해 시인은 물땅땅이에게 '때때로'라는 순간을 부여한다.

홍 시인은 "영원불멸한 것만을 소중하게 여기고 기억하지만 진정 역사의 순간을 바꾼 것은 '순간'의 힘"이라며 일상을 낯설게 보게 된 적지 않은 변화가 그 사이에 있었음을 암시했다.

강변도로의 고장 난 신호등/하늘 위로 추락한 무지개/이팝나무의 헐벗을
주름살/땅 위로 무너진 큰 기러기/들림 ― 지천명 벙거지의 꿈.

— 「되새김질」

갑년을 맞은 홍 시인은 "이젠 정리한 때"라고 말하곤 한다. 어쩔 수 없이
'나이테'를 갖고 살아가는 나약한 존재이지만 이는 지금까지 자신이 고집
했던 모든 것을 '포기'하고 처음으로 되돌아가겠다고 한다. 결국 시인에게
'정리'는 초발심을 잃지 않겠다는 의지의 표현이다.

이 때문일까. 그가 시 전반에 세운 날은 오히려 이전보다 날카롭게 느껴
진다.

"시는 가지치기를 끝낸 나목같아야 한다."는 홍 시인 특유의 간결체 또한
여전히 유효하다. 이제 와 '다시 시작'을 외치는 한 시인의 삶의 자각이 배
어 있기 때문이 아닐까?

(〈대전일보〉, 2006년 6월 2일)

시 속에 담긴 고향, 그리고 삶 — 권도연

  충청도 토박이 시인 홍희표가 최근 15번째 시집 『물땅땅이도 때때로』를 출간했다. 홍 시인은 대전에서 태어나 고교까지 이곳에서 다녔으며, 동국대학교 재학시절과 몇 년간의 교편생활을 빼곤 역시 고향에서 생활했다.

  누구보다도 대전을 사랑하고 있다는 홍 시인은 고향의 풍광과 언어, 그리고 충청도 출신의 친구에 대한 이야기들을 시로 풀어낸다. 한밭에 대한 시인의 사랑은 작품에서 고스란히 드러난다. 그의 정서 저변에는 보문산 자락과 만년교 아래로 흐르는 갑천 둑방에서 피어나는 흙내음과 들꽃의 모습이 있다. 때문에 그의 시를 알기 위해서는 그가 보여준 고향에 대한 사랑을 이해해야 한다.

  홍 시인은 올해로 갑년을 맞았다. 회갑은 옛적에 우리 할아버지를 더욱 할아버지답게, 우리 아버지를 더욱 아버지답게 만들던 나이이다. 다시 말해 누가 무어래도 회갑은 노년으로 접어든다는 신호라고 할 수 있다.

  그래서인지 이번 시집에는 회갑을 맞는 시인의 감회가 곳곳에 자리하고 있다. 이번 시집의 표제작 「물땅땅이도 때때로」는 어렵고 고단한 시절을 버티며 몸도 마음도 쇠약해진 서민의 아픔을 노래한다.

    만년동 순대집 앞으로/추풍낙엽 입은 사나이/휴대폰 들고 온다/정리해고장 베어 물고/쩨진 상처 치면서 온다/유성막걸리 들면서/휴대폰도 없구나 우리는/오, 대한민국의 물땅땅이/물땅땅이는 때때로 행방불명중/수평선도 오리무중/스핑크스가 오이디푸스에게 던졌던/떠도는 수수께끼도/사람이 살 맛 파는 이유는?

―「물땅땅이도 때때로」

물땅땅이는 길이가 약 3cm 정도 되는 갑충이다. 못이나 늪에 살다보니 그곳이 세상의 전부이다. 물풀이나 썩은 먹이로 배만 부르면 만족할 줄 안다. 천상 우리 자신의 모습 그대로다. 그렇지만 이 시대의 물땅땅이는 '추풍낙엽을 입고' 정리해고를 당한 채 앞으로 살아갈 힘을 잃는다. 다만 만년동 순대집에서 유성 막걸리 한 잔으로 스스로를 위로한다. 물땅땅이는 어디론가 숨고 싶고, 아무에게도 자신의 처지를 알리고 싶지도 않다.

데뷔 당시 서구적 이미지를 구출하는 청순한 언어가 돋보이는 시인으로 평가받은 홍 시인은 지금까지 15권의 시집과 5권에 달하는 시선집을 선보이며 한때 정치적인 상황을 비판하는 작품을 쓰기도 했다.

충청 방언과 토속어를 구사한 한밭의 풍물을 노래하는 시를 창작하기를 멈추지 않은 그는 이제 세속과 탈속의 화해를 주제로 한 선시를 쓰며 그의 인생 역정을 드러낸다.

문학평론가 유재엽은 "시인 홍희표는 첫 시집 『어군의 지름길』(1968)에서부터 제14시집 『라인강의 쥐탑』(1999) 새로운 시 경향의 면모를 보여 준다"고 하였다. 하지만 그가 어떤 경향의 시를 쓰건 충청도의 버드나무 가지 사이로 일렁이는 눈먼 사랑을 연모하는 대한민국 한밭 출신의 진정한 시인일 수밖에 있다.

(〈충청투데이〉, 2006년 6월 16일)

답신 소감

• 『물땅땅이도 때때로』 시집 출간을 진심으로 축하합니다.

열다섯 번째 시집이라니 대단하십니다. 유재엽씨가 쓴 해설도 읽어보았습니다. 시를 읽는 데 많은 도움을 받았습니다. 다른 사람은 어떻게 보든 말든 제 생각으론 홍 사백의 시는 참 재미가 있습니다. 재미가 있어서 읽었는데 그 다음에 따라오는 것은 연민입니다.

> 넘치는 금강처럼 불타는 물
> 알코올 젖줄의 혀끝에서
> 봉숭아꽃은 피느니라
>
> 매일 끓는 나이테 살돋고
> 생사의 인연은 길고 멀어라
> 스멀스멀 기어나오는 자벌레
>
> 여우비의 건주정에서
> 오래 지워지지 않는 거냐
> 사랑아, 하얗게 붉게 피던
>
> ― 「쉰 세대의 건주정」

많이 배우겠습니다. 연꽃마을에는 안 오셨더군요. 또 여행을 떠나셨나요. 그곳에서 「무서워라 개망초꽃」을 만났습니다. 늘 건강하시고 계속 좋은 시 양산하시길 기원합니다.

― 배인환(2006년)

• 『물땅땅이도 때때로』를 읽었습니다. 시인 자신이 말하듯이 문단에 데뷔한 지 40여년 동안 오직 시쓰기 외길로 살아온 홍 형의 생애, 참으로 아름답고 기

쁘게 느껴집니다. 축하합니다.

요즘에는 길나서는 횟수가 줄어 대전에도 잘 가지 못합니다. 홍 형의 첫시집을 1968년에 받고 그곳에 가서 상면한지가 꾀 오래 되는데, 어느덧 이렇게 세월이 흘러 머리카락이 희끗한 나이가 되었습니다. 아무쪼록 건강하시고 쉼없이 꾸준히 써 주길 바랍니다. 우리가 가는 길이 거기 말고 또 있나요? 감사합니다.

— 민 영(2006년)

• 홍교수님! 오랜만입니다. 언제 만나 커피라도 나누어야겠다는 생각만 있지 하는 일 없이 바쁘다 보니 그것마저 여의치 않군요. 신작시집 『물땅땅이도 때때로』를 음미하고 또 생각이 났습니다. 좋은 시 읽으면서 꼭 기억하겠습니다.

— 박명용(2006년)

• 『물땅땅이도 때때로』 잘 읽었습니다. 된소리를 두 번씩 발음하며 그 경쾌함에 즐거워 졌습니다. 어느새 갑년이시네요. 하긴 이십년 전이나 삼십년 전이나 진배 없으실텐데요.

— 정순진(2006년)

• 부산에서 집을 이사하고 다시 3개월간의 부재, 『물땅땅이도 때때로』를 열흘 전 쯤에야 열었습니다. 반갑고 고맙고 죄송하고. 사는 일은 점점 낯설어지고, 시간도 공간도 희부윰한 경계로만 흘러갑니다. 갑년이시구나. 이제 이승의 한 바퀴를 돌았으니 세상사가 훤하시겠네요. 좀 쉬워지겠네요. 내내 건필하시고, 올가을도 언어와 감성에 풍요로우시고 또 새로운 사랑도 꿈꾸시고 또 아름답게 절망하시고… 그렇게 모든 일에 넉넉하시길…

— 김수우(2006년)

제16시집

하이터치 그리움

차례

제
Ⅱ
부

작
품
론

시인의 말

처서 돌아 백로도 지나갔지만 한밤내 열대야가 계속되어 잠자리가 뒤숭숭하다. 그것을 달래주는 것이 맴맴 울어대는 참매미, 그 곁에서 찍 찌―익 절규하는 말매미, 덩달아 쓰름쓰름 훈수하는 쓰르라미. 가로등 밑에서 처연하게 울려퍼지는 뭇매미들의 아우성 속에서 때로 시쓰기의 수레바퀴를 되돌려 보고 싶은 욕망이 일어나곤 한다.

밀물밀물 밀려오는 나이테의 무게를 떠올리면 옷에 땀이 흐르지만, 썰물썰물 밀려나가는 나이테의 무게를 떠올리면 흰 부채를 들고 웃통을 벗어버리고 싶다. 시간의 쇠락과 초월, 시간에 대한 저항과 영겁, 시쓰기의 운명은 이렇게 시간의 개입을 통해 완성되는 것일까.

숨쉬며 살아있는 모든 것은 낡고, 서서히 죽어가면서 스스로 저 혼자 어떤 존재증명을 위해 몸부림친다. 지난 봄 국민장을 치르고 여름에 또 국장을 치렀다. 전직 대통령들도 유명을 달리하고, 시인들도 세상을 뜨고, 배롱꽃도 진다. 그들은 모두 소멸될 것이고, 끝내는 망각의 강을 건널 것이다. 그 레테의 강줄기에서 변증법으로 피어나는 시인의 외마디를 아직도 부질없이 그리워하고 있다.

2009년 초가을
홍 희 표

'억새벌판'에서 춤추는 시인이야기 — 김백겸

상황

홍희표 시인의 시집 해설을 쓰기 위해 문학연보를 들여다본다. 홍 시인은 1946년 출생이니 나보다는 7년 연상이고, 1967년에《현대문학》에 신석초 선생님 추천으로 데뷔했으니 문단경력으로는 16년 선배이다. 약관 만 21세가 그의 시인 출발점이다. 첫 시집 『어군(魚群)의 지름길』이 1968년에 나왔다. 출판기념회가 명동 〈호수그릴〉에서 서정주 · 신석초 · 박기원 · 이형기 · 김후란 · 신동엽 시인들을 모시고 열렸다 한다. 홍희표 시인은 당신의 문단상황을 감안해도 화려한 데뷔를 했다. 올해가 2009년이니 문단경력 42년인데 이 시집 『하이터치 그리움』가 제16시집이다. 시집 한권이 평균 3년에 나온 셈이다.

이런 저런 지면을 통해서 홍희표 시인의 시를 접했으나 이번처럼 시집을 통독한 경우는 처음이다. 전반적인 시세계를 보기위해 시선집 『홍희표 시 다시 읽기 1.2.3』(종려나무 간)를 읽어보았다. 홍 시인으로 하여금 시를 쓰게 하는 무의식의 지형은 무엇일까. 전기적 비평이 될지는 모르겠으나 시대 상황과 작품과의 관계는 놓칠 수 없는 부분이다.

해마다 봄이 오면 보릿고개 넘어가기 저승문처럼 무서웠대요. 못 먹고 못 먹어 오늘날 이디오피아 난민들같이 노랗게 부황이 꽃피곤 했대요. 학교 공부 끝나자마자 우리는 들에서 쑥을 찾고, 산에서 자반순, 엉컹퀴순, 머루순, 기생순 찾아 죽을 끓여 먹곤 했대요. 그래도 미국 코 큰 나라에서 원조로 준 우유가루 쪄서 점심밥 대신 먹기도 했지만, 우물가로 가 한 바가지 맹물 먹고 하늘 보는 것이 순서였대요. 그런데 어느 날 내 옆의 가시내가 도시락 밀어주곤 운동장으로 나가면서 "나 먹기 싫으니까 너 먹어!" 했대요. 그때 동무들은 나를 거지왕처럼 부럽게 부럽게 쳐다보았고, 나비리본 사이로 배꽃이 배시시 피기 시작할 무렵, 그 가시내는 기차타고 서울로 전학가고 말았대요. 댕기머리 댕기머리, 알사탕 먹고요, 랄랄랄 랄랄, 또 만나자.

—「배꽃」 전문

내용상으로 보면 가난한 유년시절의 이야기다. 소재도 그 6·25 전쟁 후 살았던 사람이면 다 경험한 소재다. 그런데도 이 시가 가난의 아픔과 슬픔이 오지 않고 「배꽃」의 제목처럼 화사한 배경이 느껴지는 이유는 무엇일까. "배꽃/댕기머리 가시내"에게 시인의 심적 에너지가 몰려있기 때문이다. 시란 심장에 피가 몰리는 심적 흥분이 없이는 써지지 않는다. 홍 시인에게 가시내의 존재가 어렴풋한 첫사랑의 그림처럼 남아있기에 이 시가 성립했다. 이미지는 "배꽃" "나비리본" "댕기머리"로 드러나 있고, 은유는 드러나지 않은 마음속의 사랑이다. 황순원의 「소나기」와 상황 설정이 비슷하다. 「소나기」에서는 소녀가 죽고, 이 시에서는 가시내가 서울로 전학 갔다. 극적 긴장감의 차이는 있으나 화자에게는 이별의 상흔이 남았고 그 트라우마가 이 시를 만들어 냈다.

트라우마

예술은 콤플렉스의 힘이 아니면 성립하지 않는다. 작가의 트라우마의 내용과 깊이가 콤플렉스의 얼굴을 형성한다. 트라우마의 해소는 '과민반응, 충격의 재경험, 감정회피 또는 마비'의 형태로 나타난다. 예술이란 충격의 재경험으로 카타르시스를 제공한다. 한 개인이 동일한 주제의 꿈을 계속 꾸거나 예술가가 같은 주제를 반복해서 표현하는 경우는 콤플렉스를 해결하기 위한 심리적 기전이 작동한다고 본다. 예술가의 작품이란 일종의 꿈이다. 표현된 백일몽이며 동시대 문화 이데올로기의 옷이 덧입혀지는 점만 다르다. 정신분석가가 꿈의 내용으로 환자의 콤플렉스와 트라우마를 알아내듯이 비평가는 예술가의 작품내용으로 예술가의 콤플렉스와 집착하는 주제를 알아낸다.

홍 시인이 트라우마와 콤플렉스는 무엇일까. 어떤 모티프가 그로 하여금 42년 동안 16권의 시집을 내도록 몰아가는 것일까. 시집이란 개인의 일상사 너머로 분출하는 꿈의 욕망이며 동시에 작가의 표현된 삶이며 삶의 확장이다. 홍 시인의 문학비망록 『글의 길과 길의 글』(종려나무)에서 문학의 입문을 다음과 같이 말하고 있다

> "중학교 때 갈래머리 어여쁜 순영이 누나에게 크리스마스 선물로 시집을 받았다. 꽃무늬 얼룩얼룩한 김소월의 『못잊어』였다. 나는 소월의 시편들을 단지 안타까운 그리움과 사무치는 헤어짐의 사랑시로만 해석했다. 소월시의 순도 높은 토박이말이나 운율은 제대로 알지 못한 채 오로지 사랑이란 감정만을 진한 독주 같이 퍼마시며 애통해 했다.
> ……소월과 만해의 시편에 열광하면서 갈래머리 누나에게 나의 사랑시를 바쳤다. 그것은 몰염치한 모방시였지만 누나는 나를 재주있는 시인으로 인정해 주었다. 그런 와중에 최초로 만난 시인 임강빈 국어선생님! (아, 시인은 떠벌이가 아니구나. 칠판보다 창문을 더 많이 쳐다보는구나!) 그리하여 나의 본격적인 글쓰기의 길과 가슴앓이가 시작된다."

내가 즐겨 인용하지만 내면의 아니마가 예술가를 만든다. 시인들의 아니마가 어떤 타입이냐가 시인들의 정서적 안경을 결정한다. 원시적 여성상, 낭만적 여성상, 영적 여성상, 지혜여성상(칼 융의 분류)이 있으나 주된 심리 에너지의 발현일 뿐, 네 타입은 같이 있다고 보아야 한다. 홍 시인의 아니마는 낭만적 여성상에서 출발했다. 사랑과 그리움. 대부분의 문학청년들이 이 코드로 문학을 시작한다. 또 하나의 단서가 문학비망록 속에 보인다.

"원래 공간은 사람을 닮는다. 더 정확히 말하면 사람이 공간을 닮는 것이다. 우주라는 공간과 사람은 닮은 꼴을 하고 있다. 나도 고향 한밭이란 공간을 점점 닮아가는 것은 아닐까. 그 부산물로 나는 '한밭풍물시'를 평생 작업으로 쓰고자 한다. 공간은 생명, 그 자체니까."

홍 시인은 대전이라는 공간이 자신의 콤플렉스요 트라우마임을 간접적으로 암시한다. 그의 시에 대전에서의 삶의 경험과 사물이 많이 등장한다. 대전이 왜 그의 콤플렉스일까. 홍 시인의 자술연보에 의하면 그는 대전에서 치과의사를 하는 부친의 장남으로 태어났다. 동국대학교에서 서정주 신석초 선생에게 수학한 시절을 제외한 나머지를 모두 대전에서 보냈다. 당시 대전의 유명시인 박용래와 한성기, 임강빈 시인들과 어울리며 시의 자양을 키웠다. 세분 모두 문학적 취향이 독특한 분들이고 그 중 박용래의 일화는 문단에 많이 알려졌다. 홍 시인은 이 시절에 부제가 '박용래'인 박용래풍의 이미지를 담은 시 「초례(醮禮)」를 쓰기도 한다.

"호박잎에 떨리는 청기와./호박잎에 뒹구는 초례청./호박잎에 날으는 흰 모시./담 너머 담 너머 우레소리." 약관에 문단에 데뷔하여 대전의 유명한 시인들과 문학시절을 보낸 일들이 홍 시인의 문학비망록을 화려하게 수놓고 있다. 이들 시인들과의 경쟁의식이 홍 시인으로 하여금 시에 매진하도록 하였을까. 아니면 원래 문사의 기질을 타고 난 것일까.

원형 이미지 "백년고독"

시쓰기는, 그대
사람 사는 일과 다르지 않으니
상추쌈 먹고
낙숫물소리에 낮잠자고
벌거벗은 도토리나무 마냥
늦가을엔 사랑길 따라 가느니

천둥번개 울부짖듯
시쓰기는, 그대
버들꽃에 얼음장 깨지고
남에게 강요하지 않으면서
어깨동무 라라라
하늘 길 따라 가느니

—「시쓰기는」 전문

황산벌 거친 들판
김관식 시인이
돌고래처럼 웃고 있습니다

오, 화살나무의 백년 고독이라니!

저녁눈 내리는 거리에서
박용래 시인이
막걸리잔을 기울이고

오, 감꽃 마을의 백년 고독!

무덤옆 개망초꽃
홍희표 시인이
원고지 칸에 갇혀 신음하고

아, 거미줄의 백년 고독을!

—「먼 바다」 전문

인용한 두 편의 시에서 독자는 홍희표 시인의 고독한 시의 길을 본다. "천둥번개 울부짖듯/시쓰기는, 그대/버들꽃에 얼음장 깨지고"하는 질풍노도의 일이지만 홍 시인은 "어깨동무 라라라/하늘길 따라 가느니"의 홀로 가는 길임을 말한다. 또한 홍 시인은 시인이란 홀로 자부심을 가지고 오불관언하는 시인이어야 한다고 믿는다. 조지훈 선생 외에는 아무에게도 머리를 안 숙였다는 김관식과 막걸리와 더불어 한 시대 시의 풍미를 남긴 박용래가 홍 시인의 시인모델이다.

마찬가지로 홍 시인은 "무덤옆 개망초꽃/홍희표 시인이/원고지 칸에 갇혀 신음하고/아, 거미줄의 백년 고독을!"이라고 자신의 시적 상황을 투사한다. 원고지를 거미줄로 은유하고 시의 기표에 갇혀있는 시인의 모습은 "백년 고독"이다. 이 기표가 의미하는 바는 무엇일까. "백년 고독"으로서의 시쓰기는 어떤 모티프와 어떤 테마를 은유할까.

기표인 "백년고독"은 하나이지만 기의로서의 '백년고독'은 여러 가지를 연상으로 제시한다. 1) 백주(白酒) 중에서도 향과 맛이 뛰어나 인지도가 높은 중국술. 2) 가브리엘 마르께스의 대표작 『백년동안의 고독』의 패스티쉬. 3) 『서유기』나 『요재지이』에서 백년의 내공을 수련한 요괴의 이미지.

기표는 기의를 미끄러지지만 들뢰즈는 '발화는 배치의 산물'이라고 말한다. 들뢰즈는 '배치는 언제나 집합적이고 우리 안팎에서 군(群)들, 다양체들, 영토들, 생성들, 사건들을 작동시킨다.'고 정의한다. 이 정의를 따르면 "백년고독"은 "황산벌/김관식 시인이/돌고래처럼" 웃는, "저녁눈 내리는 거리에서/박용래 시인이/막걸리잔"을 기울이는, "무덤옆 개망초꽃/홍희표 시인이/원고지 칸에 갇혀" 있는 상황배치 속의 "백년고독"이다.

왜 하필이면 "백년고독"인가. 시인의 무의식에서 올라온 기표이자 이미지는 콤플렉스의 정서적 힘을 반영하고 있다. 세 시인 모두 술을 백년이라도 마실 것처럼 술을 좋아한 시인이기에 나는 "백년고독"이라는 술을 연상했나. 동시에 2)와 3)의 기의를 내포한 "백년고독"이 내 머리를 스쳤다. 작가가 드러내고자 하는 "백년고독"은 작가의 사적 정황을 드러내는 상징인지도 모른다.

그러나 짧은 3연의 시에서 시인이 매 연마다 강조한 "백년고독"은 독자의 상상력을 자극하는 원형 이미지를 가지고 있다. 원형 이미지는 개인의 상황을 뛰어넘어 인간의 근본 조건이나 상황을 암시하는 힘을 가진다. '인간의 일생이 백년을 넘지 못한다.'는 격언을 생각하면 "백년고독"은 영원한 고독의 시간이기도 하다.

다시 들뢰즈를 인용하면 배치란 '가장 지독한 미움에서부터 가장 열정적인 사랑에 이르기까지, 헤아릴 수 없는 많은 영혼의 미묘한 공감들'이다. 시란 이미지와 리듬의 배치이며 시인은 시를 쓸 때 '헤아릴 수 없는 많은 영혼의 미묘한 공감'을 의식한다. 이 시에서 김관식과 박용래의 영혼(실제의)과 영혼(시적인)이 동원되고 시인 자신의 영혼(시적인)이 등장한다. 시인의 무의식은 시적 상황의 배치를 하고 그 사이로 기의 '백년고독'과 기표 '백년고독'이 '질주'한다.

혁명과 종교

시란 짧은 시일 수록 어렵다. 서술은 스토리를 통해 자신을 드러내지만 짧은 시는 암시와 생략으로서 자신이 말하고자 하는 것을 드러내야 한다. 산문시에 가까운 현대시풍에서는 홍 시인의 시는 단시에 가깝다. 그래서 홍 시인의 시는 암시로 읽어야 한다. 그 암시에 성공한 시 한편을 드려다 보자.

욕조에서 민달팽이
……
기어다닌다

민달팽이 변기 속에서
……
기어다닌다

촛불 시위
우리 집안에서
들불 시위!

— 「미친 별 3층집」 전문

화자가 사는 집은 아파트가 아닌 단독주택인데 "미친 별"이다. 시인이 살고 있기에 "별"과 "미친"의 상반된 이미지가 공존하는 집일까? 역설을 통해서 드러나지 않은 어떤 주제를 그리려 하는 것일까? 화자의 투사인 "민달팽이"가 "욕조"와 "변기"를 기어다닌다. 인간을 깨끗함을 은유하는 "욕조"와 오물과 더러움이 모이는 "변기" 양자가 병치되어있다.

"……"는 실제상황이 생략되어 있다. 어떤 상황을 대입해서 상상하는 가는 독자의 몫이다. 이런 경우 시는 작자의 의도대로 '침묵'으로 받아들이는 것이 좋다. 상상력이 풍부한 독자일수록 그의 내면에는 "……"이 의미하는 모든 상황이 가능하다.

"배치" 사이로 시가 흘러간다. 다시 뒤집어서 화자는 이 시적 상황을 "촛불 시위"로 상징한다. 드러나지 않은 시의 의미는 '광우병 사태'에 분노한 국민들의 시위와 시인의 '개인적 상황'에 분노한 시적 자아의 시위 사이에 있다. 시는 '배치'된 상황 사이를 주마등처럼 이미지로 흘러간다.

골고다로
십자가
가신다 끌고
핏방울 가시 면류관
패션 오브 크라이스트

바그다드로
코오란
가신다 안고
핏방울 튀는 자살차량
패션 오브 알라

그 유대인 배신자는!
그 양키 해방자는!

— 「핏방울 너무 길다」 전문

시 「핏방울 너무 길다」가 제시하는 시간과 공간은 이 시의 짧은 길이에 비해 너무 길다. 큰 서사가 가능한 주제인데 시인은 기독교와 이슬람교를 대비시키고 종교 갈등의 그림자가 현대까지 영향을 미치고 있는 상황을 그려냈다. 서사의 그림자는 2연과 3연 사이에 2천년의 시간 차이를 두고 생략되어 있다. 제목을 패로디해서 다시 말한다면 서사의 그림자가 "핏방울 너무 길다". 종교란 어려운 주제이다. "패션 오브 크라이스트"와 "패션 오브 알라"가 상징하듯 종교적 열정은 인간의 본능에 속한다. 진화 학자들은 의문을 갖는다. 인간의 생존에 종교와 예술이 왜 필요한가. 외적을 방어하는 것도 아니고 빵을 생산하는 시스템도 아니다. 학자들은 오랜 숙고 결과 죽음에 대한 인간의 불안을 극복하고 현실의 고통을 초극하는데 유리하다고 결론을 내린다. 혹독한 환경에 적응을 해야 하는 인간의 자의식이 죽음의 불안에 노출되면 생존 에너지의 위축이 일어난다고 한다.

종교와 예술을 통해 인간은 유한한 삶의 가치와 의미를 확장해서 삶을 견딘다. 다시 말하면 인류는 문화를 통해 자연과 대항하고 자연의 제약을 초월하는 생존전략을 구사한다. 문화란 인간의 자의식과 집단무의식이 만들어낸 가치체계의 거울이다. 그 거울에 비친 세계를 인간은 바라본다. 문화의 도구인 언어와 기술과 정신일반에는 종교와 예술의 색깔이 깊이 침투해 있다. 무신론자나 예술형식을 공부하지 않은 시골농부의 무의식도 형식과 정도의 차이일 뿐, 언어관습을 통한 종교와 예술의 침윤을 피할 수 없다.

홍희표 시인은 인간의 실존인 종교가 현실생활에서 미치고 있는 영향을 비판하고 있다. 종교가 진리의 내용을 인간에게 계시하지 못하는 상황에서 종교 이데올로기를 인간의 이익에 이용하는 정치세력을 이 시를 통해 풍자한다.

또 다시 랭보에게

축복하리라, 덜 보수적인, 불행을 모두 잊어버리고,틀, 틀, 틀, 오류여, 아, 그래!(삶의 낡은 시계가 방금 멎었다) 나의 버드나무숲, 늑골에 구멍을 내고,

눈앞의 왜곡은 까마귀, 으르렁거리며, 몽고인처럼, 아, 그래!(지옥은 확실히
발아래에 있다) 기독교 문명이여, 그 저주여, 몸을 비비꼴거야, 새로운 위엄,
서로 껴안고, 뒹굴고, 아, 그래! (하늘머리 위에 있다) 부르주아 만만세! 거꾸
로 미치고 싶어, 술에 취해, 그리고 풀썹기, 아,그래!(수치를 영광으로 축복하
리라) 또 다시—

—「또 다시 랭보에게」 전문

　홍 시인은 쉽게 연결되지 않는 이미지들의 연쇄로 랭보의 분위기를 그리
고자 했다. 랭보는 시의 목적이 새로운 세계에 도달하는 것으로 보았다. 시
인은 포착할 수 없는 세계를 포착하여 시야의 영역을 확장시키고 체험을 넓
혀야 된다는 '견자(見者)시학' 을 주창했다. 랭보는 견자가 되기 위해서는 모
든 감각의 착란을 통해서 이성적인 지각 능력이나 이해 능력을 혼란 속에
빠뜨려야 한다고 생각했다. 이를 실천하기 위해 랭보는 환각제의 사용, 무
의식 세계의 탐구, 환각 상태 조작, 방탕 생활 등을 한 것으로 알려져 있다.
홍희표 시인은 랭보의 시학 원리에 따라 이미지의 자동기술, 술 취한 상태
와 같은 관념과 이미지의 착종(錯綜)을 통해 자신의 내면 상황을 그려냈다.
　랭보는 기존의 시단에 반기를 들고 자신만의 고유한 시 세계를 구축하고
프랑스 상징주의와 초현실주의에 영향을 준 시인으로 알려져 있다. 홍희표
시인은 랭보에의 투사를 한 「또 다시 랭보에게」를 통해 자신의 시적 자아가
자유주의자이며 반항아임을 암시한다. 홍 시인이 경도한 사람들은 대부분
제도권의 입장에서 보면 아웃사이더들이다. 전술한 박용래와 한성기가 그
렇고 랭보가 그렇다. 사회에서 직업을 갖고 온전한 가정을 꾸리며 모범적
인 삶을 산 사람들이 아니다.
　그러면 홍 시인도 같은 삶을 살았는가? 연보에 의하면 그렇지 않다. 홍
시인은 동국대학교를 마치고 취직한 모교에서 국어교사로 봉직하고 서울
환일고등학교로 전출해서 동국대학원에서 학위를 취득하였다. 그리고 목
원대학교 국어교육과 교수로 임명되어 30년간을 재직하고있다. 가정과

사회에서 모두 원만한 인간관계를 유지한 것으로 알고 있다. 누가 보아도 제도권에서 성공한 삶이다. 이런 외연과는 달리 홍 시인의 시는 제도권의 법과 관습을 벗어나 예술가로서의 자유와 반항 낭만을 동경한다. 시는 일종의 나르시스가 투영된 거울이라서 시에서는 시인의 감정과 내면이 투명하게 드러난다. 다음 시도 홍 시인의 성품이 그대로 드러난 시라 할 수 있다.

시인, 데몬(Demon)의 다른 이름

귀신들의 뒷소리도 두런두런 더러 들린다는 이순의 억새벌판. 잔손금 같은 추억의 칡넝쿨에 동동 매달려 살고 있다네. 질풍노도의 우리 문청 동무들, 하늘나라에서도 시쓰기 하시나요

회인 나루터 주막의 할머니, 계룡산 심우정사의 목초 스님, 그 한량없는 곡차의 물줄기 보고 싶네요. 무서리 내리고 시나브로 까치밥도 떨어지네요. 마른 번개로 다가섰지만 한 눈 팔아 사라진 가시내, 송추 밤나무 밑에서 구름 보다가 가버린 그 가시내

구절초 그대! 우리 사랑할 시간이 정말 많지 않다네. 추억의 칡넝쿨 둘러쓰고 억새벌판에서 홀로 춤추고 있다네

— 「억새벌판」 전문

「억새벌판」이란 사람이 없는 자연공간이다. 비인(非人)지대 이니 현실공간이 아니고 저승공간을 암시한다. 시인은 지금은 이승에 없는 "문청동무들" "주막의 할머니" "심우정사의 목초스님"을 "억새벌판"에서 만난다. "귀신들의 뒷소리"가 들리는 환각공간에 화자는 서 있다. 화자는 사라진 사람들을 그리워하고 사랑하는 감정으로 추억하는데 벌판에는 "무서리"가 내리고 "까치밥"이 떨어진다. 다시 시인의 아니마가 등장한다. "마른 번개로 다가섰지만 한 눈 팔아 사라진 가시내, 송추 밤나무 밑에서 구름 보다가

가버린 그 가시내"가 사랑/죽음의 이미지를 하고 나타난다. 그 이미지는 다시 가을의 "구절초"로 은유된다. 여름/삶과 겨울/죽음의 사이에 있는 구절초이다. 화자의 무의식이 선택한 아니마/시의 이미지는 "구절초"이다.

라캉은 '연인에의 욕망이란 연인이라는 거울에 투사한 나의 욕망'이라고 말한다. 연인을 바라보고 있으나 사실은 나의 모습이다. 나르시스의 우물처럼 '거울에 비친 나'이기에 잡을 수 없으며 소유할 수 없다. 사랑이란 그러기에 평생 소유할 수 없는 신기루가 된다.

화자는 억새벌판에서 홀로 춤춘다. 어떤 춤을? 화자는 시를 통해 시의 춤을 추지만 인디언들은 '자신의 춤'을 춘다고 한다. 인디언들은 죽기 전에 죽음과의 화해를 위해 '자신의 춤'을 춘다. 왜? 라캉에 의하면 실재(實在)/자연이란 죽음이기 때문이며 죽음이 상상계/상징계에 사는 인간에게 진리의 구멍을 내기 때문이다.

시 몇 편을 통해 홍희표 시인의 무의식을 들여다보았다. 시인의 무의식이란 심연에 드리워진 일종의 잠망경이다. 시인의 무의식이 '무엇'을 보기에 시인 자신도 '무엇의 일부'만 드러낼 수 있다. 시인 자신도 '무엇'을 이야기 하는지 모른다. 개인이 밤마다 꿈을 꾸지만 꿈의 내용을 대부분 모르는 것과 같다. 시인은 꿈을 드러내 '무엇의 일부'를 이야기 한다. '간밤에 내가 어떤 꿈을 꾸었다.'로 시작되는 꿈 이야기는 '옛날 옛적에 한 영웅이 있었다.'라는 신화의 개인 버전이다.

길융은 인간은 꿈을 꾸되 집단무의식의 원형에 기초한 다른 버선의 꿈을 계속 꾼다고 한다. 시인은 꿈을 꾸고 시를 쓰지만 '무엇'을 드러내는지 자신도 모른다. 다만 '영원회귀'의 시간 속에서 일어나는 같은 구조의 이야기와 신화를 상징으로 드러내는 작업을 되풀이 할 뿐. 그 역사가 사랑/증오, 삶/죽음, 낙원/지옥, 전쟁/평화의 스토리이기도 하고 나/너 지상/하늘, 도시/자연의 상징이기도 하다. 독자는 시인이 "추억의 칡넝쿨 둘러쓰고" "억새벌판"에서 홀로 춤추는 실존을 기쁨/슬픔의 감정으로 바

라본다. 시인이란 우리 인간의 내면에 사는 데몬(Demon)의 다른 이름이
기 때문이다.

한국의 서정시 · 024

하이터치 그리움

지은이 · 홍희표
펴낸이 · 설보혜
펴낸곳 · 시학
1판1쇄/2009년 10월 30일

값 10,000원

시

홍희표 시인의 시에는 — 유재영

놀뫼 나루 늙은 애기 박용래가 살고 있다.

연둣빛 뼈와 복숭아 뼈가 자라고 있다.

아내가 외출한 넓은 빈방이 있다.

능선 따라 가버린 충청도 어둠이 있다.

비파나무 아래 잠든 나는 흰말이 있다.

과수집 마당에 내리는 이슬렝이가 있다.

만년동 순대집 앞으로 걸어오는 사람이 있다.

싸락눈 사이로 정처 없이 우는 목탁새가 있다.

둑길을 걷다온 한성기 바닥 얇은 흰고무신이 있다.

무릎 세우고 만나 마시는 한잔 술이 있다.

저문 산 아래 말집 호롱불 잠자는 백제가 있다.

거미줄의 백년 고독 — 김정임

'시간의 쇠락과 초월, 그것에 대한 저항과 영겁, 시쓰기의 운명은 이렇게 신간의 개입을 통해서 완성되는 것일까.' (「시작노트」)

문단경력 42년, 한국 현대시의 자리를 일관되게 지켜 온 대표적인 중진시인은 시작노트를 통해서 정신의 자유로움을 갈구하는 고통스러운 시적 유배 생활의 의미를 스스로에게 되묻고 있다. 일생을 시를 써 온 시인은 지금도 매번 '원고지 칸에 갇혀 신음하'며 시를 쓴다고 고백한다.

제16시집 『하이터치 그리움』은 '하나의 각서 또는 비망록으로서의 성격을 지닌다.' (김재홍). 현대시의 대표적인 중진시인의 시집을 읽고 감히 그 깊이와 무게를 느끼는 일은 내겐 조심스럽지만, 새 집을 만나는 일은 언제나 낯선 곳으로의 여행처럼 마음이 설렌다. 어떤 세계로 나를 이끌어 갈까. 좋은 시집은 권태롭고 고단한 일상으로부터의 탈출이자 각성제 역할을 해준다. 또한 낯선 책 속의 시간과 장소에서 한 낯선 사람을 만나 저 무겁기도 하고 가볍기도 한 존재의 몸짓에 기꺼이 오래 붙잡히는 일이기도 하다.

제1부 「바이러스 봄날」, 제2부 「안녕하니 너 정말로」, 제3부 「신기루에 관하여」, 제4부 「붉나무, 저 사내」, 모두 4부로 나누어진 시편들 속에서 단형의 시가 우주의 절묘한 순간을 포착하는가 하면 농익은 해학과 위트있는 시는 위태로운 삶을 순간적으로 밝게 변화시켜 주기도 한다. 시인은 궁극적으로 이 세상에서 사라져가고 잊혀져가는 것들을 그리워하고, 소멸의 미학을 노래하며 그 가운데 자신의, 시의 정체성을 찾고자 했다.

시인은 시쓰기를 '남양 홍(洪) 희(禧) 표(杓)/이름 붙은 버들수레/기러기 강물줄기 따라/흘러 흘러(중략)/비우지도 채우지도 못한 채/버들수레는 계속 삐걱 중'(「버들수레」)이라 말하고 '2백자 원고지 네모 칸/벼랑을 그대는 아시는지'(「바이러스 봄날」)이렇게 되묻기도 한다. 그런가 하면 '황산벌 거친 들판/김관식 시인이/돌고래처럼 씨익 웃고(중략)저녁눈 내리는 거리에서/박용래 시인이/막걸리 잔을 기울이'(「먼 바다」)는, 지금은 고인이 된 그리운 시인들을 불러내어 시의 근원과 정체성을 확인하기도 한다.

왕가뭄 끝에 장대비 내리고
목에 건 휴대폰은 삘릴리— 삘릴리—
햄버거보다는 보리피리 장맛
(그대, 시간은 찻잔의 출렁임!)

장마가 걱정이라고요?
e메일은 24시간 365일 삘릴리— 삘릴리—
포도주보다는 강원도 막걸리
(그대, 공간은 찻잔의 설레임!)

특별시 턱밑에 광역시
하이터치의 도심을 달리며 삘릴리— 삘릴리—
재봉틀보다는 그대 십자수틀
(희미한 옛사랑의 그림자를!)

— 「하이터치 그리움」 전문

'기쁜 맞장구'라 풀이한 '하이터치 그리움' 전문이다. 리듬 위주의 주술성이 강한 민요를 감상하는 것 같다. 너와 나의 물리적 거리, 사라져가는 것들에 대한 아쉬움과 단절감에 현대적 감각을 섞어 놓은 가벼운 언어의 터치로 달콤하기까지 하다. 쓰나미처럼 밀고 들어온 디지털, 사이버 시대의 기계문명이 편리함과 효율성을 선사했지만 그 대가로 인문학의 정신은 점차 후퇴하는 황폐한 현실을 맞게 되었다. 전통성을 잃어가는 현대의 비극성. 문명의 '목에 건 휴대폰'과 'e메일은 24시간' 언제나 열려 있지만 관계의 틈은 여전하고 불안한 실존을 영위하기 위해 우리는 더욱 시간에 쫓기고 있다. 시간은 과거로 달릴 순 없고 앞을 행해 나아가야 한다. 사라져가는 것들에 대한 그리움과 현대의 속성을 함께 보여주며, 현대시의 방법론을 구사하고 있다. 그리고 시가 할 수 있는 일이 무엇일까. 답을 찾으려고 끊임없이 노력하고 있다.

> 듣고 있네 그대 울음을,
> 꽃다지 그대 아니지,
> 질풍노도의 나도 아니지,
> 그래 그래! 어디 있지 우리는?
>
> 느티나무잎 사이로 후둑이
> 쏟아지는 소나기 소리
> 그대 풋능금의 하얀 웃음을
> 되록되록 와글와글 하얀 울음을
>
> 듣고 싶네 그대…… 물안개
> 보고 싶네 그대…… 골안개
> 눈물 아롱 울음…… 추억안개
> 금빛 은빛 그대…… 철지난 썰물
>
> —「개구리 울음」 전문

새롭지 않지만 낯익은 아날로그 전개방식은 잘 읽히고 이미지도 잘 떠오른다. 아날로그는 정말 시대에 뒤떨어진 것인가. 그러나 여기 우리 마음의 고향이 있다. 개구리들이 한꺼번에 우는 밤 논둑길을 걷고 있다. 꿈꾸는 시인의 순정이 있기에 물질 이상의 풍요를 가져다준다. 우주를 울리는 듯한 음악소리를 들으며 시인은 무엇을 떠올렸을까. 심장 속에서 오래오래 간직한 푸른 고향의 모습이다. 빛바랜 지나간 추억들이 울음 속에서 뒤척인다. 이제 다시 들을 수 없으리라. 그대 풋능금의 하얀 웃음을, 와글와글 하얀 울음을, 세상 전체를 환해지게 하던 꽃다지 그대는 이제 기억 속에서만 살아 있지. 시간은 너무 빨리 흘러갔다. 개구리 울음소리는 세이렌의 노랫소리처럼 현실을 잊게 하고 추억의 바다 속으로 한없이 빠져들게 한다. 저 울음소리 안으로 사라지고 싶게 한다.

> 축복하리라, 덜 보수적인, 불행을 모두 잊어버리고, 틀, 틀, 틀, 오류여, 아, 그래! (삶의 낡은 시계가 방금 멎었다) 나의 버드나무숲, 늑골에 구멍을 내고, 눈앞의 왜곡은 까마귀, 으르렁거리며, 몽고인처럼, 아, 그래!(지옥은 확실히 발 아래에 있다) 기독교 문명이여, 그 저주여, 몸을 비비꼴거야, 새로운 위엄, 서로 껴안고, 뒹굴고, 아, 그래! (하늘머리 위에 있다) 부르주아 만만세! 거꾸로 미치고 싶어, 술에 취해, 그리고 풀썹기, 아, 그래! (수치를 영광으로 축복하리라) 또 다시?
>
> ─「또 다시 랭보에게」전문

울타리를 벗어난 언어들이 울부짖음과 웅얼거리는 모습으로 자유롭게 뛰어다닌다. 자유적이고 반항아적인 마음의 흐름과 느낌에 맡겨버린 자연발생적인 언어들, 규범에 대한 반항이 넘치는 시다. 그릇된 광기의 역사에 제물이 된 사람들이 떠오르고 휘둘리면서 소도구가 되어가는 사람들의 모습이 보인다. 명령에 길들여진 사람의 정신적 공허가 느껴진다. 자본주의 칼날 앞에 무방비로 노출되어 차츰 가치를 읽어가는 인간의 존엄성. 일탈이나 위반의 어법이 랭보식으로 뜻 없는 단어들로 배열된 것처럼 보이지만 드라마틱한 개인적 메시지가 추상적 형태로 존재하고 있다. 인간으로의 존재 가치를 잃어버리고 싶지 않은 간절한 내면의 절규다.

> 귀신들의 뒷소리도 두런두런 더러 들린다는 이순의 억새벌판. 잔손금 같은 추억의 칡넝쿨에 동동 매달려 살고 있다네. 질풍노도의 우리 문청 동무들, 하늘나라에서도 시쓰기 하시나요
>
> 회인 나루터 주막의 할머니, 계룡산 심우정사의 목초스님, 그 한량없는 곡

차의 물줄기 보고 싶네요. 무서리 내리고 시나브로 까치밥도 떨어지네요. 마른 번개로 다가섰지만 한 눈 팔아 사라진 가시내, 송추 밤나무 밑에서 구름 보다가 가버린 그 가시내

　구절초 그대! 우리 사랑할 시간이 정말 많지 않다네. 추억의 칡넝쿨 둘러쓰고 억새벌판에서 홀로 춤추고 있다네. 춤추고 홀로

— 「억새벌판」 전문

　"심이 안정되면 신명과 통하여 일이 일어나기도 전에 미리 안다고 하였다 그래서 문밖을 나가지 않아도 천하를 알고 창문을 내다보지 않아도 하늘의 도를 볼 수 있다."

— 동의보감(영명(靈明)의 상태)

　시인은 '귀신들의 뒷소리도 두런두런 들' 리는 이순의 나이에 이르렀다. 시공을 초월한 상상의 세계를 42년간 두루 날아다녔으니 이제 '일이 일어나기도 전에 미리 알' 것이다. 그러나 흘러가는 일회성의 시간 속에서 불멸의 모습인 추억을 떠나는 일은 쉽지 않다. 지나간 것들이 모두 흔적을 남기는 추억 속에서 여전히 가슴 저미고 전율하며 '구름 보다가 가버린 그 가시내' 를 그리워하고 있다. 이미 떠나왔거나, 보내버렸거나 더 이상 어찌할 수 없는 부재만 남았다. '사랑할 시간이 정말 많지 않' 은 생애가 흘러간다.

　　시퍼런 천둥번개 같은
　　낱말 하나에 매달려
　　내버린 자식이 되었고

　　목백일홍꽃 움켜쥔
　　시쓰기에 혼불이 일어
　　못다한 사랑이 되었고

닳아 버린 손금의 지문 같은
원고지 뼈 마디마디에
침묵하는 지아비가 되었고

하염없는, 끝없는, 부질없는
붉나무 되어
맹꽁이처럼 울고 있는, 저 사내

—「붉나무, 저 사내」 전문

　지금까지 시인으로서의 존재 방식을 압축하여 자화상을 그린 시다. 누구
도 선택을 강요한 적 없었지만 오직 시를 앞세우고 올곧게 매진한 길. 많은
것을 포기했고 잃었던 날들이 자책으로 얼룩진다. 행간에 소리 없는 말들
이 못다 핀 꽃처럼 처연하다. 치열하게 살아냈던 시인의 길이 부질없게 느
껴지고 미완의 생만 남은 것 같다. 시인의 눈길은 '붉나무'에 오래 시선이
머물면서 자신의 고독한 내면과 일치함을 발견하게 된다. 나무처럼 홀로
비바람 맞으며 항상 고독한 자리에 머물고 있었음을 다시 한 번 자각한다.
앞 뒤 꽉 막힌 '맹꽁이처럼' 울면서도 '붉나무' 사내는 시를 떠나서는 살
수 없다. 끝없는 시의 길을 묵묵히 걸어가는 시인의 외로운 어제와 오늘이
반복된다.
　절박한 토속어를 사용해 가공하지 않고 날것 그대로 기록함으로써 시의
근원에 있는 고향의 소박한 꿈을 자신에게 일깨우고 혁명과 종교, 현실비판
에 초점을 둔 날카로운 언명은 반란의 나팔소리처럼 독자의 가슴에 울려 퍼
지기도 했다. 감성의 혁명과 새로운 소통의 길을 끝없이 시도하는 한 권의
시집에는 다양한 소재의 작품들로 구성되어 있어 '헤아릴 수 없는 많은 영
혼의 미표한 공감'(들뢰즈)으로 이어졌다.
　'요즘 니 시 새끼들 서로/쌍둥이칼처럼 엇비슷해'(「복제 시 새끼를 위한」)
라는 대목을 통해 최근 시들이 새로운 시형식에 대한 진지한 탐구없이 유행
을 좇아 포즈만 취하는 시의 허상을 예리하게 비판 했다.

제Ⅱ부 작품론

무엇에게도 구속되지 않는, 우뚝한 사람이 되고 싶어 하는, 강인한 시정신이 깃든 시인의 말을 끝으로 글을 마친다. '진정한 시인은 어떤 모습인가 그것은 언어의 틀이나 운(韻), 격(格)에 얽매이지 않는 무애인으로서의 모습이 참 시인의 모습이 아닐까'

《미네르바》, 2010년 봄호)

'보인다'와 느낌표, 그리고 '그대' — 최 준

"그 언제, 정선에서의 찡한 밤!"

등단 40년을 넘긴 중진시인이자 국어교육자이기도 한 홍희표 시인의 새 시집을 펼쳐든 순간, 그 속표지에 들어 있는 노란 포스트잇에 시인이 적어 놓은 메모를 읽는 순간, 문득 떠오르는 기억이 있다.

이십 년 저쪽의 일이었던 것으로 짐작하는데, 필자의 고향 정선 시골집으로 몇몇 어른들과 학생들이 여름나들이를 갔던 기억. 2박 3일이었던가 아니면 3박 4일이었던가. 아니, 집 주인이었던 나는 무박(無泊)이 아니었나 싶다. 예닐곱 손님들은 교대로 잠을 자고 일어나서는 계속 술이었는데, 명색이 집 주인이었던 나는 손님 접대를 빌미로 술판에서 내내 일어설 수가 없었다. 결국은 집 떠나는 손님들 배웅도 못하고 베어진 나무 등걸처럼 쓰러졌던 미안함의 그 갈피갈피에, 홍희표 시인의 모습이 들어 있다. 쉼 없이 오고 가는 좌중의 이런저런 대화에도 좀처럼 끼어들지 않고, 두꺼비처럼 띄끔띄끔 앞에 놓인 술잔만 털어 넣던 시인은, 젊은 취객의 눈에는 영락없는 부처였다.

발 시린 십이월 호숫기 기차의 다일바닥에 쪼그려 앉아 시집 속 시들을 또박또박 짚어 읽어가자니, 왜 자꾸 그 때 시골에서의 시인의 모습이 오버 랩 되는지. 시가 곧 그 시를 쓴 시인 자신이라는 말에 쉬이 속아들 염도 아니고, 시가 시인의 인격과 정서와는 무관한 자리에 종종 놓여 있다는 것도 익히 알고 있으면서, 그러면서도 시의 행간으로 시인의 모습이 자꾸 떠오르는 건 왜일까.

이에 대해 답하기는 그리 어렵지 않다. 시인은 '진실' 아닌 것은 쓰지 않는다. 이건 시인의 생래적인 품성과도 관련이 있을 듯싶고, 자신의 시에 부여하는 시인의 가치관일 듯도 하다. 이러한 시인의 시는 맑은 물에 헹궈내지 않아도 다 보이고, 양념을 치지 않아도 특유의 향기가 배어 있다. 다시 요리할 필요도 없고, 뒤집거나 꺾어 읽지도 말아야 한다. 이 정직성, 혹은 시인의 시에 대한 염결성을 나는 이번 시집에서 다시 확인했다. 그리고 감히 말한다. 홍희표 시인의 시는, 곧 시인이다.

보인다
몸이 아프니까
그대가 보인다

땀 냄새 토하던
고봉밥만 쳐다보고 살았구나

워낭소리에
송곳니도 아프다
세모눈도

몸이 아프니까
보인다
먼산이 보인다

피냄새 치솟던
감투만 기다리고 살았구나

그대도 아프고
나도 아프고
지구도 아프다

살구꽃 피어
아프구나

        화안하다 이 세상이

                                    —「화안하다 몸살」 전문

　시집의 첫머리를 장식하는 작품이다. "보인다"로 시작되는 시. '본다'가
아니다. 그리고 등장하는 "그대"라는 2인칭 대명사. "보인다"는 시집 속의
시들을 감상하는 데 있어 하나의 키워드가 된다. 능동이냐 수동이냐가 아
니라, 이 "보인다"는 시인의 시작 태도이자 시인의 비의(秘意)다. 곧 시 속
화자의 시선이자 시인이 대상을 인식하는 태도이다. 적극성으로부터 한발
물러나서 대상을 바라보고자 하는 것, 가능한 한 자신을 시에다 조금 덜 개
입시키기. "살구꽃" 피는 봄을 맞는 "나"를 포함해 "지구"가 온통 몸살인
데, 이 몸살로 인해 의식이 되려 눈뜨는 것을 두고 '본다'가 아니라 "보인
다"로 말하기. 자신의 시를 대하는 시인의 겸손 혹은 겸양, 또는 낮아지기
(시인의 호도 산하(山下)이다).

　그리고 "그대"는 이 시집 속에서 1백회에 이르게 사용된 느낌표(!)와 더불
어 매우 여러 번 등장하는데, 이 "그대"와 느낌표의 상관관계 또한 매우 중
요하게 여겨진다. 자신의 혼잣말이 아니라 "그대"에게 하는 말이기 때문에
"보인다"이며, 느낌표는 "그대"와 "보인다"로 인해 시집의 전편에 걸쳐 무
수하게 등장한다. 표제시인 「하이터치 그리움」은 이 "그대"와 느낌표의 정
체를 확연히 드러내어 보여준다.

　　왕가뭄 끝에 장대비 내리고
　　목에 건 휴대폰은 삘릴리— 삘릴리
　　햄버거보다는 보리피리 장맛
　　(그대, 시간은 찻잔의 출렁임!)

　　장마가 걱정이라고요?
　　e메일은 24시간 365일 삘릴리— 삘릴리
　　포도주보다는 강원도 막걸리
　　(그대, 공간은 술잔의 설레임!)

특별시 턱밑에 광역시
하이터치의 도심을 달리며 삘릴리— 삘릴리
재봉틀보다는 그대 십자수틀
(희미한 옛사랑의 그림자를!)

　　　　　　　　　　　　　 ―「하이터치 그리움」 전문

　"휴대폰"과 "e메일"은 현대인들의 대표적인 소통수단이다. "24시간 365
일"을 "그대"와 쉴 사이 없이 소통하는 시의 화자는 이들 소통수단들을 "삘
릴리— 삘릴리" 부는 보리피리로 여기고, "햄버거"보다 "장맛"을 좋아하고,
"포도주"보다 "강원도 막걸리"를 즐기고, 속도와 능률을 지향하는 "재봉틀"
보다 한 땀 한 땀 손으로 놓아가는 "십자수틀"을 사랑한다. 화자는 "그대"에
게 "시간"과 "공간"에 대해 말한다. 그러나 화자의 말은 대화가 아닌 독백의
형식을 취한다. "시간은 찻잔의 출렁임!"과 같으며 "공간은 술잔의 설레임!"
과 같은 것이라고. 그러면서 화자의 음식 기호와 "십자수틀"을 비롯한 모든
것들이 이제는 "희미한 옛 사랑의 그림자"들이라고 말한다. 현실에서는 이
러한 것들이 모두 이제는 없는 '그리움'이라고 한다. 화자는 현재보다 과거
를 사랑한다. "그대"에게 이와 같은 사실을 전화하고 e메일을 보내지만, 화
자는 말하지 않고 마음의 느낌(!)으로만 전달한다.
　그리고 이 시집의 "그대"는 같은 '그대'이되 같은 '그대'가 아니다. 시에
따라서 '그대'는 독자가 되기도 하고, 그리움의 대상이 되기도 하고, 사랑
하는 사람이 되기도 하고, 지명(시인이 살고 있는 대전)이 되기도 한다. 이
처럼 '그대'에 대한 다양한 변주는 '느낌표'와 더불어 이 시집의 소중하고
값진 특징 중의 하나이다.
　시집을 읽는 내내 나는 끊임없이 시인을 그리워했다. 시인의 모습을 떠올
리고, 시인의 마음을 훔쳐보고, 시인과의 만남을 추억했다. 이순(耳順)이지
만 여전히 봄이면 '화안한 몸살'을 앓고, '보리피리' 소리와 '워낭소리',
'새소리'를 들으려 귀를 기울이는 시인. 그리운 게 너무 많아서 느낌으로

밖에 전달하지 못하는 시인. 허락받은 지면이 너무 모자라 더 많은 이야기를 하지 못해 많이 아쉽다. 시집 속의 그리움들은 이 글 바깥에 더 많이 적재되어 있고, 느낌표들은 시집보다 시인의 마음속에 오히려 더 가득하다. 시인에 대한, 시인의 시에 대한 무수한 느낌표가 시집을 읽은 내 안에 또렷이 각인되어 있지만.

(《시와 경계》, 2009년 겨울호)

서평

하이터치 · 하이컨셉의 시대를 위하여 — 이승이

하이테크(High Tech)는 산업화 시대를 거쳐 정보화 시대가 키워 온 좌뇌형 사고의 결실이다. 좌뇌형 사고는 이론적 · 분석적 지식을 획득, 적용하는 탁월한 능력으로 대중의 접근과 수용이 용이한 복제된 멀티플(multiple) 문학예술을 창조한다. 그러나 존 나이스비트는 하이테크에 도취되고 중독된 지대에 힘겹게 서식하고 있는 인간에게서 절망을 본다. 그에게 하이테크는 인간 얼굴에 배인 모진 풍파와 같다. 따라서 미래는 이러한 풍파를 어루만질 수 있는 휴먼터치, 하이터치(High Touch)를 통한 새로운 하이컨셉(High Concept)의 시대이어야 한다고 강조한다.

하이터치는 로우터치(low touch)만으로는 볼 수 없는 이웃을 돌아보는 따뜻한 시선이며, 노모의 갈라진 손을 보듬는 마음처럼 인간을 인간되게 하는 영혼의 터치이다. 영혼의 터치로 하여 시인의 눈은 한 그루의 나무가 아니라 숲 전체를 볼 수 있게 된다. 홍희표의 열여섯 번째 시집『하이터치 그리움』(시학, 2009)은 인생 60년, 시력 40년을 향한 시인의 영혼의 터치이다. 시인은 "삶을 한 바퀴 돈 나이에 이르니 모든 것이 새롭게 보이더군요. 계룡산 단풍이 눈물겹게 아름다운 지 미처 몰랐어요."라고 말한다. 또 "'외로움', '상처', '그리움' 등의 단어를 잘 쓰지 않았지만 나이가 드니 이런 단어가 새롭게 다가오네요."라고 말한다. 대상과 단어에 대한 새로운 발견은 시인의 말처럼 비단 눈과 귀가 트인다는 '이순(耳順)'의 나이 때문만은 아닐 것이다.

『하이터치 그리움』은 하이테크 · 하이터치 · 하이컨셉으로 이어진 재생의 숲이며 융합의 숲이다. 시집은 하이테크 시대에 놓인 시인의 "시쓰기의 수레바퀴를 되돌려 보고 싶은 욕망"(시작노트 중)으로 시작된다. 되돌려진 수레바퀴가 처음으로 멈춘 곳은 하이테크 시대가 준 절망이다. 하이테크 시대는 산업화·정보화 시대로 자동화에 의한 대량 생산이 물질적 풍요로 이어져 화폐경제의 발달을 가져왔다. 그러나 화폐경제의 발달은 문학의 창작과 독서 과정을 생산과 소비 과정으로 바꾸었으며, 문학을 대량 생산하는 데까지 이르게 하였다. 홍희표는 「복제 시 새끼를 위한」·「귓속말로 속삭이다」·「어떤 그리움」에서 화폐경제의 발달에 의해 시 작품을 대량 생산해 온 문학동네와 자신을 반성한다.

> 요즘 니 시 새끼들 서로/쌍둥이칼처럼 엇비슷해/새날마다 해돋이도 다른데/그 시 새끼가 복제 양 둘리처럼 서로/서로 엇비슷 비슷하다면//독자 여러분께 어떻게 해!?
>
> ──「복제 시 새끼를 위한」 일부

> 마른 천둥번개로구나/붕어빵 찍듯 자기모방이라니……//어떤 옛 시인이 귓속말로/복사꽃 연애를 해보라고 속삭이는데……//다른 건 되는데 그것은 안 되는 구나/ㅎㅎㅎ 강남 간 필력筆力이라니……
>
> ──「귓속말로 속삭이다」 일부

하이테크 시대는 쌍둥이 로고의 제의적 가치는 사라지고 상품화된 쌍둥이 칼의 전시적 가치만이 남은 시대이다. 이러한 시대에 시인은 시를 붕어빵 찍듯 자기모방 하고, 문학동네는 복제양 둘리처럼 상품화된 시를 생산한다. 생산자는 있으되 창작자는 없으며, 구매자는 있으되 독자는 더 이상 존재하지는 않는, 아우라가 몰락한 시대이다. "시인들이 너무 많아서//시인들이 그리운 시대로구나"(「어떤 그리움」), "독자 여러분께 어떻게 해!?"(「복제 시 새끼를 위한」)는 시인의 절망의 목소리가 잘 담겨 있다.

아우라(aura)는 자연과 관찰자 간의 지각 가능성이다. 곧 감정의 상호교류

성과 상호관련성이다. 홍희표는 "복사꽃 연애"(「귓속말로 속삭이다」)를 통해 상실한 아우라를 되찾기 위한 감정의 상호교류를 시도한다. '복사꽃 연애'는 복제와 모방, 범용화가 불가능한 영역으로 인간의 감정을 이해하는 것이며 공감을 이끌어내는 것이다. 그러나 '복사꽃 연애'는 "다른 건 되는데 그것은 안 되는구나"에서처럼 쉽게 실현되지 않는다.

「화안하다 몸살」·「바람개비 가을」에서 감정의 상호교류를 위한 시인의 하이터치는 계속된다. 그리고 인간 얼굴에 배인 모진 풍파를 볼 수 있는 시선, 감성을 얻게 된다. 시인은 "자성하고 관조하는 하심(下心)의 미학을 추구하는 출발점"에 다시 서게 된 것이다. 「화안하다 몸살」에서 "보인다"는 시인의 하이터치가 성공적으로 이루어진 순간이다.

> 보인다/몸이 아프니까/그대가 보인다//땀 냄새 토하던/고봉밥만 쳐다보고 살았구나//워낭소리에 송곳니도 아프다/세모눈도//몸이 아프니까/보인다/먼산이 보인다//피 냄새 치솟던/감투만 기다리고 살았구나
>
> ―「화안하다 몸살」 전문

홍희표의 하이터치는 "몸이 아프니까"에서처럼 하이테크 시대가 준 후유증으로부터 비롯되었다. 그리고 하이터치의 성공으로 시인의 눈은 '고봉밥'과 '감투'에서 벗어나 '그대'와 '먼산'을 볼 수 있는 시선을 얻는다. 그 시선으로 시인은 "악다구니 쓰는 이 세상/징징대는 이웃도 정겹"(「바람개비 가을」중)게 바라볼 수 있게 되었으며, '그대'와 '먼산'을 넘어 시공간을 초월한다. 새로운 시간성은 휴대폰과 e—메일이 난무한 시대에 시인의 근원적 그리움으로 자라난다.

홍희표는 새로운 시간성으로 하여 마침내 하이컨셉의 시대에 도달한다. 하이컨셉은 창조적 즐거움과 창조적 감동을 창출하는 힘이다. 『하이터치 그리움』에서 창조적인 힘은 "보인다"에서와 같이 세상을 향한 따뜻한 시선으로써 생성의 시간 영역에서 성공적으로 구현된다. 생성의 시간성은 소멸

로 완결되는 것이 아니라 생성으로 지속되는 새로운 순환적 시간 개념이다. 「마른 눈물을 위한 송가」·「늙은 매화」·「눈설레」에는 홍희표의 생성의 시간성, 긍정의 시간성이 잘 나타나 있다.

> 앞으로만 앞으로만/내달리는 시간의 열차/또 한 잎 한 잎/어깨를 치고 떨어져간다//노을단풍 지고/소소리바람 치솟고/저녁눈발 휘날리고/물들인 듯/마른 눈물 훔치며/뒤돌아 뒤돌아 스러지는/순리(順理)라는 두 글자//스러지면서도 아름답구나, 그 사랑!
>
> —「마른 눈물을 위한 송가」 전문

> 빛바랜 어제의 발자국/죽은 뻐꾸기시계 되어/옥탑방에서 되살아나고/뻐꾹뻐꾹, 뻑뻑국//(중략)//오, 오 늙은 매화 등걸 새순/갑년(甲年)꽃 피어나네
>
> —「늙은 매화」 일부

> 몰아치는 눈설레 목덜미에 장작불을 지피다 녹아 주먹코 눈사람, 녹아 애꾸눈 눈사람, 능선길, 계곡길, 마을길 지나 먼 바다로 흘러갔지//어느 날 우리도 철이 든 주먹코 눈사람 되어 애꾸눈 눈사람 되어 햇살 좋은 날 녹아 먼 바다로 가 한바다가 되어 얼싸안았지
>
> —「눈설레」 일부

세 편의 시에서 시간 개념은 "노을단풍 지고/소소리바람 치솟고/저녁눈발 휘날리고"(「마른 눈물을 위한 송가」), "빛바랜 어제의 발자국"(「늙은 매화」), "능선길, 계곡길, 마을길 지나"(「눈설레」)에서와 같이 "앞으로 앞으로만 내달리는"(「마른 눈물을 위한 송기」) 소멸의 선형적 시간으로 발견된다. 그러나 시인은 "스러지면서도 아름답구나, 그 사랑!"(「마른 눈물을 위한 송가」), "오, 오 늙은 매화 등걸 새순/갑년(甲年)꽃 피어나네"(「늙은 매화」), "햇살 좋은 날 녹아 먼 바다로 가 한바다가 되어 얼싸안았지"(「눈설레」)에서처럼 소멸—생성의 상보적인 생성원리에 따라 소멸의 선형적 시간을 전복시킨다. 새로운 시간성은 시인의 시간 개입으로 생성의 시간으로 완성되며, "순리(順理)"(「마른 눈물을 위한 송가」)는 이제 생성의 시간과 소통된다.

소멸의 시간을 생성의 시간으로 옮기는 힘, 소멸—생성의 상보적인 생성원리야 말로 『하이터치 그리움』이 담고 있는 하이컨셉이다.

아더 단토는 '예술의 종말(End of Art)'을 말한다. 그의 예술 종말론은 모든 예술 생산이나 예술가의 종말을 의미하는 것이 아니다. 그것은 예술 역사를 지배해 온 거대 서사 양식의 붕괴에 따른 예술 다원주의를 의미한다. 그러나 예술 다원주의가 하이테크 시대에 복제된 멀티플 문학예술의 창작—수용 방식까지 포용하는 것은 아니다. 홍희표는 "개인적 문제보다 우리, 사회, 민족, 전 지구적 문제에 눈을 돌리고 고민하는 젊은 후배들이 많이 나왔으면 좋겠다."고 희망한다. 그러기 위해서 "시인들도 현실을 외면하지 말고 작품을 통해 미래를 이끌 화두와 혜안을 끊임없이 제시"해야 한다고 말한다. 『하이터치 그리움』에서 보여준 하이터치, 하이컨셉은 미래를 이끌 시인의 혜안이며 화두인 것이다.

《문학과 창작》, 2010년 봄호)

시인, 길 위의 시간을 만지다 — 김정화

 일반적인 서정시가 행하기 쉬운, 또는 잊기 쉬운 함정에는 대상에 빠져들어 현실의 중요한 국면을 망실하거나 자연에 자아를 몰입해 무화하거나 하곤 한다는 것이다. 이 사실은 낭만적인 자기동일성의 미학과 관련성이 있는 개념이기도 하다. 이 때문에 시의 내용이 획일화되거나 단순화되는 현실에 빈번하게 드러난다. 시인이 대상과 존재를 노래할 때 그는 '언제 어디에' 있었던가. 노래하는 대상이 현실의 문제와 욕망이 교차하는 실재하는 자연일 때 서정시는 설득력을 갖는다. 한순간의 아름다움의 도취 속에서 자연은 우리에게 위안을 주지만 시인의 정신의 사유와 고통과 불안과 땀과 그 자연이 교통하지 못하면 시는 공허해질 터이다. 그 통과의 방식이 관조적이건 반성적 깨달음이건 고통이든 시인이 자연과 현실과의 관계론적 사유를 밀도 있게 밀고 나갈 때 그의 시는 그 자체의 존재 의의를 지닌다.

관조적 유머터치와 소멸의 미학

 어느덧 시력 40여 년을 넘긴 시인의 시간을 헤아려 본다. 삶은 어디론가 시간의 흐름에 실려 떠나고 도달하는 행위의 도정이다. 동시에 생장과 소멸과 운명의 시간이 서서히 존재를 향해 다가온다. 존재의 근원을 향해 시로 탐색하는 동시에 존재를 비워가는 느릿한 생의 운용법을 그는 잘 알고 있다. 그는 정서를 도구화하지 않는다. 드러내 자체를 즐기고 관조하듯 운용한다. 그런 의미에서 그의 시적 발화는 분방하고 '시침 떼기' 방식이다.

'낯설게 하기'가 아니라 '시침 떼기'를 그는 즐긴다.

> 턱수염이 희뜩희뜩
> 하니, 아득해!
>
> 굴참나무 추억만
> 보이니, 쫑쫑쫑!
>
> 몸 따로 마음 따로
> 녹으니, 헛헛해!
>
> —「길 없는 길」 부분

> 미친 지구별 아래
> 대한민국 한밭 만년동
> 3층집 거실에서
> 우리 한눈 팔고 있는 사이
> 깔깔거리는 천리향
>
> —「천리향」 부분

그의 시는 사물과 사물의 언어의 청각적 울림에 민감하게 반응한다. '깔깔거리는 천리향'과 '자지러지는 능소화'는 시인의 오래 익은 언어의 풀무질이 경쾌하게 발화되어 있음을 보여준다. 사물과 대화체로 되어 있는 시편들도 쉽게 눈에 띈다. 이제 그는 사물의 존재에도 안부를 물어보는 경지에 도달한 듯싶다.

> 독기 오른 수수대처럼 싸우고
> (내장사 단풍 보러 왔니!)
>
> 오늘도 누군가랑 싸우고
> (빨갛게 건들건들 멍들고!)

그 누구는 누군가?
(팔자걸음 비가 오는데!)

그 누구는 지금 전생 웬수
(애고애고 미안코 부끄러워!)

그 누구는 누군가?
(아, 내장사의 아기단풍!)

—「아기단풍 소네트」전문

안녕하니, 너 정말로?
허접쓰레기 더미들
도둑고양이들의 손발톱
눈 위에 꼬꾸라진 술주정뱅이
독오른 까마귀와 전갈들

—「안녕하니, 너 정말로」부분

시를 향한 존재론적 사유가 무겁지 않아서 좋다. 대상에 대한 경외와 순정은 물론 이를 통해 생의 원초적 의미를 읽어내는 점에서 말이다. 일견 좀 엉뚱하고 담담하기까지 하다. 그의 언어의 운용은 발랄하다. 그의 시가 전통적인 시적 감각과 어법 속에서 시를 향한 진정성을 일관되게 관통하는 것은 존재의 소멸을 관조적 그리움의 미학으로 풀어내는 능력이다. 밀려오는 나이테의 무게가 있다면 밀려가는 시간의 깊이도 분명 있다. 시인의 그리움과 추억은 비관적이지 않다. 느리게 추억의 시간을 부유한다.

"임영조·김강태·조병화·이문구"도 "샛바람이 남긴 흰 그림자처럼 흔적을 남기고 가는 것."(「묘비명을 위하여」) 모든 살아 있는 존재들은 쇠락하고 소멸하지만 종국에는 이를 초월한다. 시인은 시간을 잡고자 하거나 집착하지 않는다. "사라질 것은 사라지도록/들창에 걸린 별빛도 사라지도록"잊혀지는 것은 잊혀지도록/한 순간 반딧불로 사라져가도록//꿈속의 핏빛 일렁이고/억새꽃 무덤 안에서/시간이 멈춘적 있나요"(「피라미드 안에서」)에서 보듯이 그의 시에서 '나이 듦'은 결코 쇠락과 허무가 아니다. '나이 듦'은 '살아가고 있음'의 다른 말이니. "이승을 오방색으로/한 바퀴 돌고 보니/반딧불 천둥호박처럼 보이네//삼불봉 귀밑 흰머리/넘고 넘으니 까치밥 달빛 속에/눈사람으로 걸어"(「오방색 명상」)가는 것이 삶이다.

> 뭇귀신들의 속삭임도 그 밤바람 소리에 흐느낌도 들쳐 업고 줄달음쳐 간다
> 동지 섣달 얼음판 위에 서서 그 밤바람 소리에 뼈와 살을 튕기며 말리고 있나니.
> ──「이순(耳順)의 노래」

이처럼 소멸에 대한 건강나 낙관주의는 그의 시를 지탱하는 능력이다. 시력 40여 년의 세월은 "시간의 쇠락과 초월, 그것에 대한 저항과 영겁, 시쓰기의 운명은 이렇게 시간의 개입을 통해 완성되"어 간다. "그들은 모두(…중략…)망각의 강을 건널 것이다." "시인들도 세상을 뜨고, 베롱꽃도 진다."('시인의 말') 다만 독자는 욕망한다. 그의 시간이 영원히 젊어지기를.

(《시와 시학》, 2010년 봄호)

연륜의 넉넉함에서 보이는 생, 그 진면목 — 류순태

1. 연륜에서 피어나는 넉넉한 서정

문덕수의 『우체부』와 홍희표의 『하이터치 그리움』이라는 두 권의 시집을 읽었다. 팔순과 이순을 넘어선 시인들의 시집이어서 그랬는지는 모르지만, 두 시집을 읽는다는 것은 어딘지 모르게 부담스러우면서도 행복한 일이었다. 그것은 아마도 시집에 담겨져 있는 연륜의 넉넉함을 어렵게나마 쫓아가야만 했던 사십 중반 나이의 편협함이 낳은 현상이었으리라. 그만큼 이 두 시집에 담겨져 있는 시인들의 생각과 감정은 익숙한 것 같으면서도 낯선 것, 낯선 것 같으면서도 익숙한 것이었다.

『우체부』와 『하이터치 그리움』에서는 다른 무엇보다도 생의 진면목을 자신의 언어로 포착해 내려고 하려는 경향이 두드러지게 나타난다. 구체적으로 『우체부』에서는 시간과 공간이나 역사와 현실을 자유롭게 넘나들면서 생의 진면목을 포착하려는 경향이, 『하이터치 그리움』에서는 상대적으로 제한된 시간과 공간 속에서 현실을 살아가는 시인이 생의 진면목을 포착하려는 경향이 강하게 드러난다. 만일 연륜의 넉넉함이란 것이 자신의 포착한 생의 진면목을 자신의 언어로 보여줄 수 있는 힘의 크기가 연관되는 것이라고 할 수 있다면, 두 시집에서 드러나는 이러한 경향은 그 자체만으로도 의미 있는 것이라고 할 수 있다.

생의 진면목을 발견하는 일은 황홀한 것이리라. 어찌 보자면, 시인들이 시를 쓰는 주된 이유도 바로 그 생의 진면목을 발견한, 그 황홀함을 경험하려는 데 있다고 할 수 있다. 그렇다면 연륜의 넉넉함에서 보이는 생의 진면목은 어떤 것일까? 그리고 우리는 그런 생의 진면목을 자신의 포착해 내려는 두 시인의 노력을 어떻게 바라보아야 하는 것일까?

2. '아픔'과 '외로움'에서 피어나는 '한숨'의 투명한 힘

『하이터치 그리움』은 홍희표 시인의 16번째 시집이다. 잘 알려져 있다시피 시인은 40여년이 넘는 기간 동안 지속적으로 간결과 절제와 반복의 미학을 바탕으로 자연과 인간의 삶을 진솔하게 노래해 왔다. 이번 시집에서도 시인은 특유의 간결과 절제와 반복을 가지고 삶에 대한 자신의 감정을 매우 진솔하게 담아내고 있다. '이순'을 넘어서 삶을 대하는 폭과 깊이가 그만큼 넓어지고 깊어져서인가? 이 시집에서 시인은 삶의 이모저모와 자연 현상들과 주변의 사물들을 유달리 투명하면서도 예리한 눈빛으로 바라보고, 그것들을 쉬우면서도 울림이 큰 서정적인 언어들로 노래한다.

『하이터치 그리움』에서 시인이 주도적으로 펼쳐내는 서정은 늙어감 또는 사라져감이라는, 인간이라면 누구든지 피해갈 수 없는 자연적인 현상에 대한 안타까움이다. 그 안타까움이란 한 마디로 말해서 '죽음'이라는 현상을 어떻게 받아들여야 할 것인가라는 근본적인 문제와 결부되어 있다. "숨쉬며 살아 있는 모든 것은 낡고, 서서히 죽어가면서 스스로 저 혼자 어떤 존재증명을 위해 몸부림친다."(「시인의 말」)라는 시인의 말에서도 단적으로 언급되어 있는 것과 같이, 시인은 바로 그 안타까움을 통해서 스스로의 존재를 증명하려고 몸부림친다. 그래서 그런가? 이 시집에서 시인은 곳곳에서 '아픔'과 '외로움'을 주목하면서 곧잘 '한숨'을 쉬기도 한다. 「산그림자」에서는 그런 정황이 매우 선명하게 노래되고 있다.

> 두 눈을 감는다고
> 북두칠성 없어지지 않나니
>
> 엊그제 청춘인데 이제 신선영감

그대만 혼자 남고 죄다 하늘길 가고

　　동백꽃이 뚝뚝 모가지째 떨구는 것
　　알뜰살뜰 외로움 때문이라고

　　산그림자도 부뚜막 메아리 되어
　　하루 한 번씩 마을로 내려오고

　　　　　　　　　　　　　　　　　　　　　　　—「산그림자」전문

　　"엊그제 청춘인데 이제 신선영감/그대만 혼자 남고 죄다 하늘길 가고"에 단적으로 표현되어 있는 것과 같이, 지금 시적 화자는 어느덧 늙어버린 존재요, 그래서 죽음의 세계가 자신과 가까이 있음을 의식할 수밖에 없는 존재다. 그리고 시적 화자의 그런 의식은 그가 '두 눈'을 '감는다고' 해서 떨쳐낼 수 있는 성질의 것이 아니다. 그것은 두 눈을 감는다고 하더라도 사라지지 않는 '북두칠성' 마냥 시적 화자의 의식을 지배하고 있다. 특히나 '그대만 혼자 남고'라는 구절에서 드러나듯이 시적 화자에게는 늙어감이란 죽음을 피할 수 없는 상황이면서 동시에 '외로움'에 시달릴 수밖에 없는 상황이기도 하다. 그만큼 그에게 늙어감이란 이중적으로 고통스러운 상황이기도 한 것이다. 이 시에서 시적 화자가 '동백꽃이 뚝뚝 모가지째 떨구는 것'과 같이 죽음을 환기하는 자연 현상을 '외로움'과 관련지어 내는 것도 바로 그런 이유에서이다. 그 결과, 시적 화자에게는 죽음의 세계를 표상하는 '산그림자'가 오히려 그의 내면을 어루만지면서 외로움을 달래줄 수 있는 가장 큰 위안거리가 된다. 이 어찌 안타까운 일이 아니겠는가?

　　그렇다고 해서, 『하이터치 그리움』에서 시인의 한숨이 부정적인 것이라고 말할 수는 없다. 시인은 분명히 늙어감과 죽음, 아픔과 외로움 등 그를 둘러싼 자연적인 상황에 대해서 한숨을 내쉬지만, 그 한숨은 어느 순간에 그가 이순의 고갯길을 넘어갈 수 있는 가장 중요한 힘으로 변화한다. 물론, 이 시집에서 시인은 "검정약, 노랑약, 빨강약/몸통, 마음통, 하늘통/온통

탈, 탈탈, 탈탈탈 ……."(「11시에서 23시까지」) 하면서 자조하거나, "잘 사는 것은/잘 늙은 것…….", "잘 늙은 것은/잘 사는 것…….", "잘 가는 것은/잘 사는 것……."(「묘비명을 위하여」)이라는 연쇄와 같이 그의 내면에서 공명하다 사라지는 일종의 푸념을 늘려주기도 한다. 그렇지만 그런 자조나 푸념은 역설적으로 시인이 삶을 살아갈 수 있는 힘이다. 비록 그것이 "눈물술 대신 한숨약/한 옴큼 먹고도/비우지도 채우지도 못한 채/버들수레는 계속 삐걱 중"(「버들수레」)의 '눈물술'이나 '한숨약'처럼 '버들수레'의 '삐걱거림'을 완전히 치유해주는 만병통치약은 아니라고 하더라도 말이다.

시인은 '아픔'이나 '외로움'에 막연하게 시달리는 것이 아니라 그것에 시달리는 과정에서 역설적으로 삶의 새로운 면모를 발견해 낸다. 「화안하다 몸살」에서는 이런 역설적인 전화 과정이 잘 나타나 있다.

> 몸이 아프니까
> 보인다
> 먼산이 보인다.
>
> 피 냄새 치솟던
> 감투만 기다리고 살았구나
>
> 그대도 아프고
> 나도 아프고
> 지구도 아프구나.
>
> 살구꽃 피어
> 아프구나
> 화안하다 이 세상이
>
> ──「화안하다 몸살」 부분

이 시에서 '아프다'는 '몸살'이라는 죽음 세계를 이끌어내는 표지와도 같다. 그런 점에서 이 시에서의 '아픔'은 얼른 보아서는 '이렇게 아픈 걸 보아

곧 죽을 모양이네' 와 같이 일상생활에서 흔히 들을 수 있는 것처럼 보인다. 그러나 시적 화자의 내면을 쫓아가다 보면, 이 시에서 '아프다' 는 시적 화자가 세상의 진면목을 발견할 수 있는 새로운 조건이 된다. 그리고 그 조건 하에서 '아프다' 는 시적 화자가 세상의 진면목을 발견하면서 자신의 생을 알차게 꾸려나갈 수 있도록 해주는 중요한 힘이 된다. 그 내밀한 과정은 바로 "살구꽃 피어/아프구나, 화안하다 이 세상이"라는 다소 엉뚱한 표현에 잘 담겨있다. 시인은 '살구꽃 피어' 와 '화안하다 이 세상' 사이에 '아프구나' 를 넣으면서 '아프다' 가 바로 '살구꽃' 이 피는 현상이 '화안한 세상' 으로 이어질 수 있는 인식론적 · 존재론적 조건일 수 있음을 은근하게 보여준다.

『하이터치 그리움』에서 '아픔' , '외로움' 과 '한숨' 이 시인이 이순의 고갯길을 진지하게 넘어갈 수 있는 힘으로 전화되어 나타나는 현상은, 삶에 대한 시인의 진솔한 태도와 함께 이 시집이 지니고 있는 또 다른 매력이다. 아니 좀 더 정확히 말하자면, 그것은 삶에 대한 시인의 진솔한 태도가 시인 특유의 간결과 절제와 반복과 어우러지면서 도달한 하나의 경지이다. 그리고 이 경지에서 비로소 시인은 이순의 고갯길을 넘어가고 있는 그의 안타까움을 삶에 대한 넓고도 깊은 통찰과 연결시켜 냄으로써 삶과 죽음이 공감 속에서 어우러지는 또 다른 시 세계를 창출해낸다. 「이종수류」는 그 대표적인 것이다.

> 진흙 속의 연꽃으로
> 그리운 한 사람이
> 이승을 떠나가는구나
>
> 줄담배를 물고
> 마음의 고향을 찾아
> 물레를 돌리며 떠나가는구나
>
> 계룡산의 흙과 불

이슬 두어 방울 만나
이종수류의 도자기로 떠나가는구나

―「이종수류」 전문

이 시는 지난 2008년 8월 타계했던 고 이종수의 죽음을 형상화한 것이다. 고 이종수 도예가는 고향인 대전에 정착해 30여년 가까운 세월 동안 도자를 빚어 질박하면서도 멋과 기품이 있는 '이종수류'의 도자기를 탄생시켰던 것으로 알려져 있다. 시인은 그런 도예가의 죽음을 고인의 활동과 고인이 탄생시켰던 도자기와 관련지어 한 편의 시로 형상화해 내면서도 쉽게 애통해하거나 한숨을 내뱉지 않는다. 왜냐하면 시인에게 있어 '이승을 떠나가는 일'이란 '마음의 고향을 찾아 떠나가는 일'이기도 하며, '이종수류의 도자기로 떠나가는 일'이기도 하기 때문이다. 그래서 이 시에서의 '떠나가는구나'라는 시적 화자의 혼잣말에서는 삶과 죽음의 경계가 무화되면서 '한숨'이 삶의 진면목을 볼 수 있는 중요한 힘으로 전화될 수밖에 없다.

『하이터치 그리움』에 실려 있는 한 편의 시에서 시인은 "천둥번개 울부짖듯/시쓰기는, 그대/버들꽃에 얼음장 깨지고/남에게 강요하지 않으면서/어깨동무 라라라/하늘길 따라가느니"(「시쓰기는」)라고 읊조린 바 있다. 시인이 이순의 고갯길을 넘어가면서 '늙음'과 '죽음'에 따른 '아픔'과 '외로움'을 통해 삶의 진면목을 읊조릴 수 있었던 것도 바로 이 '시쓰기' 때문이 아닌가 싶다. 이런 점에서 홍희표 시인의 시쓰기는 그야말로 진솔하면서도 순리적인 '라라라'의 세계라고 할 수 있다. 시인은 '라라라' 하면서 삶과 죽음의 경계를 바꾸려고 하는 것인지도 모른다. 아, 이 투명하고도 매혹적인, 그러면서도 어려운 세계여! 홍희표의 『하이터치 그리움』의 매력 또한 여기에 있지 않을까 싶다.

(《시와 정신》, 2010년 봄호)

서평

소멸에의 저항과 초월의 춤사위 — 안영희

누구도 모르는 이 없고, 어디서든 집중조명의 대상인, 그리고 모든 문학상을 차지하는 시인들을 평소 나는 별로 신뢰하지 않는다. 언제부턴가 뽑아 올린 신문의 큰 제목 같은 인물들이 반드시 그에 걸맞는 내용을 가진 사람들이 아님에 눈뜨면서, 나는 새로운 발견자이리라 싶었다. 무릇 예술이 낯선 발견의 기쁨, 혹은 새로운 충격에서 비롯되듯이.

무심히 들어간 영화관에서 '끝' 글자 커다랗게 찍혀도 쉽게 일어서지 못했던 영화처럼, 누가 짚어주는 대상 아닌 내 스스로의 발견만을 믿기로 다짐해 놓고도, 저 게으르고 무책임한 조명탄 쥔 자들처럼, 나 또한 명승고적에 줄서듯 얼마나 시적 탐험에 소홀하고 이미 허명 발린 유명시인들만 편식하고 있었나를 자성케 하는, 만남에 부딪히는 경우가 종종 있다. 그것은 내 시안(詩眼)이 현혹스런 바다의 표면에서, 정작 아름다운 심해어들이 유유히 헤엄치는 바다의 속세상을 놀라움으로 만나는 순간이기도 하다.

몇 해 전 한 문학단체에 섞여 남유럽 여행을 떠났다. 파리며 리스본을 거쳐 스페인으로 들어가면 날 아침, 나는 버스의 납납한 뒷자리를 자고 전망이 트인 앞쪽 빈칸을 찾아 두리번대다가, 고개도 안 돌려보는 한 사람의 곁자리를 찾아 앉았다. 그리고 길 위의 모든 사물을 열심히 메모를 하는 내게, 이튿날 시집 한 권을 건네 준 말이 없기가 흡사 검은 바위덩이 같은 홍희표 시인도 그런 경우 중의 하나라 말할 수 있겠다.

홍희표 시인은 약관 21세에 《현대문학》지로 등단해 시력 약 45년, 첫 시집 『어군의 지름길』을 시작으로 〈문지〉며 〈창비〉, 〈시학〉 등의 유명 출판사에서 시집을 내며 그가 맹렬히 시를 쓴 1980년대까지 나는 등단도 안했으며, 시력 20여 년 동안에도 홍희표 시인을 들어본 적도 없었으니까. 아무리 16권씩이나 되는 시집을 줄기차게 내온 홍희표 시인이었을지라도.

내가 다섯 권의 시집을 내도록 아무에게도 뵈지 않는 시단의 변두리에 사는 소외자 이듯이, 누구보다 시대와 삶을 고통스레 응시하고, 쓰는 일 치열했어도, 문학동네의 비빔밥의 주인공이 못되는 성품과 자세 땜에, 무심코 젖혀진 홍 시인. 이미 30대에 교수가 된 고향 대전에서 그대로 변함없이 30년째 살고 있노라고, 짧게 자기소개를 하면서도 말을 약간 더듬었다.

박용래, 한성기, 임강빈 등의 쟁쟁한 충청도 선배시인들과 나란히 한, 고향 한밭 토박이의 정서를 고스란히 지켜내는 보기 드문 향토적 순도는, 운율과 사투리를 적절히 살려서 쓰는 시는 물론, 더듬는 말투라든가, 다듬지 않은 통나무 같은 목소리, 뭇사람에게서조차 어렵지 않게 읽혀진다.

두 눈을 감는다고
북두칠성 없어지지 않나니

엊그제 청춘인데 이제 신선영감
그대만 혼자 남고 죄다 하늘 길 가고

동백꽃이 뚝뚝 모가지째 떨구는 것
알뜰살뜰 외로움 때문이라고

산그림자도 부뚜막 메아리 되어
하루 한 번씩 마을로 내려오고

— 「산그림자」 전문

어스름 잦아드는 산그림자는 피할 수 없는 운명같이 저무는 우리들의 인생이다. 고향에서 함께 문학밭을 일구며 어울렸던 도타운 시인의 친구들은, 유난히도 먼저들 이승을 버렸기로, 목을 꺾어 던지는 동백꽃 송이처럼,

외로움은 붉고 처연하다. '부뚜막 메아리 되어' 마을로 내려오는 산그림자는, 그 옛날의 부엌 불기운으로 늘 따스했던 무쇠솥이 걸린 아궁이 언저리를 너무 적절한 '부뚜막' 이라는 낱말을 들여앉힘으로써 돌아갈 수 없는 것들에 대한 그리움과 회한을 애닯도록 곡진하게 드러내고 있지 않은가.

> 뭇 귀신들의 속삭임도 그 밤바람 소리의 흐느낌도
> 들쳐 업고 줄달음쳐 간다 동지 섣달 얼음판 위에 서서
> 그 밤바람 소리에 뼈와 살을 튕기며 말리고 있나니
> ──「이순(耳順)의 노래」 전문

이순의 시점에 선 홍희표 시인의 16번째 시집『하이터치 그리움』의 시들의 주조가 되는 것이 소멸에 대한 명상의 갈등이라 읽혀진다. 시인이 말했듯이 시간의 쇠락과 초월 그것에 대한 저항감이 감지된다. 뭇귀신들의 속삭임도 섞인 듯 동지 섣달 음산하고 냉혹한 밤바람 소리에게 도전하듯 탄주하거라! 이제는 남루같은 뼈와 살, 그러나 못다한 격정도 튕기며 탄주하거라! 무위자연의 악기되게끔 놓아주리니! 분노하며 갈등하며, 그렇게 한사코 놓는 연습을 하고 있다.

> 남양 홍(洪) 희(禧) 표(杓)
> 이름 붙은 버들수레
> 기러기 강물줄기 따라
> 흘러 흘러 간다
>
> 시간은 문득 멈춰 버리고
> 작년에 듣던 풀벌레 울음
> 이 세상 지붕 위에서
> 낯설기만 하다
>
> 눈물 술 대신 한숨약

한웅큼 먹고도
비우지도 채우지도 못한 채
버들수레는 계속 삐걱 중

소나기 사이로 뜨는 저 무지개
　　　　　　　　　　　　—「버들수레」 전문

　해마다 반복되는 계절이어도 쉬지 않고, 점점 더 빠른 속도로 타들어 가
는 담배개비같은 목숨들에겐, 모든 반복되는 세상의 몸짓들이 해마다 다른
모양으로, 다른 의미로 나타날 수밖에 없다. 일체무상주(一體無常住)하니 매
양 흐르는 저 강, 오늘의 강물이 어디 어제의 그 강물이던가.
　그러나 사는 일이 나날이 소멸로 치닫는 짓이라 해도, 그 슬픈 소멸열차
의 창문으로도, 어느 날은 난데없이 꽂히는 찬란한 무지개가 있어, 삶은 경
이로운 것이고, 살고 싶은 것이 아닐는지.

빛바랜 어제의 발자국
죽은 뻐구기시계 되어
옥탑방에서 되살아나고
뻐국 뻑국, 뻑뻑국

이끼 낀 오늘의 새털구름
곰나루 청벽 아래
피라미떼로 흩어진다
요리 욜랑, 저리 욜랑

오, 오 늙은 매화 등걸 새순
갑년(甲年)꽃 피어나네
　　　　　　　　　　　　—「늙은 매화」 전문

　몸뚱이 여기저기 뭉친 혹주머니에 거푸거푸 뒤틀어 주검인 듯 무망해 뵈
는 고목 등걸. 그 끝가지에 가까스로 핀 봄을 글썽이는 눈으로 올려다 본 적

이 있는가.

산다는 것은 마지막까지 열렬한 현재 진행형인 것이라, 어김없이 증명하기까지 절로 핀 것이 아니고, 단 한 잎 내일도 남기지 않은, 저만큼 끝을 보고 있는 자의 혼신 투척 뒤의 기쁨을.

> 왕가뭄 끝에 장대비 내리고
> 목에 건 휴대폰은 삘리리— 삘리리
> 햄버거보다는 보리피리 장맛
> (그대, 시간은 찻잔의 출렁임!)
>
> 장마가 걱정이라고요?
> e메일은 24시간 365일 삘릴리— 삘릴리
> 포도주보다는 강원도 막걸리
> (그대, 공간은 술잔의 설레임!)
>
> 특별시 턱밑에 광역시
> 하이터치의 도심을 달리며 삘릴리— 삘릴리
> 재봉틀보다는 그대 십자수틀
> (희미한 옛사랑의 그림자를!)
>
> ─「하이터치 그리움」 전문

위 시는 현대문명에 끼여 쉼없이 간섭받고 자유를 차압당한, 오늘날의 사람살이를 극명하게 보여주고 있다. 또한 홍희표 시인의 시적 자아가 강하게 표출되는 시이기도 하다. 성실직인 제도권 안에 고스란히 담긴 모범시민일지라도, 시인으로서 그의 자아는, 숨구멍이 막힌 듯이 답답해 탈출을 갈망하는 자유주의자인 것.

그러므로 콘크리트처럼 완강한 일상을 뚫고 지표에는 없는 것을 향하여 충천하는 분노로, 꿈의 부력으로 솟구쳐 오를라치면 때마다 어김없이, 그가 예속된 일상이라는 기득권은 목을 끌어내리며 삘리리— 삘리리… 웃기지 마라 삘릴리— 삘릴리…옷자락을 나꿔채며 하이터치 하려는 그의 몸부림을, 때마다 방자히 부서뜨리고 있는 것이 아닌가.

> 2007년 12월 31일
> 어떤 사나이
> 구름 옥상에서 뛰어내린다
> 가로등 얼어붙고
>
> 돼지 뒷다리 같은 골목길
> 허물어진 벽 뒤의 낙서들
> 벗겨진 꼬부랑 페인트칠
> 소소리 바람아, 눈꽃 다칠라!
>
> 안녕하니, 너 정말로?
> 낡은 쓰레기 더미들
> 도둑고양이들의 손발톱
> 눈 위에 꼬꾸라진 술주정뱅이
> 독오른 까마귀와 전갈들
>
> 어떤 사나이 하나
> 구름옥상에서 뛰어내린다
> 배우 장국영처럼 뛰어내린다
> 뾰로통해진 너 소소리바람아!
>
> ─「안녕하니, 너 정말로」전문

　무슨 공장, 사업장 하다못해 아파트 수위까지 사람들의 일을 기계들이
다 차지해 일자리에서 털려난 이 시대의 숱하게 많은 가장들은 어디서 무
엇으로 밥벌이를 하나? 막막하고 안타까워서 마음 아파한 기억이 있다.
　겨울 혹한에 신문구독자를 낚느라고 입가의 날숨이 그대로 얼음지도록
진종일 아파트의 길목에 서 있는 아저씨에게 신문구독신청을 한 적이 있
다. 그 신문은 골통 보수적이어서 전혀 내 취향이 아니었지만 가장으로 사
는 그 사람의 삶이 너무 처절해 보였기로.

"돼지뒷다리 같은 골목길, 낡은 쓰레기 더미, 도둑고양이, 술주정뱅이…"

전혀 우아할 수 없는 끝모르게 미끄러내린 삶의 진창들과, 구름옥상에서 뛰어내릴 밖에 없는 절망의 풍경들을 들어 올려주며, 누군가의 무엇이 되어 살지 못하는 그대, 너 정말 안녕하냐? 안녕하냐? 고, 시인은 이 시대 슬픈 가장들을 연민하고 있다. 줄기차게 무겁고 부조리하고, 내몰린 삶의 현장들을 천착해왔던 시인 홍희표의 시쓰기 이력답게.

　　귀신들의 뒷소리도 두런두런 더러 들린다는 이순의 억새벌판. 잔손금 같은 추억의 칡넝쿨에 동동 매달려 살고 있다네. 질풍노도의 우리 문청 동무들, 하늘나라에서도 시쓰기 하시나요

　　화인 나루터 주막의 할머니, 계룡산 심우정사의 목초스님, 그 한량없는 곡차의 물줄기 보고 싶네요. 무서리 내리고 시나브로 까치밥도 떨어지네요. 마른번개로 다가섰지만 한눈팔아 사라진 가시네, 송추 밤나무 밑에서 구름 보다가 가버린 가시내

　　구절초 그대! 우리 사랑할 시간이 정말 많지 않다네. 추억의 칡넝쿨 둘러쓰고 홀로 춤추고 있다네. 춤추고 홀로

—「억새벌판」 전문

귀밑머리 서리 친 누군들 회한의 유적이 아니랴. 하물며 가을물이 든 시인의 가슴 속 정한들은 얼마나 붉게 축적된 단층들로 이루어졌으랴.

피어도 하얀 억새꽃은, 이승의 꽃인가 저승의 꽃인가? 이승 같은 저승, 저승 같은 이승의 공간에서 잃어버린 이름들 하나하나 부르다가, 그들의 뒷자리 죽은 자들이 조명하는 내 짧은 남은 삶이 얼마나 아름답고 소중한지 뼈아프게 자각하는 것이다. 어차피 사라져야할 유한적 존재의 영원은, 짧은 마디 속에 있는 것이매. 이것 저것 다 놓고 우리 영원 같이 여한 없이 살자 고, 너울너울 초월로 가는 통과의례처럼 억새춤을 추고 있는 홍 시인을 아시는지.

（〈계간문예〉, 2010년 가을호）

시는 상처 딛고 피는 한 떨기 꽃 — 우정식

"시는 상처를 딛고 피어나는 한 떨기 진주와 같죠. 계룡산 단풍이 눈물겹게 아름답다는 것도 내 머리에 단풍이 들고야 뼈저리게 느껴지더군요."

1967년 《현대문학》지를 통해 시인으로 등단한 홍희표 목원대학교 국어교육과 교수는 최근 16번째 개인시집 『하이터치 그리움』(시학)을 펴냈다.

중학생 때부터 시쓰기를 즐긴 홍 교수는 동국대학교 국어국문학과 4학년 재학시절 학생시인으로 문단에 등단했다. 등단 이후 지금까지 3년에 한 번 꼴로 새 시집을 내놓으며 왕성한 창작활동을 펼쳐온 셈이다. 지금까지 그가 지은 시만 약 2000여 편에 이르고 총 1500여 작품을 그 동안의 시집에 담았다.

대전이 고향인 홍 교수는 치과의사였던 부친의 만류를 뿌리치고 시쓰기에 빠지게 됐다. 대학 졸업 후 대전 보문고, 서울 선일여중 등에서 교편을 잡다 1980년 목원대 교수로 자리를 옮겼다.

제자 양성에 힘쓰면서 왕성한 작품 활동을 펴고 있는 그는 오전 7시쯤 대학 연구실에 출근, 틈틈이 시를 쓰는 생활을 30년째 이어오고 있다. "원래 '외로움', '상처', '그리움' 등 단어를 잘 쓰지 않지만 나이가 드니 이런 단어가 새롭게 다가오네요."

홍 교수의 이번 시집은 세련되면서 진솔한 언어미의 진수를 보여줬다는 평을 받고 있다. 그는 "76편의 시를 담은 이번 시집은 사라져가는 것들에 대한 그리움과 자성하고 관조하는 하심(下心)의 미학을 추구하는 출발점"이라고 소개했다. 특히 분단과 통일, 종교, 환경 등 21세기의 화두에 대한 고민도 시집에 담았다.

홍 교수는 인터넷 등을 통한 가벼운 글쓰기가 만연하고 고민없이 말과 글을 내뱉는 세태가 아쉽다고 말했다. 그는 "고민을 많이 해야 좋은 시가 나온다."며 "1960년대 대전에 정식 등단한 시인은 6명 정도였지만 이젠 300여명에 이를 정도"라며 글쓰기에 대한 철저한 노력을 강조했다.

그가 이번 시집에 담은 「어떤 그리움」 등의 작품은 시인의 진정성과 시 쓰기에 대한 진지한 고민을 주문하기 위한 것이다. "시인들도 현실을 외면하지 말고 작품을 통해 미래를 이끌 화두와 혜안을 끊임없이 제시해야 합니다."

삶을 한 바퀴 돈 나이가 되고서야 모든 게 새롭게 보인다는 홍 교수는 "개인적 문제보다 우리, 사회, 민족, 전 지구적 문제에 눈을 돌리고 고민하는 젊은 후배들이 많이 나왔으면 좋겠다."고 말했다.

자신의 작품을 총망라한 시 전집 발간을 계획 중이라는 홍 교수는 "삶 자체가 된 시를 쓰는 즐거움을 눈을 감는 순간까지 한껏 누릴 생각"이라며 웃었다.

〈조선일보〉, 2009년 11월 11일

시 쓸 땐 언제나 행복 — 김효숙

"삶을 한 바퀴 돈 나이에 이르니 모든 것이 새롭게 보이더군요. 계룡산 단풍이 눈물겹게 아름다운지 미처 몰랐어요. '이순'이라는 나이에 눈과 귀가 트이고, 내가 단풍이 되니까 비로소 알아보겠더군요."

까까머리 중학생 때부터 끼적끼적 시를 써오다가 지난 1967년 《현대문학》지를 통해 화려하게 등단한 홍희표 시인이 최근 신작 시집을 출간했다.

문단 데뷔 이후 활발한 시작 활동을 하며 지금까지 평균 3년에 한 번씩 새로운 시집을 선보이는 홍 시인은 "원래 '외로움'이나 '상처', '그리움' 등 손때 묻고 새롭지 못하다고 생각되는 이런 단어는 잘 쓰지 않았다."며 "하지만 나이가 드니 이러한 단어들이 새롭게 다가왔고, 제목도 '그리움'이라는 단어를 사용하게 됐다."고 설명했다.

시집 『하이터치 그리움』(시학)은 그의 열여섯 번째 시집. 대전·충남 지역에서 시집 출간에 있어 상위권에 해당되는 숫자이다. 홍 시인은 "충남 공주의 나태주 시인이 나보다 많은 시집을 냈다고 하지만, 이 정도면 나도 꽤 열심히 시를 쓰지 않았나"고 웃으며 말했다.

특히 이번 그의 시집은 세련되면서 진솔한 미적 언어의 진수를 보여준다. 개인의 문제를 넘어 분단과 통일, 종교와 환경 문제 등 21세기 화두와 현 시대상황을 고스란히 반영한다. 홍희표 시인 역시도 "42년 동안 쌓아왔던 시력을 펼쳐보이는 시집"이라고 설명했다.

> 욕조에서 민달팽이/……/기어다닌다/민달팽이 변기 속에서/……/기어다닌다/촛불 시위/우리 집안에서/들불 시위!
>
> —「미친 별 3층 집」

작품 해설을 쓴 김백겸 시인은 "화자의 투사인 민달팽이가 욕조와 변기를 기어다닌다. 인간의 깨끗함을 은유하는 욕조와 오물과 더러움이 모이는 변기로 양자가 병치돼있다. '……'는 실제 상황이 생략돼 있어 어떤 상황을 대입하는 가는 독자의 몫"이라고 설명했다.

그는 "다시 뒤집어 화자는 이 시적 상황을 '촛불 시위'로 상징한다. 드러나지 않은 시의 의미는 '광우병 사태'에 분노한 국민들의 시위와 시인의 개인적 상황에 분노한 시적 자아의 시위 사이에 있다."고 덧붙였다.

홍 시인은 중견시인답게 수록 시 「복제 시 새끼를 위한」과 「시쓰기는」 등을 통해 시인의 진정성과 시쓰기에 대한 고민을 담기도 했다.

> 도리깨로 얻어맞은 콩꼬투리/어느덧 시쓰기 40여 년/이 문학동네 드럽게 어물쩡해/그렇지만 그 중 책임 하나쯤 불초에게도 있으렸다!/요즘 니 시 새끼들 서로/쌍둥이칼처럼 엇비슷해/새날마다 해돋이도 다른데/그 시 새끼가 복제양 둘리처럼 서로/서로 엇비슷 비슷하다면/독자 여러분께 어떻게 해!?
> ─ 「복제 시 새끼를 위한」

그는 "예전에는 등단하기 위해서는 세 번의 추천을 받는데 요즘은 단 한 번의 추천이면 족하다"며 "시를 통한 소통의 공간은 늘어나는 장점도 있지만, 너무도 많은 시인이 너무도 쉽게 쓰고 이를 발표하는 세태가 안타깝기도 하다."고 말했다.

오전 일찍 학교 연구실로 출근해 짬짬이 시를 쓰는 생활을 몇 십 년째 하고 있다는 홍 시인은 "시를 쓰는 행위는 나의 삶 자체"라며 "앞으로도 꾸준히 시를 쓰는 행복을 느꼈으면 한다."고 강조했다.

한편, 대전 출신의 홍 시인은 시집 『어군의 지름길』, 『금빛 은빛』, 『반쪽의 슬픔』 등을 펴냈고, 산문집 『까까중이 베짱이 되어!』 시선집 『숨쉬기』 등 저서 다수를 출간했다.

(〈대전일보〉, 2009년 11월 10일)

사라져가는 것들에 대한 애틋함 노래 — 강순욱

40여 년 시 인생을 살아온 목원대학교 국어교육과 홍희표 교수가 자신의 16번째 시집 『하이터치 그리움』을 펴냈다. 외래어인 '하이터치'와 우리말인 '그리움'을 조합한 『하이터치 그리움』은 사라져가는 것들에 대한 애틋한 그리움을 노래하는 시집이다.

홍 교수는 "소멸의 미학"을 노래하면서 현대화된 사랑의 모습을 옛 사랑의 모습과 적절하게 대비시키고 있다. 이를테면 햄버거와 장맛, 포도주와 막걸리 등 옛 것과 요즘 것을 통해 삶의 이순을 지나면서 느낀 삶의 깨달음을 노래하고 있다.

홍 교수는 이번 시집에 대해 "시의 영원한 주제가 사랑과 그리움 아니겠느냐"며 "옛 대전의 모습이 사라져가는 것이 안타까운 것처럼 이 세상에서 사라져가고 잊혀져가는 것들을 그리워하는 마음을 담았다."고 설명했다.

그러면서 "주변에서 하이터치 그리움이란 말을 자꾸 물어보는데 독자들이 느끼는 대로 해석하면 될 일"이라며 "굳이 한글로 표현하라면 '기쁜 맞장구' 정도로 풀이하면 될 것 같다."고 덧붙였다.

홍 교수는 "내 시의 화두는 시가 되지 못하는 말이 없고, 시가 아닌 말도 없으므로 세상은 시로 가득하다는 것"이라며 "시인으로서 현실을 외면하지 않고 시쓰기에 목숨을 걸 것"이라며 포부를 밝혔다.

(〈중도일보〉, 2009년 11월 11일)

시와시학상 심사평

작품상으로는 홍희표 시인의 『하이터치 그리움』을 선정하였다. 홍희표 시인은 1967년 신석초 시인의 추천으로 《현대문학》지에 등단한 이래 40여 년을 오로지 시와 시인의 길을 고독하게 걸어온 중진시인의 한 사람이다. 그는 『어군의 지름길』, 『살풀이』, 『금빛 은빛』, 『모두모두꽃』, 『반쪽의 슬픔』, 『이, 뭐꼬!』 등 무려 16권의 무게 있는 시집을 상재한 역량 있는 시인이다. 그럼에도 고향인 대전에 줄곧 머물러 살며 외로이 시에만 정진해 온 까닭에 단 한 번의 수상 기회가 주어지지 않은 것은 안타까운 일이 아닐 수 없다.

전통서정시의 주류에 뿌리를 두면서도 마치 추천 시인인 신석초 시인의 경우처럼 현대적인 방법과 형식의 새로움을 개척해 온 점에서 그의 시는 주목에 값한다. 아울러 그의 시적 상상력의 바탕을 이루고 있는 불교적 사유는 그의 시의 내면 공간을 확장하고 심화해 주는 견인력으로 작용해 온 점에서 서정시의 독자적 특성과 의미를 지니는 것으로 이해된다. 이번 수상이 그에게 다시 한 번 큰 도약의 계기가 될 것을 소망하고 기대한다.

— 심사위원: 고은, 김남조, 김후란, 이가림, 김재홍(2010년)

펜문학상 심사평

펜문학상에는 시집 『하이터치 그리움』의 작자 홍희표 시인이 선정되었습니다.

시력 40여 년이 넘는 이 시인의 작품이 풋풋함을 잃지 않는 것은 그의 끊임없는 시적 탐구에 연유한다고 봅니다. 시력이 쌓임에 따라 자칫 안주하기 쉽고 조노(早老)하기 쉬운 매너리즘의 함정을 뛰어넘는 실험성을 높이 삽니다. 소멸 곧 죽음의 적막감과 신생의 환희를 주조 삼은 이번 시집에서도 이런 정신이 잘 반영되어 있습니다.

— 심사위원: 허영자, 문효치, 유안진, 유자효 (2010년)

답신 소감

• 보내주신 시집 『하이터치 그리움』을 받고서, 수십 년 전의 세월들이 울먹 치솟아 올랐습니다. 그 작은 인연을 잊지 않고 시집을 보내주셔서 참 고맙습니다. 그 정이 바로 『하이터치 그리움』입니다. 마음 속으로 영혼의 '하이파이브' 를 해봅니다. 금년이 고희(古稀)라서 공연한 넋두리가 이어졌나 봅니다. 아무쪼록 더욱 건강·건필하시기를 기원합니다.

— 김대규(2009년)

• 홍희표 시인은 1960년대 등단한 이래 40년 세월을 시쓰기에 전심전력해 온 이 땅의 대표적인 중진 시인의 한 사람이다. 그가 시력 40년을 즈음하여 펴 내는 이번 새 시집 『하이터치 그리움』은 그가 살아온 한 생애를 스스로 돌아보 면서 오늘의 삶을 비춰 보고, 다시 앞을 향해 새롭게 나아가고자 하는 하나의 각서 또는 비망록으로서의 성격을 지닌다. 그가 경영해 온 인생 60년, 시력 40 년이란 그대로 60년대이고 이 땅 시문학사의 주류에 뿌리를 두고 전개돼 온 것 이라고 하겠다.

전통지향적인 정신을 지니면서도 현대시의 방법론을 구사한다는 점에서 그 의 시는 충분히 무르익었고 또 충분히 새로운 시로써의 속성을 보여 준다. 20 대 초반 대학 시절 신석초 시인에 의해 추천되어 《현대문학》지로 데뷔한, 그의 60대에 새로이 시작되는 아름다운 새 출발에 축하와 격려의 박수를 보낸다.

— 김재홍(2009년)

• 근원적으로 묶이지 않는 정신의 소유자, 시인의 의식은 부풀도록 주유되 는 노여움으로, 날마다 꿈의 부력으로 날아오른다. 공간과 시간의 구속을 치 고. 그리하여 한 개 꿈을 나는 기구가 되어 공중비행의 자유를 환호할라치면, 이미 목에 걸린 기득권, 요지부동 지상의 약속이며 관계들은 일 없다! 웃기지

말라! 활짝 펼친 그의 날개, 하이터치의 그리움을 번번히, 놓치는 법 없이 요격한다. 기쁜 맞장구의 그리움으로—

그러므로 콘크리트처럼 완강한 일상을 뚫고 지표에는 없는 것을 향하여 충천하는 분노로, 꿈의 부력으로 솟구쳐 오를라치면 때마다 어김없이, 그가 예속된 일상이라는 기득권은 목을 끌어내리며 삘리리— 삘리리… 웃기지 마라 삘릴리— 삘릴리… 옷자락을 나꿔채며 하이터치 하려는 그의 몸부림을, 때마다 방자히 부서뜨리고 있는 것이 아닌가.

— 안영희(2009년)

• 「이순의 노래」를 음미하며 살울음 같은 외로움에 동감합니다. 이순의 고개에서 바라보는 차가운 열정과 오롯한 실존에 떨리는 감동을 느끼고 있습니다. 그래요, 홍 시인님이 우리 곁에 있다는 생각만으로도 행복해지는 내일의 시간입니다.

— 조해경(2010년)

제Ⅲ부

홍희표를 찾아서

'한밭풍물시'의 연인, 홍희표 시인 — 오남미

 낯익은 홍희표 시인님을 낯설게 방문코자 엑셀 페달에 발을 얹고 FM 주 파수를 맞추니 베토벤 피아노 소나타 「폭풍」 3악장이 불을 뿜는 벚꽃으로 흐드러진다. 용솟음치는 정열과 엄숙한 사랑에의 갈망으로 16분음표를 오 선에 찍어가며 베토벤의 방황이 봄볕 위로 쏟아지고 있었다. 시인을 만나 기 위해서는 가쁜 숨을 고르며 계단을 오르는 인내가 필요한 것일까?

 "안녕하세요, 참 오랜만입니다."

 "그러게, 남미씨도 요즘 시 많이 쓰시나?"

 "……"

 문단에 등단한 이래 30여 년 간을 선적(禪的) 모더니즘의 작품을 추구하면 서 유미적 이미지즘과 사회풍자를 소재로 다루다 1990년 '고향 그리기'로 급선회한 홍희표 시세계의 독특함은 '한밭풍물시'에서 찾아진다. 1950년 대부터 1990년대까지 대전의 흐름을 지켜본 그는 이 고장의 과거와 현재 그리고 미래를 따스하고 유머러스한 시풍으로 노래한다.

 그는 대전 한밭벌의 토박이이며 '한밭 뿌리찾기' '한밭 아름다움 가꾸 기'에 천착, 산증인으로 남길 자청한다. "나는 많은 시간을 이 한밭풍물시 쓰기에 몰두해 있다. 그 몰두 가운데에 서서 그것이 바로 나의 고향을 가꾸 고 꿈꾸는 일이라고 가름했다. 그러나 이 작업은 때로 고통스러웠고 쓸쓸 했다. 과연 제2수도를 지향하는 이 거대한 도시에 고유하게 자랑할 만한 전 통이란 유적이 우리 가슴 속 어디에 있는가. 또 넉넉한 인정을 흘리던 한밭 토박이들이 이승과 저승으로 뿔뿔히 흩어진 이 시점에 나는 금강 물줄기 어디쯤 서 있는가. 토박이 시인이라고 하면서 내가 한 예술 활동의 흔적들은 어디에서 무슨 역할을 하고 있는가. 나이를 먹을수록 차츰 고향을 그리워한다. 고향을 노래한다는 것은 참으로 행복하고 고통스러운 희망사항이다."라고 말한다.

> 목척교에 서 있으면
> 까치같은 사람을 만나리라
> 박용래 눈물 흘리며
> 울부짖고
> 김석천 술병 치켜들며
> 달려오고.
>
> 목척교에 서 있으면
> 감꽃같은 사랑을 만나리라
>
> ― 「목척교 2」 중에서

한밭풍물시 1집 『이스렝이 버드내에서 춤추며』, 2집 『늙은 호박 속에는 무엇이 들어있을까유우』, 3집 『보리피리 버들피리 민들레피리를』에서 가려 뽑은 시선집 『목척교 홀씨』의 시인은 1946년 대전에서 태어나 이 고장에서 초·중·고등학교를 나오고 동국대학교 국문과와 동대학원에서 공부를 했다.

현재 목원대학교 국어교육과 교수로 있으면서 문학박사이기도 한다. 그는 1967년 약관 스물 두 살의 대학생으로 신석초 선생의 추천을 받아 《현대문학》지에 「내 살결에」, 「봄바람에게」를 발표하면서 문단에 데뷔한다. 그는 처녀시집 『어군의 지름길』 외 12권의 개인시집을, 『청와집』 6인 공동시집을, 『교정 속의 노고지리』 외 1권의 수필집을, 『숨쉬기』 외 3권의 시선집을, 『박목월 시의 연구』 외 2권의 평론집을 상재한 바 있다. 그리고 1981년도 대전시 문화상(문학부문)을 수상한다.

어디서 오는 웃음일까
꽃비가 흔들리는
아침 식탁에
왕벌이 환호하며
방황하는 물기어린
씨방 가장자리
어린 뿌리 사이로
부딪는 발아의 아픔을
더 깊게, 더 곱게
땅 속에서 땅 속으로 간
따스한 버러지의
눈알에 곤두서는 비린내
내 살결에 움트는 새순

—「내 살결에」 중에서

"부지런함과 불굴의 투지로 작품을 하시는 분이라서 '문학의 해'를 맞이한 소감이 남다르실텐데, 대전문단에 바람이 있으신지요?"

"너무 눈에 보이는 행사보다는 착실한 행사로 개개인의 작가 의식을 고취시켜 알찬 작품으로까지 연결했으면 하는 게 바람이라면 바람이지."

"문학을 하시게 된 특별한 동기라도 있으신지요."

"초등학교 때부터 육상선수로 있었지. 그런데 시합에 출전했는데 3등을 했어. 1등만이 살아남는 스포츠 세계에서 난 좌절을 하고 만거지. 그 좌절의 상저로 문학을 택했었나봐. 문학은 상저의 꽃이잖아. 보름달보다 그믐달이나 초승달이 문학적이듯이 말이야."

"지금 가장 역점을 두고 하시는 일이 있으신지요?"

"세계 여행시를 묶고 있지. 1995년 가을 학기 미국 럿거스 대학 객원교수로 있으면서 느꼈던 미국 문화에 대한 충격과 낯섦 속에서 정체성을 확인하는 과정에서 탄생된 여행시가 그것이지."

시인은 그 이후에도 집중적으로 낯선 나라를 찾으면서 그곳의 풍물 속에 우리의 현실을 노래한다. 예를 들면 스위스는 4개의 국어가 공존하는데 우리 남북은 단일 민족이면서 이질어가 되어간다는 것을 가슴 아파한다.

"오늘에 이르기까지 영향을 준 시인이 있으신지요?"

"중 · 고등학교 시절에는 '이상'을 좋아했지. 다른 시인과 달리 파격미가 있어서야. 나는 젊어서는 이국적인 것에 매혹되었었는데, 외국 시인 중에서 '하이네'에 심취했어. 그의 진보적인 면에 마음이 끌렸지. 예술은 파격미가 있어 새로워야 하고, 상식적인 것을 넘고 일상성을 벗어나야 해. 예술에 있어서는 자기 목소리를 가져야 살아남을 수 있다고 봐. 나의 시작업도 '틀깨기'지. 내 시의 틀을 깨어 변화를 주고 싶은 거야."

"문학에 대해 회의는 없으셨나요? 있다면 어느 때 그런지요?"

"작품집을 내고 스스로 작품이 미흡하다고 생각될 때, 글을 쓰는 과정이 덧없는 것 같아 허무하지. 작품이란 삶의 반성 속에서 나오는 것이야. 인간관계도 되돌아보고 또 새롭게 사랑의 인연을 쌓아가면 그런 회의도 머뭇거리다 말테지."

"문학 속에서 구원의 여인상을 찾으셨나요?"

"여성은 예술에 있어 활력소라 생각해. 사랑이란 살아가면서, 사람은 만나고 헤어지면서 완성되는 것이야. 인간관계가 영원한 것은 없지. 괴테는 인공미, 가공미가 없는 여자를 택해서 교육을 시켰지. 괴테가 위대한 것은 사랑한다고 선언을 하고 열중했어. 칠십을 먹고도 10대 소녀에게 정식으로 프로포즈를 하였는데 그녀의 어머니가 딸을 데리고 도망을 하지."

여름날의 소낙비는 거리를 적시지만 봄에 내리는 이스렝이는 가슴을 적신다. 비가 오지 않아도 세상은 물기를 머금은 듯하다. 이슬비의 촉촉함과 은밀함을 거느리고 있는 시인과의 만남은 적어도 그랬다. 근저 『마음에 새끼손가락 걸고』를 받긴 받았는데, 상세히 기사화하고 싶었는데 어디로 도망갔는지 찾을 길이 없다. 아니 찾지 못했기 때문에 며칠을 가슴에 담고 두런두런 세상을 뒤지고 다녔는지도 모른다.

산허리까지 기어오른 복숭아밭에 출렁 연분홍 치마가 봄바람에 휘날린다. 꽃이 피면 뭐하나, 그쟈. 잎이 피면 뭐하냐, 그쟈.

　　그대 곁에 없으니
　　산수유 꽃 보이지 않고

　　그대 곁에 없으니
　　까치소리 들리지 않고

　　그대 곁에 없으니
　　물소리도 들리지 않고

　　　　　　　　　　　　　　　　　　—「그대 곁에 없으니」일부

　　　　　　　　　　　　　　　　　　　《문화유성》, 1996년 5월호)

홍희표 시인을 찾아서 — 김소정

좌담 : 홍희표, 김소정
시간 : 2009년 6월 26일
장소 : 목원대학교 인문관 218호

김 : 안녕하세요? 존경하는 교수님과 이렇게 마주앉아 문학 정담을 나눌 수 있게 귀한 시간을 허락해 주셔서 감사합니다.

홍 : 반가워요. 이렇게 찾아주니 더 감사하지요. 아! 우리는 1980년대 목동 캠퍼스에서 만난 그 사제 인연을 가지고 있지요. 그때 본명이 김영희였지요.(웃음) 그리고 졸업 후에 다시 만나 '다솜시문학회'에서 그대는 열심히 시쓰기를 하다 동화작가로 데뷔했지요.

김 : 저는 공무원생활 5년을 하고 대학에 들어갔으니 꽤 늦깎이 학생이었지요. 그때 우리 국어교육과 학과장님으로 젊고 멋진 시인 교수님이셨지요.(웃음)

이 자리는 활발하게 꾸준히 작품 활동을 하고 계신 교수님의 문학세계를 이해하는데 독자들에게 도움이 되길 바라는 마음에서 평소 궁금했던 점들을 여쭙겠습니다. 교수님 작품에 담긴 삶의 이야기들을 말씀해 주시기 바랍니다.

홍 : 아, 문학동네에 나온 지도 벌써 40여년, 이제 시와 삶의 냄새, 더께, 때가 시남시남 밀려오고 있지요.

김 : 먼저 교수님의 시 속에 깊숙이 자리하고 있을 유년시절에 대해 자세

히 듣고 싶습니다.

홍 : 유년시절은 좀 험난했지요. 해방 다음해 병술년에 태어난 나는 6·25전쟁 때 고향 경상도 군위 낙동강변으로 피난을 갔지요. 때로 피난 열차를 타기도 했지만 주로 걸어서 피난을 갔어요. 연년생 누이동생 때문에 투정 한 번 못하고 죽자 사자 걸어갔어요. 그 이야기를 『금빛은빛』 시집에서 연작시 '씻김굿' 형태로 그렸지요. 아버님은 치과의사였는데 개업하시자마자 군의관으로 차출되시어, 어머님 혼자 살림을 꾸려 가시면서 고생이 많았어요. 아버님은 장남인 나를 가업을 잇는 치과의사로 만들 계획이었지만 초등학교 4학년 때 육상선수로 발탁되어 공부도 등한시 하고 운동도 1등을 못하고 그러다 중학교 시험에 떨어졌지요. 그 좌절과 실패로 글쓰기를 하게 되었지요.

김 : 지난 6월 5일이지요? 보문학원 설립자이신 금당 이재복 선생님 18주기 추모 학술대회 때 보문학교 졸업생을 대표하여 추모시 낭송하시는 모습이 참 인상 깊었어요. 초등학교 시절부터 육상 선수를 하신 분이 보문 고등학교 시절엔 이름 있는 문사로 거듭나셨고, 동국대 국문과에 진학하시어 대학 2학년 때 벌써 《현대문학》지의 추천을 받으시어 시인으로서의 입지를 세우셨습니다. 운동선수를 하시다가 문학에 관심을 갖게 되신 특별한 동기를 좀 더 자세히 듣고 싶습니다.

홍 : 결국 글쓰기는 상처 속에서 피어나는 꽃이라고 생각합니다. 운동선수로서의 좌절, 부모님에게 드린 실망 속에서 몸부림 치고 있었습니다. 그 소외와 좌절 속에서 그때 한 줄기 달빛처럼 옆집에 사는 순영누나가 우리 집을 오가면서 나에게 『김소월 시집』을 선물했지요. 그 바람에 김소월 시도 알게 되었고, 그 때 김소월 시를 흉내 내어 순영누나에게 시 한편씩 써주기도 했어요. 순영누나는 "아, 시를 잘 쓰네!" 하면서 나의 부족한 글에 감탄을 해 주었고 그럴 때마다 용기 내어 계속 써서 건네주었지요. 그때 아마 순영누나를 좋아했나 봐요. 그러던 중 중학교 때 시인 임강빈 선생님을 만나 나

도 시인이 되어야지 하는 야심을 굳혔어요, 그것이 상처 속에서 핀 시인의 꽃이라고 할까요?

김 : 교수님을 뵈면 시에 대한 치열한 열정을 품고 계시고, 시인에 대한 한없는 애정을 갖고 계신 마음이 읽혀져요. "시란 거울에 비추는 것 같은 영상이 아니고, 어떻게 현실을 보는가 하는 개인적 세계다."라고 언젠가 교수님께서 말씀하신 기억이 생각납니다. 그 말씀에 비춰보면서 시에 대한 생각이 다양한 것은 그만큼 세상을 바라보는 관점이 다양하다는 것이고 그 때문에 세상은 끊임없는 도전과 응전을 통해 발전해 간다고도 할 수 있겠지요. 시에 대한 교수님의 생각을 좀 더 듣고 싶습니다.

홍 : "당신들은 책에서 배우지만 나는 꿈에서 배운다."라는 쉬꾸 따비부이아의 말이 있습니다. 그는 나뭇꾼이었다가 현재 브라질 민속 조각가의 대가 가운데 한 사람이 된 인물입니다. 그 명제에 나는 동의합니다. 그는 창작에다 '꿈'을 강조합니다. 왜냐하면 꿈꾸기는 삶에서 가장 필요한 요소인 것입니다. 시쓰기는 바로 정직한 꿈꾸기의 다른 이름이 아닐까요.

김 : 현대시가 너무 현실에 밀착하여 '꿈'이 없는 것을 동감합니다. 현대시가 잃어버린 임무는 무엇일까요?

홍 : 시는 처음부터 늘 새롭게 인간으로 돌아갈 것을 요구하고 있습니다. 시는 괴어있는 물과 같은 일상적 삶에 충격을 주어야 합니다. 시는 인식의 틀을 부수고, 새로운 감정과 이성으로 돌아갈 것을 요구하고 있습니다. 일상적 삶이 빼앗아 간 살아있는 정신세계를 늘 새롭게 돌려주는 작업인 것입니다. 그래서 시인은 늘 새로운 모습으로 거듭나야 합니다. 현상학에서 실존을 끌어낸 하이데거가 시를 존재 조명의 근거로 강조한 이유도 여기에 있을 것입니다.

김 : 교수님의 시 작품에 대해 여쭙고 싶습니다. 교수님의 초기 시집 『어군의 지름길』(1968)을 살펴보면 감각적이고 이미지즘의 시들이 주류를 이루고 있었던 것에 비해 제3시집은 『마음은 구겨지고』(1978)에 와서는 쉬운

일상 언어로 다소 냉소적이고 사회 비판적인 분위기의 시를 담아내셨습니다. 그 후 84년에 발표하신『살풀이』나『금빛은빛』(1987),『모두모두꽃』(1988),『세상달공 세상달공』(1990)에서 강도 높은 사회 풍자시 계열로 비판적인 시각을 드러내셨습니다. 표현에 있어서 어느 정도 제약이 따를 수밖에 없었던 시대 상황에서도 진실을 담아내려 노력한 시인의 양심을 읽을 수 있었습니다.

1990년대 들어서는 대전의 문화권에도 큰 변화가 일었지요. 소위 개인 또는 집단이 스스로 생산하면서 동시에 소비하는 이른바 프로슈밍(prosuming) 문화현상의 반영이라고 생각되는데 교수님의 시도 한밭풍물시 계열로 변화한 것은 이 문화 현상과 무관하지 않다는 느낌이 듭니다.『이스랭이 버드내에서 춤추며』(1991),『늙은 호박 속에는 뭐가 들어있을까유우』(1992),『보리피리 민들레 피리를』(1994) 시집에서는 토박이 시인으로서 대전에 대한 한없는 애정이 묻어나는 시들을 발표하셨습니다. 교수님의 시를 읽다보면 능숙하게 언어유희를 하고 있다는 느낌을 지울 수가 없습니다. "언어와의 싸움에서 풍자적인 것을 살려 전통적 시 형식에 팽팽한 긴장을 부여하고 그 긴장으로 인해 그의 시세계를 형성해 나가는 시인이다."라고 이어령(1985)선생님이 하신 말씀에 공감을 하고 있습니다. 교수님, 독자를 위해 시의 구조에 대해 조금 설명을 부탁드립니다.

홍 : 요즘 나랑 인연이 있는 친지와 제자들의 모임인 '홍사모' 가 주축이 되어『홍희표 시 다시읽기』가 시리즈로 1·2·3권이 나왔습니다. 앞으로 4·5권이 더 나올 예정입니다.『홍희표 시 다시읽기』는 제 시의 약 40여년의 시세계를 안내해주는 길잡이 책입니다. 각각의 시편마다 신석초, 서정주, 한성기, 박용래, 고은, 신경림, 신동엽, 조재훈 등의 감상평이 곁들여져 있습니다. 우선 이 책을 먼저 읽어보시기 바랍니다.

1권의 송기섭 편자는 특히 "홍희표 시인은 산다는 것에 깊어져 보고 싶은 순간에 삶의 공간인 시쓰기의 실존에 초점을 맞추고 있는 것 같다."라고 했습니다.

2권의 편자인 이은봉은 "홍희표 시인의 시는 모든 인간이 지니고 있는 고향, 모성, 사랑, 고독, 상실 등의 가치에 대해서도 깊은 탐구를 보여준 바 있다. 또한 시인의 시는 인식의 면이나 형식의 면에서도 남다른 개성을 펼쳐온 바 있다. 인식의 면에서는 직관적이고, 선적(禪的)인 특징을 추구하며, 형식의 면에서는 노래, 특히 전래동요의 특징을 보여주고 있는 시인이다."라고 했습니다.

3권의 편자인 이종진은 "군부의 독재가 먹구름 같은 시점에는 그분의 시도 분명 그 먹구름 같은 장막을 걷어내고자 했을 것이다. 그러한 이야기의 구조는 패러디를 통하여 끝없이 시도 되었다. 또한 전통적인 이야기를 새롭게 재해석함으로써 오히려 묵은 이야기들을 신선하게 다시 우리 앞에 다가오도록 했다."라고 했습니다.

모두 과찬의 말씀들이지만 제 시세계의 한 모습이라 저도 많이 수긍하고 있습니다.

김 : 끝으로 21세기 첨단과학의 시대를 맞아 무학의 문제는 그리 간단해 보이지 않습니다. 사이버 문학과 다원주의와 관련하여 무학의 과제와 전망에 대해 교수님 견해를 듣고 싶습니다.

홍 : 21세기는 거대담론이 소거되면서 매우 전문화되고 세분화되리라는 전망들을 합니다. 특히 환경파괴로 인한 인류 파멸에의 불안, 사이버문화의 급격한 확산 등에 따른 보다 다양한 주장들이 예견됩니다. 그러나 다원화에 대한 반동으로 개인의 자유, 권리를 전제하면서 공동체의 유대나 연대성을 강조하는 어떤 움직임도 전망할 수 있습니다. 21세기는 화해와 협력, 인간존엄의 제2 문예부흥시대로 열어 나가야 합니다. 개인을 중심에 놓되 사회 전체가 무엇인가 공유하는 공동체 정신이 필요합니다. 노사관계든, 지역갈등 문제든, 정치대립이든, 남북관계든 그래서 새 이념과 무화를 개화시키는 의지가 절대적으로 필요한 것입니다. 우리에게 제일 시급한 일

은 지금 MB정부가 하고 있는 4대강 개발을 막는 일입니다.

김 : 이번 좌담을 통해 궁금했던 개인사적인 말씀을 들을 수 있어 교수님의 시세계를 조금이나마 이해하는 데 도움이 되었으리라 생각합니다.

홍 : 끝으로 한 말씀을 더하자면 나의 시쓰기는 새로운 경험을 그려내고 또는 이름 짓는 일입니다. 새로운 경험이란 여태껏 이름 지어지지 않은 경험을 가리키는데 이제 시를 두려워 할 줄도 아는 나이테를 가지고 있습니다. 끝없는 시쓰기를 통해서만 나는 본래적인 내가 될 수 있을 것 같은 느낌입니다.

바로 시쓰기는 사랑심기가 아닐까요. 사랑은 서로서로 구원하는 에너지입니다. 그래서 시의 언어는 큰 나무가 숨어있는 단단한 씨앗이라고 믿습니다. 사랑은 살아있는 시를 만들고 역동적으로 자라게 합니다.

김 : '시쓰기는 사랑심기' 라는 말씀이 감동스럽습니다. 앞으로 자주 찾아뵙고 '사랑심기'와 같은 이야기를 듣고 싶습니다. 귀한 시간 내주시어 다시 한 번 감사드립니다.

《아침의 문학》, 2009년 19호)

소멸과 적멸의 공간 — 강웅순

2010년 10월 8일, 대전 유성 도안동에 위치한 목원대학교 인문관, 우리 시대를 대표하는 홍희표 시인을 만나기로 했다. 시인을 찾아가면서 바라본 모과나무는 누렇게 변해 가고 있었다. 큰 배 모양과 비슷한 모과는 거죽이 좀 울퉁불퉁하지만 처음에는 푸르스름하다가 노랗게 익으면서 시고도 떫은 그리움의 향기를 드러낸다. 시쓰기 40여 년 동안 30년을 넘게 한 학교에서 봉직해온 시인의 연구실은 시력(詩歷)만큼이나 아늑한 가을빛 모과 향기가 배어 있었다. 이번에 시와 시학사 주관 '시와 시학상 작품상' 과 한국펜클럽이 주관한 '펜문학상' 을 수상한 시인은 시쓰기의 외길에서 손이 젖은 채 악수를 청했다.

강 : 안녕하세요. 그간 편안하시지요. 교수님을 뵌 지가 꽤 오래되었군요. 먼저 이번에 '시와 시학상 작품상' 과 한국펜클럽이 주관한 '펜문학상' 수상을 축하드립니다.

홍 : 감사합니다. 항상 마음에서 떠나지 않는 그리운 사람 강웅순 시인이 찾아왔네요. 1966년부터 1967년까지 《현대문학》지을 통해 3회 추천을 완료하고, 첫 시집 『어군(魚群)의 지름길』(1968) 출간 후 그럭저럭 40여년이 넘었습니다만 그동안 문학상과는 시절 인연이 좀 멀었다고 봅니다.

강 : 문학 동네에서 주어지는 상에 대해 입장이 어떠하신지요?

홍 : 인연도 멀었지만 문학상에 대해서 크게 얽매이지 않았기 때문에 마음은 오히려 가볍습니다. 정치·사회·문화의 모든 권력과 이권이 서울과

그 주변에 몰려있고, 일부 소수집단이 독점하고 있습니다. 문학동네도 마찬가지입니다. 지방시인은 갈수록 소외되고 잊혀지고 있지요.

강 : 한 곳에서 오래도록 봉직하셨는데 학교에서의 생활은 어떠셨나요.

홍 : 1980년 3월, 피 끓는 이립(而立)의 나이로 고향에 있는 목원대학교에 부임했지요. 한마디로 행복했다고 생각하고 있습니다. 특히 사범대학 우리 국어교육과에서 많은 제자들을 만났고, 그들이 지금 일선 학교에서 좋은 선생님으로 활동하고 있으니까요. 나는 이곳 한밭이 고향으로 여기에서 고등학교까지 마쳤어요. 내가 대학에 오기 전에 대전과 서울에서 고등학교 교사를 한 10년 했어요. 그 후에 1980년부터 전임교수로 와서 약 30년간 봉직했어요. 고향에서 오래도록 머문다는 것은 큰 축복이라고 생각합니다.

강 : 요즘 대학생들에게 주로 하시는 말씀은 무엇입니까?

홍 : 예전 학생들은 좀 느리기는 했어도 문학을 해보려는 열정있는 학생이 더러 있었는데, 요즘은 진정성을 갖고 문학을 하려는 학생이 별로 없는 것 같아요. 그래서 전공 강의 시간보다 교양 과목 강의 시간에 오히려 삶과 문학에 대한 이야기를 더 많이 하고 있어요. '생명과 자연을 사랑하는 사람', '진정성을 갖춘 사람', '예술의 아름다움을 느끼고 즐길 줄 아는 사람'이 되라고 말하고 있어요.

강 : 학생들의 문학동아리인 '예촌문학회'을 지도하시며 많은 제자 작가들을 양성하셨지요.

홍 : 우리 국어교육과에 와서 문학동아리 '예촌문학회'의 지도교수를 맡게 되어 많은 시간을 학생들과 함께 하였습니다. 문학기행도 다니고, 작품 품평회도 하고, 《예촌문학》도 간행했지요. 때로는 막걸리도 마시며 한밤을 새우기도 했지요. 가장 보람된 일 중의 하나라고 생각하고 있어요. 우선 소설가로는 황순원 문학상을 수상한 구효서, 전업작가인 양선미, 방기승 등이 있고, 장기주, 홍일표, 민성훈, 이종진, 이기재, 안국현, 강웅순 등의 시인이 현재 활발하게 창작을 하고 있습니다.

강 : 동아리 활동에 음악과 교수님이 오셔서 함께 노래도 부르고 하셨다면서요.

홍 : 지금은 서울로 갔습니다만 음악과에서 민족음악을 연구하던 노동은 교수와 함께 어울렸지요. 암울하기 짝이 없는 80년대 벽두에 만나 이 땅 곳곳에 핀 들꽃들을 보고 샛바람도 함께 쐬었지요. 이 땅 어디를 가도 진한 살내음이 배어 있지 않은 곳이 없잖아요. 국악인 김영동의 가락「어디로 갈거나」를 부르며 서로를 격려하고 위로하기도 했어요. 특히 민족의 분단 앞에서 음악과 문학이 미래의 통일에 어떤 역할을 할 수 있을까? 이런 대화를 했던 기억이 새롭습니다. 노동은 교수는『그대가 곁에 없으니 물소리도 멈추어 버리고』(1991)라는 나의 사랑시집에 발문을 쓰기도 했어요.

강 : 좋아하신 여행을 말씀하시니, 떠오르는 기억이 새롭습니다. 1980년 초반에 문학기행으로 보길도에 갔던 기억, 유성에서 막걸리를 마시다 무슨 연유인지는 기억이 없습니다만 한밤에 계룡산에 오르던 일, 비오는 어느 날 차를 타고 금산쪽 터널 입구 선술집에서 우렁 무침에 소주를 마시며 박용래 시인에 대한 그리움을 말씀하시던 일들이 새삼스레 떠오릅니다. 그래도 가장 기억나는 것은, 80년대 후반 어느 봄날이었지요. 전군가도의 벚꽃 구경을 갔다가 군산시 해망동 선창가에서 비오는 바다를 바라보다가 누군가(?)에 의해 다음날 서천에 있는 천방산에 오르기로 하고, 제 고향집에 갔었지요. 천방산을 오르기 전의 계곡에 가재가 많이 있어 잡아 보기도 했었지요.

홍 : 천방산 가재에 대한 그리움이 아직도 남아있네요. 그것은 동행한 강웅순 시인과의 오디빛 추억이네요.

강 : 시인과 교수의 두 길을 걸으셨는데요, 스스로 어떤 길을 원했습니까?

홍 : 물론 시인의 길이지요. 아버님은 장남인 내가 가업을 잇는 치과의사의 길을 가길 원하셨지만 내가 초등학교 4학년 때 육상선수로 발탁되어 활동하는 바람에 가업을 잇는 일이 어렵게 되었어요. 그 뒤 공부와 운동 모두를 등한시 하다가 좌절을 겪게 되었는데, 그때 만나게 된 것이 문학이었어

요. 문학은 상처를 치유하는 꽃이라고 생각합니다. 그 중에 시는 운명과도 같은 것이었다고 생각됩니다. 다만 내 자신의 문학 세계를 위해서, 다시 말하자면 평생 '깨어있는 시'를 쓰기 위해 표면의 풍경이 아닌 시원의 이면까지 보려는 힘겨운 싸움을 계속한 것은 사실입니다.

강 : 대학에서 학문과 문학의 두 길이 엇갈려 병치된 경우도 있을 것 같은데요.

홍 : 학문이 기존의 형식에서 연구하고 가르치는 길이라면, 문학은 새로운 것을 보여주는 창조의 길이잖아요. 문학의 길은 끊임없이 자신과 싸워야 하기 때문에 대학에 들어서는 순간 문학은 끝났다고 말할 수도 있습니다. 하지만 두 갈래의 병치가 상보관계에 있다고도 봅니다. 문학의 길은 끊임없이 변화하지 않으면 곧바로 도태됩니다. 변화하기 위해서는 긴장 속에서 자신과 치열하게 싸워야 합니다.

강 : 문학의 길 자체가 그렇습니다만, '변한다'는 것은 기존의 관습의 틀을 거부하거나 있는 것을 버리고 떠나는 것이지요.

홍 : 그렇습니다. 문학의 길은 만족보다는 많은 좌절과 고통을 안겨 주는 새로운 길이지요. 문학에 묶인 삶이 한편으로 생각하면 내적 행복이 있기도 하지만 자신을 끝없이 일으켜야 하는 새로운 개척의 길이지요. 시인은 일상의 틀과 가식의 세계에서 벗어나 새로운 미래의 세계를 추구해야 합니다. 따라서 익숙한 것들로부터 탈출하지 않으면 새로운 마디를 형성하지 못하거든요.

강 : 이제 교수님의 시에 대해 전반적인 말씀을 나누기로 하지요. 대개 평자들의 의견을 종합해보면 1990년대 중반기까지의 홍희표 시를 3기와 4기로 나누어 말하고 있습니다. 조남익 시인은 1990년대 중반까지의 시를 3기로 분류하여 제1기(1968—1978)를 '청신한 이미지와 동양적 리리시즘의 심화', 제2기(1989—1990)를 '절제율의 민중시와 녹슬지 않는 자유 의지의 파편', 제3기(1991—1994)를 '향토 방언과 서정성으로 접근한 옛 풍물시'로

나누어 살펴보았습니다. 또한 양애경 시인은 4기로 나누어 분류했어요. 제
1기를 '유미적 이미지즘의 시'로 『어군의 지름길』(1968)을, 제2기를 '갈등
과 수용의 시'로 『마음은 구겨지고』(1978)를, 제3기를 '사회 풍자시와 통일
시'로 『살풀이』(1984), 『금빛 은빛』(1987), 『모두모두꽃』(1988), 『세상달공
세상달공』(1990)을, 제4기를 '한밭풍물시'로 『이스랭이 버드내에서 춤추
며』(1991), 『늙은 호박 속에는 뭐시 들어있을까유우』(1992), 『보리피리 버들
피리 민들레피리를』(1994) 등으로 나누어 살펴봤어요. 저는 두 분의 의견에
대체로 공감하고 있습니다. 그런데 그동안 시를 계속 쓰셨고 또 변화가 있
었기 때문에, 시기 구분에 대한 논의는 앞으로 더 충분히 있어야 할 것 같습
니다. 구체적으로는 『반쪽의 슬픔』(1997) 부터가 되겠지요.

　홍 : 나도 그렇게 생각합니다. 왜냐하면 『반쪽의 슬픔』(1997) 이후에도
『라인강의 쥐탑』(1999), 『물땅땅이도 때때로』(2006), 『하이터치 그리움』
(2009) 등 3권의 시집이 더 출간됐어요. 그에 대한 분류는 새로운 평가가 따
로 있어야 한다고 생각해요. 주제와 기법에서 이전의 시와는 다른 변화가
있을 수 있다고 봅니다.

　강 : 교수님의 시는 예리한 감수성과 청신한 이미지로 늘 새롭게 변화를
추구하고 있습니다. 특히 사회와 역사의 변화에 따라 자신의 시세계를 상
상력에 의한 경험의 재구성과 언어에 대한 시적 절제력이나 뛰어난 조탁으
로 갱신하여 왔다고 봅니다. 한 시인의 시세계에 대해서 엄격하게 시기를
분류한다는 것이 현역시인에게는 참 어려운 일이라고 생각됩니다. 더군다
나 독자가 한 시인의 시를 읽고 느끼는 공감에 따라 시기를 구분한다는 것
은 그만큼 다양하다고 생각합니다. 제가 생각하는 한 시인의 시기 구분은
내적 욕망과 외적 상황 사이에서 일어나는 심층 구조의 변화를 먼저 살펴
봐야 할 것이고, 그 다음으로 개인적, 사회적, 우주적 차원에서 부딪치는
갈등과 좌절 그리고 그 슬픔을 극복하기 위한 방법과 느낌 등이 어떻게 변
화를 이루고 있는가에 초점을 둬야 하지 않을까 생각합니다.

홍 : 나의 시적 편력은 전후시 분위기를 부분적으로 물려받았고, 개인주의적 감성과 자아의 문제, 내면 침잠과 언어의 탐구, 사회적 현실 인식과 대립 의식, 향토적 서정과 삶의 무상감과 초월의식으로 이어왔어요. 이러한 면에서 삶에 대한 인식, 전통 서정시에 대한 미학, 사회와 역사에 대한 의식 등에서 보편성을 추구했다고 할 수 있습니다. 그렇기 때문에 한 시인의 시세계에 대한 평가는 특정 작품을 중심으로 한 단편적인 현장 비평과 단발성의 평가가 아닌 작품 전체에 나타난 시의식의 진화 과정과 방법적 대응 방식의 변화 등을 전체적으로 조명해야겠지요.

강 : 교수님은 동국대학교 2학년 때 추천을 완료하고 1968년에 첫 시집 『어군(魚群)의 지름길』을 출간하셨던데요. 그때와 비교해서 한국시도 많은 변화가 있었지요? 예를 들면 독자와의 관계나, 시를 대하는 시인의 자세 등에서 변화가 많이 있지요.

홍 : 간단하게 말하기는 어렵지만 두 가지 측면에서 보고 싶네요. 하나는 예전에는 독자를 별로 염두에 두지 않고 자신을 위해 시를 쓰는 나르시시즘적인 태도가 있었는데, 지금은 아마도 그런 시는 통하지 않을 겁니다. 다수의 여러 독자를 생각하고 시를 쓰는 시인이 뛰어난 시인이라고 생각합니다. 다른 하나는 시를 대하는 자세로 현대시가 현실에 너무 밀착하여 자신의 고유한 영역을 조금씩 잃고 있다는 생각이 듭니다. 틀에 사로잡히지 않고, 운(韻)에 시달리지 않고, 격(格)에 몸부림치지 않는 무애인으로서, 구도인으로서의 이상적인 한 시인의 모습을 그려봅니다. 그것이 진정한 큰 시인의 모습이 아닐까요.

강 : 근자에 『홍희표시 다시 읽기』가 시리즈로 5권까지 나왔지요. 각각의 시 편마다 감상평이 곁들여져 있고, 여러 편자들이 교수님의 시세계 대해 특색 있게 평가를 했던데요. 아마도 시력 40여년의 시세계를 안내해주는 길잡이라는 생각이 듭니다.

홍 : 앞으로 다섯 번째 시리즈가 나올 겁니다. 모두 과찬의 평가이지만 제

시세계의 모습이 그 안에 들어있다고 생각하고 있습니다.

강 : 교수님 시에는 충청도에서의 삶의 경험과 사물 그리고 시인들이 많이 등장합니다. 대표적으로 박용래, 한성기, 임강빈 시인들인데요. 그분들과 어울리며 시정신의 성장을 키웠다는 생각도 듭니다. 그 중에서도 교수님 시의 배경에 가장 큰 부분을 차지하는 분은 박용래 시인 같은데요.

홍 : 나는 충청도 변두리에 사는 눈물 많은 시인 한 사람을 무척 좋아했어요. 그는 짝퉁이 아닌 진짜 시인이었어요. 박용래 시인은 제가 약관의 나이에 만나 불혹도 안 되는 나이에 이승에서 헤어졌어요. 「초례(醮禮)」라는 졸시를 박용래 시인께 바친 첫 번째 헌시입니다. 그 후에도 계속해서 눈물의 시인에게 많은 시를 써서 바치고 있습니다. 지금도 홍희표 시의 가장 깊은 정서와 고향이 그분의 시여울에 연결되어 있다고 생각합니다. 이제 나이를 먹으면서 자꾸 사람이 그리워집니다.

강 : 분위기를 바꿔보겠습니다. 앞으로 시의 방향에 대한 계획은 어떻습니까?

홍 : 21세기는 거대 담론이 소거되면서 매우 전문화되고 세분화 되리라는 전망들을 합니다. 특히 환경파괴로 인한 인류 파멸의 불안, 사이버 문학의 급격한 확산 등에 따른 보다 다양한 주장들이 예견됩니다. 그러나 다원화에 대한 반동으로 개인의 자유, 권리를 전제하면서 공동체의 유대나 연대성을 강조하는 어떤 움직임도 전망할 수 있습니다. 개인을 중심에 놓되 사회 전체가 무엇인가를 공유하는 공동체 정신이 필요합니다. 노사관계, 지역갈등, 정치대립, 남북관계 등에서 새로운 이념과 문화를 개화시키는 의지가 절대로 필요합니다. 지금 우리에게 제일 시급한 일은 우리 모두가 공존하는 방법을 찾는 것입니다. 특히 문인들이 앞장서서 MB정부가 하고 있는 4대강 개발을 막는 일입니다. 금강줄기에 황토물이 줄줄 흐르는 것을 보면 더욱 가슴이 아플 뿐입니다.

강 : 저는 교수님의 시집 중에서 개인적으로 가장 좋아하는 시집이 『모두

모두꽃』(1988)입니다. 어떠한 자식도 예쁘지 않은 자식이 없다고 하지만 그래도 가장 마음이 가는 작품을 추천하신다면?

홍 : 참 어려운 질문이네요. 그래도 최근 작품을 내세우고 싶습니다. 「하이터치 그리움」, 「화안하다 몸살」, 「길 없는 길」 등은 요즘 나의 내면의 지도이지요.

강 : 요즘 느끼시며 강조하시고 싶은 말씀은 없으신가요?

홍 : 최근 시집 『하이터치 그리움』에서 이렇게 머리말을 썼습니다. "시간의 쇠락과 초월, 그것에 대한 저항과 영겁, 시쓰기의 운명은 이렇게 시간의 개입을 통해 완성되는 것일까요. 때때로 시쓰기의 수레바퀴를 되돌려 보고 싶은 욕망이 일어나곤 합니다."라고. 즉 소멸과 적멸의 공간 속에 들어있는 시쓰기를 꿈꾸기도 합니다.

강 : 그 시집을 해설한 김백겸 시인의 견해에 동조합니다. "홍희표의 시들은 대부분 지상에서의 삶이 유한하다는 인식 아래 슬픔과 추억의 정서가 많다. 기쁨을 노래하는 시들도 그 배후를 보면 슬픔의 정서가 깔려 있는 기쁨이다. 홍 시인은 '무한시간'에 둘러싸인 '유한시간'에서 홀로 무한시간을 자각하고 유한한 사물의 덧없는 시간을 드러냄으로서 '무한시간'에 대한 '노스탤지어'를 노래하는 시인이다."라고 했지요.

오늘 오랜 시간 함께 해주셔서 감사드립니다. 마지막으로 한 가지 바람이 있다면 영원히 늙지 않는 현역시인으로 계셨으면 합니다.

홍 : 좋은 시간 함께 만들어 준 강 시인께 감사합니다.

《시와 시학》, 2010 겨울호)

펜문학상 수상자 홍희표 교수 — 김동혁

오늘은 한국펜클럽에서 주관하는 올해의 '한국 펜문학상' 수상자로 선정된 시인이면서 대학에서는 제자들을 가르치고 계신 목원대학교 국어교육과 홍희표 교수님을 모셨습니다.

김동혁 PD : 먼저 올해의 한국펜문학상 수상자로 결정된 것에 대해 축하인사를 드립니다.

지난 9월 '시와 시학상' 수상에 이어 또 한 번 같은 시집으로 문학상을 받게 됐어요. 소감 한 말씀해주시죠?

홍희표 교수 : 예, 감사합니다. 제가 1967년에 《현대문학》지에서 데뷔했습니다. 그럭저럭 문학동네에서 40여년을 살았지요. 그동안 16권의 개인시집도 상재했고, 시선집, 시론집, 산문집을 포함하여 여러 권의 책을 간행했습니다. 그 여러 가지 성과물이라 생각하고 있습니다. 그런데 지방에서 오래 살다가 보니까 서울에서 수상하는 문학상을 타는 일이 어려운 것도 부인할 수 없는 사실입니다.

김 : '한국펜클럽' 은 '국제펜클럽 한국본부' 라고 해서 1954년에 모윤숙, 피천득 시인 등이 만든 바로 그 모임이죠? 시와 소설, 수필 등 우리나라에서 활동하는 문학가들에게는 최고의 영예라고 생각합니다만?

홍 : 네, 그렇습니다. 시인으로써 가장 큰 영광이라고 생각합니다. 수상소감에서도 말했지만 저는 이렇게 자문하고 있습니다. "나의 시쓰기는 어디쯤 서 있는가. 아직까지 나의 시쓰기에 신선한 감동과 여운이 있는가. 이제

는 산등성이에서 서서히 내려와 단풍잎처럼 하심(下心)하듯 시쓰기를 할 일이다"라고… 그렇습니다. 이제는 삶을 한 바퀴를 돌고 다시 시작하고 있습니다만 다시 질풍노도의 시대로 돌아가 붉은 핏방울로 초발심하듯 시쓰기를 하고 싶습니다.

김 : 수상작품이 지난해 10월 발간한 시집 『하이터치 그리움』입니다. 애청자들을 위해 이 시집의 내용을 잠시 소개해 주신다면?

홍 : 『하이터치 그리움』은 사람살이 60고개를 넘어선 소회의 노래입니다. 시간의 쇠락과 초원, 그것에 대한 저항과 영겁이 제 시쓰기의 운명이라고 생각합니다. 그래서 「이순의 노래」에서 "뭇 귀신들의 속삭임도 그 밤바람 소리의 흐느낌도 들쳐 업고 줄달음쳐 간다. 동지 섣달 얼음판 위에 서서 그 밤바람 소리에 뼈와 살을 튕기며 말리고 있나니?"라고 노래하였습니다.

다른 평자들도 제 시 세계에 대하여 비극적 인식이 전편을 감싸고 있다. 그리고 소멸에 대한 명상의 갈등이라고 말하고 있습니다.

김 : '한국펜클럽'은 우수한 한국문학 작품을 번역하고 출판해서 해외에도 널리 알리는 것으로 알고 있는데 그러면 교수님의 작품도 곧 다른 나라 말로 번역돼서 소개되겠죠?

홍 : 네, 우선 영어권에 제 시를 소개했습니다. 윤명옥 시인과 미국 시인 조가넷의 번역으로 영역시집 『Dancing Along』이 나왔습니다. 우리말로 하면 '홀로 춤추며' 입니다. 조가넷은 해설에서 "홍희표 시인은 자유주의적 초현실수의자"라고 했습니다.

앞으로도 여러 언어권으로 제 시를 소개하려고 준비하고 있습니다.

김 : 감성이 풍부한 사춘기 때는 누구나 다 한번쯤 시인이 되는 것을 꿈꾸는데… 교수님은 언제부터 '시'에 눈을 뜨셨는지?

홍 : 본격적으로 시쓰기를 한 것은 중학교 때로 기억합니다. 초등학교 때 육상선수로 활약하다가 고배를 마셨습니다. 좌절과 배패 의식으로 끙끙대고 있었는데 그 여파로 시쓰기를 하게 되었습니다. 그와 마찬가지로 저는

시쓰기를 '상처의 꽃'이라고 생각합니다.

김 : 교수님에게 시인이 될 수 있도록 영감을 주었거나, 직접적으로 영향을 끼친 분이 계신가요?

홍 : 대학교 때 스승으로 모신 서정주 선생님, 그 분에게서 민족어의 위대함을 깨달았습니다. 저를 문단에 추천해 주신 신석초 선생님, 그 분에게 현대시의 방법론을 배웠습니다. 그리고 눈물의 시인 박용래 선배 시인에게 가장 전형적은 한국 시인의 모습도 보았습니다.

김 : 시를 좋아한다는 것과 시인으로 등단한다는 것은 조금 다르다고 생각합니다. 시인으로 등단한다는 것은 교수님에게 어떤 의미였는지 궁금합니다.

홍 : 시를 좋아함은 시를 즐긴다는 독자의 의미입니다. 시인의 이름으로 살아간다는 것은 숨어있는 삶의 비밀을 새롭게 재창조하는 예언자의 한 모습인 것입니다.

김 : "문학가들 특히 시인은 젊은 시절 배고프다"라고 하는 말이 이전부터 있었는데… 교수님의 젊은 시절은 어땠는지?

홍 : 제가 시인으로 등장한 1960년대나 현재 상황도 시인에게 유토피아를 보여주지 못하고 있습니다. 대다수 시인들이 비정규직 노동자로 몰리고 있습니다. 시민의 삶이 아닌 난민의 삶으로 내몰리고 있지요. 그것은 구조적인 취업난 속에서 경제적으로 자립할 수 없기 때문입니다.

김 : 시를 쓴다고 해서 다 시인은 아닐 텐데요? 우리나라에서 시인이 되는 방법이 있습니까?

홍 : 여러 가지 방법이 있지요. 문예지에서 추천을 받는 길과 신춘문예에서 당선이 되는 길입니다. 저는 《현대문학》지에서 시 추천을 세 번 받았습니다. 소설과 평론은 두 번, 고은·박경리·최인훈 같은 분도 모두 추천의 길을 밟았지요. 요즘에는 동인 활동을 하다 개인적으로 작품집을 간행하여 인정받는 방법도 있습니다.

김 : 홍 교수님은 지난 1980년부터 목원대 국어교육과 교수로 계시죠? 학

생들에게 어떤 것을 가르치시는지?

홍 : 네, 주로 창작실기론과 현대문학사, 시 교육론 같은 강좌를 강의합니다.

김 : 제자들 중에 시인이 되고 싶어 하는 제자들도 있을 듯 한데요. 요즘 제자들의 시적인 감성은 교수님의 학생시절과는 어떻게 다른지 궁금합니다.

홍 : 1980년에 목원대학교 국어교육과에 부임했지요. 벌써 30여년이 됐습니다. 부임한 이래 강의 이외에 '예촌 문학 동아리'를 중심으로 홍일표·송용배·민성훈·장기주·구효서·방기승·강웅순 등의 여러 학생들이 모였습니다. 단지 글을 쓰고 싶어 하는 패기와 정열로 모였지요. 피 말리는 절차탁마 끝에 지금은 한국 문학동네에서 쟁쟁하게 현역으로 활동하고 있습니다. 그런데 요즘 학생은 그런 피뽑는 패기와 열정이 부족한 것 같습니다.

김 : 시인으로서 활동하시는 것도 즐겁지만 대학에서 제자들 가르치는 기쁨도 남다르시죠?

홍 : 네, 그렇습니다. 학생들을 보면 봄기운을 느낍니다. 저는 그렇게 생각합니다. 나이가 들어도 가슴에 시가 살아있고, 탐험가가 살아있다면 젊은 사람이죠. 학생들에게 항상 꿈을 가지고 살아라. 꿈이 있어야 용기가 생기고 희망이 온다고 강조합니다. 꿈꾸는 젊은이가 되어 현재를 충실히 살아야 날마다 날마다 새로워진다고 말합니다.

김 : 교수님은 지난 30여 년 동안 제자 양성과 함께 『어군의 지름길』 등 16권의 시집을 발산하셨어요?

홍 : 약 3000여 편의 시와 산문을 썼지요. 그런데 지금부터 다시 시작입니다. 교수는 정년이 있지만 시인은 정년이 없습니다. 항상 시작일 뿐입니다.

김 : 귀중한 말씀 잘 들었습니다. 감사합니다.

대담자 : 대전CBS 김동혁부장
프로그램 : 『시사매거진 917』
방송시간 : 2010. 12. 1(수) 오후 5:30~6:00

제Ⅲ부 홍희표를 찾아서

토박이 시인의 올곧은 노래 — 박순길

세상살이를 하다 보면 삶을 풍요롭게 하는 일이 참으로 많다. 그것은 과학 문명의 발달로 인한 물질적인 풍요일 수도 있겠고, 건강한 사상과 따듯한 정서가 빚어 놓은 정신적인 삶의 자유를 찾는 일일 수도 있다(물론 여기서 전자와 후자를 양립시킴으로 해서 서로 유리된 영역으로 이원화해서는 안 되리라).

우리는 삶의 가치를 찾고 마음을 살찌우게 하는 것 중의 하나를 문학이라고 하고 있다. 반드시 삶이 문학을 지향하는 것은 아니지만, 문학은 반드시 참다운 삶을 지향한다. 아니, 문학은 곧 삶이다. 어디 삶을 벗어나는 문학이 있으랴. 그것이 소설이 되었든, 수필이 되었든, 시가 되었든, 우리가 일컫는 문학의 모든 장르는 삶을 이야기하고, 삶을 말하고, 삶을 노래한다. 이때, 건전하고 참된 문학은 우리의 삶을 살찌우고 세상을 바로 보게 하는 것이다. 이렇게 건전하고 참된 문학을 위하여 줄곧 문학과 함께 살아오며 우리 한밭에 시의 꽃을 피워 온 시인이자 교수인 홍희표 씨.

그는 해방 직후인 1946년에 우리 고장 대전에서 태어나 서울에서 대학생활과 교사 생활을 잠시 하였을 뿐 우리 고장을 떠나 있던 적이 없는 그야말로 한밭의 토박이 시인이다. 그러한 그는 한밭의 구석구석에까지 그의 발길이 미치지 않은 곳이 없고, 길가에 자란 풀꽃 하나에도 따스한 시선을 던져 주는 시인이다.

현재 목원대학교 국어교육과 교수로 재직하고 있는 홍희표 시인은, 1966년 스물 한 살의 젊은 나이로 《현대문학》지 12월호에 「내 살결에」로 신석초 선생의 첫 추천을 받고, 이어 1967년 같은 《현대문학》지 5월호에 「봄바람에게」, 다시 9월호에 「아침의 노래」로 3회의 추천을 거쳐 문단에 데뷔하였다. 그의 시집으로는 『어군의 지름길』(1968), 6인 공동시집 『청와집』(1971), 『숙취』(1973), 『마음은 구겨지고』(1978), 『한 방울의 물에도』(1982), 『살풀이』(1984), 『금빛 은빛』(1987), 시선집 『숨쉬기』(1987), 『모두 모두 꽃』(1988), 『세상달공 세상달공』(1990), 『이스렝이 버드내에서 춤추며』(1991), 『늙은 호박 속에는 뭐시 들어있을까유우』(1992), 시선집 『그대 곁에 없으니 물소리도 멈추어 버리고』(1992), 그리고 수필집 『교정 속의 노고지리』(1975) 등이 있다. 또한 그의 연구논문으로는 「신석초 연구」, 「향토시인 연구」, 「윤동주론」, 「촉기의 공간」, 「곱씹음과 되뇌임」, 「박목월 시의 연구」 외 다수가 있다.

이처럼 홍희표 교수가 시인으로 불리우게 되기까지 그가 키워 온 시의 열정은 어떻게 시작되었을까? 홍희표 교수가 처음 시집을 접해 본 것은 중학교 시절이었다. 어린 시절부터 운동을 꽤나 좋아했고 또 소질도 있었던 그는 초등학교 때 육상선수까지 하였으나 그 방면에 큰 빛을 보지 못하고 좌절의 아픈 시간을 보냈다. 그러던 중 우연하게 한용운님의 「님의 침묵」을 보게 되고 그 아름답고 애절한 정서의 시울림을 들었던 것이다. 순간 자신도 모르게 시 속에 빨려들어가 시를 사랑하게 되었다고 한다. 그렇게 문학(시)의 매력을 맛본 그는 중학교 시절에 가슴 속으로만 시를 연모하고 있다가 보문고등학교에 입학하였다.

> 맘보바지 껴입던 고교시절에/양귀비 꽃 같은 문학병 들어/땅도 보지 않고 미쳐 있었대요./이상과 하이네를 좋아하던 나는/(중략)/판도라문학동인회를 만들어/청중도 없는 라이카 예식장에서/ '이상의 밤' 을 거룩하게 했지요
> ─ 「판도라문학동인회」 일부

이 시에서 알 수 있듯이 홍희표 교수가 본격적으로 모여서 문학동인회 활동을 시작했던 때는 십대 후반의 고교시절이었다. 그 때부터 그는 혈기왕

성하고 뜨거운 가슴 속에 문학(시)의 꿈을 심으며 시인의 길에 들어섰었던 것이다.

그 후 그는 서울의 동국대학교 국어국문학과에 진학하여 국어교과서 속에서만 만나왔던 양주동, 서정주, 신석초, 조연현 선생과 같은 문학인들 아래에서 문학 수업을 했다. 그러한 과정 속에서 그는 추천을 받고 시집을 내면서 그야말로 '시인'이 되었던 것이다.

홍희표 교수가 대학을 졸업하고 다시 그의 향수어린 고향 한밭으로 내려왔을 때 그를 가장 반겨주었던 분들이 타계한 한성기, 박용래 시인들이었다고 한다. 그렇게 만난 두 시인들과 함께 홍희표 교수는 유성 둑길, 진잠 벌판을 거닐면서 시에 대한 많은 이야기를 했다고 한다. 막걸리 한 잔 속에서 싸락눈을 보았고, 자전거 바퀴살에 춤추는 '푸른 불 시그널'을 보았다고 한다. 그렇게 그가 시를 사랑하듯이 한밭을 사랑하며 그의 고향 한밭에 시의 씨앗을 뿌리고 다녔던 것이다.

그 후 홍희표 교수는 한동안 서울에서 교편생활을 하다가 1980년대에 다시 고향에 내려와 줄곧 고향에서 시를 생각하고, 고향에서 시를 쓰고, 고향에서 시인을 길러낸 시인이자 교육자로 살아온 우리 한밭의 토박이이다.

> 구름의 본적은/하늘/파도의 본적은/바다/우리집 본적은/한밭 대흥동 481번지
> ─「우리집 본적」 일부

그렇다. 그는 위의 시에서 노래하듯이 분명 한밭의 토박이다. 어찌, 그 토박이란 고향의 역사가 그에게만 한정되랴. 그것은 그의 아버지, 할아버지의 삶으로부터 오는 '토박이'인 것이다.

> 고향 선산 봉래정에서/울할부지 계룡산이 됴타/됴타 꿈에 그리시어/경북 군위군 소보면 내의동/그 낙동강 산천 떠나시어/계룡산 앞자락이 보이는/한밭에 자리를 잡았더라./(중략)/막내 울아버지만 따라와/이곳에 같이 터 잡아/

날 태어나게 하시더라./울아부지 충청도 땅에서/내가 산보고 태어났다고/충
성 '충(忠)' 자를 쓰시니/울할부지 큰기침 하시며/복받을 '희(喜)' 자를 굳이/고
집 고집 하시더라.

— 「충표의 내력」 일부

이처럼 그의 삶은 그의 뿌리인 아버지로부터, 또 아버지의 뿌리인 할아버지
로부터 한밭의 양분을 얻어 살아온 토박이인 것이다. 그래서일까, 홍희표 시
인은 유달리 그의 고향인 한밭에 대한 애착이 지극하다. 그래서 그의 시 속에
는 충청도 사투리가 투박하면서도 정겹게 어우러져 있다. 그는 충청도 방언
에 독특한 가락을 실어 느릭느릭 하면서도 옹골차게 노래하는 시인이다.

그러한 홍희표 시인이 최근 몇 년 동안 쉴 틈없이 시집을 내면서, 아예
'한밭풍물시' 라는 이름을 걸고 진짜 토박이 시인답게 한밭에서 사라진 또
사라져가는 풍물을, 그 '희미한 옛 사랑의 그림자' 를 길어올리고 있다. 그
한밭풍물시집의 제목 『이스렁이 버드내에서 춤추며』와 『늙은 호박 속에는
뭐시 들어 있을까유우』에서 알 수 있듯이, 그가 우리 지역의 정감 어린 방
언을 사용하여 시로 형상화시킨 이 시집들을 출판해 놓고 시인은 한 일간신
문의 인터뷰에 이렇게 말하고 있다.

> "한밭에서 태어나 자라고 시를 써온 토박이 시인으로서 무엇인가를 해야겠
> 다는 사명감같은 것을 느꼈습니다. 맑은 시냇물이 흐르고 멱을 감던 이곳이
> 이제 인구가 1백만을 넘는 거대 도시가 됐습니다. 한밭이 이처럼 메마르고 삭
> 막하고 뿌리가 없는 곳이 아님을 증명하고 싶었습니다."

이런 그의 말처럼 홍희표 교수는 이제 자신의 시가 그의 고향인 한밭을
위해서 무엇인가를 해야 한다는 당위적인 사명감을 갖고 있는 것이다. 그것
은 다름 아닌 '한밭의 뿌리 찾기' 와 '한밭의 아름다움 가꾸기' 로 집약할 수
있다. 그렇기 때문에 홍희표 교수는 한밭의 잊혀진, 또는 잊혀져가는 아름
다운 삶의 흔적을 자신의 기억 속으로 찾아 나서고, 그렇게 찾은 '옛 삶' 의

편린들을 오늘에 와서 퇴색되고 변질된 한밭의 제 모습과 대비시켜 시적으로 형상화하여 독자의 마음속에 경각심을 불러일으키고 한밭의 토속적인 향기를 심어 놓는 것이다.

> 아빠가 까까머리때, 우리는 목척교 밑에서 물고기 잡았고, 그 것도 성에 안 차면 홀딱 벗고 멱을 감았지. 그래도 쳐다보는 사람도 없었고, 달걀귀신 같은 배고픔을 참았지. 쫄기쫄기 찹쌀엿, 하박하박 사탕엿, 울퉁불퉁 대초엿.// "대전천, 지난 해 12월 현재 BOD(생물학적 산소 요구량)가 최고 102.73PPM을 기록하는 등 오염정도가 심각한 실정이다. 물 속 산소 고갈 등으로 수생식물 서식이 불가능한 상황에 놓여 회복이 어려울 것으로 …
>
> —「대전천(2)」일부

이처럼 그가 어릴 적, 여름날에 놀이터가 따로 없어도 대전천에서 배고픔을 참으며 멱을 감았던, 그렇게 자랐던 동심의 한밭과 마치 환경오염 문제를 다룬 보도 기사 같은 두 번째 연의 대비는 우리 한밭인들을 서글프게 만들고 그 서글픈 정서는 다시 자각을 일으키고 애향심을 불러일으키게 하는 것이다. 시 속에서 과거보다 어두워져 가는 한밭의 젖줄에 애착을 갖고 아름다운 한밭으로 되살리려는 시의 노래를 끊임없이 부르는 그의 올곧은 정신은 바로 '사랑'에 근거한다. 그에게서의 '사랑'은 곧 '삶'인 것이다.

> "우리는 무엇 때문에 살고 있을까요? 어떤 분은 사랑을 하기 위해서라고 말합니다. 또 다른 분은 우리가 서로 사랑하지 않으면 멸망뿐이라고 합니다. 어째서 우리는 서로 사랑해야 할까요? 그것은 우리가 모두 죽음으로 가는 길 위에 서 있는 존재이기 때문이 아닐까요. 사랑은 만남과 화해의 세계, 고독이 승화되는 세계로 수용됩니다. 사랑은 되살아남이며 꽃이 다시 피듯 우리가 새로워지는 일이기도 합니다. 또한, 사랑은 사람답게 살고자 하는 몸부림이며 살아있음의 증거이기도 합니다. 그래서 사랑은 베풀거나 주는 것이 아니라 그냥 그대로 삶이 아닐까요.
>
> 지금 우리는 사랑이 부재한 사막 속에 살고 있습니다. 이기적인 사랑과 상

투적인 연애가 들끓는 상황 속에, 애처롭고 청초하게 빛나던 희미한 옛 사랑
이 새삼스레 그리워지는 나이 턱에 와 있습니다.”
—『그대 곁에 없으니 물소리도 멈추어 버리고』「서문」 중에서

그렇다. 그의 말에서처럼 꽃이 다시 피듯 사랑은 되살아남이며 사랑은 그
대로 삶이다. 그에게 있어서 한밭을 사랑하는 일은 한밭을 아름답게 되살
리는 일이며 그런 애향의 일 자체가 그의 삶인 것이다. 그렇게 홍희표 교수
가 애절하게 사랑한 '청초하게 빛나던 희미한 옛사랑'은 바로 그의 고향인
한밭인 것이다.

그러면 아래『이스렝이 버드내에서 춤추며』의 '서문'에서 홍희표 교수가
끝없이 마음의 손길을 더듬는 '한밭'에 대한 그의 진솔한 이야기와 다짐을
들어보자.

"'아, 한밭! 대전!', 그 곳은 나의 이끼 낀 고향이다. 지금까지 몇 년 동안을
빼놓고, 나는 줄곧 한밭의 하늘과 땅과 어울려 살고 있다.

항상 예술과 문화의 불모지라고 손가락질 받고, 무엇 하나 역사적으로 자
랑할 곳이 없었던 나의 쓸쓸한 고향, 어느 날 나도 이 고장의 여러 가지 풍토
와 인심이 싫었고, 잘난 척 하는 인물들이 보기 싫었던 적도 많았다.

그러나, 나의 몸이 이 한밭을 못 떠나듯 나의 마음의 뿌리도 이곳을 떠나지
못하고 있다. 목척교 아래에서 나는 곡마단을 보았고, 또한 피라미를 잡았다.
그 것은 머나먼 과거의 이미지이고, 현재의 이미지는 무엇인가?

지천명을 바라보는 나이테의 둘레에 서서, 나는 한밭의 토박이로서, 우리가
살아왔던 이 고장을 올곧게 노래하고 싶었다. 그래서 대전천에서 들었던 빨래방
맹이 소리도, 그리고 이제는 피라미 한 마리도 없는 그 곳을 그리고 싶었다. 그것
은 어쩌면 한밭의 역사이며 또한 우리들의 피땀의 흔적이며 증언인 것이다.

한밭풍물시를 쓰면서 역시 고향이라는 것은 언제가 따수운 어머님 품 속
같은 숨결이라는 걸 다시 한 번 실감해 본다. 나의 이 작업은 지속적으로 계
속될 것이며, 자랑스런 한밭 토박이의 노래가 될 수 있도록 최선을 다할 것이
다.”

홍희표 교수가 스스로 자랑스럽게 여기는, 그리고 하나의 사명감을 자신의 시심에 묻어놓은 '한밭 토박이 시인의 노래'에는 그야말로 우리에게 정감어린 말의 풍물로 가득하다. 그 것은 그의 한밭풍물시편 전반에서 화자가 이야기하는 언어의 형식이 바로 충청도(특히 대전지방) 방언이라는 것이다. 충청도 사투리는 우리 지역 사람들의 넉넉하고 여유로운 생활양식으로부터 나온 순박하고 진실한 언어이다. 홍희표 교수는 이러한 삶 속에서 배어나온 시어('있을까유우', '하네유', '증말로', '훈육선상', '엄니', '울할부지')와 같은 충청도 사투리를 구사함으로써 적극적인 자세로 말의 풍물을 살린다.

이렇게 충청도 사투리를 시적으로 형상화시키는 그의 노력에는 홍희표 교수가 그려내고자 하는 한밭 지역 사람들의 총체적이고도 전형적인 삶과 정서를 절제된 언어 형식 속에 결집시키려는 것뿐만 아니라, 분주하게 변화해 가는 언어의 생산과 소멸의 과정 속에 한밭 고유의 토속적인 말의 풍습을 지켜나가고자 하는 굳은 의지가 숨어 있다.

　　이스렝이/이르내에서 춤추며 내리네.//이스렝이/할배 담붓대에서 내리네.//이스렝이/과수집 마당 위에 내리네.

　　　　　　　　　　　　　　　　　　　　　　—「이스렝이」 전문

그런가 하면, 홍희표 교수의 시 속에는 우리 고장의 손때 묻은 삶의 흔적이 즐비하다. 그가 걸었던 곳, 아니 우리 고장 사람이면 누구나가 한 번 쯤 지나쳤던 우리 한밭의 고유명사가 시어로 살아나 친근하게 배어 있는 것이다. '서대전 삼성아파트 단지의 반짝시장, 목산 자유광장, 신안동 굴다리, 카톨릭 문화회관, 성남동 은행나무, 대흥동 성당, 계족산성, 대동다리 앞, 테미고개, 보문산, 목척교, 영상 찻집, 신탄진 장, 더퍼리' 이러한 한밭 곳곳에 애정어린 시선을 쏟는 홍희표 교수.

홍희표 교수의 초등학교 졸업기념 단체사진을 보면, 당시 졸업 동기생 중에서 '이 아이가 어릴 적 홍희표 시인' 이라고 사진에 동그라미도 치지 않으면 그를 찾기는 무척 어렵다. 한밭에서 자란 그 졸업생들 모두가 똑같은 한밭의 얼굴들이기 때문이리라. 그렇게 한밭에서 태어나 젖과 밥을 먹으며 성장한 홍희표 교수는 그 똑같은 한밭의 얼굴이 되기 위해서, 그 얼굴이 한밭을 되살리기 위해서 평생을 한밭을 노래하는지도 모른다.

그러한 홍희표 교수에게 왜 시를 쓰느냐고 묻자, 천천히 창밖으로 시선을 던져 하루가 저물어 가는 겨울의 한밭을 물끄러미 바라보며, "시는 자기의 고백이지요."라고만 한다. 그의 시처럼 절제된 답변 속에는 분명 시를 쓰는 자신의 내적 필연성이 있으리라. 그의 말처럼 시가 '고백' 이라 할 때, '고백' 은 시인의 가슴 속에 죽지 않고 살아 있는 삶이며, 삶에 대한 말이다. 그것이 자신의 문제를 담고 있는 말이건, 아니면 자신을 둘러싼 세상에 관한 이야기이건 '삶' 의 고리에 끼워져 있는 말이다.

그렇다. 시인은 그런 세상 삶을 노래함으로써 고백한다. 시인 자신의 사상과 정서를 통하여 여과된 세상 모든 일들을 바라보며 슬퍼하고 기뻐하고 아파하고 안쓰러워하며 모든 이들의 차갑고 따뜻한 마음을 어루만지는 것이다. 그러한 삶을 고백한다는 일은 얼마나 힘들까. 남들의 마음을 끌어안고 어루만지기 위해서는 그들의 몇 곱의 자세로 삶을 바라보고 부둥켜안아야 할 것인가. 그래서 윤동주 시인은 슬픈 천명을 타고난다고 하였을까.

홍희표 시인이, 시는 자기의 고백이라고 말하며 창밖으로 고개를 돌려 저 부는 겨울을 바라보면서, 그는 또 무슨 고백을 하였을까!

(『자랑스런 한밭사람들』, 1993년)

한밭 그 아름다움 가꾸기 — 김재근

1966년 12월, 당시 가장 권위있는 문학지로 자타가 공인하던 《현대문학》
지에 홍희표라는 시인이 처음 얼굴을 내민다. 나이 스물! 홍희표는 이때 처
녀작 「내 살결에」와 이듬해의 「봄바람에게」, 「아침의 노래」 등 단 3편에서
독특한 시적 발상과 기교, 섬세하되 짜임새 있고 탄력적인 언어구사를 보여
줘 약관의 나이로 단번에 탁월한 이미지스트 시인으로써 자리를 굳힌다.

"동국대학교 2학년 학기 초에 신석초 선생님을 만나 지도를 받기 시작했
다. 고향도 충청도로 같고 인정이 많으신 분이었지만 제자에게는 늘 근엄하
고 말이 없으셨다. 그해 여름방학 때 집에 내려오기 위해 인사 겸 작품을 갖
고 갔다가 놓고 가라기에 드리고 왔는데 그것을 바로 추천해주셨던 것이다."

나이도 어리고 학생신분이었지만, 시가 빼어나니까 망설임 없이 문단에
뛰어들게 했던 것이다. 홍희표로서는 문학에 열병을 앓기 시작한지 7~8년
만의 일이었다. "다른 시인들도 그랬겠지만 나에게 등단은 세상의 모든 것
과도 바꿀 수 없을 만큼 소중한 일이었다. 지금도 그렇지만 그때 나는 오직
시만을 알았고 그 외엔 전혀 아무것도 가치있는 일로 여기지 않았었다."

예나 지금이나 시인이 된다는 것은 예삿일이 아니었고, 누구나 그러기 위
해서는 형벌과 같은 인고의 문청 세월을 견뎌야만 했다. 홍 시인도 여타 시
인과 다를 바 없이 그러한 훈련과정을 겪었던 것이다. 그가 처음 문학을 입
문한 것은 중학교 때부터이다. 초등학교 때는 의외로 육상선수로 이름을 날
렸었다. 그러나 집안에서는 운동하는 것을 별로 달가워하지 않았고 성적도
전문적인 선수가 될 정도로 걸출한 수준에는 오르지 못했다.

아버지 홍영관씨는 당시로서는 드물게 시내에 치과를 개업하고 있었다. 홍 시인의 조부 종욱씨는 완고한 사대부로 경북 군위의 이름 있는 집안 후손이었는데 계룡산을 한번 보고 매혹돼 아들 중의, 막내인 영관씨를 데리고 무작정 대전에 올라와 자리를 잡았었다. 영관씨는 그러한 엄한 아버지 아래에서 성실하게 의학을 전공하고 원동에 치과를 열어 명망을 얻고 있었다. 이런 까닭으로 은근히 자식이 자신의 뒤를 이어줬으면 하던 터였다.

그러나 희표 소년은 중학교에 입학하자 돌연 문학 쪽으로 눈을 돌리기 시작한다. 운동선수가 되려다 그만둔 것도 불만이었고, 자신이 다니고 있는 중학교도 별로 마음에 차지 않았다. 그러던 차에 우연히 김소월과 한용운의 시집을 대하게 됐던 것이다.

"그 무렵 성격이 상당히 내향적으로 변해 있었다. 운동하던 때와는 다르게 이런 저런 것들을 대해 많이 고민을 했다. 그래서 우연히 시를 알고 문학에 몰두했던 듯하다"

고등학교는 보문고등학교. 홍희표는 이곳서 그야말로 미친 듯이 문학에 매달린다. 친구들과 전국 곳곳에서 열리는 백일장에 참가했고 함께 모여 문학을 논하며 밤을 지샜다. 그 무렵 문우인 송유하를 만나고 이상(李箱)의 문학을 대하게 된 것도 빼놓을 수 없는 일.

동급생 송유하는 이미 조숙한 문사로 항상 홍희표를 앞서가며 경쟁심을 자극했다. 송유하는 특히 당시 대전의 내노라 하는 문학도들의 집합체인 〈머들령〉의 동인으로 맹활약을 하고 있었다. 홍희표는 훨씬 훗날 1980년대초 송유하가 갑자기 세상을 뜰 때까지 훌륭한 동반자로 문학적 교감을 나눈다.

"고교 때는 이상과 최인훈의 작품에 빠져 3년을 보냈다. 그들의 문학에서 보이는 필연성 없는 난해성, 반어성 같은 일체의 개념들에 대한 부정의 개념, 그러면서도 현실이 예리하게 포착돼 있다는 것이 어린 나에겐 그렇게 놀라울 수 없었다. 특히 이상의 시는 나의 초기시에 많은 영향을 끼친 것 같다."

그때 벌써 이 지역에서 문학을 하면서도 그는 여타의 지망생과는 색다른 면모를 보여준다. 서정주나 정훈 등의 전통주의를 거부하고 모더니즘의 이상이나 김기림 쪽으로 가까이 갔던 것이다. 그래서 당시 향토성을 표나게 내세우던 〈머들령〉과 다른 성격의 모임이 필요하다고 생각, 학교의 선후배 등과 함께 〈판도라〉라는 모임을 만들었고, 문학행사도 독특하게 '이상(李箱)의 밤'이라고 이름을 붙이는 등 기세를 올렸다.

이처럼 문학에 열중했던 탓으로 대학은 두말할 것 없이 당시 한국 문단을 장악하고 있던 동국대학교 국문과로 진학한다. 그 무렵엔 그의 부친도 이미 아들의 뜻을 이해하고 자질을 인정하고 있었다.

"대학 4년 동안 그야말로 시만 썼다. 동국대학교 내에 있는 〈동국문학회〉란 곳에서도 활동을 했었다. 무엇보다 나를 이해하고 밀어주는 집안에도 보답을 하고 싶었다. 그때 시인이 할 수 있는 것은 오직 좋은 시를 쓰는 일 뿐이었다."

이런 노력으로 홍희표는 대학 4학년 때 당시로서는 드물게 첫 시집을 간행해내기에 이른다.

여름바다의
海溢을 울다 간
마을 洞口 밖
느릅나무.

물살이 마당귀에
처마 끝에 부서지는
밤바람의
하이얀 목덜미.

— 「바람소리」에서

첫 시집의 발문에서 신동엽이 "김기림에게서 개화를 봤던 주지적 리리시즘"이니 "언어와 언어가 섬광처럼 충돌에 의해 다져지고 번뜩인다" 라고 지적했듯이 이 시기의 그의 시에는 언어의 번뜩이는 선택과 그것들이 정밀하게 어울려 빚어내는 참신한 이미지가 돋보인다. 시인 스스로 "지성을 통한 감상적 서정의 억제", "말라르메의 순수서정시", "동해의 물결과 같이 맑고 직재(直裁)한 감성" 등을 주장한 것처럼 현실성이나 관념성이 철저히 배제되고 있는 것이다.

대학을 마친 뒤 그는 대전에 내려와 모교에 교사로 재직하며 창작을 계속한다. "고향에 내려와서 가장 의미 있었던 일은 박용래 시인을 만난 일이다. 그와 나의 시는 전혀 이질적인 것이었지만 만나자 마자 나는 그를 좋아하기 시작했다. 순수한 마음과 시밖에 모르는 천성적인 시인 기질에 반했던 것이다."

그는 또한 당시 한참 왕성한 활동을 하고 있던 한성기, 임강빈, 최원규, 조남익 등 선배 시인들과 교류를 갖고 이들과 함께 『청와집(靑蛙集)』이란 6인 공동시집을 펴낸다. 이들 모두가 훗날 충남 문단의 구심점이 됐던 점을 감안한다면 젊은 날에 이처럼 함께 시집을 냈다는 것은 매우 의미 있는 일이었다. "그 뒤 서울에 올라가 중고교에 재직하며 대학원을 마쳤다. 목원대 강사를 하다 1980년도부터 전임교수가 돼 이곳에 재직하며 시를 써왔다."

매우 이른 나이에 문단에 나온 까닭으로 그는 다른 동년배의 시인들에 비해 시집을 많이 낸 편에 속한다. 시선집과 공동시집을 포함 도합 10권이나 펴낸 것이다. 이처럼 많은 시집을 내면서도 그의 시세계도 석시 않은 변모를 해왔다. 한마디로 시간이 흐르면서 자연도 노래하고 삶의 문제도 읊었으며 근래에는 민족의 현실과 역사에 깊은 관심을 보여주고 있다.

첫 시집 『어군(魚群)의 지름길』에서 싱싱한 이미지의 현란함을 과시 20대 초반의 재기를 보여줬고, 2번째 시집 『숙취(宿醉)』에서는 성(性)등 삶의 여러 국면을 보여줬으며, 30대 초반에 펴낸 『마음은 구겨지고』에서는 삶에 대한 고뇌와 존재에 대한 성찰을 보여 주기에 이르고, 『한방울의 물에도』에서는 죽음과 구원의 문제에 폭넓은 관심을 보여준다.

특히 『살풀이』에서는 문명비판, 역사비판의 면모를 보여주고, 얼마 뒤에 나온 『금빛 은빛』에 이르러서는 민족의 분단 현실과 역사에 눈을 돌리기 시작했던 것이다.

"초기의 나의 시는 나의 내면을 노래한 '나의 시'가 전부였다. 그러나 시가 그래서는 안 된다고 본다. 시는 항상 삶의 현장에서 나오고 삶에 대응하고 응전하는 '우리시'가 돼야한다고 생각한다." 이런 시각에서 그는 『모두모두꽃』, 『세상달공 세상달공』 등의 시집에서는 자신이 체험한 사람과 시대를 통렬하게 풍자하기도 한다. 끊임없이 시를 생각하고 새로운 발상이 떠오르면 지체없이 거기에 몰두해온 것이다.

"한밭에 관한 풍물시를 쓸 계획입니다. 대전천 아래의 빨래방망이 소리나 내가 다닌 신흥초등학교의 구렁이가 나왔던 느티나무 이야기 등을 기록으로 남겨두고 싶습니다. 몇 년이 걸릴지 모르지만 나를 낳고 길러준 이 땅에 보답한다는 자세로 매달려볼 작정입니다."

지난 정초부터 시작한 한밭풍물시에 대한 장황한 계획을 늘어놓는다. 한밭의 과거와 오늘과 미래를 한자리에 꿰보고 싶다는 것이다. 토박이 시인인 그에게는 한밭이 어떤 모양새로 떠오를 것인지 자못 궁금하다.

《대전일보》, 1990년 11월 23일)

새 빛깔 — 한성기

— 홍희표

홍 형을 그리려니 얼굴이 보이지 않는다. 그와 나 사이가 너무 가깝다. 매일 마주보는 가족들의 얼굴이 그렇듯이.

홍 형과 나는 한때 자주 어울려 다녔다. 심심하면 찾아와서 "걸읍시다." 하는 게 인사다. 그러면 나도 두말 않고 따라 나섰다. 우리는 우선 둑길로 나갔다. 둑길을 걸으면서 둘이 뿌려놓은 이야기들. 시 이야기며 세상 이야기며 많이도 지껄여댔다.

그는 젊다. 그의 사물을 보는 새롭고 날카로운 눈, 새롭고 날카로운 해석, 나는 젊은 홍 형에게 반하기 시작했다. 둑길을 걷는데 그 방법이 홍 형과 나는 같지 않았다. 나는 언제나 둑 위 일정한 코스를 좋아하는데 홍 형은 그렇지 않다. 가다가 아무데서나 논둑으로 접어들고 또는 징검다리를 건너 뛰기도 했다. 내 시가 고리타분하고 변화가 없는 것과 홍 형의 시가 언제나 새롭고 실험적인 것과 같다.

우리는 1년 내내 걸었다. 둑길에서부터 산을 타기도 했고, 또 버스를 타고 먼먼 시골에 내려 그곳 낯선 길을 누비기도 했다. 하루는 산을 탔을 때다. 앞서가던 홍 형이 뛰기에 나도 따라 뛰었다. 홍 형이 앞장서서 우뚝 선 곳. 그는 어느 묘 앞에 서서 "저의 할아버지 산소입니다."하며 절을 했다. 산소 둘레를 돌면서 꿈꾸듯 할아버지 생시의 모습도 들려주고……

어느 날, 내를 건너 옛날 내 제자의 과수원을 찾아갔다. 포도밭에서 일을 거들던 제자는 뛰어나와 맞아줬고…… 그날 우리는 뜨락에 멍석을 펴놓고 저녁대접을 받았다. 홍 형은 처음 인사를 나누는 자리였지만? 상을 물리고 그곳을 내려올 때는 유난히 달이 밝았다. 슬슬 뒤따라오던 달. 개울 건너 풀밭에 앉아 달을 향해 담배를 뿜어대던 일들은 잊을 수가 없다.

그러는 동안 나는 홍 형의 그지없이 따뜻한 인간에 매료됐다. 서로 살을 대듯 사귀는 동안 우리는 법 없이도 살 수 있는 인간의 내면을 샅샅이 들여다볼 수가 있었다. 믿어도 좋은 친구. 격의 없이 무슨 이야기도 할 수 있는 친구. 그보다도 그가 풍기는 새 향기.

홍 형은 술을 좋아했다. 소주 두 병쯤은 코끼리 비스켓이다. 만나면 언제나 "한 잔"이다. 그것도 제가 사는 게 아니고 나보고 사라는 식으로. 우리는 술집부터 찾는다. 술이 나오기 전 입맛부터 다시는 홍 형의 모습이 나는 좋다. 술이 얼마나 맛이 있으면 그럴까. 나는 술을 못해 사이다를 마시는데 내가 사이다 한 병을 비우는 동안 그는 소주 한 병을 카아. 소리도 없이 켜버린다. 그리고는 또 짬짬해 한다. 한 병 더 생각난다는 표정이다.

술 뿐만 아니다. 밥도 많이 든다. 음식을 청할 때 언제나 '많이' 라는 후렴을 단다. 그 '많이' 라는 후렴은 거의 입버릇 같다. 시는 그렇지 않은데 음식만은 질보다 양 쪽을 택하는 것 같다. 돼지고기건 뭐건 잘 먹는다. 그래서 언제나 얼굴이 불콰한 것일까.

홍 형은 그새 시집 두 권을 냈고 아이도 둘이나 가졌다. 그래서 어디 가나 당당하다. 인간이나 문학에 있어 하나도 꿇릴 것 없다는 태도다. 장가를 든 지가 엊그제 같은데 그새 아이를 둘씩이나 두다니 믿어지지 않는다. 언제 가보아야겠다는 생각을 하고 있으나 놀러오라는 말이 없다.

《현대문학》, 1974년 3월호)

상호뎃생

미루나무같은 음영 — 홍희표

— 한성기

한 선생은 대선배이다.《문예》지를 거쳐《현대문학》지의 초창기에 데뷔한 몇 되지 않는 문단의 보배로운 존재이다. 나란히 지면을 같이 하며 한 선생을 소묘하기에는 나는 걸맞지 않고 그저 쑥스럽기만 하다.

지금부터 약 15년 전, 그는 신병치료차 직장을 버리고 마지막 처방으로 기도원으로 들어갔다. 추풍령의 기도원에서 띄운 병상엽신을 신문에서 읽고 가슴 가득 그리움에 떨던 생각이 난다. 찡하게 호소하듯 간절한 그의 편지글에서 인정에 굶주린 외로움을 감지하며 나는 남몰래 한 선생을 꿈꾸어 보았다.

"잃어버린 것을 찾으러 가듯/나무 밑에 가서 앉으면/나는 우선 혼자가 아니다" 혼자이면서 분명 혼자가 아니라는 달관의 경지로 향해 가고 있는 그의 조용한 모습을 나는 훔쳐보고 싶었다. 추풍령에서 마무리하던 그의 투병생활은 울음 섞인 기도의 나날이었음을「특별기도」란 시에서 엿볼 수가 있었다.

예산시절의 한 선생과의 문통은 오래도록 잊혀지지 않는다. 나는 환한 시골길이 보이는 노오란 봉투를 자주 받았다. 청자빛 엽신은 연애편지처럼 자상하고 섬세하였다. 주로 내용은 시골의 적막함과 풍요함을 나직하게 알려주었고 시에 대한 헌신적인 고민이 담겨있었다.

한 선생은 어느 날 대전 근교 유성에 정착하여 교외를 휩쓰는 거사의 모습으로 등장하였다. 그는 산을 데불고 다닌다. 시 역시 대부분 산의 연작들이다. 그가 사는 곳은 과수원이 있고, 둑길이 있고, 산수유꽃이 핀 아담한 시내가 있다. 그 속에서 그는 유유하게 군림하고 있는 것이다.

한 선생은 넥타이를 싫어한다. 흰 고무신으로 산과 들을 야생마처럼 거닌

제 Ⅲ부 홍희표를 찾아서

761

다. 그의 소박한 반문명의 발로일까. 그는 술과 담배를 싫어한다. 싱겁게 사이다를 마시지만 그 도도한 기분은 술 먹은 사람들을 압도한다. 그는 많이 열정적이며 직선적이다. 또한 음담패설을 즐겨한다. 모든 것을 그 쪽으로 집중한 듯 독특한 음담패설은 좌중을 묘하게 지배한다.

그는 발 씻는 것을 무척이나 싫어한다. 그런데도 발꼬락 냄새가 안 나는 것이 신기하다. 그는 도시를 싫어한다. 그리고 대전을 싫어한다. 조물주가 만든, 인간의 손때가 닿지 않은 시골을 천성적으로 좋아한다. 그는 내기를 좋아한다. 몇 년 전의 일이지만 화투로써 종일을 보낸 일이 있다. 항상 이기는 것을 전제로 한 화투솜씨는 쾌감을 불러일으킨다. 지칠 줄 모르는 승부의식은 쉴 줄 모르는 시작업과도 상통한다고 할까.

한 선생은 젊은 사람들을 좋아한다. 그들을 격려해 주고, 데뷔도 시켜주고 길걷기도 같이 하는 모습을 종종 본다. 그는 얼마 전부터 바다를 가고 싶어 한다. 점점 젊어지는 그의 외모에, 대리석에 떨어지는 빗방울처럼 영롱한 그의 작품에 나는 말 못할 질투를 느낀다. 시에 모든 생의 승부를 거는 처절한 자세에 전율을 느낀다. 지명의 나이에 한 선생은 누구보다도 팽팽하게 서있는 것이다.

그의 흡인력 있는 설득력은 많은 사람을 움직이고 있다. 그러면서 사람이 없는 고독을 하소연한다. 그런 인간적인 모습을 나는 좋아하는 것이다. 그는 오늘도 둑길을 걷고 있을 것이다. 자전거 바퀴살에 실려가는 햇살 같은 그의 시, 하나는 보이는 것으로, 하나는 보이지 않는 것으로 혼합을 이루며 영원과 순간의 건널목에서 뜻을 찾고 기쁨을 맛보는 '열매'와 '낙화'와 '새'의 시인—

둑길을 걸으며 인생을 다시 돌아보고 시를 생각하고 있을 한 선생이 무엇보다도 먼저 다가온다. 미루나무 같은 음영으로 먼저 다가온다. 다가오는 그를 나는 모르겠다. 이제는 정말로 모르겠다.

《현대문학》, 1974년 3월호)

홍희표 시인 — 조재훈

　홍희표 시인은 대전 대흥동에서 출생하여 그곳에서 초·중·고를 나와 서울에서 동국대학교를 다녔다. 1967년 재학 중에 그는 신석초 선생의 추천으로 《현대문학》지로 등단했다. 그의 첫 시집 『어군의 지름길』(1968)이 보여준 이미지의 눈부심은 모더니스트의 그것이었다. 동국대학교 출신 시인의 시가 거의 미당류의 불교적 전통시를 보여주었는데, 그는 그들 속의 이단자였다. 고등학교 시절 그는 이상(李箱)을 동경하는 학생이었으며 그런 세계를 추구하는 '판도라' 문학동인의 주 멤버였다.

　그러나 그는 시적 유연성이 뛰어난 시인이다. 감각에만 매이지 않고 삶의 성숙을 그의 시에 담았다. 『숙취』, 『마음은 구겨지고』 등 시집이 그런 과정을 보여준다. 그러면서 차츰 불교적 세계로 경사했다. 특히 그가 추구하는 것은 선(禪)이다. 선에 대한 그의 앎이 어느 정도인지 필자로서는 잘 알 수 없으나 집요하게 선의 문제에 관심을 갖고 있는 것이 뚜렷하게 나타난다.

　『한 방울의 물에도』, 『이 뭣꼬!』 등은 그의 대표적인 시집이다. 죽음에 대한 천착의 『실풀이』, 또 환경문제에의 관심, 특히 태어난 대전의 옛 풍물에 대한 애정은 도저하다.

　그러나 그의 시를 일관하는 것은 '새로움'의 추구다. 그것은 기존의 틀을 파괴하는 데에서 온다고 그는 믿는 것 같다. 피카소의 생각에 닿아 있다. 근자에 출간한 『하이터치 그리움』에는 이순(耳順)을 경과하는 인생역정이 역시 그 특유의 경쾌한 감각으로 드러나고 있다. 목원대학교에서 문학동아리 '예촌'을 지도하고 있으며, 그의 문하에서 배출된 시인도 꽤 있다.

(『충남시문학사』, 2011년)

그리운 순간들을 호명하며 — 양선미

한밭 목동에 자리잡은 목원대학교 종합관 이층에서 바라본 교정은 음산했다. 햇빛은 먼지처럼 잔뜩 교정에 포진해 있었고 크고 작은 낯선 소음들은 제멋대로 굴러다니며 신경을 자극했다. 내가 원하던 생활이 이런 것이었을까, 라고 나는 잠시 고개를 갸우뚱거렸다.

작은 한숨이 내 입에서 새어나왔다. 나는 그런 아이였다. 상고 졸업이라는 독특한 출신 성분 때문에 아는 아이가 하나도 없었고, 한없이 어려보이는 아이들하고는 백만 년이 지나도 말을 터놓는 일이 없을 거라고 믿는, 고집과 아집과 근거 없는 열등감 속에 깊이 쑤셔 박힌 재수생이었다.

창밖의 햇빛은 바늘침처럼 날카로워보였다. 종합관 밖에서 들려오는 웃음소리와 다정한 대화들은 소음으로밖에 여겨지지 않았다. 앞으로 4년이나 긴 시간을 꼼짝없이 이곳을 오가며 생활해야한다는 것이 두려웠다.

그때 문이 열렸고 담당 교수님이 들어왔다. 교탁을 앞에 둔 채로 교수님은 찬찬히 무리들을 둘러보았다. 아무 말이 없었다. 그 때문이었을까. 그때까지도 소곤거리던 아이들은 시치미를 떼고 단정하게 자세를 고쳐 앉았다. 노트를 꺼내 필기 준비를 서두르던 아이도 고개를 들어 앞을 주시했다.

"문학이 무엇이라고 생각하니?"

밑도 끝도 없는 질문에 모두가 당황했다. 문학이 무엇이라니. 단언컨대 우리들 중 누구도 그런 문제에 대해 고민해본 적이 없었다. 시어를 외우고 소설에 쓰인 상징을 외웠지만 문학 따위가 무엇인가는 그다지 중요한 문제가 아니었으므로.

당연히 아무도 대답하지 않았다. 무거운 침묵이, 풀죽은 아이들의 시선이, 보이지 않는 소요가 강의실 바닥으로 가라앉았다. 교수님은 참을성 있게 대답을 기다렸지만 보람을 느끼지는 못했다. 보기도 없고 예시도 없는 그런 문제를 풀 능력이 우리들에게 없었기 때문이다.

그때 예기치 않게 내 손이 움직여버렸다. 나는 당황했지만 교수님은 이미 부드럽게 웃으며 내 대답을 기다리고 있었다. 어쩌자고 만용을 부린 것일까. 기실 문학에 대해 내가 아는 것은 없었다. 고등학교 때 문학 동아리에 가입해서 몇 편의 시와 소설을 읽은 것이 경험의 전부였다. 차라리 몇 명의 작가 이름을 대라고 했다면 잘난 체를 했을 수도 있는데. 수 만 가지 생각을 떠올리며 나는 자리에서 일어나 바보처럼 버벅댔다. 무슨 대답을 했는지는 기억이 나지 않는다. 벌써 이십 년도 더 지난 순간을 기억할 만큼 나는 영민하지 못하다. 하지만 단지 숨 막히는 분위기가 싫어 뜻도 없이 내뱉은 내 말에 반응하던 교수님의 표정은 거짓말처럼 선명하다. 그것도 대답이냐고 조소하던 아이들의 표정도.

"그대 이름이 뭐니?"

교수님은 내게 이름을 물었다. 그리곤 고개를 끄덕였다. 문학이 무엇이라는, 대답에 대한 반응은 전혀 보이지 않았지만 내 이름을 읊조리는 교수님의 입술을 보며 나는 우리의 첫 만남이 과히 나쁘지 않다는 것을 직감했다.

교수님과 두 번째로 만난 건 "예촌문학동인회" 모임에서였다. 대대적으로 신입생을 모집하는 동아리 행사에서 나는 주저 없이 "예촌문학동인회"에 가입했다. 모범생은 아니었지만 어려서부터 책을 유난히 좋아했기 때문에 다른 선택은 할 필요가 없었다. 신입 원서를 받던 선배가 반갑게 환영해주었다. 그도 그럴 것이 나 이외에는 아무도 가입 신청을 하지 않은 상태였다.

첫 모임은 실망스럽기 그지없었다. 기대가 컸던 탓일지도 몰랐다. 고작 대여섯 명 정도의 학생들이 모여 누군가 써온 작품들을 평했는데 그건 이미 고등학교 때부터 익숙해진 방식이었다. 작품에 대한 평들도 천편일률적이었다. 무엇보다도 견디기 힘든 건 수준 이하의 시들을 보며 짓는 심각한 표정들이었다. 이 부분에서 오해가 없기를 바란다. 나 역시 그 당시까지만 해도 단 한편의 시도 써본 적이 없었다. 내게 있어 '시'는 결코 도달하지 못할 로망이었다. 그래놓고도 남이 써온 시에 대해서는 조소했다. 어디서 누군가 했던 말을 떠올리며 나는 되는대로 지껄였다. 신기한 건 나의 그 무례한 말을 아무도 불편함을 드러내지 않았다는 사실이다. 두서없는 말이 끝나자 다들 내게 격려와 칭찬을 보냈다. 나는 더욱 기고만장해졌다. 드디어 나의 진가를 알아주는 사람들을 만났다고 생각했다. 앞으로도 계속 출석해서 잘난 체를 해야겠다고 결심했다.

생각해보면 부끄럽기 그지없는 일이다. 이제 갓 대학에 들어온 신입생이 몇 년 동안 시를 공부한 선배들 앞에서 되는대로 지껄였으니. 그들이 내게 해준 칭찬은 신입생에 대한 배려 차원의 것이었을 게다. 기죽지 않고, 열정을 보이는 것에 높은 점수를 쳐준 것뿐이었던 것이다.

그때 지도교수님이 들어왔다. 나는 깜짝 놀랐다. 학생들의 합평회에 교수님이 직접 오리라고는 생각하지 못한 터였다. 게다가 그 분은 며칠 전 강의실에 들어와 "문학이 무엇이라고 생각하니"라며 나로서는 난생 처음 들어보는 질문을 했던 분이었다. 선배들은 교수님의 출현을 반겼다. 우리가 합평했던 작품들을 보여주며 나온 내용들을 통합했다. 그 와중에 누군가 내 이름을 교수님에게 들려주었다.

"오, 그대로구나!"

별다른 말은 하지 않았지만 나의 가입을 반기는 표정을 교수님은 지었다. 그런 뒤 방금 전까지 평을 받았던 시에 대해 짧은 평을 해주셨다.

지금도 그렇지만 교수님은 말을 길게 하는 타입이 아니어서 작품에 대한 평은 짤막짤막하게 이어졌다. 그럼에도 불구하고 우리가 그 오랜 시간동안 토론을 벌였음에도 발견하지 못했던 문제들을 지적해주셨다. 선배들은 고개를 끄덕이며 비로소 자신들의 생각을 피력했다. 그 모습은 매우 자연스러우면서도 활기가 넘쳤다. 오랜 시간 다져온 서로 간에 대한 신뢰가 묻어

나는 게 느꼈다. 그런 모습을 나는 풀이 잔뜩 죽은 채로 바라보았다. 부끄러움이 몰려왔다.

그 날 이후 나는 "예촌인"이 되었다. 나는 여전한 상고 출신의 재수생이었지만 예촌에 있으면 기분이 좋아졌다. 마음껏 잘난 체를 하고 상대방의 이야기를 경청하고 웃는 시간들이 일주일에 한 번씩 이어졌다.

무엇보다도 즐거웠던 건 합평 후 가지는 뒤풀이였다. 학교가 있던 목동은 난개발로 인해 크고 작은 골목이 우후죽순처럼 몰려있던 곳이었다. 골목이 끝나거나 시작되는 지점엔 어김없이 정겨운 식당들이 훈훈한 냄새를 피우며 학생들을 반겼다. 그 중 우리가 자주 가던 집은 족발집이었다. 작은 족발이라 기실 별로 먹을 것도 없었다. 그러나 푸짐한 양만큼은 마음에 들었다. 족발이 나오고 막걸리가 나오면 우리는 신이 나서 소란스럽게 떠들어댔다.

재윤, 순남, 석기 선배 등이 생각난다. 그들은 예촌의 성실한 멤버들이었다. 재윤 선배는 늘 서글서글하게 웃고 다녔다. 후배들한테도 따뜻해서 재윤 선배에게는 마음껏 잘난 체를 할 수가 있었다. 그러거나 말거나 선배는 늘 웃음으로 대해주었다. 순남 선배는 야무졌다. 자그마한 체격에 꼭 입을 다물고 다녀서 언뜻 보면 화가 난 것처럼 보이기도 했다. 처음엔 선배를 좀 어려워했던 것 같다. 실수를 하지 않고 모든 일에 흐트러짐이 없으니 당연했다. 그래서 그런지 다른 선배들보다 순남 선배가 하는 말은 늘 오랫동안 기억되었다. 하지만 누구보다도 따뜻했던 선배였다. 학교를 다니는 내내 나는 늘 우울해했다. 겉으로는 깔깔대고 떠들고 다녔지만 상황이 악화된 가정 형편과 재수생이라는 콤플렉스와 나 자신에 대한 근거 없는 모멸감이 대학 생활 내내 나를 괴롭혔다. 그런 스트레스를, 순남 선배가 생각보다 따뜻하고 여린 사람이라는 안 순간부터 순남 선배에게 달려가 풀기 시작했다. 다행히 졸업을 한 뒤 선배가 국문과 조교로 근무하게 되자 나는 마음 놓고 응석을 부렸다. 그리고 석기 선배. 선배는 냉소적이었다. 그래서 그런지 어려웠다. 얼굴이 하얗고 잘 웃지 않아서 그런 느낌이 들었는지 모르겠다. 후배들은 그런 석기 선배를 좀 무서워했던 듯하다. 하지만 석기 선배는 누구보다도 성실했다. 당시엔 군복무 중이었는데도 휴가를 나올 때마다 예촌을 찾아 후배들의 흐트러짐을 경계했다. 애정이 없다면 할 수 없는 일이었다.

그날도 선배들과 함께 족발을 뜯으며 이야기를 나눴다. 재윤 선배는 앙상한 족발 뼈를 들고 허기지게 살을 발라 먹어서 한참 웃었다. 말쑥한 인상과 안쓰러울만큼 족발에 집착하는 표정이 너무 어울리지 않아서였다. 그래서 그랬는지 그 뒤로도 재윤 선배는 계속해서 살이 없는 부문만 골라 뜯어먹느라 애를 쓰는 모습을 연출했다. 우리는 터무니없이 심각한 80년대 학번이었다. 세상이 온통 투쟁대상이었다. 시를 쓰는 일도 학교를 다니는 일도 그랬다. 그때 누군가 족발집 안으로 들어와 아는 체를 했다. 황도현 선배였다. 어리둥절해 하는 내게 순남 선배가 상황을 설명해주었다. 단 한 명뿐이었는데도 신입 회원이 들어왔다는 말을 듣고 천안에서부터 왔다는 말에서 예촌에 대한 그의 사랑을 느낄 수 있었다.

대선배였는데도 도현 선배는 동료처럼 친구처럼 편안하게 우리를 대해주었다. 그날 술판은 자정까지 계속되었다. 예촌에 대한 온갖 추억들이 쏟아져 나왔다. 등단을 한 기라성 같은 선배들의 일화와 처음 예촌을 만든 뒤 홍 교수님이 보여주었던 애정에 대해서도 이야기가 나왔다. 그리고 순서처럼 선배들이 남겨준 전통을 계속해서 이어야 한다는 소박한 결심이 이어지기도 했다. 얼마 전 구효서 선배가 대산문학상을 받을 때도 도현 선배는 약주 한 병을 들고 어김없이 천안에서 서울까지 와 축하를 해주었다. 선배를 보는 순간 지나간 내 20년이 와락 안겨오는 것 같았다. 오랜 시간 보지 못했었는데도 전혀 어색함이 느껴지지 않는 건 예촌인만이 느끼는 끈끈한 정 때문이었을 것이다.

늘 좋은 일만 있는 건 아니었다. 드디어 시를 써야 했던 것이다. 다른 사람들의 작품에 대해서 여지없이 비수를 날렸으면서도 나는 여전히 시를 쓰지 못하고 있었다. 하지만 결국 써야할 시간은 왔다. 교수님의 엄명이 떨어졌던 것이다. 새삼 그동안 시를 쓰고 합평을 받았던 동인들이 위대해보였다. 그간 그토록 조소를 보냈던 시어들은 어느새 경이의 대상으로 바뀌어져 있었다.

나는 끙끙댔다. 그간 읽었던 시집들을 몽땅 꺼내놓고 읽기를 반복했다. 도서관에 가서 책을 빌려다 놓고 한참을 노려보기도 했다. 그러나 쓸 수가 없었다. 시는 창작이지 공부가 아니었다. 시집 몇 권을 읽는다 해서 쓸 수 있는 거였다면 벌써 열편은 썼을 터였다. 몇 년 째 문학을 한다고 까불고 돌아다녔으면서 아직까지 단 한편의 시도 쓰지 못한 이유는 둘 중의 하나에 있었다. 하나는 재능의 부족이었고 또 하나는 내가 진정한 문학이 아닌 문학의 포즈에 취해 살았다는 증거였다.

아마도 족히 한 달은 끙끙댔던 것 같다. 한층 깊어진 밤의 한가운데 앉아 몇 줄인가를 쓰고 지우고 나의 재능 없음을 한탄하고 성질을 부린 시간들은. 그리고 드디어 한 편의 시를 완성하였다. 떨리는 가슴으로 시를 들고 모임에 갔다. 그날따라 동인들의 눈빛이 무서워 고개를 들 수가 없었다. 나의 허위가 그대로 까발려지는 것 같았다. 하지만 다행스럽게도 별다른 혹평은 듣지 않았다. 시를 쓴 것에 대해 그들은 진심으로 축하를 해줄 뿐이었다.

문제는 교수님이었다. 동료들에게서 배려는 느낄 수 있었지만 교수님의 날카로운 시선마저 비껴갈 수는 없는 노릇이었다. 평을 받은 다음 날 이른 아침 나는 교수님의 연구실 문을 두드렸다. 교수님은 언제나처럼 따뜻하게 나를 맞아주었다. 설마, 혼을 내지는 않으시겠지, 나는 그렇게 위안하며 시를 내놓았다.

아무 말 없이 교수님은 내 시를 바라보았다. 그 순간이 속히 일 년은 되는 것 같았다. 교수님의 침묵이 길어질수록 고통스러웠다. 차라리 혼나는 게 나을 것 같았다. 이윽고 교수님이 빨간 펜을 들고 내 시의 조각들을 뭉텅뭉텅 잘라냈다. 왜 그랬는지 그 순간 왈칵 눈물이 쏟아졌다. 그 오랜 시간동안 고생했던 나의 시간들이 단 몇 분 만에 가차 없이 잘려나가는 걸 보는 건 생각보다 훨씬 괴로운 일이었다. 나는 겁도 없이 항의했다.

"그 시를 쓰느라 얼마나 힘들었는데… 어떻게 교수님은… 단 몇 분 만에 그렇게 잔인하게 …"

너무 섭섭하고 분해서 나는 말도 제대로 하지 못했다. 이건 엄연한 폭력 행위라는 생각마저 들었다.

"그럼 그대 쓰고 싶은 대로 써라!"

더 이상 아무 말도 하지 않은 채 교수님은 내 시를 그대로 돌려주었다. 좀 화가 난 것 같았다. 나 역시 꾸벅 인사만 하고 연구실을 나왔다.

빨갛게 줄이 그어진 시를 책상 앞에 놓고 며칠을 노려보았다. 가슴이 아팠다. 하지만 내 시가 난도질당해서가 아니었다. 시간이 흐르는 동안 단 몇 분 만에 내 시를 파악한 교수님의 식견이 놀라웠고, 보잘 것 없는 내 재능을 어쩔 수 없이 인정해야 한다는 게 힘들었다.

고백하자면 이십 년이 지난 오늘까지 단 한 편의 시도 써본 적이 없다. 아는 선생님께 이런 말을 들은 적이 있다. 시를 쓰지 못하는 사람이 소설을 쓰고, 소설마저 쓰지 못하는 사람이 평론을 한다고. 그렇게 치면 그나마 소설을 쓰는 흉내라도 낼 수 있다는 게 다행이라면 다행이다.

처음 소설을 쓰려고 마음먹었을 때 연구실에서 내 시를 들여다보던 교수님 생각이 났다. 그러면 치기만 가득 차 겸손할 줄 모르던 내 이십 대가 부끄러웠다. 지금까지도 끈덕지게 따라붙는 열등감은 '재능 없음의 자각'이다. 그런데 미치도록 소설이 쓰고 싶다. 그렇다면 하는 수 없는 일이다. 엉덩이를 붙이고 시간과 씨름하는 수밖에는. 내 소설의 스승들이 그때부터 존재했다는 건 감사한 일이다. 교수님을 비롯해서 재윤, 순남, 석기 선배. 도현 선배. 한 번 본적이 없는데도 늘 자랑스럽게 생각했던 홍일표 선배, 문단에서 내 출신에 대해 들은 사람들이 반색하며 아는 체 할 수 있도록 학교의 긍지를 높여준 구효서 선배. 언뜻언뜻 떠오르는 예촌의 많은 동인들. 만약 내가 부끄럽지 않은 소설을 쓸 수 있다면 다 버팀목이 되어 준 그분들의 애정 덕분일 게다.

(『홍희표 시 다시읽기 · 3』, 2009년)

봄비를 맞으며 — 윤 지

― 홍희표 교수님께

서걱서걱 손을 마주 잡아 비볐는데 마른 낙엽 소리가 났다. 손끝부터 바닥까지 너무 건조했던 모양이다. 핸드크림을 꺼내 듬뿍 발랐다. 그런데도 사각사각 마른모래 소리가 났다. 무엇 때문일까?

4년 만에 돌아온 학교, 휴학 후 직장생활은 통장의 잔고는 채워줬지만 내 가슴에 휑하니 뚫린 구멍은 메워주지 못했다. 손에 쥐고 있던 모든 것을 내려놓고 고향집 찾아오듯 학교로 돌아왔다. 선선한 바람이 부는 가을에 복학해서 한 학기를 보내고 새롭게 맞는 봄학기! 봄과 함께 하는데 마음이 자꾸만 건조했다. 이런 게 봄 가뭄인가?

18학점을 전공으로 채웠더니 수업시간마다 긴장의 연속이었다. 친구들은 책상 앞에 앉아서 생기 잃은 눈으로 교수님만 바라보고 있었고 교수님께서는 마치 고3 수험생을 가르치시는 듯 했다. 임용고시라는 하나의 시험에만 목을 맨 우리들. 교수님들께서는 공부! 공부! 공부!만을 강조하셨다.

"니들이 죽어라 지금 공부해야 임고에 붙을 수 있는거야! 공부해라 놀지노 말고!"

아, 목원 학원에 입학한 느낌이었다. 물론 교수님의 말씀도 옳지만 '아이들의 인생에 20대는 지금 한 번 뿐인데……' 하는 생각이 들었다. 그런저런 생각을 하고 있던 어느 날 문예창작론 수업시간!

"그대! 무슨 소리가 들리니?"

교수님께선 갑자기 모두에게 눈을 감으라고 하시곤 물으셨다. 친구들은 영문을 몰라 하며 두 눈만 꿈뻑이며 침을 삼켰다.

"봄이 오는 소리가 들리지 않니?"

아! 이 분이 그 분이시구나~ 우리과 교수님 중에 시인이 한 분 계신다는 말을 들었다. 어떤 분이실지 궁금했었는데 이렇게 눈이 맑으신 분이셨구나. 눈빛이 너무 맑아서 영혼까지 비춰질 듯 했다. 첫 느낌은 그렇게 고요하게 봄이 오는 소리를 들었다.

햇살이 너무나 눈부시던 5월의 어느 날 네모난 책상에 앉아서 창밖을 바라보니 연초록 잎사귀가 바람결에 살랑거리며 내 마음을 흔들고 있었다. 친구들도 나와 같은 마음이었을까? 누군가가 칠판에 '야외수업'이라는 네 글자를 큼직하게 써 놓았다. 기대 반 걱정 반 교수님을 기다렸다. 드디어 교수님께서 오셨다. 칠판을 한 번 보시고는 지우라고 하셨다.

아쉬운 마음에 칠판을 지웠는데 교수님께서 칠판에 문제를 하나 내셨다. 맞추면 야외수업을 가자고 하셨다. 문제는 아( )!이었다. 뭘까 고민을 하던 중 지난 시간 수업했던 것이라는 힌트를 주셨다. 아 신록! 나는 소리 내어 외쳤다. 교수님께서 빙긋이 웃으셨다. 그렇게 우리는 꿈에 그리던 야외수업을 하게 되었다.

책가방을 챙겨들고 졸졸졸 교수님 뒤를 따라갔다. 교수님께서 인문대 주변을 한 바퀴 돌아봐 주시고 학교 뒤편의 교수님 전용 산책로로 우리는 이끄셨다.

"이 나무가 무슨 나무일까?"

"……"

"이게 바로 차(茶)나무란다."

학교에 차나무가 있는지 교수님 덕분에 알았다. 학교 뒤편에 있는 산길로 점점 들어갔다. 오랜만에 느껴보는 촉촉한 흙바닥 그리고 나무와 풀향기. 몇 걸음 안 들어갔을 뿐인데 산 속은 벌써 조용했다. 그 고요함속에 노래 소리가 들렸다. 휘파람새가 우리를 보며 노래를 불러줬다. 마음이 행복으로 가득 찼다. 교실에서 네모난 책상위에만 앉아 있을 적엔 느껴보지 못했던 영혼의 배부름. 건조했던 마음에 연초록 나뭇잎 비가 촉촉이 내렸다.

우리 교수님께선 블로그도 운영하셨다. 교수님 블로그에 들어가면 각 분야별로 다양한 글들이 올라와있었다. 바흐와 베토벤. 멘델스존의 곡들이 소개되기도 하고, 1928년에 태어난 미키마우스가 올라와 있는가 하면 생태계를 위협하는 황소개구리에 대해 나와 있기도 했다. 과제로 틈이 없어 신문을 따로 보지 않아도 교수님의 블로그에 들어가면 해박한 지혜를 얻을 수 있었다.

"그대들아! 교사가 되면 책 속에 있는 것이 아니라 책 밖에 있는 것에 대해 알려줘야 한단다"

교수님께서는 단순히 책 속에 나와 있는 지식이 아니라 세상과 삶의 지혜에 대해서 알려주셨다. 어느 날은 찔레꽃 한 송이를 가져와 향기를 맡게 해주시고, 또 어느 날은 성년의 날을 맞은 아이들을 축하하며 과일을 가져오셔서 과일파티를 열기도 했다.

과제와 공부에 지쳐있을 때, 마음이 바싹바싹 말라갈 때, 교수님의 말씀은 봄비가 되어 내렸다. 권위적인 교수님이 아니라 동네의 아저씨처럼 편안하게 다가와서 세상을 좀 더 아름답게 바라보는 방법을 알려주셨다. 교수님의 수업을 듣고 있으면 마음이 한껏 촉촉해지고 편안해 진다. 교수님께서는 마음가뭄에 허덕이던 우리를 옹달샘으로 이끌어주셨다.

그대 마음에 가뭄이 들었는가? 그럼 우리 함께 홍희표 교수님의 강의를 듣자!

눈을 감고 바라보는 세상 — 김경종

한 해가 벌써 지났습니다. 그리고 어느새 5월이 되었군요. 이제 목원 동산을 걸을 날이 얼마 남지 않았다는 생각이 들면 갈라진 낙엽 같은 한숨이 나옵니다. 그때마다 교수님이 생각납니다. 함께 산책하며 교수님과 저의 빈자리를 수놓던 이름 모를 들꽃과 산새, 그리고 정답던 대화들이 하나하나 떠오르곤 합니다. 기억나세요? 저희들과의 첫 만남.

"모두 눈을 감아요!"

이 한 마디로 저희와 교수님의 만남은 시작되었지요. 꽤나 멀리 돌아와 교수님을 만났습니다. 2년이란 시간을 스쳐갔으니까요. 그 시간 안에 교수님의 강의를 함께 듣자던 친구들도 있었습니다. 그때마다 전 교수님 강의는 3학년 전공필수과목만 듣겠노라 장담했었습니다.

개량 한복과 베레모를 즐겨 입고 쓰시던 교수님의 강의가 무척 지루할 것이라는 생각 때문이었습니다. 어느 날은 3시간동안 창밖만 보시다가 강의를 끝내실 분 같고, 어느 날은 재미없는 이야기로 날 재워버릴 그런 분. 그 선입견이 2년이나 갔습니다. 저 한 마디를 듣는데 2년이나 걸렸다니…그런데 참 재밌죠? 남들은 4년에 나눠들을 교수님의 강의를 저는 모두 1년 반만에 해치워버렸으니까요.

무엇이 스쳐지나간 강의까지 찾아 듣게 만들었을까요? 첫 강의를 듣고 나서 봄기운을 맞이했습니다. 책상에 앉아있는 우리 하나 하나가 스멀스멀 올라오는 아지랑이 같았어요. 기말고사를 치르고 나오면서 아쉬움이 뒤범벅되었지요.

2년 동안 많이 지쳤었거든요. 주중에는 강의시간 동안 교수님들의 말씀 하나하나 놓치지 않으려고 노력했고 밤에는 스터디에 주말에는 과제까지… 빡빡하게 돌아갔습니다. 이성이 지배하는 공간에서 더 많은 지식을 머릿속에 집어넣으려고 쉼 없이 앉아있었습니다. 그래서 달려가던 내가 걸어가게 되었고 걸어가던 내가 주저앉으려고 하더라고요. 그때 교수님을 만났습니다. 눈을 감았어요. 3월의 따뜻함이 전해왔습니다. 아…3월은 이렇구나! 가끔은 너무 오래 감고 있어서 눈을 뜰 때 거북이처럼 눈을 꿈뻑꿈뻑하기도 했지만 그 시간이 그렇게 좋을 수가 없었어요. 그때부터 기다려졌습니다. 일주일에 한 번은 봄을 느끼고 싱그러움을 맞이하고 푸르름을 반기고 내 주위를 알아갔습니다. '시인이 꿈에서 깨어나 지적인 사람이 되면 바보가 된다' 라는 장 콕도의 말처럼 저는 차츰 바보가 되어가고 있었습니다.

"무엇이 들리니?"

처음 전 아무것도 듣지 못했습니다. 어렴풋이 느껴지는 봄의 기운 외에 어떤 소리도 귓가에 닿지 않았습니다. 청각이 깨어나기까지는 시간이 좀 걸렸습니다. 오감이 죽어있었지요. 한 주에 한 번씩 호흡기를 대니 죽어있던 청각은 숨을 쉬기 시작했습니다. 교수님은 이렇게 우리의 감각을 깨우고 강의를 시작했습니다. 그 촌각은 교수님의 말씀을 더욱 쉽게 이해할 수 있도록 만들어 주었습니다. 서둘러 바삐 전해주기 시작하여 끝날 때 귀를 닫고 눈을 막게 만드는 강의와는 판이했습니다. 그렇게 감성으로 가득한 공간에서의 귀중한 시간을 보냈습니다. 이렇게 교수님과의 인연도 끝이 나는 줄 일있죠.

방학이 되고 저는 과사에서 일을 하게 되었습니다. 그게 교수님과의 희미한 이음줄이었어요. 교수님의 부탁으로 오전동안 교수님의 일을 도와드리게 되었습니다. 그때부터 함께 산책을 시작했지요. 학교를 다니며 자주 갈 일이 없던 연못을 매일매일 가게 되었습니다. 발걸음 걸음을 옮기다보면 26세의 나이에도 왜 이리 신기한 것이 많던지요. 모르는 새 이름, 모르는 꽃하나 귀찮게 생각하지 않으시고 일일이 짚어주며 알려주셨습니다. 그 시간이 좋아서 이른 아침에도 쫄래쫄래 교수님 뒤를 졸졸 따랐었죠. 산책을 마치고 교수님 연구실에 가면 준비된 일을 하나하나 함께 했지요. 저의 말을 끝까지 들어주시고 선택의 갈림길에서도 충분히 상의하고 결정하셨습니다. 학생의 의견 하나하나를 존중해주셨고 따뜻한 가르침도 잊지 않으셨어요.

작년 가을 기억하세요? '홍희표 문학박물관' 을 만드시는 교수님을 도우러 아이들 몇몇과 교수님 집을 찾아갔었죠. 산더미 같은 책들을 하나하나 분류하고 정리하면서 점점 힘이 빠지고 불평도 했는데 교수님은 저희를 한 명 한명 다독이셨어요. 지금 생각하면 얼마나 철이 없는 일이었는지... 그래도 그날 생각하면 참 아련합니다. 사모님께서 만들어주던 음식 맛 하나하나가 입 안에서 맴돌고 교수님과 나눈 이야기들이 한 마디 한 마디 귓가에 맴돕니다. 오히려 일 한 시간보다 교수님과 이야기하면서 음식 맛보던 시간이 훨씬 더 많았다는 걸 집에 와서야 알았어요. 한심하게도.. 어느덧 정리를 끝내고 집에 돌아가던 시간은 늦었지만 추억하나 가득하게 안고 갔습니다. 세상이 슬프고 인생이 막막한 사람을 가리켜 세상에서는 시인이라고 부릅니다. 저는 시인은 죄를 짓지 않고 사는 사람이라고 생각합니다. 그런 시인 옆에 한동안 있었던 저는 행운이라고 친구들은 부러워합니다.

교수님! '좋은 시는 세월이 가도 빛이 바래지 않는다. 우리가 시를 읽는 것은 인생을 보고 세계를 더듬어가는 것, 시를 통해 세계의 깊이를 더해 가는 것' 이라고 강조하셨습니다.' 저는 교수님과 함께 있으면 잊고 있던 감정들이 살아나 좋았습니다. 쑤셔 넣는 지식이 전부가 아니라는 것을 알려주셨습니다. 가끔 눈을 감고 바라보는 세상이 얼마나 의미 있는 일인지 가르쳐 주셨습니다. 교수님과 함께 한 시간, 그 안에서 꿈틀대는 단편의 기억. 교수님의 표정 하나, 한 마디의 말씀, 나란히 걷던 길, 함께 만든 '홍희표 박물관', 챙겨주시던 간식들 전부 모두… 잊지 않겠습니다.

함께 있을 때, 그 공간을 모두 메우는 감성들 기억하겠습니다. 교수님께서 깨워주신 사람들만큼, 아니 그 보다 더 많은 학생들을 깨워주시길 바랍니다. 지친 사람들에게 잠시 휴식 같은 분이 되실 것을 알고 있습니다. 제가 그랬듯 훗날 또 다른 어떤 누군가의 의미 있는 분으로 남아 계시겠지요. 가까운 날, 그리고 또 먼 날까지 찾아뵙겠습니다. 감사합니다라는 흔한 말이 안쓰러운 마음입니다.

(《목원》, 2011년 26호)

홍희표의 작품집

시집

『어군(魚群)의 지름길』(1968, 문예사)

『숙취(宿醉)』(1973, 조광출판사)

『마음은 구겨지고』(1978, 예유사)

『한 방울의 물에도』(1982, 문학예술사)

『살풀이』(1984, 문학과 지성사)

『금빛 은빛』(1987, 창작과 비평사)

『모두모두꽃』(1988, 전예원)

『세상달공 세상달공』(1990, 문학아카데미)

『이스렝이 버드내에 춤추며』(1991, 호서문화사)

『늙은 호박 속에는 뭐시 들어 있을까유우』(1992, 호서문화사)

『이 뭐꼬!』(1993, 법보출판사)

『보리피리 버들피리 민들레피리를』(1994, 호서문화사)

『반쪽의 슬픔』(1997, 시와 시학사)

『라인강의 쥐탑』(1999, 문경출판사)

『물땅땅이도 때때로』(2006, 문학아카데미)

『이 뭣꼬!』(증보판, 2006, 종려나무)

『하이타치 그리움』(2009, 시학)

공동시집

『청와집(靑蛙集)』(1971, 한국시인협회)

시선집

『숨쉬기』(1987, 문학사상사)

『눈물점 박용래』(1991, 문학아카데미)

『그대 곁에 없으니 물소리도 멈추어 버리고』(1992, 분지)

『목척교의 홀씨』(1994, 문경출판사)

『거꾸로 서서』(1999, CD—ROM 시집, 현대시)
『무서워라 개망초꽃』(2000, 맑은세상)
『붉나무 저, 사내』(2011, 종려나무)

평론집

『박목월 시의 연구』(1993, 문학아카데미)
『꿈의 정직함과 시의 넉넉함』(1994, 목원대출판부)
『마음의 새끼손가락 걸고』(1996, 세종문화사)
『목월시의 형상과 영향』(2002, 새미)

산문집

『교정 속의 노고지리』(1975, 불교사상사)
『까까중이 베짱이 되어!』(1993, 대교출판사)
『책읽기 그리고 길찾기』(1998, 목원대출판부)
『새 천년이다』(1999, 문학아카데미)
『글의 길과 길의 글』(2003, 종려나무)

영역시집

『Dancing Alone』(2007, 종려나무)

편저

『한국현대시 작품 연구』(1989, 학문사)
『열린 생각과 글쓰기』(2001, 문경출판사)
『임강빈의 시와 삶』(2003, 오늘의 문학사)

기타

송기섭 편『홍희표 시 다시 읽기 · 1』(2006, 종려나무)
이은봉 편『홍희표 시 다시 읽기 · 2』(2008, 종려나무)
이종진 편『홍희표 시 다시 읽기 · 3』(2009, 종려나무)
김백겸 편『홍희표 시 다시 읽기 · 4』(2010, 종려나무)
이승이 편『홍희표 시 다시 읽기 · 5』(2011, 종려나무)
이은봉 편『홍희표 시인 연구』(2011, 푸른사상)

시인의 자술연보

▼1946년　1946년 10월 6일 대전광역시 중구 대흥동 481번지에서 출생. 부친 홍영관
　　　　　(치과의사), 모친 성계순. 4남 2녀 중 장남.

▼1953년　대전 원동초등학교 입학. 4학년 때 신흥초등학교로 전학하여 김기영 선생
　　　　　님의 권유로 한동안 육상선수로 활약함.

▼1959년　신흥(충남)중학교 입학. 시인 임강빈 선생님을 만나 시쓰기 시작함.

▼1962년　대전 보문고등학교 입학. 시인 이재복 교장선생님과 시동무 송유하를 만남.
　　　　　〈판도라〉문학동아리를 만들고(이승철, 강성렬, 이춘실, 김인현 등), 전국 고교
　　　　　백일장에서 성균관대 · 조선대 · 동국대 등에서 장원과 입상을 하여 학생문사
　　　　　로 활약. 그때 대구에 이재행, 광주에 김만옥, 서울에 윤상규(윤후명) 등이 있었
　　　　　음. 현재 윤후명만 현역으로 활동중.
　　　　　그 무렵 한성기 시인과 성님으로 모시던 박용래 시인을 만남.

▼1965년　동국대학교 국어국문학과 입학 〈동국문학회〉에 참여. 그때 강희근 · 문효
　　　　　치 · 박제천 · 홍신선 · 선원빈 · 송유하 · 김규화 · 마종하 · 송영희 · 문정
　　　　　희 등 선후배와 만남. 스승 서정주 선생님을 모심. 오영수 선생님의 소개
　　　　　로 신석초 선생님을 만나 문하생이 됨.

▼1966년　《현대문학》12월호에 「내 살결에」로 신석초 선생님에게 첫 추천을 받음.

▼1967년　5월호에 「봄바람에게」 2회, 9월호에 「아침의 노래」로 3회 추천 완료.

▼1968년　제1시집 『어군(魚群)의 지름길』(문예사) 발간. 서문 신석초. 발문 신동엽 「풍
　　　　　요한 꽃밭」, 김주연 「자각과 의식」. 12월 명동 '호수그릴'에서 서정주 · 신석
　　　　　초 · 박기원 · 이형기 · 김후란 · 신동엽 선생 등을 모시고 출판기념회를 함.

▼1970년　모교 보문고등학교 교사로 임명. 제자로 이은봉 · 이경교 시인을 만남.
　　　　　고교시절 누이동생 친구로 만난 이숙희와 결혼.
　　　　　한국문인협회 회원. 한국시인협회 회원.

▼1971년　한성기 · 박용래 · 임강빈 · 최원규 · 조남익 · 홍희표 등 대전의 선배 시인
　　　　　들과 6인 시집 『청와집(靑蛙集)』(한국시인협회)발간.

해설 정한모 「향토적 릴리시즘의 승화」.

딸 나리 태어남. 현재 공예가로 활동중.

▸1973년　제2시집 『숙취』(조광출판사)발간. 서문 서정주.

발문 이형기 「전통 미학의 현대적 조명」.

아들 성균 태어남. 현재 신경정신과 전문의로 활동중.

▸1974년　서울 선일여자중학교로 전출.

▸1975년　산문집 『교정 속의 노고지리』(불교사상사) 발간.

▸1976년　서울 환일고등학교로 전출. 동국대학교 대학원 입학.

▸1978년　제3시집 『마음은 구겨지고』(예유사) 발간.

해설 박진환 「생의 형이하학적 체험과 형이상학적 미학」.

학위논문 「신석초 연구」로 문학석사 취득. 지도교수 조연현.

▸1980년　목원대학교 국어교육과 교수로 임명되어 현재까지 재직중 .

〈예촌〉문학동아리 지도교수가 되어 장기주 · 홍일표 · 민성훈 · 정영미 · 이기재

안국현 · 김경란 · 강웅순 시인들, 구효서 · 양선미 · 방기숭 소설가 등을 배출.

《예촌문학》 발간 시작

▸1982년　제4시집 『한방울의 물에도』(문학예술사) 발간.

해설 조재훈 「구도의 삶과 그 시적 변용」.

홍희표론 「상황과 순수」 김승영, 《예촌문학》 9집.

▸1983년　7월 《시문학》지로 민성훈 추천.

▸1984년　제5시집 『살풀이』(문학과 지성시인선34. 문학과 지성사) 발간.

해설 조남현 「간결미와 절제의 논리」.

배제대학교 출강.

▸1987년　제6시집 『금빛 은빛』(창비시선 64. 창작사) 발간.

해설 이은봉 「민족문제에 대한 새로운 시적 변용」.

시선집 『숨쉬기』(문학사상 한국시선22. 문학사상사) 발간.

홍희표의 시세계 김선학 「자유의 파편과 녹슬지 않는 펜」.

인하대학교 대학원 입학. 스승 조병화 선생님을 만남.

▸1988년　제7시집 『모두모두꽃』(전예원시집20. 전예원) 발간.

해설 김재홍 「꽃, 그 서정과 역사의 만남」.

▸1989년　〈대전일보〉신춘문예로 이정록 시인 추천.

〈충남 · 대전작가회의〉 결성. 부회장 역임.

▸1990년　제8시집 『세상달공 세상달공』(문학아카데미시선15. 문학아카데미) 발간.

해설 김종회 「건강한 비판의식과 기법의 변형」.

동국대학교 문인 선후배 모임 〈세월회〉 결성. 회원 : 박제천 · 홍신선 · 문효치 · 홍희표 · 하덕조 · 이길원 · 김학철 · 유재엽 · 이상문 · 이원규 · 선원빈 (고) · 정의홍(고) · 신용선(고)

〈대전문인협회〉 부회장 역임.

1991년   시선집 『눈물점 박용래』(문학아카데미시선27, 문학아카데미) 발간.
　　　　학위 논문 「박목월 시의 연구」로 문학박사 취득. 지도교수 최원식.
　　　　〈대전시 문화상〉 수상, 문학부문, 대전광역시.
　　　　국제펜클럽 한국본부 회원.

1991년   제9시집 『이스렝이 버드내에 춤추며』(한밭풍물시Ⅰ, 호서문화사) 발간.
　　　　발문 김수남 「생각과 낱말 그리고 그가 낳은 시집이라는 이름을 보며」.
　　　　시선집 『그대 곁에 없으니 물소리도 멈추어 버리고』(분지) 발간.
　　　　작품해설 노동은 「풀잎을 이는 가인, 홍희표」.

1992년   제10시집 『늙은 호박 속에는 뭐시 들어 있을까우우』(한밭풍물시Ⅱ,
　　　　호서문화사) 발간. 발문 이진우 「한밭풍물시의 그 높이와 깊이」.
　　　　〈다솜시문학동인회〉 결성, 지도교수. 《다솜시》 사화집 발간 시작.
　　　　회원 : 김경복, 이현온, 최승원, 오남미, 김용성, 박정순, 박소영 등

1993년   제11시집 『이 뭐꼬!』(법보출판사) 발간. 해설 홍신선 「초월성의 종언과 시작」.
　　　　평론집 『박목월 시의 연구』(문학아카데미신서15, 문학아카데미) 발간.
　　　　산문집 『까까중이 베장이 되어!』(대교출판사) 발간. 해설 서정학.
　　　　「토박이 시인의 올곧은 노래」 박순길, 「자랑스런 한밭사람들」.

1994년   제12시집 『보리피리 버들피리 민들레피리를』(한밭풍물시Ⅲ, 호서문화사).
　　　　발문 강태근 「아름다운 흔들림을 위한 변주곡」.
　　　　평론집 『꿈의 정직함과 시의 넉넉함』(목원대 출판부) 발간.
　　　　집중조명 시인 홍희표 《오늘의 문학》 「홍희표론」 양애경.
　　　　시선집 『목척교의 홀씨』(한밭풍물시 시선집, 문경출판사) 발간.
　　　　시해설 송기섭 「시인의 장소에의 지역 문화주의」.

1995년   동국대학교 출강.
　　　　《시와시학》으로 김수우 추천.

1996년   자작시 해설집 『마음의 새끼손가락 걸고』(세종출판사) 발간.
　　　　「한밭풍물시의 연인, 홍희표 시인」 오남미, 《문화유성》, 5월.
　　　　미국 럿거스 대학교 연구교수.

1997년   제13시집 『반쪽의 슬픔』(시와 시학사) 발간.
　　　　해설 김삼주 「세속과 신성의 화해를 위하여」.

홍희표론 「다시 출발인 세기말의 시」 송기섭, 《문학과 창작》, 2월.

〈동국문학상〉 수상, 동국문학회

▸1998년 독서에세이 『책읽기 그리고 길찾기』(목원대 출판부) 발간.

▸1999년 제14시집 『라인강의 쥐탑』(문경출판사) 발간.

해설 문효치 「기행시의 새로운 지평」.

산문집 『새 천년이다』(문학아카데미) 발간.

CD—ROM시집 『거꾸로 서서』(현대시) 발간.

홍희표론 「한밭풍물시의 시세계」 배성진, 《목원문학》 1집.

▸2000년 시선집 『무서워라 개망초꽃』(맑은세상) 발간.

해설 송기섭 「길 위에서의 상처」.

한남대학교 출강.

《목원문학》 발간 시작.

▸2002년 평론집 『목월시의 형상과 영향』(증보판. 새미) 발간.

▸2003년 산문집 『글의 길과 길의 글』(종려나무) 발간.

산문집 『임강빈의 시와 삶』 편저(오늘의 문학사) 발간.

▸2005년 홍희표론 「자물쇠 걸기와 풀기, 그 미장센의 역동성」

주근옥, 《조선문학》 10월.

「홍희표 시세계」 조남익, 《대전문학》 겨울호.

▸2006년 제10시집 『물땅땅이도 때때로』(문학아카데미) 발간.

해설 유재엽 「시쓰기가 부끄러운 시인」.

『홍희표시 다시 읽기·1』(종려나무) 발간. 송기섭 편.

해설 송기섭 「길 위에서 상처」.

선시집 『이 뭣꼬!』(증보판. 종려나무) 발간.

▸2007년 영역시집 『Dancing Alone』(종려나무) 발간. 윤명옥, 조 가넷 번역.

해설 윤명옥 「「홀로 춤추며」에 대한 단상」.

조 가넷 「홍희표 시인의 시에 대하여」.

▸2008년 『홍희표시 다시읽기·2』(종려나무) 발간. 이은봉 편.

해설 이은봉 「외로움, 리듬, 직관, 병치, 현실」.

▸2009년 『홍희표시 다시읽기·3』(종려나무) 발간. 이종진 편.

해설 이종진 「풍자의, 풍자에 의한, 풍자를 위한 시」.

제16시집 『하이터치 그리움』(시학) 발간. .

해설 김백겸 편 「'억새벌판'에서 춤추는 시인 이야기」.

홍희표 시인연구 《시와 인식》 「외로움, 리듬, 직관, 병치, 현실」 이은봉.

홍희표 시인을 찾아서《아침의 문학》19호, 좌담 김소정.

▝2010년 『홍희표시 다시읽기 · 4』(종려나무) 발간. 김백겸 편.

김백겸「'유한 시간'으로 '무한 시간'에 대한 '노스탤지어'를 노래하다」.

홍희표론「다양한 젊은 촉수」조재훈,《시와시》봄호.

서평「소멸에의 저항과 초월의 춤사위」안영희《문예계간》봄호.

서평「거미줄의 백년 고독」김정임《미네르바》봄호.

서평「'보인다'와 느낌표, 그리고 '그대'」최준《시와 경계》봄호.

서평「하이터치 · 하이컨셉의 시대를 위하여」이승이《문학과 창작》봄호.

서평「시인, 길 위의 시간을 만지다」김정화《시와 시학》봄호.

서평「연륜의 넉넉함에서 보이는 생, 그 진면목」류순태《시와 정신》봄호.

홍희표 신작시 특집「상춘곡」외 4편.

해설 권정우「한 슬픔을 들여다 보기」《불교문예》50. 가을호.

10월〈시와 시학상〉작품상 수상.

11월 대전 서구 만년동에 홍희표 문학박물관〈옹산시사(翁山詩舍)〉개관.

12월〈펜문학상〉수상. 한국펜클럽.

제15회 시와시학상 작품상 특집.

홍희표 시인을 찾아서「신생과 적멸의 공간」강웅순.

홍희표 시인의 시세계「생의 고통을 숨긴 순수와 천진성의 나라」최준.

▝2011년 2월『홍희표시 다시읽기 · 5』(종려나무) 발간. 이승이 편

해설 이승이「패러다임의 변화와 시쓰기의 운명」.

2월 홍희표 시선집『붉나무 저, 사내』홍희표 시인론 최준.

3월 목원대 국어교육과 · 예촌문학동아리 · 다솜시문학회 주관으로

'홍희표 시비' 건립. 장소 · 목원대 인문관 교정.

8월『홍희표 시인 연구』이은봉 편(편집위원—송기섭 · 이종진 · 이승이)

▰▰▰ 홍희표 시인의 연락처

• e-mail : m180007@hanmail.net

• blog : naver.com/parodyhong

• 대전광역시 서구 만년로 16번길 19 3층(만년동)

홍희표 시인 연구

인쇄 2011년 8월 25일 | 발행 2011년 8월 30일

엮은이 · 이은봉
펴낸이 · 한봉숙
주간 · 맹문재 | 편집 · 지순이 | 마케팅 · 이철로

펴낸곳 · 푸른사상사
등록   제2－2876호
주소   서울시 중구 초동 42번지 이시이미디어타워 502호
대표전화   02) 2268－8706(7) | 팩시밀리   02) 2268－8708
이메일   prun21c@yahoo.co.kr / prun21c@hanmail.net
홈페이지   www.prun21c.com

ⓒ 이은봉, 2011

ISBN 978-89－5640－846－0 93810
  값 47,000원

☞ 저자와의 합의에 의해 인지는 생략합니다.
  이 책의 전부 또는 일부 내용을 재사용하려면 사전에 저작권자와 푸른사상사의
  서면에 의한 동의를 받아야 합니다.
  e-CIP 홈페이지(http://www.nl.go.kr/cip.php)에서 이용하실 수 있습니다.
  (CIP제어번호 : CIP2011003550)